Berlin, 2021

Servet Keskin

Romanları 40 dilde yayımlanan Ömer Zülfü Livaneli, 1946 yılında doğdu. Ankara'da Maarif Koleji'nde okudu, Stockholm'de felsefe ve müzik eğitimi gördü.

1972 yılında fikirlerinden dolayı askeri cezaevinde yattı, 11 yıl sürgünde yaşadı.

Harvard ve Princeton gibi saygın üniversitelerde konferanslar ve dersler veren, romanları, fikirleri ve müziği ile dünya basınında övgülerle karşılanan bir sanatçı olan Livaneli, edebiyat, müzik ve sinema alanlarında 30'dan fazla ulusal ve uluslararası ödül sahibi.

Livaneli, 1999 yılında San Remo'da En İyi Besteci ödülüne layık görüldü. Müzik eserleri Londra, Moskova, Berlin, Atina, İzmir senfoni orkestraları tarafından icra edildi ve Zubin Mehta, Simeon Kogan gibi şeflerce yönetildi.

Türkiye dışında Çin Halk Cumhuriyeti, İspanya, Kore ve Almanya'da da çok satanlar arasına giren romanlarıyla, Balkan Edebiyat Ödülü'ne hak kazandı. ABD'de Barnes & Noble Yeni Büyük Yazarların Keşfi Yarışması'nda finalist olarak ödül aldı. İtalya ve Fransa'da Yılın Kitabı Ödülü'ne, Türkiye'de ise Yunus Nadi Ödülü'ne ve Orhan Kemal Roman Armağanı'na layık görüldü. *Kardeşimin Hikâyesi* 2013'ün, *Huzursuzluk* 2017'nin en çok okunan romanı oldu. ABD'de Missouri Üniversitesi, romanlarını ders kitabı olarak okuttu.

Livaneli, dünya kültür ve barışına yaptığı katkılardan ötürü 1996 yılında Paris'te UNESCO tarafından Büyükelçilikle onurlandırıldı ve Genel Direktör danışmanlığına atandı. 2016 yılında UNESCO elçiliğinden istifa etti.

2002-2006 yılları arasında TBMM'de ve Avrupa Konseyi'nde milletvekilliği görevinde bulundu.

http://www.livaneli.gen.tr
http://www.livaneli.net

Konstantiniyye Oteli

DOĞAN KİTAP TARAFINDAN YAYIMLANAN DİĞER KİTAPLARI

Arafat'ta Bir Çocuk
Engereğin Gözü
Bir Kedi, Bir Adam, Bir Ölüm
Mutluluk
Leyla'nın Evi
Sevdalım Hayat
Son Ada
Serenad
Edebiyat Mutluluktur
Kardeşimin Hikâyesi
Orta Zekâlılar Cenneti
Gözüyle Kartal Avlayan Yazar / Yaşar Kemal
Huzursuzluk
Gölgeler
Livaneli'nin Penceresinden

KONSTANTİNİYYE OTELİ

Yazan: Ömer Zülfü Livaneli

1. baskı / Mayıs 2015
134. baskı / Ocak 2020 / ISBN 978-605-09-2631-6
Her 2000 adet bir baskı olarak kabul edilmektedir.
Sertifika no: 11940

Kapak tasarımı: Geray Gençer
Kapak resmi: Sakit Memmedov
Baskı: Yıkılmazlar Basın Yayın Prom. ve Kağıt San. Tic. Ltd. Şti.
15 Temmuz Mah. Gülbahar Cad. No: 62 / B Güneşli - Bağcılar - İSTANBUL
Tel: (212) 515 49 47
Sertifika no: 45464

Doğan Egmont Yayıncılık ve Yapımcılık Tic. A.Ş.
19 Mayıs Cad. Golden Plaza No. 3, Kat 10, 34360 Şişli - İSTANBUL
Tel. (212) 373 77 00 / Faks (212) 355 83 16
www.dogankitap.com.tr / editor@dogankitap.com.tr / satis@dogankitap.com.tr

Konstantiniyye Oteli

Ömer Zülfü Livaneli

Doğan Kitap

Bu romanda anlatılan kişiler kurgu ürünüdür.
Gerçek kişilerle benzerlikleri ancak rastlantı olabilir.

Konstantiniyye bir gün elbet fethedilecektir. Onu fetheden kumandan ne güzel kumandan ve onun askeri ne güzel askerdir.

Hazreti Muhammed

Dünya tek ülke olsaydı başkenti Konstantiniyye olurdu.

Napoléon Bonaparte

Zehra'nın üçüncü rüyası

> Ölmek, uyumak sadece! (...) Uyumak,
> ama düş görebilirsin uykuda...
>
> *Hamlet*, Shakespeare

Düşerken adı Zehra'ydı, bunu biliyor. Otel odasının banyosunda başını önce lavaboya, sonra küvetin kenarına vuran genç kadın parlak mermer zemine düşerken adının Zehra olduğunu biliyor; soyadı Ertan, Zehra Ertan. Bunu aklımda tutmam gerekiyor diye geçirdi mi içinden, sonradan mı böyle bir yakıştırmada bulundu, bunu bilmesi –bilmemiz– olanaksız; çünkü düşüşten sonra başka bir dünyaya ait olduğunu, adların önemsizleştiği yarı saydam, yarı gerçek yarı düş, korkudan, arzudan, tutkudan ve kaygılardan azade bir âleme girdiğini seziyor; bilmiyor da seziyor, artık her şey sezgiden ibaret zaten.

Kafasında bir cephanelik patladığını seziyor, damarlarının yırtılır gibi olduğunu seziyor; son anda lavaboya tutunma çabasının bir işe yaramadığını seziyor; parlak lavabo kenarının elinden kayıp gittiğini seziyor; banyonun mermer zeminine kaydığını seziyor; sağ yanağının değdiği mermer zeminin sıcak olduğunu seziyor; burnuna toprak kokusu geldiğini seziyor; belki de toprağın altındayım, belki de gömüldüm sezgisi cılız bir ışık gibi yanıp sönüveriyor zihninde. Sonra karanlık geliyor, uçsuz bucaksız karanlık, onu sevecen bir rahim gibi saran güzel karanlık. İşin tuhafı bu gömülmüşlük duygusunun Zehra'da hiçbir korku ya da kaygı yaratmamış olması.

Otelin zemin katındaki odasının banyosundan aşağılara, toprağa doğru çekildikçe, içine yayılan huzur ve dinginlik daha da artıyor, yaşamında ilk kez, onca korktuğu ölümün pek de kötü bir şey olmadığını seziyor. Ölmek güzel, ölmek sakin, ölmek korkutucu değil; durgun bir liman.

Bu andan sonra dünya gitgide uzaklaşıyor, uzaklaşıyor, tam yok olmaya yüz tutmuşken Zehra bir ses duymaya başlıyor. Sağ yanağını ısıtan mermerin altından gelen, yumuşak, tekdüze, inlemeyle yakınma arası ama ne dediği anlaşılmayan, boğuk bir ses bu. Elbette boğuk olacak, çünkü çok derinlerden geliyor gibi. Zehra bir süre sonra bu sesin sandığı gibi konuşmadığını, mırıldanmadığını, inlemediğini, ancak daha önce hiç duymadığı garip, gizemli, tuhaf bir ezgiyle şarkı söylediğini anlıyor. Uzun seslerle söylenen, mistik, yakınma dolu, neşeden uzak, içinde ilahi bir şeyler barındıran ama bir yandan da yerde, bilincinin büyük bölümü uykuya dalmış Zehra'nın tüylerini diken diken etmeye yetecek kadar tuhaf bir ezgi bu; sesin sahibi bir erkek. Şarkının hangi dilde söylendiğini anlayamıyor Zehra; Türkçe değil; İngilizceye ya da kulak aşinalığı olan başka bir dile de benzemiyor. Giderek yerin altına, toprağa doğru kayan Zehra o sırada şarkının kesildiğini ve kendisine birinin seslendiğini duyuyor. Duymasına duyuyor ama "Beni duyuyor musun?" sorusuna uzun süre cevap veremiyor. Soru birkaç kez daha tekrarlandıktan sonra Zehra duyduğunu söylüyor ama bunu nasıl dile getirdiğini bilmiyor. Ağzından ses çıkmıyor, kafasının içinde olup bitiyormuş gibi her şey. O sesimsi şey –ses diyeceğiz artık ona, çünkü başka bir dünyevi sözcük yok bunun için– başının ağrıyıp ağrımadığını soruyor, Zehra "Galiba" diye cevap veriyor; "sanırım ağrıyor." O ses gülüyor, "Anladım" diyor, "çünkü bu ağrıyı bilirim." "Nereden bilirsin?" diye soruyor Zehra. Ses, "Çünkü benim de başım ağrımıştı" diye yanıtlıyor onu.

Zehra'nın kafasının içindeki konuşma devam ediyor:

"Ne zaman ağrımıştı?"

"Darbe aldığım zaman."

"Ne darbesi?"

"İsyan sırasında başıma aldığım darbe."

"Cop mu, gaz kapsülü mü, TOMA mı?"

"Hayır, Thomas orada değildi, Belisarios vardı."

"Kim?"

"Belisarios."

"O da kim?"

"Saldırıyı o yönetiyordu."

"Polis şefi mi?"

"Hayır, Muhafız Birliği Komutanı zalim Belisarios."

Bu sözler üzerine Zehra duraksıyor. Yerin altında olduğunu öne süren kişiye, Nika isyanından ve oradaki Belisarios'tan mı söz ettiğini soruyor. Evet yanıtını alınca garibine gidiyor ve bu telepatik sohbetin nasıl mümkün olabildiğini soruyor. Hangi dilden konuşuyorlar, o dili hiç bilmiyor, daha önce hiç duymadığı halde, –eğer buna konuşma denilebilirse– konuşuyor, en azından anlıyor, öteki adam da onu anlıyor.

"Daha önce duyamazdın zaten" diyor ses. "Çünkü ölülerin dilini konuşuyorsun."

"Böyle ayrı bir dil mi var?"

"Evet, ölüler diyarında tek bir dil vardır; insanlar hangi dili konuşursa konuşsun, öldüğü anda hepsini unutur ve ölmüş olan herkesin bildiği dili konuşmaya başlar."

"Bu dili anladığıma göre ben de mi öldüm?"

"Henüz değil ama bize hızla yaklaşıyorsun, sesimin sana bazen gelip bazen yitmesi bu yüzden işte. Dünya seni çekiyor, biz de aşağıdan çekiyoruz. Hep böyle olur."

"Dur, dur, bir dakika, aklımı toplayayım, sen neredesin, var olmayan sesin yerin altından geliyor, kendin neredesin?"

"İşte dediğin gibi, yerin altındayım, tam senin altındayım.

Gerçi çok derindeyim ama yine de yattığın yerin tam altında ben varım, yani bir anlamda üstüme düştün, çünkü buraya gömdüler bizi, o gün otuz bin kişiyi öldürüp hemen oracığa gömdüler. Ben yaralı olarak biraz sürünüp buraya, sarayın duvarına kadar geldim ama ölümden kaçamadım, kimse kaçamaz zaten."

Zehra ölüye ne zaman öldüğünü, ne zaman gömüldüğünü, kaç zamandır orada yattığını soruyor. Ölü biraz duraklayıp hesaplamaya çalıştığını söylüyor, sonra hangi yılda olduklarını öğrenmek istiyor. 2014 yanıtını alınca da kısa bir hesap yapıp ölümünün üstünden tam 1.482 yıl geçmiş olduğunu söylüyor. İsa Mesih'in dünyayı şereflendirmesinden 504 yıl sonra doğmuş, 532 yılında da ölmüş. Zehra nedense hiç şaşırmıyor buna; zaten dünyaya ait şaşırma, korkma, sevme gibi birçok duyguyu yitirmiş bir halde; kalan bir iki duygu kırıntısı ise onu hızla terk ediyor, buna karşılık sezgileri güçleniyor.

Bu sefer ölüye nasıl öldüğünü soruyor; ölü ona doğal yolla ölmediğini, başına inen bir kılıç darbesiyle öldürüldüğünü söylediğinde, sanki bunu zaten bildiğini düşünüyor. Zehra onu, Belisarios dediği adamın öldürüp öldürmediğini soruyor.

"Hayır, o komutandı, onun askerlerinden birisi öldürdü; iriyarı bir Balkan köylüsü, aynen imparator gibi, aynı bölgeden."

"Hangi imparator?"

"Justinianos."

"O da mı Balkan köylüsüydü?"

"Evet Balkanlar'dan gelmiş bir köylüydü, karısı olan imparatoriçe de bir fahişeydi."

"Fahişe mi?"

"Evet, çocukken fahişe olmuştu, genç kızlığı da öyle geçti. Eskiden, öldürüldüğüm yere çok yakın bir sirkte çalışırdı; ayı bakıcısının kızıydı. Çocukken birçok şehirli kullanırdı onu, babam bile."

"Baban mı?"

"Evet babam, Kapadokyalı Petrus. Çocuk fahişe Theodora'nın aşkına düştüğü için canından oldu, çünkü aşkı ölene kadar devam etmişti; sirkte kucağına oturan kız çocuğu imparatoriçe olduğu zaman bile. Kendisini deliye çeviren bu aşkı ve özlemi orada burada anlattığı, hatta çocuğun anatomik detaylarına girerek tasvir ettiği için, hafiyeleri yoluyla durumu öğrenen imparatoriçe onu yakalattı, önce zindanda işkence ettirdi, dilini kerpetenle koparttırdı ve orada kan kaybından acılar içinde ölmeye terk etti. Çünkü Theodora artık bir Hıristiyan azizesiydi. Azizelerin belden aşağısı hakkında konuşulmaz bilirsin."

"Nereden bileceğim?"

"En azından tahmin edersin diye düşündüm."

"Nerede öldürüldün peki?"

"Dedim ya, buraya yakın bir yerde, Hipodrom'da, Ayasofya'nın yanında."

"Sultanahmet'te mi yani?" diye sordu.

"Şimdi öyle diyorsanız öyledir; benim zamanımda oraya Hipodrom denirdi, yüz bin kişilik bir hipodrom vardı çünkü, diktatörün sarayı da oradaydı, saraydan Hipodrom'daki imparatorluk locasına bir bağlantı vardı."

"Şimdi Ayasofya duruyor ama karşısında bir cami var, hipodrom yok."

"Hipodrom yok mu?"

"Yok!"

"Peki araba yarışları nerede yapılıyor?"

"Araba yarışları da yok."

"Nasıl olabilir bu? Halkın tek eğlencesi yok mu oldu? Peki, ne yapıyor insanlar?"

"Ayaklarıyla topa vurarak oynayan takımları izliyorlar; stadyum denen yerlerde toplanıyorlar."

"O takımların renkleri var mı?"

"Evet, var tabii; mesela sarı-lacivert, sarı-kırmızı, siyah-beyaz..."

"Hayret, aynen bizim Maviler ile Yeşiller gibi. Bu takımları tutanlar birbirine kızıyor mu?"

"Hem de nasıl, kavga gürültü çıkıyor, ölenler oluyor. Birbirlerine düşman gibiler ama hükümet karşıtı gösterilerde birleşiyorlar."

"Aynı bizim gibi" diyor ölü yine. "Mavilerle Yeşiller birbirini boğazlardı, ben Yeşillerdendim, bir Mavi gördüm mü çılgına dönerdim ama imparatora karşı birlikte isyan ettik, o gün omuz omuzaydık, kavga etmiyorduk."

"Aaa" diyor Zehra –artık nasıl dediyse, orasını o da bilmiyor, biz de– "sanki burayı anlatıyorsun."

"Zaten aynı şehri anlatmıyor muyuz, bu şehirde hiçbir şey değişmez, tekrarlanır durur. Senin gibi yeni gelenleri dinleyince diyoruz ki, hep aynı şey, aktörler değişiyor sadece. Bir de kısa bir arayla oluyor bütün bunlar."

"Kısa mı? Bin beş yüz yıl diyordun."

"Evet ama, unutma ki ölüler için zaman sonsuzdur, mekân ise sınırlı."

"Hiç böyle düşünmemiştim" diye itiraf ediyor Zehra.

Duydukları tuhaf şeyler ama daha önce de belirttiğimiz gibi genç kızın şaşırma duygusu yok olmuş durumda. Bu şehirde yaşarken yerin altını hiç düşünüp düşünmediğini soruyor ölü adam, Zehra hiç aklına gelmediğini söylüyor. İstanbul onun için yerin üstündekilerden, caddeleri kaplayan uzun, yılankavi araba konvoylarından, insan kalabalıklarından ibaret. Ölü adam, yerin altında, üstündekilerden çok daha fazla insan olduğunu söylüyor. Zehra'ya yeryüzünde, tam üstündeki noktada ne aradığını soruyor. Ancak o zaman Zehra, bu yeni otelin bir Bizans sarayı üstüne yapıldığını hatırlıyor. Büyük gürültü koparan, basında günlerce tartışılan bir konu olmuştu bu. Zehra ölüye adını soruyor; Marcus olduğunu öğreniyor. Konstantinopolisli Marcus, ölü Marcus, hem de bin beş yüz yıldır ölü Marcus, ölü olmanın çok iyi bir şey olduğunu söylüyor.

"Neden diye soruyor Zehra."

"Çünkü korkudan kurtuluyorsun. Ölü, ölümden korkmaz."

"Ya aşktan, ondan da kurtuluyor musun?"

"İşte onu bilemiyorum; burada hiçbir duygu yok ama bazen babamın hâlâ imparatoriçeye âşık olduğunu düşünmeden edemiyorum. Çünkü ona hiç toz kondurmuyor."

Zehra, Theodora da bu akşamki davete katılanlar gibi şıkırtılı bir şeydi herhalde diye düşünüyor ve aklı davete gidiyor. Ne kadar da güzel başlamıştı her şey, ama doğruymuş; ölüm insana şahdamarından daha yakınmış; yine de hiç korkmuyor olması garip değil mi?

Hotel Konstantiniyye

Şehirlerin Kraliçesi İstanbul'da,
geçmişi ve günümüzü bir arada yaşatan
HOTEL KONSTANTİNİYYE'nin açılış davetine
katılmanız bizi onurlandıracaktır.

BEREKET Holding - Ergun BEREKET
ASTANA GROUP - Gaydar Rustemoviç HAMZATBEKOV

Yer: Hotel Konstantiniyye
Dibek Çıkmazı Sok. No: 5 Sultanahmet
Tarih: 23 Aralık 2014
Kokteyl: 19.00
Yemek: 20.30

LCV: Zehra Ertan (zertan@bereketholding.tr)

Kıyafet: Smokin ve gece elbisesi

Bizans Sarayı'nın kalıntıları üstüne yapılan yedi yıldızlı Konstantiniyye Oteli'nin açılış gecesine dair

Zehra oldum olası adına ısınamamış, bu geleneksel ismi kendine yakıştıramamıştı. Doğduğu zaman ona da şöyle Aslı, Ebru, Eda, Burcu, Ceyda, Pelin, Mina gibi çağdaş titreşimleri olan, daha tanımadan bile o kız hakkında hoş şeyler düşündüren isimlerden koymaları mümkündü elbette ama payına İslam tarihinden eski bir isim düşmüştü. Peygamberin sevgili kızının adı, Fatimatü'z-Zehra'nın Zehra'sı. Yine de, İslamcı hükümetten sonra ortalığı saran Kübra, Aleyna, Sümeyye gibi isimlere bakarak fazla yakınmaması gerekirdi. Çünkü bu isimler, yanlış ya da doğru, insana hemen siyasi bir kimlik damgası vuruyordu. Gerçi Zehra, çok sevdiği babaannesinin ismiydi. Yine de şık kartvizitinde "Zehra Ertan – Bereket Holding İnsan Kaynakları Müdürü" yazacağına, mesela "Defne Ertan" yazsaydı daha memnun olacağını, karşısındaki insanları daha çok etkileyeceğini duyumsardı sık sık. Hem yabancılar için bastırdığı kartlarda bu ad "Daphne"ye de dönüşebilirdi.

Ama şu anda Zehra'nın bunları düşünecek vakti yok. Somaki mermeri, kristal avizelerden yayılan yumuşak ışığı, kaliteli kiraz ağacından mobilyası, goblen, sarı püsküllü ağır perdeleri ve pahalı tablolarıyla hoş duygular uyandıran otel lobisinde durup son ayrıntıları gözden geçiriyor, ameliyata hazırlanan bir ekibin başındaki doktor gibi, her şeyin yerli yerinde olup olmadığını anlamaya çalışıyor. Holdinge ait bu yeni otelin lobisi ilk bakışta, kendisini oluşturan bütün şık ögelerin birbiriyle karışıp, iyice demlendiği; sonradan sonraya damakta güzel bir rayiha bırakan bordo şarap gibi. Siyah dar etek ve beyaz ipek bluz giymiş incecik kızlar, mermer zeminde tıkır tıkır eden yüksek ökçeleriyle oradan oraya savrulan Flamenko dansçılarını andırıyorlar. En azından, onları –yalnız onları mı, daha birçok şeyi, aslına bakılırsa her şeyi– denetlemek zorunda olan Zehra'ya öyle geliyor. Kendi seçtiği bu giysilerin, yine kendi seçtiği genç kızların ince uzun siluetini iyice ortaya çıkardığını görüp bundan kendisine övünç payı çıkarıyor. *Doğrusu hiç fena olmamış, hiç fena olmamış!* Yoksul ailelerin, yetişme çağındaki uzun boylu çocukları... Aniden başlarını alıp gitmiş omurgaları ve bacaklarıyla yeniyetme leylek yavrularına benzemiyorlar mı biraz? *Yüksek topukları üzerinde azıcık da dengesiz mi duruyorlar ne?* Ama yine de, yoksul ailelerden gelmelerine rağmen, bu gösteriş töreninde, sivri topuklarını mermer zemine tak tak vurarak, hiç aksamadan yürüyerek, hayatta bir amacı olan gençlere özgü bir inat sergiliyorlar. Bir kadın topuklarının sesinden ürkmüyor, tam tersine bununla meydan okuyan bir ritim tutturuyorsa kendine güveni tam demektir. Zehra, bu genç kızların her birinde kendi ergenliğinden, kendi var olma, büyük şehre direnme, yükselme mücadelesinden bir şeyler buluyor. Bravo vallahi, diye düşünüyor, kim derdi ki bu gecekondu çocukları... Ama bunları düşünmemesi gerekiyor şimdi. Çünkü biraz sonra konuklar gelmeye başlayacak. Günlerdir, onları karşılamakla, yerleştirmekle görevli kızlara ünlü konukların resimlerini teker teker göstermiş, adlarını ezberletmiş, her birine nasıl hitap edileceğini defalarca prova ettirmişti. Birazdan fotoğrafçıların ışıldaklı saldırılarına hedef olacak ama bundan hiç yakınmayacak olan kadınlar ve erkekler ismen karşılanınca gururları okşanacak, kendilerini önemli hissedecekler. Bu otel açılışı ve erken yılbaşı kutlaması törenine kraliyet ailesi mensupları gibi girmeleri; itişip kakışan fotoğrafçıların kocaman kameralarıyla "Lütfen, lütfen... buradayız!" diye bağırarak konuklardan objektife bakmalarını dilemeleri; günlerdir hazırlandıkları davet için özel dikilmiş giysileri parıldar, mücevherleri ışıldarken, güzel tebessümlü bir kızın, ellerine birer kadeh şampanya tutuşturması; bu dünyada paylarına düşen mutluluğun ta kendisi.

Ama tam o anda başına saplanan bir ağrıyla birlikte Zehra'nın yüreğinde kanat çırpan bir telaş başlamasın mı? Pırpır ediyor içi, başına doğru bir sıcaklık yükseliyor. Bir bu eksikti şimdi, diyor, Allahım bir bu eksikti. Arada bir gelen, nedenini anlayamadığı baş ağrılarını ve baygınlıkları düşünerek kıvranıyor. Ya şimdi mermer zemine doğru kayıverirse, ya tam davet başladığı anda, herkesin ortasında yığılıp kalırsa. Yüksek topuklu siyah ayakkabısının teki fırlamış, bacakları bir bez bebek gibi bükülmüş, başı yana düşmüş, kolları çaresizce savrulmuş. Ölse daha iyi, o duruma düşeceğine ölse daha iyi. Dikkatli gözleriyle en küçük ayrıntıyı bile gözden kaçırmamaya çalışan, iş konusunda kendisinden başka hiç kimseye güvenmeyen, sabahlara kadar bilgisayarın başında şirket için çalışan aşırı hızlı bir makine o ve her hızlı çalışan makine gibi arada bir devrelerinin yanması tehlikesiyle karşı karşıya kalıyor. Küçük, önemsiz, konuşmaya bile değmeyecek bir aksaklık Zehra'yı çileden çıkarmaya yetiyor. Örneğin, patron katındaki garsonun kahveyi biraz soğuk getirmesi, Zehra'nın kendinden geçerek beş dakikalık bir söylev vermesi sonucunu doğurabiliyor. "Fazla yüklenmekten oluyor bunlar" diyor kendi kendine, "yoksa hiçbir şeyim yok, hiçbir şeyim yok, annemin hep söylediği gibi helak ediyorum kendimi. İş güç biter mi hiç! Olsun, her işin zorlukları var, aldırma" diye kendine telkinde bulunmaya çalışıyor. *Bu dünyada kolay iş yok ki, kimse kimseye bedava ekmek vermiyor.* Buna rağmen, zaman zaman kendisine biraz fazla yüklendikleri düşüncesinden kurtulamıyor. Sabahın köründen gece yarılarına kadar Ergun Bey'in her işiyle uğraştığı yetmiyormuş gibi, karısı Elmas Hanım'ın da seyahat, lokanta, kuaför rezervasyonlarıyla, sık sık değiştirilen uçak biletleri ve yabancı ülkelerde kalacağı otellerle ilgilenmek zorunda. Bazen her şey üst üste geldiğinde midesini buran, kalp atışlarını hızlandıran panik duygusunun dışında bir şikâyeti yok gerçi. Eyvah yetişemeyeceğim, her şey berbat olacak kaygısıyla çırpınmaktan nefret ediyor.

İstanbul'un en zengin ailelerinden biri için çalışmanın, özellikle de büyük patron Ergun Bey'in, hani dedikleri gibi sağ kolu olmanın getirdiği bazı ayrıcalıklar da var elbette. Ailenin ismi duyulunca bütün kapılar açılıyor, bu arada Zehra da genç sayılacak yaşına rağmen –yirmi dokuz yaşında– hayal bile edemeyeceği bir saygınlığa kavuşmuş oluyor. "Sahi mi?" diyorlar. "Gerçekten Ergun Beyefendi'nin şahsi asistanı mısınız?" Sonra gözlerine yerleşen özlem dolu bir bakışla, "Kim bilir ne güzel olmalı işiniz" diye ekliyorlar. O sırada akıllarından özel jetlerle, büyük yatlarla, limuzin konvoylarıyla, yurtdışı gezileriyle dolu pırıltılı bir hayatı geçirdiklerinden ve bu hayatın tavus kuşuna benzeyen rengârenk göz alıcılığına kapıldıklarından kuşku duyulamaz; ayrıca doğru da bütün bunlar. İki jet, jilet gibi üniformalarını hak eden yakışıklı pilotlar, biri İstanbul'da kullanılan, diğeri Akdeniz'de ve çeşitli Avrupa kıyılarında dolaşan yabancı mürettebatlı iki yat ve sayılamayacak kadar çok otomobil, sayılamayacak kadar çok şoför, sayılamayacak kadar çok mutfak şefi, sayılamayacak kadar çok bahçıvan Ergun Bey'in ve holding üst düzey yöneticilerinin emrine amade bekliyor. Ama bunların hepsinden önemlisi Ergun Bey'in dillere destan kibarlığı, zarafeti, İngiliz asillerine özgü tuhaf ve ince yakışıklılığı. O da bunun farkında olmalı ki gençliğinden beri armalı gömleklerinden ayakkabılarına, kravatlarından yeleklerine ve hatta üst cebine iliştirdiği, adının baş harfleri işlenmiş desenli ipek mendiline kadar bütün kıyafetlerini Londra'dan getirttiği biliniyor. (Bunları ısmarlamak, ödemelerini yapmak, temizleyiciye göndermek gibi görevler, söylemeye gerek yok sağ kola ait elbette. Sofralara nezaret etmek, davetiyeleri bastırmak, LCV'leri düzenlemek de öyle.) Yetmiş dört yaşındaki büyük patronun bir tek gün bile terbiyesini bozduğu, gelişigüzel giyindiği, sesini yükselttiği görülmemişti. Gazetelerde tuhaf bir tanımlamayla –sanki başka insanlar bir topluluk oluşturmuyormuş gibi– "cemiyet hayatı" adı verilen dar bir çevreyi izlemekle yükümlü dergilerde yayımlanan binlerce fotoğrafının her birinde son derece şık, zarif, kibar ve yüzüne iliştirdiği hoşgörülü bir gülümsemeyle poz vermeyi başarırdı. Giyimine, hareketlerine; bir zamanlar okuduğu Eton Koleji havası silinmez bir asalet damgası gibi vurmuştu. Orada okuyan ama asil olmayan gençlere yakıştırılan, küçümseyici snob (*sine nobilitate*) tanımı onun için hiç kullanılmamıştı. Çünkü snob değildi, hiç değildi. Kendine göre gelenekleri ve serveti olan köklü bir Anadolu ailesinden geliyordu. Zehra'ya göre ailede snob tanımına uyan biri varsa o da Ergun Bey'in eşi Elmas Hanım'dı. Elmas Hanım, görenlerin hakiki mi sahte mi olduğunu merak ettiği bir tektaş gibi, çelişkili biçimde davranmaktan vazgeçmiyordu. Üstelik, mahfazasından fırlayacakmış gibi eğreti duran, yerine oturmayan, ilerleyen yaşına rağmen (kocasından beş yaş küçüktü ama soranlara dokuz yaş diye açıklama yapma huyu vardı, inandırıcı olsun diye on değil de, dokuz derdi) dengesiz davranışlarda bulunarak Ergun Bey'i utandıran bir pırlantaydı bu. En azından Zehra açısından pırlanta değil, olsa olsa gösterişli ama değersiz bir boncuktu.

İlk konukların altın varaklı kapıdan girdiklerini gördüğü anda kendini topluyor Zehra. O her zamanki iş bilir, eline ayağına çabuk, sorun çözen, her şeye çare bulan, kısacası herkes için hayatı kolaylaştıran sağ kol oluyor yine.

Konuklarla birlikte, deniz kokuları getiren akşam serinliği süzülüyor içeriye; özenle süslenmiş beyaz masa örtülerinin eteklerini, vazolardaki çiçeklerin yapraklarını, uzun tuvalet giymiş hanımların şifonlarını, dalgalı saçlarını hafifçe kıpırdatıyor; teşrifatçı kızların ellerinde tuttukları kâğıtların köşelerini, gelenleri karşılamak için girişte bekleyen Ergun Bey'in ceket cebindeki mor ipek mendilin uçlarını oynatıyor. Ve o sırada Sultanahmet Camii'nin minarelerinden yükselen yatsı ezanı duyuluyor. Sonra, o müezzinden işaret almış gibi uzaklı yakınlı birçok ezan sesi birbirine karışıyor. Zehra şampanya yudumlayan bazı konukların kadehlerini masaya bırakarak ve sessizce dudaklarını kıpırdatarak "Aziz Allah" diye mırıldandıklarını görüyor. Tarihi yarımada; sesiyle, camlara yaslanan akşam karanlığıyla, havadaki tatlımsı deniz nemine karışmış hafif is kokusuyla salona doluyor.

Ergun Bey bir yandan her konuğun elini sıkıp nazikçe bir iki söz ediyor, bir yandan da bir türlü yanına gelemeyen eşine bozulduğunu ele veren bakışlar atıyor geriye doğru. Oğlu Kaan Bereket deseniz, zaten yanına gelmez, davette bulunduğu bile kuşkulu. Ama belki de geçen hafta magazin basınında geniş yer bulan, tantanalı bir gece kulübü skandalıyla ayrıldığı eski sevgilisini kıskandırmak için, yanında bir yeniyetmeyle fotoğrafçıların önüne geçebilir. Bir de yeni spor arabasının fotoğrafları çıksın diye. Magazin gazetelerinde fotoğrafının görülmediği günü, yaşanmış saymayan genç irisi bir çocuk bu. Zehra, oğlanın babasının hayattaki en büyük üzüntü kaynaklarından biri olduğunu, onu yetiştirirken nerede yanlış yaptım diye sık sık düşündüğünü, kabahati karısında bulduğunu biliyor. Daha neler biliyor böyle neler; aile, iş, politika, özel yaşamlar, entrikalar... Hepsini değilse bile bir bölümünü anlatıyor büyük patron ona. Çünkü Ergun

Bey'in sırdaşı o; belki de –ne kadar yapabildiği meçhul ama– yüreğini döktüğü tek insan.

Bu sırada birden, davetin başlangıcı için seçtiği müziğin çalınmadığını fark ederek sinirleniyor. Bir el işaretiyle yakınında bulunan kızı çağırıyor. "Git bak bakalım Aysel" diyor, "DJ uyumuş mu?" Kız gülüyor, çünkü DJ'den kastedilen Emre'nin, Zehra'yla, nasıl demeli, çok içlidışlı olduklarını, hatta bazı geceler birlikte kaldıklarını biliyor. "Aynen böyle mi söyleyeyim Zehra Hanım?" diye soruyor. Zehra öfkeden gözlerini açarak, "Evet" diyor, "aynen böyle söyle, DJ'yi uyandırmaya geldim de, hadi koş koş!" Hafif azarla yüzündeki gülümseme silinmemiş olan kız süzülüp gidiyor. Zehra'nın içini bir pişmanlık kaplıyor; keşke bu kıza bağırmasaydım diye yazıklanıyor. *Ne suçu var garibanın?* Ama huyu böyle, kendisine engel olamıyor, en ufak terslikte başlıyor saydırmaya.

Başlangıçta bu kızcağızların hepsi ona *abla* diyorlardı, içine düştükleri bu soğuk ve düşman çevrede bir koruyucu bulmuş olmanın verdiği sıcaklıkla, bir mahalle ortamı güvenliği arayarak; ama Zehra onlara bunun yakışık almayacağını anlatmıştı sabırla. Ablaları olmasına ablalarıydı elbette ama iş dünyasının kurallarına göre ona *Zehra Hanım* demeleri, hatta birbirlerine bile hanım diye seslenmeleri gerekiyordu. Kızlar ilk başlarda birbirlerine *Ayşe Hanım, Sevim Hanım, Merve Hanım* demekte zorlanmışlardı ama sonra henüz biçimlenip katılaşmamış kişiliklerinin esnekliğiyle çabucak alışıvermişlerdi buna da.

Aysel biraz sonra geliyor; "DJ bey selam söyledi, salon biraz daha kalabalıklaştıktan sonra başlayacağını iletmemi istedi" diyor. Sonra gülerek ekliyor: "O zamana kadar kendisini uyandırmamanızı rica ediyor." Besbelli, bütün genç kızlar gibi bir ilişkiye tanık olmak onun da hoşuna gidiyor, dudaklarındaki sırdaşça gülümseme bunu anlatmakta. Ne var ki Zehra her zaman olduğu gibi işle sevdayı birbirine karıştırmamaya kararlı. Kızı da hemen ciddileştiren sert bir ifadeyle, "Git söyle, hemen başlasın" diyor, "çocuk oyuncağı değil ki bu!" Biraz sonra salonun yumuşak atmosferine Pachelbel akorları süzülmeye başlıyor ve atmosfere hemen bir soyluluk duygusu katıyor. Pachelbel'in *Canon*'u, tam da Zehra'nın umduğu gibi binanın, dekorun, mobilyaların kalitesini yükseltiyor, salondaki insanları daha yukarı bir noktaya çekiyor, kadınların dudaklarına iliştirdikleri gülümsemeye zarafet katıyor, smokinlerin içinde bunalan erkekleri daha dik durmaya zorluyor. Ve o sırada Zehra birdenbire DJ şakasının ardındaki gerçeği anlayıveriyor, bir ışık yanıyor zihninde. Hınzır çocuk ezanların bitmesini bekledi elbette, beni korumak için yaptı. Bunu nasıl daha önce akıl edemediğine şaşırıyor. Kim bilir kaçıncı kez, yahu bu salak oğlanı sahiden seviyorum galiba, diye düşünüyor.

Salondaki yüzlerce kişiden yayılan fısıltılar, gülmeler, alçalan ve yükselen sesler hep birden müzikal bir yumak oluşturup Pachelbel'in *Canon*'una eşlik ediyor sanki. Zehra, parça başladığı zaman "Aaa Bach!" diyen yarı bilmişlerle "Hayır Bach değil, Pachelbel" diye düzelten çok bilmişleri ve diğer sesleri; birbirlerine eğilip bazen çok dramatik, bazen komik, bazen de sevecen ifadelerle bir şeyler anlatan kadınları, sanki dünyanın son günüymüş gibi ciddiyetle politika konuşan erkekleri, müziğe hiç aldırmayan insanların kakofonisini, inip çıkan yaylılarla birlikte duyuyor. Önce dörtlük, sonra sekizlik, sonra da on altılıklara bölünerek ilerleyen muhteşem eseri gitgide hızlanan ve kanon formunu benimseyen sözlerle bütünleştiriyor zihni ve salonda durmadan konuşmakta olan davetlilerin iç içe geçen sözlerini, gülüşlerini esere ekliyor.

Zehra garip çalışan zihninin bu şakasına gülüveriyor birden. Daha önce hiç âdeti olmadığı halde böyle müzikal şakalara başvurması Emre'nin etkisinde çok fazla kalmış olmasına bağlı galiba. Toprağı bol olsun Pachelbel dirilse de bunları duysa o barok eseri bestelediğine de besteleyeceğine de pişman olur mu acaba? İsa Mesih'in adını göklere yazmak isteyen eserin Allah Allah salvoları altında inlediğini görse, Konstantinopolis bir kez daha kaybedildi, şehir düştü duygusunu yaşar mı? Emre'nin, "Dışarıda barok var, bizde de Kapalıçarşı barok" sözüne uygun olarak bu süslemeci, oymacı kakmacı, eskici püskücü, yıldızı yaldızı bol şehirde; disko hoparlörleri takılmış binlerce minareden aynı anda salvoya başlayarak bebekleri beşiklerinden, hastaları döşeklerinden zıplatan, bet avaz müezzin terörü altındaki bu hengâmede, post-modern arabesk haykırışlar arasında insan ruhunu yukarı çeken bir müzik nasıl yapılabilir ki? Nitekim Pachelbel başlar başlamaz, insanların kulakları dikilip kendilerini yukarı doğru çeken soyluluk havasını taze bir esinti gibi hissetseler de böyle bir şeye alışık olmadıkları için hemen kendi rutin dünyalarına doğru alçalmaya başlıyorlar.

Zehra, ideolojik gurusu Emre'nin öfkesine, bazen çok acımasız bulduğu burjuva aşağılamalarına alışkındı, zaman zaman da hak vermiyor değildi ama tartıştıkları her seferinde söylediği gibi, bu durum sadece İstanbul'a ait bir özellik değildi; bütün dünyada dönemin ruhu buydu. Yalnız Türkiye değil, dünya da idiokrasi dönemine girmişti. Aslında Zehra etkilenmesine etkileniyordu ama bir yandan da Emre'yi aşırı, çok keskin buluyor, dünyaya biraz daha bilgece bakmaya, her insanı kendi koşulları içinde düşünmeye zorluyordu. Ne de olsa gözünün önünde bir örnek vardı: Her şeyi ve herkesi anlamaya çalışan, dünyayı değiştirmeye kalkmadan önce kendisini değiştirmeye gayret eden, "eğer bir kavga varsa kusur iki taraftadır" diyerek hayatı ılımlılık olarak anlayan, yani gerçek olamayacak kadar bilgeleşen işçi emeklisi babası. Ama nerde! Haşarı, delifişek, kabına sığmayan, isyankâr çocuk bitmek tükenmek bilmeyen bir enerjiyle konuşarak, roman yazarak, sivri dilli şakalar yaparak dünyayı düzeltmeye gayret ediyor. Ama o kadar sevimli, o kadar hoş ki, Zehra ona bayılmakta haksız olmadığını düşünüyor. En iyisi babası gibi birinin yine baba olarak kalması, âşığının ise biraz; nasıl demeli, serseri takılması. Tersi çekilmez olurdu doğrusu. İhsan Bey gibi bilge bir koca ve Emre gibi serseri bir baba! *Aman Allah korusun, dünya böyle iyi.*

Zehra o sırada Elmas Hanım'ın geldiğini görerek rahatlıyor. Hiç olmazsa "İmparator" gelmeden, kocasının yanında yerini alabildi. Siyah uzun tuvaleti, yüksek topukları, boynundaki gösterişli kolyenin takımı olan pırlanta küpeleriyle, ağır bir makyaj yapmış. Bir zamanlar güzel olduğu anlaşılan yüzünü üst üste geçirdiği ameliyatlarla mahvetmiş, doğal ölçüleri altüst olduğu için görende merhametten başka bir duygu uyandırmayan plastik bir maskeye dönüştürmüş. Yazık! Ama suç kendisinde.

Bir yandan da kaygılanıyor Zehra. Bu akşamı hayırlısıyla atlatabilseydik, diyor içinden. İki büyük kaygısından biri, İmparator'un daha da gecikerek, kapıda beklemekte olan Ergun Bey'le eşini küçük düşürmesi; ikincisi ve daha büyüğü ise, bir krizin daha gelip onu herkesin içinde yere serivermesi. Tam o sırada kapıya yanaşan koruma arabaları, yanıp sönen ışıklar, İmparator'un geldiğini müjdeliyor.

İmparator'un görkemli girişine ve Elmas Hanım'ın gafına dair

İmparator iriyarı bir adam. Kafası, omuzları, elleri, ayakları, ağzı, burnu, her yeri çok büyük; bilekleri kalın, bakışları haşin. Çehov'un, bu dünyada küçücük bir yer işgal ettiği için amirinin karşısında ezilip büzülen, yok olmaya çalışan küçük memur karakterlerinin aksine, bu adam yeryüzünde iki üç insanoğlu kadar yer kapladığı için çevresine ha patlattı ha patlatacakmış gibi tehdit edici bir hava yayıyor. Böyle iri adamların Türk dünyasında korkuyla karışık bir saygı uyandırdığını bilen Zehra –bu da hayatını Türkler hakkında gözlem yapmaya harcayan Emre'nin "yemek buldun ye, dayak gördün kaç" teorisini doğrulayan bir şey– adamın çevresinde oluşan saygı halesinin, herkesi dövebilecek olmasından mı, kapladığı hacmin ürkütücülüğünden mi, yoksa para gücünden mi olduğunu kestiremiyor ama İmparator'un salona, süet smokin içinde müthiş bir görkemle girdiği kesin – bu arada Zehra hayatında ilk kez süet smokin görüp, bunun çok komik olduğunu düşünüyor. Ergun Bey abartılı sayılabilecek kadar zarif bir biçimde İmparator'un elini sıkıyor, onu görmekten ne kadar memnun olduğunu söylüyor. Bu sırada –denildiği gibi– bir kameraman ordusu görüntü alabilmek için birbirinin üstüne tırmanmakta. İmparator'un arkasında en az on beş kişilik maiyeti var. Tam yanında da görenlerin ağzını açık bırakan, düşlerden fırlamışa benzeyen sarışın bir kız duruyor. Kuzeyli sarışın ırkla Asyalı ırkın birleşiminden –özellikle elmacıkkemiklerinden anlaşılıyor bu– doğmuş bir tanrıça görüntüsü herkesi sarsıyor. İmparator onu Ergun Bey'e ve elini sıktığı Elmas Hanım'a "Tanya" diye tanıştırıyor. "Moskva'dan" –Moskova değil de Rusların söylediği gibi Moskva!– diyor, sonra da, "kendisi bizim hanım sayılır" diye bir açıklama daha yapıyor. Türkçeyi koyu bir Orta Asya aksanıyla ama kusursuz konuşuyor. Ergun Bey'le Elmas Hanım bakışıyorlar; belli ki İmparator metresini getirmiş oraya, yapacak bir şey yok. İmparator'a karşı koymak ne mümkün! Adam da, kız da onlara en az yirmi santim yukarıdan bakıyorlar zaten. Hatta kız yüksek topukların üstünde İmparator'dan daha da uzun. Ayrı dünyadan gelmiş yaratıklar gibi ikisi de. Salon sessizliğe gömülmüş, bu görkemli konukları izliyor. Normalde bu kadar güzel bir kızın varlığından rahatsız olan diğer kadınlar –gözlerini ondan alamasalar da– onun medeni halini bahane ederek saldırıda bulunur, böylece Tanrı'nın adaletsizliğinin intikamını almış ve kızı aşağılamış olurlar ama bu durumda böyle davranmaları mümkün değil. Olsa olsa kuzeylilerin çok güzel bir ırk olduğu ama çabuk bozuldukları, kırk yaşından sonra yüzlerine bakılmaz hale geldiği söylentilerine sığınabilirler yüreklerini soğutmak için. Bir süre sonra Ergun Bey Tanya'nın elini alıp nazik bir hareketle dudaklarına götürüyor ama Eton mezunu bütün görgülü insanların yapacağı gibi değdirmeden bırakıyor; çok memnun olduğunu belirtiyor İngilizce olarak. Elmas Hanım da kızın elini sıkıyor. Tanya bütün bunlara hafif bir reveransla karşılık veriyor; uzun bacaklarını hafifçe büküyor, yüzünde kibar ama gizemli bir gülümsemeyle onları selamlıyor. Sonra iki yana açılan kalabalığın arasından geçerek yemek salonuna gidiyorlar, onları hayranlıkla izleyen insanlar da peşlerine takılıyor. Tam bu sırada Dvořák müziği patlıyor kulaklarda: *Yeni Dünya Senfonisi*, imparatorlara yaraşan bir müzik. Zehra içinden, aferin Emre diyor ama yine de, keşke bir zıpırlık yapmasa diye düşünmeden edemiyor.

Yemek salonu çok zevkli bir biçimde hazırlanmış. Yuvarlak masaların üstünde taze çiçeklerden yapılmış, kokularıyla ferahlık veren süsler, beyaz kolalı örtüler, peçeteler, gümüş altlıklar, en iyi kalite porselenler, gümüş çatal bıçak takımları, kesme kristal kadehler var; yani kusursuz bir yemek daveti için her şey hazır: şık bir sahne, kürsü, mikrofon, yumuşak, göz almayan ışıklar, iyi eğitilmiş, sessizce oradan oraya koşturan garsonlar... Zehra bir çırpıda her şeyi gözden geçiriveriyor; şimdilik bir aksaklık yok. Bu arada Ergun Bey İmparator'u ve Tanya'yı sahnenin tam karşısındaki 1 numaralı masaya buyur ediyor. İmparator, Ergun Bey, Tanya, ona "buyur şekerim" diyen Elmas Hanım, Amerikan büyükelçisi, eşi, Ortodoks patriği ve İstanbul'un önünde ceket iliklediği birkaç önemli işadamı da 1 numaralı masada yerlerini alıyorlar. Hepsinin yüzünde kibar bir gülümseme var. Tam o sırada Zehra, Elmas Hanım'ın kendisine işaret ettiğini görüp yanına gidiyor, ona doğru eğiliyor. Elmas Hanım kulağına, "Zehracım, şu konuşmanın İngilizcesini düzeltsene" diyor. "Konuşma sayın Bay ve Bayan Hamzatbekov diye başlıyordu ama belli ki adamın yanındaki karısı değil. Ne diyeceğimi bilemedim. Bir bakıver kızım." Zehra konuşmanın yazılı olduğu kâğıdı alıp bir köşeye çekiliyor. Bay ve Bayan Hamzatbekov adının üstünü çizip "Our dear guests Mr. Hamzatbekov and Miss Tanya" yazıyor. Kâğıdı Elmas Hanım'a geri götürüp konukların anlamasına fırsat vermeden örtünün altından kaydırıveriyor. Kadın gözucuyla kâğıda bakıyor, tamam diye başını sallıyor. Bu arada diğer konuklar da adlarının yazılı olduğu masalara oturmuşlar, yemeğin başlamasını bekliyorlar. Kimse gözlerini 1 numaralı masadan alamıyor. Kendi aralarında konuşurken bile o masaya bakıyorlar. Zaten o masa hakkında konuştukları da kesin. Zehra'nın duyarlı kulaklarına, "Bu dev, o kızcağızın pestilini çıkarır yatakta be" diyen bir kadın sesi geliyor. Ardından gülüşüyorlar. Belli ki konuklar arasında cinsel fanteziler almış yürümüş. Eee, İstanbul bu. Cinselliğin konuşulmadığı masa olur mu hiç!

Parlak mor ceketli, saçları jöleli yakışıklı sunucu da tam o sırada çıkıyor sahneye. Aşırı özenli Ankara Devlet Tiyatrosu telaffuzu ve bariton sesiyle, "Hanımefendiler, beyefendiler hoş geldiniiiiiiiz, sefalar getirdiniiiiizzz" diyor ve salondakiler tarafından alkışlanıyor. Emre son anda, bir kreşendoyla yükselen sese acayip bir eko yüklemiş olmalı ki, "diniz diniz niz niz niz" diye yankılanıyor ses. Sunucu, "Şimdi konuşmasını yapmak üzere zarif ev sahibemiz sayın Elmas Bereket Hanımefendi'yi sahneye davet ediyorum" dediğinde Elmas Hanım, ancak yakından tanıyanların anlayabileceği bir telaşla yerinden kalkıyor, alkışlar arasında sahneye çıkıyor, sunucu iki basamak yükseklikteki sahneden uzanıp hanımefendinin elini tutuyor, onu kürsüye götürüyor. Elmas Hanım dar eteğinden dolayı yan yan çıkıyor basamakları. Sonra utangaç bir gülümsemeyle elindeki kâğıtları kürsüye yayıyor, gözlüğünün üstünden salona bakıyor; konuşmaya hazırlanan her Türk'ün yaptığı gibi mikrofon başlığına birkaç kez küt küt diye vuruyor. Bu seslerle mikrofonun açık olduğuna kanaat getirdikten sonra en başta Patrik Hazretleri'ne, İmparator'a, sonra Miss Tanya'ya, Amerikan büyükelçisi ve saygıdeğer eşine, hanımefendilere, beyefendilere, sevgili dostlarına hoş geldiniz demek istediğini belirtiyor. Onları burada görmekten, değerli eşiyle kendisinin büyük bir onur duyduklarını, bu muazzam otelin açılış davetinde buluşmanın yarattığı heyecanı anlatıyor. Fatih'lerin, Kanuni Süleyman'ların sarayına ve muhteşem camilere bu kadar yakın bir yerde, İstanbul'un tarihi kalbinde bulunmanın ne büyük bir mucize olduğunu sayıp döküyor. Bu arada Zehra sessizce bütün kelimeleri Elmas Hanım'la birlikte tekrar ediyor. Çünkü günler öncesinden, Emre'nin acımasız alaylarına katlanmak zorunda kalarak, konuşmayı yazan kendisi. Neyse, Elmas Hanım, –çok şükür– kazasız belasız konuşmayı bitirip bu sefer telaffuz etmekte epey zorlanarak İngilizce konuşmaya başlıyor. Kâğıdı yaklaştırarak tane tane, yine aynı kişilere teşekkür ediyor, hoş geldiniz diyor. Eh fena da götürmüyor doğrusu. Büyükelçiye *his excellency* demeyi bile kıvırıyor ama ah o Süleyman bölümü yok mu, ah o Kanuni bölümü? Olmaz olaydı! Oraya gelir gelmez öyle bir şey yapıyor ki, Zehra o ismi yazdığına yazacağına bin pişman olup yerin dibine geçiyor. Elmas Hanım, "Süleyman *the law maker*"ı, "Süleyman *the love maker*" diye telaffuz ettiği anda, kendisi koskoca padişahı kanunilikten bir seks makinesine indirgediğini fark etmemiş olsa bile salonda bir kahkaha patlıyor, Amerikan büyükelçisinin karısı kendini tutamayıp içkisini püskürtürken kıpkırmızı kesiliyor. Zehra, Ergun Bey'in yüzünde korkunç bir küçümseme ve neredeyse nefret diyebileceği bir ifade görüyor. Zavallı Elmas Hanım konuşmasını apar topar bitirip iniyor. Masaya döndüğü zaman, elini sıkıp tebrik eden, sonra da sandalyesini tutan büyükelçinin şefkatiyle sarılıp sarmalanarak yerine oturtuluyor. Kadının yüzünde bir panik ifadesi görüyor Zehra. Onun çok acı çektiğini düşünüyor ama bu sırada o acıyı artıran bir şey daha oluyor. Herkesin kulak tozunda patlayacak kadar yüksek biçimde bir mehter marşı duyuluyor salonda: "Ceddin deden, neslin baban / Hep kahraman Türk milleti / Pek çok zaman vermiştiler / Dünyaya şan..."

Emre'nin bu zıpırlığı Zehra'yı iyice kızdırıyor. "Zalimlik bu" diye düşünüyor. Zaten perişan olmuş kadını daha da rezil etmeye çalışmak insafsızlık değil mi? Tam içeri haber gönderecekken, sanki kendisini duymuş gibi –sonradan yazıldığı ve uyduruk olduğu belli– mehter marşını kesiyor. Belki de bulunduğu bölmeden Zehra'nın yüzündeki hoşnutsuzluğu gördü. Kimse onu göremez ama o, tercümanların kullandığı camlı kabinden her şeyi izleyebilir. Aynen istediği gibi.

Bu sırada Amerikan büyükelçisi sahneye çıkıp Türkçe bir konuşma yapıyor. Kırık dökük bir Türkçe bile olsa izleyicilerin çok hoşuna gidiyor bu. Sonuçta koskoca Amerika'nın koskoca büyükelçisi, boru değil. Türkçe konuşuyor. *Ne büyük onur, ne büyük onur!*

Büyükelçi, Başkan Obama'nın ilk yurtdışı gezisinde ziyaret edip hayran kaldığı caminin bu kadar yakınındaki bu görkemli otelde bulunmanın tarihi önemini vurguluyor ama herhalde kibarlığından –diye düşünüyor Zehra– o caminin önünde eskiden Roma hipodromunun bulunduğunu söylemiyor. Ne de olsa diplomat tabii. Türklerin, bu şehri kurmadıklarını, zapt ettiklerini sürekli olarak hatırlatmak ister gibi, fethin bilmem kaçıncı yıldönümünü kutlamaya çok meraklı olduklarını biliyor. Binlerce yıllık İstanbul'un tarihini fetihle başlatıyorlar.

Büyükelçi alkışlar arasında sahneden indikten sonra, mor ceketli sunucu yine çıkıyor ve daha eğlence başlamadığı halde yanlış bir yerde, "Hanımefendiler, beyefendiler eğleniyor muyuuuuuz?" diye soruyor. Hınzır Emre bu soruyu da "muyuz muyuz uyuz muyuz uyuz uyuz" haline dönüştürüyor. Sonra sunucu durumu toparlıyor ve gecenin en önemli anına geldiklerini belirterek, Kazakistan'dan İmparator lakaplı –petrol, doğalgaz, alüminyum ve daha birçok şeyin imparatoru– işadamı Sayın Gaydar Rustemoviç Hamzatbekov'u ve bu oteli onunla birlikte yapmaktan onur duyan ortağı, Türkiye'nin imparatoru Ergun Bereket Beyefendi'yi sahneye davet ettiğini duyuruyor. İriyarı Hamzatbekov ve yanında çocuğu gibi kalan zarif Ergun Bey ayağa kalkıyorlar. Ergun Bey konuğuna, önden buyurun der gibi yol gösteriyor ama adam bütün heybetiyle olduğu yerden kıpırdamıyor, sadece alkışlayanlara el sallıyor. Ergun Bey bu durumda ne yapacağını bilemiyor. Adamı ite kaka sahneye çıkaracak hali yok, yalnız da çıkamaz. İster istemez mahcup bir gülümsemeyle bekliyor. Sonra Hamzatbekov kocaman votka kadehini kaldırıyor, gür bir sesle "Kazakistan'ın ve Türkiye'nin saltanatı içün" diye bağırarak, su bardağı büyüklüğündeki kadehi lıkır lıkır içip bitirerek yere fırlatıyor. Kadeh yerde tuzla buz olup dağılınca kalabalık ayağa kalkıp İmparator'u çılgınca alkışlıyor. Tam o anda Emre iktidar partisinin seçim şarkısı Dombıra'yı patlatmaz mı? İktidarın başındaki kişiye uyarlanan Kazak halk türküsünün yarattığı coşku kimilerini mutlu ediyor, kimilerini mutsuz ama salondaki en üzgün kişi Elmas Hanım. Zehra kadıncağızın dertli dertli önüne bakmasından, kenetlediği ellerinden, titreyen altdudağından ne kadar perişan durumda olduğunu anlayabiliyor; yemek başladığı sırada masaya gidip herkesin duyabileceği şekilde hanımefendiye acil bir telefon geldiğini bildiriyor; konuşmak için müsait olup olmadığını soruyor. Çünkü kadının o anda ağlamaya başlayacağından, büyük bir rezalet çıkacağından emin. İçeri muhabir almamış olmalarına rağmen gazete ve televizyonların yöneticileri var, ayrıca kimse Twitter'la, Instagram'la haberleşmeyi kesmiş değil. Zehra'nın sözleri üzerine İmparator ve büyükelçi ayağa kalkıp saygı gösteriyorlar, böylece Elmas Hanım da yüzündeki ezik gülümsemeyle masadan kalkıp, Zehra'yla birlikte hızlı hızlı üçüncü kattaki süite koşma olanağını buluyor. Daha koridorda onun hıçkıra hıçkıra ağlamaya başladığını gören Zehra, ne kadar doğru bir iş yapmış olduğunu kavrayarak kadını odada yalnız bırakmak istiyor. "İsterseniz yüzünüzü yıkayın, biraz dinlenin hanımefendi, ben yarım saat sonra gelip sizi alırım" diyor ama perişan durumdaki kadın Zehra'nın elini bırakmıyor, onu da içeri çekiyor.

Zenginin malı ve züğürdün çenesine dair

Ergun Bey, günün bir kısmını ülkeye nam salan holdingin merkezinde, bir bölümünü de görkemli Bereketzade Yalısı'nın üçüncü katındaki çalışma odasında –salon demek daha doğru– geçirdiği için, ondan hiçbir zaman ayrılmayan Zehra'nın yolu da sık sık lacivert denizde beyaz yansımalar yaratan, gece de ışıklarıyla bir şehrayin esrikliği yaşatan görkemli yalıya düşer. Çünkü ya akşam yemeğine önemli konuklar gelecektir, ya bahçede bir davet verilmektedir ya da aile içinde doğum günü, evlilik yıldönümü gibi kutlamalar vardır. Küçük olsun, büyük olsun, herhangi bir sorunla karşılaşan Ergun Bey'in, çevresine baktığı anda Zehra'yı görecek durumda olması yazılı olmayan bir kuraldır. Zehra, Ergun Bey'in yüz ifadesinden, eliyle yaptığı küçük bir işaretten, hatta bakışından ne yapılması istendiğini anlar, ona göre davranır. Lafı uzatan, kendisini sıkboğaz eden bir konuktan kurtulmak mı istiyor; Zehra'ya bir bakış atması yeterlidir. Davette, ona yaklaşma olanağı bulmuş biri bu fırsatı büyük bir şansa çevirmek için randevu peşinde mi koşuyor; Ergun Bey'in şöyle sinek kovar gibi belli belirsiz bir hareket yapması Zehra'yı o saniye harekete geçirir. Kısacası, beklendik ya da beklenmedik her durumda Zehra bir çaresini bulur, sorunu çözer. Başkasının yerine oturan konuklar, açık saçık şakalarla davetin "nezahetine" gölge düşürenler, fenalık geçirerek doktora ihtiyacı olanlar, içkiyi fazla kaçıranlar gibi, insanların bir araya geldiği her yerde rastlanabilecek binbir küçük aksilik onun "yetki ve sorumluluk alanı"na girer.

Yalıdaki emektarlarla da iyi dosttur Zehra. Ne de olsa kendisi de büyük bir özveriyle okutulabilen, dar gelirli bir ailenin kızıdır. Bu yüzden de kendini aileden çok çalışanlara yakın hissetmesi ve Kâhya Mehmet Amca'nın ya da eşi Gülnaz Teyze'nin yanında daha rahat ettiği için her fırsatta alt kata, onların yanına gitmesi doğaldır. Bu emektarlar Bereket ailesinin üç kuşağını, yani Ergun Bey'in babası İsmail Bereket'i, annesi Cavidan Hanım'ı da tanıdıkları için, Zehra onlardan ailenin geçmişiyle ilgili çok şey öğrenir. Mehmet Amca'nın sohbetlerinde İstanbul'un zenginleri ve yalı sahipleri, hep dönemlerle anılır; çünkü o siyasi dönemlerde zengin olmuşlardır. Mesela "Abdülhamid zenginleri" diye bir kategori vardır. Yıldız Sarayı'nın, vehimler içinde yaşayarak, hayatı kendisine de kullarına da zehir eden talihsiz sultanı, hafiyelik yapanlara ödül olarak Boğaz'da yalı, Nişantaşı'nda konak hediye etmiştir. Daha sonra "harp zenginleri" gelir. Bunlar, Birinci Dünya Harbi'nde silah ve petrol ticareti yapan, kaçak şeker, kaçak kömür, kısacası her türlü malın kaçakçılığını yaparak zengin olanlardır ki, onların yerini yine Mehmet Amca'nın deyimiyle "Cumhuriyet zenginleri" almıştır. "İstiklal Harbi'nden sonra zenginlik el değiştirdi kızım" diye anlatır Zehra'ya. "Servetler gayrimüslimlerden alınıp Müslüman Türklere verildi, Türk zenginler ortaya çıkarıldı."

Zehra'nın anladığı kadarıyla, Bereket ailesinin serveti de Ankara hükümetinin verdiği bazı ayrıcalıklar sonucunda ortaya çıkmıştı. Yoksa İsmail Bey'den önce, Bereketzadeler Anadolu eşrafından varlıklıca bir aileydi. Böyle uluslararası bir endüstri, banka, ithalat ihracat imparatorluğu hayallerinden bile geçmezdi. İsmail Bey'in kendi halinde bir zahire tüccarı olan babası Bereketzade Hacı Mustafa, gelecekten mesaj alabilse ve *Forbes* dergisinin dünya zenginleri listesinde üst sıralarda Bereket adını görseydi düşer bayılırdı herhalde. Ama o zamanlar ne Cumhuriyet hükümeti vardı ne *Forbes* dergisi. Herkes padişahın kuluydu; az sayıda kulun okuyabildiği tek yazı da Osmanlıcaydı. Günde beş vakit namaza giderler, başlarına püsküllü fes, mestlerinin üstüne lastik galoş takarlar, ramazanda oruç tutarlar, bol bol koyun eti ve pide yerler, etli butlu esmer kadınlardan hoşlanırlar, sarışınlara tüyü bozuk derler, güneşten kaçarak beyaz kalmaya çalışırlar, bir dirhem et bin ayıp örter diyerek zayıf insanları, avurtları çökmüş kadınları ve erkekleri çok çirkin bulur, onlara acırlardı. Yani rahmetli İsmail Bey'in babası (Ergun Bey'in dedesi oluyor bu durumda) Bereketzade Hacı Mustafa Efendi mezarından kalkıp da Konstantiniyye Oteli'nin o görkemli açılış törenini görebilse, diyetisyen peşinde koşarak avurtları çökmüş, köprücükkemikleri tuzluk gibi fırlamış, üstelik solaryumlarda marsık gibi kararmış kızları görse, "Vah vah ümmet-i Muhammed aç sefil olmuş" diye çok üzülür, ayrıca bu kadınların niye böyle (sözü meclisten dışarı) fahişe gibi giyindiğine, kulak tırmalayan gâvur müziğiyle ortaya fırlayıp köçeklik yaptığına, onca erkeğin arasında nasıl olup da arsız arsız güldüğüne akıl sır erdiremezdi. Hele yanılıp da önüne somon, saşimi, havyar vesaire koymaya kalksalar, tadına bakar bakmaz –yüzünüze güller– istifra eder, o davetten mücrim gibi kaçarak, kendi ahşap Anadolu konağındaki keşkek ve etli ekmek ziyafetine, göz nuruyla işlenmiş beyaz dantelli, Hacı Şakir sabunlu, keyif kahveleri için cezvelerin sürüldüğü mangallı, gusül abdestli, teravih namazlı, karınca dualı, gülsuyu kokulu, çınar ağaçları altında sessizce yaşayan Osmanlı dünyasına rücu eder, gördüğü karabasandan uyanmanın çarelerini arardı.

Bereketzade Hacı Mustafa Efendi, İstanbul Boğazı'ndaki bu görkemli, otuz altı odalı yalıyı görmemişti; hatta İstanbul'a yolu bile düşmemişti. Yalıyı alan, oğlu İsmail Bey'di.

Cumhuriyet'in ilk Türk zenginlerinden biri, belki de birincisi. Hükümet ona "orduya zahire temini" görevini verince para kazanmamak mümkün değildi ki zaten. Bereketzade ailesinin kulaklarından bir anda para fışkırmaya başlamıştı. İsmail Bey bu sermayeyi büyük bir holdinge dönüştürmüş, onun oğlu Ergun Bereket de Amerika'dan Japonya'ya her milletten ortaklarla, şirketlerini uluslararası boyuta taşımıştı.

Elmas Hanım kendisine sakinleştirici bir şurup hazırlarken, onun oturttuğu koltukta ses çıkarmadan bekleyen Zehra başına yıldırım gibi giren ani bir ağrıyla sarsılıyor. Aynı anda midesi de ağzına geliyor sanki. Çok şiddetli bir atak bu ama Allahtan hemen geçiyor. "Ben buradayım" diye hatırlatmak istiyor sanki kendini. Acaba gerildiği, heyecanlandığı zaman daha mı sıklaşıyor bu ataklar? Herhalde öyle. Zehra kadına bir şey belli etmiyor, kendini toparlıyor. Bu ağrılar bir saniye bile sürse hemen başına doğru bir sıcaklık yükseliyor, ter içinde kalıyor. O akşam kim bilir kaçıncı kez, Allahım olmasın, olmasın diye yalvarıyor. Bu geceyi atlatır atlatmaz doktora gidecek. Allah'a söz veriyor, yemin ediyor.

Bu arada Elmas Hanım'ın titreyen bir sesle, "Mahvoldum" dediğini duyuyor. "Kızım bu sefer gerçekten mahvoldum, artık İstanbul şıllıklarının dilinden kurtulamam, basın da yazar. Oooo, çalkalanır ortalık."

Zehra ne diyeceğini bilemiyor, kadının söyledikleri doğru, sahiden de İstanbul zenginleri şimdi bu kadıncağızı tefe koyar ama bu da söylenmez ki. İster istemez Elmas Hanım'ın durumu abarttığını, bir dil sürçmesinin herkesin başına gelebileceğini, hem zaten Türkçede w harfi olmadığı için v ile sık sık karıştırıldığını, *law* yerine *love* demenin çok da büyük bir hata sayılamayacağını söylüyor. Ama sözleri kendi kulağına bile ikna edici gelmiyor. Bal gibi de büyük bir hata bu; Süleyman'a kanun yapıcı yerine "sevişgen" demenin mazur görülebilecek bir yanı yok. Ama babasının o sevimli Doğu şivesiyle söylediği gibi, "Denmiyi ki diyesin!" Durum aynen böyle ama kadıncağız bu cılız teselli cümlelerine bile dört elle sarılıyor; "Öyle mi diyorsun kızım" diyerek, gözlerini öyle sine yalvar yakar bir ifadeyle Zehra'ya dikiyor ki kızın artık başka çaresi kalmıyor. Onu rahatlatabilmek için aklına geleni söylemeye başlıyor.

Elmas Hanım bir süre sessizce gözyaşı döküyor; elindeki zarif, dantelli mendilleri sırılsıklam ediyor. Sonra da sanki yakın dostlarmış gibi Zehra'nın elini tutup ona ne kadar teşekkür borçlu olduğunu, zaten Zehra'yı kızı yerine koyduğunu, çok ama çok minnet duyduğunu anlatıyor. Bu arada kendisini insafsızca eleştiriyor, yabancı dil bilmediği halde İngilizce konuşma özentisini yerin dibine batırıyor, artık kendisini tanıyamadığını, gerçek Elmas'ın bu olmadığını söylüyor, Zehra'yı da buna inandırmaya çalışıyor. Kadının o anda son derece samimi olduğundan emin Zehra. Gerçekten de yüreğinin pişmanlık ateşleriyle yanmakta olduğu görülüyor. Ama hiçbir insan sonuna kadar kendini suçlayamaz, mutlaka başkalarını da işin içine katması gerekir. Eninde sonunda bir rahatlama anının gelmesi için gereklidir bu. Elmas Hanım da öyle yapıyor; yaşları dinmiş gözlerini Zehra'nın gözlerine dikerek, "Hayat herkesi değiştirir" diyor. "Hem de hiç beklemediğin biçimde."

Zehra'nın Gülnaz Teyze'den dinlediği kadarıyla, Elmas Hanım o yalıya, güzelliğiyle hemen dikkat çeken genç bir hemşire olarak girmişti. Ankara'da hemşirelik okulunu bitirmiş olan bu mazbut kızı, yakınlarının tavsiyesiyle, damla hastalığından mustarip, sağ yanına felç inmiş ama uzun süre hastanede yattıktan sonra ille de evini isteyen İsmail Bey'e bakması için tutmuşlardı. O sıralarda Ergun Bey de

İngiltere'de okulunu bitirip dönmüş, holdingin karmakarışık ilişkilerini anlamaya çalışan, iyi niyetli, yakışıklı sayılabilecek bir veliahttı. Evde geçirilen haftalar güzel hemşire ile veliahdı birbirine yaklaştırmış ve bu iş, Elmas'ı çok seven İsmail Bey'in de tavsiyesiyle evliliğe dönüşmüştü. Yani tuhaf bir biçimde, klasik, saf Yeşilçam filmlerinin (o sırada tahsilini ikmal eden oğlum Avrupa'dan döndü) sahnelerini anımsatan ama gelin görün ki gerçekten yaşanmış bir hikâyeydi bu. Filmleri anımsatıyor diye, yaşamöykülerini değiştirecek halleri yoktu ya.

"İlk günden beri bu aileye, bu zengin çevreye ayak uydurmaya çalışıyorum" diyor Elmas Hanım, Zehra'nın elini bırakmadan. "Bilsen kızım neler çektim, nelere katlandım. Kan tükürdüm, kızılcık şerbeti içtim dedim; olmaz olsun böyle hayat. Ne işim vardı bunların arasında benim. Keşke bana benzeyen biriyle evlenip, bu lanetli şehre hiç gelmeseydim, Ankara'da kendi halinde bir hayat kursaydım. Fakir ailemi mi başıma kakmadılar, marangoz babamı mı? Kayınpederim İsmail Bey beni niye sevmişti biliyor musun? Ona kendi ailesini hatırlatıyordum da ondan. Ben de onun gibi suşi falan yemek istemem, lahmacun, kebap ister canım, o alafranga parçalarla dans etmekten nefret ederim, bizim oyun havalarıyla şöyle şıkır şıkır oynamaya bayılırım ama yapamam. Çünkü böyle yerli âdetler, Bereket ailesine yakışmaz. İlle de taklit olacaksın. Bunlar başka bir millettir kızım. Türk, Rus, Arap, Çinli, Amerikalı, İngiliz olmalarının dekordan öteye bir anlamı yoktur. Birbirlerini gözlerinden tanırlar. Çünkü para imparatorluğuna aittirler. Mesela bir lokantaya gidince, bir bakışta oranın gecede ne kadar kazandığını kestirmeye çalışırlar, çarpar, böler, hesap yaparlar. Kendilerine bir faydası olmasa da huydur bu. Otelde, gezide, uçak yolculuğunda sadece para düşünürler. İtibarları da birbirlerine göredir. Söylemezler ama parası olmayanları adamdan saymazlar.

Kaç kuruşluk kişi derler. Bu durum, paranın satın alabileceği şeylerle ilgili değil kızım; başka bir şey. Bilmeyen anlayamaz, önemli olan, paranın kendisi. Daha doğrusu para da değil, ekrandaki rakamlar, sıfırlar. Altın yığınına gömülen, onları sevip okşayan adamı bile anlayabilirsin ama bunlarınki var olmayan bir şey. Sadece rakam, sayı."

Bir yandan, kadının o koket görünüşünün altında ne kadar akıllı olduğunu, Emre'nin bu sözleri duysa hemen onaylayacağını, insanlar hakkında önyargılı olmamak gerektiğini düşünen Zehra, bir yandan da içini boşaltmak için makineli tüfek gibi konuşup zenginlere saydırdıkça saydıran Elmas Hanım'ın sözünü kesip araya girmek için bir fırsat arayarak, "Ama Ergun Bey onlardan değil" demeyi başarabiliyor. Bunun üzerine kadının yüzüne çok acı çektiğini gösteren fakat plastik ameliyatları daha çok vurgulamaktan başka işe yaramayan bir ifade yerleşiyor. Daha alçak bir sesle, "Başlangıçta gerçekten onlardan değildi, durmadan İngilizce tarih kitapları okurdu, onlardan değildi" diyor. "Evlendiğimiz yıllarda ne kadar hoş, zarif, iyi niyetli bir adamdı bilsen. Ama o zamanlar bu kadar sorumluluğu yoktu. Zamanla değişti; şartlar onu zalimleştirdi; çirkef bir bataklığa adım adım gömülür gibi ellerimin arasından kaydı gitti. Onlardan biri oldu. Benden de nefret etmeye başladı."

Tam bu noktada şiddetle itiraz eden Zehra'yı eliyle durdurarak devam ediyor. "Hiç boşuna uğraşma kızım" diyor, "ben her şeyi biliyorum, nefret ediyor gerçekten. Bu akşamki bakışlarını görmedin mi, sanki ben bir yılanmışım gibi davranıyor. Hakkını yemeyeyim; hayatında başka bir kadın yok, hiç de olmadı. Olsa sen bilirdin zaten. Aşağıdaki erkeklerin çoğunun metresi var, Ergun'un öyle bir merakı hiç olmadı. Ama beni ailesine, konumuna uygun bir eş olarak görmüyor."

Kendisini Ergun Bey'e daha yakın hisseden Zehra avaz avaz bağırarak, eee öyleyse sen de biraz dikkat et be kadın! Kendin söylüyorsun, kocamın hiçbir kadınla ilişkisi yok, eviyle işi arasında yaşıyor diye; sahiden de öyle; mazbut bir adam. İlk kez bir işyerinde bana, bırak sarkmayı, şaka yapıp takılan bile yok. Sen de biraz uyum göster o zaman. Eton mezunu adamın yanında İngilizce konuşacağım diye hem kendini, hem de onu rezil etmeye gerek var mı be kadın! Hem böyle dudaklarını şişirterek, gözlerini yukarı doğru çektirerek, burnunu neredeyse yok ettirerek insanlıktan çıktığını görmüyor musun? Vaşak gibi görünüyor suratın! Oysa eski resimlerinde ne kadar güzelsin... diyemiyor elbette ama aklından bunlar geçiyor.

Bu sırada kadının, "Evlilik" dediğini duyuyor, "hem talihtir hem talihsizlik; hem uğurdur hem de bir lanet. Sen evlilik düşünüyorsun herhalde kızım. Kötü bir şey söyleyip aklını karıştırmak istemem. Gönlünü çalan birisi var mı?"

Gönlünü çalan ha! Şu eski klişelerdeki naifliğe gel de bayılma; gönlünü çalan; gönül hırsızı, seni çapkın seni dönemi, ne hoş!

"Nasıl hem iyi hem kötü" diye sormadan edemiyor Zehra. Kadın acı acı gülümsüyor, ona kendi çevresinden, Anadolu'dan bir atasözüyle cevap vereceğini söylüyor ve "Ağzında balı olanın götünde iğnesi olur" diyor. *Hadi şimdi otur düşün bakalım, ne demek istiyor.*

Zehra Emre'yi arı olarak düşünemediğini fark ediyor.

TOMA romantizmine dair

Emre'yle Zehra bir gece önce, en sevdikleri arkadaşlarıyla Asmalımescit'te her zaman gittikleri meyhanede laflayıp çakırkeyif olduktan sonra Zehra'nın yakınlardaki küçük evine gelmişlerdi. Şafakla beraber dünyanın sonu ilan edilecekmiş gibi telaşlı bir aceleyle birbirlerini soyarak yatağa girmişler, ama sonra şefkatli, yumuşak, sanki gövdeleri gibi ruhlarını da birbirinin içinde eriten bir noktaya ulaşmış, fısıldayarak konuşmaya başlamışlardı.

"Sana hiç bilmediğin bir şey söyleyeceğim" dedi Emre, Zehra'yı meraklandırarak. Kızı epey yalvarttıktan sonra da, yapay (bu yüzden biraz da komik) bir ciddiyetle, "Bilmediğin şey, çok güzel olduğun" diye tamamladı sözünü. "Amaaannn" dedi Zehra, "sulu şey, bunu mu söyleyecektin?" Şaka yaptığını söyledi Emre. Zehra'nın güzel olduğu o kadar bariz, o kadar herkesin bildiği, konuştuğu bir şeydi ki, şaka yaptığını hemen anlamasını beklerdi onun zekâsından. Kız zaten anladığını söyledi. Bunun üzerine Emre, "Yani güzel olduğumu biliyorum demek istiyorsun" dedi. "Elbette" dedi kız saçlarını yapmacık bir şımarıklıkla savurarak. Elbette biliyormuş, niye bilmeyecekmiş, onun gözü yok muymuş, görmüyor muymuş? "Çok da alçakgönüllüyüz" dedi Emre. Sonra, "Peki en güzel yerin neresi söyle bakalım" diye yakışıksız bir soru sordu. Ne adi şeyler konuşuyoruz böyle, sulu göz televizyon dizileri gibi, diye düşündü kız ama bu oyunu sürdürmenin hoşuna gittiğini fark etti. Ne de olsa insanız, hem zaten bu bir oyun, diye kendi kendine mazeretler üreterek, orasını bilemeyeceğini söyledi. Bunun üzerine Emre, "Bu saçlar mı, bu dudaklar mı, bu göğüsler mi, bu ayaklar mı, bu eller mi?" diyerek kızı öpücük yağmuruna boğdu; çılgın bir enerjiyle kızın incecik bedeninde öpülmedik tek bir yer bırakmadı. Kız ona, "Manyak" dedi; oğlan bu sözün de çok basmakalıp kaçtığını, onun zekâsına yakışmadığını söyledi. "Söyle bakalım" dedi, "en güzel yerin neresi, gerçekten soruyorum, ciddiyim, en güzel yerin neresi?" "Bilmem, hiç öyle düşünmedim" dedi kız; "madem biliyorsun sen söyle" diye ekledi. "İşte" dedi Emre, "ne kadar güzel olduğunu bilmediğin ve bilmene imkân olmayan bir şey var." Zehra gerçekten meraklanarak söylemesi için ısrar etti. Emre bu merakın tadını çıkarmak isteyerek konuyu uzattı. "Tahmin et" dedi. "Amaaan" dedi kız. Emre'yle baş başa kaldıklarında o ağırbaşlı, iş bilir, ciddi Zehra gidiyor, yerine çocuksu, zıpır, şehvetli bir yeniyetme geliyordu. Babasının dizinin dibinde masum bir çocuk, işyerinde kartal gibi bir yönetici, Emre'nin yanında ise yaramaz bir dişi oluveriyordu. Şimdi de yüzündeki ifade, ne diyorsan söyle hadi, uzatma, diyordu sanki. "Neremmiş en güzel olan, hem neden bilmeyecekmişim?" Sonra işveli bir tavırla tek tek göstererek ve gözlerine yerleşen muzip-erotik ifadeyi bozmadan, "Bak uf oldu!" diyen bir çocuk gibi, "Burası mı, burası mı, yoksa burası mı?" diye sordu. Oğlan onu iyice yorduktan ve bu masum teşhircilik gösterisinden aldığı zevki tatmin ettikten sonra, kızı altına aldı; "Şimdi söyleyeceğim" dedi; "bunların hiçbiri değil, en güzel şey kokun, anlıyor musun, kokun; parfüm falan değil, teninin kendi kokusu. İşte bunu bilmene imkân yok." Sonra eğilip kızın iki göğsünün arasını öptü; o hoş, taze kokunun orada yoğunlaştığını söyledi. Tarifi olmayan bir kokuymuş bu, insanı sarhoş etmeye yetermiş. Kız yastıktan başını kaldırıp şaşkın bir ifadeyle göğüslerine baktı, bir iki kez koklamaya çalıştı, sonra hiçbir şey duymadığını söyledi ciddiyetle. Senin de kokun çok güzel demek istedi ama o, Emre gibi, düşünceleri ve duyguları kelimelere dökmeye meraklı olmadığı, hatta tam tersine, böyle şeylerin dile getirilmediği zaman daha değerli olduğunu düşündüğü için söylemedi. Sonra da bu ciddiyeti dağıtmak için oğlanın kıvır kıvır saçlı kafasını itip, "Sapık" dedi; "sahiden sapıksın sen, koku sapığı. Hani bir roman vardı ya, *Koku* mu ne, sen de öylesin işte, sapıksın." "Evet" dedi oğlan, "senin sapığınım." Sonra da ani bir hareketle yatağa oturup elini alnına vurarak, "Tüh be" dedi. "Bak beni nasıl arabesk arabesk konuşturuyorsun, nasıl berbat klişelere düşürdün; ne demek ben senin sapığınım. Tam bir piyasa romanı, piyasa filmi ağzı bu!" "Doğru" dedi Zehra, "çok adi sahiden; o zaman güzel bir şeyler söyle bakalım; daha önce söylenmemiş sözler. Öyle çıldırasıya sevmek, uğruna ölmek, yürek parçalanması, vurgun yemişe dönmek, ilk bakış falan gibi saçmalıklar yok ama, tamam mı?"

(Evet sevgili okur, nedense kadın ile erkek baş başa kalınca kendi aralarında, bayağılaşmayı göze alarak her türlü beylik sözü çekinmeden, utanmadan tekrarlamaktan zevk alır ama bunu başkalarının bilmesinden çok utanırlar. Duygu sınırlarıyla birlikte, entelektüel duvarların da yıkılabileceğini vurgulayan gözü pek bir paylaşma denemesidir bu, yeni bir mahremiyet boyutudur.)

Emre, meseleyi çok ciddiye aldığı için kaşlarını çatıp düşünmeye başladı; işaretparmağıyla dalgın dalgın saçını kıvırdı. Belli ki aklından aşkla ilgili her türlü sözü geçiriyor ama çiğnene çiğnene sakız olmuş klişelerin hepsinden vazgeçiyordu. Zehra onu ayağıyla dürtüp, "Hadi bakalım, hadi bakalım, aykırı entelektüel, marjinal serseri, söyle bakalım" diye kışkırttı.

Onu duymuyormuş gibi düşünmeye devam eden Emre birden güldü. Çünkü aklına büyük sevdaların şairi Karacaoğlan'a yakıştırılan bir söz gelmişti. Rivayete göre büyük şair ölürken, "Ben aşkla ilgili ne varsa yazdım; benden sonra gelenler artık anasının bilmem nesine yazsın" demiş. Zehra'nın ısrarına rağmen bu sözü aktarmadı ama onun yerine, "Tamam" dedi, "buldum, söylüyorum: Aşkın isyancı yanıdır bizi bağlayan." "Amaaan" dedi Zehra yine; "bula bula bunu mu buldun; 70'ler romantizmi; Comandante Che Guevara, devrim, aşk... Güzel ama eski."

"Doğru vallahi" dedi Emre; "düşündüğümde çok parlak geldi ama sen söyledikten sonra... tamam... bu da basmakalıp... Herhalde şu aşk sözünden kurtularak başlamalı. Bu dünyada o kadar çok aşk sözü ediliyor ki, adının anlamını düşünmediğin gibi aşkın anlamını da düşünemiyorsun artık. Kapitalizmin mal satmak için kullandığı sözcüklerin başında aşk geliyor, aşktan kusacak hale geldik."

"Bırak teori paralamayı" dedi Zehra, "o kolay; hadi sözleri bul bakalım sıkıysa." Emre yine kara kara düşünmeye başladı. Böyle konular hayatında o kadar önemli yer tutuyordu ki, Zehra onun güzel ve yeni bir söz bulamazsa yıkılacağını hissediyordu. Kelimenin bütün berbat çağrışımlarıyla bir entelektüel bu çocuk, diye düşündü kim bilir kaçıncı kez. Entelektini devreden çıkardığı, onu unuttuğu bir an bile yok. Evrenin, ölümlü insan soyu tarafından bilinemeyecek karanlık gizlerini, harflerle çözmeye çalışan ve bu yüzden kellelerini kaybeden Hurufi tarikatı gibi, her şeyi kelimelerle açıklamaya çalışıyor; bir kelime fetişisti. Kelimelendirilmemiş hayat yok onun için. En mahrem anlarda bile düşünüyor; sadece düşünmekle kalmıyor, yorumlar da yapıyor. Sanki kelimelere dökülmezse o zevkin de bir anlamı yokmuş gibi; her şey söylenmek ve anlatılmak için yaşanıyormuş gibi. Yaptıkları şey kelimeye dönüştüğü anda Emre'nin aldığı zevkin birkaç katına ulaştığını duyumsuyor; ama kim o sırada, sevişme üzerine teoriler dinlemek ister ki? Sevişme eylemi hep söylendiği gibi iki bedenin birleşmesi, birbirinin içinde erimesi miymiş, yoksa karşısındakinin bedenini cinsellik nesnesi olarak kullanarak, doyuma ulaşma yöntemi mi? Birincisi tek beden olmayı, ikincisi ise istismarı akla getiriyormuş ama karşılıklı bir istismarmış bu. (Tecavüz olmadığı sürece tabii, diye ekliyordu.) Kişi bilerek isteyerek kendi bedenini haz nesnesi olarak kullandırıyor ama bunun karşılığında kendisi de karşısındakinin bedenini kullanıyormuş. Ne garipti! Sanki bir erkek değil de, bir beyin vardı Zehra'nın karşısında. Ama Emre'yi o kadar seviyordu ki, salt onun aldığı zevki artırmak için, kelime sapığı sevgilisinin bu edepsiz oyununa o da katılıyor, bir sokak çocuğu gibi bütün sözleri ardı ardına sıralıyordu. Çünkü Emre, beyinsel hazların ve sözcüklerin zevki kat kat artırdığından emindi.

O sırada Emre bir şey fısıldadı. Zehra anlamadı, "Ne diyorsun?" diye sordu. Emre onu uzun uzun öptükten sonra kulağına, "Bizimki ne biliyor musun" dedi; "TOMA romantizmi." Sıcak nefesi Zehra'nın kulağını yakıyor, kız o nefesten içine sevda, tutku, şehvet, delilik, güven, şefkat, özlem karışımı bir şeyler aktığını hissediyordu. Onun ne demek istediğini anlayarak, başını kendisine doğru çekti, tutkuyla, kıvrımlı dudaklarını kanatacakmış gibi ısırarak öpmeye başladı. Geçen haziran ayında, gecikmiş bir baharla gecikmiş bir isyanın iç içe geçtiği o tomurcuk patlaması günlerinde tanımış olduğu Emre'ye duyduğu korkunç susamışlığı dindirmek için, onun dudaklarını kendi dudakları kılmak için çırpınıyor, gaz kapsülünün, başına bir talih kuşu gibi çarparak kendisini yere yıktığı günü anımsıyordu.

O yaz günü –unutulmaz yaz günü– Taksim Meydanı'ndaki kalabalık, fırtınada kükreyen bir denizden çok, yumuşak ama sürekli dalgalarla kıyıyı döven sabırlı, inatçı bir gelgiti andıran hareketlerle siyah giysili, maskeli, durmadan gaz bombası atan polislerin karşısında önce geri çekiliyor, biraz kendini topladıktan sonra yine dönüyor, her yere akıyor. Kızlı-erkekli binlerce gencin gözlerinden durmaksızın akan yaşların gaz bombasından kaynaklandığı rahatlıkla söylenebilir ama gördükleri acımasız şiddetin yüreklerinde açtığı yaraların da bunda pay sahibi olduğu kuşkusuz. Zehirli dumanın boğulma derecesine getirdiği genç ciğerlerden, yürek paralayan öksürüklerle birlikte tarihin başlangıcından beri şiddetle karşılaşan masum insanların değişmez çığlığı yükseliyor: Neden? Neden? Bu şiddet neden?

Siyah çizmeli, siyah giysili, gaz maskeli, kasklı polisler Taksim Meydanı'na yanlışlıkla düşmüş genç Darth Vader'lar gibi, bu dünyaya ait olmayan bir saldırı gücünün adsız bireylerine dönüşmüşler. O kadar birey olmaktan uzaklar ki, siyah bir ahtapota benzeyen dev savaş makinesinin binlerce kolu hareket etmekte sanki. Onca koruyucu giysiye, ellerindeki bomba atan silahlara, bellerindeki tabancalara rağmen, yaz giysileri içinde yüzleri, kolları açık, hatta (hiç de azımsanmayacak sayıda olan) çıplak omuzları görünen genç kızların karşısında kendilerini daha da çıplak, daha da çaresiz, daha da savunmasız hissediyor olmalılar, çünkü alandaki hareketlerden anlaşıldığı kadarıyla korkan taraf, kızarmış gözlerinden akan yaşlarla öksürerek, düşe kalka yürüyen gençlik değil, onlar. Silahsız gençliğin cesareti, silahlı gücü sindiriyor; ölümü göze almış genç kızların, genç erkeklerin masumca meydan okuyuşu, zalimle mazlum arasındaki güç dengesini paramparça ediyor.

Bunun üzerine alana TOMA dedikleri, ilaçlı-kumlu suyu basınçla püskürten araçları sokuyorlar. Araçlar tanka da benziyor, düş gücü gelişmiş biri için tarihöncesi canavarlara da. Araçların delice bir enerjiyle fışkırttığı su, çarptığı gençleri yere seriyor, fırtınanın önündeki yapraklar gibi oraya buraya sürüklüyor. Gaz bombaları devam ederken, bir yandan da basınçlı suya maruz kalan, suyun etkisiyle savrulan, kafalarını oraya buraya çarpan gençlerin yüzünde, yaptığı şakanın anlaşılmamış olmasına şaşıran bir gençlik ifadesi var.

Artık Taksim tam bir savaş alanı ama ortada sadece tek bir ordunun olduğu, eşine rastlanmamış türden dengesiz bir savaş bu. Gülümseyen gözlere gaz bombası atılıyor, ince, narin gövdelere, değdiği yeri yakan, içine kum ve kimyasal karıştırılmış basınçlı su sıkılıyor, barışçı genç yüzlere vahşet püskürtülüyor.

TOMA'ların sularıyla beş yıldızlı otelin önündeki kaldırımlara savrularak yere serilmiş olan gençler, bu sefer de çelik ökçeli polis botlarıyla tekmeleniyor. Nefes alamadıkları o anda kemiklerinin kırıldığını, yüzlerinin ezildiğini, dudaklarının patladığını hayal meyal fark edebiliyorlar.

Zehra o cumartesi günü ailesini ziyarete gitmişti. Hemen hemen her pazar günü yaptıkları gibi hasret giderecekler, sadece o güne özgü, tatar dedikleri, salçalı, kavrulmuş kıymalı, bol yoğurtlu makarna yiyeceklerdi. Tatar, çocukluğundan beri, dünyanın en lezzetli yemeği gibi gelirdi Zehra'ya ve o kadar yoksul olmalarına rağmen, nasıl olup da bu müthiş yemeği her pazar yediklerine şaşar kalırdı. Yemek sırasında *tweet*'ler, mesajlar sökün etmişti. Herkes akın akın Taksim Meydanı'na gidiyordu, bütün arkadaşları yoldaydı ya da oraya varmış, o müthiş olayları görüntüleyerek amatör televizyon kanalları gibi yayın yapıyorlardı. Olayları hiç duyurmayarak, yemek programları, belgeseller yayınlayan hükümet güdümündeki televizyonlara yönelik tepki, polis şiddetine duyulan öfkeyle karışmış, o da diktatöre duyulan nefreti tetiklemişti.

Zehra, böyle olaylara daha önce hiç karışmamış olduğu halde, olanca inatçılığıyla, kendisini bu çılgın fikirden vazgeçirmeye çalışan annesine karşı çıkmış, "Ben gidiyorum anne" demişti; "hemen çıkıyorum." Sonra da eklemişti: "Kendi gençliğini, öğrencilik çağını düşün Sevim Hanım. (Sevim Olgunlaşma Enstitüsü'nde okumuş, aileyi geçindirmeye yardım eden biçki dikiş sanatını orada öğrenmişti.) Benim yerimde olsan kendi anneni dinler miydin?" Kızının yüzüne dikilen bakışlarındaki sarsılmaz kararlılığı okuyan Sevim Hanım'a da ona eşlik etmekten başka çare kalmamıştı. Hiç olmazsa "bebeğinin" elini tutar, onu korumaya çalışır, evde içi içini yiyerek kaygılar içinde beklemekten kurtulurdu. Zaten hayatında ilk kez bir eyleme katılan genç çocukların bir kısmını anne babaları getirmişti buraya. Meydana ulaşana kadar çocuklara gösterilen korumacı şefkat ile orada birden karşılaştıkları şiddet arasında tuhaf bir çelişki vardı. Ailelerin koklamaya kıyamadığı çiçekler, polisin attığı gaz bombalarıyla, basınçlı sularla, coplarla solup gidiyordu. Geceyi meydanda geçirenler, birbirlerinin sırtına dayanarak uyumaya çalışmışlardı. Eyleme katılan orta yaşlı bir yazar, yeniyetme sayılabilecek, tanımadığı bir çocukla sırt sırta verdiğinde, çocuğun, "Sen kaç yıldır devrimcisin amca" diye sorduğunu duymuştu. "Otuz yıldır" diye karşılık vermişti çocuğa. "Tüh be amca" demişti çocuk, "otuz yıldır bir devrim yapamamışsınız, ben dün devrimci oldum."

Zehra'yla annesi alana girince birbirlerini kaybetmişlerdi. Polisin yeni bir saldırısından korunmak için ara sokaklara kaçan kalabalık, onların sıkıca kenetlenmiş ellerini ayırmış, ikisini bambaşka köşelere sürüklemişti.

Coşkun bir nehir gibi akan kalabalık, Zehra'yı bir köşede duran TOMA'ya doğru götürdü. Anlaşıldığı kadarıyla TOMA, göstericiler tarafından kuşatılmış, durmaya zorlanmıştı. Çünkü çevresinde yüzlerce kişi vardı. Üstüne de gençler çıkmıştı ama zırhlı aracın tanka benzeyen kapağını açamıyorlardı bir türlü. Herhalde kapak ancak içeriden açılabiliyordu; polisler de bunu yapmıyordu elbette. Zehra o trajik anda bile kendisini gülümseten bir olaya tanık oldu. TOMA'nın üstüne çıkmış olan kıvırcık saçlı, güzel yüzlü, ipince bir genç el hareketleriyle kalabalığı susturdu; yüksek sesle, "Arkadaşlar burada hiç araba hırsızı var mı?" diye tuhaf bir soru sordu. Kimseden ses çıkmadı. Bunun üzerine tekrar konuştu: "Bu kapağı açacak biri gerekiyor. Yemin ederim kızmayacağız, bu işi yapabilecek olan var mı?"

Çelimsiz bir çocuk ürkekçe el kaldırdı. Kalabalık bir anda çocuğu omuzları üstünde elden ele geçirerek TOMA'nın üstüne taşıdı. Olsun olsun 14-15 yaşında, o meydana rastlantıyla düşmüşe benzeyen, sarı benizli, gecekondu çocuklarından biriydi; tiner çekenlere de benziyordu biraz; şaşkın ve korkmuş durumdaydı ama TOMA'nın tanka benzeyen kapağına eğilince iş değişti. Cebinden çıkardığı küçük metallerle, kısa bir uğraşmadan sonra TOMA'nın kapağını açınca kalabalıktan kopan büyük alkışa gülümsemedi bile. O ürkek haliyle TOMA'dan atlayıp gözden kayboldu. TOMA'nın içinden savaş filmlerinde esir düşen askerler gibi şaşkın görünen iki polis çıktı; kalabalığın alkışları ve kahkahaları arasında uzaklaştılar. Biri, "Halk adına bu TOMA'ya el koyuyoruz" dedi. Zehra da çılgın gibi alkışlıyor, bravoooo diye bağırıyordu. İşte başına gaz kapsülü yiyerek yere doğru kaydığı ve sıcak asfaltın üzerine serildiği an o andı. Darbeden sonra bir mum gibi sönmeye başlayan bilincinin son fark ettikleri, giderek uzaklaşan sesler ve yanağına değen sıcak asfalttı; kapanan gözlerine yansıyan son görüntüler ise insan ayakları oldu. Siyah botlu, sandaletli, kadınlı-erkekli insan ayakları. Bu son görüntülerden sonra Zehra derin bir sessizliğin içine gömüldü.

Bilincini yitirdiği sırada birtakım sesler duymuştu ama bunlar sanki meydandan değil de asfaltın altından geliyordu.

Daha doğrusu sonradan hayal meyal hatırladıkları bunlardı. Bir de kucaklara alınıp kaldırıldığı ve bir yerlere götürüldüğü. Bunları rüyasında mı görmüştü, yoksa gerçek miydi anlayamamıştı. Aradan ne kadar geçtiğini hiç bilemeyeceği bir süre sonra gözlerini açtığında müthiş bir yanma hissetmiş, gözyaşları şıpır şıpır akmaya başlamıştı. Öyle yoğundu ki bunlar, hiçbir şey görmesi mümkün değildi. Biri, "Sakin ol, sakin ol; hiçbir şeyin kalmayacak şimdi" diye fısıldıyordu. Sonra gözlerine bir şeyler damlattılar. Önce canı daha çok yandı ama sonra acı hafifledi. Başını oynatmaya çalıştığı sırada müthiş bir sancı hissetti. Sanki kafatası ikiye ayrılmıştı. Onu hafifçe doğrultarak ilaç içirdiler, sonra da uyumasını söylediler. Karanlık bir göle gömülür gibi oldu, kayıp gitti. Aradan geçen zamanı yine bilemiyordu. Bu kez gözlerini açmaya çalıştığında yanma hissetmedi; başındaki ağrı da hafiflemişti. O sırada üzerine eğilmiş, gülümseyen yüzü gördü. Onun, TOMA'nın üstündeki kıvırcık saçlı, sevimli genç olduğunu fark etti. Kendisine ne olduğunu sordu; o da anlattı. O anda, kendisine şefkatle davranan, adını bile bilmediği bu çocuğa –nedense– hayat boyu güvenebileceği gibi bir duygu yayıldı Zehra'nın içine ve böylece Emre Karaca, Zehra Ertan'ın hayatına girmiş oldu.

İstanbul eğlencelerine dair

Zehra, Elmas Hanım'ı tekrar insan içine karışmak için son hazırlıklarını yapıp makyajını tazelerken bırakıyor. Asansörle balo katına indiği sırada bir tenorun aryalar söylediğini duyuyor. Demek ki ortadan kaybolduğu süre içinde giriş için hazırlanan bıldırcın kaldırılmış, ana yemek bekleniyor. Zehra müziğin (özellikle de İmparator'un Rusya'dan özel jetiyle getirttiği ünlü tenor) çatal, kaşık, bıçak tıngırtıları arasında boğulmaması, dikkatle dinlenmesi için inceden inceye plan yapmıştı. Ne var ki Zehra'nın bu ince düşüncesi pek işe yaramış gibi görünmüyor, çünkü masalarda oturan konuklar seslerini birbirlerine duyurabilmek için avaz avaz bağırarak konuşuyorlar. Tenorun sesi yükseldikçe, onların da sesi yükseliyor, iki arya arasında sessizlik olunca susup alkışlıyor, sonra yeni aryayla birlikte yeniden bağırmaya başlıyorlar. Bu arada Zehra'nın planladığı kadınlı-erkekli oturma düzeni değişmiş. Konukları kadın-erkek sıralamasına dikkat ederek uygar bir biçimde oturtmaya çalıştığı halde, Rus tenorun kristalleri çatlatan tannan sesi yüzünden birbirini duyamayanlar, uzak düşenler teker teker yer değiştirmiş, doğal seleksiyona (!) uygun olarak, büyük ölçüde kadınlar ve erkekler diye bölünmüşler. Zehra patronuna yaklaşıyor, masaya değil de, sadece ona rapor verir gibi, ama onların da duyacağı biçimde, telefon konuşması biraz uzun sürdüğü için hanımefendinin özür dilediğini, gelmek üzere olduğunu bildiriyor. Ergun Bey teşekkür ediyor, patrik sessizce gülümsüyor.

Zehra her şeyin yolunda gidip gitmediğini görmek için dikkatini salona vererek masaların arasında dolaşmaya başlıyor. 4 numaralı yuvarlak masanın yanından geçerken o ünlü gazetecinin, "Verdi" dediğini duyuyor. Bütün davetlerde, skandal ile mizah karışımı bir Anadolu neşesi saçan yapsat zengini Hulusi Ağa, herkesin hoşuna gittiğini anlayarak daha da abarttığı Doğulu şivesiyle, "Ne vermesi gardaşım? Kim kime verdi? Söyle biz de bilelim!" diye masayı güldürürken, aynı masada oturmakta olan tarih profesörü, "Aryadan söz ediyor" diyor. "Verdi, Giuseppe Verdi." Zehra onu üniversiteden tanıyor; iki yıl Bizans tarihi okutmuştu Zehralara. Sosyete davetlerinden hiç eksik olmayan bu adamın belki tarih bilgisi var ama pek kıvrak bir zekâsı olduğu söylenemez. Hulusi Ağa "Bak bak" diyor, "hoca da biliyomuş. Gardaşım bi tek ben mi duymadım yaaa. Kim kime verdi, ne zaman verdi, nerede verdi?" Bütün masa, özellikle de bilgiç gazetecinin patronu boğulur gibi gülmeye başlayınca, hoca durumu biraz anlar gibi olup susuyor. Ama masayı eline geçirmiş olan Hulusi Ağa, bu avantajı elinden kaçıracak gibi görünmüyor. "Biliyon valla hoca" diyor, "benim okumam yazmam pek yoktur. Fantirifinton lafları da heç kıvıramam. Onunçün kusura bakma, sana geçen gün telefonda yerin adını söyleyemedim ama şimdi yazdım getirdim, bak." Cebinden dörde katlanmış bir kâğıt çıkarıp açıyor ve hocaya uzatıyor. Bu arada bütün başlar merakla kâğıda göz atan hocaya dönüyor. Onun susması üzerine Hulusi Ağa, "Yahu" diyor, "cehalet zor iş. Geçen gün hocam telefon etti. Benim yeni inşaatlardan bi yer almak istediğini söyledi. Ben de ona uygun bi inşaat var dedim. İki bin daireli, havuzlu falan, yeni başlıyoz, topraktan girersen uygun olur." Sözün dönüp dolaşıp her zamanki gibi inşaat işlerine gelmesi alışıldık bir durum. Hulusi Ağa kendisine Verdi adını hatırlatan bilgiç gazeteciye dönüyor. "Hani senin sekiz daire aldığın yer" diyor. "Valla bedava kapattın ha! Öyle kurnaz ki bu gazeteci milleti." Gazeteci o sırada tenoru dinlediği için hiçbir şey duymuyormuş havalarında. Hulusi Ağa, "Hocam da bana yeni sitenin adını sordu" diye devam ediyor. "Ya hoca dedim, adını bi türlü tutamıyom aklımda, gâvurca ya! Yeri neresi dedi; orayı da diyemedim iyi mi! Hani şu araba goşturdukları yerde dedim. Neresi diye epey düşündü, sonra beni dinleyen sekreter gız oranın adını söyleyince rahatladım ama sitenin adını yine çıkaramadıydım. İşte bunun için güzeeeelce yazdırıp getirdim ki hocanın içi rahat olsun."

Bu laflara gülmekten bayılacak hale gelen Hulusi Ağa'nın hemşerisi TV patronu "Ömürsün Hulusi Ağa" diyor. "Allah layığını versin; gözümden yaş geldi vallahi. Peki araba goşturdukları yerin adı neymiş?"

Hulusi Ağa yapmacık tavırlarla "Bilemiyom dedim ya, hocaya sor" diye karşılık veriyor. Bu sırada biraz ağırkanlı olan hocanın cevap vermesine fırsat kalmadan, bilgiç gazeteci, TV patronuna yaranmak ister gibi atılıyor ve "Formula 1 yarışlarının yapıldığı yer efendim" diyor. "Yani Pendik." "Hah, ağzını öpeyim" diyor Hulusi Ağa. "Tam orası." Patron, kinayeli bir biçimde gözlerini kısarak, "Peki senin sekiz daire aldığın sitenin adı ne bakalım Murat Bey?" diye soruyor. Murat Bey biraz ezilip büzülüyor ve "Topraktan girdiğim için çok ucuza aldım efendim" diyebiliyor. Bunun üzerine patronu, "Sakın, reklam karşılığı kadar ucuz olmasın!" diye taşı gediğine koyuyor. Bu sırada tartışmayı geriden izleyebilen hoca, hâlâ site adının konuşulduğunu sanarak "Royal Residence" diyor ve farkında olmadan kıpkırmızı kesilen Murat'ı kurtarmış oluyor. Masada bir kahkaha patlıyor. TV patronu "İlahi Hulusi Ağa, bu adı da nerden buldun?" diyerek, smokin giymiş kıllı, şişman ama sempatik inşaat kralının omzuna vuruyor. "Ben ne bileyim gardaşım" diyor Hulusi Ağa. "Çocuklar, artık

İstanbul'da Türkçe bir site adı yok. Herkes gâvurca isimler koyuyo. Biz de öyle yaparsak daha çabuk satarız dediler, razı geldim ama hocaya da mahcup oldum. Neydi hele adı, bir daha söyle hoca?" Hulusi Ağa'nın şeytani zekâsını hâlâ kavrayamamış olan hoca epey yüksek bir sesle ve İngiliz şivesiyle "Royal Residence" diyor. "Yani Kraliyet Konakları." Bunun üzerine Hulusi Ağa onu alkışlıyor. "Tahsilli adamın hali başka gardaşım" diyor. "Bu hafta uğra da hayırlısıyla seçelim senin daireyi." Hoca seviniyor ama bu konuşmaları dinleyen Zehra'nın içi buruluyor biraz. Hoca sağ olsun, iyi hoş adam, ama her şeyde kesinlik arayan, biraz karışık konuşmaları ve fıkraları o meşhur "Haa? Haa? Ne demiş, niye demiş?" nidalarıyla biraz zor kavrayan biri, ama hakkını vermek gerekir ki anlamadığı bir şeyi de anlamış gibi yapmaz. Tarihi o kadar basit ve açık bir kesinlikle anlatır ki, sanki binlerce yıl içinde hiç karanlık bir nokta kalmamış, bütün soruların cevabı verilmiş, hatta kendisi de bizzat o olaylara tanık olmuş gibi di'li geçmiş zaman kullanarak konuşur, bu yüzden de sosyete, hocanın özgüvenine ve ilmine hayrandır. Gazeteci Murat Bey, telaşla sözü başka tarafa çekmeye çalışıyor ama patron bu gecenin eğlencesini bulmuş bir kere. Her davette olduğu gibi Hulusi Ağa'yı konuşturup gülecek. "Peki" diyor, "hadi sitenin adını beceremedin, yerini niye söyleyemedin? Pendik deseydin ya."

Güleç yüzlü ağa, yanında oturan patronun kolunu tutuyor, "Bak sana bir hikâye anlatayım" diyor. Zaten binlerce halk hikâyesi arasından duruma en uygun olanını seçip taşı gediğine koymasıyla ünlü. Bu sefer de Erzurum çarşısına çok güzel doru bir atla gelen ve satmak isteyen adamı anlatıyor. Adam, kaç lira diye soranlara hep ayrı fiyatlar veriyormuş. Bir süre sonra adamın biri çevirmiş at sahibini, kimine üç altın, kimine beş altın dediğini belirterek, atın gerçek fiyatını sormuş. Adam, "Bilmem" demiş, "çünkü atı almadım ki, çaldım."

Hulusi Ağa ve masadakiler gülerken hoca gözlük camlarının arkasından herkesi şaşkın şaşkın süzüyor, Royal Residence'tan Erzurum çarşısına nasıl geldiklerini düşünüyor, bu iki ayrı olgu arasındaki ilişkiyi çözmeye çalışıyor. O sırada Hulusi Ağa'nın belediyelerle çok kârlı işler çevirdiğini bilen TV patronu da taşı gediğine koyuyor, "Helal olsun sana ağa" diyor, "belli ki araziyi bedavaya kapatmışsın ama bu arada daireleri de bedavaya kapatanlar olmuş anladığım kadarıyla." Bu sözler üstüne Murat Bey derin bir vecd içine girdiğini belli eden bir ifadeyle bütün dikkatini tenora veriyor.

Zehra birkaç ay önceki yaza veda partisinde yaşananları bir akşam Emre'ye anlatmıştı, o da çok gülmüştü Hulusi Ağa'nın köylü kurnazlıklarına. "Şu çarıklı erkânıharp sözü boşuna çıkmamış valla!" demişti. O davette Emre yoktu, o zamanlar henüz DJ'lik yapmaya ikna edememişti Zehra onu. Emre, "İnsan yaşadığı gibi düşünür, düşündüğü gibi yaşar" diyerek bu fikri şiddetle reddediyor, hatta Zehra'yı da işinden ayrılması için ayartmaya çalışıyordu ama aylar süren tartışmalardan –özellikle babasının başına gelenlerden– sonra Zehra çocuğu, orada çalışmaya ikna etmişti. Emre de ondan ayrılmamak için istemeye istemeye bu işi –kimsenin yüzünü görmemek koşuluyla– kabul etmiş, ama intikamını müzikle almaya çalışır gibi, çeşitli sabotajlarla Zehra'nın yüreğini ağzına getirmekten hiç vazgeçmemişti.

Yaza Veda Partisi

2014 yaz mevsimini hep birlikte uğurlamak için siz sevgili dostlarımızı bahçe partisine bekliyoruz.

Elmas - Ergun BEREKET

Yer: Bereketzade Yalısı
Sahil Yolu - Yeniköy
Tarih: 24 Ağustos2014 Pazar
Saat: 18.30

LCV: Zehra Ertan (zertan@bereketholding.tr)

Eğlenceli bir yaza veda partisine dair

Her yıl olduğu gibi o yaz sonunda da (otel açılışından dört ay önce oluyordu bu) yalının bahçesinde büyük bir davet verilmişti. Hani magazin basınının üç yüz davetliyi kastederek, "Bütün İstanbul oradaydı!" diye yazacağı cinsten, önemli bir davetti. Masa süslerini yapan şirket, gösterişli bir iş çıkarmış, ortamı cennet bahçesine çevirmişti. Büyük bahçenin bir köşesinde yemek hazırlıkları yapılmaktaydı. Bir yerde Japon suşi ekibi, başka bir yerde döner büfesi, kebaplar, bir başka tezgâhta çeşitli vejetaryen yemekler hazırlanmaktaydı. Boğaz kıyısına bir sahne kurulmuştu, bir dans orkestrası Boğaz esintilerine uygun hafif parçalar çalmaktaydı.

Konukların pahalı arabaları sökün ederken Ergun Bey ve Elmas Hanım onları yalının kapısında karşılamak üzere hazır bekliyordu.

Gün batarken hafif bir müzik eşliğinde kristal kadehler içinde buz gibi Fransız şampanyası ikram edilmişti. Daha sonra yemek başladığında, Hulusi Ağa suşi büfesinin başında herkesi kırıp geçirmişti yine. Servis yapan Japon'a ağır bir aksanla, "Bu ne yavrum?" diye sormuştu. Anlamayan Japon, yanındaki Türk'e sormuş ve sonra ağaya, "Balik" demişti.

"Ne balığı?"

"Salmon, tuna..." diye saymaya başlamıştı adam.

Bu sırada genç bir kadın yeni moda olan yayvan Türkçe telaffuzla, "Bana nigiri, eel ve California roll lütfeeen" diye bağırıyordu. Hulusi Ağa suşinin hazırlanışını yüzüne bilerek yerleştirdiği yapay bir dehşet ifadesiyle süzerek, eline tutuşturulan tabağa bakmış ve "Çiğ mi verdiniz lan balığı?" diye sormuştu.

"Evet." Bu sefer Japon'un Türk yardımcısı cevap vermişti.

"Niye? Bi tavanız yok mu oğlum bunları gızartacak?"

Çevrelerine toplanmış olan işadamları Hulusi Ağa'yı kahkahalar atarak izliyorlardı. Japon şaşkınlık içindeydi. "Ama suşi böyle yenir" diye geveledi.

"Ben çiğ balık yemem arkadaş."

Ergun Bey konuyu kapatmak isteyerek, "Bak Hulusi Ağa, yanda çoban kavurma yapıyorlar" dedi.

"Allah Allah! Benim canım balık çekti arkadaş. Şöyle doğru dürüst kefal gibi, alabalık gibi bi şeyiniz yok mu lan? Öyle fantirifontonları doldurmuşsuz buraya."

Çevrelerindeki halka iyice büyümüştü, kalabalık gülmekten kırılıyordu. Bu ilgiden memnun kalan Hulusi Ağa gösterisinin dozunu artırdı.

"Oğlum Toyota, tabağa koy bakim şu balıklardan."

Şaşkın Japon, Hulusi Ağa'nın elindeki tabağa bir sürü balık doldurdu.

Hulusi Ağa öteki tabağı uzattı.

"Şunu da pilavınan doldur bakalım. Ne sıkıştırıyonuz lan pirinçleri öyle!"

Öteki tabak da tepeleme pirinçle dolmuştu. Hulusi Ağa yanındaki grupla birlikte yandaki et-kebap bölümüne gitti. Oradaki esmer, bıyıklı oğlana sordu.

"Nerelisin goçum?"

"Urfaliyem dayı."

"Afferin goçum, şimdi şu balıkları güzelce gızart bakalım tavada."

"Emret dayı."

Oğlan balıkları cızır cızır kızartmaya başladı.

"Halis tereyağın var mı oğlum?"

"Var dayı."

"Hah! Onu da erit tavada, şu pilav müsveddesine boca et bakiiim."

Oğlan yağı da cızırdatarak pilavın üstüne döktü. Hulusi Ağa bir elinde balık, bir elinde tereyağlı pilav tabağıyla çalım satmaya başladı.

"Gördünüz mü millet, mis gibi yemek oldu. Neymiş o şişo mu, mişo mu ne diyonuz adına, çiğ balık yinir mi lan?"

Çevresindeki herkes ağayı alkışlıyordu.

"İşte Anadolu sermayesinin pratik zekâsı. Görüyor musun nasıl çözdü işini. Bu teşebbüs ruhuyla bu memleket uçar kardeşim, uçar!" diyordu biri, öteki cevap veriyordu: "Çok haklısınız, zaten Türkiye Avrupa'nın yeni yıldızı. İngiltere'nin beyaz eşya ihtiyacının yarısını biz karşılıyoruz."

Bu sırada kendini pek pasif hisseden Elmas Hanım da ev sahibesi olarak söze karışmak isteyip, "Afrika'ya battaniye satıyormuşuz" demesin mi? İşadamları "Şimdi bu da laf mı" der gibi sustular.

Ergun Bey, bir sürü başka işinin yanı sıra büyük inşaat projelerine de giren patrona döndü.

"İnşaatlar nasıl gidiyor beyefendi?"

"Eyi, hamdolsun. Çocuklar uğraşıyor, satışlar eyi diyorlar."

Gazeteci Murat Bey hemen atıldı, "Beyefendinin elini attığı her işkolu gibi bu da altın oluyor Ergun Bey. Kapış kapış gidiyor daireler."

"Zaten bu rezistans modası çok tuttu yahu. Herkes rezistansta oturmak istiyor artık."

Ergun Bey hafifçe gülerek ve *residence* kelimesinin üstüne basarak, "Evet beyefendi, *residence*'lar çok revaçta. İstanbul göğe doğru yükseliyor artık. New York gibi" dedi.

Gazeteci Murat Bey, "Göreceksiniz gelecek yıl metrekare fiyatı yirmi bin dolar olacak bu dairelerin. Şimdi yatırım yapan kârlı çıkar" diye söze karıştı.

O sırada Zehra, odasında viski içerek beklemekte olan yaz sonu davetinin assolisti pop stara haber gönderip hemen sahneye çıkmasını istedi. Saçları platin rengine boyalı, tek yırtmaçlı siyah tuvaletinden bir bacağı kalçasına kadar görünen pop star, baterinin güm güm güm sedaları arasında, "Hani eller, hani eller! Elleri havada göriiiiim!" diye bağırarak sahneyi bir yandan öbür yana arşınladı. Davete hâkim olan sohbet ağırlığını, herkesin kendisini pistte bulacağı çılgın bir eğlence havasına sokmak için çırpınıyordu. Zaten işi buydu. Kalabalık kollarını havaya kaldırıp "Huuuuuuu" diye dans etmeye başladı. Ne var ki assolist bütün coşkusuna rağmen bazı masaları dansa kaldırmayı başaramadı; yaşı daha ileri olanlar seslerini yükseltmek zorunda kalsalar da konuşmalarına devam ettiler.

Hulusi Ağa, "Ne bağırıyo bu gız elleri havada göriiim diye yaaa. Biz de onun bacakları havada görsek" dedi. Çevresindekiler bu sözü de Anadolu mizahının eşsiz bir belirtisi olarak görüp çılgınca güldüler.

Kalçalarını bile kapatmaya yetmeyen çok kısa mini etekler giymiş beş uzun boylu, güzel kız sırtlarına birer bidon asmışlar, bidondan çıkan hortumu misafirlerin ağzına sokarak neredeyse zorla içki içiriyorlardı.

Sahnedeki popçu öpücükler savurarak sahneden indikten sonra, esmer ve kıl açısından doğanın hayli cömert davrandığı anlaşılan, çevreyi kuşkulu bakışlarla süzen erkeklerden kurulu bir saz takımı yerini aldı. İkisinin dişleriyle bir zoru olmasından ve sürekli uğraşıp durmalarından, saz takımının sahneye çıkana kadar kebap yediği belliydi.

Elmas Hanım terini silerek, küçük kız çocuğu hareketleriyle, cilveli bir şekilde Ergun Bey'in masasına yaklaştı, "Türkiye'yi kurtardığınız yeter" dedi. "Artık eğlence vakti. Hadi bakalım, siyaset, iş falan bitti, bitttiiii!"

Sahneye bir arabesk şarkıcısı çıktı. Onun da kılları, pembe ipek gömleğinin yakasından taşıyordu. Kolunda iri bir Rolex, parmağında kocaman tektaş bir yüzük vardı. Darbukanın kıvrak ritmiyle birlikte birçok kişi göbek atmak için ortaya fırladı. Bu arada genç, diri vücutlu bir dansöz de onların arasına karışarak kıvırmaya başladı. Kadınlarla erkekler coşarak kalça tokuşturuyor, bazı işadamları ceketlerini çıkarıp, kemerlerine asıyor, böylece maharetle attıkları göbekler daha belirgin oluyordu.

"Abartıyorsun" demişti Emre. "Bunlar var Türkiye'de, doğru ama sen de çok karikatürize ettin."

"Vallahi etmiyorum" demişti Zehra. "Yeminle etmiyorum, aslında anlattığımdan daha bile komikler."

"Yaa bu adamlar şaka gibi, insanın gerçek olduklarına inanası gelmiyor. Peki senin Eton mezunu, orijinalinden Trollope okuyan Ergun Bey bu adamlarla nasıl anlaşıyor?"

"İşte o bir sır, benim de aklım ermiyor, gerçekten ermiyor. Hoşlanıyor mu, mecburiyetten mi yapıyor anlayamıyorum. Akıl almaz bir durum."

Zehra kız kardeşini ve birinci rüyasını anlatıyor

Kadın sonsuz bir yaratıktır.
Kawabata

Kız kardeşim bana benzemez; yalnız görünüş olarak değil huyu suyu da benzemez. Benden iki santim kısa –yine de bu onu ortalamadan uzun yapıyor– kumral ve gözlerinde zaman zaman sarı yeşil ışıklar yanıp sönen bir kız. Bizim aile onu çok güzel bulur ama arkadaşları da Facebook'ta ya da başka yerlerde durmadan onun güzelliğine vurgu yaptıklarına göre yalnız bize değil herkese güzel geliyor. Aslında az güler, genellikle asık yüzlüdür; bazılarını berbat gösterebilecek bu ifade, onun yüz hatlarına çok yakışır. Annemden çok, çakır gözlü babama benzer, bu yüzden kardeş olduğumuzu anlamaz insanlar. Ben onun kadar dobra, kabalık derecesinde açıksözlü ve dürüst bir insan tanımadım hayatımda. Yalvarıp yakarsan beyaz yalan dedikleri şeylerden söyleyemez. İstemediğinden değil, elinden gelmez, yüzüne gözüne bulaştırır. Mesela okulu astığım bir gün beni idare etmesini istemem mümkün değildir. Kendisi de asmaz zaten. Hayat önüne hangi yemeği koyduysa onu yemek üzere programlanmıştır. Onun kişiliğini anlatmaya çalışıyorum ki anlatacaklarım daha iyi anlaşılsın. Meselenin benim hayalciliğimden değil, Defne'nin frekans kanallarının kapalı olduğundan bu hale geldiği görülsün. Çok alıngan olduğu için buluttan nem kapar, zaman zaman bana kırılır, küser, günlerce konuşmaz. İnadım inat birisidir. Zavallı annem, "Kardeşler arasında küslük olmaz kızım, hadi vazgeç şu inadından" dese bile Nuh der peygamber demez. Bazıları bu huyunu onun burcuna bağlıyor ama burçlar konusunda kafam karışık benim, doğru mudur değil midir bilmem.

Bir seferinde yine bana küsken ağır bir griple yatağa düştüm. Boğazımda dikenler, bir türlü düşmeyen ateş ve hiçbir ilacın fayda etmediği perişanlıkla pis bir hafta geçirdim. Defne o hafta boyunca, okul saatleri dışında bana çok iyi baktı. Düzenli olarak ateşimi ölçtü, başıma sirkeli bez koydu, ilaçlarımı içirdi, internetten öğrendiği bir boğaz pastili alıp geldi eczaneden ama bunları yaparken bana tek kelime bile etmedi. Acayip bir kız değil de ne bu şimdi? İnsan ablasına bir hafta boyunca bakar da, en ufak bir şefkat göstermez mi, konuşmaz mı, "Nasılsın abla?" diye sormaz mı, düşman gibi mi davranır? Ben bu kızı çözemedim, çözemiyorum kısacası. Ama dalına basmazsan dünyanın en tatlı kardeşidir. Aramızın çok iyi olduğu bir dönemde, gece onu uyandırıp da gördüğüm olağanüstü şeye onun da tanık olmasını istemem bu yüzdendi işte. Çünkü bir mucize oluyordu gözlerimin önünde.

Gecenin en derin uyku saatlerinde bir aydınlık uyandırdı beni. Kapalı gözkapaklarıma vuran müthiş bir aydınlık. Uyanıp kalktım, ay ışığı gibiydi ama dolunay zamanındaki ışığın belki de yüz misli, bin misli. Öyle ki yeni uyandığım için ışığın geldiği cama doğru dürüst bakamıyordum bile. Bir süre sonra, gözlerim duruma biraz –o da biraz– alıştı, camdan dışarı bakmayı becerebildim; onu gördüm, büyülenmiş gibi bakakaldım. Ay büyümüş, bütün gökyüzünü kaplamıştı, gökyüzü aydan ibaretti, beyaz ışığı her yere vurmuştu. Pencerenin önündeki sokak, park etmiş arabalar, geçmekte olan iki sokak köpeği, üstlerine binlerce ışıldak tutulmuş gibi parlıyordu. "Aman Allahım" dedim, "aman Allahım, aman yarabbi! Nedir bu? Ben ne görüyorum?" Yüreğim ağzımdan taştı sanki. Yan odaya koştum, Defne'yi uyandırdım. O oda da aydınlıktı. "Kalk, çabuk kalk, gel" dedim, onu cama sürükledim, gökyüzünü kaplamış olan ayı gösterdim. Hiçbir şey anlamadı. "Görüyor musun?" diye ısrarla sormama rağmen, "Neyi görüyor muyum abla?" diye cevap verdi gözlerini ovuşturarak. O mucizeyi görmüyor gibiydi. "Peki ne görüyorsun?" diye sordum. Gözlerini dikip sokağa bakmaya başladı. "Her zamanki şeyler" dedi. "Sokak, arabalar... Biri mi var sence?" "Hayır" dedim, "biri değil bir şey var. Aya bak." Başını kaldırıp baktı. "Ay yok ki abla" dedi. "Karanlık her yer." Sonra benim delilik dediği huylarımla daha fazla başa çıkamayacağını anlamış olmalı ki "Ben yatıyorum abla" dedi. "Yarın sınavım var." Yatağına döndü, başı daha yastığa değerken uyuduğunu fark ettim. Acaba annemi, babamı uyandırsam mı diye düşündüm; belki de onlar görür; bu kızın frekansları kapalı ya da yine kızdı bana, bozum etmek istiyor.

Sonra odama geçip o muhteşem görüntüyü izlemeye koyuldum. Belki de Tanrı sadece bana gösteriyordu bunları. Belki de Defne gerçekten bir şey görmüyor, annem babam da görmeyecek. Bu deneyimleri sadece ben yaşıyorum. Hatta belki anlatmam da doğru değil. Hayatımın en müthiş doğaüstü deneyimini düşündüm yine. Nedense bunların çoğu odamda yatarken oluyordu. Uyurken ruhumun bedenimden çıktığını fark etmiştim. Daha doğrusu bendim o çıkan. Yatakta kıpırdamadan yatan beden ben değildim, bir kadavraydı, odamdaki dolabın üstüne oturmuş, kendi bedenimi izliyordum, artık kendim olmayan kendime bakıyordum. Hiç korkmuyordum, huzurluydum, mutluydum. Bir süre sonra tekrar bedenime dönmeye karar verdim ve döndüm, kolayca döndüm. Çünkü uzun süre beden dışında kalan ruhların, bir daha dönemediğini duymuştum. Sabah yatağında ölü bulunanlara olan şey buydu işte. Ruh tekrar bedene dönemiyor, boşlukta, bedensiz olarak salınıp duruyordu. Ne oraya, ne buraya aitti. Kayıp ruhlardı bunlar. Bu yüzden fazla oyalanmadan döndüm bedenime. Bunu kimseye anlatmadım, çünkü anlatmamak gerekirmiş. Rüyanda peygamber gördüğünde de anlatmamak lazımmış, bir daha girmezlermiş rüyalarına. Bu yüzden o konuda da ağzımı sıkı tuttum ben.

Müziğin ayna olmasına dair

> Bir toplumun müziği bozuldu mu, o toplumda pek çok şey bozulmuş demektir.
>
> Konfüçyüs

Ne deli çocuk bu böyle, ne deli çocuk. İşi gücü çılgınlık zaten ama bu akşam işin tadını kaçırıyor gibi. Çılgınlık üstüne çılgınlık yapıyor, tam bir müzikal intikam peşinde koşuyor.

Zehra, ya Ergun Bey işin farkına varırsa diye kaygılanıyor. İyi çocuk hoş çocuk ama onun müzik yoluyla burjuvaziden intikam alma tutkusu yüzünden işini kaybetmeye de hiç niyeti yok doğrusu.

Tam *Sex Bomb* çalarken ve yukarı doğru yaşlanmak için ameliyat üstüne ameliyat geçirmelerine, hatta yüzlerini, göbek delikleri çene çukuru haline gelene kadar gerdirmelerine rağmen, doğa kurallarına karşı koyamayarak ve yerçekimi denen zalim gücün hoyrat şamarını yiyerek en zavallıca örneklere dönüşen, bakınca löpür löpür etleriyle merhamet uyandıran, ama gönüllerindeki fettan taze özlemi bitmemiş olan iki kadın, kendilerini "sex bomb" olarak hissederken, o üç dakikalık terli mutluluk anının canına okuyan bir müzik değişikliğiyle sarsılıyorlar. Çünkü DJ efendi (işte Emre'nin kendisiyle dalga geçmek için bulduğu sapıkça bir söz daha) birdenbire *Ankara'nın Bağları* havasına geçiyor, zavallı kadınlar şaşkınlık içinde buna ayak uydurmaya çalışırken, tekrar *Sex Bomb*, arkasından da Shakira'nın kalça sallatan parçalarından biri, sonra *Delilo* havası. Bu arada Batı parçalarına soğuk durup, bu ritimle oynamayı reddeden –çünkü iki türlüdür hareketler; kimine dans denir, kimine oyun, yani Batılı Türkler dans eder, Anadolu ahalisi ise oynar– ama Orta Anadolu'nun, tepsi içinde dilber oynatmak için icat edilmiş, omuz titreten, kalça kıvırtan, göbek attıran, fıkırdak oturak âlemi havalarını duyar duymaz piste fırlayan kadınlar ile erkekler, hemen arkasından gelen New York *rap*'iyle ne yapacaklarını şaşırıp, ellerini anlamsız bir biçimde sallayarak etrafa baktıkları sırada Zehra, "kızlarından" birini, Ayça'yı otoriter bir işaretle yanına çağırıp, "Git şu DJ'e söyle, adam gibi yapsın şu müziği, yoksa son işi olur bu! Aklını başına toplasın" diye tehdit mesajları yolluyor. İki dakika sonra Ayça yanına gelip kulağına eğilerek, DJ'in "Akıllı DJ nerede görülmüş? Akıllı olsa banker olur, DJ değil" cevabını aynen tekrarlayınca, Zehra ikileme düşüyor. Her zaman olduğu gibi aklı bu çılgın çocuğa karşı koymasını söylüyor, ama gönlü de eğleniyor. Yoksa değişik kültürlerin dans gelenekleri arasında şaşkına dönen, bir o yana bir bu yana sallanmaktan sersemlemiş, her ritimde gövdesinin ayrı bir bölgesini oynatma çabasından helak olmuş ahali, gerçekten de çok komik bir fars gösterisi oluşturuyor. Üstelik hiç kimse de kendileriyle dalga geçildiğinin farkında değil.

Bu çılgın çocuğun asıl merakı edebiyattı. Gece gündüz roman okuyor, roman yazıyordu ama bazen arkadaşlarıyla toplandıklarında onlara "Anatolian DJ Talk Show" adını verdiği son derece gülünç bir gösteri sunar, hepsini kırıp geçirirdi. Çok saygı duyulan, her birinin çağlardan süzülüp gelen müthiş bir bilgelik taşıdığına inanılan halk müziğinin olmadık acayip örneklerini çalar, üstüne üstlük bir de bunlara komik açıklamalar getirerek, kendi soylu geleneğine de ihanet ederek, siyasi, kültürel, sosyal, hijyenik mijyenik her türlü pisliğe batan "yeni" lumpen kültürle dalgasını geçerdi. Bunu o kadar abartırdı ki, herkes bu şakaların altında, çok acı çeken bir insan olduğunu anlardı.

Önce yavaş bir türküyle başlardı gösteri: "Et koydum tencereye/Yâr geldi pencereye." Bu sözler, ona göre, Anadolu'daki uzun açlık ve kıtlık yıllarının ürünü olmalıydı. Manzarayı gözler önüne sermeye çalışır, diz çökerek, ayağa kalkarak, garip garip jestler yaparak mizahın farkına varılmasını isterdi. "Köylü kızcağız tencereyi ocağa yerleştirip, yağını soğanını kavurduktan sonra, nasılsa eline geçmiş eti de içine boşaltıyor, bir yandan da ortalarda görünmeyen hayırsız mı hayırsız yavuklusunu düşünüyor. Ama o da ne; pencere tık tık etmekte. Acaba kim geldi, kim geldi? Perdeyi kaldırıp bir de bakıyor ki delikanlı yiğidi, cama dayanmış, snıf snıf diye havayı koklayarak –Emre'nin bu arada yaptığı hareketler ve çıkardığı sesler kimsede can bırakmazdı doğrusu– korkunç bir iştahla kedi gibi yalanıp duruyor. Başka bir anlamı olabilir mi bu sözlerin?" diyordu. "Ayrıca 'Yemek buldun ye, dayak gördün kaç' diyen halkımızın bilgeliğine çok uygun bir şey değil mi? 'Bal tutan parmağını yalar. Gelen ağam, giden paşam. Düşün düşün, boktur işin.' İşte temel kültürümüz."

"Bu kadar zalim olma yahu" diyenlere ise, her zaman "halka" inanarak en büyük hatayı yaptığını, bu kadar hayal kırıklığından sonra intikam alma isteğine kapılmasının normal olduğunu söyleyip bir sonraki parçaya geçiyor, ama eseri çalmadan önce kısa bir açıklama yapma gereği duyuyordu. Gelecek olan parça Ankara dolaylarındandı ama bu şehrin başkent olmasından önce yakılmıştı elbette. Fıkır fıkır, şıkır şıkır göbek attıran ve "milletin" gövdelerine zelzeleler salan oynak parçada şöyle deniyordu.

"Bahçeye ektim bostan/Yıkılsın Yunanistan/Yunanistan kızları/Ne don giyer ne fistan."

"İşte" diyordu, "necip milletimizin barış dileklerini ve erotik niyetlerini yansıtan pastoral bir parça. Harika değil mi?" Bunları söylerken de o tarak değmemiş kıvır kıvır alnına dökülen kâküllerinin altından bakan gözlerinde mizahla acı birbirine karışıyordu.

Zehra onun kimi zaman "millet" kimi zaman "halk" dediğini fark etmişti. Ciddileşip de Karacaoğlan, Pir Sultan Abdal ya da adını taşımaktan büyük gurur duyduğu Yunus Emre gibi büyükleri andığı zaman "halk" derdi, "büyük bir halk." Hatta işin içine Ahmed-i Hani'yi, Ciğerhun'u, Feqiyê Teyran'ı, Gomidas'ı da katarak "halkların büyüklüğünden" söz ederdi. Alay edeceği zaman da "millet böyle istiyor" derdi. Ona göre baştakiler halka, millet demeye başladığı zaman hapı yutmuştuk zaten. Cumhuriyet Halk Fırkası adının çok bilinçli seçildiğini söylüyor ama sonra hemen bu kadar ciddiyetin yettiğine inanarak başlıyordu komikliklerini sıralamaya.

Bölünmez vatanımızın her bir köşesi cennet, milletimizin her bireyi kahramandı. Zaten kahraman, şerefli, gazi vesaire adını taşıyan birçok şehir de bunu ispatlamıyor muydu? Niye elin oğlu "Manchester the hero" demiyordu da, biz "Kahramanmaraş" diyorduk bakalım? Paris niye Gazi değildi? Milano'ya niçin "Şerefli Milano" demiyorlar ya da Madrid'e "Şanlı Madrid" adını koymuyorlardı? Çünkü Türklerin şehirleri dışında hiçbir şehir gazi, kahraman, şanlı, şerefli olamazdı da ondan. Konuşma buralara gelince, onca kahkaha arasında Zehra "Aman" diyordu, "sululuğu bırak da ne yapacaksan yap, bitir hadi." Aralarında böyle ilginç bir uyum kurulmuştu. Zehra onu sürekli azarlar gibi yapıyor, öteki de hiç ciddiye almadan onun damarına damarına basıyor ve genellikle bu tarz sahte itiş kakışlar yatak âlemiyle, çılgın sevişmelerle son buluyordu.

Emre millete övgüler yağdırdıktan sonra "Bakın" diyordu, "şu türküdeki kahramanlığa" ve meşhur *Çökertme* türküsünü çalıyor, sözlerini de tekrarlayarak dinleyicinin dikkatini buralara yoğunlaştırmasını sağlıyordu. Çatışma sırasında arkadaşı İbrahim'i terk edip, ortadan toz olan bir eşkıyayı anlatıyordu türkü.

"Çökertmeden çıktım da Halilim aman başım selameeet" diyerek, postu deldirmeden kaçtığına sevinen kahraman haydut, yani bir nevi Türk Robin Hood'u, kaçamayan ve vızıldayan kurşunlar altında inleyen sevgili arkadaşı İbrahim'e de iyi dileklerini sunmayı ihmal etmiyordu: "Arkadaşım İbram çavuş, Allahıma emanet." Böylece can dostunu iyice garantiye alan kahraman, biraz sonra kendi derdine düşüyor ve kundurasının kaydığından yakındıktan sonra "Ela gözlü sevdiğimi Çerkez kaymakam aldı" diye feryat ediyordu. Yani fesat mı fesat Emre'ye göre bu kahramanlık destanının kahramanı, arkadaşını çatışmada bırakıp kaçtığı için sevinen, durmadan kayıp düşen, yavuklusunu da kaymakama kaptıran, biraz, nasıl demeli, zarif ve hassas bir hayduttu. Eh, kimsede can kalmıyordu bunları dinlerken elbette ama henüz hızını alamamış olan Emre'nin bitirmeye niyeti yoktu. Doğu Anadolu'dan bir uzun hava çalıyor, bu havanın nakaratındaki "Çıkayım dağlar başına da/oy oy kurt yesin beniii" dizesine dikkat çekiyor, sonra yanılıp da bunu yabancı arkadaşlarına çevirmeye kalkmamalarını, sonra işin içinden çıkamayacaklarını söylüyordu. Çünkü "Let me climb up to the mountain/ Let the wolf eats me" dendiğinde, bunu hangi İngiliz anlayabilirdi ki? "Kardeşim" diyecekti her aklı başında insan, "madem kurt var niye çıkıyorsun dağ başına, ayrıca kendini kurda parçalatmak isteğinin korkunç bir mazoşizmden başka ne anlamı olabilir?" Bu sorulara muhatap olmamak için bu türküyü atlamak gerekirdi.

Tam bu noktada Emre coşuyordu artık; alkışlar ve kahkahalar yüzünden kendini ülkenin en başarılı komedi sanatçısı olarak hissediyor, şöhretten başı dönerek deli enerjisiyle parçaları ve esprileri arka arkaya patlatmaya başlıyordu.

"Bakın" diyordu, "Hatice'yi samanlıkta bastılar, şalvarını gül dalına astılar." Bu da ona göre müthiş bir ruh inceliğinin göstergesiydi. Mesela New York'ta kim, tecavüz ettiği kızın dantelli külotunu gül dalına asma inceliğini gösterebilir, arkasından da bu olayı bir *rap* türküsüyle anlatma gereği duyabilirdi?

Gülmekten karnına ağrılar giren arkadaşları yerde kıvranırken, "*Rap* dedim de" diyordu, "siz Türkiye'de zenci yok mu sanıyorsunuz. Var, elbette var. İşte size ispatı." Hemen bir vinil yerleştiriyordu pikaba, türkücü başlıyordu: "Gece çıktım ayaza/Sarıldım bir beyaza."

Parçayı hiç bu açıdan yorumlamamış olanların, "Vallahi doğru" haykırışları arasında devamına dikkat çekiyordu: "Öyle bir yâr isterem/Hem okuya hem yaza."

Ona göre bu parça, sokaklara düşmüş, beş parasız, evsiz barksız siyahi bir kızın, zengin, okuryazar, beyaz bir koca arayışını anlatıyordu.

"Yeter, yeteeeeer, vallahi bayılacağım, yeter artık, karnıma sancılar girdi" diye yalvaran arkadaşlarının ya da bacaklarını sıkarak kıvranan kızların, "Vallahi altıma kaçırdım" feryatları arasında Emre sadistçe bir zevkle ve coşkulu bir biçimde "Baylar bayanlar, işte bu da bir pedofil türküsü" diyerek, "Henüz girmiş on üç-on dört yaşına"yı çalıyor, ardından "Bir kız on beşine varınca, ellenmemiş gül olur" adlı türküden "Kaytan bıyıklarımı sürsem nerelerine"ye, oradan da "Güldür güldür memeler, kapanmıyor düğmeler"e geçerek Fellinyen bir meme fetişizmine gönderme yapıyor, sonra "Yandım şeker oğlan"ı çalarak oğlan çocuk oynatma geleneğini vurguluyor ve böylece ilginç bir mizah gösterisi halinde başlayan şov bir çılgınlıkla son buluyordu.

Zehra'nın ikilemine dair

İnsanlar zaman zaman içinden çıkamadıkları ve baş edemeyecekleri sorunları –hele ahlaki kararları– erteleme yoluna giderler ya, Zehra için de Ergun Bey'in sağ kolu olarak çalışmaya devam edip etmeme ikilemi aynen bu durumdaydı. Konuyu düşünmemeye çalışıyor, gündelik işlerin hayhuyu arasında oyalanıp duruyordu.

Gazetedeki bir ilan üzerine başvurduğu holdinge önce çok küçük bir görevli olarak girmiş ama yeteneği ve zekâsı sayesinde kısa sürede bütün rakibelerini geride bırakarak, Ergun Bey'in yıllardır özel sekreterliğini yapan Melahat Hanım'ın emekli olmasıyla boşalan makamı kapmayı başarmıştı. İlk başlarda Ergun Bey bu enerjik kızı gözlüyor, bir hata yapıp yapmayacağını görmeye çalışıyor, kendini ona emanet etmeyi göze alamıyordu ama altı ay gibi kısa sayılabilecek bir sürede Zehra onun güvenini kazandı ve beyefendi ona bir gün, "Biz seni nereden bulduk ya!" deyiverdi. "Bu devirde senin gibi genç kaldı mı?"

Bu sözler üzerine başı dönen Zehra'nın yüzü kızardı, bu masum genç kız tavrı Ergun Bey'in ona daha da çok bağlanmasını sağladı. Belki de haklıydı adam, çünkü Zehra, onun kılına zarar gelmemesi, kaşlarının çatılmaması, pek düşkün olduğu konforunun zedelenmemesi için çırpınıyordu. Yurtdışı gezilerinde en iyi otel süitlerini ayırtır, Ergun Bey'in odasına en az dört kaz tüyü yastık konmasını önceden bildirir, otelde yirmi dört saat doktor hizmeti olup olmadığını kontrol eder, müdüriyete, gelen kişinin önemini bildirecek mesajlar yazar, şehirde onu dolaştıracak limuzin sürücüsünün güvenilir olup olmadığına varıncaya kadar hiçbir ayrıntıyı gözden kaçırmazdı. Sanki patronuna bir seyahat düzenlemiyor da, bir jumbo uçağı kaldırıyordu. Hastalık derecesinde bağlıydı işine, bazen günlerce uyumazdı.

Aldığı dolgun maaş ve yıl sonu primleri istediği, hayal ettiği her şeyi almasına yetiyordu. Öğrencilik yılları boyunca âdet edindiği ucuz pazar mallarına, sahte markalara ihtiyacı kalmamıştı artık. Açıkçası bu hayat Zehra'nın çok hoşuna gidiyor, kendisinin bile sonradan farkına vardığı "lüks" özlemini gidermesine olanak tanıyordu. Belki de böyle bir işe girmese, ömür boyu hiç yakınmadan kıt kanaat yaşayıp gidecek, yüreğinin çok gizli yerlerine çöreklenip kalmış, imkânsız olduğu için aklına bile gelmeyen lüks tutkusunu hiç anlayamayacaktı. Ama lezzetli bir yemeğin daha baştan kokusuyla iştah uyandırması gibi, eline geçen para ve yaşadığı çevre bu işçi kızını, pahalı parfümlere, marka pabuçlara, özel tasarım giysilere, hatta zarif mücevherlere yöneltmişti. İlk zamanlar Bereket ailesinde görerek şaşırdığı serveti, şaşaalı yaşamı ailesine de anlatıyor, onların da kendisi gibi şaşırmasını bekliyordu. Ama "Baba, yirmi iki otomobil, şoförleriyle hazır bekliyor. Evde de dört aşçı var; biri Fransız" sözlerine, o bilge babası her zaman olduğu gibi iyi niyetle, "Öyle mi kızım? Allah daha çok versin, nazar değmesin" diyordu. "Eğer iyi niyetle çalışıyorlarsa kazançları daha da artar inşallah. Allah namusuyla çalışanın yanındadır." Zehra babasının bu tavrına, en ufak bir şaşkınlık ve kıskançlık göstermeden başkalarının servetini olağan karşılamasına şaşırırdı.

Sonra bir gün, uğruna her şeyi göze alabilecek kadar düşkün olduğu babası dolayısıyla, Ergun Bey'e daha da yakınlaşmasına yol açacak bir olay yaşandı.

Zehra'nın amcası Marmaris'teki alçakgönüllü evinin iki odasını pansiyon olarak işletir, daha çok yerli turistlere kiraya verirdi. Asıl geçim kaynakları buydu. Yengesi akşama kadar çarşafları yıkar, değiştirir, misafirlerin öğlen ve akşam yemeklerini hazırlarken kocası da alışverişleri yapar, bahçeyi sular, hesap işlerini görürdü. Bazen pansiyona o kadar çok talep olurdu ki, ev sahipleri kendi odalarını da kiraya verir, mor begonvil sarmış duvarın yanına kurdukları ve "Fırfır Palas" adını verdikleri çardak altında uyurlardı. Sezon dışı sayılabilecek aylarda boş odaları olur, o zaman da hemen akrabalarını ağırlamaya koyulurlardı. Zehra'nın çocukluğunun en mutlu günlerini geçirdiği evdi bu. Yalınayak koşturup durur, on dakika yürüyüşle ulaştığı denize girer, çocuklarla yakan top oynar, akşamüstleri kurt gibi acıkarak eve koşar, yengesinin pişirdiği tavuğu büyük bir iştahla yiyerek karnını doyurduktan sonra, sokaktan geçen dondurmacıdan aldığı, külaha yerleştirilmesini sabırsızlıkla beklediği limonlu dondurmayı yalardı. Bazen de ailece sahile gezmeye çıktıklarında, kardeşi Defne'yi bebekken kucağında taşımaya, büyüdüğünde kollarını birbirlerinin bellerine dolayarak, ellerindeki ay çekirdeklerini çıtlata çıtlata dolaşmaya bayılırdı. Omuz başlarındaki güneş sızısıyla gözünden uyku akarak yatağa koştuğunda, taş gibi bir çocuk uykusuna yuvarlanmadan önce tekrar ettiği son cümle, annesinin öğrettiği "Allahım, beni, ailemi, ülkemi koru!" olurdu.

Konstantiniyye Oteli inşaatının bütün hızıyla sürdüğü o yaz sonu, babasıyla annesi yanlarına Defne'yi de alarak yine Marmaris'e gitmişlerdi. Zehra, onlara holdingin Akdeniz'deki beş yıldızlı otellerinden birinde kalmaları için ısrar etmişti ama ailesi bunu kabul etmiyor, hem Marmaris'e alıştıklarını hem de akrabalarıyla hasret giderdiklerini söylüyorlardı.

Babasının kalp krizi geçirdiği haberi Zehra'yı tam otel inşaatının önünde, arabasından inerken buldu. ("Neeeee?" diye bağırdığını hatırlıyor.) Defne ağlayarak, "Abla" diyordu, "bir şeyler yap ne olur. Babam..."

Zehra güçbela babasının kalp krizi geçirdiğini, hastaneye kaldırıldığını öğrenir öğrenmez, hemen Ergun Bey'i arayıp durumu anlattı. Ergun Bey de hiç duraksamadan, holdinge bağlı hastaneden bir ambulans uçak yollanmasını, Zehra'nın da o uçakla giderek babasını alıp getirmesini söyledi. Gözyaşları içindeki Zehra o anda Ergun Bey'in yanında olsa adamın ellerine sarılıp şükran öpücüklerine boğacaktı ama hemen kendisini toparlaması, babasının hayatla ölüm arasında sallanan bu anlarına müdahale etmesi gerekiyordu. Gerekli telefonları etti; bir saat sonra ambulans uçakta, kendisini teselli etmeye çalışan bir kardiyolog ve bir hemşireyle birlikte Dalaman Havaalanı'na doğru uçuyordu. Doktorlar önceden meslektaşlarını aramış, hastanın tıbbi gözetim altında havaalanına intikalini sağlamışlardı.

Zehra Dalaman Havaalanı'nda perişan durumdaki annesine mi, durmadan ağlayan korku içindeki kardeşine mi, paniklemiş amcasına mı bakacağını bilemeden babasına doğru koştu. Sedyedeki babası kolunda serum, ağzında oksijen maskesiyle öyle masum, öyle zayıf, öyle halsiz görünüyordu ki, yol boyunca kendi kendine "Güçlü olman gerekiyor" telkininde bulunan Zehra, karanlıkta kaybolmuş bir kız çocuğu gibi haykıra haykıra ağlamaya başladı. İyi ki herkes ne yapması gerektiğini biliyordu; ona ihtiyaç yoktu. Deneyimli personel babasını uçağa aldı; birtakım işlemler uygulamaya başladı. Bir saat sonra İstanbul'da hastane yolundalardı. Zehra babasıyla birlikteydi; Ergun Bey'in özel jeti de annesini, amcasını ve Defne'yi getiriyordu İstanbul'a.

Babası kurtuldu; gözünü açtığında İstanbul'da olduğuna

şaşırdı, ne krizi hatırlıyordu ne uçağı. Hastanede iki odalı bir süit ayrılmıştı. Birinde babası yatıyor, öteki odada da kendileri kalıyor ve büyük bir insanlık göstererek ziyarete gelen Ergun Bey ve Elmas Hanım gibi ziyaretçilerini ağırlıyorlardı. Kendi akrabaları, bu zengin konukların yanında biraz eziliyor, üstlerinden başlarından utanıyor, sosyal statülerden haberi olmadığı için ağlayan çocuklarına öldürecek gibi bakıyor, konuklara durmadan kolonya ve lokum ikram etmeye çalışıyorlardı. Ziyareti kısa tuttuktan sonra Ergun Bey ve Elmas Hanım yanlarına Zehra'yı da alarak, kendilerini büyük bir saygıyla karşılayan başhekimin geniş odasına gittiler. Başhekim onlara anjiyo sonuçlarını gösterdi; bunları dikkatle inceleyen eski hemşire Elmas Hanım'ın da başıyla tasdik ettiği gibi Niyazi Bey'in üç damarı tıkalıydı, vakit geçirmeden bypass ameliyatına alınması gerekiyordu. Ergun Bey ne gerekiyorsa yapılması talimatını vererek ayrıldıktan sonra Zehra sevinsin mi üzülsün mü bilemeden kalakaldı. Babasının hastalığı, ölebilecek olması ihtimali, damarlarında kan yerine buzlu sular akıyormuşçasına iliklerine dek titretiyordu onu, ama bir yandan da Ergun Bey'in sağ kolu olarak sağladıkları avantajlara şükrediyordu; yoksa ne olurdu halleri? Zehra, babasıyla çok candan ilgilenen Elmas Hanım ile Ergun Bey'in her gün ayaklarını yıkasa, ömür boyu onlara hizmet etse haklarını ödeyemeyeceğini düşünüyordu. İçi minnetle, şükranla doluydu.

Babası iki gün sonra ameliyat oldu. Beş saat süren ameliyatla üç damarı değiştirildi; o geceyi yoğun bakımda geçirdikten sonra odaya alındı. Solgun benzi, mahcup gülümsemesiyle yavaş yavaş iyileşmeye başladı. Sadece diren alınırken bir kez "Of!" dedi, başkaca sesi çıkmadı. O süiti, İstanbul'un en ünlü hastanesinde onun için pervane olan doktorları, hemşireleri, çiçekleri çok doğal karşılıyor, bunları Ergun Bey'in sağladığını belirterek ona teşekkürler yağdıran aile üyelerine, "Allah razı olsun!" demekle yetiniyordu. Ölümden dönmüş olmasını da pek umursamıyor gibiydi. İnsanın alnına ne yazılıysa başına onun geleceği inancı, büyük bir tevekküle ve dinginliğe ulaştırmıştı Niyazi Bey'i. Eğer biri gelip ameliyatın iyi geçmediğini, ertesi gün öleceğini söylese bile sanki yine heyecanlanmayacak, "Ne yapalım, kaderden kaçılmaz. Allah hepinizden razı olsun!" diyerek huzur içinde veda edecek gibiydi. Yalnız babasının değil, onca acılardan geçmiş, çaresizlik, yoksulluk, savaş, iç çatışma, salgın hastalık gibi birçok nedenle yaralanmış olan halkın da hayata karşı tavrı buydu. *Sus, dua et ve katlan! Alnına ne yazılmışsa o gelir başına.*

Zehra'nın holdingde ve çevresinde gördüğü herkesten farklıydı babası. Sanki hırslarından kurtulmuş, özgürleşmişti. Onun bu kadar bilgeleşmesini, annesi, Defne ve Zehra bile anlayamıyordu ama ona zaten çok derin olan saygıları giderek artıyordu.

Janus'un iki yüzüne dair

Bir insan öldürtmediğin gün imparatorluk yapmış sayılmazsın.

Büyük Konstantinos

Hünkâr bir akşam vakanüvise o gün neler yazdığını sorunca adam, kayda değer bir şey olmadığını söyledi. Bunun üstüne hünkâr bir mızrak alıp, yanında beklemekte olan mabeyinciye sapladı. Vakanüvise, artık yazacak bir şeyin oldu, dedi.

Osmanlı tarihi

Zehra'nın, dünyadaki "ideal insan" örneği olarak gördüğü Ergun Bey'in iki ayrı yüzünün olduğunu kavraması uzun sürmedi. Ama bu onun ikiyüzlü olduğu anlamına gelmiyordu; sadece Roma Tanrısı Janus gibi iki değişik yüzü vardı.

Akşamın erken çöktüğü kış aylarından biriydi. Ergun Bey, Zehra'yı en az on kez arayarak ısrar eden bir işadamına sonunda kısa bir randevu vermişti. Adam öğleden sonra üçü on geçe gelecek ama Ergun Bey üç buçukta bir toplantıya katılacağı için o saatte ayrılmış olacaktı. Aslında böyle bir toplantı yoktu tabii ama eğer konuk gitmezse Zehra üçü yirmi beş geçe kapıyı çalacak, Ergun Bey'e toplantısını hatırlatacaktı. Adam saat üçte geldi; uzun boylu, zayıf, gözleri ve âdemelması fırlak bir adamdı. Ellili yaşlarını süren bu adam çok sıkıntılı görünüyordu. Zehra'nın masasının önündeki sandalyede oturduğu on dakika boyunca ter dökmüş, sağ eliyle en az beş altı kere uzun saçlarını sağ kaşının üstüne doğru taramıştı. Zehra daha önceden haber verdiği için adamı –Osman'dı adı– özel bir asansörle 23. kata getirmişlerdi. Sonunda üçü tam on geçe Zehra'nın telefonundaki dahili hattın ışığı yandı. Zehra adamı Ergun Bey'in odasına götürüp kapıyı arkasından kapattıktan sonra masasına döndü. Ergun Bey'in buyruğuyla, bu tip görüşmelerde Zehra'nın masasındaki kayıt cihazı devreye girer, hem görüşme kaydedilir hem de Zehra kulaklıkla dinlerdi. Bazen de Ergun Bey dinlememesi talimatını verirdi ve o zaman Zehra'nın aklından dinlemek geçmezdi. Zaten bunların çoğu sıkıcı iş görüşmeleriydi, ilginç bir şey yoktu.

Yalnız o gün beklenmedik bir şey oldu. Zehra'nın kulağında Ergun Bey'in telaşlı, hatta korku içindeki sesi yankılandı. "Dur, ne yapıyorsun, delirdin mi?" diye bağırıyordu adam. Bunun üzerine Zehra fırladı; kapıyı açıp içeri daldığında gördüğü manzara kanını dondurdu. İki adam da ayaktaydı, Osman Bey'in elinde bir tabanca vardı, Ergun Bey korku içinde masanın arkasına saklanmaya çalışıyordu. Zehra "Durun, imdat!" diye bağırdı. Ama durumda bir tuhaflık olduğunun da farkına varmıştı, çünkü adam Ergun Bey'e yöneltmiş olduğu tabancanın namlusunu yere çeviriyordu. Üstüne üstlük sakin, hatta yılgın denebilecek bir ses tonuyla, "İkiniz de sakin olun" diyordu. "Telaşlanmayın, kötü bir niyetim yok." Sonra koltuğa oturdu, tabancayı da kucağına koydu. Hayatın yükünü taşıyamayarak pes etmiş, her şeyi oluruna bırakarak bir ağaç dibine çökmüş bezgin bir adam gibi görünüyordu.

Zehra bir an dışarı fırlayıp güvenliği çağırmakla patronunu bırakmamak arasında tereddüt etti; ne yapması gerektiğini bilemiyordu. Adam onlara "Bakın" dedi, "gerçekten kötü bir niyetim yok, eğer sakin olur da sözlerimi dinlerseniz beş dakika içinde şu kapıdan çıkıp gideceğim." Sonra Ergun Bey'e döndü. "Siz de toplantınıza katılacaksınız; şeref sözü veriyorum. Lütfen oturun."

Bu sözler üstüne sapsarı kesilmiş olan Ergun Bey, biraz da başka çare olmadığından koltuğuna oturdu ama gözü hâlâ, adamın kucağındaki tabancadaydı.

"Madem kötü bir niyetiniz yok Osman Beyciğim" diyebildi, "o tabanca niçin?"

Adam "Birazdan anlayacaksınız!" diye karşılık verdi ve Ergun Bey'e yalvarıp yakarmaya başladı. Kredi borcunun bir kez daha ertelenmesini rica ediyor, kurlardaki aşırı oynama yüzünden bu hale düştüğünü belirtiyor, eğer kendisine üç ay daha izin verirse borcunu kapatacağına dair ölmüş babasının mezarı üstüne yeminler ediyordu. Kendini biraz toplayan ama tedirginliği hâlâ üstünden atamamış olan Ergun Bey renk vermeden dinliyordu adamı. Sonunda Osman Bey, hayatının Ergun Bey'in iki dudağı arasında olduğunu, iflas ederse çoluğunun çocuğunun mahvolacağını söyleyerek nemlenen gözlerini sildi. "Yalvarıyorum Ergun Bey" dedi. "Ayaklarınızın altını öpeyim beni kurtarın. Eğer böyle bir erteleme çıkmazsa bu akşam bankaların kapandığı saatte karar verdiğim şeyi yapacağım."

Bu sözler üzerine Ergun Bey'in rengi iyice attı; yutkundu, bir şeyler söylemeye hazırlandı. Eğer adam o anda sussa, Ergun Bey'in bu ertelemeyi kabul edeceğinden emindi Zehra, ama ne yazık ki adam susmadı, kararını açıklamak gafletinde bulundu. Eğer kredi ertelenmezse o akşam bankanın kapanış saatinde kendisini vuracaktı. Tabanca Ergun Bey için değil, kendisi içindi, çünkü ertesi sabah yaşamasının hiçbir anlamı kalmamış olacaktı.

Bu sözlerden sonra bir sessizlik oldu, çıt çıkmadı. Zehra da donmuş kalmıştı. Bir süre sonra Ergun Bey titrek ve yumuşak bir sesle, "Peki Osman Bey" dedi. "Durumu anladım, müsaade edin, bazı görüşmeler yapıp, derdinize çare bulmaya çalışayım."

Yüzüne bir rahatlık yayılan adam ayağa kalktı, Ergun Bey'in elini öpmeye davrandı ama Ergun Bey, "Estağfurullah beyefendi!" diyerek elini vermedi. Bunun üzerine Osman Bey teşekkürler ederek Zehra'nın yönlendirmesiyle odadan çıktı, koridorda ne yazık ki hiçbir şeyden haberi olmadan bekleyen güvenlik görevlisiyle birlikte asansöre bindi. Asansör kapısı kapanır kapanmaz Zehra'nın eli ayağı boşandı; yay gibi gerilmiş sinirleri daha fazlasını kaldıramadığı için aniden bastıran bahar yağmuru misali gözyaşı dökerek odasına döndü. Olup bitenden kendisi sorumluymuş gibi Ergun Bey'in yüzüne nasıl bakacağını bilemiyordu, bir yandan da hemen toparlanması gerektiğini düşünerek sertçe dudağını ısırıyor, aklını başına toplamaya çalışıyordu. O sırada Ergun Bey'in, odasından çıktığını gördü. Rengi hâlâ soluktu ama biraz sakinleşmiş gibiydi; en azından öyle görünmeye çalışıyordu. İkisinde de biraz önce yaşadıkları olayın korkusu vardı; galiba korku dağıldıkça yerini yavaş yavaş bir utanç duygusu alıyordu. Zehra o azametli patronunu masanın arkasına saklanırken görmemeliydi; Ergun Bey de onun önünde kendini bu duruma düşürmemeliydi. İkisi de bunun alçaltıcı utancını hissediyordu. Bu utanç duygusundan kurtulmanın en iyi yolunun, pratik meselelere yoğunlaşmak olduğunu düşünen Ergun Bey kararlı bir ses tonuyla buyruklar yağdırmaya başlayınca Zehra içinin bir parça ferahladığını hissetti. Ergun Bey'in ilk emri, bundan böyle holding binasına giren herkesin hiçbir ayrım yapılmadan tarayıcılardan geçirilmesiydi. Kendi konukları için uygulanan ayrıcalığı da bugünden itibaren kaldırıyordu. Cumhurbaşkanı gelse bile, tamam mı anlıyor muydu Zehra, cumhurbaşkanı gelse bile aranmadan içeri giremeyecekti, gi-re-me-ye-cek-tiiiii. Yaprak gibi titreyen Zehra bir yandan "Emredersiniz efendim"leri sıralarken, bir yandan da polisi arayıp aramayacaklarını merak ediyordu ki kendini iyiden iyiye toplayan Ergun Bey hiç kimseyi aramayacaklarını söyledi. Bu olay ikisi arasında sır olarak kalacaktı. Yaşananlardan sonra Zehra'ya izin veriyor, gitmesini, toparlanmasını istiyordu; kendisi de öyle yapacaktı zaten. Zehra patronun arabasının hazırlanması talimatını verdi.

O akşam, yaşadıklarını aklı almayarak dalgın dalgın televizyon izlerken, gece haberlerinde işadamı Osman Geriş'in Etiler'deki villasında başına ateş ederek intihar ettiği haberini duydu. Televizyon kameraları, evden sedyeyle çıkarılan cesedi gösteriyordu. Üstündeki beyaz örtünün başucu kıpkırmızı kesilmişti.

Ertesi gün Zehra, Ergun Bey'i (elinden geldiğince) az gördü; yüzüne bakmak istemedi; sanki eli ayağı uyuşmuştu. Birkaç gün bu gerginlik içinde geçtikten sonra Ergun Bey onu çağırarak, sert ve ödünsüz bir tavırla, içinden neler geçtiğini az çok tahmin ettiğini söyledi. Osman Geriş'in ölümünden kendisini sorumlu tuttuğunu biliyordu elbette ama Zehra'nın bir şeyi iyice anlaması gerekiyordu: Osman Bey'i o öldürmemişti; adam her iki anlamda da kendi kendini öldürmüştü. Bu bir işti; işle şaka olmazdı. Osman Geriş para kazanmak için bir hamle yapmış, bunun için o kadar borçlanmıştı. Eğer hesabını kitabını iyi yapıp da kazansaydı buna kimsenin bir diyeceği olamazdı; herkes onun önünde el pençe divan dururdu. Ama kazanmak olduğu kadar kaybetmek de vardı bu işlerde. Bir çeşit savaştı bu; her savaşta olduğu gibi yenen ve yenilen taraflar vardı. Önemli olan, işle özel yaşamı birbirine karıştırmamaktı. Kendisi (Ergun Bey) o paranın birkaç mislini yardım amaçlı harcayabilir, mesela bir çocuk hastanesi yaptırabilirdi ama limiti dolmuş bir müşteriye hoşgörü söz konusu olamazdı. Kurallar gevşeyemezdi.

Hayırsız evlat Kaan Bereket'e dair

Bir gün sekreteri Ergun Bey'in odasına girdi, eli ayağına dolaşarak, yutkunarak, nasıl söyleyeceğini bilemeden, oğlunun öldürülmüş olduğu haberini verdi. (Zehra'dan çok önce oluyordu bunlar.) Ergun Bey'in ilk tepkisi masadan fırlayarak hangi oğlunun öldürüldüğünü sormak oldu. "Bilmiyorum" dedi sekreteri. "Köşkten arayıp size bildirmemi istediler ama hangisi olduğunu bilmiyorum."

Ergun Bey'le Elmas Hanım'ın iki oğlu vardı. Bir de kızları olmuş ama aile genlerinde bulunan ve bazı kuşaklarda ortaya çıkan bir hastalıktan dolayı çok yaşamamıştı. Ergun Bey hemen evi aradı, kâhyayla konuştu. İki oğlundan İsmail'in öldüğünü duyunca ağzından bir tek söz çıktı: "Eyvah!" Sonra masaya çöktü, hem dehşet hem derin bir üzüntü, iki sorgu meleği gibi omuzlarına abandı. İki oğlundan sevdiği İsmail'di, ilk oğluydu, babasının adını vermişti ona. Öteki oğlu Kaan, İsmail'den üç yıl sonra doğmuştu. Ergun Bey bir türlü ısınamamıştı ikinci oğluna. Açgözlü, hırslı, sevimsiz bir çocuktu. İsmail ne kadar kibarsa, Kaan o kadar kabaydı; İsmail ne kadar anlayışlıysa, Kaan o kadar anlayışsızdı. Küçüklüğünden beri küstahlığı, inadı, her yiyeceği, her oyuncağı, her giysiyi kapmak istemesi, evde çalışanlara yaptığı eziyetler, onu herkesin gözünde sevimsiz bir hale sokmuştu. İsmail hem anne babası, hem çalışanlar, hem arkadaşları, hem de –sonraları– öğretmenleri tarafından daha çok seviliyordu.

Bu durumun ayırdında olan Kaan, sevilmemesinin nedeni olarak İsmail'i görmeye başladı. Ondan üç yaş küçük olmasına rağmen daha iriyarıydı. İnce yapılı, dağınık saçlı İsmail, şair gibi görünürdü, Kaan ise boksör gibi. Sık sık Kaan'ın saldırısıyla başlayan kavgalarda İsmail, biri gelip onu kardeşinin elinden kurtarana kadar epey dayak yerdi. Kaan acımasızdı; İsmail'i yere yıkar, giderek ağırlaşan gövdesiyle göğsüne oturur, abisinin yüzünü yumruklardı. Büyüdükçe okulla, öğretmenleriyle, arkadaşlarıyla sorun üstüne sorun yaşadığı için Ergun Bey zaman zaman Elmas Hanım'la dertleşir, bu çocuğun kime benzediğini anlayamadığını söylerdi.

On sekiz yaşından sonra Kaan'ın otomobil merakına başka bir tutku daha eklenmişti: Silah. Çeşit çeşit tabanca, av bıçağı, av tüfeği yığıyordu eve. Hafta sonları kendi kafasındaki insanlarla ava gidiyor, neredeyse gördüğü her şeye ateş ederek eve bir sürü ölü hayvanla dönüyordu. Öldürmenin ona büyük bir zevk verdiğini keşfetmişti. Avını namlunun ucunda gördüğünde, bir canlının hayatını sona erdirebilecek olmanın benzersiz zevkiyle titriyordu. Annesiyle babası çok uğraştılar ama artık kendilerini de duruşuyla, bakışıyla, konuşmasıyla, kimi zaman da suskunluğuyla tehdit eder hale gelmeye başlayan irikıyım delikanlıya söz geçiremediler. Elmas Hanım o kadar sert değildi ama Ergun Bey sık sık, "Tanrı çok adaletsiz. Keşke Selin'in yerine bu ölseydi" demeye başlamıştı. Selin altı yaşında ölen kızlarıydı. Elmas Hanım ise öyle konuşmaması için uyarıyordu onu, Allah'ın işine karışılmazdı, günahtı böyle düşünmek. Ne var ki, günah da olsa, Ergun Bey'in aklından çıkmıyordu bu düşünce. Bu yüzden "Oğlunuz öldürüldü" dediklerinde, daha düşünmeye fırsat bulamadan, acı mı ferahlama mı getireceğini kestiremediği bir heyecan yükseldi içinden: Kaan mı? Ama ne yazık ki öyle olmamıştı; işine karışılmasına izin vermeyen Tanrı, Selin'den sonra İsmail'i, o sakin, o güler yüzlü, o kibar çocuğunu almıştı elinden. Üstelik olabilecek en trajik biçimde: Evde silahlarıyla oynayan Kaan vurmuştu onu. "Silah kazayla ateş aldı" diyordu. İki kardeş öğlene yakın bir aradaymış. Kaan –anlattığına göre– İsmail'e yeni aldığı Magnum tabancayı göstermek istemiş, hatta ısrar etmiş, sonra nasıl olduysa silah patlamış; yine nasıl olduysa kurşun İsmail'in beynini parçalamış, koca bir duvarı indirebilecek güçteki kurşun, İsmail'in kafasını o anda yok etmiş. Evde bomba patladı sanmış herkes; dört katlı yalının her köşesinde yankılanmış bu patlama, öylesine güçlüymüş.

Bundan sonrası tam bir rezaletti: morg, otopsi, basın-basın-basın, televizyonlar-televizyonlar-televizyonlar, mahkeme süreci. Ergun Bey'in talihsizliğine bakın ki, bu sefer, en sevdiği evladına kıyan en sevmediği oğlunu kurtarmak için çırpınması gerekiyordu. En iyi avukatlar, medya patronlarına rica ederek Kaan lehinde yazılar çıkmasını sağlamalar, hâkimlerle özel ilişkiler... Bütün bunları mecbur kaldığı için yapan, yaslı Ergun Bey'in içindeki umut, oğlanın hapse atılıp orada çürümesiydi, ama bunu karısına bile söyleyemiyordu. Kadın zaten ikinci çocuğunu da yitirmenin verdiği acıyla yarı mecnun hale gelmişti.

Ülkenin en büyük holdinginin bunca çabasından sonra, karar Ergun Bey'in istemediği bir yönde çıktı, Kaan kazayla ölüme sebebiyet vermekten hafif bir ceza aldı, cezası da tecil edildi.

Bütün suçlamalardan kurtulan, medyada da lehinde bir hava yaratılan Kaan, ayrı bir eve çıkarak özgürlüğün, paranın, rakipsizliğin tadını çıkarmaya koyuldu. Holdingin tek vârisi, bekâr, aşırı para harcayan, yanında dalkavuk ve koruma ordusuyla gezen, birbirinden pahalı otomobillerinin sayısını bilmeyen, bunların her birinde ayrı sürücü bulunduran, dünyadaki pahalı av partilerine katılarak, Afrika'da iyi para ödediği adamlarca uyuşturularak öldürmesi için önüne bırakılan jaguarı vurup, üzerine ayağını koyarak resim çektirdikten sonra zavallı hayvandan "jaguarım" diye söz eden, Kuzey Kutbu'nda aynı biçimde vurduğu kutup ayısının penis kemiğinden içki karıştırıcısı yapmakla övünen, sık sık sevgili değiştiren, bunlardan bazılarını döverek perişan eden, magazinin en sevdiği kişi haline gelmiş iriyarı bir delikanlı... Basın için bulunmaz nimetti.

Zehra Kaan'ı ilk kez, oğlan yanındaki mafya tipli adamlarla yalıdaki bir daveti bastığında görmüştü. Kaan onca davetlinin içinde babası Ergun Bey'in yakasına yapışmış ve onu "mirastan pay vermemek için oyunlar çeviren hilekâr bir baba" olarak teşhir edeceğini haykırmıştı.

Aslına bakılırsa bu doğruydu. Çünkü işler bu hale geldikten sonra denetimi iyice yitiren Ergun Bey'in –ne kadar kahrolsa da– yapabileceği hiçbir şey yoktu artık. Ama zaman zaman kiralık katil tutup, oğlunu öldüren oğlunu öldürtmeyi aklından geçirmiyor da değildi. Bu düşünceyle oyalanıyor, cinayetle ilgili ayrıntıları hesaplamak onu avutuyor, duruma dayanmasını kolaylaştırıyordu, ama Ergun Bey öyle bir adam değildi. Bu işi yapabilecek çevreleri tanımazdı bile. Sonra işi yüzüne gözüne bulaştırıp yakalanması, hanedanlarının sonunu utanç içinde getirmek demekti ki, Ergun Bey en azından atalarına karşı böyle bir riski göze alamazdı. Fakat yapabileceği bir şey vardı: Kaan'ı mirasından mahrum etmek. Bu plan üzerinde en iyi avukatlarla günlerce çalışmış, bütün gerekçelerini hazırlatmıştı ama bu sırada –ya avukatlardan ya yakın çevresinden– birisi boşboğazlık etmiş olmalıydı ki plan oğlanın kulağına gitmişti. Bu da her şeyin sonunu getiriyordu.

Zehra tam o günlerde Ergun Bey'in sağ kolu olmuştu; patronunun hayattaki en büyük derdinin Kaan adını taşıdığını bilerek, bu konudaki haberleri özenle ondan kaçırıyordu. Ergun Bey bu durumun farkında olsa da ses çıkarmıyordu.

Elmas Bereket kalbini açıyor

Allah affetsin; bu adam ölse ya artık diye düşünüyorum sık sık. Vakti gelmedi mi, ölüp gitsin de bu dünyada işlediği suçların hesabını öbür dünyada versin. Bir ilahi adalet var değil mi? Var elbette, âciz bir kul olarak zaman zaman kuşkulara kapılsam da güvendiğim tek şey kefenin cebinin olmayışı. Ergun bile oraya herkes gibi gidecek; paranın geçmediği o dünyada, herkesin sevaplarıyla günahı o terazide ölçülecek. Ben oraya gittiğimde elbet benim de bir çift sözüm olacak. İki evladımın ölümünde asıl sorumlunun bu adam olduğunu, ailesine hiçbir zaman şefkat göstermediğini, o göklere sığmayan gururuyla beni ve çocuklarımı sinek gibi gördüğünü anlatacağım. Herkes suçu Kaan'a atıyor ama ben o çocuğun kalbini biliyorum. Daha küçücükken, yanıma sokulup "Babam beni niye sevmiyor?" dediği zaman içimin parçalandığını hatırlıyorum. İsmailimi sevdiğini, Kaan'a öfke duyduğunu o kadar belli ederdi ki, anlamamak mümkün değildi zaten. Birine hediye alır ötekine almazsan, birini aslan oğlum diye kucağına alıp ötekini iteklersen ne olabilir ki? İki yavrumun arasına girdi; böylece birinin kanına da girmiş oldu. Selinimi de onun genlerindeki hastalık yüzünden toprağa verdim. Yavrumu kaybettiğimde yasımı paylaşmadı; yavrumun kırkı çıkmadan beni önemli gördüğü davetlere katılmaya zorladı. "Yapma" dedim, "yapma Ergun, yüreği yanan bir ananın acısına saygı göster, daha fazla zorlama." Beni zayıflıkla, sinir hastası olmakla suçluyordu. Bu nasıl böyle olmuş, nereden çıkmış, bu zalim damarı kimden almış, anlamıyorum. Babası da annesi de çok muhterem insanlardı. Annesini fazla tanımıyorum aslında. Ben hemşire olarak yalıya geldiğimde, anne Alzheimer olmuştu; oğlunu bile zar zor tanıyordu zaten, kısa bir süre sonra o da gitti. Kadın oturduğu koltuktan kalkmadan kendi kendine konuşur durur, bir şeylerden şikâyet ederdi. Kimse ne dediğini anlamazdı. Hani kurumuş çam kozalakları vardır ya; işte öyle olmuştu son zamanlarında. Ama İsmail Bey bambaşkaydı. Beni isteyen, kol kanat geren de oydu zaten. Ergun onun isteğine uymak için evlendi benimle ama şimdi anlıyorum ki çok zoruna gitti bu; beni hiçbir zaman kendisine layık görmedi, sürekli aşağıladı. Rahmetli İsmail Bey'in ilaçlarını verir, serumunu takar çıkarır, vücudu morarmasın diye masaj yapardım. Sabahları ona gazete okumamı isterdi; okurdum. Anlardım ki beni sadece hemşire olarak değil bir genç kız olarak görüyor; yakınında olmam ona güç veriyor. Hatta ne yalan söyleyeyim; çıplak kolum yüzüne yaklaştığı zaman gözlerini kapatır, hasretle iç çeker, "Vay be!" derdi. "Vay be!" Ne demekti bu "vay be", hiç anlamadım ama sık sık tekrarlardı, içini çekerek "Vay be!" derdi. Hayata bir çeşit veda mıydı, ne çabuk geçti yakınması mıydı, yoksa ömrünün bazı anlarını mı hatırlıyordu; bilmeme olanak yok. Ama şu kadarını biliyorum: Bu dünyada da, öbür dünyada da şehadet ederim ki harika bir adamdı; Ergun'a hiç benzemezdi. Her gece dua ediyorum; Allahım bu gece şu Ergun'un soluğunu ağzına tıkayıversen, sabah kalkıp onu ölü bulsak, her şey nasıl da mucize gibi düzelir ama henüz Tanrı'dan bir işaret alamadım. En son çare, arkadaşların anlata anlata bitiremediği kadına gidip büyü yaptırmak. Kadın Azeri'ymiş aslında; Rahmanlı'da oturuyormuş; bugüne kadar çok kuvvetli büyüler yapmış, çok kuvvetli büyüler bozmuş; en son çare o.

Bizans imparatorlarıyla Osmanlı hanedanının akrabalığına dair

Orhan Bey, Ioannes'in ortanca kızı Theodora'ya ilk görüşte âşık olunca... 1346 yılında Silivri'de evlenirler. Gelin, Hıristiyan inancını sürdürmeye devam edecektir.

John Julius Norwich, *Bizans*

Anam Despina hatun mahrusai Selanik'te küçük ayasofiye dimekle meşhur olan manastırı ber vechi şer'i şerif satun almuş, bu üzre şer'i mektubu dahi...

Fatih Sultan Mehmed
1463 tarihli ferman - Topkapı Sarayı Arşivi

İmparatorluğun tarihi; rahiplerin, hadımların ve kadınların entrikalarının, zehirlemelerin, komploların, sürekli nankörlüğün, daimi kardeş katlinin yeknesak hikâyesidir.

W.E.H. Lecky, 1869, *History of European Morals*

Konstantiniyye Oteli'nin açılış törenini şereflendiren ve büyük saygı gören Patrik Hazretleri, saat on bire doğru müzik iyice yükselip *Sex Bomb*, *Bas Bas Paraları Leyla'ya*, *I Will Survive* ile *Ankara'nın Bağları* ritimlerinin birbirine karıştığı belirsiz danslara doğru kayınca, kibarca izin isteyerek ayrılacak, ama şimdi nezaketen bir süre daha kalıyor davette. Zaten gece boyunca Amerikan büyükelçisiyle bir iki dakika konuşmuş, ev sahiplerine birkaç nezaket cümlesi söylemiş, sonra susmuştu. Üzerindeki patrik cüppesine, başındaki patrik başlığına bakarak ilk anda onu yabancı sananların aksine, İstanbul doğumluydu, Türkiye Cumhuriyeti yurttaşıydı, oradaki birçok insandan daha yerliydi. Çünkü ne de olsa, ataları binlerce yıl önce kurmuştu bu şehri. Tarih yerin altında ve üstünde silinmez izler bırakmıştı. Patrikhane'de asılı olan tabloda İstanbul'u fetheden II. Mehmed ve onun patrik seçtirdiği Gennadios'u eşit şartlarda gösteren bir tablo asılıydı. Fatih, üvey annesi Mara Brankoviç'in koyu Ortodoks inancından etkilenmiş bir hükümdar olmalıydı ki; Yunanca ve Latince biliyor, Hıristiyanlık tarihini inceliyor, zaman zaman kiliselerdeki ayinlere katılıyor, yalnızca Homeros okumakla kalmayıp, Akhilleus ve Hektor'un mezarlarını görmek için Troya'ya gidiyordu. Onunla birlikte seyahat eden Bizanslı tarihçiler yazmıştı bunu. Ama patriğin bugün susması gerekiyor, çünkü çevresindeki anlı şanlı kişiler böyle bir tarihi perspektife sahip olamazlar. Osmanlı hanedanı ile Bizans imparatorluk ailesinin kız alıp vererek akraba olduğunu söylese, inanmazlar bile.

Millet dans ederken patrik kendi düşüncelerine gömülmeyi yeğliyor. Bu şehri kuran ilk imparatorun adı Konstantinos, son imparatorun da öyle; üstelik ikisinin de annesinin adı Helene. Nasıl oluyor bu? Yoksa şehirlerin şehrinin yıkılacağı kehaneti, o lanet doğru mu? Patriğin hayatının odağında Konstantinopolis, Hıristiyanlığın kutsal şehri var ama bazı olayları hâlâ anlayamıyor. Fatih bu şehri aldıktan sonra niye Konstantinos'un iki yeğenini vezir yaptı? Bu Müslüman sultanın Palaiologos sülalesini ortadan kaldırması gerekmez miydi? Acaba kafasından neler geçmişti? Başka bir Bizans aristokratını Rum Mehmed Paşa adıyla sadrazam yapmasının sebebi neydi onca Türk dururken? Bunu nasıl yorumlamalıydı? Belki de ilahi işaretlerdi bunlar. Ayasofya'nın tepesindeki altın haç karardığında Yüce İsa, Konstantinos'un şehrine sırtını dönmüştü; ne var ki Müslümanlar aldıktan sonra bu ülkeyi yine Hıristiyanlara yönettirmişti. Mucize! Fatih'in dedelerinden Orhan Gazi bir Bizans imparatorunun damadıydı. Birlikte savaşmış, sonra dönüp orayı fethetmiş, ama devleti yine Bizans soylularına yönettirmiş bir imparatorluktu bu. Anadolu'daki Türk beyliklerini ortadan kaldıranlar da yine Osmanlılardı. Niçin? Padişahlar neden hep yabancı kadınlarla evlenmişti? Neden hiçbir Osmanlı sultanı hac görevini yerine getirmemişti. Daha da önemlisi bugünkü yöneticiler niçin bu soruları sormuyordu kendilerine?

Patrik Hazretleri, şehir düştükten sonraki ilk patrik gibi, Sultan Mehmed'i tanımayı, karşılıklı sohbet etmeyi, Homeros üstüne konuşmayı çok isterdi. Ya da en azından bu iki adam arasında geçen konuşmaları dinleyebilmeyi.

Bazen yağmurlu havalarda Fener'deki Patrikhane'nin pencerelerinden bakar, caddelerden, sokaklardan dereler halinde akan bu yağmurun süzülerek, Konstantinopolis'in altındaki nekropoliste yatan aziz kemikleri aynı anda ıslattığını düşünürdü. Yağmurdan kaçan, saçak altlarına sığınan, telaşlı İstanbul ahalisi farkında değildi ama o yağmurun, yerin altına sızarak, aynı yerde yatmakta olan, Doğu Roma kurucusu Büyük Konstantinos'un, Justinianos'un, Theodora'nın, Zoe'nin, Belisarios'un, Fatih'in ve Süleyman'ın, Hürrem'in, İbrahim'in, Kösem'in, Murad'ın, İslam peygamberinin sahabesi Eyyub el-Ensari'nin ve daha kaç yüz imparatorun, padişahın, sultanın, evliyanın, şeyhülislamın, prensin, şehzadenin ve daha nice bin fukaranın, şuaranın, gurebanın kemiklerini ıslattığını düşünürdü. Kat kat nekropoliste İbnü'l Arabi'nin dediği gibi "sanki insanlığın başından sonuna kadar olan bütün yüzler"i görmek mümkündü. Mübarek yüzler, tiran yüzleri, mazlum-mahzun yüzler, katledilen yüzler, cellat yüzleri, mahbuplar, mahbubeler, dünyaya nam salan güzeller, güneşe sen doğma ben doğayım diyen Çerkez, Rum, Sırp, İtalyan, İspanyol dilberleri, bebek yaşta boğulan prensler, şehzadeler, iki yaşında imparator olmuşlar, hamamlarının önüne peştamallarıyla asılan tellaklar, Menderes gibi idam edilmiş başbakanlar, zamanla un ufak olup dağılan kemikleriyle birbirine karışmış yatar, binlerce yıldan bu yana yerin altını, yerin üstünden daha zengin kılarlardı ama kimse duymazdı onları. Kendisini Doğu Roma'nın yeni imparatoru olarak gören 21 yaşındaki Fatih'in düşüncelerini anlamak kolay değildi doğrusu. Öldüğü zaman kendisini Konstantinos ve diğer Roma imparatorlarının yattığı Havariyyun Kilisesi'ne gömdürmesi, daha doğrusu onun yerine yaptırdığı külliyedeki türbeye defnettirmesi de rastlantı olamazdı herhalde. Koca şehirde onca yer varken Bizans imparatorlarıyla aynı mekânda yan yana yatması ne tuhaftı.

Mutfaktakilere ve Garip adlı çocuğa dair

Otuz yuvarlak masaya onar onar oturtulmuş olan ve kendi aralarında sohbet eden üç yüz seçkin konuk, önlerine konan yemeklerin üstündeki gümüş kapaklar aynı anda açılıp servis yapılırken, bu hizmeti yapanların insan olduğunu akıllarına bile getirmeden onları tek kimlikle görüyorlar elbette. Hepsi "garson." Siyah frak giymiş, kolalı smokin gömlekleri, papyonları ve kollarındaki bembeyaz kolalı peçeteleriyle dolaşan erkek hayaletler. Hepsi tek bir kimlik altında toplanmış.

İnsanların çoğu gösterişli bir otele veya lokantaya gittiği zaman, oraya uygun olarak giydirilmiş şık giysiler içindeki çalışanları da o mekânın bir parçası olarak görür. Sanki beş yıldızlı otelin valesi de beş yıldızlıdır, resepsiyonda çalışanlar da, lokantada, barda hizmet verenler de... Nedense o kişiler, o lüksün ayrılmaz bir parçası gibi gelir onlara. Onların iş bitiminde yorgun argın *üniformalarını* çıkarıp, kendi günlük giysilerine döndüklerini, otobüse, metroya binerek saatlerce uzaklıktaki yoksul evlerine gittiklerini hiç kimse düşünmez.

Her masaya, kendini oradaki on kişiye adamış deneyimli bir garson düşüyor. Durumu her an gözden geçiren, bazen kaşıyla gözüyle onlara işaretler yapan, yaşça daha büyük metrdotele bağlılar. Arkalarından komiler, yardımcılar geliyor; suları doldurmak, şık ekmek sepetlerini getirmek, konukların, *baksana evladım* diye başlayan isteklerini garsonlara iletmek, kullanılmış tabakları alıp içeriye götürmek gibi işlevleri var.

Kan ter içinde hummalı bir çalışmanın sürdüğü mutfak bölümü, balo salonundan iki kapıyla ayrılıyor. Otomatik açılıp kapanan, üzerinde yuvarlak camlı bölümleri olan, ağır metal kapılar bunlar. Garsonlar iki taraftan yaklaştığı zaman kapılar kendiliğinden açılıp hemen ardından kapanıyor. Mutfakta beyaz giysili, şapkalı şefler harlı ocakların başında. Kimi tezgâhta bir şeyler doğruyor, kimi bir tatlıya kaynar şerbet döküyor. Soğutucuların çalışmasına rağmen ocaklar büyük mutfağı dayanılmaz kılıyor; herkesten ter fışkırmakta. Otuz garson, elli komi, onlarca şef, bulaşıkçılar koşturup duruyor. Metrdotel zaman zaman onları yüreklendiriyor, "İçerisi yemek yeri ama burası emek yeri" diyor. Bazen yerdeki bir şeye basıp kayarak düşenler oluyor. Bazen de ocak başındaki şeflerden biri of diyerek yanan elini sallıyor.

Salonla mutfak arasında koşarak gidip gelen garsonların en çeviklerinden birinin adı Garip; hikâyesi de adı gibi garip gerçekten.

Garip adlı çocuk

Orta Anadolu'nun kahverengiye çalan tozlu bozkırlarında kaybolmuş Hacılar köyünün tek hacısı Mahmut Efendi, her sabah olduğu gibi "üzerine gün doğurmama" ilkesine sadık kalarak erkenden uyandı. Takunyalarını giydi, ibriği aldı ve telaş içinde bahçedeki helaya gitti. Çünkü Allah'ın adını anan ve müminleri namaza çağıran müezzinin sesine, defihacet sırasında yakalanmak istemiyordu. Büyük günahtı bu. Ama gelgelelim, badem bıyıklı bu yeni müezzinin sabah ezanı saatinde kaydırmalar yapması, bazen onu boylu boyunca günaha sokuyor, namaz sonunda Allah'a, "Yarabbi sen benim kalbimi biliyorsun. Huzuruna o uygunsuz vaziyette çıkmış olmamdan beni mesul tutma. Ezan saatini keyfine göre değiştiren bu gâvur müezzinin suçu hepsi" diye yalvarmaktan kendini alamıyordu. Köyde belli bir yaştaki bütün kadınların göbeğine, ucunu diliyle ıslattığı sabit kalemle ayetler yazmış olan eski imamları, el âlemin dedikodu ettiği gibi "fazla yemekten" bir gün çatlayıp Hakk'ın rahmetine kavuşmasaydı, bu okullu züppe köye gelmeyecek, Hacı Mahmut'u günaha sokamayacaktı. O gün de aceleyle ve yüreği pırpır ederek işini bitirdi ama ne yazık ki tam temizlenirken yakalandı ezanın ilk sayhasına. Hemen o işi de bitirip abdest almaya koştu; çeşmeden akan buz gibi pınar suyuyla ellerini, dirseklerine kadar kollarını, ayaklarını yıkadı, abdestini tamam ettikten sonra giyinip camiye doğru yola koyuldu. Erkenci kuşlar şakıyor, bozkırın gece boyunca biriktirdiği çiy buharlaşırken ot kokusu yayıyor, ayrıca mor sümbüller de insanın gönlünü bayıyordu. *Allah'ın mucizeleri işte.* Evlerden, yeni yakılan ocakların dumanı yükseliyor, ortalığa odun ateşinde yeni pişen ekmek kokusu yayılıyordu. Hacı Mahmut pabuçlarını çıkararak camiye girdi; farzı ve sünnetiyle dört rekâtlık namazını kıldıktan sonra namaz sonrası dualarını etti. Ankara'daki oğluna ve ailesine sağlık, para, karısının hastalığına deva, öteki vefasız çocuklarına da iyilik diledi. Sonra pabuçlarını giyip kalp huzuruyla camiden ayrıldı. Köy meydanından geçerken o kadını gördü.

Kadın, elinde kan damlayan kesik bir kelleyle, toprak meydanın tam ortasında duruyordu. Hacı Mahmut, doğru mu görüyorum diye bir süre gözlerini kısarak baktı; kadının elinde salladığı karpuz gibi şey gerçekten bir insan kellesi miydi? Dudakları kıpırdamaya başladı, hemen salavat getirdi. Güneş arkasından doğmasına rağmen kızı tanımıştı; Tekelilerin Fatma'sıydı; elinde tuttuğu da gerçekten bir insan başıydı, kesik boynundan hâlâ kan damlıyordu toprağa. Yüz öylesine kasılmış, allak bullak olmuştu ki onun kim olduğunu çıkaramadı, zaten pek fazla bakamadı da; midesi bulandı. Demek insan kesmek, koyun kesmek gibi değilmiş diye düşündü. Bu sırada çevresi kalabalıklaşmıştı. Olayı duyan köylüler kadın, erkek, çocuk demeden meydana koşuyor, erkekler yüzlerinde dehşet ifadesiyle manzaraya bakar, kadınlar ise beklenmeyen her olayda yaptıkları gibi beyaz yemenilerinin uçlarıyla ağızlarını kapatırken, çocuklar hiçbir heyecan belirtisi göstermeden gözlerini dikmiş bakıyorlardı. Öne arkaya hafifçe sallanan kadın, birden kelleyi fırlattı, "Alın hayrını görün!" diye bağırdı. Ağır kelle kadının birkaç adım ötesine düşüp biraz yuvarlandı, yan yatarak durdu. Tekelilerin Fatma'sı, sağ elindeki bağ bıçağını atmadığı için hiç kimse yanına yaklaşmaya cesaret edemiyordu. Jandarma gelene kadar hep beraber beklediler. Güneş iki mızrak boyu yükselince jandarma cipi geldi, içinden hızla atlayan onbaşı, "At o bıçağı elinden!" diye bağırdı. Sert bir sesle birkaç kere tekrarlandı bu emir. Fatma gülümsedi mi, köylülere mi öyle geldi söylemek zor ama, Fatma'nın bıçağı kaldırıp, "Al işte komutan. Şimdi bir değil, üç kişi öldürdüm! Üç ceza verin" diyerek bıçağı büyük bir kuvvetle karnına sapladığını herkes gördü. İki büklüm olarak yere düştüğünü gören jandarma erleri hemen koşup kadını taşıyarak cipe götürdüler, bir er de bakmamaya çalışarak, kesik kafayı cebinden çıkardığı bir mendille tutup aldı yerden. Sonra cip ortalığı toza dumana boğarak kasabaya doğru hareket etti.

Olup bitenleri koyun sürüsü olgunluğuyla seyretmekte olan köy ahalisi ancak jandarmalar gittikten sonra mırıl mırıl konuşmaya başladı. Olayın değerlendirmesini erkekler ayrı, kadınlar ayrı yaptılar. Bu arada birileri kesik kellenin Fatma'nın eniştesi Kâzım'a ait olduğunu söyledi. Bu daha söylenir söylenmez herkes anladı ki ölen gerçekten de Kâzım'dır. Fatma'nın ablası Durdu'nun kocası, başkalarının tarlalarında yarıcı usulü çalışan Kâzım. "Anaaaa, niye öldürdü ki bu deli kız eniştesini?" diye sorular yükselir, cevap aranırken, sekiz yaşında ya var ya yok, mor çiçekli kirli bir entari giymiş bir kız çocuğu, sanki dünyanın en doğal şeyinden söz ediyormuş gibi, "Ben biliyom" dedi. "Kâzım onu sikiyodu da ondan." O köyde herkes böyle konuşurdu, diğer Anadolu köyleri gibi. Çünkü çocuklar bu işi yapan hayvanlarla iç içe büyürler, anaları babalarıyla aynı odada yatarlardı. Doğma, üreme, ölme, hatta öldürme çok doğaldı onlar için. Tohumun doğumunu ve ölümünü görürler, güneşin doğuşunu batışını, günün saatlerini ve mevsimleri izlerlerdi. Her şeyin bir vakti vardı; doğumun, ölümün, sevişmenin, tohumlamanın, sulamanın, hasadın, hayvanların çiftleşmesinin, yavrulamanın... Dünya bir düzen içinde akar gider, doğa durmadan kendini yeniler, ölenin yerine yenisini koyardı ve onlar şehirliler gibi, bu düzeni bozdukları, değiştirdikleri sanısına kapılmazlardı. Eğer kafa kesme gibi sıra dışı bir iş olmasa, cinayete de pek şaşırmazlardı onlar. Her şey hayatın içindeydi. Ölümü dramatize etmezler, doğal olaylardan biri olarak karşılarlardı. Parayla ağıt yakan kadınlar bile yalancıktan bir iki feryat eder, cenazeden sonra verilen yemekleri bol bol depolarken kazandıkları paranın sevinci, ölü sahiplerinin acısını kat kat geride bırakırdı.

Fatma hastanede ameliyat edildi; karnına giren bıçak büyük bir şans eseri bebeğe değmemişti; bebek de denemezdi herhalde buna, olsa olsa cenindi. Fatma'yı, yatağının demir başlığına kelepçeledikleri hastanede iyileştirdiler, hatta o durumda ifadesini aldılar, çünkü ortada vahşi bir cinayet vardı. Fatma eniştesinin kendisine defalarca tecavüz ettiğini, ablasından utandığı için uzun süre bu durumu gizli tuttuğunu ama hamile kaldığını anladıktan sonra –ki yeni olmuştu bu– artık dayanamadığını, adam bir kere daha onu zorladığında bıçağı şahdamarına atıp kanının akmasını beklediğini, sonra da ibretiâlem için başını gövdesinden ayırıp meydana götürdüğünü, bin kere aynı şeyi yaşasa adamı bin kere daha öldüreceğini, hiçbir cezadan korkmadığını, hayatın kendisi için zaten bittiğini tekrarlayıp duruyor ve bir tek konuda doktorlara, hastabakıcılara, jandarmalara, daha sonra savcıya, hâkime yalvarıp duruyordu. "Bu pezevengin piçini alın içimden" diyordu, "dayanamıyorum, bu canavarı doğurmayacağım." Hastane yatağındayken serbest kalan eliyle yaralı olmasına rağmen karnına yumruklar indiriyor, eğer doğarsa onun da başını keseceği tehditlerini savuruyordu. Aslında Fatma'nın delirmiş olduğunu herkes görüyordu, normal biri gibi yargılanmaması, hastaneye gönderilmesi gerekirdi, nedir ki savcı onun "vahşiyane hislerle cinayet işlemek" suçundan ağır bir cezaya çarptırılması için ısrarcıydı. Kızın mahkemedeki asi, saygısız tavrından bıkan hâkim de tecavüzden dolayı gerekli indirimi uygulayarak Fatma'yı yıllar sürecek olan hapis hayatına gönderdi.

Fatma cezaevine girmeye aldırmadı ama çocuğu düşürmek için olmadık yöntemleri denemekten geri durmadı. Kadın mahkûmların hayret dolu bakışları altında yüksek ranza tepelerinden atlıyor, koğuşun en şişmanı olan Rukiye Teyze'nin, karnına sertçe oturup kalkması, sonra yine kendini bırakarak oturması için yalvarıyor, kaynatılmış soğan kabuğu suyu içiyor, çatalla kaşıkla içini deşmeye çalışıyor ama ne yaparsa yapsın ana rahmine, yani hayata sıkıca tutunmuş olan bebeği düşürmeyi başaramıyordu. Yaptığı çılgınlıklara karşın karnı her gün büyümeye devam etti. Görmüş geçirmiş mahkûm kadınlar, kocaman olan karnını göstererek, Fatma'ya artık bunun bir insan olduğunu, cana kıymamak için bu çırpınmadan vazgeçmesini, babası kim olursa olsun sabinin günahsız doğacağını anlatmaya çalıştılar ama nafile; Fatma Nuh dedi peygamber demedi. Günü gelince hapishane revirinde sancılı bir doğum yaptı, çocuğu hiç kucağına almadı. Koğuşa döndüklerinde mahkûm kadınlar bu ilgisiz, bebeğe süt bile vermeyen ananın garip yavrusuna kendileri bakıp onu beslemeye başladılar; hatta Fatma ona bir zarar vermesin diye geceleri tetikte uyudular. Çocuğun adı da koğuşta konmuştu; durumuna uygun biçimde Garip demişlerdi ona.

Garip, cezaevini normal dünya, mahkûm kadınları da akrabaları sanarak büyüdü. Oyuncak görmedi hiç, gökyüzünde uçan kuşları cezaevi avlusundan izledi, uçakları da büyük gürültülü kuşlar olarak çok sevdi. Cezaevinde çocuk yemeği çıkması gibi bir şey söz konusu olmadığı için büyüklere gelen yemeklerden yedi; acıysa acı, ekşiyse ekşi, tatlıysa tatlı. Cezaevinin taş zemininde sürünerek emeklemeyi, avluya havalandırmaya çıkarılarak yürümeyi, koşmayı öğrendi. Annesi ona bir kez olsun bakmadı, kucağına almadı, tek söz söylemedi ama iyice karanlık basmış kalbinde ufak bir yere dokunuyor olmalıydı ki çocuğu öldürme girişimlerinden vazgeçti. Bunda belki de çocuğun büyüdükçe, adı batasıca babasına değil, kendisine ve özellikle Fatma'nın ölmüş annesine benzemeye başlamasının da etkisi vardı. Garip beş yaşına kadar böyle yaşadı; sonra çocuğa kanı kaynayan müdürün himmetiyle bir yetimhaneye verildi. Garip'in "dışarı" hayatı başlamıştı artık, yetimhane dışarısı sayılırsa eğer.

"Allahım beni kendimden koru" diye dua eden Mahinur Hanım'a dair

Müziğin tekdüze davul ritmi (ki Psikiyatr Ali İhsan Bey'in reklam ve dizi müziği yapan oğlu Vedat, ortada bir davulcu olmadığını, hepsinin bilgisayar efekti olduğunu söylüyordu. Bu da, işi daha da mekanik hale getiriyordu. Çünkü hiç olmazsa bir insanın çaldığı davulda ufak vuruş farklılıkları, volüm değişiklikleri ya da saniyelik gecikmeler olabilirdi. Burada o ihtimal de ortadan kalkıyordu) kimseyi konuşturmadığı için bol bol düşünme fırsatı bulan Psikiyatr Ali İhsan Bey "Yani diğer şeyler gibi bu da sahte" diye geçiriyor aklından.

Masada konuşamadan oturanların kimi çevreyi süzüyor, kimi yemek yiyor, kimi eliyle müziğe tempo tutuyor, kimi tuvalete gidiyor, kimi de yanında oturan arkadaşı Profesör İrfan Kurudal gibi cin tonik içiyor. Gerçi başka cin tonik içen yok, profesör göğsünde Garip yazan garson çocuğa özel olarak ısmarlamıştı. Deyim yerindeyse tam bir sefa pezevengi olan –gençler bu güzel deyimi bilmezler, kendisi gibi yaşlılar da artık kullanmıyorlar– beyaz sakallı profesör, bir süre ortalıktan yok olduktan sonra yine İstanbul hayatına geri dönmüş, ekâbir çevrelerdeki yerini almıştı.

Ali İhsan Bey'in aklına takılan sorulardan biri, bu topraklarda niçin büyük beyinlerin yetişmediği.

Kendi yağıyla kavrulup giden bu ülkede yüzlerce yıldır büyük matematikçi, büyük filozof, yeryüzü ölçeğinde büyük bilim adamı yetişmemişti. Büyük bir imparatorluk kurulmuştu ama aynı ölçüde büyük beyinler –Sinan gibi birkaç isim dışında– yetişmemişti. Acaba sorun İslam'da mıydı? Bu halk, İslam dini kuzenlerle evlenmeyi yasaklamadığı için akraba evlilikleri sonucu mu bu hale geliyordu? Doktor olarak gözlemlerine göre toplumun epey önemli bir kısmı ruhsal açıdan hastaydı. Hastalığı iyice gün yüzüne vuranlar dışında, hasta olduğunun farkında olmayan milyonlarca şizofren, bipolar, obsesif kompülsif, pedofil, nekrofil yaşıyordu toplumda. Bunları ancak bir cinayet, bir suç ortaya çıktığı zaman tanıyabiliyorduk.

Ali İhsan Bey buradan başka bir noktaya geliyor. "İyi ama" diyor kendi kendine "bu ülkede yaşayan ve Müslüman olmayan, yani akraba evliliği yapmayanlara da bir bakalım. Mesela Yahudiler. Beş yüz yıldır burada yaşayan Sefarad Yahudileriyle Aşkenazları karşılaştıralım. Buradaki Yahudi toplumu iyi tüccarlar, iyi hekimler ve birçok nitelikli insan yetiştirmiş ama Aşkenazlar gibi bir Freud, bir Einstein, bir Karl Marx çıkaramamış. Kırk dokuz Aşkenaz'ın Nobel Bilim Ödülü var ama Sefaradların bir tane yok. Demek ki bu toprak onları da aşağı çekmiş. 'Balık gölüne göre büyür' diye bir söz var. Bizim gölümüz balıkların büyümesine izin vermemiş. Osmanlı İmparatorluğu'ndan çıkan onlarca devletin hiçbirinin bilim Nobel'i yok. Ne Rumların, ne Yunanlıların, ne Sırpların, ne Arapların, ne Ermenilerin, ne Türklerin, ne Kürtlerin. Gel de İbn Haldun'un yüzyıllar önce söylemiş olduğu 'Coğrafya kaderdir!' sözüne inanma. Baksana coğrafya, dünyanın en akıllı insanları sayılan Yahudilerin bile kaderini değiştirmiş."

O sırada aynı masada oturmakta olan Mükerrem Bey'in, özür dileyerek, yüzünde rahatsız bir ifadeyle kalktığını görüyor. Adam kalkınca bir iki kez sallanıp "Yüzünüze güller" diyerek geğiriyor. Görünüşe göre tuvalete gidiyor. Mükerrem

Bey daha çok orduyla iş yapan bir işadamı. Orduya denizaltı, tank, mühimmat dahil birçok şey satıyor, servetinin haddi hesabı yok. Büyük bir olasılıkla bunu kendisi de bilemez. Yarın sabah basının günlerdir yazdığı bir ihaleye girecekler şirket olarak. (Şirket sözün gelişi. Yılların kurdu Mükerrem Bey, şirket dediğinin tek bir kişinin iradesi ve denetimiyle yürüdüğünü bilecek kadar deneyim sahibi. Hani eskiden Anadolu'dan gelen köylüler bakkal dükkânı açar ve en önemli yere, yani kasaya aile büyüğünü oturturlardı ya işte bu da öyle bir şey. İpin ucu sıkı tutulmadı mı, onca parlak büsünüs müzünüs, MBA tiplerine rağmen sermaye kediye yükleniverir. Haline de acıyan olmaz.) İhale Türkiye Cumhuriyeti'nin alacağı tanklarla ilgili. Tank yapan bütün ülkeler bilmem kaç milyar dolarlık ihale için birbirlerini kırıyorlar. Mükerrem Bey Almanları temsil ediyor; yıllardır edindiği tecrübeye ve sezgilerine göre ihaleyi kazanma ihtimalleri yüksek. Çünkü bu konuda epey çalışma yapmışlar, gerekli kişileri, hani nasıl demeli, görmüşlerdi. Almanlar bu işe önce itiraz etmiş, bu ödemeyi şirket hesabında gösteremediklerini söylemişler ama burada bu işlerin böyle yürüdüğünü görünce de harcamaları "görünmeyen hizmetler" adı altında birleştirme yoluna gitmişlerdi. Yine de, aynı kişilerin birden fazla ülke tarafından görülmüş ve hatta bazıları tarafından daha da fazla görülmüş, hatta öpülmüş olmaları ihtimalini gözden kaçırmamak zorundalar. Bu yüzden Mükerrem Bey yarın kumanda merkezinde, yani holdingde bulunmalı, ilgili kişileri her an telefonla arayacak, uyaracak, uzlaşacak, fiyat artırımı yapabilecek, yani kendisinden başka kimsenin alamayacağı kararları uygulayabilecek bir konumda olmalı.

Dünya üzerindeki seksen üçüncü yılını süren Mükerrem Bey mermerlerle bezeli tuvalet bölümüne giriyor. Midesi feci bulanmakta. Şık tuvaletteki greyfurt kokusu bulantısını artırıyor. Çok da az yediğini düşünerek kendisine neyin bu kadar dokunduğunu merak ediyor. Lavaboya eğilip birkaç kez geğiriyor. Yüzü bembeyaz kesilmiş, soğuk soğuk terliyor. Midesini rahatlatmaya çalışıyor, çünkü o kahrolası mide dertop olmuş, gelip boğazına tıkılmış gibi. Mükerrem Bey papyon kravatını gevşetiyor, gömleğinin üst düğmesini açıyor; tuvalete girip kusmayı denese de beceremiyor bu işi. En iyisinin yüzünü yıkayıp masaya dönmek ve garsondan bir soda istemek olduğunu düşünüyor. Belki o iyi gelir midesine; zaten üst üste geğirmek bir parça rahatlattı onu. Bembeyaz kesilen yüzüne de biraz renk geliyor gibi. Mükerrem Bey masaların arasından, tanıdıkları selamlayarak, ayağa kalkan bazılarıyla laflayarak geçerken daha da rahatlıyor, düzeldiğini düşünüyor. Şimdi sodayı da içerse tamamen iyileşecek. Yerine oturuyor. Karısı Mahinur Hanım bir şeyler söylüyor. Müzik saldırısı altında duyamasa da yüzündeki ifadeden *ne oldu* diye sorduğunu anlıyor, elini karısının elinin üstüne koyarak, *iyiyim, bir şey yok, çok iyiyim* demeye çalışıyor. Oysa Mükerrem Bey'in bilmediği şey, biraz önceki rahatsızlığının yedikleriyle, midesiyle, sindirimle ilgisinin bulunmadığı. Mükerrem Bey bir kalp krizi geçirmişti. Kendisini mide rahatsızlığı biçiminde gizleyen kalp krizlerinden biriydi bu. Enfarktüs kalp adalesinin bir kısmını mahvetmişti ve ne yazık ki bu dünyada yedi saat civarında bir vakti kalmıştı. Ertesi sabahı göremeden daha şiddetli bir kriz sonucunda vefat edecek, geride, gazetelerde tam sayfa yayınlanan ölüm ilanları ve ailesindeki herkesin birbirinin gözünü oymasına neden olacak muazzam bir servet bırakarak, sivil ve askeri erkânın katılacağı görkemli bir cenaze töreniyle dünyasını değiştirecekti.

İhaleler kralı Mükerrem Bey ile eşi Mahinur Hanım arasında on dokuz yaş fark vardı. Mükerrem Bey, bir akraba düğününde görüp terbiyesine, güzelliğine, özellikle de bir genç kızda en kıymetli özellik diye nitelediği utangaçlığına vurulduğu yirmi yaşındaki üniversite öğrencisiyle evlenmek için tek bir şart belirtmişti: Kız üniversiteyi bırakacak, evinin hanımı olacaktı. Öyle de oldu. Babasının, damadı kaçırılmayacak bir talih kuşu olarak görmesi sonucunda ortada okul falan kalmadı, Mahinur apar topar evlendirildi. Adamı beğenip beğenmediği bile sorulmamıştı ona. Zaten annesine göre erkek dediğinde güzellik aranmazdı ki; adam olsun, evini geçindirsin, çoluk çocuğuna sahip çıksın; işte bir erkeği ideal koca adayı yapan özellikler bunlardı ve Allah için, hepsi de bol bol mevcuttu bu işadamında. Hali vakti yerindeydi. Böylece Mahinur okulu bitirme, doktor olma hayalleri kurarken kendini birdenbire arkadaşlarından ayrılmış olarak, bu yabancı adamın yatağında buldu. Halaları, teyzeleri onu ilk gece konusunda uyarmışlar, biraz canının yanacağını, ama çabuk geçeceğini, aldırmaması gerektiğini öğretmişlerdi. Mahinur'un derdi onların sandığından daha fazlaydı. Nasıl olup da içine, en hassas yerlerine bir şeyin girebileceğini anlayamıyor, bundan ölesiye korkuyordu. Ekmek bıçağı saplamalarıyla aynı şeydi bu; belki daha da beterdi. Mahinur o gece genç ve güçlü bacak kaslarıyla Mükerrem Bey'e öylesine direndi ki, adam sabaha kadar uğraşmasına rağmen amacına ulaşamayıp, maçı kaybetmiş bir güreşçi gibi sinirlendi, yastıkları yere çaldı. Ertesi gece kızı yumuşak sözlerle avutmaya, alıştırmaya çalıştıysa da yine başaramadı. Bilmediği şey Mahinur'daki tepkinin, sandığından çok daha derin olduğuydu. O da kocasına yardımcı olup şu Allahın belası işi bir an önce atlatmak istiyordu ama elinde değildi, gerçekten değildi; vücudu kendiliğinden kasılıyor, ilişkiye imkân bırakmıyordu. Neler yapmadı kadınlık görevi dedikleri bu işin altından kalkmak için. Cinsel bilgiler kitabı mı okumadı, üç kadeh kırmızı şarabı üst üste içip sarhoş olmayı mı denemedi...

Sonunda çareyi uyku ilacı almakta buldu. Bunu da kocasına lisanımünasiple söyledi. "Uyurken karşı koymam imkânsız, ne istersen yap Mükerrem Bey vücuduma" dedi, "ister as ister kes." Adam bu işten hoşlanmamıştı hiç. "Buna tecavüz denir" dedi, "ben böyle bir insan değilim." "Hiç olmazsa rıza ile tecavüz diyelim" dedi Mahinur. "Hapı alıyorum, hadi hallet bu işi, yoksa bu konu yaşlanana kadar sürüp gidecek."

O gece kütük gibi uyudu Mahinur. Sabah, banyoda tıraş olan Mükerrem Bey'in ıslığıyla uyandı, *İzmir'in Kavakları* türküsünü çalıyordu adam, keyfi yerindeydi. Mahinur buna çok memnun oldu ama mutluluğunu asıl artıran şey yatakta gördüğü lekeydi. "Allahım çok şükür" diye düşündü, "bu bela şimdilik savuldu, inşallah hamile kalmışımdır da bir daha zorlamaz beni." Gece taş gibi uyurken hiçbir şey hissetmemiş, rüya bile görmemişti. O akşam Mükerrem Bey ona göz alıcı, güzel bir zebercet yüzük hediye etti. Neşeli bir akşam yemeği yediler. Yatağa gitme vakitleri gelince, Mahinur başucunda bir bardak su ve küçük beyaz bir hap buldu. O hapı içip kendini kaybetti, ertesi gün kocası ona çiçek getirdi. Bundan sonra hayatlarının rutini oldu bu. Mükerrem Bey bazen, "İyi geceler hanım" diyerek yatıp uyuyor, bazı geceler de kadının başucuna küçük bir hap bırakıyordu. Böylece Mahinur Hanım uzun evlilik yılları boyunca, sevişmenin ne demek olduğunu bilmeden kocasıyla niceliğini ve niteliğini bilemeyeceği birleşmeler yaşadı. Hiç farkına varmadığı düzenli bir cinsel yaşamı olmuştu. Mükerrem Bey'e, ikisi kız, biri oğlan üç çocuk verdi. Yalnız bu arada uyku ilacına alışmıştı; onsuz uyuyamıyordu artık. Küçük beyaz hapı her gece almaya başladı, dolayısıyla kocasının onu istediğini belli etmek için başucuna hap ve bir bardak su koyması gibi, dünyanın en garip cinsel sinyalini yollamasına gerek kalmadı. Adam, yanında hiçbir şeyin farkına varmadan yatan kadının gövdesini istediği gibi kullandı. Kocası yaşlanıp da bu işlerden elini eteğini çektiği zaman Mahinur Hanım ilacı bırakmak istedi, doktoru ise bunun yavaş yavaş olması gerektiğini söyledi. Birden bırakamazdı. O da önce yarım almaya başladı, sonra çeyrek. Tam kendini buna biraz alıştırmıştı ki kocası öldü.

Artık uyku ilacına hiç ihtiyacı yoktu, isterse sabahlara kadar oturup televizyonda dizi izleyebilirdi. Aynı anda oynayan dizileri sonradan izlemek üzere kaydediyordu. Kırk yılı aşkın evliliklerinde hiç sevmediği, bir kez olsun yakınlık duymadığı kocası büyük bir iyilikte bulunarak oturdukları yalının tapusunu onun üstüne yapmıştı. Bu yüzden yalıda oturmaya ve kendisine düşen miras payıyla varlıklı bir hayat sürdürmeye devam etti Mahinur Hanım. Eğer adam bu iyiliği yapmamış olsaydı, miras diye birbirinin gözünü oyan çocukları, bu yalı sana fazla geliyor diye onu çıkarmakta bir saniye duraksamazlardı.

Uyku ilaçlarını bırakan Mahinur Hanım akşamları nadide Fransız şarapları içme alışkanlığını geliştirdi. Hiç yalnız yemek yemiyordu. Çevresinde, kendisinden biraz daha genç bir dullar grubu oluşmuştu. Canları sıkılan bu dullar öğle vakti bazen Bebek'te, bazen ünlü İtalyan lokantalarında buluşuyor, balık lokantalarına gitmedikleri akşamlar da yalıda kahkahalar eşliğinde aşçıbaşının yarattığı lezzetlere teslim ediyorlardı kendilerini. Mahinur Hanım'ın hayatının en güzel dönemi başlamıştı. Hiçbir mecburiyeti, hiçbir sorumluluğu yoktu, kimseye hesap vermek zorunda değildi; kendine duyduğu güven yerine gelmişti, artık daha yüksek sesle kahkaha atıyor, daha kendinden emin bir ses tonuyla konuşuyordu. Her kış arkadaşlarını, sıcak denizlerdeki gemi seyahatlerine davet ediyordu. Kısacası keyfi çok yerindeydi. Bu hayatı, onca eziyete katlanarak elde ettiği bir bedel olarak görüyor, kırk küsur yıllık emeğim dediği bir cefa döneminin hak edilmiş sonucu olarak algılıyordu. Yurtdışından dönerken torunlarına, gelinine, damatlarına hediyeler getirir, doğum günlerini hiç unutmazdı, ama hepsi o kadardı işte. Mahinur'un hayatta en sevdiği insanlar arkadaş grubuydu. O kadınları çok esprili, zeki ve eğlendirici buluyordu. Yalnız sık sık yaptıkları gibi erkeklerden, cinsellikten, gemide gördükleri bir Latin garsonun yakışıklılığından söz açtıkları ya da biraz müstehcen şaka yaptıkları zaman onlardan kopuyordu. Çünkü hâlâ erkeklerden tiksiniyordu. Cinsellikten nasıl zevk alındığını anlayamıyordu Mahinur Hanım, hiçbir zaman anlayamamıştı. Diğer kadınların yaptığı bazı şeyleri de hiç yapmamıştı. Sadece bir kez ilginç bir şey yaşamıştı.

Oğlu üniversitede okurken, açık bıraktığı bilgisayar ekranında bir resim görmüştü. Resimde iki genç kadın çıplak olarak birbirlerine sarılmışlardı. O anda, belki de hayatında ilk kez bir zevk dalgasının, bir alev dilinin kendisini yalayıp geçtiğini duyumsadı. Gördüğü şey onu günlerce altüst etti; aklından uzaklaştırmaya çalışsa da o kızların görüntüsü zaman zaman zihninde şimşek gibi çakıp durdu. Mahinur Hanım bu işi uyumaya bıraktı. Ta ki yeni arkadaş grubundaki en neşeli dullardan birisi olan Muazzez, o kış gittikleri Uzakdoğu turunda, Tokyo'nun beş yıldızlı bir otelinde masaj yaptırmalarını önerene kadar.

Mahinur Hanım, bildiğimiz gibi vücuduna dokunulmasından hiç hoşlanmazdı ama arkadaşlarının ısrarı ve Muazzez'in "Öyle iyi geliyor ki *jet lag* falan kalmıyor, üstelik uçağın verdiği şişliği de alıyor, bebek gibi uyuyorsun" demesi üzerine katılmayı kabul etti. Görevli hangi tür masaj istediklerini sorunca, tercümanlığını yapan arkadaşı aracılığıyla en pahalısını istedi. Mahinur Hanım'ın, bilmediği lokantalarda, seyahatlerde, listenin ve hizmetin en pahalısını istemek gibi, hani nasıl derler, kendini garantiye alma yöntemi vardı. Herhangi bir lokantada, en pahalı yemeği ısmarladığı zaman kötü olma ihtimali yoktu nasıl olsa. Bir tek domuz olmasın diye şart koşuyordu. Bu yöntem Paris'teki bir lokanta dışında kusursuz işlemişti; sadece bir kez o kırmızı kadife perdeli şık lokantada, en pahalı ve cumhurbaşkanının bile yemeye geldiği en pahalı yemeği ısmarladı ve andouillette denen yemek daha masaya konmadan "İstemem" diye feryat etti. Çünkü bağırsaktan yapılan yemek çok kötü kokuyordu; midesi kalkmıştı. Zaten Türkiye'de de bumbar, kokoreç, kelle, işkembe gibi şeyleri hiç yiyemezdi.

Mahinur Hanım otelin en iyi süitinde, en pahalı masajı istediğinde görevli Japon bir sürü masaj saydı ama en pahalısının "nuru masajı" olduğunu söyledi. O da tereddüt etmeden "Tamam" dedi, "o olsun, nurlu bir şey herhalde." Yarım saat sonra çok genç, ufak tefek bir kız geldi. Bir elinde taşıdığı sepetin içinde masaj yağları olduğunu tahmin ettiği şişeler vardı. Öteki elinde ise hafif bir plastik şişme yatak taşıyordu. Kız Mahinur Hanım'a soyunarak, yere koyduğu yatağın üstüne yüzükoyun uzanmasını işaret etti. Elinde büyük bir havlu tutup ona bakmadığı için Mahinur Hanım da herhalde âdet böyle diyerek kızın istediğini yaptı, plastik yatağa uzandı. Kızın ellerinin, şişmiş eklemlerini, ağrıyan bacaklarını ovmasını bekledi ama birdenbire ancak çılgınlık olarak nitelendirebileceği, hiç beklemediği bir şey hissetti. Üstünde boylu boyunca yatmış bir vücut vardı; kaygandı, durmadan sırtında, bacaklarında aşağı yukarı kayıp duruyordu. Zavallı Mahinur Hanım, kızın ellerini hiç değdirmeden sadece yılan gibi kayan gövdesiyle yaptığı masajı ve onun sert memelerini hissediyordu.

Yüzükoyun yatmış olan Mahinur Hanım bu hiç beklemediği durum karşısında çok şaşırdı, kan beynine sıçradı. Allah affetsin, belki de saniyenin binde biri kadar kendini bu masaj zevkine bırakmak geldi ama hemen kendini toparladı; "Torun torba sahibi, yaşlı Müslüman bir kadınsın, bu rezillikler yakışır mı sana!" diyerek havluya bürünüp kalktı; "Hadi kızım, hadi" diyerek masajcıyı kovduktan sonra duşun altına girip uzun uzun yıkandı, abdest alıp, camdan yansıyan Tokyo gökdelenlerine karşı iki rekât tövbe namazı kılarken "Allahım beni kendimden koru" diye mırıldandı. Bir daha da böyle maceralara girişmedi ama ömrünün sonuna kadar, acaba kızı kovmasaydın ne olurdu diye fısıldayan günah yılanının tıslamasını arada bir de olsa duymaya devam etti.

Zehra ile Emre'nin ayrılmalarına dair

Zehra Emre'yi kişiliğinin bir yanıyla anladığını, öteki yanıyla anlamadığını düşünüyordu. Garip bir durumdu bu; belki de Emre'yle değil, kendi kişiliğindeki bölünmüşlükle ilgiliydi. Bir yanıyla seviyor, bir yanıyla sevmiyordu; bir yanıyla benimsiyor, bir yanıyla ilgilenmiyordu. Karakterinin güçlü ve kararlı yanının Emre'yle anlaşması mümkün değildi. O Zehra'ya göre Emre disiplinsiz, sözüne güvenilmez, henüz çocukluk heyecanlarından kurtulamamış bir şairdi. Belki de hiçbir zaman kurtulamayacaktı. Zayıf sinirleri onu hayata karşı fazla öfkeli, fazla coşkulu, her şeyde en uca kadar gitmeyi seven, hastalık derecesinde duyarlı bir insan yapmıştı. Bu yüzden Zehra bu zayıf insanı, kaba kültür şoklarına maruz kalmaktan korumaya çalışıyordu, çünkü onun, sokaktan geçerken duyduğu yoz bir müzikten bile aşırı derecede sarsıldığını, yaralandığını, umutsuzluğa kapıldığını, ruh durumunun bozulduğunu anlıyordu. Çok uğraşmasına, "Bakma sakın" demesine rağmen görmesine engel olamadığı ezilmiş bir kedinin Emre'de yarattığı ruhi sarsıntı aklından çıkmıyordu. Bu işin tek çaresi, onu deyim yerindeyse pamuklara sarmak, hayattan saklayarak yaşatmaktı. Bundan ötesini kaldıramıyordu. Zehra, "Seni korumaya almamız lazım" diyordu ona. Güçlü ve dengeli Zehra'nın, böyle bir erkeğin sevgilisi olması kolay kolay açıklanabilecek bir şey değildi. Ama öteki yanı; ah öteki yanı, Zehra'nın kırılgan, kapalı, hüzünlü yanı...

Bunalım dönemlerinde kendini Emre'ye öylesine yakın hissediyordu ki, onun kollarında olmaktan, yumuşak beyaz tenine değmekten, kokusunu içine çekerek saatlerce sarılıp yatmaktan başka bir tedavi yolu yok gibi geliyordu. Dibe battığı günlerde (ya da anlarda) Emre onu anlar, okuldan gelirken ıslanmış, üşümüş, parasını kaybetmiş, düşerek dizlerini kanatmış küçük bir kız çocuğunu avutur gibi onu ucu bucağı olmayan bir şefkatle sarıp sarmalardı. Hiçbir şey söylemez, sormaz, sadece onu göğsüne yatırıp sıcaklığına sokulmasına, iyileşmeyi başka bir insanın ruhuna ve bedenine sokulmakta bulmasına saygı gösterirdi. Zaten Emre'nin, ancak işin ciddiyetini kavradığı anlarda ortaya çıkan bu saygılı ve dikkatli şefkati olmasa, Zehra'nın kadın olmak için gerekli olan ilk adımı atması da çok zor olurdu. Ama Emre böyle durumlarda Zehra'yı çok rahatlatan, her şeyi doğallaştıran bir tavra bürünürdü ve Zehra ne onun önünde soyunmaktan utanırdı, ne tutkulu birleşmelerden, hatta ne de onun isteğine uyarak zevki kelimelere dökmekten.

Yine de yarısının istediği, öteki yarısının ise daha temkinli yaklaştığı bir erkekle nereye kadar ilerleyebileceğini bilemiyor, bu yüzden yapısına ters olarak hiçbir plan yapmadan, üstünde bulunduğu salı nehrin sürüklemesine izin vererek yaşıyordu. Sonu belki köpürmüş bir çavlanda biterdi, belki sakin bir kıyıda. Bilemiyordu.

Lou Salome'nin şöyle bir sözünü okumuştu: "Kadın aşktan ölmez ama ondan yoksun kalınca solar." Galiba doğruydu bu.

Emre ise aşk kavramının kadın ve erkek için aynı şey olmadığını düşünürdü. İki ayrı sevme biçimi vardı sanki; kadınlar ayrı severdi, erkekler ayrı. Dişil aşk, eril aşk. Kadın olmadığı için onların aşkının neye benzediğini çözemiyor ama farklı olduğunu algılıyordu. Şöyle farklar saptamıştı. Erkekler ufak bir işaret aldıkları kadının peşine düşmek için hiç vakit kaybetmiyorlardı. Erkek sayılmak için yerine getirilmesi gereken bir koşullanmaydı bu. Oysa kadın seçiciydi; yaradılıştan getirdiği bir gururu vardı; erkeğin kendisine layık olup olmadığını ölçüyordu. Bir ilişki başladıktan sonra erkekler daha coşkulu, kadınlar daha temkinli davranır, adım adım ilerlemeyi yeğlerlerdi. Sanılanın aksine kadınlar daha pragmatik, erkekler daha hayalciydi. Kadınlar beğenilmek, arzu edilmek istiyordu, erkekler ise egolarının şişirilmesini. Bütün bunları, bize yakın hayvan türlerinde gözlemlemek de mümkündü. Mesela bir aslan ailesinin belgeselini dikkatle izleyince erkek ve dişi davranışlarındaki büyük farklılıklar hemen ortaya çıkıyordu. İnsan soyu bir üsthayvan türü olduğuna göre, bizim de böyle davranmamız doğal diye düşünürdü Emre.

Zehra'dan ayrılması onda büyük bir yıkım yaratmamıştı, çünkü her zaman yaptığı gibi hayatının odak noktasını hemen kaydırıvermişti. Kişiliğinin tipik bir özelliğiydi bu. Rengiyle birlikte ruhunu da değiştirmeyi başarabilen bir bukalemun gibi, bambaşka ilgilere yönelebiliyordu.

Ayrılmalarına neden olan şiddetli kavga en beklenmedik anda, ne yazık ki yatakta, hem de en şefkatli, kendilerini en bütünleşmiş, en ayrılamayacaklarını sandıkları anda patlak vermişti.

Zehra ardı ardına gelen haz tsunamilerine doğru sürüklenirken, Emre durmadan konuşuyordu. "Sevişmeye iki gövdenin birleşmesi diyorlar ama... ama doğru değil, iki gövde de karşısındakini kullanıyor kendi zevki için. Aslında bir yalnızlık hali, bir kendine dönme, kendi zevkine kapılıp gitme hali. Yüzündeki şu ifadeyi bir tek ben görüyorum, annen baban bile göremez bunu..." Zehra, "Tanrım sussun" diye dua ediyordu, o anda anneyi babayı hatırlatmanın ne gereği vardı? Ama oğlan susmuyordu; "Şu anda dünyada kaç milyon çift bu işi yapıyordur acaba?" diyordu, "tam şu anda, çeşitli enlem ve boylamlarda." Sanki kitap yazıyordu.

Zehra aldırmamaya çalışarak dişini sıktı sıktı ama Emre sonunda, "Jean Paul Sartre'la Simone de Beauvoir'ı sevişirken görmek isterdim" demez mi, işte orada tepesinin tası attı. "Bi sus ya, bi sus, Allah aşkına bi sus!" diye bağırdı. "Farkında mısın, burada bile Sartre diyorsun. Ne bu!" Oğlanı bırakıp yataktan kalktı, sinir içinde, "Ne biçim erkeksin sen be!" deyiverdi. "Beyninle mi sevişiyorsun, başka bir yerinle mi, yatağımda bir erkek mi var, bir beyin mi? Sartre dedin ya, Sartre dedin, inanamıyorum."

Bu öfkeli haykırışlar üzerine Emre de sinirlendi, normal zamanlarda bile insanı illet eden o alaycı halini takınarak, "Demek öyle" dedi, "çok mu erkek tanıdın da bana ne biçim erkeksin diye soruyorsun?"

Zehra kan kızıl bir öfkeyle, "Evet" dedi, "tanıdım, var mı diyeceğin, hem de erkek gibi erkekler, yatakta düşüncelerini bir tarafa bırakan erkekler." Oysa yalandı bu. Birkaç saçma sapan okul aşkı sayılmazsa Emre ilk sevgilisiydi.

"Demek ki" dedi Emre sinir içinde, "entelektüel bir erkeğe tahammül edemiyorsun, aklın fikrin o kazma gibi magandalarda. Kızların çoğu gibi."

Bu sözler Zehra'yı daha da sinirlendirdi. "Hadi naş!" dedi. "Topla pılını pırtını ikile, ikile dedim!"

Oğlan hırsla giyindi, kapıyı çarpıp gittikten sonra Zehra içinde büyük bir ferahlık duydu. Nihayet yapması gerekeni yapmış, bu beladan kurtulmuştu. "Aman be" dedi, "aman be, ne sapıkmış." Ve kızların ayrıldıkları sevgilileri için mutlaka kullandıkları bir büyükbaş hayvan nitelemesiyle kendi kendine konuşmayı sonlandırdı.

Uzun uzun banyo yaptıktan sonra bornoza sarınıp köpüklü orta kahvesini yudumlayarak biraz televizyon izledi. Sonra Selmin'i aradı, "kızlar"ın o akşam bir şey yapıp yapmadıklarını sordu. Kızlar bir şey yapmıyormuş, o akşam hepsinin işi varmış ama yarın akşam bistroda toplanacaklarmış. "Tamam" dedi Zehra, "ben de gelirim." Sonra dizüstü bilgisayarını açıp Facebook'a girdi, ülke sınırlarını ve havaalanlarını yabancı güçlere yasaklayan bir ihtilal komutanı edasıyla kendi sayfasını Emre'ye kapattı, onu arkadaş listesinden çıkardı, artık hiçbir şey göremezdi mendebur, Viber ve WhatsApp'tan da numarasını engelledi. İçine gerçekten de büyük bir ferahlık dolmuştu. O çocukla ilişkinin kendisini ne kadar yorduğunu, ne kadar üzdüğünü şimdi daha iyi fark ediyordu.

Bütün insan çelişkilerinde olduğu gibi zavallı Zehra da kavganın asıl nedeniyle uğraşmıyor, hastalığın kaynağını göz ardı ederek, sadece belirtileriyle ilgileniyordu. Temel sorun bu çocuğun yerli yersiz konuşması değil, sorumsuzluğuydu. İlk zamanlar bedenleri ve zihinleri birbirini tanırken, açık denizde mutlu bir rastlantıyla karşılaşmış dişi ve erkek iki yunus sevinciyle havaya sıçramışlar, büyük bir sevda sarhoşluğuna kapılmışlardı. O günlerde sürekli gülerler, neşeli yemeklere giderler, bedenlerinin nasıl bu kadar zevk alabildiğine şaşarak kendilerini helak edene kadar sevişirler, ömürlerinin sonuna kadar birbirlerini seveceklerine dair yürek burkan yeminler ederlerdi. Epey bir süre devam etti bu ama kaçınılmaz sorunlar, yazın arkasından gelen sonbahar kesinliğiyle kendini gösterdiğinde, hele ilişkileri bir yılı aştığında Zehra, ne olacak halimiz diye sık sık dalıp gitmeye başladı. Tatsız bir akıntı nedeniyle gittiği doktor, bunun önemsiz bir mantar olduğunu, vereceği ilaçlarla geçeceğini söylemişti ama bir de "Elini çabuk tut kızım" demişti. "Kadınlarda yumurta dediğin şey sonsuz değildir, her kadının belli sayıda yumurtası vardır, zaten yüzde kırkı âdet görmeye başlayınca dökülür, geri kalanını da her ay kaybetmeye başlarsın. Bu yüzden elini çabuk tut, çocuklarını yap."

İyi ama bu durumu Emre'ye söylemesine imkân yoktu ki. Yoksa o da biliyordu çocuk için zamanının sınırlı olduğunu. Evlenmeden çocuk yapması mümkün değildi, hayal bile edilemezdi; o zaman tek çare Emre'yle evlenmesiydi ama her konuşmasına, "Ben evlilik kurumuna karşıyım" diye başlayan zıpır çocuğa, "Bak, benim vaktim kısıtlı, bir an önce evimizi kuralım" demeyi gururuna yediremiyordu. *Erkeklerin vakti bol nasıl olsa, altmış yaşında da, yetmiş yaşında da, hatta daha ileri yaşlarda da çocuk sahibi olabilirler ama doğa birçok konuda olduğu gibi burada da kadınlara haksızlık yapıyor.* Zehra neredeyse paniğe kapılmak üzereydi. İlişkilerini zehirleyen ilk konu bu oldu. İkincisi Emre'nin, işini bırakması yolundaki ısrarıydı: Burjuvalarla çalışmayacakmış, ikisi birer sırt çantası edinip Güney Amerika'ya gideceklermiş. Akıllı işi miydi bu Allah aşkına, akıllı işi miydi? Zehra kendisini Ergun Bey'in karşısında, ona sırt çantasıyla Latin Amerika'yı gezmek için işinden ayrılacağını söylerken hayal bile edemiyordu. Hem, kalbi kırılmasın diye Emre'ye söylemiyordu ama sırt çantasıyla gezide bile paraya ihtiyaç olurdu. Nereden bulacaktı parayı? Emre'ye göre para falan gibi sıkıcı konular küçük burjuva alışkanlıklarıydı, insanın ruhunu çürütürdü; para düşünülmemeli, konuşulmamalıydı. Ne var ki çıktıkları yemeklerde parayı ödemek hep Zehra'ya düşüyordu. Emre haftanın çoğunda, onun işe yakın olmak için tuttuğu küçük dairede kalıyordu; hatta Zehra epey tereddüt ettikten sonra Emre'nin askıdaki siyah montunun cebine bir şeyler koymaya başlamıştı ve görmüştü ki çocuğun bundan da bir şikâyeti yok. "Jigolo da tuttum kendime" diye acı acı gülüyordu, "şu işe bak sen." Bazen karamsar düşüncelere kapılıyor, "İyi çocuk hoş çocuk, seviyorum da, ama bu işin sonu yok" diyor yine de Emre'ye duyduğu zaafı yenmeyi başaramıyordu. İşleri oluruna bırakmış gibiydi ama bu arada yılların akıp gittiğinin de farkındaydı, ailesinin evlenmesi ve kendilerine torun vermesi için gözünün içine baktığının da. Uzun boyu, biçimli yüzü, minik burnu, pembe beyaz teni, kahverengi saçlarıyla göz dolduran bir kızdı; eline yüzüne bakılırdı çok şükür. Acaba bu hayırsız oğlanı bırakıp kendisine yalvarırcasına bakan, şirketteki genç müdürlerden biriyle mi evlenseydi? Doğrusu buydu herhalde. "Aman be" dedi yine, "iyi oldu, bu defter de burada kapandı, öküze bak! Sartre diyor bana yahu, al sana Sartre, hadi naşşş oğlum, naşşş! Çık hayatımdan, çık git!"

Bu sözleri, sanki kendini ikna etmek ister gibi yüksek sesle söylemekte olduğunu fark etti. Güldü.

Ertesi sabah işe bu moralle gitti, büyük bir enerjiyle çalıştı. İçi içine sığmıyordu. Durum Ergun Bey'in de dikkatini çekmiş olmalı ki, "Hayrola Zehra, bugün çok formundasın" diyerek ender kullandığı iltifat sözcüklerinden biriyle onu onurlandırdı. Akşam iş çıkışı arabasına atladığı gibi bistroya kızları bulmaya gitti. Şarap içtiler, bol bol güldüler, sık sık "Öküzzz" dediler o sırada kulaklarının yandığından emin oldukları birilerine, "öküzzz işte, n'olcak." Bara dayanıp altın Rolex'lerini sergileyerek kendilerini dikizleyen, kadın açlığı çeken yaşlı zamparalarla dalga geçtiler, açık saçık fıkralar anlattılar ama yine de hayatlarında bir boşluk olduğu duygusundan kurtulamadılar. Aşağı yukarı hepsi Zehra'nın durumundaydı, aynı şeyleri hissediyorlardı; yavaş yavaş doğru erkeği bulma konusundaki umutları kırılıyordu. Ortalıktaki adamların çoğu ya evli, ya eşcinsel, ya maganda, ya pis, ya çulsuz, ya zır cahil, ya da gözü yataktan başka bir şey görmeyen psikopatlardı. Zengin çocukları daha da beterdi. Öyle bir kibir ve kendini beğenmişlikle yetiştirilmişlerdi ki burunlarından kıl aldırmazlar, yanlarındaki kızın sürekli olarak egolarını pompalamalarını beklerlerdi. Aslında zengin olmayanları da böyleydi ya. Anneleri bu oğlan çocuklarını padişah gibi yetiştirdiği için kızlardan da kul köle olmalarını bekliyorlardı. Zehra birkaç gün önce televizyon izlerken bir kanalda söylenen türküye şahit olmuş, o kadar kızmasına rağmen Emre'ye hak vermişti. Sahnedeki kadınlarla adamlar, söyledikleri oynak türküde "Tak tak ediyor amcası/Oğlumun tabancası" diyor, bu arada ellerini yukarıya kaldırıp işaretparmaklarını tabancanın namlusu gibi tutarak tak tak yapıyorlardı. Oğlan çocuğun organına bir silah olarak bakan toplumdan hayır mı gelirdi!

Anılarını anlatmayı çok seven, konuşkan arkadaşı Selmin'in başından da ilginç bir şey geçmişti. Sözüm ona yakışıklı, temiz suratlı, iyi giyimli biri, onu yemeğe davet etmiş. Selmin'in yanına bile uğrayamayacağı, adını telaffuz edemediği, İstanbul'un en pahalı lokantasına gitmişler. Önce şampanya, sonra yemek, pahalı şarap vesaire derken vakit akıp gitmiş. Genç adam Selmin'e kahveyi evinde içmeyi teklif etmiş, "Hem geceyi de beraber geçiririz, birbirimizi daha iyi tanırız" demiş arsız arsız sırıtarak. (Kimse artık vakit kaybetmek istemiyor, açık açık hadi yatağa diyordu.)

Bu öneri iyi yetiştirilmiş, ev dışındaki tehlikelere karşı uyarılmış olan Selmin'e pek uygun gelmemiş. Bu iş bir süre yakınlaştıktan sonra olabilirmiş, nihayet annelerinin çağında yaşamıyorlarmış ama daha tanışır tanışmaz oğlanın evine, yatağına gitmek de pek yakışık almayacakmış. Fahişe değilmiş ya sonuçta. En tatlı gülümsemesini takınarak bunun pek mümkün olmadığını anlatmaya çalışmış. "Daha bugün tanıştık" demiş, "biraz birbirimize zaman tanıyalım." Ne yalan söylemeliymiş, bir yandan da kısmet kaçacak diye içi pırpır ediyormuş. Neyse ki oğlan efendi çıkmış, ısrar etmemiş, "Tabii hayatım" demiş, "öyle olsun." Sonra lavaboya gitmek için izin istemiş. Selmin bu davranışa sevinerek oturup şarabını içmeye devam etmiş, lokanta tenhalaşıyormuş artık, oğlan da gideli epey olmuş, bir türlü gelmiyormuş. Sonunda garsonu çağırarak, "Lavaboya giden beyefendiyi gördünüz mü?" diye sormuş. Zaten bu soruyu beklediği belli olan garson, beyefendinin, arabasını çağırtarak lokantadan ayrıldığını, hesabı da hanımefendiye bıraktığını söyleyerek Selmin'e kahverengi maroken bir şey uzatmış. Şaşıran Selmin marokeni açıp içindeki hesabı görünce bayılacak gibi olmuş ama alı al moru mor kredi kartını çıkarıp, aylığının neredeyse yarısı kadar tutan hesabı ödemiş. Taksiyle eve dönerken canı yanıyormuş; üst üste "Öküzzz, orospu çocuğu, puşt!" diye tekrarlıyormuş sürücünün duymasına aldırmadan.

Masadaki her kızın böyle kötü anıları vardı, çünkü erkeklerin çoğu seks, kızların çoğu ise adanmışlık istiyor. Kentli, eğitimli gençlik için çözülmez bir çelişki bu. Eğer aileleri ve hormonları onlara çocuk baskısı yapmasa hayatlarından bir şikâyetleri yok ama ne yazık ki çocuk, erkeksiz yapılmıyor, onlarla da evlenmeden olmuyor. Toplum henüz buna hazır değildi. Zehra, herkes için zor olan bu toplumun kızlar için katbekat daha zor olduğunu düşünüyor. Çılgın gibi katlanarak artan dayak, fırsat eşitsizliği, kapalı çevrelerdeki töre cinayetleri gibi binbir neden kızları mutsuz ediyordu. Güneydoğu'da bu baskılara dayanamayan binlerce kız, dağa çıkıp ellerine Kalaşnikov alarak çarpışmaya başlamıştı. Cinsel deneyim yaşamamış genç erkekler kusurlu görülürken, kızlar için durum tam tersine dönüyor, bekâretini kaybeden kıza fahişe muamelesi yapılıyordu. Bu yüzden, bulduğu muhafazakâr kısmeti kaçırmak istemeyen bir arkadaşı ameliyatla tekrar bakire olmaya çalışmıştı. Çünkü sevgilisi ona durmadan, "O kadar saf, taze, günahsız ve masumsun ki, evlenmeden sana el sürmek cinayet olur" diyordu. Bakire olduğundan o kadar emindi ki, kız da onun hayallerini yıkmak istememişti.

Zehra'ya gelince, onun koca bulma derdi yok, olmasa da olurdu ama çocuk yapma arzusu var elbette. Yoksa hayatı boyunca Defne'nin ileride doğacak çocuklarını sevmek zorunda kalacak. İşi o kadar iyi ki hiçbir erkeğe ihtiyacı yok. Onunki başka bir şey. O aptal çocuğu gerçekten sevmiş, canını canında, tenini teninde hissetmişti, ne var ki onun sapıklığı da başka türlü çıkmıştı. Zehra onca emekle, canını dişine takarak kurduğu kariyerini, ulaştığı itibarlı noktayı, sorumsuz Emre'nin berbat etmesine izin veremezdi, vermeyecekti. Herhangi bir eşekten koca olurdu da, Emre'den olmazdı.

6 numaralı masadaki ilginç insanlara dair

O davette bulunan o kadar değişik ve egosu kabarık kadına ve erkeğe, buradaki en saygın insan kim diye sorsanız, aşırı kıskançlar dışında kalan çoğunluk, 6 numaralı masada oturmakta olan Bal Hanım'ı gösterir.

Altmış yaşlarında, yüzünde insani gülümsemeyle içeriden aydınlatılıyormuş gibi görünen, siyah sade giysili, hiçbir takı, mücevher taşımayan sarışın bir hanım bu. Herkes bilir ki dünyanın mücevherleri onun olabilir, kraliçeler gibi bir hayat sürebilecek imkânlara sahiptir ama onu hiç öyle gören yoktur. Sık sık Güneydoğu'ya, bildiği en yoksul Kürt köylerine gider, oradaki çocuklarla ilgilenir, onlarla aynı yerde yatar, aynı kaba kaşık sallar. Nerede bir deprem ya da başka bir felaket yaşansa, hemen koşar, günlerce çadırlarda kalır. Zaten ona Bal Hanım adını takanlar da o köylerdeki yoksul insanlardır.

Hayatını, iyi amaçlar için kurduğu eğitim vakfına adamıştır Bal Hanım. Üstelik bunları, bilinsin de takdir görsün diye değil, vicdanına ve yaşam ilkelerine uygun olduğu için yapar. İstanbul iş çevrelerinde pek sık rastlanmasa bile böylelerinin de olduğunu bilmek çok iyi bir şey doğrusu. Zehra ona gönülden bağlı, o da Zehra'ya "kızım" diyor. Sıcacık bir kızım hitabı. Ne hoş. Bal Hanım geldiğinde Ergun Bey, Amerikan büyükelçisi ve patrik onu saygıyla selamlamıştı. Kazak imparatorun ise böyle şeylere pek metelik verdiği yok. Daha sert bir dünyadan geliyor o. Ya milyarlarca dolar ya da ölüm! Kırk koruma bunun için.

6 numaralı masada sessiz sedasız bir çift var. Belli ki ötekiler gibi bu çevrelerle yakın arkadaş değiller, iş âlemiyle sürekli bir ilişkileri yok. Buna rağmen hiç sıkılmış gibi görünmüyorlar. Adam, yüzündeki iyi niyetli gülüşle Uzakdoğu felsefelerinin sükûnetini yansıtıyor, hatta o ülkelere yapılan seyahatlerde alınan hatıra Buda heykellerini andırıyor biraz. Çevrelerine, deyim yerindeyse bulaşıcı bir huzur yayıyorlar. Tekin Bey ve Selda Hanım adları. Tekin Bey, Türkiye'nin en büyük kuruyemiş firması Kısmet Kuruyemiş'in sahibi. Dedesinin, zaten fıstığıyla ünlü Gaziantep'te küçük bir işletme olarak kurduğu bu işi babası İstanbul'a taşıyarak büyütmüş, üçüncü kuşak Tekin Bey'le kardeşi de Kısmet Kuruyemiş'i çok büyük, uluslararası bir işletme haline getirmişlerdi. Fabrikalarında binlerce kişi çalışıyor artık. Zehra, Tekin Beyleri özellikle o itibarlı masaya oturtmuştu, çünkü Tekin Bey iş âleminde en çok saydığı, sevdiği insan.

Zehra, Tekin Bey'le holding sayesinde tanışmıştı. Holding her yıl aşağı yukarı bin öğrenciye burs verirdi ama talep o kadar fazlaydı ki bazılarına yetişemez, başkalarından rica ederler, çoğunlukla da eften püften bahaneler ileri süren ve mırın kırın eden patronlarla karşılaşırlardı.

Yine böyle bir aşırı talep karşısında bir tavsiye üzerine, Zehra, Tekin Bey'i aradı, ona durumu anlattı. Tekin Bey şirketlerinde zaten öğrenci burslarına bakan bir bölüm bulunduğunu söyledi. Diğer patronlardan hayal kırıklığına uğramış olan Zehra içinden "Tamam" dedi, "bu da o bölüme havale edecek beni, onlar da bu yıl kontenjanın dolduğunu söyleyecekler, başka bir yeri aramalı." Ama hiç de öyle olmadı. Tekin Bey yumuşak ve sevecen bir ses tonuyla Zehra'yı çok şaşırtarak listeyi göndermelerini, hemen burs bağlayacaklarını söyledi, üstüne üstlük bir de "Bize bu konuda yardımcı olup öğrenci gönderdiğiniz, ihtiyaç sahiplerine ulaşmamızı sağladığınız için teşekkür ederiz" dedi. Zehra, "Ne biçim patron bu" diye düşündü, demek bu kurtlar sofrasında böylesi de vardı. "Tekin Bey" dedi, "siz ilgili biriminizle konuşup kaç kişiye burs verebileceğinizi sorsanız. Ya da en iyisi, kiminle görüşeceğimi söyleyin, sizi meşgul etmeyelim, ben konuşayım." Tekin Bey, sormasına gerek olmadığını, kaç öğrenci olursa olsun kendisine bildirmelerini istedi, şahsi e-posta adresini verdi; "Hemen bekliyorum" dedi.

Zehra, hem böyle konuşan hem de gönderdiği uzun listeyi hemen işleme koyup, çok sayıda yoksul çocuğu sevindiren bu insanı merak etmişti. Onu yalının bahçesinde verilen bir "yaza veda" yemeğine davet etti. Tekin Bey, kimseyi tanımadığını söyleyerek gelmek istemedi, sıkılacağını söyledi ama Zehra'nın ısrarlarına dayanamadı. Geldikleri zaman Zehra, servetlerini hiç belli etmeyen, neredeyse kendi ailesi kadar alçakgönüllü bir çiftle karşılaşarak şaşırdı. Daha ilk andan onlara kanı kaynadı. Ertesi hafta, davet üzerine Tuzla'daki muazzam fabrikalarına gitti ve hayran oldu. Sadece makineleri, temizliği, düzeni değil, oradaki alışılmadık huzuru da çok sevdi. Ona fabrikayı gezdiren genel müdür, "İşçilerimiz mutlu da ondan" diye açıkladı durumu. "Tekin Bey'in hepimize kesin talimatı var; eğer bir işçiyle şirket herhangi bir konuda ihtilafa düşerse kesinlikle işçi haklıdır, ne isterse vereceksiniz der. Bu yüzden daha bir tek mahkememiz olmadı çok şükür."

Yemeği Tekin Bey'in, kendi holdinglerine göre çok mütevazı olan odasında yediler. Zehra'nın merak ettiği bir şey vardı.

Binanın en üst katında, yüzlerce metrekarelik çok şık bir yer göstermişlerdi. O salonun şirketin başkanına ait olması gerekmez miydi? Başkan da Tekin Bey olduğuna göre bir gariplik vardı bu işte. Bunu söylediğinde genel müdür gülümsedi, "Bu çok enteresan bir konu" dedi. "Bina yapılırken Tekin Bey o katın başkan mekânı olarak yapılmasını ve döşenmesini istedi ama sonra oraya hiç gitmedi. Aşağıda gördüğünüz odada çalışıyor, bu kata çıkmıyor bile. Nedenini biz de bilmiyoruz." Meraka kapılan Zehra kahve içerken Tekin Bey'e bu durumu sordu. Tekin Bey her zamanki mahcup tavrıyla, neredeyse utanarak "Ben orada rahatsız olurum" dedi. "O kadar büyük bir yere ihtiyacım yok ama benden sonra gelecek başkanlar, bir makam odası bile yaptırmamış demesinler diye yaptırdım." Zehra'nın şaşkınlığı iyice artmıştı.

Ama bilmediği şey kimsenin anasından böyle doğmadığı; çekilen acıların bazı insanları çileden çıkararak her şeye düşman ederken, ender olarak bazılarını da bilgeliğe kavuşturduğuydu. Ne yazık ki insanlar bu bilgelik ve iyi niyet düzeyiyle doğmuyordu ve yine ne yazık ki çok az insan ulaşabiliyordu bu aşamaya.

Tekin Bey gençliğinin kendini kanıtlama dönemlerinde babasıyla büyük çekişmeler yaşamıştı. Anadolu gelenekleri, yeniyetme bir gencin kendini ifade etmesine izin vermez, özel hayatta ve işyerinde babasının kuklası olarak davranmasını emrederdi. Babasının da bir suçu yoktu bu işte. Gelenek, görenek böyleydi ama değişen zamanın gelenekleri de değiştirmesi, ancak kişisel mücadeleler, yanlış anlamalar, baba-oğul anlaşmazlıkları ve kırılmalar eşliğinde gerçekleşebiliyordu. Dünyanın değişme biçimi buydu. Tekin Bey de bu değişimin epey sıkıntısını çekip, başını binbir belaya soktuktan sonra babasının ölümüyle kendisini o firmaya karşı sorumlu hissetmiş ve o sırada daha da büyük bir acı yaşamıştı.

Annesi, kız kardeşi ve eniştesiyle Antep'ten İstanbul'a geleceklerdi. Tekin Bey hepsi için uçak bileti almıştı ama enişte ille de arabayla gitmeleri için ısrar ediyordu. Epeyce tartıştılar, ne var ki eniştenin inadını kıramadılar. Yola çıktıklarında arabayı enişte kullanıyor, Tekin Bey yan koltukta, annesiyle kız kardeşi de arka koltukta oturuyorlardı. Bir tünele girdiler, farları açıp karanlıkta gittiler ama bilmedikleri şey, tünelin çıkışında arıza yapmış bir kamyonun durmakta olduğuydu. Karanlıktan çıkarken bir anda aydınlığa uyum sağlayamayarak gözü kamaşan enişte tonlarca metal yığınına büyük bir hızla çarptı. Tekin Bey yerle gök birbirine geçiyormuş gibi çıkan korkunç gürültüyü hiç unutamadı. Annesi ve kız kardeşi orada öldü, enişte yaşadı. Üst üste gelen bu acılardan sonra Tekin Bey durgunlaştı ve sürekli düşündü. İntikam, kavga, mücadele, didişme gibi şeylerin boş olduğunu bu dönemde keşfetti; hem de kendi kendine. İnsanları yargılamamaya, oldukları gibi kabul etmeye, hatta yardımcı olmaya karar verdi. "Yargılanmak istemiyorsan yargılama" diyordu; "öfkelenme, kötü muamele etme, aşağılanmak istemiyorsan aşağılama, herkese hizmet et, bu hizmetten zevk al." O dönemden sonra yüzüne huzur verici bir gülümseme yerleşti, yanında çalışanlara bile emir vermeden her şeyi rica etme alışkanlığını geliştirdi, yogaya başladı, kaptanlık öğrenip kendini yaz aylarında denize vurdu. Orada bile hiçbir tekneyi rahatsız etmemek için marinalara çok yavaş girip çıkmasıyla yerli yabancı herkesin takdirini kazanıyor ve onu tanıyan birçok işadamının "Too good to be true" diye düşünmesine, "Yahu bu adamın hiç mi kusuru yoktur" diye sormalarına neden oluyordu.

Aslında Tekin Bey o salonda Zehra dışında bir kişiyi daha tanıyor. Türk şirketlerini yabancılara satmakla uğraşan Cem Alphan, bir gün randevu alarak ona gelmiş, Kısmet Kuruyemiş'i Amerikalılara satmayı önermişti. Çok büyük paralardan söz ediyordu; elbette kendisi de önemlice bir komisyon alacaktı. Buraya kadar normaldi her şey ama Cem Alphan bir ara göz kırparak, "Bilançoları düzenleme işini de bana bırakın Tekin Bey" demişti. "Borçları göstermeyiz, devir işlemi tamamlandıktan, parayı aldıktan sonra da iş işten geçmiş olur, bir şey yapamazlar. Bunun çeşitli teknikleri var."

Tekin Bey "Biz krediyle çalışmıyoruz" diyerek onu çok şaşırtmıştı.

"Nasıl olabilir, krediyle çalışmayan şirket olur mu?"

"Vallahi, dedem babama böyle vasiyet etmiş, babam da bize vasiyet etti. Paramız kadar iş yaparız. Bu yüzden ilginize çok teşekkür ederiz ama zaten aile yadigârı bu şirketi satmaya niyetimiz yok."

Hem alacağı komisyondan, hem de daha önce yaptığı gibi bilanço oyunlarından büyük para götüreceğini hesap eden Cem Alphan bu cevap üzerine çok bozularak, orada daha fazla vakit kaybetmemiş, fabrikayı hemen terk etmişti. Tekin Bey biliyordu ki bu olayı arkadaşlarına anlatırken "Herif manyak yaaa" diyecekti.

O akşam orada gözucuyla kendisini fark etmesine rağmen selam vermeyişi de bu yüzden olmalı. "Ama olsun" diye düşünüyor Tekin Bey, "o da genç bir adam, ailesini geçindirmeye, çocuklarına iyi bir tahsil vermeye çalışıyor. Haklı nedenleri vardır. Allah gönlüne göre versin."

Zehra'nın başından Tekin Bey'le ilişkili, hoş mu, acıklı mı, tuhaf mı olduğuna okurun karar vermesi gereken, bizim sadece ilginç diyebileceğimiz bir olay geçtiğini de eklemek durumundayız.

Zehra, yine burs konusunu görüşmek üzere fabrikaya gittiğinde Tekin Bey'le çay içerken, önceden hiçbir işaret vermeden bastıran bir bahar yağmuru gibi aniden gözyaşlarına boğuluvermişti. İçinde neler olup bittiğini kendisinin anlaması bile zorken, bunu, ne de olsa yabancı sayılan Tekin Bey'e anlatması beklenemezdi. Tekin Bey'in de böyle bir şey sorduğu yoktu zaten. İyilik yüreğini kabartıyordu belki de, iş çevrelerinde görmeye alışık olmadığı iyilik ve insanlık ya da daha kişisel bir şeydi bu. Bilemiyordu. Zaman zaman içinden gelen ağlama isteğini açıklayamıyordu. Bir süre Zehra ağladı, Tekin Bey hiç sesini çıkarmadan, saygıyla bekledi. Aradan iki dakika geçince Zehra, Tekin Bey'in de onunla birlikte ağladığını, gözlerinden yanaklarına yaşlar süzüldüğünü şaşkınlıkla gördü. Artık hiçbir yerde rastlayamayacağını düşündüğü bu zarif ve sessiz duyarlılık Zehra'yı iyice sarsarak, daha da çok ağlamasına neden oldu. Birbirlerine hiçbir şey sormadan bir süre böyle ağlaştılar. Sonra Zehra kendini toparladı, gözyaşları dindi, bunun üzerine Tekin Bey de sakinleşti, Zehra'ya, "Size bir kahve yaptırayım mı?" diye sordu. Zehra suyunu içerken başıyla evet işareti yaptı. Sonra başka konulara geçtiler. Bu garip olay iki kişinin arasında anlaşılmaz, hatta biraz anlamsız bir sır olarak kaldı.

Miss Tanya'nın esir pazarı yıllarına dair

> Bilhassa makbul olan Çerkezleri, Lehler, Abazalar ve Ruslar izlerdi. Batı Avrupa'nın erkekleri fazla yumuşak, kadınları fazla sert bulunurdu. Alınıp satılanlar arasında zenciler de vardı: Puşkin'in büyük-büyükbabası Rus sefiri tarafından Konstantiniyye'de satın alınmış bir Etiyopyalıydı.
>
> Philip Mansel, *Konstantiniyye*

Kadın olsun erkek olsun, salondaki herkesin bakmaktan kendini alamadığı Tanya, o gururlu, soğukkanlı duruşunu hiç bozmadan, hiç konuşmadan, kendisine tapılmasını olağan kabul eden bir tanrıça etkisi yaratıyor. Ne var ki, başka dünyadan gelmişe benzeyen bu tanrıçanın da –her tanrıça gibi– birtakım sırları var ve bunların açığa çıkmasından korkuyor elbette. Salonda ona dikkatle bakan birkaç erkek ilişiyor gözüne; onlar da kendisine yabancı değil. Üniversiteyi bitirmeden önce İstanbul'a yaptığı birer ikişer haftalık gezilerde tanıdığı erkekler bunlar. Mahrem hallerini bildiği insanlar...

Bu geziler çok verimli geçiyor, iki haftalık bir mesai sonunda Tanya yepyeni pabuçlar ve giysilerle, içine binlerce dolar koyduğu şık çantalarla dönüyordu Moskova'ya. Alışılmış bir şeydi bu, birçok arkadaşı yapıyordu; meslek falan değil, sadece geçici bir süre yaşam desteğiydi. İmparator'la tanıştıktan sonra böyle bir şey söz konusu olamazdı elbette; hem artık o paraya gereksinim duymuyordu, hem de istese bile adam göz açtırmazdı. Ne gerek vardı zaten, İmparator kendisine çarlık ailesine mensup bir prenses hayatı yaşatıyordu. Kaçamak bakışlar atan adamların onu tanıdığına kuşku yok ama emin olamazlar elbette. Çünkü kimi onu Emily adıyla tanıdı, kimi Anna, kimi Aleksandra. Bu gezilerde gerçek adını hiçbir zaman kullanmamıştı. Birkaç arkadaşıyla İstanbul'da havaalanından doğruca Laleli, Beyazıt tarafına giderler, otele yerleştikten sonra farklı adlar altında "işe" çıkarlardı. Kendisi gibi yaş, güzellik ve görgü açısından "birinci sınıf" olanların müşteriyle geçirdiği her saat altın değerindeydi. Paranın tümü kendilerine kalmıyordu elbette, bu işleri ayarlayan patron da pay alıyordu ama yine de her geziden, Moskova'da çalışarak bir yılda kazanamayacağı kadar büyük bir tutarla dönüyordu. Bu gezilerde öğrendiği Türkçe kelimeler hâlâ aklındaydı.

Tanya bilmeden İstanbul'un aynı bölgesinde yüzlerce yıldır olup biten bir geleneği sürdürmüştü aslında. Çünkü 1847 yılında kapatılana kadar Beyazıt'ta bir esir pazarı vardı ki Kafkasya'dan, Kırım Hanlığı'ndan, Asya'dan, Balkanlar'dan getirilen güzel kızlar ve oğlanlarla, Afrika'dan, Habeşistan'dan, Darfur'dan kaçırılan köleler, yüzlerce odası olan bu esir pazarında müşterilere gösterilir, pazarlık edilerek satılırdı. Herhangi bir Müslüman Osmanlı tebaası gidip oradan kendisine uygun esir seçebilirdi. Güzel kızları seçenlerin pazarlıktan sonra kızı evine götürme ve bir gece deneme hakkı vardı. Uykuda horluyor mu, ağzı kokuyor mu gibi birçok özelliğine bakıldıktan sonra kız eğer uygunsa o efendiye cariye olarak satılırdı.

Yıl 1812'ydi. Varlıklı bir genç olan Nuri Bey esir pazarından bir cariye aldı ama iş bununla kalmadı. İki genç fena halde âşık oldular birbirlerine, bu mutluluk iki ay ya sürdü ya sürmedi; o sırada İstanbul'u kasıp kavuran veba illetine yakalandı ikisi de. Yatakta hastalıktan baygın vaziyette yatarken arada bir kendine gelen zavallı Nuri Bey, "Hadi" diyordu sevgili cariyesine, "atımı hazırladım, hadi binip gidelim." Ardından yine kendinden geçiyordu. Bir ara baygınlığından ayılan cariye de, "Efendim, beyim, ben bohçamı hazırladım, beraber gidelim" diyor, yine bayılıyordu. On gün böyle geçti... Sonra birlikte gittiler, aynı gün öldüler; bir saat arayla toprağa verildiler.

1847 yılında köle ticareti yasaklandı, esir pazarı kapatıldı ama bu iş, yeraltına indi. En az elli yıl sürdü bu durum. Sonra azaldı.

Aradan çok zaman geçti; esir pazarı, önce Rus, Ukraynalı, Moldovalı kızlarla, sonra da Suriye'den göç eden milyonun üstünde sığınmacıyla yeniden hortladı. Mülteci kamplarında yaşayan kız çocuklarını Türk erkekleri bazen imam nikâhıyla, bazen nikâhsız ikinci, üçüncü eş olarak aldılar. Bu yeni gelinler, çocuklarından daha küçük yaşta oluyordu genellikle, on yaşına kadar düşüyordu yaş ortalaması. Sonra bazıları bu çocukları İstanbul'a götürüp pazarlamaya başladı. Çaresiz kalan aileler çocuklarını ya satıyordu ya da evlatları zorla ellerinden alınıyordu. İstanbul'da bir kez daha tarih tekrarlanıyor, Forum Tauri civarında köle kızlar erkeklere satılıyordu.

Oysa Theodora imparatoriçe olup da dine dönünce, şehirdeki bütün fahişeleri toplatmış, Kuzguncuk'ta özel olarak bu iş için yaptırdığı Tövbe Manastırı'na hapsederek dışarı çıkmalarını yasaklamıştı. Yaşamları boyunca kapalı kalan, içeride ihtiyarlayan kızların iniltileri, hâlâ Kuzguncuk rüzgârında duyulur derler. Bazıları bu ani değişime dayanamayıp kendilerini manastır duvarlarından atmışlardı.

Buna rağmen Konstantiniyye'de fuhşun hiçbir dönemde bitirilemediğini bilmem söylemeye gerek var mı? Otuz yedi genelev ve yüzlerce “hayat kadını” çalıştıran, altı kez vergi rekortmeni olan Madam Matild Manukyan'ı hatırlamak yeterli. Toprağı bol olsun; bu millete vergi ödeyerek çok hizmetlerde bulunmuştu.

Hâkimlere dair

Yuvarlak masalar, rengârenk sahte kelebeklerin ince tellerin ucunda uçuştuğu, aşırı gösterişli süslerle dolu. Öyle ki şamdanlardan, masa süslerinden, ne işe yaradığı belirsiz bir sürü bardaktan, bir sürü gümüş çatal kaşıktan yemek konacak yer bulmak imkânsız hale gelmiş. Bu süslerin tam ortasında da daha yüksek bir metal tutturgaç üstüne iliştirilmiş olan, süslü rakamlarla masa numaraları var. 1 numaralı masa elbette otelin kurucularıyla makam ve servet sahiplerine ayrılmış. Daha sonraki masalar önem ve zenginlik derecelerine göre ön taraftan ve dans pistiyle orkestrayı en iyi görecek konumdan gitgide uzaklaşıyor. Aslında daha iyi bir durum bu; çünkü hem banttan çalınan müzik, hem de orkestra ve şarkıcıların sesi öylesine yüksek ki salonda bulunanların bir miktar beyin hücresi telef etmeleri kaçınılmaz. Ne var ki salondaki seçkin zevatın çoğu, beyin sağlığını değil de toplumdaki "itibar"larını düşündükleri için, ön tarafa daha yakın masalarda oturanları kıskançlıkla süzüp duruyorlar. Birçoğu, bu protokol hesabını uygun bulmayıp benim ondan neyim eksik diye düşünüyor. Çünkü Türklerin çoğu gibi onların da iç dünyası yok. Kendi ahlaki değer ölçülerine göre değil, başkalarına nasıl göründüklerini düşünerek yaşıyorlar. Başkaları tanımlıyor onların değerini ya da değersizliğini.

Salonda otuz masa olduğu düşünülürse, 5 numaralı masanın kötü bir yerde olmadığı anlaşılır. Eh fena değil, buna da şükür cinsinden bir yer. On kişilik masada, bankasının içini boşaltarak batırmış ve başı mahkemelerle fena halde dertte olan bir patronla karısı, durumdan en memnun olan kişiler. Çünkü yine o masaya yerleştirilmiş olan Hâkim Atıf Bey'le yan yana düşmek için büyük gayret sarf etmiş, hatta bunun için Zehra Hanım'a ricalarda bulunmuşlardı. Hâkim bey emekli ama hâlâ yargı çevrelerinde çok saygı gören biri. Hapis tehlikesinin bir Osmanlı palası gibi başının üstünde dolaştığı bu netameli günlerde böyle güçlü bir tanıdığın faydası olur insana. Ayrıca kendi davasına bakan mahkemedeki reis bey de onun yanında oturuyor. Bu yüzden bu emekli hâkimle yakınlaşmakta büyük yarar var. Masadaki diğer kişiler de yine finans âleminden. İçlerinde; batmakta olan bir lokanta zincirini sahte bilançolar düzenleyerek bir Amerikan yatırım şirketine fahiş fiyattan sokuşturmayı becermekle ün yapmış, kendisinden dâhi diye bahsedilen, kısacık saçlı, arsız görünümlü, 31 yaşındaki Cem Alphan ile gece boyunca nasıl görünüyorum diye düşünmekten etrafa bakamayan, makyaj küpüne batıp çıkmış güzelce karısı da var.

Hâkim Atıf Bey'le eşi, masadakilere ne yaş, ne meslek, ne servet, ne de görüntü olarak uygun ama böyle davetlerde çağrılması şart olan kişiler arasında sayılırlar.

Atıf Bey İstanbul Hukuk Fakültesi'nde okurken bir sınıf arkadaşına gönlü düşmüş, hele kızın adının da Atıfet olduğunu öğrendikten sonra Tanrı'nın bu kızı ona layık gördüğü için kaderlerini birleştirdiğini düşünmüştü. Atıf ile Atıfet'in aileleri de birbirine denkti. Orta sınıf geleneksel, laik Cumhuriyetçi ailelerden geliyorlardı. Fakülte bitince sade bir düğünle evlenmişler, hâkimlik stajına başladıkları sırada, düğünde takılmış olan atın bilezikleri bozdurarak durumu idare etmişler, ikisi de meslek hayatlarını hâkim olarak, bazen aynı, bazen ayrı şehirde, emekliliklerine kadar kazasız belasız sürdürmüşlerdi. Haklarında en ufak bir şaibe oluşmamıştı, çünkü alçakgönüllü hayatlarını hiç değiştirmemişlerdi. İki oğullarını devlet okullarında okutan, bellerini büken taksitlerden ay sonlarını doğru dürüst getirmeyi beceremeyen eski memurlardandılar. Aradan geçen yıllar içinde Atıf Bey'in gençlik kilosu hiç değişmemiş, hep ince kalmıştı; ama Atıfet Hanım neredeyse iki misli olmuştu. Buna rağmen neşesinden, keyfinden hiçbir şey yitirmemişti. Sanki aldığı kilolar keyfine keyif katıyordu.

O akşam da lacivert ipek bluzundan taşan iri, yumuşak, muhallebi gibi sallanan kolları ve kat kat olmuş, hatırı sayılır gerdanıyla, koca memelerini hoplata hoplata gülüyor ve her toplantıda yaptığı şakayı tekrarlayarak, "Efendim, henüz tanışmadıklarımız için söylüyorum; eşim Hâkim Atıf Bey, bendeniz de Hâkime Atıfet. İşte görüyorsunuz, ikimiz bir Atıfet ediyoruz, o Atıf, ben de et!" diyerek şuh kahkahalarından birini patlatıveriyor. Sanki içinde, zorlukla bastırdığı ve her an fırlamaya hazır bir kahkaha tufanı var. Atıf Bey ise hüzünlü ve kibar bir adam; ömrünün her dakikasını, giderek kaymak bağlayan karısına âşık olarak geçirmiş; hâlâ da deli gibi âşık. Kadının da tuhaf bir güzelliği var doğrusu. Bu belki de yüzünün pırıltısından, ifadesinden geliyor. Masadaki bakımlı, ince ve gergin kadınlardan daha sempatik olduğu kuşku götürmez. Hâkim Atıf Bey bir bakıma haklı yani.

Banka patronu yolun boş tarafından yürüme, en iyi masayı kapma ya da insanların nabzına göre şerbet verme içgüdüsüyle, hâkim beyin gözüne girmek için en kestirme yolun Atıfet Hanım'dan geçtiğini hemen anlayıveriyor. Bu konularda müthiş bir yeteneği var. Bankacılık yasasıyla ilgili her türlü kuralı ihlal ederek yurtdışına büyük servetler kaçırmış olmasına rağmen hâlâ ortalıklarda olmasını bu insan ilişkilerine, siyasetçilere sağladığı menfaatlere ve bunun gibi binbir türlü şeytanlığa borçlu. Kendisini başarılı sayıyor, kurnazlığıyla övünüp çevresindeki kişilerin aptal olduğunu düşünüyor, ama artık altmış bir yaşına gelmiş durumda. Üniversiteden sonraki on beş-yirmi yılını servet ve banka sahibi olmak için binbir katakulli yaparak, bazen iktidar sahiplerinin önünde yere kapanıp ağlayarak, bazen siyasetçilere rüşvet vererek tuhaf karmaşık ilişkiler içinde harcamıştı. Son on beş yılını ise hapisten kurtulmak için binbir takla atmakla geçiriyor ve nedense bütün bunları başarı sayıyordu. Daha dingin, onurlu ve ona buna yalvarmak zorunda kalmadan, korkulu bir hayat sürmeden yaşamak hiç aklına gelmemişti. Her şeyi biliyordu ama bilmediği şey, aort damarının sürekli genişlemekte oluşuydu. Tam o anda, masada oturup hâkim beyi tavlamaya çalışırken bile aort, hiç kimseye haber vermeden kendi kurallarına uyarak genişlemeye devam ediyordu. Banka patronu bilmese bile yedi ay, on dört gün, yedi saat, yirmi iki dakika, kırk bir saniyesi kalmıştı önünde. Bu süre dolunca sabaha karşı yatağında, karısının ifadesine göre birkaç kez zıplayacak, hırıltılı sesler çıkararak terk-i dünya eyleyecekti. Hâkim bey ondan daha yaşlı olmasına rağmen biraz daha fazla yaşayacaktı. Dört yıl, iki ay, otuz beş dakika, dokuz saniye vakti vardı ki, bu tarih sevgili karısının vefatından yaklaşık iki ay sonraya denk gelecekti. Masadaki diğer kişilerin daha epey vakti vardı. Hâkim bey de karısı ölmese daha uzun yaşardı ama kalbi onun kaybına dayanamayacaktı.

"Efendiiiim" diyor bankacı, "madem masamızda bu kadar değerli, bu kadar önemli misafirler var; bir daha bu fırsatı bulamayız diye hâkime hanımdan, meslek hayatı boyunca başından geçen ilginç anıları dinlesek diyorum."

Kadın gülüyor, "Ayol" diyor, "ne önemlisi. Baksanıza buradaki herkes bir başka âlem. Biz olsa olsa iki mütevazı hâkimiz. Hem Ankara Üniversitesi'nde ders vermiş olan Ernst Reuter ne demişti bilmiyor musunuz?"

"Hayır hanımefendi" diyor bankacı.

"Türkiye'de önemli insanlar değersizdir, değerliler ise önemsiz demişti."

Az daha "Biz ikinci kategoriye dahiliz galiba" diyecekken susuyor; övünmenin çok ayıp olduğu eski Türkiye kuralına göre böyle yakışıksız bir şey söylemiyor.

"Ah ah ah!" diyor bankacı, "gördünüz mü, hanımefendi ağzını açtığı anda bilgi, tecrübe ve kültür dökülüyor. Bu Reuter kim hanımefendi? Şu haber ajansı mı ya da finans falan."

"Hayır" diyor Atıf Bey her zaman olduğu gibi cehalet karşısında büyük bir hayal kırıklığı hissederek. "İkinci harpte üniversitelerimize misafir gelen Alman bilim adamlarından. Daha sonra Berlin'in ilk belediye başkanı oldu. O şehirde büyük bir meydan var adına."

Masadakiler "Oooo" falan deseler de konuyla fazla ilgilenmiyorlar doğrusu. Onlara ne Reuter'den! Para etmez bilgiler bunlar ama Atıfet Hanım'ın eklediği bir şey çok ilgilerini çekiyor: "Oğlu Edzard Reuter de Mercedes'in başkanı oldu."

Masadaki erkekler heyecanlanıyorlar, hele onun da çocukluğunu Ankara'da geçirdiğini ve Türkçe bildiğini öğrenince, acaba buradan bize ekmek çıkar mı diye gözleri parlıyor. Kadınlar ise her şeye lakayt duruşlarını ve arada bir çevreye göz atmak dışındaki ilgisizliklerini sürdürüyorlar. Masadaki süsler kadar canlı görünüyorlar ancak. Önlerine konan yemeklerden azıcık tadıyor ve bırakıyorlar. Özel fon yöneticisi Cem Alphan, Edzard Reuter'le ilgili sorular soruyor ama emekli olduğunu öğrendikten sonra onun da ilgisi kayboluyor.

Davettekilerin çoğu Amerikan okullarında okudukları için İngilizce bilir, Amerikan işadamlarının "nasıl zengin oldum" tarzı kitaplarını büyük bir iştahla okur, sular seller gibi ezberlerler ama Almanca daha çok işçilere bırakılmıştır. Pek ilgilerini çekmez. Cem Alphan bıkmadan usanmadan her gün şu sözü söyler: "Amerika'da bir şey yapmamışsan zaten yoksun."

Gerçi bu "yoksun"a sadece o değil, herkes çok meraklıdır.

Çeşitli sebeplerle insanlara "yoksun" deyiverirler. Ülkenin en zengin ailelerinden birine mensup genç bir kadın, hem kendilerini hem de kendilerine eşit başka bir zengin aileyi kastederek "Eğer bu ülkede soyadın şu ya da bu değilse *you are nobody*!" demek alışkanlığındadır. Üstelik bunu o kadar doğal bir hakikat olarak benimsemiştir ki soyadı o iki aileye de benzemeyen insanlara söyler. Onlar da tasdik ederler bu çok doğru saptamayı.

Ali Öztürk adlı garsona dair

Bu arada masaya doğru eğilmiş, elindeki kırmızı şarap şişesinden, eksilen bardaklara takviye yapan Doğulu esmer gencin de böyle bir "yoksun" hikâyesine sahip olduğunun kimse farkında değil. Onun "yoksun"u soyadıyla ilgili değil elbette. Şırnak'ın Uludere köyünden geliyor. Sülalesindeki herkes Kürt, başka dil bilmeyen annesiyle Kürtçe konuştuğu için Türkçeyi sonradan öğrenmiş. Tipinden Kürt olduğu hemen anlaşılıyor ama Kürtlüğünün tartışma götürmez kanıtlarından biri, Öztürk olan soyadı.

Bu davetten bir ay önce Beyoğlu'nda dolaşırken, efsane haline gelmiş (acısı içinden hiç çıkmayan zavallı küçük kardeşinin delice hayran olduğu, kitaplarını elinden düşürmediği) Kürt kökenli büyük bir yazarın yürüdüğünü görmüş, koşup elini öpmüş ve ona "Yaşar Amca, bizim de Kürtler olarak dilimiz, edebiyatımız, tarihimiz yok mu?" diye sormuştu. Yazar elini omzuna koyarak "Heri!" demişti.

"Olmaz mı? Elbette var. Ahmed-i Hani, Ciğerhun, Feqiyê Teyran, hangisini sayayım."

Bunun üzerine Ali Öztürk "k" harflerini gırtlaktan telaffuz ettiği aksanıyla, "O zaman bize niye, sen yoksun diyorlar?" diye basit ama cevap verilmesi imkânsız bir soru sormuştu.

Bazen mahkemelerde Türkçe bilmeyen bir sanıkla hâkim, tercüman aracılığıyla anlaşır, resmi bir Türkçe-Kürtçe tercüman bulundururdu ama bu durum sanığın "aslında var olmayan Kürtçe diye bir dil olduğunu iddia etmesi" suçundan yargılanmasının, hatta hapis cezasına çarptırılmasının önüne geçemezdi. Bu ceza da mahkeme salonunda, umutsuz gözlerini tercümana dikmiş olan sanığa Kürtçe anlatılırdı. Yani olmayan bir dilde tebliğ edilirdi.

O büyük yazar demişti ki, "Bak Öztürk gardaş, bunu uzun uzun anlatacak vaktim yok, bir yere yetişeceğim ama bunun ispatı müziktedir. Şark'tan gelen müziğe şarkı, Türk'ten gelen müziğe türkü, Kürt'ten gelene ise kürdi denir. Kaç yüzyıllık laflar bunlar." Sonra da onu öperek uzaklaşmıştı. Ali "Spas kekê" diye mırıldanmıştı ardından ve büyük adam gözden kaybolana kadar hayranlıkla bakmıştı.

Ali Öztürk, o masanın şarap servisini bitirip hemen yeni şarap almak için mutfağa koşuyor. Üç yüz misafire servis yapabilmek için otuz garsonun ayakları başlarına vurarak koşması gerekiyor çünkü. Mutfak ana baba günü; aşçılar, ızgaracılar, tatlıcılar, garsonlar, komiler oğul veren bir kovan gibi dönüp duruyorlar.

Ali Öztürk o sırada iki kanatlı ağır otomatik kapıya elini kıstırıyor, sağ elinin parmakları canını ciğerini yakacak biçimde acıyor. "Eyvah" diyor kendi kendine, "eyvah, nasıl servis yapacağım ben şimdi?" Sızlayan elini soğuk suyun altına tutuyor.

Biraz önce salonda oturan genç bir gazeteciye takılmıştı gözü. Adamı hemen tanımış, onun da kendisini tanıdığını anlamıştı. Ne var ki, gazeteci belli belirsiz bir baş selamıyla yetinmiş, sonra hemen gözlerini başka bir yöne çevirmişti.

Bunun da geçerli bir sebebi var elbette. Ali Öztürk, geçen yıl kendisiyle söyleşi yapan gazetecinin namuslu bir adam olduğunu düşünüyordu.

Özel bir söyleşi

Roboski hâlâ kanıyor

Yenigün gazetesi, 28 Aralık 2013

İki yıl önce, 28 Aralık 2011'de Şırnak'a bağlı Uludere (Roboski) kırsalında Türk Hava Kuvvetleri'ne ait F-16'ların bombalaması sonucunda 34 yurttaşımızı yitirmiştik. Olayın ikinci yıldönümü çeşitli etkinliklerle anılırken, gerçeğin hâlâ ortaya çıkmamış olmasına duyulan tepkiler ve soru işaretleri artıyor.

Roboski bombalamasında hayatını kaybeden bir gencin ağabeyini bulduk, bize o gün neler olduğunu anlatmasını istedik. Gazetecilik anlayışımız çerçevesinde haber kaynağımızı ve söyleşi yapığımız kişinin adını gizli tutuyoruz.

(Yayınlanmayan bölüm)

GAZETECİ: Şimdi bilgileri tekrarlayalım: Adın Ali, soyadın Öztürk. Şırnaklısın, 1984 doğumlusun, ortaokul 2'den terksin. Garsonluk yapıyorsun. Bunlar doğru mu?

ALİ: Doğru ağbey.

G: Adını ve fotoğrafını kullanmayacağım için bana rahat rahat her şeyi anlatabilirsin. Başına bir şey geleceğinden korkma. Bu söyleşide başka bir isim kullanacağız. Fotoğrafın da arkadan çekilecek.

A: Öyle deme ağbey, hükümat her şeyi duyar.

G: Bunu duymaz ama; gizli kalacağına söz veriyorum.

A: Ağbey söz versen de vermesen de içim yanıyo benim; her şeyi anlatacagam. İsterse beni berdar etsin Ankara.
G: Berdar?
A: Yani darağacı var ya ağbey! Dara çeksin beni isterse hükümat.
G: Tamam anladım, berdar sözünü duymamıştım daha önce. Neyse gelelim o güne; yani 28 Aralık 2011 sabahına.

(Yayınlanan bölüm)
GAZETECİ: O sabah ne oldu?
KURBAN YAKINI: Irak'a ben geçecektim o gece ama yerime küçük gardaşım gitti.
G: Niye o gitti?
KY: Bazen ben giderdim, bazen o. Sıra yoktu, işte nasıl denk gelirse. O zaman garson değildim, köydeydim. Ben katırı alırken geldi, "Ağbey ben gideyim" dedi. "Niye" dedim; "İçimde bir sıkıntı var, belki dağılır" dedi.
G: Ne sıkıntısı vardı ki?
KY: Gönül işi ağbey! Hacer (isim değiştirildi) derler bir kıza gönlü düşmüştü. Onu almak için para biriktiriyordu. Bu işin tek yolu da huduttan geçmek olunca...
G: Başka geçim kaynağınız yok mu?
KY: Yok, nasıl olsun ki. Bizim oralarda ya eroin, ya eşkıyalık, ya da kaçakçılık. Bizde eroin de yok eşkıyalık da... Bu yoldan gider geliriz. Bazen çoluk çocuk gider, kırk-elli lira kazanıp aileye yardım etmek için. Öyle büyük bir iş değil yani. Ama bazı fukara tencereleri bununla kaynıyor.
G: Siz yaptığınız işe kaçakçılık mı diyorsunuz?
KY: Öyle demiyoruz tabii, geçim diyoruz. Sınırdan geçmeden ticaret olmaz ki! Bizimki de ticaret. Herkes bilir bunu.
G: Yetkili amirler de bilir mi?
KY: Bilmez olur mu, tabii bilir. Bizim oralarda, onlardan habersiz kuş uçmaz zaten. Katırları alıp grup halinde gidi-

lir gelinir, bilmez olurlar mı hiç!

G: Sen bana şu işi tam olarak anlatsana. Nasıl geçiyorsunuz Irak'a?

KY: Ağbey, katırlarla geçiyoruz, o bölgenin çocuğuyuz, her taşını biliriz.

G: Hepiniz Kürt müsünüz?

KY: Evet ağbey, Kürt'üz. Bizim köy hep öyle.

G: Evde Kürtçe mi konuşursunuz?

KY: Başka ne konuşalım ağbey. Zaten annem başka bir dil bilmez ki?

G: Sen nasıl Türkçe öğrendin.

KY: Devletin okulunda öğrendim ağbey. Sonra da askerde "Ali Okulu"nda iyice benzeterek öğrettiler.

G: Nasıl yani?

KY: Dayakla ağbey. Güzel kaval çalardım, çavuşum kavalı başımda kırdı, "Sen önce şu dilini düzelt, eşekçe mi konuşuyorsun!" dedi.

G: Onu geçelim şimdi, gene okula dönelim; sen ilkokula başladığında hiç Türkçe bilmiyor muydun yani?

KY: He vallah, bilmiyordum ağbey. Zaten kuş uçmaz kervan geçmez bir köydü bizimki. Saçlarımızı örer, alnımıza koyun gibi boncuk takarlardı. Meyva falan bilmezdik. Birisinin eline kazara bir portakal geçecek olsa, onun kabuğunu yakasına takar günlerce hava atardı. Tövbe; kızlarla göz göze gelemezdik ama sonra okulda onlarla yan yana oturttular bizi, bayılacak gibi olduk. Gardaşım Erhan da bayıldı zaten, kızın eli eline değmiş, bizimki yere yığılıverdi, öğretmen de önce telaşlandı sonra güldü.

G: Öğretmeni seviyor muydunuz?

KY: Tabii, çok seviyorduk hem de. Bize neler öğretiyordu neler... Başkent, Atatürk, Cumhuriyet, Anıtkabir hep orda öğrendik ama bir kusuru vardı.

G: Öğretmenin mi?

KY: Evet ağbey!

G: Neydi o?

KY: O zamanki aklımız işte, şimdi söylesem gülersin. Öğretmen bize İstiklal Marşı'nı ezberletmişti, her sabah okuturdu ama hiçbirimiz beceremezdik. Sınıftan çıkan sesleri duysan güle güle ölürdün ağbey. Arkadaşlarla aramızda konuştuk; bu çok çirkin bir türkü dedik, gelin öğretmenimize daha güzel bir türkü yapalım. Sonra "Kurkma sönmez" diye sözleri aynı tutup, Lorke türküsüne uydurduk.

G: Nasıl yani?

KY: Ağbey, Lorke'yi bilirsin değil mi? İşte düşün şimdi; dilimiz de dönmüyor ama "Kurkma sönmez bu şafaklarda yüzen al sancak" sözlerini Lorke gibi çalıp söyledik, hemi de halay çektik. Sözüm ona öğretmene sürpriz yapacaktık. Aralarda da lelele diye zılgıt çekiyorduk. Çok şenlikli olmuştu.

G: Hay Allah! Sonra ne oldu

KY: Gülme ağbey, vallaha böyle oldu. Bir gün sınıfta, "Öğretmenim biz sana çok güzel bir türkü yaptık" dedik. O da, "Aferin, hadi söyleyin bakalım" dedi. Biz ayağa kalktık, tahtanın önüne geçtik, artık alıştık ya, kızlı erkekli serçeparmaklarımızı birbirine geçirip halaya hazırlandık. Halay başı bendim, elimde de beyaz mendil varıdı. Sonra başladık hemi türküyü söyleyip hemi de halay çekmeye. Öğretmen, "kurkma sönmez"i duyar duymaz yerinden fırladı, önce bana bir şaplak çekti, sonra ötekilere, "Yasak bu türkü" dedi, "bir daha duymayacağım."

G: Amma ilginç hikâye ha; sonra ne oldu, söylemediniz mi bir daha?

KY: Nasıl söyleyelim ki? Bu öğretmen iyi adam ama türküden hiç anlamıyor diye konuştuk. Türküye benzemez o çirkin havayı söyleyip durduk. Sözler güzel de hava çirkin ağbey, ne mayaya benziyor, ne türküye, ne uzun havaya, ne halaya; ağzımıza uymuyor. Sonra bir gün müfettiş geldi. Bizi imtihan etti. Başkent, Cumhuriyet, vatan, her şeyi zehir gibi söyleyince çok sevindi. "Aferin evlatlarım, şimdi de şöyle aslanlar gibi bir İstiklal Marşı okuyun" dedi. Biz birbirimize bakıp sustuk. Müfettiş niye söylemediğimizi sordu. "Öğretmenim, o yasak" dedik. Bizim öğretmen kıpkırmızı kesilmiş önüne bakıyordu. Müfettiş, "Ne demek evladım, İstiklal Marşımız nasıl yasak olurmuş, emrediyorum okuyun" deyince bizden günah gitti dedik. Tahtanın önüne çıktık, serçeparmaklarımızı kilitledik; sonra Lorke gibi "kurkma sönmez"e başladık.

G: Müfettiş ne yaptı?

KY: Ne yapacak! Önce elindeki cetveli fırlattı, sonra "Bu kuyruklular adam olmaz!" diye bağırarak hepimizi sıra dayağından geçirdi. Öğretmenimiz de sürüldü. En çok dayağı da her zaman olduğu gibi yine gardaşım Erhan (isim değiştirildi) yedi. Gözü morardıydı da anam lapa yapıp kapadıydı.

G: Neden o yedi en çok dayağı?

KY: Ağbey, onun sinirden gülme huyu vardı. Sinirleri boşanır gülerdi, karşısındaki de bunu anlamaz, ulan bu bana niye gülüyor diye basardı sopayı. Küçükken babam da anlamamıştı durumu, Erhan her gün dayak yerdi. Müfettiş döverken de gülüp duruyordu, "Niye gülüyorsun?" diye soruldukça daha çok gülüyordu. Bir tek ben biliyordum onun keyfinden değil acısından güldüğünü. Ağbey inanmazsın, sınıra koşup da bombalandıkları yere gidince, karlar arasında Erhan'ı aradım. Bir koluyla iki bacağı yoktu; yüzükoyun yatıyordu, onu çevirdim, gözlerindeki, yüzündeki karları temizleyince ne gördüm dersin ağbey? Erhan gülüyordu, yüzünde gülmesi donmuştu. Gülerek can vermişti. Kefene sararken de öyleydi; toprağa gülerek girdi ağbey.

G: Nasıl kolu bacağı yoktu?

KY: Ağbey, ben sana baştan anlatayım. Telefon geldi, bizi bombaladılar diye. Kırk kişi Irak'tan Türkiye'ye girerken Heron'lar bilgi vermiş, F-16 uçakları da gelip düşman gibi bombalamış. Bize telefon geldi; sağ kalan bir akraba aramış. Hemen koştuk sınıra doğru. Vardığımızda karlar içinde yatan cesetlerle, yaralılarla karşılaştık. Hayvan parçalarıyla insan parçaları birbirine karışmıştı. Kollar bacaklar kopmuş, etrafa savrulmuştu. Kimin bacağı, kimin kolu anlaşılmıyordu. Kadınlar ortalığa saçılmış kollardan bacaklardan topluyor, "Bu benim oğlumun kolu, belki yerine takılır" diye birbirlerinden kaçırıyorlardı. Başka bir ana, "O senin değil, benim oğlumun" diye üstüne saldırınca, ilk kadın o kolu ya da bacağı kaçırıyordu. Erhan ölmüştü ama inleyenler vardı, yaralıydılar; eğer zamanında helikopter, doktor, sağlıkçı falan gelse kurtulurlardı gazeteci ağbey. Ama gelmedi. Otuz dört canımız orada gitti. Yaralılar anlattı sonra; bombalar patladıktan sonra, havadan katır parçalarıyla insan parçaları yağıp durmuş; ağaçların dallarına takılmış gazeteci ağbey.

G: Kimdi bunlar?

KY: Yarısı çocuktu ağbey; dokuz yaşında, on yaşında, on beş yaşında, en büyüğü yirmi. Kimi okuyordu, kimi de aileye bakmak için okulu bırakmıştı. Her şey fakirlikten ağbey, bizim orada fabrika yok, devlet yok, iş yok, herkes aç. Dedelerimiz, babalarımız o yoldan Irak'a gitmiş gelmiş, bazen iki teneke mazot getirmiş, bazen iki kilo şeker. Fukaralığın gözü kör olsun, başka geçim yok ki.

G: Peki bu işten ne kazanırdınız?

KY: Ne olacak ki gazeteci ağbey. Bilemedin elli lira.

G: Elli lira mı?

KY: He ağbey, bildiğin elli lira. Burada lokantada bahşiş diye veriyorlar ağbey o parayı, hatta yüz veriyorlar, iki yüz veriyorlar.

G: Bu para için mi göze alınıyordu bunca şey?

KY: Ne yapacaksın ağbey, olmayınca olmuyor. Yokluk işte. Yalnız bizim köy değil, bütün köyler yapar bunu. Herkes de bilir.

G: Elli lira için ölümü göze almak... Aklıma yatmadı.

KY: Gazeteci ağbey, o elli lirayla kiminin evine tuz girer, yağ girer, kiminin defter kitap parası çıkar. Yokluk abi, yokluk! Sen anlamıyorsun ama yokluk böyle işte.

G: Nasıl haberiniz oldu?

KY: Anlattım ya ağbey. Bu bizimkileri dönüşte, sınırda sıfır noktasında F-16 uçaklarıyla bombalıyorlar. Hem parçalıyor, hem de yakıyor o bombalar. Bir arkadaş elli metre öndeymiş; bombanın yeli onu alıp tepeden aşağı atıyor. O da yuvarlana yuvarlana karlara gömülüyor. Onu göremiyorlar. Saklanıyor kar altında, sonra çıkıp bize telefon ediyor. Biz koşuyoruz tabii; epey de uzak. Vardığımızda kopmuş kollar bacaklar, bütün akrabalar, tanıdıklar, köylülerimiz yanmış.

G: Sonra ne yaptınız?

KY: O parçaları topladık, kimin parçası olduğunu bilmeden torbalara doldurduk, köye getirdik. Kadınlar ağıt yaktı.

G: Katırlar?

KY: Üç katır canlı kalmış ağabey, gerisi hep ölü. Onların da parçaları bizimkilere karışmış.

G: Korkunç bir şey bu anlattıkların; kardeşin, arkadaşların, yeğenlerin gitmiş ama ağlamadan, sızlamadan anlatıyorsun.

KY: Bizim Güneydoğu'da gözlerde yaş kurumuştur ağbey. O kadar çok zulum görmüşüz ki, artık dökecek yaş kalmamıştır bizde. Zaten daha önce amcamı vurdular, babama Diyarbakır Cezaevi'nde işkence yaptılar, yarı ölü çıktı hapisten... Hangi birini anlatayım, herkes böyle ağbey.

G: Bu otuz dört sivil vatandaşı öldüren kim sence?

KY: Ankara!

G: Ne demek Ankara?

KY: İşte Ankara ağbey. Katil Ankara'dır.

G: Biraz daha açsana. Ankara'da kim?

KY: Gazeteci ağbey, sen emir versen F-16'lar havalanır mı, gidip bir yeri bombalayabilir mi?

G: Hayır.

KY: Peki ben emir versem?

G: Elbette hayır.

KY: Ağbey, kim bir emriyle bu uçakları yollayabilir, bomba attırabilir?

G: Eeeee, ne bileyim... Herhalde, başbakan, genelkurmay başkanı filan.

KY: İşte ağbey sen söyledin, kim ki bu uçaklara emir verdi; vallah billah katil odur.

G: Olayın üstünden iki yıl geçti. Şimdi ne durumdasınız?

KY: Ölülerimizi toplu mezara gömdük. Mahkeme falan açtılar ama hepsi fasa fiso ağbey. Sen benden daha iyi bilin. Burası Türkiye; hiç kimseye bir şey olmaz. Otuz dört değil, otuz dört bin Kürt çocuğu ölse, kimse hesabını sormaz.

G: Ama basın bu olayı yansıttı, çok yayın yapıldı, günlerce manşetlerden inmedi.

KY: Allah sizin gibi ağbeylerimizden razı olsun ama bizi çok üzenler de vardı.

G: Basından mı?

KY: Evet ağbey.

G: Ne dediler?

KY: Dediler ki bunlar zaten kaçakçıymış, vatandaş değilmiş, hatta insan bile değilmiş; o katırlar kaçakçılardan daha kıymetliymiş. Bu yazılar çok üzdü ağbey. Bizim ciğerimize ateş düşmüş, çocuklarımız, fidanlarımız gitmiş, onlar küfür ediyor. İşte bu çok zorumuza gitti ağbey! Katırlarımızı da çok severdik, onlara da üzüldük.

G: Hacer ne oldu?

KY: Sorma ağbey, o bu acıyı kaldıramadı. Altı ay kadar ağladı, sonra kendini ırmağa bıraktı.

G: Ya annen?

KY: Onu da hiç sorma ağbey, yaşayan ölü oldu garibim. Her gün kabristana gidip ağıt yakıyor, kar yağdığında "Kuzum üşümesin, o çok üşür" diyerek mezarın üstündeki karları kürüyor.

G: Ne diyor ağıtlarında?

KY: Ne bileyim, çok şey söylüyor. Misal, diyor ki, "Benim oğlum can verirken/Çiçekler çığrışıp açtı."

Kaçırılan bir çocuğa dair

Geçen yıl, adını saklayarak bildiklerini gazeteciye anlatan Ali Öztürk'ü bir süreliğine mutfakta sızlayan eliyle baş başa bırakıp dönelim 5 numaralı masaya..

Banka patronu, hâkime hanımın mutlaka mesleki bir anısını paylaşmasını istiyor, bunun için de karısının içine fenalık getirme pahasına kadına ısrar edip duruyor. "Aman hanımefendi" diyor, "ne olur, bizi mahrum bırakmayın." Bunun üzerine Atıfet Hanım, aslında "bey"de daha ilginç vakalar bulunduğunu söyleyerek, kendindekilerin hep komik hikâyeler olduğunu söylüyor. Ne de olsa kocası gibi ağır ceza hâkimi değildi o. Nispeten küçük suçlarla uğraşmış ama içlerinde çok da eğlenceli olanları var. "Madem bu kadar ısrar ediyorsunuz" diyor, "madem Edzard Reuter'den bahsettik, Mercedes hastalığını anlatayım size." Ardından kocasına "Anlatayım mı?" diye soruyor, onun da başıyla onaylamasından sonra, emekli olacağı sıralarda önüne gelen bir dosyadan söz ediyor.

Sanık elli dört yaşında, araba hırsızlığından sabıkalı, ufak tefek, tuhaf bir adammış. Bir Mercedes çalmış, sonra da o arabayla, mahallesinde oturan Sabahat adlı bir komşu kızını kandırarak Boğaz'da gezmeye çıkarmış. Sarıyer sırtlarında arabayı güzel manzaralı bir yere çektikten sonra kıza elle tacizde bulunmuş, kızın ağlayarak verdiği ifadesine göre göğüslerini ve mahrem yerlerini ellemiş. Bunun üzerine paniğe kapılan kız kapıyı açarak kaçmayı başarmış, oradan geçmekte olan polis arabasını durdurmuş ve böyleyken böyle diyerek sanığı yakalatmış.

Savcı iddianamede bunların hepsini belirtiyor, epey şiddetli bir ceza istiyordu. Hâkime hanım sanığa "Ne diyorsun bu suçlamalara?" diye sorunca, adam büyük bir pişkinlikle "Bende mühim bir hastalık var efendim" demişti. Bunun üzerine hâkime hanım ne gibi bir hastalığı olduğunu sormuş, o da tıp literatüründe bulunmayan bir cevapla "Mercedes hastalığı" cevabını vermişti. Anlattığına göre bu ciddi bir hastalıktı, Mercedes gördü mü dayanamıyor ve ne yaptığının farkına varmadan o arabaya sahip olmak için karşı konulmaz bir arzu duyuyordu. Bir hastalıktı bu, hem de ciddi bir hastalık. Yoksa öyle aptalca bir şey yapar mıydı? "Kurban olayım, beni tedavi ettirin de bu hastalıktan kurtarın efendim" diyor, yalvarıp yakarıyordu. O kadar da inandırıcıydı ki, araba hırsızlığı yerine aktörlük yapsa belki daha başarılı olurdu. Atıfet Hanım önündeki dosyaya baktıktan sonra sormuştu: "Peki Mercedes'i anladık, kız meselesi ne oluyor, niye tecavüze yeltendin?" Ufak tefek adam bunun üzerine "Ahhh efendim, ahhh" demişti, "tam zamanında sordunuz, ben de onu anlatmak üzereydim, bende bir hastalık daha var efendim." Söylediğine göre bir de genç kız hastalığı vardı. Aynen Mercedes gibi, bir genç kız gördüğü zaman da dayanamıyor, kızın mutlaka onun olmasını istiyordu. O kadar ciddi bir hastalıktı ki bu, bilmeyen, başına gelmeyen anlayamazdı. Bu iki hastalık dışında dürüst bir adamdı kendisi, mazbut birisiydi. Yüce Türk adaletinden tedavi talep ediyordu.

Masadakiler, konuşmaları dinlemeyen genç hanımlar hariç, gülmeye başlıyorlar. Tecavüz konusuna biraz ilgi duyan bazı genç hanımlar ise "Allah korusun" diyerek masaya vurduktan sonra bu yaşlı, şişman kadından hemen sıkılıveriyorlar. Hayatlarında ne bir mahkemeye gitmişlikleri var, ne de yasa masa gibi sıkıcı işlerle uğraştıkları. Hâkime hanımla hiçbir ortak noktaları yok. 9 numaralı masaya, magazin dergilerinde boy gösterdiği yeni işadamı sevgilisiyle gelmiş uzun boylu mankeni izliyorlar. İyi malzeme var orada. Kız, Tanya kadar olmasa bile çok uzun boylu ve incecik; araba galerisi sahibi olan yeni sevgilisi ise *Maymunlar Cehennemi* filminden çıkmış gibi. Ama bu çok normal karşılanıyor artık İstanbul'da. Kızlar güzel olacak, erkekler de zengin. Parasını verip o güzelliği satın alacaklar. İyi bir alışveriş bu. Aldıkları mal zamanla bozulursa, pörsürse, araba gibi daha yeni bir modelle değiştirecekler. Çünkü güzellik geçici, servet ise büyük ölçüde kalıcı. Cem Alphan en iyi ticaretin fahişelerinki olduğunu söyler hep; malı verip parasını alırdı ama mal yine sahibinde kalırdı. Cem Alphan, kadınların yüz buruşturduğu bu şakasına en çok kendi güler.

"Eeee" diye çok meraklanmış gibi soruyor Cem Alphan, "sonu ne oldu hanımefendi?" Atıfet Hanım gülüyor, o küçük üçkâğıtçının ödünü patlattığını söylüyor.

Resmi kararı açıklamadan önce –çünkü o ciddi bir şeydi, şakaya gelmezdi– sanığa, "Peki şimdi senin Mercedes hastalığını tedavi ettirelim" demişti, "ama yeni çıkan yasaya göre iflah olmaz genç kız hastalığın için seni hadım ettirmeyi düşünüyorum." Oysa böyle bir yasa falan yoktu ortada. Ama durumu ciddiye alan adam çırpınarak "Aman efendim, yalan söyledim; genç kız hastalığı falan yok bende, bir daha yaparsam iki gözüm önüme aksın" diye salya sümük yeminler etmiş, bunun üzerine hâkime hanım ona esaslı bir ceza vermişti.

Sözün son kısmına kulak kabartmış olan, Cem'in eşi Kübra, "Nasıl hadım ediyorlar?" diye soruyor. "İlaçla mı?" Bu soru boşlukta kalıyor, herkes o sırada gülmekle meşgul çünkü. En çok da Atıfet Hanım gülüyor anlattığına.

Gülüşmeler biraz durulunca Atıfet Hanım'ı "Bravo vallahi bravo, çok zekice bir buluş" diyerek göklere çıkaran banka patronu, hafifçe tebessüm etmekte olan hâkim beye, "Beyefendi, bir de sizden dinleyelim" dese de, hâkim bu işe pek isteksiz görünüyor; karısının "Hadi anlat" ısrarı karşısında da, "Gençleri bu hikâyelerle sıkmayalım hanım" diyor ama Atıfet Hanım'ın bu itirazlara pabuç bırakacağı yok. "Hadi, şu çocuk kaçırma vakasını anlat" diyor, "çok ilginç o." Bu söz üzerine masadaki genç kadınların başları hemen ona doğru dönüyor, çünkü hepsinin oğlansa prens, kızsa prenses sandıkları, nasıl olup da böyle bir mucizeyi doğurdukları konusunda hayretten hayrete düştükleri, ufaklıkların her normal sözünü, her davranışını Hazreti İsa'nın mucizesiyle karşılaşmış müminler gibi gözleri kamaşarak izledikleri küçük çocukları var. Fazla sayıda doktorla, psikologla, şoförle, aşçıyla, piyano, bale, tenis hocalarıyla şaşkına çevirdikleri çocuklarını Amerika'da doğurup gelmişler. Böylece çocuklar Amerikan vatandaşlığı kazanmış ve yarın öbür gün Amerika'ya başkan olmaları yolunda hiçbir engel kalmamış. Bu düşüncelerin, planların hepsi güzeldir hoştur ama temel bir tutarsızlık içerir; çünkü ne yazık ki Amerikan başkanlığı dört yılda bir tane ve İstanbul'daki yüzlerce başkan adayı çocuğa yetmez. Buna rağmen o genç ve bakımlı, parfüm kokan anneler kendi çocuklarının başkan olacağından en ufak bir kuşku duymazlar. Senatörlük, valilik, belediye başkanlığı bile tatmin edemez onları. Türklerin ihtiraslarının boyutlarını bilmeyenler bu duruma şaşırır belki ama bu ülkedeki hırslı çevrelerin cüret çıtasını ve ruhundaki ölçüsüzlüğü tanıyanlar, Türk'ün teröristinin bile, işe, papa vurarak başladığını bilirler. Ölçü sorunu vardır bu milletin. Bu ülkede görev yapan yabancı diplomatlar "Türklerin çiğneyemeyeceği kadar büyük lokma ısırdığını" söylerler. Başbakanları dünyanın en büyük lideri, ekonomileri herkesi hayran bırakacak bir ekonomi, tarihleri kimselerde rastlanmayacak kadar ihtişamlı bir tarih, erkeklerinin cinsel gücü bütün Batılı kadınları âşık edecek kadar muhteşem, dürüstlükleri ise göz yaşartıcı cinstendir. Bu son madde, bu kadar dürüst insanla dolup taşan ülkenin nasıl olup da dünya yolsuzluk liginde yüksek bir mevki elde ettiğini açıklamaya yetmez elbette. Çünkü kime sorulsa dürüsttür, namusludur; bu durumda ülkedeki yolsuzluğu Mars'tan gelen yeşil küçük adamlar yapıyordur herhalde.

Genç kadınların ısrarı üzerine hâkim bey kibarca öksürüp sandalyesinde biraz doğruluyor. Herkes ağzına bakarken, "Sizleri meşgul etmekten çekiniyorum gerçekten" diyerek yan çizme eğilimini belli edince karısının, "Hadi ama uzatma, herkes dinlemek istiyor" demesi üzerine tane tane, güzel bir Türkçeyle hikâyeyi anlatıyor.

"Kırk iki yıl hâkimlik yaptım, Allah'a çok şükür vicdanımı rahatsız eden, çoluk çocuğumu utandıracak, iki dünyada da hesabını veremeyeceğim hiçbir karara imza atmış değilim. (Bunlar böyle uzun uzun girizgâh yapmadan konuşamaz diye düşünüyor banka patronu, ama çok ilgiliymiş gibi bir yüz ifadesiyle dinlemeye devam ediyor.) Yalnız bir hadise var ki hâlâ rüyalarıma girer, her gün üzerinde düşündürür, acaba farklı davranıp da can kurtarabilir miydim, olanların önüne geçebilir miydim diye vicdan azabı duymama sebep olacak sorular sordurur."

Atıfet Hanım'ın, "Evet hâkim bey, sonra?" demesi, hâkim beyin konuya gelmesi için bir işaret oluyor. Yoksa adamcağız bu minval üzere devam edip gidebilir. Çünkü zamanı başka türlü algılayan bir nesle mensup hâkim bey; her yere ve her şeye yetişmeye çalışırken yaşamı unutan, nefes nefese, telaşlı bir kuşağı anlayamaz. Ona göre, sohbet dediğin yavaş ve uzun olur. Ama karısının uyarısı üzerine, "Bu hadise İzmir'de ağır ceza reisliği sırasında başıma geldi ve üzerinden de çok geçmedi" diye anlatmaya devam ediyor. "Yani mezar hâlâ taze ve zavallı fail hâlâ hapiste cezasını çekiyor. Zavallı fail..."

Bu sözler ilgi çekici olsa da, gençler, özellikle de genç kadınlar hâkim beyin kullandığı birçok kelimeyi anlamadıkları için Atıfet Hanım arada bir tek tek kelimelerin Türkçesini söylüyor, konuşmanın ritmini bozmadan açıklamalarda bulunuyor. "Eski ve kapanmış bir çocuk kaçırma dosyası yeniden açılmış ve önüme gelmişti" diye devam ediyor hâkim bey.

"O davadan yaklaşık dokuz yıl önce, İzmir'de ticaretle uğraşan, otuzlu yaşlarında Serdar Yolaçan'la eşi yirmi dokuz yaşındaki Sibel Yolaçan'ın iki çocuğundan biri olan Ebru kaçırılmıştı. Kaçırılma olayı da şöyle olmuş: Bir haziran günü Sibel, üç yaşındaki kızını alarak, arabasıyla Urla'ya doğru yola çıkmış, kocasıyla akşam yemeğini orada bir balık lokantasında yemek için sözleşmişler. Kocasının gündüz Urla'da işi olduğundan zaten oradaymış. Sibel'in küçük çocuğu Hakan ise bir yaşında olduğu için onu Sibel'in annesine bırakmışlar. Her zamanki gibi, Sibel, Ebru'yu arabanın arka tarafındaki bebek koltuğuna oturtup bağlamış, yola çıkmış. Urla yolunu yarıladığı zaman da benzin işaretinin yandığını görüp bir yakıt istasyonuna girmiş. Kırmızı bir Polo'ymuş araba. Oradaki genç görevli yakıtı doldurduktan sonra, sıradaki diğer arabaları engellememek için arabayı pompanın önünden çekmesini işaret etmiş Sibel'e. O da dükkâna yakın bir yere park etmiş ve parayı kredi kartıyla ödemek için dükkâna girmiş. Hemen ödeyip çıkmış ama bir bakmış ki Polo yerinde değil. İşte böyle kaçırılmış çocuk. Bu işi yapanlar arabayı çalarken kazara çocuğu da mı kaçırdı ya da çocuğu kaçırırken arabayı da mı aldılar bilinmiyor. Ailenin aklını oynatacak hale geldiğini tahmin edersiniz elbette. Genç anneyi ancak ilaçlarla, iğnelerle hayatta tutabiliyorlarmış. Polis etraflıca bir araştırma yapmış, güvenlik kameralarını izlemiş ama ne yazık kamera arabanın ancak arka tarafını gösteriyormuş, şoför kısmı görüntüde değilmiş. Günlerce fidye istenmesini beklemişler ama arayan soran olmamış. Gazetelere ilanlar verilmiş, anne en perişan haliyle televizyonlara çıkıp ağlayarak çocuğunu kaçıranlara yalvarmış, ne isterlerse yapacağını, çocuğuna zarar vermemelerini istemiş Ne var ki hiç ses seda çıkmamış. Altı ay sonra polis ormanda tecavüze uğradıktan sonra boğularak öldürülen bir kız çocuğu cesedi bulmuş. Bu olay da basına intikal etmiş. Televizyon kameraları eşliğinde on yaş yaşlanmış, hüngür hüngür ağlayan ve perişan bir halde morga getirilen anne o zavallı kızın Ebru olmadığını söylemiş. Dosya da böylece kapanmış ama yaklaşık yedi ay sonra annenin adına bir mektup gelmiş. İmzasız mektubu yazan, kızını kaçıran kişi olduğunu belirterek, Ebru'nun iyi olduğunu, merak etmemesini, onu kendi kızı gibi bakıp büyüttüğünü ve sık sık sağlığı konusunda haber vereceğini bildiriyormuş. Hep bir kızı olması istediğini, Allah'ın bu lütfu ondan esirgediğini, bu yüzden böyle bir yola başvurduğunu söylüyor, özür diliyor, ama hiç olmazsa annenin azabını hafifletmek için bu mektubu yazmaya karar verdiğini belirtiyormuş. Kadın gözyaşlarına boğulmuş. Hem 'Allahım çok şükür, Ebrum sağ ve iyi' diye seviniyor, hem de ona kavuşmak için mektubu yazan kişinin bütün uyarılarına rağmen polisi işin içine karıştırmak zorunda olduğunu hissediyormuş. Kocası kesinlikle polise gitmekten yanaymış. Gitmişler, dosya yeniden açılmış. Mektup üzerinde teknik incelemeler yapılmış; ne bir parmak izi varmış ne de el yazısından çıkarılabilecek bir ipucu. Mektup Alsancak Postanesi'nden postaya verildiği için o bölgede sıkı bir araştırma yapılmış ama sonuç çıkmamış. Soruşturma tekrar uykuya yatmış. Kadıncağız büyük bir umutla her sabah postacının getireceği mektubu bekler olmuş. Nitekim ilk mektuptan kırk gün sonra ikinci bir mektup almış. Aşağı yukarı aynı şeyler yazılıymış mektupta ama en önemli bölüm Ebru'nun neşesinin ve sağlığının yerinde olduğunu bildiren satırlarmış. Bu kez mektup Basmane Postanesi'nden atıldığı için o bölge incelenmiş ama yine sonuç çıkmamış. Anne iki mektubu yan yana duvara asmış, onların üstüne de Ebrusunun resmini yerleştirmiş. Bu kutsal köşenin önünde vakit geçirir olmuş. İki tesellisinden biri bu mektuplar, diğeri de büyümekte olan oğlu Hakan'mış. Üçüncü mektup yine kırk gün sonra gelmiş, tamı tamına kırk gün. Her şeyin yolunda olduğunu belirten o mektup da ötekilerin yanına asılmış. Daha sonra her kırk günde bir mektup gelmiş. Her biri ayrı postaneden atılıyormuş mektupların: Aydın'dan, Muğla'dan, Ödemiş'ten, Manisa'dan... Bir süre sonra bu mektuplara resimler de eklenmiş. Sibel'i ve kocasını mutluluktan çıldırtan, gözyaşları içinde havalara sıçramalarına neden olan ilk resimde Ebru bir pastanın üstündeki beş mumu üfleyerek söndürüyormuş. Karıkoca, başına bir taç konmuş, bir de pelerin giydirilmiş olan çocuğun, mumları üflemek için şişirdiği yanaklarına, olağanüstü sevimliliğine bakıp günlerce ağlamışlar. Sizi sıkıyor muyum böyle uzun uzun anlatarak bilmem ama bu hadise bana çok tesir ettiği için mazur görün."

Atıf Bey'in bu geri çekilme girişimine en büyük itiraz genç kadınlardan geliyor. "Ne olur anlatın" diye ısrar ediyorlar. Anlatı sanatının değişmez ilkesi olan, kahramanla özdeşlik kurma, onun gibi hissetme kuralı işlemeye başlamış anlaşılan. Hâkim bey anlatırken genç anneler kendilerini Sibel'in yerine koyuyor, onun yaşadıklarını yüreklerinde duyumsuyorlar. Hikâyeyi dinlerken sık sık kulakmemelerini çekip, üçüncü parmaklarının eklemiyle masaya vurmaları da bu yüzden işte.

Hâkim bey "Peki öyleyse" diye devam etmeye çalışıyor ama tam o sırada sunucu, ünlü bir şarkıcıyı çok gürültülü bir biçimde sahneye davet ediyor. Yaldızlı giysiler içinde bir pop şarkıcısı sahneye geliyor ve *hamfendileri beyfendileri* reveranslar yaparak selamladıktan sonra hepsi aynı ritimde olan şarkılarını söylemeye başlıyor. Ses o kadar yüksek ki hiç kimsenin birbiriyle konuşmasına ve duymasına imkân yok. Yanlarında oturanların kulağına bağırsalar bile kendilerini duyuramazlar. Bunun üzerine hâkim bey işaret diliyle daha sonra daha sonra diyor ve salondakiler, belki de yemekte oldukları bifteğin, içmekte oldukları nadide şarapların bedeli olarak bir süre, kafalarına çekiç gibi inen o gümbürtüye katlanmak zorunda kalıyorlar. Alışık olanlar da zevk alıyorlar elbette.

Hikâyenin devamı

Hâkim bey, kaçırılan çocuk vakasını sakin sakin anlatırken olağanüstü bir volüm saldırısı sebebiyle sözünü yarıda kesmek zorunda kaldığı için dava dosyasının geri kalanını biz anlatalım. Sibel Hanım'ın kızı resimlerde büyümeye başladı. Çünkü her kırk günde bir aynı büyüklükte, krem rengi dikdörtgen zarflar içinde, aynı yatık, düzgün el yazısıyla kibar mektuplar geliyor, mektupları yazan kişi, Ebru'nun son zamanlarda yaptıklarını anlatıyor, nasıl cıvıl cıvıl konuştuğuna örnekler veriyordu. Bazen de bir resim çıkıyordu zarftan. Resimlerdeki Ebru bahçede oynuyor, ip atlıyor, ders çalışıyordu, çünkü okula başlamıştı artık. Yıllar geçip gidiyor, duvar resimlerle doluyor, Sibel o duvarın karşısında diz çökerek bazen hıçkırıklar içinde, bazen gülerek, hatta zaman zaman ikisini birden yaparak teselli bulmaya çalışıyordu. En azından sevgili kızı, yavrucuğu iyiydi, resimlerde mutlu görünüyordu. Herhalde kendisini kaçıran kişileri ailesi sanıyordu ki yüzünde müthiş bir çocuk mutluluğu okunuyordu. İlk resim, Ebru kaçırıldıktan yaklaşık iki yıl sonra gelmişti. O iki yıl içinde çocuk serpilip gelişmişti, bebek ifadesi gitmiş, yüzü daha anlamlı bir hale gelmişti. Çocuğunu kaçıran her kimse, ona her doğum gününde aldığı hediyelerin resmini de gönderiyor, her yıl Sibel Hanım'ın yerine de bir hediye alıyordu. Bazen bir bebek, bazen oyuncak bir yemek takımı, bazen bir boyama kitabı, bazen bir video oyunu. Sibel kendisine her kırk günde bir mutlaka haber veren suçluya neredeyse şükran duymaya başlamıştı. Nasıl oluyorsa zalim ama merhametli biriydi bu her kimse. Çocuğunu kaçırmak gibi korkunç bir suçu işlemiş olsa da, annenin cehennem azabını hafifletmeye çalışıyordu. Sibel'le birlikte Hakan da resimlere bakıyor, artık aklı erdiği için kaçırılmış olan ablasını resimlerde tanımaya çalışıyordu. Sibel için yaşam kırk günlük devrelere bölünmüştü. Otuzuncu günden sonra kıvranmaya başlıyor, belki yanlışlıkla mektup bir iki gün önce gelir diye postacının yolunu gözlüyor, ya kaybolursa diye de büyük bir çöküntü yaşıyordu. Bir seferinde mektuptan resimle birlikte umulmadık bir hediye çıktı ve Sibel'i gözyaşlarının da tanık olduğu sonsuz bir mutluluğa boğdu. Zarftan bir tutam kumral saç çıkmıştı. Sibel bu saçı günlerce kokladı, öptü, koynunda sakladı; geceleri yastığının altına koydu, yavrusunun kokusunu alan bir hayvan gibi ondan ayrılamadı. Evet, Ebru'yu kaçırana minnet, şükran duyuyordu. Adam ya da kadın yıllardır, her kırk günde bir gönderdiği mektuplarını hiç aksatmamış, "Sibel Hanım" diye başladığı mektuplarda –ne ilginç. *Sevgili Sibel Hanım.* Sanki bir dostmuş gibi– Ebru'yla ilgili her türlü bilgiyi vermiş, özlemden kavrulsa bile yine de onun sağ ve mutlu olduğunu bilmenin mutluluğunu tattırmıştı. Şimdi de elinde yavrusunun bir tutam saçı vardı işte. Ebru artık dokuz yaşındaydı. Genç kızlığa adım atan, harikulade güzel, tatlı, gamzeli gülücükleriyle parıldayan kumral bir çocuktu. Evi geçindirme sorumluluğu mu, günlerini dışarda birçok kişiyle birlikte geçirmek ve mücadele etmek zorunda olması mı, nedendir bilinmez ama, aradan geçen yıllar kocasını daha olumlu yönde etkilemişti. Onun en büyük tutkusu oğlu Hakan ve Sibel'in ruh sağlığıydı. Ne var ki kadın atlatamamıştı. Zaman zaman migren ağrılarıyla ağlama krizleri birlikte geliyor, sanki o eve rastlantıyla gelmiş bir ruh gibi, insanların arasından çekilip gidiyor, kendi acılı dünyasına sığınıyordu. Bu krizler sık sık geliyordu ama iki kez çok ağır olduğu için psikiyatri kliniğine yatırdılar. Sibel bu yıllar içinde çöktü gitti. Kocasının bir başka çocuk –belki de bir kız– yapmaları önerisine şiddetle karşı koydu, istemedi. Hakan, böyle tuhaf bir atmosferde büyümesine rağmen son derece akıllı, sağduyulu bir çocuk oldu. Okulda başarılıydı, diğer arkadaşları gibi o da bir bilgisayar kurduydu, ne var ki onun bilgisayar karşısında geçen vakitleri sadece eğlenceye ya da haberleşmeye değil, bir amaca yönelikti. İyi bir araştırmacı olarak tahminine göre, bu devirdeki her öğrenci gibi Ebru'nun da Facebook, Twitter, Instagram gibi sosyal medya ağlarında bir izi bulunmalıydı. Bir yerden çıkardı nasıl olsa. Annesine yardım edebilmenin tek yolu buydu. Böylece kızıl saçlı, burnunun üstü çillerle dolu sevimli oğlan, aylarca bu işin peşine düştü. Her gün okuldan geldiğinde bir iki saat araştırma yapıyordu. Uzun süre bir şey bulamadı; sonra sosyal medyada değil ama bambaşka bir yerde, onu heyecanlandıran bir buluş yaptı. Okul yıllıklarını tarıyordu. Törenlerde çekilmiş toplu resimler, öğrencilerin kişisel sayfaları, okul gezilerinin anıları gibi hiçbir ayrıntıyı gözden kaçırmadan hem de. Hakan'ı heyecanlandıran resim de Milli Park'a yapılan bir okul gezisiydi. Okulun sayfasında resmi olarak yayınlanmıştı. Resimlerde kızlı erkekli öğrenciler, iki hanım öğretmenle çeşitli hatıra pozları vermişler, bazen de haberleri olmadan gezerken yansımışlardı fotoğrafa. Ebru, kimi daha yakın, kimi uzak olmak üzere en az altı fotoğrafta net olarak görülüyordu. Salondaki duvarda resimleri asılı olan kızdı bu; Ebru'ydu. Hiçbir kuşkusu yoktu bundan. Okulu, sınıfı, numarası belliydi. Hakan odaya girip de "Anne, Ebru'nun nerede olduğunu biliyorum" dediğinde, Sibel annesiyle telefonda konuşuyordu. O anda almacı elinden düşürdü. Ertesi gün polise gittiler, polis soruşturma başlattı, okulda inceleme yaptı. Çeşitli yaşlarda yedi Ebru vardı öğrenciler arasında ama o resimde görülen kızın adı Ebru değil, Esra'ydı. Sekizinci sınıf öğrencisiydi; İzmir merkezli, su arıtma araçları imal eden bir şirketin satış temsilciliğini yapan Fatih Demir adlı birinin kızıydı. Doğum tarihi Ebru'nunkiyle aynı yıl, yalnız bir ay farklıydı. Teknik incelemeye göre Sibel'e yıllardır resimleri gönderilen kızla aynı kişiydi. Polis, Fatih Demir'in evine gitti. Adam durumu inkâr ediyor, Esra'nın kendi öz kızı olduğunu, karısının Esra'yı doğururken vefat ettiğini tekrarlayıp duruyor, işin garibi hastane ve nüfus kayıtları da onu doğruluyordu. Düzgün bir adama benziyordu, kriminal olaylara karışacak bir tipi yoktu. Esra da ifadesinde babasını çok sevdiğini tekrarlayıp durmuştu. Adam bir daha evlenmemişti, Esra tek kızıydı. Olaylar yüzünden aklını kaçırma noktalarına gelen Sibel Hanım, Ebru'yu görmek için izin almış, onunla konuşarak çocukluk anılarını canlandırmaya çalışmış, oyuncaklarını, bebeklerini göstermişti. Üç yaşında bir çocuğun zihninde kalan bazı anılara ulaşmaya çalışıyordu. Ne var ki başaramamıştı. Kız babasını çok sevdiğini tekrar edip duruyordu. Sonunda aile, Ebru'yu geri alabilmek için dava açtı; ellerindeki bütün delilleri teslim ettiler, hazırlık tahkikatı yapıldı ve deliller kuvvetli görülerek açılan dava Atıf Bey'in başkanlığındaki mahkemenin önüne geldi.

Duruşmalar boyunca Fatih Demir garip bir biçimde sessiz kaldı, hiçbir soruya cevap vermek istemediğini belirtti, bu da üzerindeki şüpheyi kuvvetlendiren en önemli etken oldu. Sadece mahkeme heyetine yalvarıyor, bu işin üstüne daha fazla gitmemeleri gibi akıldışı bir istekte bulunuyordu. Sibel Hanım ise duruşmalar boyunca gözünü adama dikiyor, sanki onu bakışlarıyla çarmıha germek istiyordu.

Mahkeme heyeti, Fatih Demir'in hiçbir şey söylememesini ve aleyhindeki delilleri göz önüne alarak kızın, kaçırılmış Ebru olduğundan neredeyse emindi artık ama karar aşamasından önce Atıf Bey, davaya müdahil olanların DNA örneklerinin tespiti için adli tıbba yazı yazılmasına karar vererek duruşmayı erteleyince, baştan beri sessiz kalmış olan Fatih Demir "Ne olur, bunu yapmayın" diyerek hâkime yalvarmaya başladı. "Ne olur bunu yapmayın, felaket olur" diye tekrar edip duruyordu. Bu durum adamın suçunu itiraf etmesi gibi bir şeydi. Karar duruşmasında herkes mahkeme salonunda hazırdı. Sibel Hanım kızını o gün alacağından emindi. Atıf Bey duruşmayı açtı ve adli tıptan gelen raporun, herkesi hayrete düşüren sonucu açıklandı: Esra Demir, Fatih Demir'in öz kızıydı; Ebru değildi. DNA'sının da Sibel Hanım ve eşiyle hiçbir benzerliği yoktu. Mahkemede bir uğultu yükseldi. Heyetin de kafası karışmıştı. Oysa herkes sonuçtan o kadar emindi ki. O sırada Fatih Demir konuşmak istediğini belirtti. Mahkeme heyetine gerçeği anlatacağını söyledi, çünkü rapordan sonra artık gizleyecek bir şey kalmamıştı. Atıf Bey hem mahkeme reisi hem de bir insan olarak durumu çok merak etiği için Fatih Bey'i sorguya aldı. "Yıllardır Sibel Hanım'a giden bu mektupları sen mi yazdın?" diye sordu Fatih Demir'e. O da, "Evet efendim" dedi. Hâkim, "O mektuplarda Esra'nın Ebru olduğunu sen mi belirttin?" diye sordu. "Evet efendim" dedi sanık. "Sibel Yolaçan'a, kızı Ebru'yu kaçırdığını sen mi iddia ettin?" diye sordu hâkim. "Evet efendim" dedi sanık. "Peki, Ebru'nun kaçırılma olayına karıştın mı?" diye sordu hâkim. "Hayır efendim" dedi sanık. "Ebru'yu tanır mısın?" diye sordu hâkim. "Hayır efendim" dedi sanık. "Esra Demir senin öz kızın mı?" diye sordu hâkim. "Evet efendim" dedi sanık. "Ebru'yu kaçırmadığın halde kaçırmış gibi gösterdin, ailesinde bu kanıyı uyandıracak mektuplar yazdın öyle mi?" diye sordu hâkim. "Evet efendim" diye cevap verdi sanık. "Bu davranışının sebebi neydi?" diye sordu hâkim ve sanık anlattı: "Sayın hâkim bey ve mahkeme heyeti, mahkemenin başından beri işlerin bu noktaya gelmemesi ve önüne geçilemeyecek felaketler olmaması için çok uğraştım ama artık saklanacak tarafı kalmaması üzerine bildiğim her şeyi anlatıyorum size. Yıllar önce eşimi bir kız çocuğu doğururken kaybettim, kızımı, annemin de yardımıyla büyüttüm. Esram üç yaşına geldiğinde televizyonda aynı yaşta Ebru adlı bir çocuğun kaçırıldığını duydum. Annesi, yani bu hanım, Sibel Hanım dayanılmayacak kadar çok acı çekiyor, çocuğunu kaçıranlara yalvarıyordu. Basından bu olayı izlemeye devam ettim. Kaçırılan çocuk, Esrama benziyordu. İkisi de kumraldı, burunları kalkıktı. Küçük Ebru'yla ilgili hiçbir talep gelmemiş, kaçıranlar aileyle irtibat kurmamıştı. Bu durum açık olarak –ne yazık ki– küçük Ebru'nun belki tecavüze uğrayarak, belki de başka nedenlerle öldürüldüğünü gösteriyordu. Annesi babası umut kesmiyorlardı ama bana göre durum çok açıktı. Buna rağmen bir yıl bekledim. Aradan geçen zaman ne yazık ki tahminimi haklı çıkarıyordu; polis de aynı görüşteydi zaten. Kadıncağızın acısı beni çok etkiledi. Ekranda döktüğü gözyaşları, nasıl bir cehennem azabı çektiğini gösteriyordu. Bunun üzerine onun acısını hafifletecek, onu bir yalanla dahi olsa teselli edecek bir yönteme başvurdum. Aynı yaşta olan kendi Esramı Ebru gibi göstererek onu cehennem azabından kurtardım. Ona mektuplar, resimler gönderdim. Eğer bu dava olmasaydı, sevgili kızının yaşadığını, mutlu olduğunu sanarak deva bulacaktı. Ama şimdi ne olacak bilmiyorum efendim. Hepimizin dünyası yıkıldı."

Adam susup yerine oturduktan sonra bir sessizlik oldu, kimse ne diyeceğini bilemiyordu. Bu şaşkınlık içinde, yüzü bembeyaz kesilmiş Sibel Hanım'ın ayağa kalktığını gördüler. Sibel birkaç adım atıp Fatih Bey'in önüne geldi, adam da ayağa kalktı; olayın iki kahramanı bir süre öyle kaldılar. Sonra Sibel Hanım adama "Yalancı!" diye bağırdı, çantasından çıkardığı tabancadaki altı kurşunu onun üstüne boşalttı. Fatih Demir hastaneye yetiştirilemeden öldü, Sibel cezaevine gönderildi. Duruşmalar boyunca öldürme sebebi olarak hep aynı şeyi tekrarlayıp durdu: "Yalan söylüyordu, öldürdüm, çünkü yalan söylüyordu, ölmeyi hak etti, çünkü yalan söylüyordu." Ağzından bundan başka söz çıkmadı.

Müziğin bir ara hafiflemesini fırsat bilerek hikâyesini tamamlayan Hâkim Atıf Bey'in "Demek ki gerçeği bilmek her zaman iyi sonuç vermiyor, bazı şeylerin gizli kalması daha iyi" derken sesinin titrediği duyuluyor, gözlerinin buğulandığı görülüyor. Cebinden düzgünce katlanmış beyaz bir mendil çıkarıp kahverengi kalın bağa gözlüğünün camlarını silerken, "O günden beri düşünürüm" diyor. "Gerçek her zaman iyi midir? Daha doğrusu gerçeği ortaya çıkarmak her zaman iyi sonuç verir mi, yoksa yaşayabilmeleri için, insanların sahte dünyalarına göz yummak daha mı doğru?" Sonra "Müsaadenizle efendim" diyerek ayağa kalkıyor.

Hâkim bey tuvalete doğru yürürken Atıfet Hanım, "İşte böyle" diyor, "acı bir hikâye bu, her anlatışında sarsılıyor ama ben de anlatmasını, içini dökmesini istiyorum. Belki böyle rahatlar. Bu hadiseden sonra emekliliğini istedi; hâlâ her ay İzmir'e gider, cezaevindeki Sibel Hanım'ı ve zavallı Fatih Bey'in mezarını ziyaret eder. Bu arada günahsız Esra'yı da biz okutuyoruz. Çok acı bir hikâye."

Defne

İnsanlara gülmek yakışır; bu yüzden objektife bakan herkes az ya da çok gülümser. Hiçbir hayvan gülmediği için belki de bu, insanların kendilerini yüceltmeleri anlamına geliyordur; gülmek bu yüzden seviliyordur. Ama bu genel kuralın da istisnaları vardır elbette; belki bu istisnaların başında Defne gelirdi. (Eski fotoğraflarda da insanlar merceğe Defne gibi ciddi ciddi bakarlardı, sanki bir gün öleceklerini biliyorlarmış gibi; gülmek ve öleceğini bilmemek ya da bilmezden gelmek yeni modadır. Eski insanlar fotoğraf çektirmeyi önemserdi. Giyinir, süslenir, kimi ayakta, kimi oturarak, kollarını özenle yerleştirerek poz verirlerdi.) Çok güzel bir kız olduğu için ona gülmek de yakışırdı elbette ama onun asıl çarpıcı yanı suratını asması, hatta öfkeli olmasıydı. Öfkeye kapıldığı zaman yüzünün muntazam çizgileri iyice belirginleşir, hilal şeklindeki kaşlarının altındaki gözlerinden şimşekler çıkıyormuş gibi bakardı karşısındakine. O ifadesi, dayanılmaz bir güzelliği ortaya çıkarırdı. Dikkat çekici, asil, hatta gururlu bir duruştu bu. Dünyaya meydan okuyan bir duruş. Belki de kişiliğinin ödün vermez dürüstlüğünü vurguladığı için bu kadar güzel geliyordu o ifade insanlara.

Okul yıllarında onu beğenen çok erkek olmasına rağmen, pek çoğu yaklaşmaya cesaret edememişti. Şimdi de öyleydi ama Zehra kardeşini iyi tanıyordu. Ayakları yere basan, kendisi gibi hayallere kapılmayan Defne, düşünüp taşınıp mutlaka doğru bir karar alacak, o büyük aşkı, yakıcı sevdayı bulma umudunun peşinde boşuna vakit yitirmeden, âşık olmasa bile uygun bulduğu bir adamla evlenecekti. Çünkü soğukkanlı düşünen ve aldığı kararları uygulayan kişiliğine ancak bu yakışırdı. Zehra'nın tahmin ettiği gibi de oldu.

Defne bir gün ablasına telefon açtı ve kısa bir hoşbeşten sonra, bir süredir işyerinden Semih adlı bir çocukla görüştüğünü, niyetleri ciddi olduğu için de arkadaşını ailesine tanıştırmak istediğini söyledi. "Bu akşam annemlerde buluşacağız" dedi. Gerçi Zehra o akşam kızlara söz vermişti ama Defne'nin bu güzel haberi üzerine heyecanlandı ve o akşam aile sofrasındaki yerini aldı.

Tahmin ettiği gibi, Semih fazla yakışıklı olmayan ama temiz bakışlı, eğitimli olduğu belli, düzgün bir gençti. Ellerini nereye koyacağını bilemiyor, mahcubiyetten terliyor, kendisine bir şey sorulmadığı zaman konuşmuyor, gözlerini önünden ayırmıyordu. Daha şimdiden, evlilik hayatlarında çetin ceviz Defne'nin patron olacağı, aileyi idare edeceği ve bu yumuşak çocuğun da ona boyun eğmekten mutluluk duyacağı anlaşılıyordu. Kaplanla kuzu evliliği olacaktı bu; zaten Defne kuvvetli bir adamla yapamazdı. Koçlar gibi kafa kafaya toslaşırlardı; iki günde bardaklar, kül tablaları uçuşmaya başlardı evde. Ne yaptığını bilirdi o. Yemekten ve kahve faslından sonra Semih gitti. Defne her zamanki o dimdik tavrıyla, ailesine ne düşündüklerini sordu. Babası, "İyi, efendi bir genç" dedi. "Sen uygun gördüysen, bizim için uygundur kızım." Annesi de –zaten boşuna konuştuğunu bilerek– Defne'nin kararını övdü, Zehra ise sadece tebrik etti, çok sevindiğini söyledi. Bunun üzerine Defne, "Bakın" dedi, "eskiden ailelerde önce büyük kız evlenirdi, sonra küçük. Şimdi bu iş tersine dönüyor. Abla, anne, baba; bu iş bir sorun yaratacaksa şimdiden söyleyin." Zehra güldü, "Ortaçağ'da mı yaşıyoruz be Defne" dedi. "Düşündüğün şeye bak." Anneleri, "O da evlenir yakında Allah kısmet ederse" dedi ve iş, Semih'in ailesinin gelip kurallara uygun bir şekilde kız istemesine ve nişanı planlamaya geldi.

Zehra gerçekten çok sevinmişti ama kardeşiyle kendisi arasındaki kişilik farkı iyice ortaya çıkıyordu artık. Defne'yi trenle seyahat eden rahat bir yolcuya benzetiyordu. Daha önceden belirlenmiş bir hatta, güvenli raylar üzerinde, nereye gideceğini bilerek gidiyordu. Buna karşılık kendisi, kullandığı arabayla yeni yollar deniyor, yan yollara sapıyor, çoğunlukla da yolunu kaybediyordu. Defne zekâsıyla, toplumun binlerce yıl içinde oluşturduğu geleneklere uyarak yaşamanın, konfor ve güvenlik sağladığını keşfetmişti. Maceraperest olmadığı ve her konuda duygularına kapılmadan son derece gerçekçi davrandığı için, her adımını akla uygun biçimde atıyordu.

Zehra o akşam eve dönerken, küçüğü olmasına rağmen Defne'den ders alması gerektiğini düşündü. Zaten Emre gibi bir sorumsuzla yeteri kadar vakit kaybetmişti. Bundan sonra o da Defne gibi sağlıklı kararlar alacak, maceralara girişmeyecekti. Belki Ercüment'le yemeğe de çıkardı. Eğer, işi gücü gayet iyi olan Ercüment'i kendisine yakın hissederse, bir aile tanışma toplantısı daha bekliyor demekti onları.

Özgürdü artık.

Bir tokat olayına dair

7 numaralı masada oturan genç çiftlerden birini, özellikle de erkeği, masadaki diğer konukların sevmediği o kadar belli ki, neredeyse elle tutulur hale gelecek. Oysa genç ve düzgün görünümlüler ikisi de. Esmer, kısa saçlı, ince yapılı, uzun boylu, mavi gözlü adam, üzerine iyi oturan şık bir smokin giymiş; karısı ise zaten evlenene kadar modellik yapan, ülkenin en güzel kadınlarından biri. Aslında genç kadın pek fena değil de, kocası o kadar kötü dalgalar yayıyor ki çevresine, hiç dostu var mıdır bu adamın acaba sorusu uyandırıyor kafalarda. Hareketsiz, resim olarak bakıldığında epey yakışıklı; canlı olarak görüldüğünde iki şey çok rahatsız ediyor insanı: ağzı ve gözleri. İnce dudaklı ağzında, parçalayıcı hayvanlara özgü bir ifade var; o hayvanlar gibi bu adamın da güldüğünü gören olmamış. Gözleri ise, çivi gibi bakan, mavilikten, neredeyse yokmuş gibi görünen, zalim ve en ufak bir insani ifadeden yoksun gözler. "Böyle biriyle nasıl yemek yersin, ne konuşursun?" diye düşünüyor yanında oturan banka genel müdürü. "İğrenç bir tip. Babası da böyle bunun. Aile servetleri aşağı yukarı üç milyar doları geçiyor; bankaları, fabrikaları, elektrik santralları, gazeteleri, televizyonları; her şeyleri var ama bir tek dostları yok."

O masada bulunmalarının verdiği gerginlik bütün gece sürüp gidecek ama adamla karısı ana yemekten sonra izin isteyip kalkıyorlar da herkes rahat bir nefes alıyor. Kural olarak, kalkanların ardından konuşmalar başlıyor. Hep bilindik şeyler; bu ailenin nasıl mafya yöntemleriyle her yeri ele geçirdiği, acımasızlıkları, yaptıkları çok büyük yolsuzluklardan dolayı şu anda devletin tepelerine bindiği, her an hapsedilmelerinin beklendiği falan filan ama kulağı delik kadınlardan biri ilginç bir şey söylüyor: "Karıkocanın arası hiç iyi değil, fark ettiniz mi?"

"Yoo" diyorlar, "normal geldi bize."

"Yok, yok" diyor kadın, "ben anlarım, belli etmiyorlar ama anlarım."

Aslında kadın haklı. Sırtlan adam belli etmemesine rağmen hayatının en zor gecelerinden birini yaşıyor. Erken kalkması da, dayanamayacak hale gelmesinden ve yarın büyük bir maceraya atılacak olmasından.

Adam (artık adını da söyleyelim; Can Dizdar) yaklaşık iki hafta önce, merkezi Chicago'da bulunan en önemli Amerikan güvenlik şirketlerinden biriyle, kendisini ve ailesini yurtdışına kaçırmaları için anlaştı. Mahkeme yurtdışına çıkış yasağı koymuştu, bu yüzden normal yollardan gitmesine imkân yoktu. Bu konularda büyük deneyim sahibi olan dünya çapındaki şirket Can Dizdar'a ajanlarını yolladı. İşadamı kamuflajıyla gelen ve Can Bey'le holding merkezinde sözüm ona iş toplantıları yapan takım elbiseli adamların, CIA ya da benzeri bir kurumda geçmişleri olması şaşırtıcı olmazdı elbette. Gelir gelmez, Can Dizdar'ın, eşi Ayla'nın, hatta çocuklarının, şoförünün, aşçısının hayatlarını, hiç fark ettirmeden mercek altına aldılar. Can Dizdar dışında adamların kim olduğunu, hangi amaçla geldiğini bilen yoktu. Onları büyük bir iletişim şirketinin üst düzey elemanları sanıyordu herkes. Kartlarında öyle yazıyordu; internette arandığında böyle bilgiler çıkıyordu. Irak'ta, Suriye'de, İran'da, Rusya'da çeşitli büyük operasyonları tezgâhlamış olan bu şirketin başarısızlık olasılığı sıfırdı; öyle olmak zorundaydı çünkü kılı kırk yararak yapıyorlardı işlerini. İki hafta çalıştıktan sonra adamlar, çok saygılı bir biçimde "*sir*" diye hitap ettikleri Can Dizdar'la son bir toplantı yaptılar. Kendi ülkesinde adı kötüye çıkmış, dolandırıcı olarak anılan biri olabilirdi. Ama şirket kuralları gereği, o kadar büyük para ödeyen herkes "*sir*" diye hitap edilmeyi hak ediyordu. Ona sahte pasaportunu, gerekli belgeleri, yurtdışına çıkınca görüşeceği kişilerin adlarını verdiler. Kendi jetiyle gitmeyecek, Kanada'ya kayıtlı bambaşka bir jete binecekti. Hem de ertesi gün. Yalnız bir gün daha hayatını olduğu gibi devam ettirmesi, kuşku uyandıracak bir değişiklik yapmaması gerekiyordu. Bu yüzden otelin akşamki açılış davetine gitmesini tavsiye ediyorlardı.

Can Dizdar hepsine "Peki" dedi ama adamlardan biri, "Bir konu daha var, nasıl desem hassas bir konu" diye söze girdi. "Profesyonel dünyamızda duyguları işin içine karıştırmayız biz, size de öyle yapmanızı tavsiye ediyoruz." Sonra bombayı patlattı: "Karınız Ayla'nın başka bir erkekle ilişkisi var." Can Dizdar'ın önüne çeşitli resimler koydu. Resimlerde güzel karısı, kendisinin de tanıdığı, İstanbul'a yerleşmiş bir İtalyan olan Aldo'yla çeşitli evlere girerken görülüyordu. Boğaz'daki lüks bir otele de gündüz vakti yarım saat arayla giriş ve yirmi dakika arayla çıkış yapmışlardı. Güvenlik kameralarında her şey açık seçik ortadaydı. Şimdi Can Dizdar'a düşen, akşam eşini alarak davete gitmek, ona hiçbir şey belli etmemek, yarın sabah da özel jete binerek ülkeyi terk etmekti. Yaklaşık olarak bir hafta sonra eşiyle çocuklarını da getireceklerdi yanına. Ondan ricaları, karısıyla bir konuşma yapacaksa, bunu her şey bitene kadar ertelemesi, o konuşmayı yurtdışında yapmasıydı. Can Dizdar adamlar gittikten sonra sekreterine bir içki getirmesini söyledi, sekreter her zamanki içkisini hazırladı. Can Dizdar telefon bağlamamasını söyleyerek odasında yarım saat kadar oturup düşündü. Sonra eve gitti, duş yaptı, smokinini giydi; karısıyla birlikte davete gitti. Kimseye bir şey belli edecek göz yoktu onda. Çünkü her zamanki kuralına göre önce can, sonra canandı. İntikam alması için bol vakti vardı nasıl olsa. Belki de bu sefer Amerikalılarla değil, Çeçenlerle anlaşırdı.

Kendisi bilmiyordu ama gerçekten de kırk bir yaşındaki Can Dizdar'ın önünde bir o kadar daha zamanı vardı intikam almak için. Ne var ki uzun süre bekleyemiyor. Salonda masalar arasında kıvrılarak, sağa sola yarım yamalak selam vererek kapıya doğru yürürken, masalardan birinde yanındakilerle sohbet eden İtalyan'ı görür gibi oluyor, birdenbire duruyor ve karısının yüzüne bir tokat patlatıyor. İnce kadın tokadın şiddetiyle önce arkaya, sonra yere doğru savruluyor, orkestra susuyor, salondakiler bu beklenmedik olayı izlemeye başlıyor. Can Dizdar'ın yüzü morarmış, gözleri yuvalarından fırlamış; yerdeki kadına tekme atacakmış gibi bir hareket yapınca oraya en yakın noktada duran Garip adındaki garson, "Lütfen beyefendi" diyerek önüne geçip adama engel olmak istiyor. Can Dizdar kanlı gözleriyle Garip'in yüzüne bakıyor, onun yüzüne de şiddetli bir tokat patlatıyor. Kadın yerde yatıyor, salondan ve donakalmış orkestradan çıt çıkmıyor. Garip'in sağ kaşının yanında ve elmacıkkemiğinin üstünde kıpkırmızı parmak izleri beliriyor. Garsonun bütün gövdesi elektriğe tutulmuş gibi titriyor, sanki tüm kanı görünmez pompalarla başına fışkırtılıyor gibi. Buna rağmen hiçbir şey belli etmiyor, adamın önünden de çekilmiyor. Can Dizdar'ın yeni bir tokat patlatma girişimi karşısında elini kaldırıp kendini savunmuyor bile. Sadece bir kez daha, "Lütfen beyefendi, sakin olun" diyor.

O sırada Zehra olay noktasına doğru koşuyor. Onun, yanındaki kızlarla duruma müdahale etmeye çalıştığını gören metrdotel de geliyor. Ne yalan söylemeli birkaç yürekli davetli de kalkmıyor değil. Hep birlikte Can Dizdar'ı dışarı sürüklüyor, kadını yerden kaldırıyorlar. O da çevreye mahcup bir edayla gülümseyerek kocasının arkasından gidiyor.

Güvenlik Şefi Nihat, kapıya getirilen arabalarına binene kadar karıkocaya eşlik ediyor. Siyah araba dar, sessiz sokaklardaki ahşap evleri homurtularla sarsarak uzaklaşınca, rahat bir nefes alıyorlar. Zehra, Ergun Bey'e rapor vermek ve olayın yarattığı küçük sarsıntıyı unutturup, herkesi eğlenceye davet etmek için salona koşuyor. Ergun Bey'in de kendisine doğru gelmekte olduğunu görüyor. "Birdenbire oldu, kimse bir şey anlamadı, ama merak etmeyin, gönderdik" diyerek olayı anlatıyor. Ergun Bey, adamın karısını değil ama garsonu tokatladığını gördüğünü söylüyor. "Kim bu garson?" diye soruyor. Zehra bilmediğini söylüyor. İkisi birlikte mutfağa doğru gidince, metrdotelin, siyah giysiler içinde daha da ince görünen, çelimsiz, ince yüzlü bir garsonla konuştuğunu görüyorlar. Garson eliyle sağ kaşını ovuşturuyor. "Adın ne evladım?" diye soruyor Ergun Bey. Çocuk hemen elini yüzünden çekerek saygı duruşuna geçiyor; ancak o zaman çocuğun epeyce hırpalanmış olduğunu görüyorlar. Yüzü şişecek, moraracak, büyük bir olasılıkla sağ gözü de kapanacak. Çocuk adının Garip olduğunu söylüyor titrek bir sesle. Ergun Bey metrdotele garsonun yüzüne pansuman yaptırmalarını, sonra da o akşam izin vermelerini emrediyor. Metrdotel, "Ben de söyledim efendim" diyor. "İzin verdim ama kabul etmek istemiyor, çok iş var diyor, arkadaşlarım yetişemiyor, ayıp olur diyor." O zaman Ergun Bey çocuğun yüzüne dikkatle bakıyor ve bu ülkede hâlâ böyle insanların yaşamasına şaşarak yerine dönüyor; bu tatsız olaydan ötürü konuklarından özür diliyor ve Garip'i o anda, bir daha hatırlamamak üzere unutuyor elbette.

Genç kızların mistik ve teknolojik konuşmalarına dair

Zehra, genç konuklar için ayrı masalar yapmaya dikkat ettiği için büyüklerin arasına karışmayan torunların bulunduğu yerden neşeli kahkahalar yansıyor salona. Gerçi yerinde oturan çok az, hepsi kıpır kıpırlar. Ya tuvalete gidip geliyor, ya gruplaşarak lobiye çıkıyor ya da telefonlarını kulaklarına yapıştırıp dolaşıyorlar. Oğlanlar smokinli; içlerinde her türlüsü var; yakışıklı, çirkin, şişman, zayıf, sarışın, esmer... Bu kuşak, daha önceki Türklere, yani dedelerine, babalarına göre daha yapılı. Çoğu saçlarını *crew cut* dedikleri biçimde kestirmiş, sert jölelerle tepelerine kaldırmışlar. Kızlar çoğunlukta. Hepsi, omuzlarını açıkta bırakan siyah elbise giymiş, çok yüksek topuklu ayakkabıların üstünde cambaz gibi durmaya çalışıyorlar. Yürürken dizlerinin bükülmesi, daha bu işe pek alışmamış olduklarını ele veriyor. İleride kendilerine güvenleri arttıkça bunu, koridorlarda, lobilerde mermer, ahşap zeminlerde tak tak yankılanan sert topuk vuruşlarıyla belli edecekler. Gençler, telefonlarını yaşlılardan ayrı bir biçimde tutuyorlar. Telefonun iki yanından işaretparmaklarının uçları iki anten gibi çıkıyor, alttan da küçük parmaklar yardıma geliyor, başparmaklar serbest kalarak ekranın üzerinde müthiş bir süratle işliyor. Yaşlılar daktilo tuşuna basar gibiler, dokunmatik çağının çocukları ise tüy gibi dokunuveriyor ekrandaki harflere.

Zehra biliyor ki bu çocukların hiçbir dinsel, ulusal, ailesel, geleneksel bağlılığı yok. Alt sınıftakiler gibi fanatik heyecanlara ve bağlanmalara karşı bağışıklık anlamına gelen hedonist bir yaklaşımları var. Bunun tek istisnası, iletişim. Biri telefonları, tabletleri için bir söz söylemeyegörsün, hemen sinirlenip ağır laflar ediyorlar. Steve Jobs'a bir peygamber gibi bağlılar, toz kondurulmasına tahammülleri yok. Eğer biri yeni teknolojileri eleştirecek bir söz söylerse, "Elime konuş", ya da erkek çocukların aşağı tarafları işaret edilerek söylenen "Mikrofona konuş" türünden ağır hakaretlerle karşılaşabilir. Bir de eskiden ayıp sayılan sözcükleri rahatça kullanıyor olmaları dikkat çekiyor. Özellikle de kızların.

Emre, iletişim devriminin yeni bir din olduğu kanısında. Daha önceki çağların din fanatizmi, şimdilerde ancak bununla kıyaslanabilir. Duruşları, ritüelleri, terminolojileri farklı. Snapchat'ten *screenshot*'a aktarılmış olmanın önemini kavrayanlar ile kavrayamayanlar biçiminde ikiye ayrılmış bu dünya.

Ergun Bey'e, babasına, annesine o kadar genç görünen Zehra bile artık bu yeniyetmeler arasında eski kuşak olduğunu duyumsuyor. "Çocuklar" diye söz ediyor onlardan. Bir ara genç kızlardan birinin "e" harflerini yayarak ve Türkçeyi sonradan öğrenen biri gibi kelimeleri ağzında çevirmekte güçlük çekerek şunları söylediğini duyuyor: "Ben bu işi çözdüüm, gerçekten çözdüüüm." Öteki, "*Really?*" diye soruyor. Zehra onun hangi işi çözdüğünü merak ediyor ve anlıyor ki gençlerin sohbetlerindeki değişmez konulardan biri olan Tanrı, ölüm, ruh, Hindistan, yoga, transandantal meditasyon meseleleri konuşulmakta yine. "Hani şu telefon var ya" diyor kız elindeki telefonu arkadaşlarına sallayarak, "sim kartını çıkarırsan ne olur, ölür değil mi? İşte telefon beden, sim kart ise ruh. Bu kadar basit işteeeee. Sim kartsız telefon çalışmaz, telefonsuz sim kart da bir işe yaramaz. Haa bir de *service provider* var ya! İşte o da Tanrııı; sinyal gönderip sim kartıyla telefonu canlandırıyor, istediği zaman da kesiyor."

"Vallahi doğru" diyor kızlardan biri; "ne akıllısın kız Merve." Başka biri, "Peki bu durumda Wi-Fi ne oluyor?" diye soruyor. Teoriyi ortaya atan kız kısaca düşünüyor ve "Wi-fiii" diyor, "o da evrenin sinyalleri." Arkadaşı, "Evrene kafa attın pampa" diyor. Merve de, "Tabii kızım, Kezban Kezban gezcek halim yok" diye cevap veriyor; "Esencılıs'tan gelmedik ya." Zehra gülüyor, çünkü biliyor ki Esencılıs, gençlerin dilinde, Esenyurt, Esenler, Esenkent gibi mahallelere verilen bir ad.

Amma da güzel teoriymiş diye gülümsüyor Zehra. "Çocuklar"ın bölümünde her şeyin yolunda gittiğine, henüz içkiden kusmaya başlayan bir oğlana ya da kavga eden kızlara rastlanmadığına göre babasının çok sevdiği sözle "asayiş berkemal" demektir diye düşünüyor. Çocukken babası bu sözü her söylediğinde, Defne'yle birlikte "Asayiş kel Kemal" diye bağırırlardı; çünkü öyle sanıyorlardı.

Bir suçlu yetişiyor

> Tanrılar bize buyruk dinlemeyen zorba bir organ vermiştir.
>
> Platon

Zehra'nın çocuklar dediği kızların, çocukluktan çıkıp yuvarlakları belirmeye başlayan gövdeleri; kullanılmış tabakları toplayan, suları dolduran komi Bekir'e hiç de çocuk gibi görünmüyor. Çünkü memleketinde o yaşta kızlar hemen başgöz ediliyor, on sekiz yaşını bulan ender kızlarsa evde kalmış sayılıyor. Onlardan birkaç yaş büyük olan Bekir, yolu genç masalarına düştükçe, onlara servis yapmak için eğildikçe bayılacak gibi oluyor. Çünkü başka bir dünyadan gelmişe benzeyen kızlardan yükselen parfüm kokusu, beyaz çıplak omuzları, açık yakalarından görünen beyaz göğüsleri çocukta akıl namına hiçbir şey bırakmamış, “Bunlar kadınsa bizim oradakiler ne; eğer onlar kadınsa bunlar ne?” diye sora sora başı dönmüş durumda. Orta Anadolu'nun, çiftçilik ve hayvancılıktan başka bir şey bilmeyen, yüzlerce yıldır tek başına bozkırı bekleyen o durgun, karanlık, kasvetli kasabası geliyor gözünün önüne. Genç kızların sokağa çıkmadığı, çıktıkları zaman da battaniye gibi ağır, “tor” dedikleri örtüler altına saklandıkları, azgınlaşmış erkeklerin talihsiz eşeklerle birleştiği, sokaklarında bir tek kadın sesinin, bir tek kadın kahkahasının duyulmadığı, birçok evde televizyonun, şeytan icadı denilerek yasak edildiği, camiyle kahve arasında uzanan erkekler dünyasının figüranı olarak çorak toprak gibi kuruyup kalmak üzereyken, geçen ay sakallı babasının onu önüne oturtup, "Seni İstanbul'a amcangilin yanına gönderiyom, oralarda azma, bi işin ucundan tut, bi sanat öğren, yoksa kafanı gözünü kırarım bilesin" deyip, son anda uğurlarken de, "Gözüm üstünde ha eşek herif!" diyerek sırtını yumrukladığı dünyadan buraya düşüvermek... Kızlara bakmamaya çalışıyor ama seslerinin ve kokularının gelmesine engel olamıyor, aklını ne kadar işe vermeye çalışırsa çalışsın şeytan dürtüveriyor; hem de yalnız ruhunu dürtmekle kalsa iyi, pantolonunu da dürtüyor. Bekir masaların arasından yürürken, baş kaldıran taraflarını peçeteyle, tepsiyle kamufle etmeye çalışıyor ama çok çaresiz kalınca arkadaşlarına "Beni iki dakika idare edin" diyerek tuvalete gidiyor, zangır zangır boşalıp geliyor. Ancak bir saat sürüyor bu rahatlama. Doğa tekrar faaliyete geçiyor. Böyle saat başı tuvalete koşunca şefi, "İshal mi oldun lan koşup duruyon!" diye çıkışıyor sonunda. O da "Heee" demekten başka çare bulamıyor. "Ellerini iyi yıka ulan" diyor şefi. O da "Tamam" diye cevap veriyor. Allah'ın bildiğini kuldan saklıyor –çünkü saklaması gerek– ama ellerini yıkayacak vakti pek bulamıyor Bekir.

İçimdeki çocuk diyen erkekten korkmak gerekir; çünkü bu sulu göz anlatımla, kadınları –belki de kendini– kandırmaya, içindeki vahşi hayvanı saklamaya çalışmaktadır. Bekir'in içinde ise belki de hayvanların en vahşisi yaşıyor. Aylardır aç bırakılmış bir kaplanı kilolarca taze etin karşısına koysanız, kan kokusu aldığı halde ete dokunmasını engelleseniz ne olursa, Bekir'in içinde de onlar oluyor. Omuzları parlayan, kolları siyah giysilerin içinden fildişi gibi uzanan genç kızları gördükçe, genç tenlerinin parfümle dalgalanan kokularını aldıkça, kaplanın kükremesi artıyor. Hayvan, o kızları özsularına, iliklerine, kemiklerine kadar soğurma isteğiyle çıldırıyor. Karşı konulmaz bir arzu bu. Dayanamayacağını duyumsadığı an, kendisine geçici bir rahatlama sağlıyor ama içindeki kaplan doymuyor bir türlü. Bastırılan cinsellik, giderek şiddete dönüşmekte. Zaten akraba duygular değil mi bunlar? Bekir bu kızlardan birini tenha bir yerde kıstırıp saldırmadan; kendisini o kadar çıldırtan, yokluğuyla ona kötülük eden, kendisinden yoksun bırakarak ezen, ele geçmezliğiyle kıvrandıran o yaratığı (evet insan değil, o yaratığı) paramparça etmeden, içini dışına çıkarmadan soluk alamayacağını hissediyor. Bundan sonra geceleri sokaklara çıkacak, apartman kuytularına sinerek, boş arsalara saklanarak, yalnız dolaşan kadınları avlayacak. (Çünkü ona göre; o yaratıklar erkeklere zulüm olsun diye yaratılmıştır; acı çekmezler, üzülmezler, aç kalmazlar, üşümezler, duyguları yoktur, kimseye acımazlar, çünkü insandan ayrı bir şeydir bunlar; sadece şeytanın aldatmasıyla erkeklere zulmeden kışkırtıcı bir bedene sahiptirler.) Şiddet ve arzu, cezalandırma ve tatmin isteği iç içe geçerek vahşi bir karanlık oluşturuyor kalbinde. İçindeki aç kaplan et ve kan istiyor.

Üstadın tatlı ukalalığına dair

"Şu salak sürüsüne bak" diyor üstat felsefeci. "Şimdi birimiz kalkıp Pirandello'dan bahsetse, Galatasaray'ın teknik antrenörünü konuşuyoruz sanırlar. Böyle sığır hepsi." Masadaki genç gazetecilerden biri gerçekten de Prandelli'den bahsedildiğini sanıyor önce ama başka birisinden söz edildiğini anlayıp susuyor. Böyle durumlarda hemen devreye giren müthiş bir uyanıklığı ve kurnazlığı var, zaten bu sayede genç yaşta büyük bir gazetede köşe yazarı olmuştu. Telefonu çıkarıp masa örtüsünün altında kimseye çaktırmadan Pirandello yazıyor; sonra yan gözle kısaca inceliyor. Birçok sonuç var ama bu entel adam şu Luigi olandan söz ediyor olmalı. İtalyan oyun ve öykü yazarı Luigi Pirandello. *Altı Kişi Yazarını Arıyor*. Bir saniyede bunları görüp telefonu kapatıyor. "Üstat" diyor, "belki bunlar da yazarlarını arayan kişiler." Üstat şaşkınlıkla ona dönüyor, kırlaşmaya başlayan posbıyığını sıvazlayarak, yuvarlak tel gözlüğünün arkasından duygusuzca bakıyor; "Vay vay vay!" diyor. "Demek matbuat hayatımızda böyle genç cevherler de var. E vallahi bravo! Pekiiiii, dünyadaki en büyük suç nedir, söyle bakalım delikanlı. Madem bu kadar malumatfuruşsun, söyle."

Masadakiler genç gazeteciye *sen arandın* diyen bakışlar atıyorlar. Hiç üstada bulaşılır mı öyle uluorta? Onun yanında susmalı; sonsuza kadar konuşsa bile –ki yapabilirdi– sen de sonsuza kadar ağzını açmayıp onu dinlemelisin. Öyle dinliyor gibi yapmak da fayda etmez. Üstat arada bir çakıverdiği ustaca sorularla dinleyip dinlemediğini kontrol eder, sonra da "Ne zamandan beri anlamıyorsun söyle, oradan itibaren anlatayım senin için" diyerek insanı rezil eder. Büyük adamdır kısacası. Şimdi de genç gazeteciyi kıvrandırarak, sanki bu sorunun tek ve kesin bir cevabı olabilirmiş gibi, en büyük suçun ne olduğunu sorup duruyor. Gazeteci, "Herhalde cinayet" diye mırıldanıyor. "Hayır" diyor üstat, "daha büyük." Herkes bakışlarını uzak yerlere dikiyor. Biri "İntihar mı?" diye soruyor. Üstat keyifli gününde. "Hayır" diyor, "o da değil, sınıfta kaldınız hepiniz beyler." Aslında masada kadınlar da var ama onlara çok iltifat etmesine rağmen, masaya hep beyler diye seslenir. "Sınıfta kaldınız, çünkü dünyadaki en büyük suç mastürbasyondur. Neden derseniz, her mastürbasyonda milyonlarca insan çöpe gider. Rönesans görmüş mastürbasyonlarda müstakbel Leonardo'lar lağım sularına karışır. Habsburg mastürbasyonlarında Mozart'lar sele gider. En büyük cinayet mastürbasyondur azizim. Bence cinayet ve intihar serbest bırakılmalı, mastürbasyon yasaklanmalı. Haa haha ha!" Bu yüksek sesli kahkahalar sırasında ne yapacağını şaşıran masadakileri bir darbe daha bekliyor. "Ama size serbest" diyor üstat. "Ben Rönesans'tan falan bahsettim. Sizinkilerde olsa olsa milyonlarca iki ayaklı hayvan eksilir."

Şimdi bu söze ne demeli, gülmeli mi ağlamalı mı; herkes yüzünde donup kalmış bir ifadeyle böyle düşünüyor ama cesaret edip kimse sesini çıkaramıyor.

"İşte" diye konuşmasını sürdürüyor üstat, "Pirandello'yu falan anlamaz bu millet. Senin de ya kulağına çalındı bir yerden ya da çaktırmadan telefona baktın."

Mustafa Yılmaz'ın acıklı hikâyesine dair

Üstat masadakileri böyle tatlı tatlı haşlar, davet büyük bir ışıltıyla sürüp giderken otelin dışında iki kıtaya yayılmış olan İstanbul şehri, metal, kükürt, kurşun, egzoz gazı ve karbon fırtınasına tutulmuş; on binlerce otobüs, metrobüs, vapur, taksi ve arabayla seyahat eden on bir milyon yolcusuyla, tehdit edici soluklarını gizlemeye çalışan bir yanardağ sanki. On bir milyon yolcu, on bir milyon küçük hikâye taşıyor eve dönerken.

Milyonlarca tutku, milyonlarca dert, milyonlarca geçim sıkıntısı, milyonlarca dua, milyonlarca sevda, milyonlarca korku, milyonlarca özlem. Duraklar, otobüsler, metrolar, metrobüsler tıklım tıklım dolu. İlk duraklardan binmeyenler bazen saatler süren bu yolu sallana sallana ayakta geçirmek zorundalar. Üstelik hiçbir yere tutunamadan, birbirlerine yaslanarak, her yöne savrularak. Yolcuların hava almaları bile mucize. Bu yolculardan biri olan Mustafa Yılmaz, bir buçuk saattir o metrobüs senin, bu metro benim, sonra metrobüs hepimizin mantığıyla araçtan araca koşturup duruyor, Rahmanlı'daki evine bir an önce yetişmeye çalışıyor, çünkü yapması gereken bir iş var: Karısıyla iki çocuğunu bir an önce öldürmesi gerekiyor, bir an önce.

Mustafa Yılmaz ince, çelimsiz, avurdu avurduna geçmiş dedikleri cinsten yirmi dokuz yaşında bir adamdı. Tuzla tersanelerinde elektrik ustasıydı; tahta yongaları, reçine ve zamk kokusu, gözlerin maskeyle korunmaya çalışıldığı mavi alevli kaynak makinelerinin arasında; gemi yapım işinde çalışıyordu. Rahmanlı'da oturduğu ev oraya çok uzaktı ama karısı Zeliha'nın babası Yakup Bey'in, önce gecekondu yapıp, daha sonra apartmana dönüştürdüğü kaçak yapıda oturmak zorundaydı, başka imkânı yoktu. Tersanede son aylarda yakın bir arkadaşını kaybetmişti. Karısı Zeliha, onu da her sabah binbir duayla uğurluyordu, çünkü herkesin bildiği gibi tersaneler ölüm tuzağıydı. Son on yılda iş kazalarında ölen on iki bin işçinin bir kısmı tersane çalışanlarıydı. Kendisi de birkaç kez geminin kaburgasının tepesinden kaymış, ölümle burun buruna gelmişti. Ama bunlar önemli değildi şimdi; eve yetişmeliydi. Metrobüsün kapısına hınçla atıldı, içerisi balık istifi gibiydi, üstelik sadece iki kişi inmişti o durakta. İnenlerden birinin yerine mutlaka o binmeliydi, yoksa felaket olurdu. Bu hırsla kapıya atıldı, yaşlı bir adamcağızı ezdiğini fark etmedi. Canı yanan adam da güçbela metrobüse binebildi, Mustafa'ya ters ters bakmaya başladı. Durumu anlayan Mustafa, "Kusura bakma amca" dedi, "seni görmedim." "Estağfurullah oğlum ama nedir bu telaş?" dedi adam. "İşim var amca" dedi Mustafa. "Herkesin işi var" diye karşılık verdi adam. "Ama benim işim onlarınkine benzemez" dedi Mustafa, "benim mutlaka gitmem lazım, ölüm kalım meselesi." "Hastan mı var?" diye sordu adam bu kez, anlayışlı gözlerle bakarak. "Hayır" dedi Mustafa, "daha da önemli bir şey; bizim hanımı, çocukları kurtarmam lazım." "Ne oldu ki?" diye sordu meraklanan adam. "Kimden kurtaracaksın onları?" Mustafa'nın yüzüne garip bir gülümseme yerleşti, gözleri metrobüsün tavanında bir noktaya sabitlendi. Korkutucu bir tavırla, "Amca" diye fısıldadı, "sana bir şey söyleyeceğim ama sır tutarsın değil mi?" Şaşıran adam, "Evet" diye cevap verdi. "Amca" dedi Mustafa, "beni dinle. Bir ermiş bana dedi ki bu gece kıyamet kopacak, yerler gökler birbirine girecek, sur borusu üflenecek, cümle mevta ayağa kalkacak. Artık bundan sonra günahın sevabın neyse öyle gideceksin huzuru tealaya. Bu yüzden çoluk çocuğumu günahtan kurtarmak için koşuyorum." Sonra işaretparmağını dudaklarına götürerek "şşşşş" yaptı gülümseyerek. Yaşlı adam ürktü, "Allah akıl fikir versin buna" diyerek arkasını döndü.

Tersane işçisi, aklını cuma namazlarını kıldığı camideki hocanın sözlerine takmıştı. Hoca diyordu ki; "Bu bir küfür düzenidir, çocuklarınız gâvur Cumhuriyet'in okullarında kız-erkek karışık okuyarak boğazlarına kadar günaha battılar, karılarınız ev gezmelerinde, sinemalarda geziyor, televizyon seyrediyor, edeb-i İslam'ın dışında yaşıyorlar. Hepsi günahkâr, hepsi zındık, hepsi esfal-i safilin, hepsi cehennem ehli olacaklar. Rabbimizin Kuran-ı azimüşşanda buyurduğu gibi bunların boğazlarından aşağı erimiş kurşun akıtılacak, kolları bacakları kesilecek ve kesildiği anda bu uzuvlar tekrar uzayarak azaplar içinde yeniden kesilecek. Bu duruma göz yumduğunuz için sizler de Allah'ın lanetine müstahak hale geliyorsunuz."

Genç, kara sakallı ve gözlerinden ateşler çıkan hocanın, ayınları çatlatarak telaffuz ettiği Arapçayla ayetler, sureler okuması, Mustafa'nın duyduğu dehşeti daha da artırmıştı. Bu sözler hiç aklından çıkmıyordu. Evet, hoca haklıydı, o mübarek zata her şey malum oluyordu. Evet, karısı Zeliha günlere, hatta peygamber efendimizin takılmasını yasak ettiği altınların dağıtıldığı günlere gidiyordu, evet kadın-erkek bir sürü günahkârın hayvanlar gibi öpüştüğü, seviştiği televizyon dizilerini seyrediyordu. Evet, çok ısrar etmesine rağmen başını da kapatmıyordu. Çocuklarını, karısını ölürcesine seven, onların üstüne titreyen Mustafa ne yapacağını şaşırmıştı. Masum yavrularını uyurken seyrediyor, o pembe tenlerinin cehennemde kavrulacağını, o küçücük ellerinin her gün yeniden kesileceğini düşününce çıldıracak gibi oluyordu. Kaç kere karısına yalvarmış, "Kurban olurum Zeliham, gel bu çocukları okuldan alalım, sen de başını ört, en iyi pardösüleri alayım sana, edeb-i İslam'a uygun giyin, o gâvur kadınların arasına gitme, hoca camide, mevlitte salihat-ı nisvandan pek çok hanımın bulunduğunu söylüyor, onlarla görüş" demişti ama yüzüne bakmaya kıyamadığı o güzel Zelihası, "Bunların hepsi safsata kocacığım" deyivermişti. "O hocalara inanma sen, kendileri ne haltlar işliyor, sonra da âleme akıl vermeye kalkıyorlar, çocuklarımı okuldan mahrum edemem, ayrıca ahlak ve iman insanın kalbindedir, başını örterek bir yere varılmaz." O günlerden sonra Mustafa'nın zaten zayıf olan sinirleri iyice bozulmuştu. Şirketin doktoru ona kafasını bulandıran, gündüz gözü uykusunu getiren birtakım ilaçlar vermişti. Bunları her gece yatmadan alıyordu ama etkileri ertesi gün de devam ediyordu. Hocanın sözleri aklından bir türlü çıkmıyor, çocuklarını ve karısını düşündükçe korku ve dehşet hissiyle titriyordu.

Tam o günlerde yüce Allah ona bir işaret gönderdi. Tersanede birlikte çalıştıkları kaynakçı arkadaşı Laz Ahmet, gövdesini bitirmek üzere oldukları yirmi bir metrelik bir teknenin tepesinde dengesini kaybedip de yere çakılınca dehşete düştü, kanlar içindeki arkadaşı daha hastaneye yetiştirilemeden can verince bunu kendisine ilahi bir uyarı olarak algıladı.

Ayrılık günlerine dair

Zehra ayrılığın ikinci gününü de daha önceleri anlamadığı, ancak içinden çıkıldığı zaman farkına varılan hayali bir kafesten kurtulmuş kuş özgürlüğüyle yaşadı. İşinde de, iş dışındaki yaşamında da kafasının daha rahat olduğunu fark etti. Emre'yle birlikteyken sanki bir doğa yasasıymış gibi kabul ettiği, alışmaya başladığı o hengâmeli, yürek çarpıntılı, kavgalı gürültülü yaşama şaşıyordu şimdi. Kendisi bu değildi. Emre'yle birlikteyken, o mücadeleci, doğru kararlar alan, işini her şeyin önünde tutan Zehra olmaktan çıkmış, biraz edilgen mi demeli, bambaşka bir hale gelmişti. Gündelik hayatın göze görünmeyen milyonlarca ipliğinin insanları nasıl bağladığını, yavaş yavaş belli bir yöne doğru götürdüğünü şimdi daha iyi anlıyordu. Ayrıldıklarından bu yana uykuları da düzelmişti, çünkü geceleri Emre'nin yanında doğru dürüst uyumak mümkün değildi. Huzursuz çocuk durmadan zıplıyor, Zehra tam dalacağı sırada, garip bir biçimde kendi kendisine tokat atıyor, şak diye alnına vuruyor, sıkılı dişlerini gıcırdatarak ne olduğu anlaşılmayan şeyler söylüyordu. Sabah işe gitmesi gereken Zehra'nın uykusu da sürekli bölünüyordu elbette. Verilmiş sadakası varmış ki başını belaya sokacak bu ilişkiden vaktinde kurtulmuştu. Gündüz aklını tamamen işine verebiliyor, akşamları da ya evde televizyon izliyor ya ailesine gidiyor ya da arkadaşlarıyla buluşup yeni filmleri görüyordu. Hayat güzeldi doğrusu. Ama yine de hayret ettiği şey, Emre'yi bu kadar kolay ve çabuk silip atabilmiş olmasıydı. Hiçbir iz bırakmamış mıydı bu çocuk kendisinde? "Demek ki bırakmamış" sonucuna vardı düşündükçe; "baksana kalbim huzurla dolu."

Bu rahatlığı çevresinin de dikkatinden kaçmıyor olacaktı ki holdingde muhasebe bölümünün başındaki Ercüment, uzaktan bakışlarıyla onu süzmekten daha doğrusu yalanıp durmaktan vazgeçti; onu bir akşam yemeğine davet etme cüretini gösterdi. Ercüment, kelimenin tam anlamıyla ortalama bir adamdı. Görünüşü, konuşması, bilgisi, davranışları, sesi; ortalama tanımı dışında bir şey çağrıştırmazdı insana. Ama eli yüzü düzgünce, temiz, dürüst bir genç adamdı. Zehra zaman zaman "Bir de şu dişlerini yaptırsa" diye düşünürdü onunla konuşurken. Çok berbattı doğrusu ama yapılmayacak bir şey değildi. Yeni ruh durumunun coşkusu içindeki Zehra cumartesi akşamı için evet dedi Ercüment'e.

Amatör bir yazarın hezeyanlarına dair

Emre'nin derdi büyüktü; Zehra'yı düşünemeyecek kadar büyüktü hem de. Ondan ayrıldıktan sonra, anne-baba evine temelli döndü, kendisini ateşli bir heyecanla "dava" dediği şeye adadı. Nerde akşam orda sabah, sorumsuz biri olarak tanınan Emre'nin en büyük davası, kitapları çok okunan, hatta edebiyata yenilik getiren, yepyeni bir roman tarzıyla dünyayı şaşırtan bir yazar olmaktı. Müzik, kitle kültürünü doğrudan temsil ettiği için uğraştığı bir şeydi. Toplumu bununla eleştiriyor, rahatlıyordu ama asıl işi bu değildi. Konfüçyüs'ün müzik konusundaki ilginç fikirlerini okuduktan sonra merak salmıştı müzik sosyolojisi denen şeye. Filozof bugün yaşasa bir toplumun müzikle nasıl çöktüğünün, yani öngörülerinin doğrulamasını yapan bir laboratuvar gibi görürdü bu ülkeyi. Bu duruma çok içerliyordu ama asıl derdi edebiyattı. Yıllarca gecesini gündüzüne katarak bunun için gerekli olan ilk adımı atmış, birkaç ay önce romanını bitirmişti. Roman dışındaki hayat ona hiçbir anlamı olmayan küçük oyalanmalar olarak geliyordu. Hayat edebiyattı, gündelik yaşam ise bir sürü ıvır zıvır. Romanı bitirdiği gün Samatya'da salaş bir meyhaneye gitti, meyhane kapanana kadar içti, kendini kutladı. Sabaha karşı zaferinden emin olarak eve dönüp iki saat uyudu, sonra kalkıp elindeki sayfaların fotokopilerini çektirmek için Beşiktaş'a gitti. Ardından bir kahvede oturup, kırtasiyeciden aldığı büyük sarı zarflara koyduğu romanı, adreslerini internetten saptadığı belli başlı yayınevlerine gönderdi. Sonra da içi içini yemeye başladı, takır tukur yemekten tırnak namına bir şey bırakmadı. Acaba posta ne zaman giderdi; kitabı ne kadar zamanda okurlardı; ilk öneriyi kim yapacaktı? Kapağın nasıl olması gerektiği, arka kapakta ne yazacağı gibi ayrıntılara kafa yoruyor, kendisiyle yapılacak söyleşilerde neler söyleyeceğini aklından geçirirken, vaktin nasıl akıp gittiğinin farkında olmuyordu. Arka kapak yazısı, "Ey okur, bugüne kadar okuduğun bütün kitapları unut! Yepyeni bir roman okumaya hazırlan!" diye başlayacaktı. En geç bir hafta içinde yanıt alacağı beklentisiyle oyalandı bir süre, ama bir haftanın sonunda sinirleri bozulmaya başladı. Bekleyiş bir ayı bulduğunda morali iyiden iyiye bozulmuştu ama "Herhalde ellerinde bir sürü başvuru vardır, daha okuyamamışlardır" diyerek kendini teselli etmeye girişti. Yoksa o romanı okur okumaz heyecanlanacaklarından, onu hemen arayıp görüşmek için davet edeceklerinden emindi. Tuhaf bir roman olmuştu bu; daha doğrusu roman anlayışını değiştiren bir roman. Joyce'tan, Fransız yeni dalga romanlarından, Alain Robbe-Grillet'den, Michel Butor'dan bile daha gözü pek bir adım. Sınır tanımayan bir düş gücünün yarattığı hikâyeyi, hiçbir roman biçimiyle sınırlandırmayan, sıkıştırmayan, oluşmuş hikâye anlatma tekniklerine kurban etmeyen yepyeni bir şey. "Derin Ayna" adını taşıyan kitap –anlatı diyesi geliyordu– İsa ve Barabbas hikâyesine getirilen yeni yorumla başlıyor, ikinci bölümde İsa'yla Barabbas'ı bambaşka bir çağda –yani zamanımızda– Prag'da yaşarken görüyorduk. Sonra hikâye Amerika'ya geçiyordu; yine İsa ile Barabbas arasındaki olaylar anlatılıyordu. Böylece her çağda tekrarlanan, dekor değiştiren hikâye evrensel bir gerçekliğe ulaşıyor, iyi ile kötünün bitmek bilmeyen savaşına dönüşüyordu. İsa ile Barabbas'ın her çağda isimleri, meslekleri farklıydı elbette. Başlangıçta idam mahkûmu peygamber ile haydut

Barabbas, sonra aynı ölmüş kadına âşık olan İsa ile Barabbas, daha sonra Kafka'nın *Dönüşüm*'ündeki olayları çağrıştıran İsa ile Barabbas...

Bu tema, insanlığın aşk, ölüm, iyilik, kötülük, kitle aptallığı, ahlaki zayıflık, vefa, ihanet, intikam, yerinden yurdundan olma gibi her türlü temel konusunu kapsıyordu. İşlek bir dille yazıldığı için bazen cümleler yarım kalıyor, çok acelesi varmış da derdini tam olarak anlatmaya yetişemeyen birinin sayıklamalarına dönüşüyordu. Yazar bu konuların tümünü, Dostoyevski ve Kafka gibi var olan edebiyat örneklerine dayandırmıştı. Bu durumu önsözünde önemle belirtiyordu; yani herhangi bir intihal söz konusu değildi. Sadece klasik bestecilerin yaptığı gibi senfonisinin içine mevcut bazı motifleri yerleştiriyor, böylece edebiyat tarihine göndermeler yapıyordu ki bu çağda ancak böyle yazılabilirdi. Çünkü güneşin ve –şairler de düşünülürse– ayın altında söylenebilecek her şey söylenmiş, insanlığın yedi temel konusu; Sümer'den, eski Yunan'dan, Narayana'dan, Kalavela'dan, yani bilinen bütün eski yaratılardan beri defalarca işlenmiş, kurcalanmıştı. Herkes aynı hikâyeleri kendi dekoruna ve çağına yerleştiriyordu. Eğer böyle olmasa evlilik dışı bir aşk ilişkisi yaşayarak canına kıyan Madame Bovary'den hemen sonra, evlilik dışı bir aşk ilişkisi yaşayarak canına kıyan bir Anna Karenina yazılabilir miydi? Yeni dünya edebiyatı, alıntılardan oluşmak zorundaydı ama bunları yepyeni bir dil ve ritimle işlemek gerekiyordu. Milyarlarca insanın, on binlerce yıldır yaptığı müziğin temel ögeleri yedi nota değil miydi? Nasıl bu yedi notayı kullanarak, birbirine hem çok benzeyen, hem de hiç benzemeyen besteler yapılabiliyorsa, yedi temel konudan yola çıkan hikâyeler de yazılabilirdi. *Rap* roman bile olabilirdi, niye olmasın! İkinci, hatta üçüncü romanı da kafasında hazırdı Emre Karaca'nın. Ateşli hummaya tutulmuş gibi gece gündüz yazdığı için neredeyse her ay bir roman bitirebilirdi ama ilk romanının henüz yayınlanmamış olması kolunu kanadını kırıyordu.

İkinci romanının adı "Korkak Yeni Dünya" olacaktı. Alıntı bu kadar açık ve net olunca bir açıklama yapmaya bile gerek yoktu ama Emre, dünyanın en kötü bileşimi olan geri zekâ ve kötü niyet sahiplerine karşı kitabı Aldous Huxley'nin aziz hatırasına adayacaktı. Bir Türk olarak dünya romanına ve hikâyelerine bu kadar çok göndermede bulunmasını yadırgayan hamhalatlar olacaktı elbette ama onlar klişelerin esiri olan salaklardı. Onlar için yazmıyordu romanlarını. Gittikleri egzotik ülkelerdeki beş yıldızlı kıyı otellerinde; yerellik pazarlayan özel gecelerde pişen yemekleri ve yerel giysiler içinde yapılan dansları hakiki sanacak kadar yalınkat, saf insanlardı bunlar.

"Korkak Yeni Dünya" romanında dinler yok oluyor, çeşitli mezheplere mensup kiliselerin yerini AVM'ler alıyordu. "Mallism" deniyordu buna. Her sınıfın, her beğeni grubunun, her zevkin kendine göre bir AVM'si vardı pazar günleri ayin yapmaya gittiği. AVM'ler arası gerginlikler, çatışmalar yaşanıyordu.

Üçüncü romanının konusunu ise kimse çalmasın diye söylemiyor, hatta kazara notları ele geçer diye çalışmanın adını VV harfleriyle kodluyordu. Bir vampir hakkındaydı kitap. Ama bu gariban vampir hiçbir canlının kanını ememiyor, kan görünce bayılıyor ve kendisini ancak pancar kökü, kırmızı lahana gibi kan rengi içeceklerle avutabiliyordu. Kimseyi ısıramadığı, ancak bu kökleri dişlediği için de diğer vampirler tarafından alay konusu haline geliyordu. VV, Vegan Vampir demekti.

Kaderin ellerine dair

Annem Michail'i o durumda (zincire vurulmuş) görünce çok üzüldü, hemen içeri koşup imparatora acı gözyaşları döktü, bir kez iki kez değil, üst üste Michael'in gözlerini esirgemesi için yalvardı. İmparator acele etmelerini, Eller denen yerden geçmeden önce onlara ulaşmalarını tembih ederek, cellatlara bir haberci gönderdi; ki Eller'in arasından bir kez geçen kişi kaderinden kurtarılamazdı. Bu bronz elleri, görünür bir yere, taştan bir arkın üstüne diktiren imparatorların niyeti; henüz oraya ulaşmamış ama imparatorun affına mazhar olmuş mahkûmun, cezadan kurtulabilmesiydi. Ama Eller'i geçmiş olmaları, imparatorun artık onları reddetmiş olduğunu belirten bir simge olarak kabul edilirdi. İşleri talihe, daha doğrusu Tanrı'nın ellerine kalmıştı.

Prenses Anna Komnena
(Bizans İmparatoru Alexios 1. Komnenos'un kızı),
1083-1153, *Alexiad*

Kadınların çoğu yeni yıl uğur getirsin diye kırmızı don giyse de asıl talihi bekleyen kişi, 14 numaralı masada oturan antikacı. Hem de kırmızı dahil hiçbir renkli dona ihtiyaç duymadan. Yakında, yüzyılın en önemli antikacılarından birisi olarak selamlanacak, bir hazineyi dünyaya gösterecek ve ömrünün en büyük ödülünü alacak. Çünkü tam yirmi iki yıldır inatla, sabırla ona bu konuda ilham veren bronz eli –daha doğrusu elin bir parçasını– buldu. Dünya daha yılbaşı mahmurluğundan kurtulmadan sarsılacak. Bu yüzden duyurusunu bir hafta ertelemeyi düşünüyor. Hatta belki de bununla ilgili basın toplantısını Londra'da, New York'ta yapmalı. Belki de Sotheby's... Niye olmasın?

Antikacı, gençlik yıllarında elyazması kitaplara merak salmıştı. İstanbul, Konstantiniyye ve Konstantinopolis bu konuda el değmemiş bir hazine gibiydi. O böyle düşünüyordu ama bu şehir elbette ki "el değmemiş bir hazine" değildi. Sürekli yağmalanmış, tahrip edilmişti. Şehrin gördüğü en büyük kıyım ve yağma ise 1204'te Katolik Haçlıların işgali sırasında olmuş, kıymetli elyazmaları dahil olmak üzere, birçok başyapıt kaçırılmıştı. Yine de köşede bucakta kalanlar olabilirdi tabii. Antikacıya bu konuda en büyük cesareti bir Danimarkalı vermişti. Helberg adlı bu Danimarkalı diplomat 1906 yılında Haliç'teki bir Ortodoks kilisesinde eski bir dua kitabı bulmuş, din görevlisinin de yardımıyla kitabı yurtdışına çıkarmayı başarabilmişti. Ama bu dua kitabının üstüne yazıldığı parşömenleri incelediğinde Arşimet'in milattan önce üçüncü yüzyılda yazmış olduğu üç kitaptan biri olduğu ortaya çıkmıştı. Bilim dünyası bu palimpsestle sarsılmıştı. Büyük matematikçi Arşimet'in, Ortodoks dualarının altında kalan özgün metni yıllarca süren titiz çalışmalar sonucunda tam olarak ortaya çıkarılmıştı. Kitap milyonlarca dolar ediyordu. Antikacı bu bilgilere ulaştığı zaman, burada doğmuş olmasına rağmen İstanbul'la ilgili hiçbir tarihsel bilincinin olmadığını, antikacıların hayallerinin en çok geç Osmanlı çağı tombaklarına uzandığını görmüş, kendini bu şehri araştırmaya adamıştı. Bir zamanlar Bizans dünyanın en önemli kültür merkezi değil miydi? Hıristiyan dinini kabul eden Konstantinos'un annesi Helene Kudüs'ten buraya İsa'nın gerildiği çarmıhın parçalarını, çivilerini ve iplerini getirmemiş miydi? Hıristiyan dininin en önemli belgeleri burada korunmamış mıydı? İsa'nın "oğul" olarak kabul edildiği İznik Konsili'nden hiç mi iz kalmamıştı? Yılan derisi üzerine yazıldığı kabul edilen İncillere ne olmuştu? Ayasofya'nın, Hipodrom'un, Mesa'nın planları neredeydi? Ama bunların hiçbiri antikacının yüreğini küt küt vurduran keşifle yarışamazdı. Antikacı, 1204'te Katoliklerin eline geçen Konstantiniyye'de, birçok değerli dini sembolün saklanmış, bir yerlere gizlenmiş olduğuna inanıyordu. Bu kanısını destekleyen pek çok kitap okumuştu. Düşman yaklaşırken peygamberin kutsal emanetleri dahil birçok Ortodoks emanetini bir yerlere gizlemişlerdi. Nitekim şehri yakıp yıkan, yağmalayan, Ayasofya gibi kutsal bir mekânda papazların, kadınların, çocukların ırzına geçen Haçlılar bazı kutsal eşyaları bulamamışlardı. Antikacıya göre, bunların en önemlileri eskiden Forum Tauri, yani Boğa Meydanı denilen şimdiki Beyazıt-Çemberlitaş'ın altıydı. Doğu Roma döneminde o meydandaki boğaya giden yolda iki el heykeli vardı. İmparatorun dünyevi yetkisi o ellerle birlikte sona erer, ellerin öteki tarafına, yani boğaya doğru geçen kişiyi imparator istese de kurtaramazdı artık. Çünkü o kişi Tanrı'nın alanına girmiş oluyordu. Kıpkızıl kesilen demir boğanın içindeki mahkûm çığlıklar atarak kızartılırken, halk bu idamı izleyerek eğlenirdi. Çünkü içeriden çıkan dumanlar, boğanın burnunun iki deliğinden fışkırır, ona öfkeli bir kızıl boğa görüntüsü verirdi. Mahkûmun yankılanan çığlıkları da boğuk homurtulara benzediğinden boğa canlıymış duygusuna kapılırdı insanlar. Şimdi o meydanda böyle şeyler yoktu elbette ama aynı yerde 1978 yılında devletle bütünleşen sağcı çeteler, yedi solcu öğrenciyi bombayla öldürmüşlerdi. Artık burada İstanbul Üniversitesi, Beyazıt, Çemberlitaş semtleri, kuyumcular, seyyar satıcılar, atıştırmalık satan yerler bulunuyordu. Ama antikacı, bölgedeki birçok evde Bizans döneminden kalıntılar olduğunu, bazen bir Bizans kalıntısının üstüne ev dikildiğini, bazen evlerin mahzenlerinde ayazmalara, hatta sarnıçlara –evet ne kadar hayret verici olursa olsun kayıkla gezilen sarnıçlara– rastlandığını, inşaatlarda kullanılan taşların Bizans anıtlarından ve tapınaklarından alındığını biliyordu. O evlerin sahiplerine küçük ikramlarda bulunup gönüllerini kazanarak epeyce yer gezmiş, hayretten hayrete düşmüştü. Ama onu asıl heyecanlandıran keşif, üç katlı, dokunsan yıkılacak eski bir evin mahzeninde araştırma yaparken bulduğu bir bronz parçaydı. Duvarın içine gömülmüştü, kırılmış bir el heykeliydi, dev parmakların üçü gitmiş, tehdit edici bir tavırla dikilen işaretparmağı çağların ötesinden gelen bir uyarı gibi açığa çıkmıştı. Muntazam değildi elbette; kıvrılmalar vardı. Antikacı günlerce uyuyamamış, çektiği fotoğraflara bakmıştı; bronzun kıvrımlarından Çemberlitaş'taki Eller'in bir parçası olup olmadığını anlamaya çalışmıştı. Kesin bir karara varması zordu; en iyisi o parçayı satın alıp karbon izotoplarıyla inceletmekti.

Anadolu'dan İstanbul'a göçtüğü sırada iki katlı olan uyduruk evi alıp, üstüne bir kat daha çıkmış, üstelik bunu pembe ve yeşil renklere boyamış olan şeker tüccarından o bronz parçayı, ev sahibine göre pahalı ama eserin değeri yanında leblebi-çekirdek fiyatı sayılabilecek bir paraya satın aldı. O gece işi bittikten, dükkân kapandıktan sonra karısıyla birlikte, bronz parçasını sabunlu sularla temizlediler. Yüzyılların, hatta binyılların kiri akıp gittikçe sanki el canlanıyordu, renk değiştiriyordu. Ama en büyük ödülleri, sabaha karşı elin dar ucunda fark ettikleri bir yazı oldu. Bizans harfleriyle Moirae yazıyordu orada; yani kader. Bu keşif, antikacı çiftin sabaha karşı bir şişe viski içmelerine ve dükkânın deposunda deliler gibi dans etmelerine neden oldu.

Üstat ve Marco Polo'ya dair

Üstat, her ay özenle, kızacak bir mesele seçer; o ayın konusunu belirler, yazılarında, sohbetlerinde ve televizyon konuşmalarında, otomatik bir çekiç gibi hep aynı noktayı vurgular.

Geçen ay Osmanlılardaki gericilik hareketlerine, Bellini'ye resmini yaptıran Fatih'le, padişah olunca saraydaki bütün resimleri –babasınınki dahil– günah diye çöpe atan Bayezid'in çelişkisine, İbn Rüşd ile Gazali taraftarlarının fetih Konstantiniyye'sindeki tartışmalarına ve on yedinci yüzyılda halife padişah ve şeyhülislam dahil neredeyse herkesi kâfir ilan etmiş olan Kadızadeliler hareketine yoğunlaşmıştı. "Bunları bilmeden İslamcı hükümeti anlayamazsınız, nereden çıktılar diye sorar durursunuz" diyordu.

Bu ayki nefret objesi ise milliyetçilik. Her Türk asker doğar ya da bir Türk dünyaya bedeldir şeklinde "tezahür eden" ilkel milliyetçilik tepesinin tasını attırıyor. Yoksa kültür milliyetçiliği onun da kabul edebileceği bir şey. *Ama adamların ne kültürden haberi var, ne milliyetçilikten kardeşim.* Varsa yoksa Viyana önleri, Zigetvar, Otranto, "Ben ki" diye başlayan padişah mektupları vesaire. Yüz yıl önce Rus ordusunun İstanbul'un bir semti olan Yeşilköy'e girip, üstelik bir de zafer anıtı yaptıklarını saklamak için o semtin adını Ayastefanos diye öğretirlerdi. Belki de çok uzaklardaydı bu tuhaf isimli yer değil mi ya!

Üstat, masadan ufak ufak kırmaya çalışan gazeteciye, "Otur bakalım delikanlı" diyor. "Nereye? Daha sınav bitmedi." Gazeteci tuvalet falan diye bir şeyler mırıldanıyor ama yalan olduğunu o kadar belli ediyor ki üstat daha da kızıyor.

"Son konumuz mastürbasyondu değil mi?" Çekingen bir tavırla yerine oturan gazeteci başını evet anlamında sallıyor. "Peki söyle bakalım" diyor üstat, "sen hiç mastürbasyon yaptın mı?" Gazeteci ne diyeceğini bilemiyor, yaptım dese bir türlü, yapmadım dese bir türlü. Karısı başını önüne eğmiş hiç kimseye bakmamaya çalışıyor. Üstat yine gevrek kahkahalarından birini patlatıyor. "Tamam tamam, affettim; bir daha beni kızdırma, yoksa karını hiç aldattın mı diye sorarım" dedikten sonra ötekilere dönüyor. "Söyleyin bakalım, Marco Polo nereye seyahat etmişti?" Bütün masa "Çin" diye cevap veriyor. "Aferin size" diyor üstat. "Peki yanında yıllarca kaldığı Çin hükümdarı kimdi?" Bu soruya kimse cevap veremiyor, birbirlerine bakıyorlar. Bir kadın "Çin imparatoru" diyor, "adı neydi ayol, Han mıydı neydi?" Üstat ona pek aldırmıyor, kadınlara fazla ilişmez çünkü.

"Peki, size bir soru daha" diyor. "Cumhuriyet devrimlerini savunduğu için 1930 yılında Menemen'de gericiler tarafından başı kesilerek öldürülen subayın adı neydi?" Masa hep bir ağızdan, okulda öğrendiklerini tekrarlayarak, "Kubilay" diye cevap veriyor. Bu konuda ezberler tamam. Eğer soracak olsa Derviş Mehmet'i de anlatırlar. Üstat "Tamam" diyor, "şimdi bir şey hatırladınız mı?"

Başı kesilen şehit teğmenle Marco Polo'nun ilişkisini bir türlü kuramadıkları için tepe sersemine dönmüş olan masadakiler umutsuz gözlerle birbirini süzüyor. Üstat bir süre bekliyor; hepsine tek tek baktıktan sonra "O hükümdarın adı da Kubilay'dı" diyor. "Kubilay Han. Çünkü o sırada Çin ülkesi, Moğol-Türk hanedanlığı tarafından alınmıştı. Pekin'de imparator olarak bizden biri, yani Kubilay Han oturuyordu. Şimdi bunu sorsan, bu salondaki hiçbir salak bilmez, bilir mi?" Dolaylı olarak kendilerinin de salak olduğunu kabul eden masadakiler hep bir ağızdan, "Bilmez hocam" diyorlar. "Peki" diyor üstat, "bu nasıl milliyetçilik? Bill Gates'in bildiği Harzemliyi bilme; Çin'de Yuan Hanedanı'nı kurarak bu ülkeye yıllarca hükmeden, o olmasaydı bugünkü Çin olmazdı denen büyük Kubilay Han'ı bilme; Kipling'in Kubilay Han şiirini hiç bilme; Italo Calvino'nun Kubilay Han'la Marco Polo arasındaki konuşmalarını düşlediği *Görünmez Kentler*'i bilme; sadece internet haberlerine, gazete manşetlerine bak, ekranda dedikodu takip et, hafta sonları maçlarda bağır, sonra da övün dur. Senin hakkın yok kardeşim övünmeye, çünkü sen bu kültür geleneğine ait olmayan cahil bir köylüsün."

Bir sessizlik oluyor. Gazeteci, "Üstat" diyor, "gerçekten ihtiyacım var, izin verirseniz iki dakika..."

"Peki" diyor üstat, sonra da masadan aceleyle kalkan genç adamın arkasından sesleniyor: "Fazla tutma onu, elinde kalır yoksa, ha, ha, ha, ha... Hem doktor ağır kaldırma dememiş miydi sana ha, ha, ha, ha..."

Bu üstat tanındığı gibi felsefe profesörü mü, yoksa *stand-up*'çı mı belli değil doğrusu. Üstadın gücü; biraz da karşısındakinin hiçbir şey bilmediği yolundaki kesin inancından, buna rağmen onlarla kendisini yakınlaştıracak hiçbir çabada bulunmamasından, onların bilemeyeceği bir terminolojiyi kullanmaktan hiç çekinmemesinden geliyor. Yoksa o da bilir masadakilerin Rudyard Kipling'i, Kubilay Han şiirini falan duymadığını. Ama bu onu engellemiyor, onlara anlamasalar bile engin ve ödünsüz bir bilgi dünyasının varlığını, küstahça hatırlatıyor. Küstahlık da işine yarıyor elbette. Çünkü aralarındaki uçurumun çok derin olduğunu ihtar ediyor. Yoksa bu memleketi biliyor o; gençlik yılarındaki gibi çekingen ve kibar davransa hem kel hem fodul olanlardan çok çeker. Hiç kimsenin bir şey öğrenmeye niyetli olmadığı, bilenleri de suçladığı bu toplumda, aradaki fark az olursa herkes hemen dikleniverir, onları susturmak için farkın anormal derecede açılması gerek. Bir de tepeden bakma zırhını kuşanmak elbette.

Sessiz Gözlemci'ye dair

Üstat kadar, hatta belki de daha derin gözlemleri olan bir başkası, ayrı bir masada sesini kesmiş oturuyor. Üstat gibi, deyim yerindeyse, cesur değil; utangaç bir adam, genel tuvaletlere gitmek zorunda kaldığı zaman diğer erkekler gibi pisuarlara yapamaz, ille de arkasında kilitlenmiş bir kapı ister, kendisine bir şey sorulduğu zaman kekelemeye başlar, yüzü kızarır. Hele kadınlarla hiç rahat değildir. Onun en iyi yaptığı iş deneme kitapları yazmak, iki ayrı dilden yaptığı çeviriler ve gazetedeki kültür yazılarıdır. Böylece kendisine epey saygınlık sağlamıştır ama bu davetlerde susar ve dinler.

Bulunduğu masada o sırada sinema konuşuluyor. Bir kadın, "Aman o ne öyle, Recep İvedik mi ne; tek kelimeyle iğrenç, iğrenç" diyor. Başka biri, "Gitmem tabii o filme" diyor, "ama geçen gün televizyonda oynuyordu, bir bakayım dedim. Aman sahiden iğrenç bir şey; nedir o öyle." Çıplak kafası parlayan ince yüzlü adam, "Ama" diyor, "filmin hâsılatı müthiş, yedi milyon bilet satmış, dile kolay, ortalama altı dolardan hesapla, vallahi bravo." Bu hesapları yapan finansçının karısı ona dik dik bakarak, "Para kazanmış olması iğrençliğini ortadan kaldırmaz" diyor. Bizim kendi halindeki köşe yazarı Suat Haznedar ise içinden, "İşte tam da bu dediğiniz nedenlerden hanımefendi" diyor, "Recep İvedik tiplemesi para kazandığı için iğrençleşti." Sonra geçenlerde yazdığı bir yazıyı hatırlıyor. Bu insanlar onun yazdığı küçük ve ciddi gazeteyi okumadıkları, genel olarak da onun yazdığı tarzdaki yazıları okumaya dayanamadıkları, gazetelerde ancak dedikodu yapan köşeleri sevdikleri için o yazısını görmüş olamazlar. Görseler bile kendisi hâlâ eski kafalı bir yazar olarak paragraflar halinde yazdığı için Türkiye'de pek az kişi bunu okuyabilir. Türk basını çoktan beri düz yazıyla şiiri bileştirmiş, her cümleyi ayrı bir paragraf olarak yazıyor, böylece okur da beyazlığı, boşluğu çok olan kısa cümleleri okuyabiliyor. Noktalı virgüllerle falan bölünen, yön değiştirerek, etken-edilgen konumlara geçen paragraflar ise tedavülden kalkan bir para gibi olmuş. Zaten postmodern dünya; modernitenin feci yanlışlarına karşı koyacağım derken başka bir aşırılığa yuvarlanmış; eğitimi, bilgiyi, insan ruhunun yücelmesini, yazın, estetik gibi temel kavramları düşman belleyip her şeyi ilkel kimlik algısı üstünden okumaya başlamış. Sesini çıkarmıyor elbette ama bu yalınkat aydınlara siniri bozuluyor. Hele bir de aydın olduklarını kanıtlamak için her şeye "çok da" demiyorlar mı? *Bu tavrı çok da anladığım söylenemez veya çok da anlamlı bulmadım.* "Yani az mı anladın, az mı anlamlı buldun?" diye sormak istiyor onlara.

İşte böyle dil modaları vardı. Zamanın moda kavramları ise kimlik, resmi tarih, yüzleşmek, algı ve yanlış tercüme edilen *zeitgeist*... Almancada ruh *seele* idi, peki *geist* demelerinin anlamı üstüne kafa yoran kaç kişi vardı? Zamanın ruhu deyip geçiyordu herkes, sanki nane ruhuydu. (Burada cebinden küçük defterini çıkarıp her zaman olduğu gibi not alıyor: Marx ve Engels'in *Komünist Manifesto*'nun ilk cümlesinde hangi kelimeyi kullandığına bak. *Geist* mi *spectre* mi?)

Suat Haznedar, o yazısında 70'lerin köyden şehre göç dalgasının başlarındaki Şaban filmleriyle 2000'lerin Recep İvedik filmlerini karşılaştırıyordu. Yeşilçam, el yordamıyla dönüşümü saptamıştı. Aptal gülüşlü, saf, kentlilerin alay ettiği, kentlilerin karşısında ezilip büzülen, hele onların kızlarına yan gözle bile bakmaya cesaret edemeyen İnek Şaban'dan; önüne gelene posta koyan, vurdu mu deviren, nispeten zenginleşmiş, küstah, kentlileri ezen Recep İvedik'e dönüşmesinin öyküsüydü bu ve bir sürü sosyolojik araştırmadan daha sağlam bir gözlemdi. Suat Haznedar gazete yazısında şöyle yazıyordu:

Bu olayı sadece bir sinema başarısı olarak değil, toplumun yüzüne tutulan bir ayna olarak görmekte yarar var. Türk toplumu, Recep İvedik'te kendini seyrediyor. Özellikle büyük şehirlerde sokağa çıktığınızda karşılaştığınız on kişinin sekizi ona benziyor. Bu açıdan "toplumsal bir fenomenle karşı karşıyayız!" demek herhalde yanlış olmaz.

Eskiden Kemal Sunal filmleri çok tutulduğu için, insanın aklına ister istemez Şaban tiplemesi ile Recep İvedik tiplemesini karşılaştırmak geliyor. Şaban, büyük göçün başlangıcında köyden şehre yeni gelen, alçakgönüllü gecekondu mahallelerinde oturan, başını döndüren şehir karşısında köy safiyeti taşıyan, etrafa şaşkın şaşkın bakan bir tipti. Şehrin katakullilerine aklı ermezdi.

Yüksek binalara bakarken şapkası düşerdi. Gördüklerine hayran olurdu. Karşısına çıkan kızın yüzüne bakarken ağzını toplayamazdı.

Şaban zamanla şehre alıştı. Oturduğu gecekondunun yerine kaçak bir bina dikti, altına da bir dükkân açtı. Akrabalarıyla birlikte siyasi bir partinin yandaşları arasına girdiği için himaye edildi. Artık kentlilere çekinerek bakmıyordu, eline para geçmişti.

Kentli kızları aşağılıyor, sokakta karşısına çıkanlara amaçsızca kötülük ediyor, ikide bir "Haaayt ulan!" diye bağırıyor, milli maçlardan sonra silah sıkıyordu. Yüzünden o insani gülümseme silinmiş, tam tersine gördüklerini aşağılayan, hakaret eden bir nefret yerleşmişti. Kentin yeni efendisiydi o ve eski efendileri aşağılama hakkına sahipti.

Böylece Şaban Recep'leşti. Ve Türk toplumu kendi yüzünü Şaban'da değil, bu yeni Recep'te görmeye başladı. Çünkü Şaban'lar hızla azalıyor, Recep'ler ise her geçen gün artıyordu. İstanbul'un "kodamanlarını" önüne diziyor ve "Adam olun laaan!" diye bağırıyordu.

Bu dönüşümü siyasi bir gelişme sananlar fena halde yanılır. Mesele kültürün değişimidir.

Belki çoğu kişi için kötümser bir yazıydı ama günlük hayattaki sakin tavrının aksine yazılarında gayet keskin olan Suat Haznedar, her gün görüşlerinin doğrulandığını görüyordu.

Emeğe ve yemeğe dair

Otuz garson masalara yetişmek için birbirlerine çarpmamaya çalışarak, eğilerek, bükülerek, kollarına yığdıkları bir sürü tabağı devirmemek için türlü ustalıklar yaparak çırpınıyor. İçlerinde Türkiye'nin bütün bölgelerinden gelmiş çocuklar var. Esmeri, sarışını, uzunu, kısası ama hepsi otel kuralları gereği bıyıksız. Bıyık, sakal, uzun saç yasak garsonlara. Yakın arkadaş olmasalar bile hepsi de kader birliğinin getirdiği bir dayanışma içindeler. Herkes birbirinin ufak tefek kusurunu ya da kendi kafasına uymayan taraflarını görmemeye çalışıyor, sohbetlerine de her zaman futbol egemen oluyor. Ancak aralarında iki kişi var ki, ötekilerden daha çok dikkat çekmekte.

Bunlardan biri esmer, irikıyım ama hantalca bir Anadolu delikanlısı. Aklını dizi oyunculuğuyla bozmuş ve o dizilerde oynayan klasik Türk tipi esmer aktörlerden daha yakışıklı olduğunun kesin ve sarsılmaz inancıyla hareketleri gitgide tuhaflaşmış. Sürekli kendisini izliyor, aynaların önünden kendine hayran bir bakış atmadan geçemiyor, hatta eline aldığı kaşıkta çatalda bile suretini arıyor, tek kulağına taktığı sahte tektaşı elleyerek masalardaki kadınlara çapkın bakışlar atıyor. Bir masanın yanından geçerken "yakışıklı" diye bir söz kulağına çalınmayagörsün, kendisinden bahsedildiğini sanarak hemen oraya yöneliyor, "Efendim?" diye soruyor. Oturanlar da onun bütün umutlarını boşa çıkarırcasına ya boş ekmek sepetini gösteriyor ya da su istiyor. Oğlanın bu huyunu fark eden diğer garsonlar arada bir ona ne kadar yakışıklı olduğunu söylüyorlar, ünlü dizi oyuncularının adlarını sayarak "Senin eline su dökemez" diye dalgalarını geçiyorlar. Ama zavallı oğlan o kadar kendini kaptırmış ki çok açık olduğu halde dalga geçildiğini anlamıyor, "Vallaha mı, sahi mi?" diyerek sevinçten göklere uçuyor.

Bir başka ilginç garson, Doğu illerinden gelen ufak tefek, esmer, göğüs kılları gömleğinden taşan bir çocuk. K harflerini gırtlaktan telaffuz eden bir şivesiyle tam "Şark suyu içmiş" tanımına uygun görünüyor ama hareketleri kadınsı, dirseklerini vücuduna çok yakın tutuyor, bu yüzden masaya bir şey koyup kaldırırken kırıtır gibi hareketler yapıyor. Zaten konuşması, bakışları, sesi, yürüyüşü, el hareketleri, gülerken başını savurması ve çıkardığı sesler, kısacası bütün hareketleri eşcinsel olduğunu ortaya koyuyor. Onun için zor bir durum bu. Çünkü insanlar eşcinsellerin eğitimli, kentli, zengin, kültürlü, bakımlı olmasına alışmış; köylü bir eşcinseli kabul etmeye hazır değiller. Nedense eşcinsellik bir kentli tavrı gibi algılanıyor.

Oysa köyde doğup büyüyen bu çocuk, kendini bildi bileli böyleydi. Daha el kadarken kızlarla oynamaya, arada sırada gizli gizli onlar gibi giyinmeye bayılırdı. Garson arkadaşları ona alışmışlardı; temiz kalbi, sempatik konuşmaları ve dillere destan dürüstlüğüyle herkesin sevgisini kazanmıştı ama şef yine de onu her türlü kazaya belaya karşı uyarma ihtiyacı hissederek, kendini gizlemesini, durumunu pek açık etmemesini tembihlemişti. O da en masum çocuk gülüşüyle, "Ne var ki durumumda şefim?" demişti; "masumum vallahi, elime erkek eli değmedi, yemin ederim değmedi."

Serhat'ın IŞİD aşkına dair

O sırada Ali Öztürk zedelenen elini, şefin tavsiyesiyle buz kovasına sokmuş, şişin biraz inmesini bekliyor ama bir süre sonra donmaya yüz tutan elini kovadan çıkarınca parmaklarının kıvrılmadığını görüyor. El morarmaya başlamış, şişmiş, parmaklar kütük gibi olmuş, felaket bir durumda. Oysa ona iki eli de gerekli. Şarap isteyen konuklar için iki elinde iki şişeyle masalar arasında dolaşması, sonra da isteğe göre, peçeteyi dikkatle sarıp şişeyi son anda kıvırarak masa örtüsüne damlatmadan şarabı servis etmesi gerekiyor. Ama sağ eli böyle bir iş göremez artık.

Çaresiz bir durumda arkadaşı Serhat'a yalvarıyor. "Ne olur" diyor, "çaktırmadan şu şarap işini devralıver, bu elle yapamam." Ama Serhat gözlerini kocaman açarak, "Ne diyorsun sen kardeşim, ben elime nasıl şarap şişesi alırım!" dediği anda durumu hatırlıyor. Serhat zaten zor çalışıyor bu *günahkâr* yerde. Yatalak anasına bakmak zorunda olmasa hiç uğramaz buralara.

Otelin hazırlık döneminin başlangıcı olarak belirledikleri günden bu yana bir buçuk ay geçmişti. O zamandan beri de Serhat'la arkadaş olmuşlardı. Ama Serhat Kuran kursundan yetişmiş, beş vakit namazında ve aklını din konularıyla bozmuş biriydi. İyi çocuktu ama bu dünyaya sadece neyin günah, neyin günah olmadığını anlamak için gelmiş gibiydi. Şefinden izin alarak beş vakit namaz kılar, eğer bu akşamki gibi izin koparamazsa daha sonra kaza namazını eda eder, hatta kendini affettirmek için nafile namazları kılar, güneşin en yüksek noktasında dünyaya cinlerin doluştuğu yönündeki çöl inancına yürekten inanır, banyoda da cinler bulunduğu için orada fazla vakit harcamaktan çekinir, ahlaksızlığı tasvir etmek ifsada teşvik eder diyerek arkadaşlarıyla sohbete katılmaz, kadınlara bakmaz, çıplak kadınlar gösterdiği için televizyon izlemez, Bosna'da, Çeçenistan'da, Afganistan'da cihada gidenlere imrenir, Allah yolunda şehadet şerbetini içmenin bir faninin ulaşabileceği en yüksek mertebe olduğuna inanır, internette İslami sitelerde yazılanları izlerdi.

Bu sitelerden birinde Rakka'ya giderek IŞİD'e katılan Türk arkadaşlarının mesajlarını okumuştu. Bir kısmı ailesiyle Suriye'ye geçerek İslam Devleti'ne yerleşmiş, bir kısmı ise ailesini terk ederek gitmişti. Serhat'ın da en büyük hayali bu darülharp ülkesinden ve laik domuzlardan kurtulmak, şeriatın hüküm sürdüğü, hırsızlık yapanın elinin kesildiği, zina işleyenlerin ve küffarın katledildiği o temiz, o aydınlık, o İslam kokan topraklara ulaşmaktı. Ama ne yapsın ki yatalak anasının ondan başka bir dayanağı, bir geliri, ona bakacak bir akrabası yoktu. Rakka'ya gitse annesi ölürdü, gitmese her gün biraz daha boğulduğu bu günah şehrinde, bu İstanbul bataklığında mahvolup gidecekti. Acaba hangisi daha günahtı? Yatalak anasını terk ederek İslam Devleti'ne gitmek mi, yoksa orada Allah yolunda savaşan din kardeşlerinden ayrı kalıp bu günahkârlar cehenneminde yaşamaya devam etmek mi? Bunun cevabı yoktu işte. Bu Ali kendilerinden değildi ama yine de iyi çocuktu, elinin de bir süre iş göremez hale geldiğini biliyordu ama bu dünyada hiçbir güç, Serhat'ı o şişelere dokunmaya zorlayamazdı. "Külli müskirin haram"dı, hele şarap! Büyükleri ve arkadaşlarıyla her hafta buluşur zikir ayini yaparlardı, çünkü Zülcelal'in ismini ne kadar çok tesbih edersen, günahtan o kadar uzak durur ve sevap kazanırdın. Serhat da ayinin düzenlendiği gecekondu evine büyük bir sabırsızlıkla gider, kapıda ayakkabılarını çıkarır, başına beyaz takkesini giyer ve kendisine bir gayretullah ihsan edilmiş gibi hissederdi. Zikirden sonra da büyüklerinden, âlim ve fazıl hocalardan feyz alma sohbeti başlardı. Bu sohbetlerin başlıca teması, şer-i şerife saygılı, din-i mübin uğruna İslam sancağını üç kıtada dalgalandıran ecdadımızdan sonra, bu memlekete gâvurluğu getiren, tövbe estağfurullah kadınların başını açıp, erkeklere zorla şapka giydiren –burada İskilipli Atıf Hoca'nın ruhuna Fatiha okunurdu– o gök gözlü gâvurun, o Selanikli dönmenin, adına Atatürk denilen o deccalın, o İngiliz ajanının yarattığı tahribattı.

Serhat bütün zerreleriyle Atatürk'ten, onun yolunu izleyenlerden, laiklerden, Anıtkabir'e giden putperestlerden nefret ediyordu. Elinden gelse hepsini kılıçtan geçirir, "Allahüekber" diyerek, babasının başında durarak öğrettiği usulde kurbanlık koyun gibi keserdi. Aynen koyunlar gibi onların da gözlerini, ellerini, ayaklarını bağlar, bıçağın enli yanını üç kere boyunlarına sürer, tekbir getirdikten sonra keskin tarafını bastırır, kan fışkırınca çırpınan vücudu zapt edip kanın iyice toprağa akarak boşalmasını beklerdi. Kâfirin, öldükten sonra bile bacakları seğirecekti elbette ama o bunun bir refleks sonucu olduğunu biliyordu. IŞİD'in kesip gösterdiği her kâfir kafası içine bir ferahlığın yayılmasına yol açıyordu. Çünkü onlar da İslami usullere uygun kesiyorlardı kâfiri, aynı hayvan kesme terbiyesinden geçtikleri anlaşılıyordu. Kafa kestikten sonra ha koyun, ha dana, ha insan, ne fark ederdi? O koyunlar, kâfirlerden ve laiklerden daha masumdu. Neyse ki ülkenin başında, tam olarak içine sinmese, dünya malına fazla düşkünlüğüyle kelamullah yolundan ayrılmış görünse bile, yine de öteki gâvurlardan iyi, alnı secde gören bir imam vardı. İşte şimdi "ulu'l emre itaat" kuralı yerine getirilebilirdi. Liderin, Gulbeddin Hikmetyar gibi ulu bir zatın dizinin dibine kıvrılıverdiği fotoğrafı odasının duvarına asmıştı. Ne mutlu ki devletin başına böyle bir zat-ı şerif geçmişti. Geçen yaz işsiz geçen o zor günlerinde, mübarek Ramazan-ı şerif şerefine kurulan iftar çadırlarında hem orucunu açmak hem de zavallı anacığına yiyecek bir şeyler götürmek için Eminönü'ne gider, ama daha önce Sultanahmet Camii Şerifi'nin önünde halka nasihat eden, onların sorularını cevaplayan o nur yüzlü mübarek zatın, televizyondan da canlı olarak yayınlanan sohbetini izlerdi. Meydanda yüzlerce mümin kardeşi, bacısı otururdu. Onlar elden ele gezdirilen mikrofonla sorularını sorarlar, sahnedeki mübarek ilahiyat profesörü de evelallah derin ilmiyle hepsini cevaplandırırdı. Her şeyi bilirdi bu hoca. Soruların tamamı günah üstüneydi. Mesela bir kadın "Hocam ben orucumu tutuyom, namazımı kılıyom, Allahıma karşı her vazifemi yerine getiriyom" demişti. Hoca da, "Allah kabul etsin evladım" deyip, canlı yayın zaman kısıtlamalarını, reklama gideceklerini hatırlatarak sorusunu sormasını istemişti. Kadın, "Hocam, benim gocam oruç tutmuyo, benden de yemek bekliyo; ona yemek yapıp götürdüğümde günaha girer miyim?" diye sormuştu. Hoca mikrofonu almış, "Kocana hizmet etmek senin mesuliyetindir kızım" demişti. "Hizmetini yap, onu Allahü tealayla baş başa bırak. Herkesin günahı, sevabı boynuna." Sonra ergenlik yaşında bir çocuk, tir tir titreyerek hocasına, banyoda fazla oyalanmanın, aynaya fazla bakmanın günah olup olmadığını sormuştu. Hoca da "Evet" demişti, "günahtır evladım, çünkü cinler oraları çok sever." Böylece "istimna"ya çok düşkün olduğu belli olan sivilceli, gözlerinin altı morarmış oğlan "meyus" bir şekilde yerine oturmuş, yanında oturan şişman başörtülü anası ise bu cevaba çok memnun olmuştu. Oğlana ben sana demedim mi gibilerden baş sallıyordu.

Aslında Serhat'ın cesareti olsa kafasını kurcalayan soruyu sorar, anasıyla cihat arasına sıkışan ruhunu ferahlatacak bir cevap almak için mikrofonu isterdi ama böyle uluorta sorulamazdı ki bu soru. Bu deccal devletin polisleri hemen yakasına yapışırdı insanın. Gidiş İslam yönündeydi ama memleket henüz o deccalın tesirinden tam olarak kurtulamamıştı. Neyse ki o günler hızla geliyordu Allah'ın izniyle. Uzun zamandır kafasını kurcalayan, cevabını bulmak için beynini patlatmasına rağmen hiçbir sonuç alamadığı ve cevabı hiçbir kitapta bulunmayan, hatta sorulması bile küfür sayılabilecek birkaç soru daha vardı. Çok iyi biliyordu ki bu soruları, onu ifsat etmek isteyen şeytan aklına sokuyordu. O da İslam'a uygun bir cevapla şeytanı savmak istiyor ama onu mat edecek cevabı bir türlü bulamıyordu. Kafasını kemiren sorulardan birisi peygamber efendimiz sallallahü aleyhi ve sellemin muhterem pederlerinin Abdullah olan ismiydi. Serhat ilminin yettiği kadarıyla bu ismin "Allah'ın kulu" manasına geldiğini biliyordu. Peki nasıl olmuştu da peygamber efendimizin henüz dünyayı İslam'la şereflendirmediği cahiliye devrinde doğmuş olan bu mübarek zatın isminde Allah adı geçiyordu? İkinci soru daha da belalıydı. Yaratılmışların en şereflisi olan insan nesli, Hazreti Âdem atamız ve Hazreti Havva anamızdan türediğine ve ikinci nesilde onların çocuklarından başka kimse bulunmadığına göre, bu türeme nasıl olmuştu? Kardeşler birbirinin –tövbe estağfurullah– karısı kocası durumuna mı gelmişlerdi? Eğer böyleyse bu Allah indinde, cennet elması yemekten de, Kabil'in cinayetinden de daha büyük bir günah değil miydi? İnsanlığın temelinde günah mı vardı? Serhat ikinci soruyu büyük bir cesaretle, feyz aldığı derin hocalardan birine sormuştu. Adam bir süre sakalını sıvazlayarak düşündükten sonra, dünyanın başlangıcında insan soyu türesin diye kardeşler arasında evliliğe bir müddet izin verildiğini söylemişti ama sesi ve yüzü tereddüt ettiğini o kadar belli ediyordu ki bu cevap Serhat'ı hiç tatmin etmemişti. Bunun üzerine hoca, "Biliyorum ki bu cevap seni rahatlatmadı evladım" demişti, "ama sen sen ol bu şeytani suallerden uzak dur, sırrı ilahiyi âciz mantığınla çözmeye çalışma. Sonra Allah muhafaza şirke ve küfre düşer, cehennem azaplarına duçar olursun." Serhat da bunun üzerine kafasını bu tip zehirleyici sorulardan azade tutmaya gayret etmişti ama derken Hazreti Nuh'la ilgili olarak aynı düşünce gelip yerleşivermişti beynine. Madem tufandan sonra Nuh Peygamber'in eşi ve iki oğlundan başka kimse kalmamıştı dünyada, çoğalın emri nasıl uygulanmış ve yeryüzü nasıl insanla doldurulmuştu? Tövbe estağfurullah, yoksa... İş buralara geldiğinde Serhat hemen abdest alıp namaz kılıyor, tesbih ediyor ve adı batasıca şeytanın ifsat etmeye çalıştığı ruhunu temizlemeye çalışıyordu. Ne var ki bu işi tek başına çözemeyeceğini, aklına durup durup sapkın düşünceler sokan şeytanı tek başına kovamayacağını anlamıştı. Ne kadar tespih çekse, ne kadar tövbe etse, ne kadar "Şeytanın iğvasından Allah'a sığınırım" diye tekrarlasa bile günahkâr olduğu duygusundan bir türlü kurtulamıyordu. Ancak, kendisi gibi müminlerin arasında yaşayarak, Allah yolunda yürüyerek çözebilirdi bu sorunu; tek yolu buydu. İnternette her gün IŞİD'in mesajlarını okuyor, bütün dünyadan evlerini terk edip İslam Devleti'ne giderek cihada katılan hakiki Müslümanlara gıpta ediyordu. Ankara'dan, Konya'dan, İstanbul'dan yüzlerce salih insan bu işi başarmıştı da kendisi niye yapamıyordu? Yoksa o kahrolasıca şeytan yüreğine bir korku düşürmüş, o da Allah korusun, annesini mi bahane etmeye başlamıştı.

Beynini kemiren bu düşüncelerle bir gece istihareye yatmaya karar verdi, o gece ani bir ilhamla kalbine dolan bir rubaiyi kâğıda geçirdi.

Cenabıhakk'a döndü mübarek yüzler
Arş-ı a'lâdan açıldı ilahi teber

Oradan elini uzattı sanki peygamber
Aldı kalbimi zelzele-i tufan; Allahüekber, Allahüekber.

Uyumadan önce bir istihare namazı kıldı. Rabbin kendisine doğru yolu göstermesi için yalvardı; uykuya vardı. Hiç rüya görmeden sakin bir biçimde uyudu; kendisine yol gösterecek ilahi rüya gelmedi, yalnız başka bir şey oldu. Ayaklarını sıcak ve ıslak bir şeyin yaladığı duygusuyla uyandı; korkuyla ayaklarına baktıysa da hiçbir şey göremedi. Bu duygu o kadar güçlüydü ki yatağın altına bile baktı; sonuç değişmedi, buz gibi sularla abdest alıp sabah namazını kıldıktan sonra uzun uzun düşündü. Artık kalbi biliyordu ki ilahi mesaj buydu; iyi ama ne anlama geliyordu, ayaklarının yalanması ne demekti? Tefsir kitaplarını, derin hocaların rüya tabirlerini açtı, okudu, okudu, okudu. Sonra Rab tarafından kalbine ilham nazil olarak muazzam gerçeği bütün açıklığıyla gördü. Kalbi çarpmaya başladı. Üç kere "Cihat Duası" okudu. Cihat onu çağırıyordu, Hazreti Peygamber'in dediği gibi, cennet kılıçların gölgesindeydi. Ayaklarına dokunulması ise açık bir çağrıydı. Ellerine dokunulsa, bir şey alması ya da bir şey vermesi gerektiğini anlayacaktı; başına dokunulsa düşünecekti, dudaklarına dokunulsa konuşacaktı, kulaklarına dokunulsa işitecekti, gözlerine dokunulsa görecekti ama bunların hiçbiri olmamıştı işte; ayaklarına dokunulmuştu, yani gitmesi emredilmişti. Âlemlere rahmet olarak gelen gül kokulu efendimize Miraç'tan önce gök atı Burak gönderildiğinde onun ayaklarına dokunulmamış mıydı? O mübarek Burak'ı düşündü. Katırdan küçük, merkepten büyük, beyaz, yıldırımdan yaratılmış, kanatları ışıl ışıl yanan cennet atı. Onu Hazreti Cebrail getirmişti peygamber efendimize, o sırada efendimiz Mekke'de uykudaydı; Cebrail onun ayaklarını öpmüştü. Kanı olmadığı ve cennette yaratıldığı için Cebrail'in dudakları soğuktu. Bu soğuk öpüş Resul'ü uyandırmıştı. Cebrail ona, Allah'ın, elçisini yanına çağırdığını söylemişti. Evin kapısında ışıl ışıl kanatlı, insan yüzlü Burak beklemekteydi. Hazreti Muhammed Burak'a binmiş, uçarak önce Sina Dağı'nın doruklarına, sonra da rüzgârları içerek Allah'ın katına ulaşmıştı.

Serhat da Resul'ün adına cihada gidecekti; yine dağları aşarak, rüzgârları içerek. Kafasındaki fesadı, şeytanın içine saldığı sapkınlığı ancak cihat ateşi ve kâfir kanı temizleyebilirdi. Eğer kaderinde varsa, en yüksek mertebeye, yani şehitlik makamına bile kavuşabilirdi. Emri aldıktan sonra durmak olmazdı; bir an önce gitmeliydi. Bunları düşündüğü zaman anasına ilk kez sevgiden, şefkatten başka bir his duydu: Hınç. İlahi emirle arasına giren, onu ya gazilik ya şehitlik mertebesinden mahrum bırakan anasına karşı öfkeyle doldu içi. "Keşke ölse artık" diye düşündü, bir an önce ölse de bana daha fazla engel olmasa. Sonra böyle düşündüğü için korktu. Yoksa şeytan yeni bir tuzak mı kurmuştu ona? Anasının ölümünü isteyen günahkâr evlat durumuna düşmesini mi istiyordu? Kafası karıştı; neyin doğru neyin yanlış olduğunu ayırt edemiyordu artık.

Serhat henüz bilmiyor ama; fesat gibi görünen hangi ilhamın Allah'tan, ilham gibi görünen hangi fesadın şeytandan geldiğini anlama savaşı, kısa bir süre sonra bitecek. Ocak ayının üçüncü haftasında annesi huzur içinde vefat edecek. Serhat onu dualarla toprağa verirken, belki bu ölümün de ilahi bir işaret olduğunu düşünerek avunacak; onun ölümünü dilediğini aklına getirmemeye çalışacak. Sonra internet üzerinden sohbet ettiği Rakka'daki mücahit arkadaşına durumu anlatacak. Onun talimatlarına uyarak bir otobüse binecek, saatlerce yol gittikten sonra Suriye sınırına varacak, orada kendisine verilen adresi bulacak. Sınırdaki boş bir siloya girince onu karşılayan siyahlar giymiş, ellerinde tüfeklerle gözüne Bedrin Aslanları gibi görünen IŞİD askerleriyle buluşacak; Allah'a hamdedecek. Kardeşleri onu alıp sınırdan geçirecekler, önce bir eğitim kampına alınacak, her gün silah talimi yapacak, bombalı yelek giymeyi, Kalaşnikov, roketatar kullanmayı öğrenecek, beş vakit namazını kılacak, yatsı namazından sonra Arapça dersi alacak; zaten kulak yatkınlığı olduğu için kısa sürede anlamaya başlayacak o mukaddes lisanı; lisanı Arabi'yi. Bir süre sonra kamptan Rakka'ya gidecek. Orada kadınların hiçbir yerinin görünmediği, edepli iffetli yaşadığı, namaz vakti kimsenin sokakta kalmadığı, içki içilmeyen, günah işlenmeyen, hırsızlık yapanın elinin kesildiği, hileli mal satanın kırbaçlandığı şehirde mutlu bir dönem geçirecek. Rakka'daki hayatı asrısaadete benzetecek, kendisine bunları gösterdiği için Allah'a yine hamdedecek.

Ne yazık ki fazla sürmeyecek bu dönem. Komutanları onun İstanbul'a dönmesini isteyecekler. Serhat hiç istemese de o günah şehrine gitmeyi, tekrar o çirkefin içine gömülmeyi, üstleri bunun da cihadın bir parçası olduğunu, günü geldiğinde çok önemli bir iş yapacağını söyleyerek yüreğini ferahlatacaklar. İstanbul'a dönecek, eskiden çalıştığı Konstantiniyye Oteli'ne başvuracak, kadro dolu olduğu için almayacaklar. Araya araya başka bir otelde iş bulacak. O da beş yıldızlı, önemli insanların katıldığı şık davetler verilen bir otel. Tam havaya uçurmayı isteyeceği cinsten. Yedi ay kadar çalıştıktan sonra bir gün gelip evinde bulacaklar onu; bomba yüklü bir yelek getirecekler. Ertesi gün Serhat iki rekât namaz kıldıktan sonra yeleği giyecek, kendisine söylendiği gibi kâfirlerin konsolosluk binasına gidecek, kapıdaki kontrol kulübesine yaklaştığında "Allahüekber" diye bağırarak pimi çekecek. Vücudunun parçalara ayrılarak havaya dağıldığını göremeyecek, kendisiyle beraber kulübedeki Mersinli bekçi, üç çocuk babası Süleyman'ı öldürdüğünü de.

Şarap bilgisine ve saplantılara dair

Serhat'ın Ali'ye hayır dediğini duyan Garip bu işe gönüllü çıkarak iki arkadaşını da çok sevindiriyor. İki şişe alarak masaları dolaşmaya başlıyor. Konukların sol tarafından eğilip hafif bir sesle kırmızı şarap isteyip istemediklerini soruyor. Kırmızılar gibi iki ayrı üzümden üretilmiş olan beyaz şarapları da başka arkadaşları dağıtıyor. Garip'in şarap isteyip istemediğini sorduğu yaşlıca, iyi giyimli ve yakışıklı bir adam hangi cinsler olduğunu soruyor. Garip de şişelerin üstünü okuyarak merlot ve kabare seviniyon olduklarını söylüyor. Bunun üzerine adam, "Oğlum" diyor, "madem bu işi yapıyorsun iyi öğren, merlot diye bir şey yok, onun adı merlo, merlo, anladın mı merlo. Hele ötekini hiç konuşmayalım, kabare seviniyonmuş, hayret ya!" Garip şaşkınlıkla elindeki şişeye bakıyor, beyaz etiketin üstünde açık seçik merlot yazıyor işte, merlo yazmıyor, sonunda t harfi var. Arkadaşları da, şefi de merlot diyor, bu adam yanlış biliyor herhalde. Ne var ki biraz önceki tokattan hâlâ yüzü yanan ve müşteriyle takışmamak gerektiğini bilen saygılı Garip, "Peki efendim" diyerek şarabı kadehe dolduruyor. Diğer konuklara geçtiği zaman, adamın sanki o hiç orada değilmişçesine, "Cehaleti görüyorsunuz değil mi?" dediğini duyuyor. "Türkiye'nin, belki de Avrupa'nın en lüks otelinde çalışan garsonun kalitesine bak!" Masadaki bir başka adam, "Hep derim birader, bu millet hayvan geldi hayvan gidecek, Türk köylüsü mankafadır, ne kadar uğraşsan öğrenemez" diyor. Başka biri "Köy Enstitüleri devam etseydi belki eğitilirlerdi, Menderes onları kapatarak büyük bir hata yaptı" diyor. Öteki, Köy Enstitüleri'ni kapatanın Menderes değil, İsmet Paşa olduğunu öne sürüyor. Karşısındaki itiraz edince, konu bir anda Garip'ten kayıp bir ağız dalaşına dönüşüyor.

Şarap konusunda Garip'e bilgiçlik taslayarak tartışmayı başlatan adamın adı Koray. İnce uzun vücudu, kemikli yüzü ve hafif kırlaşmış saçlarıyla dış görünüşü dikkat çekiyor. Davetin başından beri, Zehra'nın çocuk diye nitelendirdikleri dahil olmak üzere, her dişiye dikkatle bakmakta, çünkü yetmişine vardığı bugünlerde hayatta onu kadınlardan başka ilgilendiren hiçbir şey kalmadığına karar vermiş. Bu yaşta fazla yemek yiyemez, çünkü kilo almamak için sürekli diyet yapıyor; para kazanmak da fazla ilgisini çekmiyor artık, çünkü bekâr olan Koray Bey'e parası yeter de artar bile. Güzel bir evde oturuyor, aşçısı, şoförü, sekreteri var. Yurtdışı gezileri de o kadar ilgisini çekmiyor, çünkü ömrü boyunca her kıtayı gezip durmuştu. Londra ve New York ise evi gibiydi. Fazla içki içmiyor; gardırobu dolu, futbol merakı yok, politikaya da ilgi duymuyor. Bu durumda yapacak tek şey kalıyor: Genç kadınlarla girişilecek maceralar. Ona heyecan veren, yaşam zevki tattıran tek konu bu artık. Koray Bey Modalı ve kulağa ne kadar saçma gelirse gelsin onun yaşında, Moda'da büyümüş erkeklerin hepsi birbirine benzer. Bir kere tamamı uzun boyludur, yaşlandıkça kilo almamışlardır; hepsi zamanında basket oynamıştır, yelkencidir –albümlerinde mutlaka onları küçük bir yelkenlide yeke tutarken gösteren siyah-beyaz bir fotoğraf bulunur– hepsi Moda Deniz Kulübü'nde dans etmiş, genç kızlarla ilk flörtlerini orada yaşamışlardır, hepsi işadamıdır, aralarından bürokrat, asker, politikacı pek çıkmaz, hepsi İstanbul Türkçesi konuşur, hepsi köylülükten nefret eder, hepsi laik ailelerden gelir, hepsi iyi eğitim görmüştür ve hepsi kadınlara meraklıdır. Nasıl olur da bir semt, insanları fiziksel özelliklerinden, yaşam algılarına kadar birbirine benzetirdi bilinmez ama benzetiyordu işte. Hepsi de yaşlandıkça genç kızlara çekici gelen erkeklerdendir. Koray Bey gibileri, yaşı daha genç kadınlarla duygusal hiçbir ilişki olmadan, sadece cinsellik için beraber olmaya çalışırlar ama bunu söylemezler onlara elbette.

Gerçi hayatın yolları dolambaçlıdır, ne çıkacağı belli olmaz, sapaklarla doludur. Bir amaçla yola çıkarsın ama kendini bambaşka bir yerde bulursun. Aşk, sağlık, aile, ölüm, başarı, para konularında navigasyon, otomobillerdeki gibi düzgün işlemez. Bazen sadece cinsellik diye başlayan bir ilişki zamanla aşka evrilir, bazen de aşk sanılan şeyin sadece cinsel dürtüler olduğu ortaya çıkar. İki insan birbirini tanıdıkça değişim kaçınılmazdır; hatta kimi zaman başlangıçta âşık olan kadın ya da erkeğin duyguları zamanla söner, ona pek aldırmayan karşı taraf ise kul köle olur, sevda başına vurur. Karacaoğlan'ın dediği gibi, "Sevda sevda derler behey yarenler/Bilmeyene bir acayip hal olur."

Koray Alpaslan'ın son yıllarda giderek artan bir saplantıyla kafasını sadece kadınlara taktığını belirttik. Bunun teorisini de yapıyordu arkadaşlarına. (Zaten başka bir şey konuştuğu yoktu.) "Yaşlanan erkek" diyordu, "doğayı aldatmak zorunda. Nasıl mı olacak bu? Durmadan kadınlarla beraber olarak. Doğanın amacı türün devamı değil mi? Anne adaylarının vücutlarında, hormonlarında bir sürü şey değişmiyor mu? İşte onun gibi erkeklerde de doğa, baba olacak adamı korumaya alıyor. Yani doğaya kafa tutuyorsun, ben hâlâ üretimdeyim, beni yaşlı sayma diyorsun, o da senin salgılarını düzenliyor, hormonlarını yerine koyuyor." Koray Alpaslan, hayatta ve ekranda gördüğü her nesneyi, bulutları, mağaraları, akarsuları, ağaçları, kuşları, tabloları kadın bedenine benzetiyor, kadın bedenine tapıyor.

Koray Alpaslan'ın, epey zamandır peşinde olduğu kızı "yatağa attığı" için sevindiği bugünlerde, bilmediği şey; ileride ona sırılsıklam âşık olacağı, onsuz nefes alamaz hale gelip, yaşlılık yıllarını, kendisine pek de aldırmayan kızın azarlarına maruz kalarak geçireceğiydi. Bu çaptan düşmüş yaşlı adam ve gücü kuvveti yerinde, biraz da sinirli genç kadının ortak hayatı, Koray Alpaslan'ın, uzun yıllar boyunca edindiği ne varsa kıza bırakıp terk-i dünya etmesiyle ve havanın buz kestiği, serçelerin donduğu gri bir şubat günü ikindi namazından sonra Moda Camii'nden uğurlanmasıyla sonuçlanacaktı.

Ama hiç olmazsa son yıllarını bir parça mutluluk içinde geçirdiği söylenebilir.

İmparator'un babasına dair

Eğer İmparator'un bardak bardak devirdiği özel votkayı o masadaki herhangi biri içse hastaneyi boylamıştı şimdiye kadar. Su bardağı büyüklüğünde kadehle içiyor adam. Votkası, üç kere damıtılan acayip bir şey ama ne olursa olsun, alkol işte, hem de çok sert bir alkol. Ne var ki İmparator o devasa gövdesiyle hiçbir içkinin ya da silahın deviremeyeceği bir sütun gibi görünüyor. Tanya'yla Rusça, masadaki diğer kişilerle Türkçe konuştuğu için bir anlaşma güçlüğü yaşanmıyor hiç.

Hamzatbekov, Rahman oğlu Rüstem'in oğlu Gaydar Rustemoviç Hamzatbekov! Kazak bozkırlarının, bir boğayı yumruğuyla çökerten delikanlısı. Üç gün üç gece kısrak sütü içen, terkisine attığı çekik gözlü dilberlerle üç gün üç gece sevişen, bir oturuşta bir kuzu yiyen dev. Adamın servetinin yanında göz kamaştırıcı özellikleri bunlar ama son yıllarda o kadar çok milyar dolar kazanmıştı ki otelin balo salonundaki en zenginlerin servetlerini toplasan onunkini biraz geçer. Birçok ülke gibi Türkiye'yle de çalışıyor, ortaklıklar kuruyor, siyasileri kendi memleketinde, Moskova'da, Dubai'de ağırlıyor, meşrebine göre para isteyenlere para, saat meraklılarına mücevherli saat, kadın isteyenlere kadın sunduğu için her işi rast gidiyor. Çalışanlar için cebinde tomarla yüz dolarlar bulundurmayı seviyor, onları gördü mü cebinden bir tutam yüzlük çıkarıp suratlarına fırlatıveriyor.

Şimdi de üç gün üç gece geziyor ama artık Akhal-Teke atlarının sırtında değil, iki özel jetinden birinde.

Gaydar Rustemoviç Hamzatbekov, Kazakistan'da demiryolu işçisi Rüstem ile Rus karısı Katya'dan doğmuştu. Dedesi Rahman Hamzatbekov Stalingrad'da Anayurt Savaşı'nda ölen milyonlarca yoldaş arasındaydı. Babası Rüstem ise anayurdu kalkındırmak, koskoca Asya kıtasını demir raylarla örmek çabasına ömrünü adayan, inanmış bir Komsomol üyesiydi. Mühendis olan annesi Katya, Ural bölgesinde yine anayurt için çalışırken Vladimir adlı başka bir mühendise âşık olmuş, bunu da kocasına dosdoğru anlatmıştı. Adamın gözlerinin içine bakarak "Kusura bakma yoldaş" demişti, "proletarya ahlakı içinde sana yalan söyleyemem, başka bir erkeğe âşık oldum, bırak beni gideyim." Ve gitmişti. Yine proletarya ahlakı içinde Rüstem Hamzatbekov'un ona söyleyecek bir şeyi yoktu ama bu ahlak, onun acı çekmesine engel olmuyordu. Adam bir daha evlenmedi, kendisini işine ve çocuklarına verdi. Neyse ki üç kardeşten en büyüğü olan Gaydar, kendini erken kurtardı, babasına yük olmadı. Lise çağına gelince acı kuvveti ve tank gibi vücudu sayesinde güreş takımlarına seçildi, hızla yükseldiği için devlet burslarıyla Moskova Spor Akademisi'nde okudu. Artık Kazakistan'ı ve aileyi geride bırakmıştı, Moskova'nın parlak sporcularından biriydi. Bir güreş müsabakası dolayısıyla yolu İstanbul'a düşünce bu memleketi çok sevdi. İstanbul hem çok renkli bir şehirdi hem de Kazakça ile aynı kökten gelen Türkçeyi bazı telaffuz farklılıklarıyla kolayca konuşabildiğini fark etmişti. Bu heykel gibi sporcu İstanbul'da epey dost kazanmıştı. Gerçi bu dostların geleceğinde oynayacağı büyük rolü bilmiyordu henüz ama yine de Boğaziçi lokantalarına gitmek, onlarla rakı içip Türkçe konuşmak hoşuna gidiyordu.

Ne olduysa, Sovyetler Birliği'nde Gorbaçov'u deviren ve devletin dağıldığı darbeden sonra oldu. Moskova kaynıyordu. Manej Meydanı'nda milyonlarca kişi toplanıyor, tanklar parlamento binasını dövüyordu. Devlet ortadan kalktığı için hiçbir kurumun personeli bulunmuyor, kimse maaş alamıyordu.

O günlerde İstanbul'daki dostlarından Gaydar'a bir haber geldi. "Bize demir bul" diyorlardı, ki Gaydar'ın bu konuda hiçbir fikri yoktu. Sora sora Moskova yakınlarındaki demir fabrikalarını öğrendi. Bir gün öğleden sonra, uçsuz bucaksız bahçesine demirlerin yığıldığı ıssız fabrikaya gitti. Sarhoş, gözlerini açmakta zorlanan, sakalı uzamış bir bekçiden başka kimse kalmamıştı ortalıkta. Ama yine de oradan büyük miktarda demir çelik çıkarmak kolay değildi. Komsomol teşkilatında etkili bir yerde olan, uluslararası spor kafilelerinden tanıdığı bir Rus arkadaşıyla konuştu işi. Gerekli düzenlemeleri o arkadaşı yaptı. Milyonlarca ton demir çelik, demiryoluyla sevk edilecekti. Bunun için de fabrika görevlilerinin, demiryollarından bazı kişilerin "görülmesi" ve sevk irsaliyelerinin imzalanması gerekiyordu. Komsomol üyesi arkadaşı hepsini halletti. Ayyaş bekçinin bile payına iki şişe votka düşmüştü. Bu ilk işinden Gaydar'a ve arkadaşına beş milyon dolar kaldı, ki o sırada Moskova'da devlet başkanının maaşı kırk dolardı. Gaydar Hamzatbekov ilk iş olarak kendisine siyah bir Mercedes 500 aldı, Paris'ten getirttiği terzilere yakası şinşila kürklü palto diktirdi, Gorki Caddesi'ndeki yeni apartmanında, girdiği her yerde başların ona doğru çevrilmesine sebep olan bir mankenle yaşamaya başladı. Bu arada Türkiye'deki dostlarıyla iş yapmaya devam etti. Amiri memuru, müdürü, hademesi, muhasebecisi kalmamış fabrikalardaki malları, gerekli izinleri düzenleyerek Türkiye'ye sevk etti, gemiler dolusu mal gönderdi. Kendisi bile bu işe inanmakta güçlük çekiyordu ama milyon dolarlar kurak vadiye bereket getiren yeşil bir nehir gibi akıyordu. Kazak bozkırlarının çılgın aygırı, zengin olmuştu bile.

Ama asıl zenginlik, hayal bile edemeyeceği zenginlik, Yeltsin döneminde geldi. Özelleştirmeler başlamıştı. Yeltsin bu özelleştirmeleri gerçek bir rekabete açsa, Rusya'nın malı mülkü yabancıların eline geçecekti. Bu yüzden sermaye birikimi olmasa bile bazı Rus müteşebbislere verildi bu ihaleler. Moskova'daki çevresi sayesinde Gaydar da bu özelleştirmelerden en büyük payı almadıysa da ortalama bir yer edindi kendine. Büyük özelleştirme ihalelerine girdi. Türkiye'deki ortaklarından bu konuda çok ciddi yatırımlar aldı. Onlar yabancı olarak ihalelere giremedikleri için ön planda Gaydar görünüyor, Türk ortaklarıyla da kendi aralarında özel anlaşmalar yapıyordu. Ne var ki Türk ortaklar ne Rusça biliyorlardı ne de o ülkenin işlerine akıl sır erdirebiliyorlardı. Böylece Gaydar, büyük şirketleri onların parasıyla aldıktan sonra Türk ortaklarına yüz vermemeye, telefonlarına çıkmamaya başladı. Bu arada kendisini iki metrelik eski ordu mensubu korumalarla, zırhlı arabalarla güvenlik çemberi altına almıştı. Artık petrol, doğalgaz şirketlerinde hisseleri, Moskova'da dükkânları, üç ayrı oteli ve daha sayamayacağı kadar çok malı mülkü, işi olmuştu. Annesinin adını taşıyan o manken kızla, Katya'yla dillere destan bir düğünle evlendi; Maldivler'deki balayından döndüklerinde kız hamileydi.

Gaydar Hamzatbekov'un, Bereket Holding'le bir otel yatırımına ortak olmasına da yine İstanbul sevgisi yol açtı. Burada yapılacak bir otele ve onun kazancına hiç ihtiyacı yoktu. Ama bu ülkeyle iş yapma, sık sık uçağına atlayıp gelme, Moskova'dan önemli konuklarını burada ağırlama fikri hoşuna gitmişti. Moskova'ya göre güllük gülistanlıktı İstanbul. Zenginler için hiçbir tehlike yoktu. Hatta zengin işadamları ve aileleri Boğaz yollarında yürüyüş bile yapabiliyordu. Moskova'da böyle bir şey yapmak ne mümkündü!

Gaydar'ın babası Rüstem Hamzatbekov otuz sekiz yıl demiryollarında çalıştıktan sonra yorgun bir beden ve hâlâ unutamadığı karısının hediyesi olan kırık bir kalple emekli olmuş, Almatı'daki küçücük evine kapanmıştı. Gaydar'dan sonra iki çocuğu daha gitmişti Moskova'ya; abileri onlara göz kulak oluyordu. Yaşlı adam, Sovyetler Birliği dağılıp da Kazakistan bağımsızlığına kavuştuğu dönemde, koskoca bir ömrü boşuna harcamış olduğu duygusundan kurtulamadı. Madem kapitalist ekonomiye geçmek için o kadar acele ediyorlardı, niçin Batı'ya karşı onca insan kurban edilmişti? Madem sınıflı topluma geri dönmek için aceleleri vardı; iç savaşta ölen milyonlara yazık olmamış mıydı? Kısacası yeni düzen hoşuna gitmediği için kendini eski küçük dünyasına hapsetmiş, komünizm yıkılmamış gibi yaşamayı sürdürmüştü.

Büyük oğlu Gaydar'ın çok zengin olduğu geliyordu kulağına; kendi küçük yaşamında ise her şey eskisi gibiydi. Gorki'nin romanları, Şostakoviç'in müziği, Yesenin'in şiirleri, Çehov'un hikâyeleri; onu kendi zaman diliminde yaşatmayı başarıyordu. Gaydar birkaç kez babasını Moskova'ya davet etmişti, yaşlı adamınsa uzaktan uzağa kulağına gelen Yeni Rusya'yı görmek için o kadar uzun bir yolculuk yapmaya hiç niyeti yoktu. Ne var ki bir gün reddetmenin çok zor olduğu bir davet aldı oğlundan. Gaydar telefonda, "Baba" diyordu, "oğlum Sancar yedi yaşına giriyor. Ona bir yaş günü yapıyoruz. Sen de buyur gel, daha torununu görmedin, o da seni görmedi; uçak yollayacağım baba, buyur gel."

Rüstem her şeye rağmen oğlunun haklı olduğunu düşündü, aile meselesi başka bir şeye benzemezdi. Sadece resimlerini gördüğü torunu Sancar'la tanışmanın da vakti gelmişti. Sonunda Gaydar'a "Peki" dedi, "uçak filan istemez, ben gelirim."

Bir hafta sonra Moskova'daydı; adı yazılı otele giderken caddelerdeki tuhaf arabalara, şık giyimli insanlara, trafik sıkışıklığına, mağazalara, dükkânlara hayretle bakıyordu. Bir zamanlar Stalin'in gölgesi düşen şehre hiç benzemiyordu artık. Gorki Caddesi'nin adı da değiştirilmiş, tekrar eskiden olduğu gibi Tverskaya yapılmıştı. Yaş gününün yapılacağı lüks otel de oraya yakındı zaten. "Bu şehir bizim Moskovamız mı, Napoléon'a karşı Kutuzov'un yaktığı şehir mi, başka bir yer mi?" diye düşünerek o Batı otelinin şaşaalı kapısından girdi, şaşırtıcı derecede lüks lobiden geçerek kendisine gösterilen salona gitti.

O girdiğinde, davetlilerin çoğu gelmiş, masalar dolmuştu. Smokin giymiş olan Gaydar babasını görür görmez yanına koştu, Kazak terbiyesine uygun olarak elini öptü ve o eli bırakmadan salonun ortasına geldi. Orkestraya susmasını işaret ettikten sonra babasını konuklara tanıttı. Herkes alkışladı, sonra Sancar gelip dedesinin elini öptü, Katya zarif bir reveransla saygılarını sundu, yaşlı adam öteki iki oğluyla hasret giderdi.

Rüstem'i yine kocaman kristal avizeler altında, tanımadığı insanlarla beraber ortalarda bir masaya oturttular. Yemek, içki, müzik olanca hızıyla sürdü gitti. Oğlunun masasında, ailesi ve tanımadığı, hatta yabancı olduğunu tahmin ettiği bazı insanlar oturuyordu. Salonun iki ayrı köşesinde iki ayrı sahne vardı. Bunlardan birine geleneksel giysileri içinde Kazak halk müziği orkestrası yerleşmişti, öteki sahnede ise smokinli Rus opera sanatçıları vardı. Bazen biri, bazen öteki çalıyordu. Masaların üstü Rüstem'in hayatında varlığını bilmediği yerli yabancı içkilerle, Fransız şampanyalarıyla doluydu, yemeklerin ardı arkası kesilmiyordu. Hayatı boyunca çok az yemiş olan Rüstem, tanımadığı yiyeceklerden bazılarının tadına baktıysa da fazla beğenmedi. Kendi yaşındaki garsona, her zaman içtiği ucuz votkadan söyledi ama garson ona başka bir votka getirdi. Şişenin ağzındaki mührü, yine şişenin yanına iliştirilmiş olan küçük bir çekiçle kırdı, kristal kadehi doldurdu. Rüstem bu votkaya söyleyecek şey bulamadı doğrusu, kadife gibi kayıyordu insanın boğazından. Hayatı boyunca içtiklerinden değildi. Oğlunun masasına oturmadığına çok memnundu, çünkü orada, onun bu yeni tarz arkadaşlarıyla ne konuşacağını bilemezdi. Masasındaki birkaç kişinin sorularına kısa cevaplar vererek sohbet istemediğini belli etmiş oldu. Siyasi düşüncelerini söyleyip de kimsenin keyfini kaçırmak istemiyordu.

O sırada gözü oğlunun masasına takıldı, niye oraya oturtulmadığını anladı. Çünkü Katya –kendi Katyası– ve Vladimir oradaydı, o masada oturuyorlardı. Kendisi Gaydar'ın hakiki babasıydı ama annesinin hakiki kocası değildi. Katyuşa biraz kilo almış, gerdanı dolgunlaşmıştı, buna rağmen hâlâ çok güzeldi, cildi pırıl pırıl parlıyordu; hele kahkaha attığı zamanlar. Vladimir arada bir Katyuşa'nın elini tuttuğuna göre araları iyiydi anlaşılan.

Ortadaki dans pistinde danslar, eğlenceler birbirini kovaladı; sonra bir ara pist boşaltıldı ve ortaya elinde beyaz torba taşıyan bir genç kız geldi. Gaydar ayağa kalkıp konuklarına Rusça, bir oyun oynayacaklarını söyledi. Torbanın içinde ünlü bir İsviçre saat markasının bir milyon dolar değerinde, mücevherli bir saatinin aslı, dokuz tane de kopyası vardı. Arkadaşları gelip ellerini torbaya daldıracak, kura çekeceklerdi. Salona bakışından ve azametinden çok zengin olduğu anlaşılan, hani şu bilmem ne kralı denenlerden biri kalkıp geldi, torbaya elini soktu, bir saat çıkardı. Gelip baktılar, sahtesini çekmişti. Adam da güldü bu işe, salondakiler de. Sonra başka bir markanın saatlerinin bulunduğu ayrı bir torba getirildi. Bunun daha da pahalı olduğu söylendi, o torbadan da hakiki saat çıkmadı. Ancak dördüncü turda gerçek saati bulabildi biri ve bravo sesleri arasında ayakta alkışlandı. Gaydar, garsonları ortaya topladı, taklit saatlerin onlara dağıtılacağını açıkladı; yaşlı garsonlar iki büklüm olup teşekkür ettiler. Gaydar çok sevdiği hayırsever rolünü abartıp adamların üstüne yüz dolarlıklar atmaya başladı. Bunun üzerine bir sürü adam ortaya gelip aynı şeyi yaptılar. Dolar yağmuru altında kalan garsonlar büyük bir telaşla havadaki dolarları kapmaya, yere düşenleri de toplamaya başladılar. Onca garson içinde sadece üç yaşlı adam dolarlara atılmadı, olayı üzgün gözlerle izlemekle yetindiler.

Ortalık biraz sakinleşip de ana yemek servis edilmeye başladığında Rüstem garsonlardan birini durdurup, çocuğun hediyelerinin nasıl verildiğini sordu. Adam ona birinci katta bir süitin hediyelerin bırakılması için ayrılmış olduğunu söyledi. Rüstem kalkıp sessizce dışarı süzüldü, birinci kattaki o süiti buldu. İçerisi, açık bırakılmış şık mücevher kutularıyla, saatlerle ve ne olduğunu anlayamadığı bir sürü hediyeyle doluydu. Cebinden kırmızı kadifeye sarılı küçük bir paket çıkardı. Boş bulduğu bir yere koydu. İçinde bir kahramanlık madalyası vardı: Stalingrad savunmasında çarpışmış olan babası Rahman Hamzatbekov'un, yani Sancar'ın büyük dedesine verilmiş bir madalya. İpek bir kurdelenin ucundaki beş köşeli madalyada hücuma kalkmış beş asker resmedilmişti.

Rüstem karlı Moskova'ya çıktı. Işıl ışıl vitrinlerin önünde müşteri bekleyen genç kızların, turist gruplarının, sarhoşların önünden geçti, merkez garına gitti. Orada Doğu'ya giden ilk trenin üçüncü mevkiine bindi. Kendi şehrine gitmiyordu tren ama olsun, nasıl olsa yön belliydi. Bir yerlerde değiştirirdi. İstasyonda beklemekten iyiydi, hem de içinde Moskova'dan bir an önce uzaklara gitme isteği vardı. Çok üşümüş olduğu için trendeki semaverden çay aldı, kendi kompartımanına geldi. Yine kendisi gibi yaşlı, küçük mavi gözleri çivi gibi bakan bir adam vardı içeride, Rus'tu, selamlaştılar.

Rüstem trenin tıkırtılarını dinlerken gözünü camdaki kalın buza dikti. Bir yandan içi geçiyor, bir yandan da o buzda çeşitli hayaller görüyordu. Bir ara Rahip Gapon ve Kışlık Saray'ın önündeki katliamı gördüğünü sandı; biraz sonra o karlı meydan, Vrangel kuvvetleriyle savaşanların içine yattığı karlı sipere benzedi. Kulağına hep makineli tüfek sesi geliyordu. Bir süre sonra uyandı ve o seslerin makineli tüfek değil, trenin tıkırtıları olduğunu anladı. Ertesi sabah bir ara istasyondan trene ikisi erkek, biri kız, üç genç bindi. Kot pantolonla, parlak renkli anoraklar giymişlerdi. Başlarındaki kulaklıklardan müzik dinliyorlar, kendilerini duyamadıkları için arada bir yüksek sesle şarkıya eşlik ediyorlardı. Rüstem hangi dilden söylediklerini anlamadı, Batı dillerinden birindeydi şarkı. Karşısındaki yaşlı adam, Rüstem'in yüzüne umutsuzca baktı, o da başını salladı.

Rüstem çok uzun bir yolculuktan sonra evine kavuştuğunda emektar semaverinde çay demledi, dolapta kalmış ekmek peynirle karnını doyurdu, sonra yatıp çok uzun bir süre uyudu, yorgun kemiklerini dinlendirdi. Ertesi gün sıkıca giyindi, av tüfeğini aldı, ormana gitti. Orman soğuktu, karanlıktı, ağaçlar bile üşümüş gibiydi. Yosun tutmuş bir kayanın üstüne oturdu, sanki kendine bir şey anlatmaya çalışan saksağanı dinledi bir süre, kuş Kaat-yuuu-şaaaa, Kaat-yuu-şaaaa, Kaat-yuu-şaaaa diye ötüyordu. Rüstem güldü, "Ne saçma bir kuşsun sen böyle kerata" dedi, tüfeği alttan boğazına dayadı, tetiği çekti. Tüfek sesi ıslak ormanın kuytu sessizliğinde yankılandı, saksağanla birlikte diğer kuşları kaçırdı.

Büyükanneye dair

Emre Karaca'nın Merter'de oturan ailesi, oğullarının içini bir şeyin kemirdiğini görüyor ama bu huzursuzluğuna bir çare bulamıyorlardı; çünkü Emre onlara hiçbir şey anlatmıyor, sorularını kayıtsız bir ifadeyle "Bir şey yok" diye geçiştiriyordu. Oysa neşeli bir ailesi vardı Emre'nin. Onun dışındaki herkes, hayatta başlarına ne gelirse gelsin sürekli bir şakalaşma içindeydi. En ufak, en anlamsız bir konuşmadan, en sıradan görünen bir hareketten, hele hele insanların düşüp kalkmalarından kendilerine günlerce gülecek malzeme çıkarırlardı. Aileden birinin ettiği tuhaf bir söz yıllarca tekrarlanır, her seferinde de kahkahalara yol açardı. Aynı hikâyeleri, aynı şakaları tekrar etmekten hiç çekinmezler, her seferinde aynı heyecanla gülerlerdi. Hele Emre'nin, son zamanlarında Alzheimer hastalığının karanlık sularına doğru çekilen dillere destan babaannesi, hasta olmadan önce de yaptığı tuhaflıklarla herkesi katılana kadar güldürür, buna da hiç alınmazdı. Koyu bir Makedonya Türk'ü olarak o şiveyi hiç yitirmemiş olan Gülizar babaannenin hikâyeleri dilden dile dolaşırdı. Emre'nin babası Harun Bey, oğluna bazen, "Oğlum madem yazar olmak istiyorsun, bırak onu bunu da babaanneni yaz" derdi, "Ondan daha iyi roman konusu mu olur? Çok antika bir kadın." Aslında haklıydı Harun Bey ama dünya edebiyatı sağanağıyla başı dönmüş olan Emre'nin bunu anlamasına, niye babaannemin hikâyelerini daha iyi dinlemedim diyerek pişman olmasına daha bir süre vardı. İçinde yaşadığı ailenin ve çevrenin en iyi roman konusu olduğunu anlayacak olgunluktan uzaktı henüz. Kendisini sürekli okuduğu Batılı yazarların yerine koyuyor, onlarla özdeşlik kuruyordu, çünkü henüz yurtdışına çıkmamış, Batı'daki Türk algısını yaşamamıştı. Yoksa bir Türk olarak kendisinin; sandığı ve özdeşleştiği gibi; filmlerdeki kahraman kovboy değil Kızılderili, beyaz değil zenci, İngiliz değil Hintli yerine konduğunu anlardı. Ama henüz uzaktı bu anlayıştan, çünkü kendi ülkesinde, Batı'da olduğu gibi ikinci, üçüncü sınıf insan değildi; Türklere öyle bakılacağını da bilmiyordu.

Balkan savaşı sonunda büyük acılar çekerek Türkiye'ye kaçan muhacirlerin, yaşadıkları her trajediden bir komedi yaratmaları, deyim yerindeyse bir gözü ağlar, bir gözü güler halleri Emre'ye ilginç geliyordu gelmesine ama dediğimiz gibi henüz bunun edebi değerinin farkında değildi. Oysa bu hikâyelerin içinde büyümüştü.

Büyükanne, kocası öldüğünde, eve gelip Kuran okuyan hocalar, dualarında Atatürk'ün adını anmadıkları için onlara kızmış, evi baştan aşağı sirkeli sularla yıkayarak temizlemiş, ne yaptığını soranlara ise o adamların ettiği duaları silip süpürdüğünü, kendisinin yeni baştan dua edeceğini söylemişti. Kötülüğe karşı korunma yöntemlerinden birisi sirke ise, öteki de kurumuş leylek pisliği yakarak bütün evi tütsülemekti. Bir süre sonra evdeki herkesi zor tanımaya başlamıştı. Ölümünden önce torunları sırayla "Babaanne kimim ben?" ya da "Anneanne ben kimim?" diye sorduğu için bir sabah kurnazlık yapmış, daha kimse ağzını açamadan, "Kimim ben?" diye sorarak herkesi gülmekten yerlere yatırmıştı. Bu olay ölümünden bir gün önce olmuştu. Büyükanne ertesi gün öldü.

Cenazesinde onun bu tuhaflıkları anlatılarak, bol bol "Rahmetli çok hoş kadındı" denerek hem gülündü, hem ağlandı. Emre, büyükannenin gözdesi, sırdaşı, arkadaşıydı. Onun ciddiyetle söylediği her söz Emre'ye Ionesco'nun absürt cümlelerinden biri gibi gelirdi. Evde Zehra'yı anlattığı tek kişi de o olmuştu zaten. Yaşlı kadın uzun uzun Zehra'nın özelliklerini sorduktan, Emre'nin telefonundaki resmini gördükten sonra, "Kurkarım ki üzersin be yavrum sen bu kızi" demişti. "İyisin hoşsun ama senden koca olmaz." Emre gülerek, "İnsanlar değişir babaanne" deyince de meşhur laflarından birini patlatıvermişti: "Tavuk götü tövbe tutmaz evladım. Ben seni bilirim."

Evde birinin anahtarı, telefonu, yüzüğü ya da herhangi bir eşyası kaybolunca hemen büyükanneye başvururlardı. O da eline geçirdiği havlu olsun, mendil olsun ilk bezin köşesine bir düğüm atar, şeytanın çükünü bağladığını söylerdi. Sonra şeytana seslenir, o eşya bulunmadan çükünün düğümünü açmayacağını, onun da işeyemeyeceğini, çatlayarak öleceğini söylerdi. İşin tuhafı, Emre'nin de kaç kez başına geldiği gibi bu tehditten sonra o eşyanın hemen bulunmasıydı.

Doksan iki yaşında olmasına rağmen, Emrelerle aynı apartmanda altlı üstlü oturduğu kendi evinde tek başına yaşamakta ısrar ediyor, her işini de kendisi yapıyordu. O ev hep pırıl pırıldı; örtüler temiz, hatta kolalıydı. Onu toprağa verdikten sonra evine dokunmak istemediler. Aradan altı ay geçince bir gün evin kadınları gidip sandığını açtılar. Sandıkta bazı eski işlemeli örtüler, gelin olmadan önceki ve sonraki anıların, fotoğrafların yer aldığı bir albüm buldular. Büyükanne albüme bütün sevdiklerinin fotoğraflarını yerleştirmişti. Kızlarının, oğullarının, gelinlerin, damatlarının, torunlarının resimleri... Aileye sonradan giren, günahı kadar sevmediği gelinin ise fotoğraflardaki gözleri oyulmuştu. Demek yaşlı kadın hiç üşenmeden tek tek fotoğrafları elden geçirmiş, aile fotoğraflarında bir tek o gelinin gözlerini, makasla oyarak yok etmişti. İşin tuhafı o gelinin bir süre sonra sarı nokta hastalığına yakalanıp görme yetisini yitirmesiydi. Böylece büyükannenin duaları, sirkeleri, tütsüleri, büyüleri bir kez daha doğrulanmıştı.

Yazarın hayal kırıklığına dair

Emre'nin sabırsızlıkla beklediği ileti, aşağı yukarı iki ay sonra geldi. Bir yayınevi editörünün yazdığı satırları okurken amacına çok yaklaştığını hissetti ama birden derin bir hayal kırıklığının dipsiz uçurumuna yuvarlanıverdi. İletide, kibar cümlelerle, çok farklı bir deneysel roman yazmış olduğu belirtilerek onu kutlayan satırlardan sonra, "ama ne yazık ki bu romanın, onların yayın çizgisinde kendisine yer bulmasının zor olduğunu" belirten bir hüküm yer alıyordu. Kitabın idam kararıydı bu, böyle zalim bir karar ancak bu kadar kibar yazılabilirdi. Roman iyiymiş ama yayın politikalarına uymuyormuş! "Hadi oradan be!" dedi kendi kendine. "Çocuk mu kandırıyor bunlar, ne demek yayın politikası?" Oysa aynı yayınevinin, *Kendini Allah'a Ada*, *Rabbim Sev Dedi*, *O Seni Görüyor*, *Kalbim Sana Yazılı*, *Sevmek Günah Değil* gibi bir sürü çerçöp yayınladığını biliyordu. Onlar kadar bile değeri yok muydu kendi romanının? Gerçi ona göre çerçöp olan kitapların, büyük okuyucu kitlelerine ulaştığını bilmez değildi. Facebook'ta aradığı zaman bu kitaplardaki geri zekâlı sloganları milyonlarca kişinin "*like*"ladığını, binlerce kişinin de cevap verdiğini görüyordu. Cümle ne kadar adiyse, cevaplar da o kadar çok oluyordu. Mesela "Bırakıp gideni beyin unuturda kalp unuturmu?" gibi bir cümle yazıldığında, binlerce kişi, "Unutmaaaazzzz, unutaaamazzzz!" diye çığlık çığlığa cevap yetiştiriyordu. (da'nın ve mu'nun bitişik yazılmasından rahatsız olan tek kişi yoktu aralarında elbette.) Bazıları da bu zekâ ürünü aforizmaya yine zekâ ürünü başka bir aforizmayla cevap vermeye çalışarak, "Kalp unutmadığı zaman error verir!" ya da "Bırakanı bırak; layık olana bak!" "Gidenle gitme, gelenle gel!" gibi mesajlar yazıyorlardı. Bazıları da bu sayfalar üzerinden vefasız sevgiliye ya sitem ediyor ya da öfke kusuyordu: "Gül gibi sevgilimi ayartanlar Allahından bulsun inşallah!" "O karının enginarında çıbanlar çıksın!" "Rabbim uyuz versin de tırnak vermesin." "Bakalım sana yâr olacakmı sürtük." "Gecenin bu saatinde nerdesin Gülşeniiim, gel, geel, offfff."

Memleketin popüler edebiyatının hal-i pür-melali bu şekildeydi kısacası ve bu durum Emre'nin kafasının tasını attırıyordu. Bir ara, "Sahte isimle iki günde şöyle uyduruk bir şey attırayım, hem para kazanır hem de piyasayla alay ederim" diye düşündü; hatta birkaç sayfa yazdı ama sonra bu işi kıvıramayacağını anladı. Ne yazarsa yazsın, ne kadar adileşirse adileşsin, o düzeye inemiyordu. Okuduğu onca büyük yazarın ufak da olsa bir izi kalmış olmalıydı ki, yazdıklarında –ne yazık ki– bir kalite seziliyordu hep; bu tip okurun hassas radarlarıyla o izi fark edip reddetmesi hiç de zor değildi. Temiz olmayı, burun karıştırmamayı, haykırmayan müzik dinlemeyi, efendice konuşmayı bile elitizm diye suçladıkları bir dönemde kime neyi anlatabilirdi? Emre acı çekse bile bütün bunları kabul edebilirdi; çünkü bir toplumun çürüme evresine rastlamıştı ömür dilimi. Köyden kente gürrrr diye akıveren kırk milyon kişinin yarattığı nihilist lumpenleşmenin mahvedici etkilerinin ortadan kalkması için en az birkaç kuşak geçmesi gerekirdi ki, o zaman da kendisi roman yazabilecek bir durumda olmazdı herhalde (!).

Emre'yi asıl sinirlendiren, kanını beynine sıçratıp deliye çeviren şey editörün cümleleri değil, onun yanlışlıkla gönderdiği bir değerlendirme raporu oldu. Herhalde editör, onun romanını da birçok başka kitapla birlikte bir eleştirmene göndermiş, ondan rapor istemişti. Sonra da kesinlikle gizli kalması gereken ve ne yazık ki kendi kibar cümleleriyle hiçbir ilgisi bulunmayan raporu dalgınlıkla, silmeden Emre'ye yollamıştı. Aceleyle yaptığı bu hata, Emre'de korkunç bir yıkıma yol açtı. Eleştirmenin mesajı, "Sevgili Nejat" diye başlıyordu editöre hitap ederek. "Son zamanlarda gönderdiğin romanlar içinde en zayıfı, en berbatı bu. Sana yazmış olduğum gibi ötekiler de zayıf, edebi değerden yoksun ama hiç olmazsa bunun kadar iddialı ve küstah değiller. Bu Emre Karaca denilen çocuk, (çocuk denmesine de ayrıca illet oldu) gözündeki çöpü görmeyip dünya tarihindeki merteğe dalmış. İsa, Barabbas, Kafka vesaire. Ne oluyor bu çocuklara yahu? Niye kendi konularına eğilmiyorlar, niye alçakgönüllü bir çabayla tanıdıkları hayatı yazmıyorlar, niye –deyim yerindeyse– Müslüman mahallesinde salyangoz satmaya kalkıyorlar? Oysa edebiyat gözlerinin önünde. Neyse... Kusura bakma ama bence bu çocuk sadece bu romanı yazamamış değil; bu anlayışla bundan sonra da bir şey yazamaz. Yazar falan olamaz. Eğer yeni kitaplar gönderecek olursa senden dost olarak ricam, onları başka bir arkadaşa yönlendirmen. Çünkü beni çok sinirlendirdi kerata. Hem artık kararım belli."

Bu korkunç satırların altında Hazakat diye garip bir isim vardı. E-posta adresinden bunun Hazakat Hisarlıgil adında bir adam olduğu anlaşılıyordu. "Not: Cumartesi programı tamam, değil mi? Yani bir değişiklik yok" diye yazıyordu bir de. Bu son cümleden, editörle eleştirmenin dost olduğu, iş dışında da arkadaşlık ettiği, belki ailece buluştukları anlaşılıyordu.

Emre o hırsla; zaten kalmamış ve dipleri kanamış olan tırnaklarını yemeye çalışarak bu isimler hakkında bir internet araştırması yaptı. HH diye andığı Hazakat Hisarlıgil elli beş yaşındaydı, adını hiç duymadığı bir lisede edebiyat öğretmeniydi. Okul etkinliklerinin gösterildiği Facebook sayfasında fotoğrafı da vardı. Saçları dökülmüş, ince, sinirli bir yüzü olan, bıyıksız, gözlüklü bir adamdı. HH hakkındaki diğer bilgiler onun evli ve bir çocuk sahibi olduğunu gösteriyordu. Demek ki editörle aile dostuydular. Nedense adamın tipi; evlilik ve çocuk yetiştirme maceralarına girişebilecek biri değilmiş gibi görünüyordu.

Emre dışarı çıktı, kalabalık caddelerde, minibüslerin egzoz püskürttüğü otoyolların kenarında, mahşeri üst geçitlerde insanlara çarpa çarpa, nereye gittiğini bilmeden saatlerce yürüdü. Sonunda ayakları onu sahil yoluna götürdü. Sol yanında Bizans surları, sağ yanında resim gibi hareketsiz duran şilepleri, tankerleriyle Marmara Denizi uzanıyordu ama Emre bunların hiçbirinin farkında değildi. İçinde filizlenen intikam planının ayrıntılarına girmek, her detayı düşünmek, neler yapacağını gözünün önüne getirmek, şu anda onu rahatlatmasa bile yaşama devam etmesini sağlayacak tek şeydi. İlk iş olarak o editöre ve eleştirmene esaslı bir cevap yazacaktı. Yayıncılar, eleştirmenler ve yaratıcı yazarlar üzerine; çok sıkı, hatta edebiyat tarihine geçecek bir cevap olacaktı bu. Sonra adamın çalıştığı liseye gidip adresini öğrenecek, onu izleyecek, evinin önünde pusuya yatarak gündelik yaşamı, alışkanlıkları, kaçta işe gidip kaçta geldiği gibi konularda bilgi sahibi olacak, sonra da ancak bir romancının düş gücüyle kurgulayabileceği zeki bir son hazırlayacaktı haddini bilmez HH'ye.

Emre, editörün mesajına üç gün sonra cevap verdi, adres bölümüne hem editörün hem de eleştirmenin adını yazdı. Böylece, onları ne kadar etkileyeceğini bilmiyordu ama e-postayı aldıkları zaman yaptıkları yanlışı anlayacaklardı. Bu metni yazmak için birkaç gün beklemesinin nedeni, öfkesi yatışmasa bile ilk delirme anlarının geçmesi, zihninin sakinleşmesiydi. Yoksa o mesaj baştan aşağı sövgülerle dolardı ki, istediği bu değildi. Bir şey kanıtlamak istiyordu onlara; yanlış olduklarını, yanlış davrandıklarını, yaratıcılığı yargılamak gibi olmayacak bir işe soyunduklarını, ne var ki kendilerine benzeyen insanların bütün uğraşlarına rağmen, tarih boyunca gerçek yazını engelleyemediklerini anlatacaktı. Sait Faik'e ne iş yaptığını soran hâkimin, yazar cevabını alması üzerine, kâtibeye dönüp, "Yaz kızım, işsiz, boşta gezer" demesiyle başlıyordu mesajı. Sonra dünyanın kendi isteğimiz dışında küreselleşmiş olmasına vurgu yapıyor, dünya kitap satış listeleri, sinemalar ve müzik listelerinden örnekler veriyordu. Bu durumda "Ben sadece bölgemi yazarım" demek ancak *export edebiyat* yazarlarının işi olabilirdi, çünkü onlar için önemli olan edebiyat değil, Batılı editörlerin ve Batı basınının kafasındaki klişelere uygun *oryantalist* mal pazarlamaktı. Hint deyince fakir, Çin deyince maymun beyni, Türkiye deyince cami, İran deyince molla, Arap deyince recm, Afgan deyince burka vesaire. Oysa bu ülkelerdeki milyonlarca insanın hayatı sadece bunlardan mı ibaretti? O toplumlarda insanların ve duygularının çeşitliliğine rastlanamaz mıydı? Ayrıca Afrika'yı, Hindistan'ı, Japonya'yı konu edinen yüzlerce Amerikan-Avrupa romanı yok muydu, o zaman niye bir Türk yazar da o insanları konu edinemesindi? Sonra şöyle devam ediyordu: "Sayın editör ve sayın eleştirmen; Ne cevap vereceğinizi merak ettiğim için bu konuları sizlerle yüz yüze tartışmaktan çok zevk alırdım ama sanıyorum kabul etmezsiniz. O zaman size çok somut bir soruyu yazılı olarak yöneltiyor ve en azından bu konudaki cevabınızı rica ediyorum: Şimdi sayacağım yazarların ortak noktası nedir? Marcel Proust, James Joyce, Mark Twain, Bernard Shaw, Virginia Woolf, Edgar Allan Poe, Benjamin Franklin, Upton Sinclair, Walt Whitman, Alexandre Dumas... Uzatmadan söyleyeyim; bu büyük yazarların ortak yanı, eserleri yayınevleri tarafından basılmaya değer bulunmadıkları için reddedilmiş ve kendi kitaplarını kendileri bastırmak zorunda kalmış olmalarıdır. *Geçmiş Zaman Peşinde* ve *Ulysses* bile bu kaderden kurtulamamıştır. Jack London'ın altı yüz –evet 600– kere reddedildiği bir yayıncılık dünyasından söz ediyoruz burada. Hiç merak eder misiniz? Acaba bu büyük yazarları reddeden editör ve eleştirmenler kimdir, nasıl insanlardır, edebiyat alanında hangi yetkiye dayanarak bu vahşi ve acımasız kararları vermişlerdir? Eğer reddedilen yazarların cesareti kırılsa ve kitaplarını kendileri bastırma yoluna gitmeseler, ki –böyleleri de vardır mutlaka– ne kadar çok başyapıttan mahrum kalacaktık düşünsenize. Kim bilir kaç *Savaş ve Barış*, kaç *Don Quijote* eleştirmen ve editör kurbanı olarak çöplükleri boylamışlardır? İnsanlığın mirası olan büyük romanlar, editör ve eleştirmen teröründen rastlantıyla kurtulan şanslı yapıtlardır ancak."

Emre'nin kendi hızına yetişmekte güçlük çekerek yazdığı e-posta böyle devam edip gidiyordu işte ama yine de editör ve eleştirmenin yazının tamamını okumayacakları, kitabına yaptıkları gibi ancak bir göz atacakları kuşkusundan da bir türlü kurtulamıyordu. Bu işin tek yolu HH'yi karşısına alıp konuşmaktı, onu doğru söylemeye, hatta özür dilemeye mecbur bırakmaktı, gerçekleri onun hilekâr yüzüne çarpıvermekti. Bu da normal yollardan olamazdı elbette. Adam kendisini dinlemezdi, hatasını kabul etmezdi. Ona hak ettiği cezayı verebilmesi için olağandışı koşullar gerekiyordu.

27 numaralı masadaki insanlara dair

Girişteki isim listesine bakarak 27 numaralı masada oturmaları gerektiğini gören bir avuç insan, henüz bu itibar düşmesinin iç burukluğunu atlatamadan, bir de tanımadıkları insanlarla yan yana gelmiş olmanın sıkıntısını yaşıyorlar. Bu yüzden, bir gazeteciyle dizi oyuncusu dışında, fazla konuşma olmuyor aralarında. Hepsi kendi düşüncelerine gömülüyor.

Şücaattin Bey Allah'a şükrediyor

"Gel de kelamullaha, tevafuka, kader-i ilahiye, levh-i mahfuza inanma; eğer kısmette yazılmışsa her şey olur; hiç kimse, beni yıllar önce o kış günü işkembeciye iş aramaya yollayan rabb-ül-âleminin planlarının önüne geçemez."

Dolapdere tepelerinde bir gecekonduya sıkış tepiş sığınmış bir ailenin yedinci çocuğu olan Şücaattin daha çocukken, Kasımpaşa'daki bir işkembecide işe girdi. Elinden bir şey gelmezdi ama hiç olmazsa bulaşıkları yıkar ya da yerleri süpürürdü. İlk başlarda para vermeseler bile babası, aileden bir boğaz eksilmesi anlamına gelen bu işe çok seviniyordu. Kim derdi ki o zayıf, üşümüş, aç Şücaattin, sürekli dayak bekleyen, her gürültüde başına inecek darbeden sakınan, konuşurken kıpkırmızı kesilerek insanların yüzüne bakamayan çocuk, gün gelecek İstanbul'un en zengin yapsatçılarından biri olacak; gökdelenler, limanlar, siteler yapacak, yanında binlerce insan çalıştıracak, İngiltere kraliçesiyle aynı marka arabaya binecek, Boğaz'da tarihi bir yalıda oturacak, canı sıkıldığında özel jetine atlayıp Akdeniz limanlarından birinde bekleyen yatına gidecek. Kurban olduğu Yaradan'dan başka kim yapabilirdi bu mucizeyi. Kimse, hiç kimse! Ama bir de vesile olması gerekiyordu elbette. Onun mucizesine vesile de aynı işkembecide çalışan, kendisinden iki yaş büyük, uzun boylu Kasımpaşalı bir abiydi. Hemşeri oluyorlardı. Abisi bir yandan çalışıyor, bir yandan da İmam Hatip'te okuyordu.

Kasımpaşalı abinin Şücaattin'e çok yardımı dokundu, işkembecide yol yordam öğretti, onu bir çeşit himayesine aldı. Şücaattin bazen gider abisinin oynadığı maçları izlerdi; abisinin profesyonel futbolcu olma hayali kurduğunu biliyordu. Daha ne hayalleri vardı! Gece geç vakit lokantada el ayak çekilince anlatırdı bunları Şücaattin'e, onun da gözü kamaşırdı. Allah'ın hikmetine bakın ki, abisinin bütün hayalleri teker teker gerçekleşti. Siyasete girdi; ilk başlarda seçilemeyerek morali bozulduysa da sonra şansı bir döndü; dönüş o dönüş! Abisi çok ama çok yükseldi, saraylarda oturmaya başladı. Sanki Allah önündeki her engeli kaldırıyor, her yolu açıyordu. Abisi; çocukluk, gençlik hayallerinin çok ötesine geçmişti –bugün geldiği nokta hayalleri arasında yoktu bile– ama her istediğini yapmaya, her arzusunu yerine getirmeye o kadar alışmış, Allah'ın onu özel olarak gönderdiğine o kadar inanmıştı ki Türkiye'yle yetinmeyerek hayallerinin sınırını –daha doğrusu sınırsızlığını– dünya çapında genişletmişti. Ama Allahı var; bu arada eşini dostunu unutmamış, hepsine iyiliklerde bulunmuştu.

Şücaattin, daha o belediye başkanıyken Boğaz'da bir yer kapatmış, orada yasaya aykırı ama başkana uygun bir kafe açarak çok para kazanmaya başlamıştı. Sonra belediyeden alınan yol, kanalizasyon, kaldırım inşaatları gelmişti, daha sonra aldığı arazilerde imar değişiklikleri yaptırarak siteler kondurdu;

abisi daha da yükseldiğinde devletten bölünmüş yol, köprü, viyadük ihaleleri aldı. Yine onun yardımıyla Orta Asya ve Arap ülkelerine açıldı. Kendisi de aynen abisi gibi, baş döndürücü bir başarı asansörüyle çıkıyordu yukarı. Ülkenin sayılı zenginlerinden biri olmuştu; her şeyi önce Allah'a sonra işkembecide tanıştığı abiye borçluydu. Gece gündüz onun sağlığı –sıhhat afiyeti diyordu o– için dua ediyordu; evladına onun ismini vermişti; evinin en görünür yerinde abisinin, gülen –daha doğrusu gülmeyi pek beceremediği için güler gibi yapan– kocaman bir portresi asılıydı. İnşallah yakında oğlunu dillere destan bir düğünle evlendirdiği zaman nikâh şahidi de o olacaktı.

Geçenlerde abisinin ailesi için kendi ailesinin de kullandığı, yeni çıkan şahane şampuanlardan bir paket göndermişti. Kendi eşi ve kızlarının da başı kapalıydı. Çocukluktan beri saçları hiçbir zaman güneş görmediği için bazı mineraller ve vitaminler eksik kalıyordu. İşte yeni şampuan bu eksiklikleri gideriyor, saçları besliyordu. Abisinin ailesi de yararlanmalıydı bu fenni buluştan. Bu arada Şücaattin Bey dünyanın temel gerçeklerini, yani "hep bana, hep bana" denmeyeceğini de öğrenmişti elbette. Başka türlüsü mümkün değildi.

İdris Kurtoğlu babasına dua ediyor

"Memur çocukları babalarının kaderini değiştiremiyor, yine memur oluyorlar. Üç kuruş maaşa talim etmekten kurtulmaları mümkün değil. Allah rahmet eylesin babam Kurtogli Osman'a. Kasabada onca saygı gören kaymakam, savcı, hâkim, mal müdürü varken, o köhne dükkânı açmış olduğu için bugün ben buradayım; İstanbul'un en büyük zenginleriyle aynı davette bulunuyorum. Eğer ailede iş yapma genleri varsa, yapar büyütürsün ama memur genleri varsa sadece memur olursun."

İdris Bey düşüncelerinin burasında belki bininci kez o sevimli, iri burunlu, büyük kulaklı, uzun boylu babasını düşünürken gülümsüyor. Çünkü onun Karadeniz'e özgü hoş halleri, yaptıkları, söyledikleri aklına geliyor.

Kurtogli Osman'ın etrafa neşe saçmak diye bir niyeti olmamıştı hiç. Aksine asık yüzlü, her şeyi ciddiye alan bir adamdı. Ama kafasının çalışma biçimi o kadar değişikti ki her davranışı, her sözü insanları gülmekten yerlere yatırırdı. Dağlar arasındaki kasabanın en sevileni kimdir deseniz, herkes tereddütsüz onu gösterirdi. Buradaki en ters adam kimdir deseniz, yine onu gösterirlerdi. Dedesi Kurtogli Sinan ise, en yüksek, göklere ser çekmiş gürgen ağaçlarına karakovan yerleştirmesiyle meşhurdu. Onun karakovanının üstüne hiç kimse çıkamazdı. Oralarda yaptığı balları kasabada, dükkâna benzer bir yıkıntıda satardı.

Babası ölünce oğlu Kurtogli Osman da aynı işi sürdürmüştü; ta ki bir gün şehirden gelen bir tüccar onu kadın giysileri satmaya ikna edene kadar. "Burayı biraz adam et" demişti tüccar, "cam falan koy, ben de sana malları veresiye vereyim, sen namuslu adammışsın, öyle söylüyorlar. Satınca ödersin." Böylece Kurtogli Osman, Karadeniz cesaretiyle hiç anlamadığı manifatura işine dalmış oldu. Tüccarın sandıkla gönderdiği yeşil hırkaları, orlon kazakları, kareli eteklikleri satmaya başladı. Başlangıçta her malın kaç liraya satılacağını, ne kadarını kendisine vereceğini tüccar söylüyordu ama zamanla Kurtogli bu işe alıştı. Kasabanın kadınları renkli şehir mallarına bayıldılar, dükkânı hiç boş kalmadı. Yalnız kadınların çoğu malları veresiye alıyor, ya taksite bağlıyor ya da kocalarının ellerine fındık, çay, bal vesaire gibi ürünlerden para geçecek dönemi bekliyorlardı. Böylece aileye ticaret yolu açılmıştı.

Kurtogli Osman kalp krizinden ölünce, dükkânı işletme görevi de şehirde okumakta olan İdris'e kaldı. İdris Kurtoğlu tahsilini yarım bırakıp kasabaya döndü, babası camideki kasaba halkının üç kere tekrarladığı "İyi bilirdik" sedalarından sonra ıssız köy mezarlığındaki suskunlar arasına katıldı. İdris, birkaç gün sonra dükkânı devralınca ilk işi veresiye defterine bakmak oldu, çünkü neredeyse bütün kasaba halkının babasına borçlu olduğunu biliyordu. Ama defter, onu hayatının belki de en büyük hayal kırıklığına uğrattı. Babası kargacık burgacık bir yazıyla şöyle şeyler yazmıştı:

Yeşil kazak... 300 lira... 25 lira alindi. Goca götlü gari

Pempe şal... 220 lira... 100 lirasi alindi. Goca memeli gari

Kırmızı esvap... 280 lira... 150 lirasi alindi. Uzun zayif gari

İdris'in hayret dolu bakışları altında liste böyle uzayıp gidiyordu. Borçlu kadınların kimi goca götlü, kimi iri memeli, kimi uzun, kimi kısa, kimi zayıf, kimi şişmandı. Sadece bir tanesine gönlü düşmüş olmalıydı ki, "Güzel gözli gari" yazmıştı. Bu tariflerden bir şey çıkarabilmek mümkün değildi. Kimseye bir şey söylemedi ama günlerce kasabanın kadınlarını yan gözle izledi durdu. Birçok goca götlü vardı, iri memeli de, uzun da, zayıf da. Bir iki kişi uğrayıp taksit ödedi ama böyle götürmesi mümkün değildi. Dükkân batardı. Bunun üzerine kahvede erkeklere bir öneride bulundu. Babasından veresiye mal alanlar bütün borçlarını kapatırlarsa, aldıkları her şey yarı fiyatına gelecekti. Borcun yarısını silecekti. İdris Kurtoğlu bu duyurunun faydasını ertesi günden itibaren görmeye başladı. Çünkü hasat zamanıydı, herkesin eline para geçmişti. Borcun yarısının silinmesi, alıcılar için iyi bir şeydi doğrusu. Böylece İdris Kurtoğlu dükkânı batmaktan kurtardı, goca götlülerin, iri memelilerin kimler olduğunu öğrendi ve kasaba halkı da İdris'in el yordamıyla bulduğu "sezon sonu indirimi" uygulamasıyla tanışmış oldu. Bu başlangıç olmasaydı İdris Kurtoğlu tekstil alanında bu kadar ilerleyemez, İstanbul'a gelerek en büyük Avrupa şirketlerine fason diken fabrikalar kuramaz, bu zenginler arasına karışamazdı. Bu yüzden hep "Allah razı olsun balcı Kurtogli Sinan'dan, Allah razı olsun Kurtogli Osman'dan ve goca götlülerden" diye dua etmeyi alışkanlık haline getirmişti. O veresiye defteri de hâlâ şirket kasasındaydı.

Gazeteci Arif Tozan kül yutmuyor

"Yarınki köşe yazımda bu daveti anlatmalı mıyım acaba? Bilemiyorum ki. Eskiden böyle yazıları zevkle okuyordu millet ama şimdi bir öfke modası başladı. Kıyak yemek, kıyak gezi, kıyak uçak bileti diyerek her şeye kızıyor okurlar. Belki de kendilerinin çektiği sıkıntılar artarken, gazetecilerin hayatın güzelliklerini yaşamasını kıskanıyorlar. Ama bu otelden söz etmemek de olmaz, hem davet sahiplerine ayıp hem de bundan sonraki ağırlamalar, indirimli odalar tehlikeye girer. En iyisi bu olayı, ekonomiye katkı olarak ele almak; buna bir de yabancı sermaye girişi eklenirse; ülkenin çıkarları gündeme gelir, buna da kimse sesini çıkaramaz."

Arif Tozan, çalıştığı gazeteye ofset çırağı olarak girmiş, zamanla yükselmiş, gazetenin dağıtım, insan kaynakları gibi çeşitli birimlerinde çalıştıktan sonra halkın dertlerini dinleyip yansıtacağı bir köşe açılmıştı ona. Kurnaz bir insandı, yazarlık deneyimi yoktu ama gerçek yazarların kibrine gıcık olarak "odunu koysam yazar yaparım" diyen daha büyük egolu patron sayesinde bir köşeye kavuşuvermişti. İlk başta arkadaşları yardım ettiler; sonra kendisi de alıştı – şu de'leri, da'ları nasıl yazacağını hâlâ bilemiyordu ama olsun, herkes böyleydi artık. Zaten yazılar ne kadar basit olursa o kadar çok okunuyordu. Zamanla ünlü oldu; çünkü çalıştığı bol resimli, bol renkli gazetenin politikasına uygun olarak halkın anlayacağı gibi yazıyordu. Zaten başka türlüsü elinden gelmezdi. Hatta Türk basınına bulaşıcı hastalık gibi yayılan, en ciddi gazete yazarlarının bile öykündüğü bir "tarz" yaratmıştı el yordamıyla. İnsanların paragraf ve blok halinde yazıları okumadığını fark etmişti. Nereden mi? Kendinden elbette. Daha bakarken bile içini sıkıyordu böyle yazılar. Bu yüzden köşe yazılarını şöyle yazıyordu örneğin:

Otobüse bin.
Vapura bin.
Oradan in, metroya bin.
Hepsi kalabalık.
Hepsi mahşer gibi.
Bu gidişin sonu ne olacak?
Bu şehir, daha kaç kişi alacak içine?
Geçenler de televizyonda dinledim.
Osmanlı atalarımız zamanında, elini kolunu sallayan giremezmiş bu şehre.
Sayın Cumhurbaşkanımız, belediye başkanıyken ne demişti?
"İstanbul'a girmek için vize mecburiyeti olsun" demişti.
İşte devlet adamı, işte plan, işte program.
Hadi yetkililer.
Hepinize sesleniyorum.
İstanbul için bir tedbir alın.
İş işten geçmeden!
Yoksa bu milletin ahını alırsınız.

Bu yöntemle, konuşur gibi yazdığı yazılar dillere düşer, herkes tarafından beğenilirdi. Kimi zaman futbol üstüne yazardı, denk getirirse de fazla suya sabuna dokunmadan siyaset üstüne. Bazen kızdığı bir futbol kulübü çalıştırıcısına, gazetecilik deyimiyle "çakar" ve yazıyı şöyle bitirirdi:

Hoca, hoca,
top yuvarlaktır derler.
Üstüne basarsan senide yuvarlar ha.
Hemde cehennemin dibine.

Dost acı söyler.
Ben uyarmış olayımda.
Son pişmanlık ele geçmez. (Aslında son pişmanlık fayda vermez demek istiyordu.)

Takım o hafta yenilmişse, hocaya kızan taraftar, Arif Tozan'a kutlama mesajları yağdırırdı. "Ellerin dert görmesin hocam" mesajları Arif Tozan'ın hoşuna giderdi elbette; "hay ağzını öpeyim mesajlarından da" –futbol fanatiği oğlanlar gözünün önüne geldiği için– midesi bulanırdı.

Bu üslup Türk basınında o kadar tutmuştu ki, kendisi gibi alaylı olmayan, üniversite mezunu, yabancı dil bilen ciddi yazarlar bile yazı biçemlerini değiştirmişlerdi.

Örneğin eskiden bir konuyu şöyle yazarlardı:

Kürt sorununda çözüm sürecinin ulaştığı bu yeni aşamada; Ankara'nın, kendisine düşen görevi yerine getirmesiyle ilgili kuşkular giderek artıyor. Yaklaşan bahar aylarıyla birlikte, zorlu kış koşullarının biteceği, bu yüzden dağdaki gerillanın hareket kabiliyetinin artacağı düşünülürse, çatışmasızlık ortamının sürdürülebilmesi için hükümetin daha önce üzerinde mutabık kalınan "yol haritası"ndaki ev ödevini yerine getirmesi ve gerekli adımları atması şart.

Ne var ki bu kadar basit tümceler bile okunmuyordu artık; halk her gün dozu artırılan bir uyuşturucu gibi, en ciddi konuların bile sloganlarla yazılmasına alıştırılmıştı. İster istemez şöyle yazmaya başladılar:

Havada bahar kokusu var,
İstanbul'da ağaçlar çiçeklenmeye başladı.
Kazancakis'in dediği gibi;
"Erik ağacı tepeden tırnağa çiçek açarak konuşuyor."

Baharın ve Nevruz'un hepimize sevinç getirmesi gerekir değil mi?
Ne gezer?
Çevremdeki herkes keyifsiz, umutsuz!
Çünkü kimse hükümete güvenmiyor.
Güneydoğu'daki sarp dağların karı eriyor, yollar açılıyor.
Gerilla bu yollardan geri dönecek.
Peki bu durumda çatışmasızlık süreci nasıl devam edecek?
Ya tekrar analar ağlarsa?
Yazık olur.
Bunca emeğe yazık olur.
Havada bahar kokusu var
Ama benim içimde kuşkular.
İçim sıkılıyor.

Yabancı yazarlardan yapılan alıntılar işe bir kalite katıyor, bu yazılar da beğeniliyordu ama Arif Tozan'ınkiler kadar değil. Çünkü o halk adamıydı, halkla aynı dili konuşuyordu. O kadar ünlü olmuştu ki sokağa çıktığında, daha çok "alt tabaka", "Arif Abi, kurban olim sana" diye sevgi gösterilerinde bulunur, büfeciler "Arif Abi bir ayranımı iç" diye haykırırdı. O da adamcağızın gayretini boşa çıkarmak istemez, ikram edilen şeyi mutlaka kabul ederdi. Adaylığını koysa vekil seçileceğine kimsenin kuşkusu yoktu.

Ah bir de, bu akşam, o sofrada önüne getirilen, içinde limon dilimi yüzen suyun ne işe yaradığını bilebilse... İçsen içilmez; çünkü su, bardağa değil, küçük porselen bir kaba konmuş; ama belki de sosyetede âdet böyledir; yemek arasında içilen limonlu suyu böyle getiriyor olabilirler.

Minik kabı alıp suyu içiyor. Bir süre sonra çevresindekilerin o kaba parmaklarının ucunu batırıp ellerini temizlediklerini, sonra da kocaman, kolalı patiska peçetelere kuruladıklarını görüyor; o zaman limonlu suyun ne işe yaradığını anlıyor. Acaba kendisini gören olmuş mudur? "Aman canım" diyor kendi kendine, "görseler daha bile iyi, biz halk adamıyız. Babamızın evinde mi gördük bunu?" Ötekilerin de görmediğine emin. Ne diyordu o reklam: "Yok birbirimizden farkımız." Külyutmaz Arif Tozan'a göre, o masadakilerin de, o salondakilerin de hepsinin dedesi, ninesi köylü. Bu yüzden nefret ediyorlar köylülerden. Kendi geçmişlerini hatırlattıkları için. Ama bu yanında oturan uzun bacaklı yosma gibileri Rumeli köylüsü; Anadolu'dan böyle bacak çıkmaz. Allah için güzel haspa.

Ece Ferzan dillere destan güzelliğiyle gurur duyuyor

"Hepsinde para bol, unvan bol, iktidar bol ama yine de gözlerini üstümden alamıyorlar. Sade erkekler değil, kadınlar da. Demek ki bu hayatta en önemli şey ne servet, ne iktidar; sadece güzellik. Güzellik karşısında hepsinin dili tutuluyor. Bu masanın en üstünü benim. Başka masalardan bile bakanlar olduğuna göre, onlardan da üstünüm."

Orta halli bir ailenin kızıydı Ece Ferzan. Çok yoksul değillerdi ama yine de bütün orta direk memur aileleri gibi idareli harcanırdı para; hatta bazen ay sonu zor getirilir, son günlerde makarnaya talim edilirdi. İyi ki üniversiteyi ikinci sınıfta bırakıp, oyuncu olma hevesiyle o ünlü aktörün açtığı sanat merkezindeki eğitimlere katılmış, Naciye Fener adını da değiştirmiş, Ece Ferzan yapmıştı. Televizyon, dizi piyasası bu merkezlerde yetişen gençlerde yetenek değil, güzellik, boy bos, yakışıklılık arardı. Hele yeşil ya da mavi göz buldular mı hiç kaçırmazlardı. Kendisi de böyle "keşfedilmişti" işte. Bu keşif, birçok kişinin işine yararken, kendisini de şaşırtıcı bir hızla ünlü ve zengin birine dönüştürmüştü. İlk zamanlar ailesine –birlikte oturuyorlardı o zamanlar, henüz kendi dairesine taşınmamıştı– kısacık bir reklam filmi, ufak bir dizi rolü için aldığı paraları hayretle anlatıyordu ama sonra, hayatı boyunca çalıştığı halde o parayı rüyasında bile göremeyecek olan babasının üzüldüğünü görünce anlatmayı kesmişti. Zaten ister istemez yolları da ayrılmıştı.

"Bu ülkenin erkekleri bir tuhaf" diye düşünürdü Ece. Acaba dünyada da mı böyleydi? Çıplak bir kadın gördüler mi sigortaları atıyor, şaşkın bir hale geliyorlar, kul köle oluyorlardı. Yoksa bir insan durup dururken, yeni görüşmeye başladığı bir kıza niye pahalı bir cip hediye eder, niye daire alırdı ki? Ama bunlar sadece başlangıçta oluyordu. Ece'nin pek fazla olmayan deneyimlerine göre bir iki ay içinde erkekler, kadını kişisel malları gibi görmeye başlıyor, heyecanlarını yitiriyor, sonra ona baktın buna baktın muhabbetleri başlıyordu. O zaman, fazla rezalet çıkmadan –hatta dayak yemeden– sessizce bu işi sonlandırmak gerekiyordu. Genellikle erkeğin gözü başkasına kaymış olurdu zaten, bu da işi çok kolaylaştırırdı. Ece'ye de bu ilişkiden; birkaç ay, çirkin ama zengin bir herife katlanmış olma zahmeti karşılığında güzel bir araba, bazen de küçük bir daire kalırdı.

Dekolten bir santim derin oldu mu bütün erkekleri çıldırtabildiğin bir ülkede, güzel kızlar için hayat çok kolaydı doğrusu. Bu bir alışverişti. Onlar ellerindeki parayla, kendisindeki güzelliği kiralıyorlardı. İleride yaş ilerleyince, böyle bir olanak kalmayacaktı elbette ama Ece o zamana kadar –hani dedikleri gibi– geleceğini güvenceye almış olacaktı.

Bu sırada, yemeğin başından beri gözlerini göğüslerinden alamamış olan Arif Tozan'ın babacan bir tavırla "Kız maşallah, ne güzel yaratmış Allah seni" dediğini duyuyor.

"Sağ olun Arif Bey" diye karşılık veriyor; ardından dudaklarını büzerek, "Teveccühünüz" diye ekliyor.

"Nasıl gidiyor?" diye soruyor Arif Tozan. "İşler iyi mi, yeni dizi falan var mı?"

"Var bir şeyler."

Arif Tozan kolunu kızın sandalyesinin arkasına koyarak, teklifsiz bir edayla, "Basında ne kadar çok çıkarsan o kadar çok iş alırsın" diyor. "Bu memlekette herkes sabah gazeteye bakar, resmini görünce de akıllarına gelirsin, yoksa Cahide Sonku olsan kimse aramaz."

Kız, "Cahide Sonku da kim?" diye düşünse de cahil görünmemek için bunu yaşlı gazeteciye söylemiyor. "Tabii, çok doğru" diyor. Kendisine öğüt veren bir "artist ablası" da aynı şeyi söylemişti. "Bu memlekette ne kadar ayakaltında dolaşırsan, ne kadar skandala karışırsan, ne kadar rezil olursan o kadar çok para kazanırsın" demişti. "Sakın kendini ağırdan satmaya falan çalışma; kıymetimi bilsinler falan gibi saçma düşüncelere kapılma, bir anda atıverirler kündeden. Ortalık güzel kız kaynıyor, her yıl da alttan yenileri sürüyor. Akarken doldur küpünü."

Arif Tozan kıza eğilerek, "Bugünlerde gazeteye uğra da bizim eklerde tam sayfa bir röportaj yayınlayalım seninle" diyor. "Şöyle güzel, mayolu resimler filan..."

Ece teşekkür ediyor, mutlaka arayacağını söylüyor. Ee, adamın verebileceği de bu işte, başka bir şeye gücü yetmez.

Ama şu sıralarda tam sayfa söyleşi fena olmaz doğrusu; çünkü dillere destan sarayına yerleşen cumhurbaşkanı bir davet verecek. Bu davete *sanat âleminden* kimlerin çağırılıp çağırılmayacağı tartışılmakta; bir itibar konusu bu. Kendisi de orada "sanatçı" olarak boy göstermeli, hanımefendinin ve beyefendinin elini sıkarken çekilen fotoğraflarını yayınlatmalı. Akşam haberlerine de çıkar. Hem, oynadığı diziyi hanımefendinin hiç kaçırmadığı gelmişti kulağına.

Zehra ile Ercüment'e dair

Laciverdi akşam! Neden bu sözcük dönüp duruyordu zihninde? Laciverdi deniz, laciverdi akşam, laciverdi koku... Böyle bir kelime var mıydı Türkçede? Laciverdi deniyor muydu? Zehra'nın ve arkadaşlarının kullandığı dilde yoktu; peki o zaman Boğaz'ın ışıltılı sularının kıyısındaki balık lokantasında nereden aklına gelmişti bu kelime? Boğaz'ın lacivert rengi çağrıştırmasından mı? Var mıydı gerçekten böyle bir kelime Türkçede? Evet evet, bir şiirde geçmiyor muydu bu? Gece, laciverdi bahçe diye bir şey... Nâzım olabilir miydi?

"Ercüment iyi ki bu balık lokantasında yer ayırtmış" diye düşündü ardından. Çünkü camla kaplı terasta Boğaz'ın üstündeydiler; hem rüzgâr almıyordu, hem manzara güzeldi, hem de biraz loştu.

Holding merkezinde her gün gördüğü adamla, başka bir kimlikle, yani kadın ve erkek kimliğiyle baş başa buluşmanın, küçük bir masada karşılıklı oturarak birbirlerine bakmanın, tedirgin edici, tuhaf bir yanı vardı. İş arkadaşlığı desen değil, kadın erkek birlikteliği desen, hayır o da değildi henüz, ama bir kapı aralama çabasıydı. Konuşulması gerekenlerden kaçmak için balıktan, holdingden, sisin içinde ışıklarını sakınarak geçen bir gece vapurunun masalsılığından, yeni bir filmden söz açmak zorunluluğu... Sonra uzun susuşlar, önlerine bakıp peçetenin kenarıyla oynamalar, arada bir basan iç sıkıntısı... Zavallı, iyi niyetli, mahcup Ercüment'in, ağzını bir mağara gibi gösteren gölgeli, karanlık dişleri –ah o dişleri– bu kusurun farkında olduğunu ele verircesine, gülerken peçeteyle ağzını kapama ya da eliyle örtme çabaları; sonra "Hadi kalkalım, ne iyi oldu, arada bir tekrarlayalım bunu" faslı... Zehra'nın arabasıyla evine gelişi, anahtarla kapısını açıp evin sessizliği ve doldurulamaz boşluğuyla karşılaşması.

İşte cumartesi akşamı yemekten kalanlar bunlardı. Yooo, sadece bunlar değildi. Tam o sırada hatırladığı belki önemsiz, belki önemli başka bir şey daha vardı. Ondan kibarca izin isteyerek arada bir sigara yakan Ercüment'in uzattığı paketten bir sigara alışı, ne yaptığını bile düşünmeden dudaklarına götürüşü, Ercüment garsondan kibrit isterken dudağına değen sigara kâğıdının yadırgatıcı varlığı, garsonun eğilerek çakmakla sigarasını yakması, içine çektiği ilk nefeste dönen başı, sonra bütün bunların hoşuna gitmesi... Oysa o sigara içmezdi ki; babasına sigarayı bırakması için onca dil döken kendisi değil miydi?

Gece yatağa, kafasında hâlâ o sigaranın, rakının verdiği mahmurlukla girdi; uyumadan önce gecenin nasıl geçtiğini, kendisinde nasıl duygular bıraktığını düşünmek istedi ama bunun yerine bulanık zihninde bir tek kelime belirdi: Öküz! Sonra hemen uyudu.

Sabah kalktığında ağzında saatlerce metal bir para tutmuş gibi garip bir tat vardı. Buharı yüzüne vuran sıcak bir banyodan ve demli bir çaydan sonra geçti bu tat. O pazar sabahını, diğer pazarlar gibi temizlik yaparak geçirdi. Kirlileri makineye attı, elektrik süpürgesiyle yerleri temizledi, toz aldı, çöpü dışarı bıraktı. Sonra hazırlanıp Selminlerle buluşmak üzere, yeni açılan bir alışveriş merkezine gitti. Orada, övgülerini duydukları yeni bir İtalyan lokantasında yemek yiyecek, sonra da sinemaya gideceklerdi.

Zehra yemekten sonra, sigara içmek için açık havaya çıkan Selmin'le birlikte döner kapının önüne gitti. Arkadaşını şaşırtarak, "Bana da ver bir tane" deyip bir sigara yaktı. Selmin'in içtiği sigara, Ercüment'inkinden daha hoş geldi. Sinemadan çıktıktan sonra o markadan bir paket aldı.

Arkadaşlarının Emre'yle ilgili sorularını espriyle cevaplama alışkanlığı edinmişti. "Emre ne yapıyor?" diyenlere, "Bir öküz ne yaparsa onu herhalde" diyordu, "öküzlük mesleğini yani." Gülüyorlardı. Çünkü, dertli çiftlik sahipleri gibi hepsinin birer ikişer öküzü vardı.

Güzel geçen o günün ardından yatağa girerken şiirin geri kalanını da hatırladı: *Altın pırıltılarla devranı rakkaselerin / Ve tahta kutularda upuzun yatan ölüler.* Sevgili ölülerini düşündü Zehra. Dedesinin niye uzun zamandır uğramadığını merak etti. (Mezarda rahatı yerinde olmalıydı ki gelmiyordu.)

Ama iki gece sonra hayatının en ilginç deneyimlerinden birini daha yaşadı. Uyurken, ruhunun hafifçe, havada salınan bir tüy gibi bedenini terk ettiğini duyumsadı. Ruhu yükseldi, tavana doğru gitti; mutluluk, huzur içinde, yatakta kıvrılmış yatan Zehra'nın bedenini izledi. Uyurken ne kadar da çocuksu görünüyordu. Ama bu kez farklı bir şey oldu. Ruhu bedenini her terk ettiğinde bir süre odada dolaşıp sonra yine geri döndüğü halde, bu kez kapalı camdan, nasıl olduğunu anlayamadığı bir biçimde dışarı süzülüp geceye çıktı. Apartmanın önündeki caddeyi, tek tük geçen taksileri izleyerek üstlerinden uçtu. Beyaz geceliği serin havada dalgalanarak, İstanbul'un göğünde dolaştı. Boğaziçi'nden, vapurların, köprülerin üstünden geçti. Aynı anda da daha önce hiç bu kadar muazzam bir deneyim yaşamamış olduğunu düşünüyordu. Altında, şehri geceleri temizleyen çöp kamyonları, ışıkları sabaha kadar yanan ürkütücü benzin istasyonları, bir hayalet gibi geçen karanlık Rus tankerleri, boş meydanlar, kimselerin olmadığı Gezi Parkı, bir daha gösteriler olmasın diye boydan boya beton dökülüp çirkinleştirilmiş Taksim Meydanı, onun bir şehir çölü gibi görünen ıssızlığı, Beyoğlu'nun sallana sallana eve dönen sarhoşları, yüksek topuklarının üstünde daha da boy atmış iki metrelik travestiler, içinde ampul yanan camekânlı seyyar arabalarda sucuk-ekmek, köfte-ekmek, nohut-pilav satanlar, Boğaz Köprülerinde nöbet tutan polisler, Bizans'ın, Osmanlı'nın, Cumhuriyet'in karman çorman, birbirine girmiş binaları ve tarihi yarımadada eski bir Bizans sarayının kalıntıları üstünde yükselmekte olan kendi yapıları; Konstantiniyye Oteli.

Havada tüy gibi uçmak çok hoşuna gidiyor ama bir yandan da geri dönmesi gerektiğini düşünüyordu. Ruhun bedenden fazla ayrı kalmaması gerektiğini anlatan yazılar aklına geldi. Sonra –Allah muhafaza– bir daha gövdesine giremezdi; ertesi sabah Zehra'nın ölüsünü bulurlar, neden öldüğünü bir türlü anlayamazlardı; kendisi ise iki dünya arasında kalmış kayıp ruhlardan biri olarak kıyamete kadar azap çekerdi.

Edebi ve ebedi gölgelere dair

Onca masanın, sandalyenin hiçbiri boş değil; bu yüzden kendilerine oturacak yer bulamadan oradan oraya gezen garip bir grup var salonda. Çoğu genç, bakımsız, yoksul ama zeki bakışlı erkekler. Biri de genç bir kadın. Birbirlerinden hiç ayrılmadan o masadan bu masaya geziyorlar, oturacak bir tek sandalye bile bulamadan. Bırakın onları bir yere buyur etmeyi; gören, farkında olan bile yok. İçlerinden ince uzun suratlı, pardösüsünün yakalarını kaldırmış biri, "Azizim" diyor ötekilere, "galiba beyhude bir gayret bizimkisi, iki lokma taam edelim, iki kadeh rakı yuvarlayalım diye geldik ama vaziyet ümitsiz." Arkadaşları başlarını sallayarak ona hak veriyorlar. Zayıf, hatta sıska adamlar; kiminde eski usul fötr şapka var, kiminin yanakları çökük ve gölgeli. Biri cebinden çıkardığı patiska mendile öksürüyor. Garsonlar yanlarından fırıl fırıl geçiyor ama onların farkında olmuyorlar; hatta, acayip bir şey, onları yarıp geçtikleri halde dokunduklarını hissetmiyorlar. Veremli olduğu, süzülmüş yüzündeki ateşli gözlerinden belli olan bir genç, "Burada edebiyata, şiire değer veren kimse yok galiba" diyor.

"Şu masadan başka" diye karşılık veriyor öteki, üstadın masasını göstererek. "Oradan deminden beri kulağıma kültürle ilgili konuşmalar geliyor. Öteki masalar daha çok hacıağa dediğimiz cinsten."

Üstadın masasına doğru yürürken biri, "Galiba o deyim ortadan kalktı" diyor. "Artık görgüsüz zenginlere hacıağa denmiyor."

"Evet" diye cevap veriyor öteki. "Hacıağa, *nouveau riche* gibi bir anlatımdı, şimdi böyleleri saygı görüyorlar."

"Bizde bu Fransızca deyimin daha âlâsı var" diyor veremli olan.

"Neymiş o?" diye soruyor çökük yanaklı.

"Sonradan görme" diye cevap veriyor müteverrim şair. "Müthiş bir anlatım bu, sonradan görme."

Başka biri, "Açlıktan, susuzluktan anamız ağladı ama siz hâlâ kelimeler peşindesiniz" diyerek gülüyor.

"İyi ama kelimeler bizim gerçek hayatımız, onlar olmadan biz yokuz ki" diyorlar.

"O zaman kelime yiyip kelime için bakalım" diye onlara sitem ediyor öteki.

Ama en ağır sözü, o ana kadar sesini çıkarmamış olan balıkçı kasketli, kazaklı genç söylüyor: "Biz gerçekten yokuz" diyor. "Görmüyor musunuz, yokuz işte. Kimse bizim farkımızda değil, görmüyorlar, duymuyorlar, birbirimize göre var olmak hiçbir anlam ifade etmiyor, bu dünyaya göre yokuz."

Hepsini bir keder basıyor. Üstadın masasının çevresine diziliyorlar. O sırada üstat, Marlowe'u bilip bilmediklerini soruyor masadakilere. Herkes susuyor. Oturanların arkasına daire biçiminde dizilmiş olan genç edebiyatçılar, "Elbette biliyoruz" diyorlar. "Piyes yazarı Marlowe'dan mı bahsediyorsunuz, yoksa dedektif Marlowe'dan mı?" Ama onları kimse duymuyor. Üstat dişlerini gıcırdatarak gülüyor. "Basın Shakespeare'den bahsettiği için onun adını duymuşsunuzdur ama aynı dönemdeki piyes yazarı Marlowe'u duymadınız tabii" diyor. "Ama o sizi biliyor."

"Nasıl biliyor?" diye soruyor masadakiler.

Kimsenin görmediği delikanlılar, "Timurlenk piyesini duymadınız mı yahu?" diyorlar. "Hani Yıldırım Bayezid'in esir düştüğü, Timur'un onu kafese kapattığı, karısına çıplak dans ettirdiği, sonunda buna tahammül edemeyen Bayezid'in kafasını demirlere vura vura parçaladığı ünlü piyesi."

Yine kimse duymuyor onları. Üstat, "Timurlenk piyesini duymadınız mı yahu?" diyor. "Timur Ankara Savaşı'nı kazanınca padişahınız Yıldırım Bayezid'i demir kafesle yanında gezdirir, karısını rakkase yapar, gururlu padişah da kafasını demir kafese vurarak intihar eder."

Masadakiler onu duyuyor ama birbirlerine şaşkın şaşkın bakıyorlar. Öyle ya; hiç Osmanlı yenilir mi, hiç koskoca padişah kafese kapatılır mı, hele karısını rakkase yapmak, olacak iş mi? Şanlı Osmanlı tarihinde böyle bir şey olabilir mi? Üstat, "Şimdi" diyor, "anlattıklarımdan kuşkuya düştünüz, yüzünüzden belli; size anlatılan tarihle bağdaştıramadınız, çünkü derdiniz gerçek değil, hamaset. Sizler hamasetle beyni çürütülmüş bir avuç ahmaktan başka bir şey değilsiniz."

Ayakta duran gençler –en şişmanları hariç– "Evet" diyorlar, "aynen öyle üstat, helal olsun, biz de bunu söylemeye çalışıyoruz ama kimse duymuyor. Artık sabrımız taşmak üzere ama."

Aralarından sarışın, iriyarı, dağınık saçlı bir delikanlı olan Orhan Selim, "Yetti artık" diyor. "Bu burjuva müsveddelerinin, bu sömürücülerin masalarını dağıtma vakti çoktan geldi de geçiyor, haydi arkadaşlar."

Hep beraber koltukta oturanları yere devirip, masanın üstündekileri sıyırıp atmak için saldırıyorlar ama hiçbir şeye, hiç kimseye dokunamıyorlar. Kirpi'nin yüzünde büyük bir hayal kırıklığı beliriyor, Üsküplü Agâh perişan, Ahfeşin Keçisi dokunsan ağlayacak durumda, Raşit Kemali iyiden iyiye öfkeli, Hadi Borazan her zamanki gibi alaycı, Gani Girgin somurtuk, Halide Salih'in gönlü kırık, Osman Giritli kederini belli etmemeye çalışıyor, Ali Kaptanoğlu kendini iyice garip hissediyor, Ateş Böceği bir yanıp bir sönüyor, F.M. İkinci yumruklarını sıkmış, Battal Bataner olduğu yere büzüşmüş, Adıdeğmez kayıtsız bir tavırla bakıyor, Bedia Servet umutsuz, Suna Gün'ün kaşları çatık, Ayhan Çağlar sinirli; hep birlikte kendilerine kötü davranan bu mekânı terk edip, çamyarması korumaların arasından görünmeden geçiyor, otel lobisinden çıkarak birer hayal gibi İstanbul gecesine süzülüyorlar.

Biri "Niye bize böyle davrandılar, şöhretli insanlar değil miyiz biz" diyor.

"Elbette şöhretliyiz" diyor öteki. "İsimlerimizi binlerce insan biliyor, yazılarımızı on binler okuyor."

"O zaman niye bize yokmuşuz gibi davranıyorlar?"

Kirpi, "Bizi yaratan asıllarımız kıskanıyor, bizi yok etmek, unutturmak istiyor da ondan" diyor.

Orhan Selim öfkeyle, "Yalnız kıskanmak değil, bir de aşağılıyorlar" diyor. "Bak, benimki ne yazmış benim için." Yüksek sesle ve teatral tavırlarla okumaya başlıyor:

"*Benim sıska / benim cılız / benim zavallı çocuğum Orhan Selim / sen / benim / ne gözüm / ne kolum / ne kafamsın / sen / benim / bir kurşun balyası gibi sıska sırtına bindiğim / ve alnının teriyle geçindiğim / ilk / ve son adamsın!*" Bir an susuyor, ardından "Sırtıma biniyormuş" diyor, "sırtıma biniyormuş!"

Üsküplü Agâh, "İyi ki benimki böyle bir işe kalkışmıyor" diyor, "zira oldukça ağırdır hazret; Rakofça kırlarının hür havasını alırken trileçesinin de epeyce tadına bakmıştır, o sıkleti çekemem. Hatta Orhan Selim'in aslı onu 'şişman ve mustarip' kelimeleriyle anlatmıştır."

Ortalığa neredeyse elle tutulur bir hüzün yayılıyor; çünkü hepsinin asıllarıyla ilişkileri buna benzemekte.

O sırada yanlarına fötr şapkalı, yüzü gölgede kalmış, şık bir zat geliyor; "Derdinizi biliyorum" diyor. "Hem varsınız hem yoksunuz, gerçekte yoksunuz ama üzülmeyin, edebiyat tarihinde varsınız."

"Adını bağışla" diyorlar; "Asım Us" diyor. "O meşhur Asım

Us mu?" diye soruyorlar. "Evet" diyor, "o meşhur Asım Us." "*Tanin* gazetesi başyazarı mı?" diye soruyorlar. "Hayır" diyor, "bu da sizin gibi müstear bir isim. Asıl adım Mustafa Kemal; cumhurbaşkanı olmam müstear isimle yazı yazmama engel değil. Ben de Asım Us adıyla hükümete muhalefet yazıları yayınlıyordum." Gençler onu hürmetle karşılıyorlar. Asım Us, "Ben de hem varım hem yokum" diyor. "Bizi kimse göremez, sesimizi duyamaz, bizimle konuşamaz ama adımızı gazetede, dergide, kitapta görür, yazdıklarımızı okur. Böylece sadece yazı âleminde var oluruz."

Ay ışığında Ayasofya'nın devasa gölgesinin altına sığınırken sakallı, orta boylu, tıknaz biri daha geliyor yanlarına. "Adam haklı, boşuna üzülmeyin" diyor. "İçeride size öyle davrananlar, beş-on yıl sonra hepten yok olacaklar ama sizin adınız asırlarca devam edecek, yazılarınız asırlarca okunacak. Ayasofya'nın gölgesi gibi siz de birer gölgesiniz; aslınız sizi var etti, gölgesiz varlık olmaz ama gölgenin de gölgesi olmaz, bakın bakalım gölgeniz var mı?"

Bu akıllı sözleri söyleyen sakallı adama, "Adını bağışla ey bilge adam" diyorlar. O da gülümseyerek "Avnî" diyor. Gençler titriyor, "O büyük Avnî mi, sahiden siz misiniz efendim?" diye soruyorlar. "Evet" diye karşılık veriyor Avnî, "ben de sizler gibi isim sahibiyim ama cisim sahibi değilim." İçlerinde en şişman olan Üsküplü Agâh, "Lebbeyk" diyor, "sultanım bu ne büyük şeref." Avnî, "Sultan değilim ki ey şair" diyor, "sadece onun gölgesiyim ben de, senin gibi bir cisimsiz şairim. Aslolan O'dur, biz laedriyiz."

Asım Us bu kelimeye itiraz ediyor: "Bu arkadaşların yazdıkları anonim değil ki laedri diyorsunuz, hepsi adıyla yazıyor; tek fark isimlerinin başka bir ismin gölgesi olması. Bu yüzden bence bir ad vermeyelim, hepsi zaten ünlü olan adlarıyla yaşasınlar."

Bu öneri, gençlerin daha çok hoşuna gittiği için el çırparak alkışlıyorlar ama mübarek meydanda hiçbir seda tınlamıyor.

Hâlâ kendisine gelememiş olan Üsküplü, "Sultanım" diyor. "Siz hem fethiniz, hem de şiirinizle dünya durdukça var olacaksınız, biz öyle değiliz."

Orhan Selim söze karışıyor, "Bence Asım Us da öyle" diyor. "Bu adıyla değil ama dünya durdukça aslıyla var olacak, biz öyle değiliz."

Asım Us, Orhan Selim'e dönüyor, gülerek, "Siz de" diyor, "Nâzım Bey, siz de! Bu arada aslımı, sarışın bir kurda benzetmiş olmanızı unutmuş değilim; Selanikli olduğunuzu da."

O sırada uzun boylu Orhan Selim birden başını eğiyor, çünkü birbirlerine iltifat etmekte olan gölgelerin üstünden bir cisim, neredeyse kafasına çarpacak kadar yakından uçarak geçiyor. Rüzgârından Orhan Selim'in dağınık sarı saçları dalgalanıyor. Bir tabut bu; uçan bir tabut. Ayasofya'dan Sultanahmet'e doğru yükselerek gidiyor; camilerin ışıldaklarına yakalanan beyaz martılarla oynaşıyor, bir hava kayığı gibi gökyüzünde volan vurup, sonra aşağı doğru pike yapıyor. Müstearlar grubu hayretle bakıyor tabuta. Sadece Avnî, manalı manalı gülümseyerek sakalını sıvazlıyor, "Yetmedi mi Ya Vedûd?" diyor. "Her gece divane pervaneler gibi dönüp durmaktan bıkmadın mı Ya Vedûd?"

Tabut sanki Avnî'ye cevap verir gibi daha da hızlanarak fırdolayı cevelan ediyor meydanda, sonra Sultanahmet Camii'nin minareleri arasından geçip Marmara Denizi'ne doğru uçuyor.

Müstearlar hayret içinde bakıyorlar tabutun arkasından. Sadece, "Süleymaniye'de Bayram Sabahı" şairinin gölgesi Üsküplü Agâh, "Ah Ya Vedûd" diyor, "ah Ya Vedûd! Bu aziz şehrin fethini elli gün geciktirdiğin yetmiyormuş gibi şimdi de kendi gök kubbemizde tabutunu bir zeplin gibi dolaştırıyorsun. Evliyalara hürmetimiz sonsuz ama..."

Avnî onu bir el hareketiyle susturuyor. "Mübarek bir zattır o" diyor. "Cennetle müjdelenmiştir. Konstantiniyye'yi fetih müyesser olup şehirde onun naaşını bulduğumuzda, cenaze namazını kılıp defnetmek istedik. O anda arş-ı a'lâdan bir ses duyuldu, 'O yıkanmıştır ve dahi namazı kılınmıştır ve dahi cennete alınmıştır' diye. İşte o vakit bu tabut semaya uçtu." Avnî azametli bir tavırla Üsküplü'ye dönüyor ve "Madem sen biliyorsun, arkadaşlarına anlat bu hikâyeyi" diyor ve bir anda gözden nihan olup, gayb âlemine karışıyor. Sanki ne gelmiş ne gitmiş gibi.

Üsküplü, padişahından emir almış bir sadrazam edasıyla, "Ya Vedûd Sultan'ı anlatayım size o zaman" diyor, "çünkü hünkârım emretti, vacip oldu. Sultan Mehmed Hazretleri, Konstantiniyye'yi haftalar boyu varyemez toplarıyla dövdü, surları hâk ile yeksan eyledi ama yine de şehir düşmedi. Bunun üstüne ulu hocalar, dervişler dediler ki, 'Sultanım bu şehirde iman sahibi bir zat var, adına Ya Vedûd Sultan derler, işte bu zat her gün dua eder ve Konstantiniyye düşmesin diye Allah'a yalvarır ama az vakti kaldı; muhasaranın elli üçüncü gününde vefat eyleyecek, sonra da size zafer müyesser olacak.' Dedikleri gibi de oldu. Sultan Mehmed Hazretleri ve hocalar şehre girince Ayasofya mabedinde bu zatın naaşını buldular. Onu yıkayıp, defnetmek istediklerinde, biraz önce Avnî Hazretleri'nin anlattığı gibi arş-ı a'lâdan bir seda duyuldu ve tabut uçup gitti."

Adıdeğmez, "İyi ama" diyor, "bir şeyi anlayamadım; kafam karıştı. Konstantinopolis düşmesin diye dua ettiğine göre bu zat Hıristiyan mıymış? Eğer Hıristiyan'sa nasıl İslam evliyası olmuş?"

Üsküplü, "Bu şehir evliyalar mekânıdır" diyor. "Nice Hıristiyan azizi, yatır olmuştur da ziyaret yeri haline gelmiştir; Müslüman ahalinin bağladığı çaputlardan görünmez mezarları. Her sene Aya Yorgi'ye dizlerinin üstünde giden müminler Müslüman değil mi?"

O sırada Battal Bataner, "Zaten" diyor, "Sultan Mehmed Hazretleri'nin muhterem zevcesi Gülbahar Hatun da İsa ehliydi ve hiçbir zaman İslam'a dönmedi. Hıristiyan olarak öldü."

Kirpi, kirpiliğini göstermek ister gibi, "Zaten bu şehirde neyin Rum neyin Türk olduğunu ayırt etmek, bir bürümcük tülbendin iki yüzünü sıyırarak birbirinden ayırmaktan daha zordur" diyor. "Evliyaları da öyle. Ya Vedûd Sultan'ın dinini bilmemize imkân yok."

Bu sırada, tabutun içindeki Ya Vedûd Sultan'ın kulakları bu sohbetten öylesine yanmış olacak ki, tabut Marmara yönünden bir hışımla uçup üzerlerine iniyor ve müstearlar grubunu çil yavrusu gibi dağıtıyor. Meydanda kimse kalmıyor. Ali Kaptanoğlu pardösüsünün yakalarını kaldırıp, kasketini yana yıkarak Divanyolu'ndan sisler bulvarına doğru hızlı adımlarla ilerlerken, "Ne şairler sevdim; zaten yoktular" diye mırıldanıyor.

Hırsız

Otelin şık, çok kanatlı döner kapısından dışarı çıkar çıkmaz jilet gibi bir ayaz insanın yüzünü kesiyor, havada bir kömür kokusu var. Akşam saatleri ilerledikçe kuru ayaz artıyor; eski İstanbullular kar topladığını söylerler böyle havaların. Otelin sağ yanında geniş bir açık otopark var. Orası da Bizans sarayının kalıntıları üstüne yapıldığı için Mimarlar Odası, tıpkı otel inşaatına olduğu gibi oraya da çok itiraz etmişti. Anıtlar Kurulu'na dilekçeler verilmiş, hatta gösteriler, basın toplantıları düzenlenmiş ama bu tip olaylarda sık sık rastlandığı gibi kodamanlarla başa çıkılamamıştı. Bu yüzden geniş park alanına pırıl pırıl yanan siyah, pahalı, büyük ithal arabalar sıra sıra dizili şimdi. Şoförler, hava çok soğuk olduğu ve arabaların içinde saatlerce oturmak sıkıcı olacağı için otelde, kendileri için ayrılmış sıcak bir salonda yemeklerini yediler, şimdi de çay içip, televizyon izliyorlar. Araba galerisi gibi görünen park alanında ise ufak bir gölge hareket ediyor; öyle ki uzaktan bakan biri, bu gölgeyi, arabaların üstünden sıçrayan, aralarına girdiği zaman gözden kaybolan, bir görünüp bir kaybolan tuhaf ve çevik bir şempanzeye benzetebilir. Ne var ki onu ne gören var, ne duyan. Otomobillerin yanına çömelip, kilitli kapılarını el çabukluğuyla açıyor, içine girip karıştırıyor, torpido gözlerine, bagajlarına bakıyor, sonra hop başka arabaya geçiveriyor. Eline geçirdiği şeyleri ise sırtında taşıdığı siyah torbaya atıyor. Üstü başı da siyah olduğu için siyah gece ve siyah otomobiller ona doğal bir gizlenme sağlıyor. Ne var ki bir otomobilden çıkarken, ensesinde bir mengene hissediyor ve o anda bir umutsuzluk çöküyor içine. Tam olarak, enselenme denen olay bu; onu ensesinden yakalayan sert, iri el bu ufacık gövdeyi arabaların arasından çekip çıkarıyor, köşede parlayan lambanın altına götürüyor; bir eliyle yakasından tutup, öteki eliyle ince tuhaf şempanze yüzüne iki sert tokat vurup küfür ediyor. Şempanzenin içindeki umutsuzluk duygusuna korku da karışıyor, çünkü o korkunç sertlikteki elin, yanağında şaklayan tokatları, bir beyin sarsıntısı yaratmışçasına aklını allak bullak ediyor. "Abi, kurban olim abi" diyebiliyor sadece.

"Ne abisi lan" diyor öteki.

"Abi kurban olim dövme, vallaha bi daha yapmam. Açım abi, anam hasta, kurban oliiim abi" diye sümükleri aka aka ağlamaya başlıyor çocuk. İlk yakalanışı olduğu için elinden başka bir şey gelmiyor; içini kaplayan panik yüzünden kaçmayı bile deneyemiyor, zaten kendisini tutan ve yaba gibi ellerinin arasında çeviren adam çok kuvvetli. "Ne olacak şimdi bana" diye düşündükçe ağlıyor; ağladıkça "Ne olacak şimdi bana" diye düşünüyor. Buz kesmiş havaya rağmen üstünde ince siyah bir süveterden başka bir şey yok, kolları çelimsiz, yüzü komik mi acıklı mı karar verilemeyecek türden. Sokaklardan bir kopil işte. Adam ellerinin arasındaki küçücük mahluka bakıyor, çocuk gözüne o kadar zavallı görünüyor ki, bir an "Bırakayım gitsin" diye düşünüyor ama sonra sırtındaki siyah torbaya ilişiyor gözü. İki askıyla omzuna asılmış. "Demek ki çocuk bu işi hep yapıyor" diye düşünüyor. "Baksana hazırlıklı gelmiş." Hem arabalardan değerli bir şey kaybolduysa park bekçisi olarak bunu nasıl açıklar? "Çok üşümüştüm, tuvalete gitme bahanesiyle servis kapısından otele girip biraz ısındım" diyecek hali yok ya. "Yürü ulan eşşoğlueşşek!" diyor kafasına bir tane –ama daha hafif– patlatarak.

Ağlayıp yalvaran çocuğu arka kapıdan otele sokuyor. Işıkların, yüksek tavanların, avizelerin altında oğlan daha da ufak görünüyor gözüne. Güvenlikçi Nihat'a götürüyor oğlanı, olayı anlatıyor.

Nihat "Nerden çıktın lan sen!" diye oğlana bir tokat vurduktan sonra sırtındaki torbayı alıp masanın üstüne boşaltıyor. Metal paralar, bir saat, siyah deriden bir cüzdan, gümüş bir bileklik dökülüyor torbadan. Çaldığı eşya masanın üstüne patır patır düşerken oğlan delice bir korkuya kapılıyor. Gözü kapıya dikiliyor, bir fırsatını bulsa ok gibi fırlayıp gidecek. Deniyor da bunu; çalıntı eşyaya bakan iki adamın gözleri bir an kendisinden ayrılınca kapıya doğru zıpkın gibi fırlıyor; neredeyse başaracak ama o sırada odaya giren başka bir güvenlikçiye çarparak mermer zemini boyluyor. Kafasını vurduğu için kaşı açılıyor, kan sızmaya başlıyor. Yerden kaldırıp, "Bunu sen istedin" diyerek eline kelepçe vuruyorlar. Bileklerine ilk kez takılmış olan kelepçeyi yadırgıyor, kurtulmaya çalışıyor, sonra anlıyor ki çırpındıkça sıkışıyor kelepçe ve canını daha çok yakıyor. Boynunu büküp sakin sakin beklemeye başlıyor. O sırada güvenlikçi telsizle, salondan Zehra Hanım'ı bulmalarını söylüyor. Çünkü o eşyaların hangi otomobillerden alındığını bilmiyorlar, ne yapmaları gerektiğini hem patronun vekili hem de daveti düzenleyen Zehra Hanım söyleyecek.

Zehra biraz sonra geliyor, güvenlikçilere, masanın üstündekilere şaşkınlıkla bakıyor. Sonra gözü ufaklığa ilişiyor. Oğlan arkadan bağlı elleri, kurumuş sümükleri, kaşından sızan kan ve ürkmüş yüzüyle, tuzağa düşmüş bir kuşu andırmakta. "Ben bu çocuğu daha önce gördüm sanki" diye düşünüyor Zehra, "bu yüz, küçük omuzların böyle içeri doğru çekilişi..."

"Niye yaptın böyle bir şeyi, utanmadın mı?" diye soruyor. Çocuk, belki de odada bir kadın görmenin verdiği zayıf umuda sarılarak, "Anam hasta örtmenim" diyor. "Valla hasta, bi daha yapmam, kurban oliim örtmenim."

Zehra, “Oğlum ben senin öğretmenin falan değilim” diyor. “Hangi okuldasın sen?” Oğlan tek bir yıl okula gittiğini, ilkokulun birinci sınıfından sonra bıraktığını söylüyor. Zehra nedenini sorunca da “Anam hasta dedim ya örtmenim” diyor. “Ona bakmak için. Babam ölmüş, başka da kimse yok evimizde.”

Zehra çocuktan, Surdibi’nde teneke bir barakada kaldıklarını, anasıyla tek başına yaşadıklarını, kardeşinin geçen sene hastalıktan öldüğünü ve zorlaya zorlaya da olsa, babasının ölmediğini ama cinayetten hapis yatmakta olduğunu öğreniyor. Sonra, bir masanın üstündekilere, bir çocuğa, bir de bekçiyle korumalara bakıyor; onları bir köşeye çekiyor; kimseyi telaşlandırmadan şoförlere çalınan eşyayı gösterip kime ait olduğunu bulmalarını ve iade etmelerini söylüyor; sonra bir an duraklayıp, “Çocuğu da” diyor, “bırakın gitsin, iyice korkmuş zaten zavallı.”

Güvenlikçi kelepçeyi çıkarır çıkarmaz oğlan palamarı çözüyor, odadan kurşun gibi fırlayıp gidiyor. Onun bu kayboluşu Zehra’ya nedense Emre’yi hatırlatıyor. Zihnin kurduğu bu ilgisiz bağlantının nedenini merak ederek salona doğru yürürken ufaklığı daha önce nerede görmüş olduğunu hatırlıyor. “Taksim’de TOMA’nın kapağını açan velet bu, hani araba hırsızı, evet evet o.” Aynı şekilde kaybolup gitmişti. “Keşke” diyor, “karnını doyursaydık, üç beş kuruş da harçlık... keşke ama oğlan kim bilir nerededir şimdi?”

“Oğlan” o sırada Sirkeci İstasyonu’nu bulmuş bile; deli gibi koşarak banliyö trenine biniyor, bir yandan biletçileri kollayarak, bir yandan da hem korkudan hem koşmaktan ağzına sığmayan soluğunu tutmaya çalışarak trenin sallantısına tıngırtısına kapılıp gidiyor. Theodosius’un 1.500 küsur yıl önce yaptırdığı ama herkesin duvar dediği Surdibi teneke mahallesine geldiğinde, tanıdık azman köpeklerin arasından geçiyor, karanlık, çamurlu tümsekten tırmanarak, annesiyle oturduğu kulübeye giriyor. Gaz lambası yanıyor içeride, ekşi bir sarmısak kokusu açlığını hatırlatıyor; o sırada geceleri anasıyla birlikte yattıkları yer yatağından soluma sesleri, hırıltılar geliyor. Oraya bakınca anasının çıplak bedeninin üstüne yatmış bir adamın ritmik hareketlerini görüyor. Anasının beyaz bedeni, şişman adamın altında eziliyor gibi ama bu yüzden mi inliyor, bilmesi olanaksız. Anasını o kadar çıplak, o kadar beyaz, o kadar dişi görmemişti hiç. Kıllı bir erkek gövdesine o kadar yakın oluşunun ürpertici bir etkisi var; dehşet gibi bir şey. Ne düşüneceğini bilemiyor. Sanki anası ana olmaktan çıkmış da dişi bir hayvana dönüşmüş gibi.

O sırada adam onu fark ediyor, "Hassiktir!" diye bir şaşkınlık nidası koparıyor. Bunun üzerine annesi adamın altından kalkamadan "Ali!" diye bir çığlık koparak doğrulmaya çalışıyor. "Ne dedim ben sana, ne dedim! Defol, çabuk defol, gelme buraya!" diyor. "Sabaha kadar gelme!" Adam kadına, "Bu ne yaa" diyor. "Böyle iş mi olur?" Kadın, "Kusura bakma kocacığım" diyor. "İşte gelmiş densiz oğlan, sen ona aldırma, hadi devam et kocacığım hadi..."

Adam sövüyor yine, kadının üstünden kalkıyor, bir sigara yakıyor, öyle çıplak ve iri, oğlana bakıyor dik dik. Örtünmüyor, saklanmıyor; sanki saklanması gereken Ali'ymiş gibi. Gaz lambasının ışığı adamın iri, terli gövdesinin üzerinde titriyor.

Oğlan dışarı süzülüyor; çamurlu tümsekten kayarak aşağı iniyor, mahallenin kudurgan karabaş köpeklerinin kurcaladığı bir çöp tenekesi görüyor, o da kurcalamak istiyor ama köpekler ne kadar dostu olsa da yiyeceklerini paylaşmaya kalktığı zaman onu parçalarlar. Bunu bildiği için dişini sıkıp, pek de uzak olmayan apartman bloklarına bir koşu tutturuyor; "Orada nasıl olsa daha bol yiyecek atılmıştır" diye düşünüyor. Köpeklerin üşüşmediği bir çöp kutusu bulmayı hayal ediyor. Kedilerin önemi yok, nasıl olsa kovalar onları ama birkaç kere başına geldiği, hatta sol kolundaki diş izlerinin sürekli hatırlattığı gibi köpekler bela.

Anasına "Ben seni aç bırakmam" diye verdiği söz aklına geliyor, kadının kulübeye erkek getirmesi hiç hoşuna gitmediği için, "Bunları getirme, ben sana bakarım" diye verdiği sözü düşünüyor. "Oğlum küçüksün sen, nasıl para kazanacaksın?" diyen annesine, "Olsun, ben kazanırım görürsün" demesini hatırlıyor.

Mahallenin bitirim abilerinin yanında bir iki işe gittikten sonra araba hırsızlığındaki çıraklığını tamamlayıp kalfalık dönemine geçmişti. Ama şimdi, geceyi geçirecek bir apartman girişi ararken, sözünü tutamadığı için anasının o adamları kulübeye almak zorunda kaldığına aklı yatıyor. "Haklı" diyor. "Anam, ne yapsın! Ben adam olsaydım, ekmek parası kazanabilseydim, böyle olmazdı."

Müphem bir ağırlığa dair

Salonda bulunan ve İstanbul'un kodamanları olarak adlandırılan insanların çoğu birbirlerini haftada birkaç kez görür, aynı çevrelerde dönüp dolaşarak, kendi klanlarından çıkmadan yaşarlar. Buluşma vesilelerinin başında, beş yıldızlı otellerin yazın havuz başında, kışın balo salonlarında yapılan şık düğünler ve yeni açılan lokantalardaki akşam davetleri gelir. Yaş ortalamalarının kaçınılmaz sonucu olarak Teşvikiye Camii bahçesinde ya da Fatih, Diyanet gibi başka prestijli –bir cami için ne garip bir tanımlama– camilerde düzenlenen cenaze namazlarına iri güneş gözlükleri, siyah kravatlarıyla ve yakalarına iliştirilmiş olan merhumun siyah-beyaz fotoğrafıyla katılırlar; kadınlar ise başlarını bir eşarpla örterek, avlunun bir köşesinde birbirlerine sokularak fısır fısır konuşurlar. Bir tanıdığın kaybıyla teker teker azaldıkları düşüncesinin yarattığı onulmaz hüznü ve sıranın kime geldiği sorusunun varoluşsal tedirginliğini bir an önce unutabilmek için cenaze namazından sonra kabristana gitmeyerek, kendilerini en yakın lokantaya atar; merhum arkadaşlarının şerefine kadeh kaldırarak ölüm ağırlığının gri külünü üstlerinden silkelemeye çalışırlar.

Her bahar –bedeni örten giysilerin kamuflaj görevini yitirdiği yaz mevsimine ince girebilmek için– Kuzey İtalya'daki zayıflama kamplarında, kışın İsviçre kayak merkezlerinde buluşma ritüeli de ihmal edilmez elbette. Yaz mevsimleri ise genellikle güney, Adalar ve İstanbul arasında yapılan sürekli seyahatlerle geçer. Anlaşılan bu tarz yaşamın zamanı ve zemini yoktur; her çağda ve her yerde aynı şeyler yaşanır, çünkü Cicero'nun alıntıladığı bir bilge adam binlerce yıl önce Romalı zenginlerin sayfiye evleriyle şehirdeki evleri arasında mekik dokumaktan bitap düştükleri ve sürekli canlarının sıkıldığı gözlemine yer vermişti. Ufak tefek farklar olabilir elbette; ki Türkiye'de bunların başında tavla gelir. Bu insanların çoğunun hayatı –yatırım amacıyla resim almak dışında– sanat, kültür, kitap dünyasına kapalı olduğu için sıkılmaları beklenebilecek bir sonuçtur ve söz bittiği zaman birbirlerine tahammül edebilmeleri için sığındıkları son liman, zarları şaklatarak ve birbirlerini kızdırarak oynadıkları tavla oyunu, bunun sonunda da rakipleriyle alay etme ayrıcalığına kavuşarak, kazandıkları parayla övünüp durmalarıdır.

Yaşamlarının birbirine benzeyen ve hiç değişmeden uygulanan başka bir ilkesi de gösterişle nazar korkusu arasına sıkışıp kalmış olmalarıdır. Paranın ve gücün gösterilmesi ancak somut şeylerle olur ki, bunların da başında sahip oldukları gösterişli holding merkezleri, Boğaziçi sularında yansıyan güzel yalıları, zırhlı pahalı otomobilleri ve birkaç yılda bir büyüttükleri devasa yatları gelir. Bu yatlara özel uçaklarıyla, helikopterleriyle giderler ve araç yatın tepesindeki yuvarlak alana yavaş yavaş inerken, pervane seslerini bile bastıracak bir yürek gümbürtüsü içinde "başardım" duygusunu yaşarlar. Öte yandan, "nazar değmesi"ne, "göz kalması"na inandıkları için de büyük korkulara kapılır, durmadan kulakmemelerini çekerek ellerini tahtaya vurur, "maşallah"sız konuşmaz, sık sık "Allah nazardan saklasın" sözünü tekrarlarlar. Batı ülkelerinde yapılmış o yatların kaptan köşklerine, otomobillere, uçaklara karınca duaları, nazar karşıtı üzerlikler asarlar. Üstlerinde mutlaka nazar boncuğu bulunur. Gerçi bu boncuklar, eski devirlerde, uğursuz oldukları inancıyla, mavi gözlü gâvurlara karşı yapılmıştır ama bugünün koşullarında daha çok kara gözlü yoksulların bakışlarından korunmak için kullanılır. Yeni bina, yeni araba, yeni uçak için "mutlaka kan akıtılmalı" denilerek, yere yatırılıp açılışı bekleyen koyunlar, danalar, develer; pagan âdetlerini İslam'la harmanlamış bir geleneğin sonucu olarak, kurdeleyle birlikte kesilir, kanları insanların alınlarına sürülür.

Kadınlar ise cipleriyle öğle yemekleri için bilinmiş birkaç lokantaya gider, kendi konularının tadına gömülerek hep bir ağızdan konuşurlar. Buluştukları ve ayrıldıkları zaman birbirlerine, sadece yanaklarını değdirerek ve havayı öperek yerine getirdikleri bir samimiyet gösterirler. Ne var ki kadınlardaki yaşam zevki azalsa bile sürüp gitmesine karşın, yaşlanan erkeklerde ailelerine, dostlarına, iş arkadaşlarına, hatta kendilerine yönelen hoşnutsuzluk ve öfke belirtileri giderek artar. Bu durum; kaybedecek şeyi çok olan insanların ölüm düşüncesine bir türlü katlanamamalarından mı ileri geliyor, yoksa yenemeyecekleri bir düşmanla karşılaşmış olmanın yarattığı yetersizlik duygusundan mı, bilinmez. Her zorluğu aşarak başarı denen hayat iksirinin tadına bakmış olan, özgüveni yüksek bu erkeklerin, artık merdivenleri yoklaya yoklaya inmelerinin, düşmemek için temkinli adımlar atmalarının, kaçınılmaz sonu vurgulamasına bir türlü alışamadıkları, gülmedikleri zaman –hatta güldüklerinde– yüz çizgilerine sinen hüzün damgasından bellidir. Ortaokul çağlarında hiç anlamadan ezberledikleri "Benim mi Allahım bu çizgili yüz" dizesinin farkına varma dönemlerine gelmişlerdir artık. Üstelik Dante ya da Cahit Sıtkı gibi otuz beş yaşında da değillerdir. Hiçbir mavi hapın gideremeyeceği bir iktidar yitimidir bu yürek çöküntüsü. Yıldan yıla boy atan, uzayan, gemi boyuna gelen yatları, zırhlı otomobilleri, jet uçakları ne yazık ki bu üzüntüyü gidermeye yetmez, içlerindeki varoluşsal boşluk duygusu her geçen gün biraz daha büyür.

En önemli amaç olarak gördükleri, uğruna bir ömür harcadıkları paranın çözmeye yetmeyeceği bir sorunla karşılaşmaları; o hayatı da, o amacı da, o gücü de anlamsızlaştırır. Kendilerine itiraf etmeseler bile, bu düşüncenin müphem ağırlığı altında eziliyorlardır.

Nedret Şahsuvaroğlu'nun libidosuna dair

Masaların en neşelisi 21 numara. Çünkü oradaki davetlilerin yaş ortalaması, ötekilere göre daha düşük; hayattan alabilecekleri zevklere açık, hatta bunu sürekli artırmak istedikleri bir dönemdeler. Bu yüzden birbirlerini gördükleri ilk andan itibaren şakalar, fıkralar, birbirlerine takılmalar başlar.

Ama o akşam bu grubu daha da neşelendiren, coşkulandıran, heyecanlandıran bir şey var. Bunun nedeni kendileri oturduktan sonra masadaki tek boş yere konmuş plakette gördükleri Nedret Şahsuvaroğlu ismi. Bu isim, ne olursa olsun o gecenin neşeli ve eğlenceli geçeceğinin güvencesi gibi geliyor hepsine. Çünkü –bilen bilir– Nedret Şahsuvaroğlu bu tip davetlerin hiç değişmeyen baş eğlencesidir. O sıralarda ellili yaşlarını sürdüğü tahmin edilen Nedret Hanım, bu yaştan daha genç bir görüntüye sahip, ince, esmer, sıkı bir kadın. Bu gençliği plastik ameliyatlara mı, yoksa mensup olduğu Rumelili Paşa sülalesi Şahsuvaroğullarının genetik yapısına mı borçlu bilinmez ama giysileri, frapan makyajı ve şuh kahkahalarıyla belirli bir albenisi olduğu inkâr edilmez. Aynı zamanda da hafif "çatlak" tabir edilenlerden olduğu için, yaptığı beklenmedik şakalarla, özellikle de belden aşağı imalarıyla çok ünlü. Masa bu yüzden heyecanlı ve keyifli.

Çok beklemelerine gerek kalmadan Nedret Şahsuvaroğlu, ince gövdesini sımsıkı saran ve bir omzunu cömertçe açıkta bırakan piyano siyahı bir gece elbisesiyle arzı endam eyliyor. Masadaki herkes ona "Hoş geldin" demek için abartılı, hatta komik kaçan bir saygıyla ayağa kalkıyor. Erkekler, uzun siyah eldivenli elini öper gibi yapıyor, kadınlar elini sıkıyor. Nedret, siyah giysiyle kontrast olacak biçimde yüzüne ve dekolte bölgesine bembeyaz pudralar sürmüş; bu haliyle no oyuncularına ya da geyşalara benzemiş. Bu beyazlığın ortasına da kıpkırmızı bir ağız kondurmuş. Buna siyah takma kirpikler de eklenince ortaya sadece, simsiyah, bembeyaz ve kıpkırmızı renklerden oluşan bir tablo çıkmış; hem de epey cüretkâr bir ressamın tablosu. Nedret Şahsuvaroğlu bu tabloyu tamamlamak için boynuna yakutlardan oluşan bir kolye ile yine aynı taştan, neredeyse omuzlarına kadar inen iki küpe takmayı ihmal etmemiş. İnsanların görme duyularını bu kadar zorlamak yetmemiş olacak ki, bunun yanına bir de parfüm boyutu katmış; yan masalar bile neredeyse kendilerinden geçmek üzereler.

Bu arada Nedret Hanım'ın sandalyesini tutmak isteyen garsona engel olan Haluk adlı genç adam, karısına göz kırparak, sandalyenin arkasına geçiyor ve onu Nedret'e doğru sürerken, bir yandan da "Buyurun, sizi oturtayım hanımefendi!" diyor. Bu sözü duyan yarı eğilmiş durumdaki Nedret hemen doğruluyor, Haluk'a dönüyor, gözlerini süzerek ve eldivenli işaretparmağıyla Haluk'un yanağını okşayarak, "Oturtmak derken?" diye soruyor, sonra ekliyor: "Kucağına mı?" Haluk'un karısı Serpil dahil olmak üzere bütün masa kahkahayı basıyor ve böylece perde açılmış, o gecenin oyunu başlamış oluyor. Bundan sonra birçok kişi pas verecek, topu havaya dikecek, Nedret Şahsuvar da bu topların hepsini gole çevirecek; deyim yerindeyse küt inecek. Daha yerine oturur oturmaz, Sarp'ın garsondan şarap şişesini kaparak ayağa kalkıp "Müsaade ederseniz, koyayım hanımefendi" diyerek ve anlamlı anlamlı göz süzerek kadehine doğru eğilmesi de bu yüzden. Kimse vakit kaybetmek, bol kahkaha vaat eden gecenin hiçbir anını boşa harcamak istemiyor. Sarp'ın jesti üzerine Nedret elini, onun şarap şişesini tutan elinin üstüne koyuyor; derin bir bakış ve kısık bir fısıldamayla "Hımmmm, koy bakalım!" diyor. Bütün masanın kahkaha atmasına hiç alınmıyor, sanki amacı buymuş gibi davranıyor. Oysa onun amacı güldürmek falan değil, erkeklerle erotik oyunlar oynamak, imalı sözlerle tahrik olmak, tahrik etmek. Başkalarına komik görünse de, büyük bir aileden gelmesine rağmen sonunda muazzam bir mirasla yalnız kalmış, epi topu bir hafta evlilikten sonra kocasının onu terk etmesiyle boşanmış, ondan sonra da bir daha evlenmeyerek, erkeklere hiç yaklaşmayarak yaşamını tek başına sürdüren Nedret Şahsuvaroğlu'nun tek eğlencesi bu.

"Hani diline vurmuş dedikleri cinsten" diyor Serpil, yanında oturan Emel'in kulağına. İki genç kadının yüzüne de "dillerine vurmak zorunda kalmış olmama"nın gülümsemesi yerleşiyor. Kadınlar, Nedret'in orada olmasından ayrıca zevk alıyorlar, çünkü onun perişanlığını komediyle örtmeye çalışması, kendi mutluluklarını ve hâlâ arzu edilen bir bedene sahip olmalarının hiçbir şeye benzemeyen ayrıcalığını hissettiriyor. Nedret'le şakalaştıktan sonra kendilerine göz kırpan kocalarının bu tavırlarında, aralarındaki şehvet alışverişine gönderme yapan bir şeyler var.

Mustafa'nın muhafazakâr mahallesine dair

> Kadının ziyneti sessizliktir. Kadının yüzü onun en tehlikeli silahını saklar; yani dilini.
>
> Bizans sözü

Telaş içindeki Mustafa Yılmaz'ın, kaynatası Yakup Bey'in yıllar önce İstanbul'a "vasıfsız işçi" olarak geldiğinde, yemeyip içmeyip biriktirdiği paraya köyde sattığı tarlanın parasını da ekleyerek aldığı, o zamanlar şehir dışında kaldığı için üç kuruş bile etmeyen tarlaya, zamanla yerleşimin artmasıyla imece usulü bir gecekondu yapılmış, önce imar affı, arkasından o bölgeye, Rahmanlı denen köy bozması yere, çamurlar içindeki dere yatağına imar izni verilmesiyle arsa yapsatçıya verilerek bir apartman ortaya çıkmıştı. Beyaz plastik pencereleriyle derme çatma bina, önünden geçen eğri büğrü asfalta verev yerleştirilmiş, cart yeşile boyanmıştı.

Mustafa, onların kızını, Zeliha'yı aldıktan sonra evin en üst katına yerleşmişler, mekân derdinden ve ev kirasından, ev sahibi dırdırından kurtulmuşlardı. Gençlerin Esencılıs diye dalga geçtiği yeni varoş mahalleleri arasına giren Rahmanlı, tarladan, köyümsü-kasabamsı bir yere dönüşmüş, İstanbul'un nüfusunu yirmiye katlayan iç göç sonucunda da kaçak yapılarla dolmuştu.

Apartmanların alt katlarına bakkal, manav, elektronik eşya dükkânı, beyaz eşya acenteleri, yeni evlenenlere yatak takımı, oturma takımı, yemek masası satan mobilyacılar, çiğ börekçiler, lahmacuncular, sadece erkeklerin gittiği kahvehane, kadın ve erkek berberi, vitrininde düğün fotoğrafları –gelinlerin hepsi türbanlı elbette– sergileyen fotoğrafçı gibi yerler açılmış, bir taksi durağı oluşmuş, birinci katlara ise çeşitli köylerin adını taşıyan ve kumar oynatmaktan başka bir işe yaramayan, Anadolu'daki köylerin adlarına kurulmuş dayanışma dernekleri yerleşmiş, kısacası kalabalık, şenlikli, cıvıl cıvıl bir mahalle haline gelmişti. Fiyatlar da –onlara göre– el yakıyordu artık haliyle.

Tersanelerde elektrikçi olarak çalışan Mustafa'nın kendi parasıyla böyle bir ev edinmesine olanak yoktu. Yapılar –İstanbul'un yüzde sekseni gibi– kaçak olmasına rağmen, belediyeler su, elektrik, kanalizasyon, çöp toplama gibi her türlü hizmeti veriyor, hatta seçimlerde oy alabilmek için kendi bölgelerine her gün yeni köylülerin gelip yerleşmesini özendiren politikalar uyguluyorlardı. Her bölgeye Anadolu'nun ayrı bir bölgesinden gelen insanlar yerleşirdi. Çünkü kendilerini hemşerileri arasında daha rahat hissederler, köydeki alışkanlıklarını toplu halde sürdürme olanağı bulurlardı. İstanbul'un bu yeni mahalleleri, yerleşimcilerin hangi bölgeden geldiklerine ya da Alevi, Sünni oluşlarına göre ayrı bir siyasal eğilimi temsil eder, başka başka partilere oy verirlerdi.

Mustafaların Sünni mahallesi üç cami, beyaz takkeli, ak sakallı yaşlıları, çarşaflı kadınlarıyla –hepsi böyle değildi elbette, genç kadınlar renkli eşarplarla yetiniyorlardı–, küçük çocukların elifba cüzlerinin olduğu hamaylılarını boyunlarına asarak gittikleri Kuran kurslarıyla, cami yaptırma dernekleriyle Müslümanlığını haykıran bir mahalleydi ve doğal olarak bölgenin belediye başkanı da dinci partidendi. Gümüş evlilik yüzüğünü sağ el parmağına takan –gümüş; çünkü peygamber altın takmamalarını buyurmuştu; sağ el; çünkü sol el taharet için kullanılırdı–, tatlıları yemekten önce yiyen, erkek arkadaşlarıyla selam niyetine kafa tokuşturan, kadınların elini sıkmayan, kırlaşmış badem bıyığının tam ortasına, burnunun altına sümüğümsü bir kına yakan takımdandı. Binalara asılı afişlerde ülkenin dinci liderinin, bazı mahallelerde nefret uyandıran ama burada hayranlıkla seyredilen sert bakışlı portreleri herkesi; gözümden bir şey kaçmaz ha, ayağınızı denk alın, ifadesiyle seyrediyordu.

İstanbul'un şık semtlerinin ışıklandırılmış cadde süsleri, Noel çamları, şenlikli AVM'lerle, Konstantiniyye Oteli'nde erken erken kutlanan yılbaşına hazırlanıyor olması bu mahalleye çok ters gelirdi. Çünkü Noel'in de, yılbaşının da gâvur icadı olduğu ve kutlayanların kâfir sayılacağı yolundaki inanç tartışılmaz bir gerçek olarak ruhlarına kazınmıştı. Diyanet İşleri reisi, mahalle imamı, önde gelen politikacılar, ilahiyat profesörleri herkesi bu günaha karşı uyarıyordu. Hele Noel; hele Noel! Bir de bazıları Noel Baba'nın, yani Aziz Nikola'nın Demreli bir hemşerileri olduğunu söylemiyor muydu, fitil oluyorlardı. Müslüman toprağında ne işi vardı sakallı gâvurun! Allahtan ekrana çıkan akıllı bir spor yorumcusu (neden spor yorumcusu bilinmez), Noel Baba denen adamın sapık sayılması gerektiğini, çünkü normal bir insanın kapı dururken bacadan girmesinin ahlaksızlık olduğunu söyleyerek yüreklerine su serpmişti. Mahalleli hayatından memnundu doğrusu, çünkü bütün hizmetler geliyor, mahalle gelişiyor, kalabalıklaşıyor, mülklerinin fiyatı durmadan artıyordu. Mustafa'nın kaynatası gibi eski yerleşimciler yani köşe başlarını tutmuş olanlar, onun fiyatı bu kadar ise benim daireler şu kadar eder diyerek her gün keyifle hesap yapıyorlardı. Yeni türeyen emlakçılara gidip mallarının değerini öğrenmeye çalışıyorlardı.

Aslında Rahmanlı, köylerden Moğol ordusu gibi akıp gelen gariplerle yeni yeni büyümeye başladığı sırada bir romancının dikkatini çekmiş, 2002 yılında yayınlanan romanda bu bölge anlatılmıştı. Roman, tecavüz kurbanı olduğu için töre gereği öldürülmesi gereken Meryem ile onu öldürmek üzere İstanbul'a getiren kuzeni Cemal'in, Rahmanlı'da bulduğu ağabeyi Yakup'la (yani ilerde Mustafa'nın kaynatası olacak adamla) konuşmalarına da yer vermişti:

"Abi" dedi Cemal, "niye çekiyorsun bunları? Memlekette rahatın daha iyiydi. Hiç olmazsa evin barkın, tarlan, işin gücün vardı. Çocukların bu kadar sıkıntı çekmiyordu. Niye geldin buralara?"

"Bir umut işte. İstanbul'un taşı toprağı altınmış ya; biz de biraz nasiplenelim diye geldik. Ama burası bildiğin gibi değil. Bir kere İstanbullular bizi insandan saymıyorlar. Her yerde hakaret görüyoruz."

"Niye çoluğu çocuğu alıp da dönmüyorsun?"

"Dönemem, gelmişim bir kere. Beceremedi de geldi deyip bütün kasabayı üstüme güldürmem. Bizim oraları bilmez misin? Hem sen bakma şimdiki sıkıntılara. Hayırlısıyla ilk birkaç seneyi atlattıktan sonra her şey düzelecek. Çocuklar için ise çok daha iyi olacak."

Sonra sigarasından derin derin nefesler çekerek hayallerini anlatmaya başladı. İstanbul'un sahibi çoktu. Gelir gelmez şehrin içine giremezdin. Önce ne kadar uzak olursa olsun –ama belediye otobüslerinin ulaşması şartıyla– bir yerde kendine başını sokacak bir ev edinecektin. Buralar hazine topraklarıydı ama gecekondu mafyası, el koymuş satıyordu. Kendisi de elindeki avucundaki her şeyi bu evin arsasına yatırmış, sonra hemşerilerin yardımıyla bu derme çatma evi inşa etmişti. Köşedeki elektrik direğinden de bir kabloyla kaçak elektrik alıyorlardı. Bu yüzden elektrik bedavaydı. Kışın tavana asılı somyaya elektrik veriyordu ve kıpkırmızı kesilen metalin ısısında hamam gibi oluyordu evleri. Zaten herkes kaçak elektrik kullanıyordu buralarda. Biraz sabırlı olmak gerekiyordu. Nasıl olsa her seçim döneminde bir gecekondu affı çıkarılıyordu ve el koyduğun arazinin tapusunu alıyordun. Tapuyu aldıktan bir iki sene sonra ise arsayı Karadenizli bir müteahhide kat karşılığı verip, dikilecek apartmanda üç beş daire sahibi oluyordun. O zaman hem güzel bir yerde oturuyordun, hem de kira gelirin oluyordu. Sonra İstanbul'a da biraz alışmış olduğun için ya bir yerde kebapçı-lahmacuncu dükkânı açıyordun ya da bir taksi alıp işletiyordun. Bir kere ev işini hallettikten sonra gerisi kolaydı.

Cemal, çocukların okula gittiği mahalleyi görse gözlerine inanamazdı; öyle büyük binalar, alışveriş merkezleri, ışıklar, otomobiller... Oysa birkaç yıl öncesine kadar orası da kendilerininki gibi tek katlı bir gecekondu mahallesiydi, sonra tapularını alıp zengin olmuşlardı. Rahmanlı'nın da geleceği buydu. Yeni gelenler burada yer bulamıyordu artık; daha ötelere, boş arazilere göçüyorlardı. Dişini sıkarsa İsmet, Zeliha (Mustafa'nın eşi olacak ileride) ve küçük Sevinç çok rahat yaşayacaklar ve İstanbullu olacaklardı. Ama şimdi bu rezilliği çekiyorlardı işte.

Memlekettekilere bunları anlatmak zordu; onların o köhne, geri kalmış kafalarına bu planları sokamazdın. Ama ahdetmişti, o karanlık kafalı insanların topraklarına bir daha dönmeyecekti. Oradakiler aptaldı, dünyanın dışındaydı, hayatı bilmiyorlardı.

Cemal'in abisi Yakup bunları söylerken haklıymış, çünkü hayat onu doğrulamıştı. Dediği gibi Rahmanlı da parlak bir mahalle haline gelmişti yavaş yavaş; sabreden derviş misali, kendisi de mahallenin kodamanlarından biriydi. Soyadını taşıyan salaş apartmanda dört daire sahibiydi. En üst kata, Saray Düğün Salonu'nda yapılan güzel bir düğünle Mustafa adlı gençle evlendirdiği kızı Zeliha yerleşmişti ve kendisine –çok şükür– iki de torun vermişti. Apartmanın altına üç dükkân yaptırmıştı. Bu dükkânlardan biri Kısmet ürünleri satan kuruyemişçiye kiraya verilmişti, öteki ikisinde ise aradaki sütunlar kesilip birleştirilerek küçük bir kebap-lahmacun lokantası açılmıştı. Bu lokantayı kardeşi Cemal işletiyordu. Kebap-lahmacun yapılan fırının kokularını özellikle dışarı veriyordu ki, gelip geçenler, eve aç biilaç gelenler, çocuklar, özellikle de liderlerinin en az üç çocuk emrine sıkı sıkıya uydukları için pek çok rastlanan hamile kadınlar dayanamayıp içeri girsin; yanında sumak, pul biber ve salatayla paket yapılan bir sürü lahmacun; Adana, Urfa, Antep kebapları sardırıp, yanında da bir büyük kola şişesi ve ayranlarla oradan ayrılsın. Çok iyi bir işti bu; belki de kendilerinin farkında olmadığı tek kötü tarafı, ailelerinin o lezzetli şeyleri her gün yiyerek yavaş yavaş şişmeleri, çoluk çocuk obez haline gelmeleriydi. Çünkü köyden gelenler için yemek buldun mu yememek diye bir şey olamazdı; yüzyılların kuralıydı bu. Ne kadar yiyebilirsen o kadar yiyecektin. Doğuda şişmanlar el üstünde tutulurdu, zayıflık ise ayıptı çünkü yoksulluk anlamına gelirdi.

Yakup şimdi de gözünü, yaklaşık bir kilometre ötedeki bir tarlaya dikmişti. Kısmet olur orayı da alabilirse hemen bir bina daha dikecekti ve alt katlarını –kompile– bir bankaya kiraya verecekti. Ondan sonra gel keyfim gel dönemi başlayacaktı. Bankalar çok iyi kiracıydı, tıkır tıkır öderlerdi parayı; hem de ne para, hem de yıllık peşin, hem de garantili. Tarlanın yerini iyi seçmişti, çünkü belediyede çalışan hemşerisinin –bir daire sözü alarak– kulağına fısıldadığına göre, iki kilometre ötede bir AVM inşaatı başlayacaktı yakında. Planlar hazırdı. AVM açıldı mı, Rahmanlı'yla arası hemen kapışılır, fiyatlar tavan yapardı. Artık herkese yer olurdu orada. Kardeşi Cemal de –inşallah bir gün o Meryem denen kızı aklından çıkarabilirse– evlenir, o apartmandaki dairelerden birine yerleşirdi.

Mahalleli, bu hızlı gelişmeden başı dönmüş haldeyken yaşanan ufak tefek tatsızlıklar da –parktaki acı olay gibi– konuşulmuyor, hemen unutulmaya çalışılıyordu.

Ne olmuştu iki ay önce? Sıradan şeylerdi ama insanı biraz üzüyordu tabii. Boşanmış, öfkeli bir koca, eski karısıyla barışma çarelerinin sonuç vermemesi üzerine, onu son bir kez konuşmak için mahallenin ortasındaki parka çağırmıştı. Genç kadın –adı Şehnaz'dı, yirmi altı yaşında, etine dolgun bir kadındı, gözlerinin kudretten sürmeli ve çok güzel olduğu konuşulurdu– kocasının her gün attığı dayaktan, ağzının yüzünün morarmasından, şişmesinden bıktığı usandığı, hatta birçok kez intihar etmeyi düşündüğü halde, iki yaşındaki oğluna kıyamadığından bunu göze alamadığı için, belki konuşursak beni rahat bırakır diyerek otobüs şoförü kocası Yusuf'la parkta buluşmayı kabul etmişti. Daha sonra Yusuf'un anlattığına göre –günahı boynuna, ne kadar doğru söylediği bilinmez elbette– Şehnaz'a "Gel yuvamızı bozma, eve döneyim, sana bir daha vurmam, yavrumu da çok özledim" diye diller dökmesine rağmen, genç kadın Nuh demiş peygamber dememiş, "Ben seni biliyorum, bu kaçıncı söz verişin" dedikten sonra adamın kanını beynine sıçratan bir şey daha söylemiş, "Hem benim gönlüm başka birine düştü" deyivermiş. Şehnaz'ın anası, kardeşleri, akrabaları yemin billah bunun doğru olmadığını, Şehnaz'ın adamı soğutmak için bunu uydurmuş olduğunu söyleyip yeminler edeceklerdi ama gerçek ne olursa olsun bu söz, Yusuf'un belindeki tabancayı çekip, "Bana yâr olmadın, başkasına da yâr etmem seni Şehnazım" diyerek iki el ateş etmesine sebep olmuştu. 7.65'lik kurşunlardan biri Şehnaz'ın sağ göğsüne, öteki de –ilk kurşundan sonra yere düştüğü için– bacağına saplanmıştı. Yani zamanında müdahale edilse ölümcül yaralar değildi ikisi de. Ne var ki Yusuf genç kadını dizine yatırmış, saçını okşayarak kan kaybından ölmesini beklemişti. Silah sesleri üzerine parka gelen polis memurlarını ise "Yaklaşmayın, ateş ederim" diyerek durdurmuştu. Polisler koşarak gelen mahalleliye engel olmuştu sadece. Kimseyi parka bırakmıyorlardı; Şehnaz'ın, saçlarını başlarını yolan akrabalarını bile. Gezi Parkı'nda, Okmeydanı'nda, Kızılay'da herhangi bir protesto gösterisinde hemen tabancasına davranıp ateş eden, göstericileri alnının ortasından vurmakta tereddüt etmeyen polis memurları ise Yusuf'u –hiç olmazsa kolundan, bacağından– yaralamayı hiç düşünmeden öylece bekliyorlar, ona megafonla yumuşak sözler söyleyerek, "Kardeşim" diye seslenerek silahını bırakması için ikna etmeye çalışıyorlardı. Ne de olsa onlar da erkekti; kadın ve namus meselelerini anlarlardı. Kim bilir ne kancıklık yapmıştı kadın da adamın sinirlerini bozmuştu böyle? Kabahat ölende mi, öldürende mi diye düşünmüşlerdi sigara dumanlarını içlerine çekip parka bakarken.

Sonra dünya dondu; insanlar dondu, kuşlar bile uçmadı sanki; beklediler, beklediler, beklediler. Genç kadının kanı yaralarından sızarak yere aktı, göllendi. Toprakta vakitsiz açan kızıl bir gül büyürken, Şehnaz herkesin gözü önünde, inlemeleri gittikçe hafifleyerek kan kaybından öldü, ancak ondan sonra adam kadını son bir kez öpüp tabancasını attı ve teslim oldu. Daha yürekli kocalar, kadını vurduktan sonra tabancayı kendi şakağına dayayıp intihar ediyordu. Besbelli Yusuf onlardan değildi. Şimdi bir sürü ceza indirimiyle hapse girecek, orada –ağır mahkûm, leşi var diye– el pençe divan, saygıyla karşılanacak, birkaç yıl yatıp çıktıktan sonra da muteber bir yurttaş olarak hayatına devam edecekti. Belki de daha önceki iki karısını öldürdüğünü, hapis yattığını söyleyerek televizyondaki evlenme programına çıkıp yeniden evlenmek istediğini söyleyen yaşlı adam gibi davranacaktı. Âdet böyleydi; onlara kader kurbanı deniyor, anlayış gösteriliyordu. Duvara "Kahrolsun hükümet" yazdığı ya da okulda Deniz Gezmiş şiiri okuduğu için anti terör yasasına göre örgüt elemanı gibi gösterilip otuz yıla mahkûm edilen gençler, öğrenciler gibi tehlikeli değildi toplum için.

O gün; Türkiye Cumhuriyeti'nde sadece 2014 yılındaki 294 kadın cinayetine bir tane daha eklenmişti.

2015 yılını göremeden öldürülen 294 kadından biri de Ela'ydı, soyadı bilinemedi. Konstantiniyye Oteli'nin açılış daveti gecesinde, sabaha karşı saat üç dolaylarında, Gaziosmanpaşa semtindeki bir hastaneye beyaz bir araba yanaştı. İçinden bir kadın kaldırıma atıldı ve araba hızla uzaklaştı. Hastane görevlileri, yirmili yaşlarının başındaki genç kadının yerde can çekişmekte olduğunu gördüler; kıvranıyordu, yüzü gözü dövülmekten morarmıştı. Sedyeye alırken karnından vurulmuş olduğunu gördüler, çok kan kaybediyordu, ayrıca vücudunda bir otomobil farına ait olduğu anlaşılan iri cam kırıkları vardı. Bir şeyler söylemeye çalışıyordu; eğilip kulak verdiler; kadın adının Ela olduğunu fısıldayabildi; "Ela" dedi sadece, bu çabadan sonra hastane kapısında öldü. Üzerinden kimlik çıkmadı, onu atan otomobil de bulunamadı.

İstihbarat savaşlarına dair

Bahtsız Ela can verdiği sırada, halkın E-5 çevre yolundan sonra yapıldığı için E-6 diye yanlış bir isim taktığı Trans European Motorway sözcüklerinin baş harflerinden oluşan TEM otoyolunun kent dışındaki bölümünde bir olay daha yaşanıyor. Normal günlerde çok yüklü bir trafiği olan bu yol o kış gecesi tenha. Tek tük araba, TIR, kamyon geçiyor, çünkü hava çok soğuk ve yolun büyük bir kısmı, özellikle de köprü ve viyadük dönüşleri buzlanmış durumda. O dönemeçlere hızlı giren arabanın kayarak yolun dışına fırlaması işten bile değil.

İstanbul'a geliş yönünde dokuz kilometre mesafede, küçük beyaz bir araba, acil durum şeridinde duruyor. İçinde iki kişi sigara içiyor; iki erkek. Biri direksiyonun başında, öteki yanında. Arada sırada ihtiyatlı kamyonlar geçiyor yoldan, bir an yüzleri aydınlanıyor, sonra yine sigaralarının ucundaki kırmızı ateşböcekleriyle karanlıkta kalıyorlar. Direksiyondaki adam sigarasını küllükte söndürüyor; yanda oturan adam da aynı şeyi yapıyor, sonra belinden bir tabanca çıkarıyor. "Sesini çıkarma" diyor. Direksiyondaki adam şaşırıyor, "Ne yapıyorsun!" diye çığlığa benzer bir titreşimle bağırıyor. "Şşşş, hiç sesini çıkarma" diyor öteki adam. "Sus ve elini uzat." "Ne yapıyorsun?" diyor yine korku içindeki adam, ama elini de uzatıyor. Öteki, cebinden çıkardığı kelepçeyi adamın sağ bileğine takıyor; bu işlere epey alışkın olduğu belli. Kelepçe takma işini büyük bir ustalıkla, bir çırpıda yapıveriyor, sonra kelepçenin öteki halkasını da direksiyona takıyor. "Neden?" diye inliyor adam, "neden, neden?" Öteki soğukkanlı ve soğuk bir tavırla, "Arkadaşlığımızın bu işle ilgisi yok" diyor. "Bilirsin kurallar böyle." "Ama ne yaptım?" diye inliyor yine adam, "kime ne yaptım?" Öteki adam kapıyı açıyor; içeriye jilet gibi kesen soğuk hava giriyor. Arabadan çıkan adam eğilerek ve bir kolunu arabaya dayayarak içeride kalan adama bakıyor. "Kusura bakma" diyor, "teşkilata ihanet ettin, biliyorsun, benim elimden bir şey gelmez. Sana kötülük yapmak istemem ama senin bu şekilde ölümünün herkese gözdağı olması gerekiyor; yani teknik bir konu bu." Direksiyondaki adam çığlık çığlığa, "Yapmadım, satmadım, vallahi bir şey yapmadım, açıklayabilirim" diye bağırıyor; gözleri, delirmiş gibi bakıyor; direksiyona bağlı kelepçeden kurtulmaya çalışıyor. Öteki "Bu kadar duygusallaşma" diyor. "Teşkilata girerken biliyordun bunu; farz et ki Tanrı alıyor canını, son saatin gelmiş, öyle say. Hadi güle güle dostum. Allah rahmet eylesin." Bu söz üzerine direksiyona bağlı adam avaz avaz bağırarak ağlıyor; "Hiç olmazsa bunu söyleme" diyor. Öteki, "Ne var ki bunda?" diyor, "iyi niyetli bir dilek; ha birkaç dakika sonra, ha birkaç dakika önce, ne fark eder. Allah sana rahmet eylesin kardeşim, nur içinde yat, senin için Fatiha okuyacağım." Kapıyı kapatıyor; içerideki adam çırpınarak "Orospu çocuğu, senin ananı, sülaleni... Yalvarırım yapma, abicim ne oluuurrr" diye karmakarışık bir şekilde bağırırken, diğeri benzin kapağını açıyor; cebinden çıkardığı fitili oraya sokup ucunu yaktıktan sonra geriye, gecenin içine doğru yürüyerek uzaklaşıyor. Bu sırada motorun çalıştığını, arabanın öne doğru hızla atıldığını fark edip gülümsüyor. Adam serbest eliyle kontağı açmış olmalı. Ne var ki fitil yanarak benzin deposuna ulaştığı anda, beklediği patlama gerçekleşiyor; araba yanmaya başlıyor. İçindeki adamın çığlıkları duyuluyor hâlâ, hatta artıyor. O sırada karanlığın içinden bir başka otomobil çıkıyor; adam o arabaya biniyor, uzaklaşıyorlar. Onlar giderken, şarampole devrilen araba alevler içinde yanmaya devam ediyor.

Bir süre sonra polis, beyaz küllere dönüşerek otomobil iskeleti haline gelmiş arabayla içinde direksiyona kelepçeli, yanmış, kararmış bir ceset bulacak. Olay gazetelere istihbarat savaşları başlığıyla geçecek.

Zeliha

Mustafa'nın karısı Zeliha, zavallı Şehnaz'a çok acımış, "Yazık oldu tazeye" diyerek epey gözyaşı dökmüştü. Mustafa ise kadının söylediği varsayılan, başka birini sevdiği sözünün cinayeti haklı kıldığı düşüncesindeydi. Hangi erkek dayanabilirdi çocuğunun anasından böyle bir söz duymaya. Bütün bu rezalet, televizyonlarda gösterilen dizilerdeki ahlaksızca ilişkilerden, kadınlarla erkeklerin hâşa huzurdan domuzlar gibi birbirine dalmış olmasından, kısacası ahir zaman kudurmasından ibaretti. Derin hocalar, kıyamet alametinin binanın ve zinanın çoğalması olduğunu söylemiyorlar mıydı? İşte bina da çoğalmıştı, zina da! Kıyamet yakındı. O imamın yerinde olsa, ölen kadının cenaze namazını bile kılmaz, köpek leşi gibi bir köşeye atıverirdi. Bazen, tersanede bir yatın tepesinde kaynak yaparken, Allah muhafaza karısının böyle şeyler yapması ihtimali aklına gelince delirecek gibi oluyor, hemen tepeden inerek tersane dışına çıkıyor, doktorun verdiği yeşil reçeteli ağır sinir ilaçlarından bir avuç yuttuktan sonra üst üste üç sigara içiyordu. İlaçları doktorun verdiği düzenle almıyor, aklına estikçe yutuyordu. Belki de son zamanlarda kaygıyla izlediği el titremeleri, baş dönmeleri, elindeki aletleri yere düşürmesi de bundan kaynaklanıyordu.

Mustafa'nın buna karşı elinden bir şey gelmiyordu. Bu ahlaksızlıkla dolu günah şehrinde, karısının, kızının başına bir şey gelmeden nasıl yaşayacaklarını bilemiyor, aklına bunlar düşünce, hemen karısına telefon açıyordu. Kadın eğer "Bakkaldayım" derse yalan söylemediğinden emin olmak için tanıdığı bakkalı telefona istiyor, bir ev gezmesindeyse öteki kadınların seslerini dinlemeye çalışıyor, eğer kadın banyoda olduğunu söylerse "Sifonu çek duyayım" diyordu. Akşamları eve gelince çocuklarını inceden inceye sorguya çeker, bütün gün annelerinin ve kendilerinin ne yaptığını anlamaya çalışırdı.

Gece rüyalarında bir adam görüyordu, adam olduğunu anladığı ama yüzünü göremediği adam, kendi evine yerleşmişti, karısıyla aynı yatakta yatıyordu, çocukları ona baba diyordu. Mustafa Yılmaz bu karabasanlardan kan ter içinde uyanınca yanında masum masum uyumakta olan karısının güzel yüzüne bakar bakar, sonra onun sesini duymadan pır pır eden yüreğinin rahat edemeyeceğini anlayarak, onu uyandırırdı. Uyku sersemliğinden ayılamayan kadının, "Ne oldu Mustafam?" demesinin ardından yine uykuya yenik düşerek yumuşak kollarıyla boynuna sarılıp uyuması içini bir parça rahatlatırdı. Yoksa yüreğini büyük bir kuşku bulutu sarıp sarmalıyordu hep, acayip kara bir bulut; boğucu, zalim. Acaba karısı da kendisi gibi o sırada rüya mı görüyor, hatta aynı rüyayı görerek yabancı bir adama kocam mı diyordu? Yan yana uyuyan karıkocanın aynı rüyayı görüyor olması mümkün müydü? Hatta bütün Yılmaz ailesi aynı düşü görüyor, çocukları da o adama baba diyor olabilirler miydi? Büyü mü yapmıştı bir ağzı kara? Yoksa yüzünü göremediği o adam bir cin miydi, cin taifesi mi musallat olmuştu hanesine? Cuma namazından sonra, Tersane Camii Şerifi'nin imamına sorması gerekiyordu bunu. Belki de bu bir rüya değil, ilahi bir işaretti. Hikmetinden sual olunmaz Allah'ın türlü türlü işareti vardı elbette; binbir oyunu vardı, tuzağı vardı.

Emre Karaca'nın şahane aforizmaları

Son yıllarda ortalığı saran parlak söz söyleme, aforizmalar yazma merakının, internetin yaygınlaşmasıyla bir ilgisi olsa gerekti. Çünkü genç insanlar hem aforizma aktarmaya meraklıydı hem de kendileri sık sık aforizma adı altında bir şeyler paylaşıyor ya da kendi yazdıkları cümlelerin altına Mevlânâ, Nietzsche, Nâzım Hikmet Ran diye imzalar atıyorlardı. Daha eski kuşaklar, Ran soyadından, bunları yazanlar hakkında hemen bir fikir edinebilirdi, çünkü ortada şaşmaz bir ölçü vardı: Ran. Eski kuşaklar asla Ran'ı kullanmaz, çoğu zaman Nâzım Hikmet bile demez, şairi sadece Nâzım diye anardı. Ne var ki onu internetteki şiir antolojilerinde yer alan bir şair olarak tanıyanlar orada yazılı olan ad ve soyadını olduğu gibi kullanırlardı. Hayatın böyle incelikleri vardı işte. Nietzsche'yi, Schopenhauer'i ölümlerinden bunca yıl sonra gençliğin rock yıldızları halinde tekrar dirilten ve moda haline getiren şey, zamanı çok kısıtlanan modern insanın her şeyi mucize haplar biçiminde tüketme merakı olsa gerekti. Hiç kimsenin koca koca ciltleri devirmeye ne niyeti vardı ne de zamanı; olsa olsa birkaç kızgın kuşun maymunlara fırlattığı taşların arasında, bir yandan haberlere göz gezdirir, bir yandan arkadaşlarıyla SMS'leşirken, birkaç aforizmaya ancak göz atabilirlerdi. Sonra *Şen Bilim* gibi koca koca kitapları paylaşma imkânı yoktu ki! Paylaşılmayan bilgi de bilgi olmaktan çıkardı, hiç kimsenin işine yaramazdı.

Emre Karaca, çok kızıyordu bu insanlara, çünkü böyle davranarak, gece gündüz kitap okuyan, tuvalete bile eline bir kitap almadan gitmeyen, okumaktan gözlerine kan oturan kendisi gibi insanları enayi yerine koymuş oluyorlardı. Madem dünyayı, hayatı, felsefeyi, aşkı, bilimi, ölümü anlamak için birkaç aforizma yetiyordu, o zaman yüzlerce sayfalık kitaplara ne gerek vardı? Buna rağmen bir gün, içinde küçük bir kafe olan yeni moda AVM kitapçılarından birinde kitaplara göz gezdirirken, eline Freud'un aforizmalarını içeren incecik bir kitap geçmiş, zaten birkaç dakika göz gezdirince de içeriğin büyük bir kısmını algılamıştı. O hızla, cebinden hiç ayırmadığı not defteriyle kalemini çıkardı, kafedeki bir sandalyeye oturup, birbiri ardına kendi aforizmalarını yazmaya başladı. Düşünceleri cıva taneleri gibi oradan oraya zıpladığı için, birini yazarken ötekini yitiririm korkusuyla acele acele yazıyor, bu yüzden o yazıyı bir daha okuyup okuyamayacağından bile emin olamıyordu.

Emre Karaca'nın aforizmaları şunlardı:

Hayvanlar yıldızları göremez, çünkü başları eğik gezerler. Ancak başkaldıranlar görebilir onları.

xxx

Uçuruma âşık olanın kanatları olmalı.

xxx

Budalalık virüsü AIDS'ten daha bulaşıcıdır. Hem de fiziksel temas olmadan.

xxx

Hayvanlar cehaleti bilmez; çünkü kendilerine öğretilmemiştir.

xxx

İNSANLIĞIN EN BÜYÜK BULUŞU KİTAP, EN KÖTÜ BULUŞU OKULDUR. (Bunu özellikle çok beğendiği için büyük harflerle yazmıştı.)

xxx

Her insan narsisttir; yoksa yaşayamaz.

xxx

Hiçbir şeyden korkmayan kişinin hayal gücü yok demektir.

xxx

Zekâ ile kurnazlık aynı beyinde bulunamaz.

xxx

Popüler olmak alçalmak demektir. Düzeyli kalmak isteyen sanatçı, popülerleşmeyi reddetmek zorundadır.

xxx

Yeni doğan bebek Sisyphos'un aşağı yuvarlanan kayasıdır. Her doğumda dünyanın kültür birikimi sıfırlanır. Uygarlık yeniden başlamak zorundadır.

xxx

Rasyonel olan lojik değildir, lojik olan ise rasyonel. Tarihte ikisini çakıştıran koşullara çok az rastlanır.

xxx

Büyük romanları her kuşak yeniden filme çeker. Çünkü söz eskimez, görüntü eskir.

xxx

İnsanlar, ölülerini toprağa gömüp, gökyüzüne gitti diyen bir türdür.

Emre Karaca, bu satırları kargacık burgacık yazıyla deftere geçirirken aklına birden, böyle bir kitap bastıramayacağı, bu aforizmaları ancak sosyal medyada paylaşabileceği geldi. Zihni oradan da yayınevine ve HH'nin saygısız, aklından hiç çıkmayan raporuna kaydı.

Yarın ona bir mektup yazacaktı.

Ercüment'le buluşma

Bazı insanlar vardır; onlara ne güzel demek mümkündür, ne de çirkin. Ercüment de onlardandı işte. Türkiye ortalamasının biraz üstündeki boyu, düzgün bedeni, yumuşak yüz çizgileriyle hiç de fena sayılmazdı ama hareketlerinden mi, ifadesinden mi nedir; tanıştıkları üzerinde güçlü bir iz bırakmaz, silik bir hayal gibi geçip giderdi. Giyimi kuşamı da bu siliklik ve başıboşluk izlenimine yardım ediyor olabilirdi. Her gün işe gelirken giydiği –kendisine en az bir beden büyük– takım elbiselerin kahverengi, bej tonlarında olması, renkli ve desenli gömleklerin üzerine yine bol desenli kravatlar takması, eğrilmiş tel gözlük çerçevesi, onu bakılası bir erkek olmaktan çıkarıyordu. Bu tabloya bir de dişler –ah o dişler– eklenince Ercüment hakkında konuşulurken, "Eh, iyi çocuk!" demekten başka bir şey bulamıyordu insanlar. "İyi çocuk, kendi halinde; kimseye bir zararı yok."

Ne var ki Zehra'yla yediği yemekten bir süre sonra işe farklı bir Ercüment geldi. Boş vakitlerini şık AVM'lerde geçirdiği, erkek giyim mağazalarından yardım aldığı anlaşılıyordu; çünkü bu kez üstünde iyi dikilmiş gri bir takım, beyaz gömlek ve minicik desenli, hoş, mavi bir kravat vardı. Bu değişiklik elbette herkesin dikkatini çekti. Böyle durumlarda âdet olduğu gibi kızlı erkekli iş arkadaşları ona "Oooo, lord gibi olmuşsun Ercüment, yenge kim?" diye takıldılar. Bilmeden "Yenge" diye anılan Zehra ise Ercüment'in çabalarını gözucuyla ama ilgiyle izlemekle birlikte, bunu belli etmedi, şakalara da katılmadı. Ercüment'in değişimi bunlarla da sınırlı kalmadı. İki gün sonra, bu kez üstüne oturan yeni bir lacivert takım ve bordo kravatla ofise geldiğinde, eğrilmiş tel gözlük çerçevesinin de yerini, modern siyah bir bağa çerçeveye bırakmış olduğunu gördüler. Ertesi hafta, saç kesimi de değişti; yanlar kısalmış, tepe biraz kabartılmış ve belli ki sıkı sıkı jölelenmişti. Bütün bu değişim sırasında Ercüment, Zehra'ya –artık ofisteki herkesin dikkatini çekecek biçimde– yalvaran bakışlar atıyor, belki de ondan bir yorum ya da tatlı bir söz bekliyordu. Böyle şeyler Zehra'nın karakterine uygun değildi, erkeklere iltifat edemezdi ama onun bir yemek davetini daha kabul etmesine engel olan bir şey yoktu.

Bu kez, beş yıldızlı bir otelin içinde yeni açılan, konuk bir Japon şefin harika yemekler hazırladığını duydukları lokantaya gittiler. Her şey şıktı, yemekler lezzetliydi ama Zehra'nın yemek seçerken göz attığı kadarıyla fiyatlar dudak uçuklatacak cinstendi. Buna rağmen Ercüment en ufak bir duraksama göstermeden en pahalı yemekleri tavsiye etti ona ve iyi bir şarap seçti. (Evliliğe giden yol harcamadan, evlilik ise karıkocanın baş başa verip tasarruf etmesinden geçer.) Yine güzel bir takım giymiş, saçlarını jölelemişti; yeni siyah gözlüğü de yüzünü derleyip topluyor, biraz keskin ama daha hoş bir ifade veriyordu ona. Zehra'yla Ercüment arasındaki ikinci buluşma daha içten geçti. Hiç olmazsa daha çok konuşup, daha çok güldüler ve uzun susuşların süresi azaldı. Yemekten sonra Zehra, dışarı çıkıp sigara içmelerini önerdiğinde, Ercüment sigarayı bıraktığını söyleyerek kızı hayal kırıklığına uğrattı. Garsondan Zehra için bir paket sigara istedi; bir yandan da –ne tuhaf– ona içmemesini tavsiye ediyordu. Bırakmak zordu zor olmasına ama o kadar zararlı bir şeydi ki sigara, insanın sağlığıyla birlikte dişlerini de bozuyordu. Bu yüzden dişçiye gitmeye başlamıştı ve yakında bütün dişleri porselen olacaktı. Böylece Zehra'ya artık dişleri konusunda da bir sakınca kalmayacağını, ustalıkla söylemeyi başarmıştı. Ne var ki Ercüment bıraktığı halde Zehra sigarayı bırakmayı başaramadı, sanki yer değiştirmişlerdi. İlişkilerinin –artık ne kadar ilişki sayılırsa– doğasında, hiç konuşulmadan kabul edilmiş bir hiyerarşi vardı. Zehra güçlüydü, Ercüment güçsüz. Zehra kendini beğendirmek zorunda değildi, Ercüment ise bu gereksinimle kıvranıyordu. Yanlış anlamaları önlemek, gerginleşen havayı yumuşatmak, gülümsemek, hizmet etmek, hatta baygın gözlerle bakmak Zehra'ya değil, Ercüment'e düşen bir görevdi. Zehra bu çocuğa istediği kaprisi yapabilir, başına buyruk haliyle ödünsüz tavrını her an sürdürebilir, hatta isterse horozlanabilir, senden sıkıldım git artık diyebilir, onu ezebilirdi. Ercüment'le ikili ilişkilerinde hissettikleri bunlardı; görev paylaşımı baştan yapılmıştı sanki. Gerçi Ercüment'e kötü davrandığı yoktu, olanca kibarlığı gösteriyor, hatta arada bir tutulduğu –Emre'ye göre– manik hallerini engelleyebiliyordu; ama ilişkinin biçimi, kelimelere dökmeye gerek kalmaksızın ayan beyan ortaya çıkmıştı. Bütün bunlar genç adamı Zehra'nın gözünde ideal bir eş yapıyordu. Böyle bir adamla rahat edebilirdi, çünkü –içindeki tiksinme huyuyla baş edebilecek kadar– temizdi, kibardı, yumuşaktı, sevecendi, güvenilirdi, büyük ihtirasları yoktu, düzenli bir gelire sahipti, orta karar düzgün bir aileden geliyordu. Bu adamla çocuk yapılır ve büyütülürdü. Artık Defne gibi mantıklı davranarak hayatını düzene sokmaya, derleyip toplamaya, akıl devreye girdi mi diğer devreleri kapatmaya niyetli olan Zehra, bu düşüncelerle Ercüment'i ailesine tanıştırmaya karar verdi. Defne'nin jestinden sonra o da ailesine bu mutluluğu tattırmak istiyordu. Belki iki kardeşe bir düğün yapılır, ikisi aynı gün evlenirdi. Gözünün önünden bir an, sadece bir an, bir yalaz gibi, Boğaz kıyısındaki lüks bir otelde yapılan düğün görüntüsü geçti. Kendisini gelinlikle görmedi, evlilik şahidi olarak Ergun Bey oturuyordu yanında. Daha önceki kuşakların çorak topraklar üzerine döşemiş olduğu, deneme yanılma yöntemiyle olgunlaşmış bulunan güvenli raylar üzerinde, hiçbir yere sapmadan dosdoğru ilerleme kararında büyük bir aşama kaydettiğine inanıyor ve bu yüzden seviniyordu.

Emre'nin çılgın planlarına dair

Emre Karaca, HH'ye ikinci bir mektup yazmadı; e-postayla gönderdiği birinci mektupla yetindi. Çünkü daha tam olarak ne olduğunu bilmediği yıkıcı, zarar verici eylemlerini yapmadan önce adamı huylandırmak istemiyordu. Her gece, çeşitli öldürme yöntemleri üzerinde düşünmek, inceden inceye cinayet planları yapmak çok zevkliydi. Bir yandan da, "Şu anda ne kadar çok insan birilerini öldürme planı yapıyordur" diye düşünüyordu; eğer her planlayan eyleme geçse, dünyadaki cinayetlerin sayısı yüz misli artardı. Çoktan beri kafasına yatan enfes bir cinayet yöntemi bulmuştu. Birisinin kulağına cıva dökersen hem ölüm kesinleşir hem de hiçbir iz kalmazdı, tertemiz bir öldürme şekliydi yani. Hem de zarifti; ortada gürültülü tabancalar, keskin bıçaklar, fışkıran kan, zehirden kıvranmalar, kusmalar falan filan yoktu. Sadece kulağa birazcık cıva ve güm! Sessiz, temiz bir ölüm.

İlk önce bu işin iki zorluğu olduğunu düşündü: Cıva bulmak ve HH'ye kulağına cıva dökecek kadar yaklaşabilmek. Sonra cıva bulmanın hiç de düşündüğü kadar zor olmadığını fark etti. Eski model derecelerde cıva vardı, evlerinde de bunlardan bir tane bulunmaktaydı. Yani birinci engel, gerçek bir engel değildi. Geriye kalıyordu ikinci engel; yani HH'ye yaklaşmak. Bunun da bir yolunu bulurdu nasıl olsa. Önce adamın adresini öğrenmeliydi.

Bu niyetle amcasının oğlunun mobiletini ödünç aldı; bir

öğleden sonra adamın öğretmenlik yaptığı Akil Erdemir Lisesi'ne gitti. Dağılma saatine kadar oralarda oyalandı, simit yedi. Okul dağıldığında, öğrencilerden epey sonra çıkan öğretmenleri gördü. HH yoktu aralarında. On dakika daha bekledi, on birinci dakikada artık gitmeye hazırlanırken HH'yi gördü. Zayıf adamın kafasında kasket, sırtında pardösü, elinde ise eski mi eski, içi dolu bir meşin çanta vardı. Elindeki çantanın ağırlığından omzu aşağı doğru sarkmıştı. Adam yıpranmış ayakkabılarını sürüyerek caddenin karşısına geçti, ona doğru yürüdü, burnunun ucundan geçerek, biraz ilerideki otobüs durağına gitti. Beklerken, pardösüsünün cebinden çıkardığı kitabı okumaya başladı. Sonra diğer yolcularla birlikte tıklım tıklım dolu mavi otobüse itişe kakışa bindi. Emre otobüsü izledi; mobilet sayesinde otobüsle arasına hiçbir araba giremiyordu. Tıkalı kavşaklardan, tıklım tıklım dolu duraklardan geçtiler; adam beşinci durakta indi, caddede yüz metre kadar yürüyüp bir sokağa saptı. Orta halli insanların oturduğu alçakgönüllü apartmanlardan birine girdi. Emre aradan bir süre geçince mobileti bahçe duvarına dayayıp içeri süzüldü; sokak kapısındaki zilde yazan H. Hisarlıgil ismini gördü. Adam sekiz numaralı dairede oturuyordu. Havagazı ve lahana kokan apartmandan içeri kaydı sessizce, antre boyasız ve karanlıktı, merdivenler kara mozaikti. Sekizinci daire üçüncü kattaydı, arkaya bakıyordu. Diğer kapıların önünde bir sürü ayakkabı birikmişti, HH'lerde ise sadece bir paspas vardı. Kahverengi kapıda göz deliği bulunmadığını fark etti; zaten omuz vursan yıkılacak durumda eften püften bir kapıydı ama kapı devirmekle olmazdı bu iş. Eve sessizce girmek, kulağına cıva dökmeden önce adamla konuşmak, haklılığını kanıtlamak istiyordu. Ne var ki bunun için ince bir plan yapması gerekiyordu. Adamın karısı ve çocukları ne olacaktı? Onların evde olmadığı bir zamanı nasıl bulacaktı? Başka bir mekân da aklına gelmiyordu, okulda konuşamazdı onunla, otobüste de olmazdı. Yaya olarak yanına gitse, konuşmaya başlasa ne anlatabilirdi ki? Hem kalabalık içinde yanında yürümekte olan bir adamın başını büküp kulağına cıva dökmek de olacak iş değildi.

İlk zamanlar pasta formülü gelmişti aklına, parlak bir fikirdi doğrusu. Eczaneden alacağı fare zehrini sıvılaştırarak, İstanbul pastanelerinin o gösterişli, bol kremalı pastalarından birinin için enjekte etmek ve sonra o pastayı bir aile yakını göndermiş gibi, bir doğum günü, bayram, yılbaşı münasebetiyle eve götürmek. Aslında çok kestirme, tehlikesiz, pırıl pırıl bir cinayet olurdu bu, ama buradaki problem adamın ailesiydi. Çoluk çocuk bir katliam yapmaya niyeti yoktu Emre'nin. Sevinçle bir pastanın başına üşüşmüş neşeli çocuklar ve günahsız bir kadın geldi gözünün önüne. Hem adamla konuşamamış olacaktı. Bu da işine gelmezdi. Ona gereken şey HH ile tartışmak, onun cehaletini, zalimliğini, edebiyata verdiği zararı kanıtlamak ve bunun için cezalandırıldığını anlayarak pişman olmasını, hatta gözyaşı dökerek af dilemesini sağlamaktı.

Emre akşam karanlığı çökerken sessizce o binadan çıkıp mobiletle İstanbul akşamüstünün çıldırtıcı trafiğine karıştı. Tıkalı trafikte mobiletle yanlarından geçtiği otomobillerdeki gergin yüzleri fark etti; otobüslerin camlarına başlarını dayamış, umutsuz gözlerle dışarıya, karanlığa bakan yorgun insanları gördü; bu insanların kaçı bir başkasını öldürme planı yapıyordur diye merak etti. Bir süre beklense zaten kendiliğinden ölecek olan insanları biraz daha erken öldürmek belki saçma bir şeydi; yine de böyle planlar yapmak, ayrıntılar üzerinde çalışmak insanın kanını tutuşturuyordu.

Emre Karaca o geceyi bu planları geliştirerek geçirdi. Ertesi gün –bu kez mobiletle değil, iki otobüs değiştirerek– HH'nin oturduğu evin önüne gitti. Zamanı iyi ayarlamıştı. Adamın aynı pardösü, aynı çanta, aynı kasket ve aynı yorgunlukla apartmana girdiğini gördü. Binaya başka girip çıkanlar da oldu, ama hiçbiri o adamın çocukları ya da karısı olabilecek yaşta değildi.

Ertesi gün oraya tekrar gidip de adamın içeri girdiğini gördükten yarım saat sonra Emre apartmanın merdivenlerini çıkıyordu. Otomat ışığını yakmadan sessizce çıktı, cep telefonunun ışığıyla sekiz numarayı buldu. Başka dairelerden televizyon sesi, tabak çanak tıkırtısı, konuşmalar geliyordu, sekiz numarada ise tıs yoktu. Kulağını kapıya dayadı, bir süre içeriyi dinledi. Hayır, hiç ses yoktu, ev sessizliğe gömülmüştü. O sırada alt kattan birileri dışarı çıktı, otomat ışığını yaktılar. Emre bekledi, gürültüler kesilip apartman kapısı kapandıktan sonra yine sessizce merdivenlerden aşağı kaydı. Dışarı çıktığında apartmanın arkasındaki boş arsaya giderek sekiz numara olduğunu tahmin ettiği daireyi izledi. Bir tek ışık yanıyordu. Bir süre sonra o ışık da söndü; Emre'nin okuma lambası olduğunu sandığı zayıf, mavimsi bir ışık kaldı sadece. Emre o gece HH'nin hayatını düşündü. Evde ondan başka kimse olmadığına göre, karısıyla çocukları ya seyahatteydi –ki okul mevsiminde buna pek olanak yoktu– ya da ayrı yaşıyorlardı. Adamın yürüyüşünde, halinde tavrında, eve genellikle eli boş gitmesinde, bakkaldan aldığı şeylerin de pek küçük torbalara konmuş olmasında, tek başına yaşayanlara özgü bir hava seziliyordu. Hiç aile babası gibi değildi HH. Emre, bu adamın hayatını daha iyi incelemek, ailesine ne olduğunu öğrenmek için büyük bir merak duymaya başlamıştı. Gündüz bununla uğraşıyor, geceleri ise –bala düşmüş sinek gibi bir türlü kurtulamadığı– cinayet planları üstünde çalışıyordu. Aklına birçok yöntem daha gelmişti; yine de şu ana kadar kulağa cıva damlatmaktan daha üstün bir öldürme şekli bulamamıştı. Ne var ki adama karşı tuhaf bir şeyler, çekim mi ne denebilir bilemiyordu, duymaya başlamıştı. Bunların sempati, empati falan gibi kavramlarla hiç ilgisi yoktu; olamazdı da. Belki de HH'nin hayatındaki en önemli ikinci kişinin kendisi olduğu gerçeğiydi onu heyecanlandıran. Hem de adam onu tanımamasına rağmen. Bir insanın hayatındaki en önemli kişi kim olabilirdi? Elbette anası değil mi, onu doğuran kadın, hayat veren kadın, emziren, büyüten kadın. Peki en önemli ikinci kişi kim olabilirdi? Bu hayatı onun elinden alan, son nefesini vermesini sağlayan kişi değil mi? İşte HH'nin hayatındaki en önemli iki kişi, internet kayıtlarından ulaştığı kadarıyla Mahmure Hisarlıgil denen, yaşayıp yaşamadığını bilmediği mahzun bakışlı kadın ile Emre Karaca'ydı. Acaba bu müthiş düşünce miydi Emre'nin ayaklarını o mahalleye yönelten? Bundan dolayı mı HH'nin evini gözleyip duruyor, durakta onun elinde gördüğü kitabı okuyor, bir çeşit onun hayatını yaşamaya çalışıyordu? Dertlerinden bir kaçış mıydı bu; düşünülmesi gereken şeyleri düşünmeme çabası mı, yoksa onca barışçıl düşüncelerine karşın, yüreğinde içten içe yanan, damarlarında gizli gizli akan bir şiddet tutkusu mu? Hayır hayır, böyle değildi durum; aklı hemen bir kenara attı bu kuşkuyu. HH'yi cezalandırma isteği kişisel bir şey değildi; yazarların, tarih boyunca karar alıcıların elinden çektiği dertler için, onların suratlarına bir tokat atma arzusundan kaynaklanıyordu. Yoksa barışseverliğinden hiçbir kuşkusu yoktu Emre'nin, karıncayı bile incitemezdi; çünkü hiçbir karınca kötü değildi. Yeryüzünde toplam ağırlığı en fazla olan canlılardı karıncalar; buna rağmen bu büyük gücü hiç kimseye zarar vermek için kullanmazlardı. Özellikle yazarlara karşı.

Nihat ile Gül'e dair

"İyi oldu" diye düşünüyor güvenlikçi Nihat, sporu abartarak sahip olduğu kaslı gövdesiyle otelin içinde dışında tur atar, tehlike yaratabilecek bir şeyler olup olmadığını anlamak için her yeri büyük bir dikkatle gözlerken. "İyi oldu. Allahtan Zehra Hanım merhametli biri de o gariban çocuğu bıraktı, yoksa karakolda çok döverlerdi oğlanı. Hem kim bilir kaçıncı vukuatı bu? Yazık! Su testisi su yolunda kırılır; bu oğlanı da ya içeri atarlar yakında ya da bir yerde ırzına geçerler."

Sokak çocukları denen çocuk ordusunu biliyor Nihat. Onlarla birkaç kez karşılaşmıştı da. Kendi canlarına hiç değer vermedikleri için tehlikeli olabiliyordu bunlar. Bir kısmı tiner, bali çekerdi. Bir şey yediklerini gören olmazdı; kavruk, esmer, göğüsleri içe çökük, çöplüklerden fırlamışa benzeyen oğlanlardı. Daha geçenlerde üçü beşi bir olup talihsiz bir komando yüzbaşısını öldürmüşlerdi Beyoğlu'nun karanlık arka sokaklarında. Tehlikeli bir ün yaptıkları için de çoğu kişi bunlardan çekinip, "Aman başıma bir şey gelmesin" diye ceplerinde hazır tuttukları beşlikleri, onlukları, yirmilikleri çıkarıp verirlerdi.

Nihat'ın geçen yıl çok zevk alarak okuduğu bir kitapta o hayatların derinine giriliyordu. Kitabın adı *Allahın Askerleri*'ydi. Yazar bir süre bu çocuklarla yaşamış, onlarla düşüp kalkmış, her birinin akla ziyan hikâyesini yazıya geçirmişti. İnsan bunları okuduğu zaman içi bir tuhaf oluyor, onları tehlikeli yaratıklar olarak görmekten çok, hallerine üzülüyordu. Oysa yazar hiç de acındırmıyordu bu çocuklara; anlatma biçimi acıklı şarkılara, acıklı yazılara, acıklı şiirlere benzemiyordu. Bu da daha çok çarpıyordu okuyanları. Mesela Nihat o kitabı okumamış olsaydı, ufaklığa daha sert, daha farklı davranırdı; en azından eşek sudan gelinceye kadar bir güzel döverdi. Ama şimdi bunu yapamıyordu işte. Bu yüzden o merhametli Zehra Hanım'ın "Çocuğu salın" demesi onun da işine gelmişti. Nasıl da kaçmıştı ufaklık; daha sözü ikiletmeden toz oluvermişti.

Nihat çevresine göz gezdiriyor; ortalık sakin, davet sürüp gidiyor; bir adamın karısını tokatlaması ve ufaklık dışında bir bela çıkmadı. Buna da bela denemez doğrusu. Ortalık böyle sütliman olduğuna göre Nihat, işi bir süre arkadaşına bırakıp, otelin üst katlarına çıkabilir. Onu oralarda gören olursa, ki çok düşük bir olasılık bu, devriye görevinde olduğunu söylemesi mümkün. Otelin tamamı onun sorumluluğunda değil mi nasıl olsa? Ama şu anda yüreği çarpıyor, dudakları tuhaf bir heyecanın esintisiyle kıvrılıyor, nabzı boynunda atıyor. Askerdeyken çok söyledikleri bir türkü vardı: Bahçenin kapısın açtım/Sanırsın cennete düştüm/Yâr ile tenha konuştum/Bir gül aldım yanağından. Asansöre yönelirken kelimesi kelimesine böyle düşünmemesine rağmen, içinde cennete gidiyor duygusu var. Bunun nedeni, adını andığında bile onu tir tir titreten, şimdi onu 642 numaralı odada beklemekte olan yâri; Gülü, gonca Gülü; biraz önce telsizle haberleştiği, sanki o odada düzeltilmesi gereken bir şey varmış da Gül'ün acele gitmesi gerekiyormuş numarasıyla bir dakika sonra buluşacağı, yanında bile hasretini dindiremediği sevdalısı, yavuklusu, dünyanın gelmiş geçmiş ve gelecek en güzel kızı. Bundan hiç kuşkusu yok Nihat'ın; Gül bu işte.

Yüreği çarparak bomboş koridordan, insanın ayaklarının altında yumuşak bir duygu yaratan özel dokunmuş halılardan yürüyerek, iyi ayarlanmış gölgeli ışıklar arasından geçerek 642 numaralı odaya geliyor; cebinden çıkardığı master anahtarla kapıyı açıyor ve antreden bakınca onu görüyor. Gül, yatağın üstüne oturmuş. Pencereden vuran ışıkta bile o pembe-esmer yüzü, kaplanı andıran bakışları, omuzlarına dökülen siyah, ipeksi saçlarıyla, Nihat'ın "Nasıl oldu da bu güzellik bana nasip oldu?" diye düşündüğü sevgilisi –ona göre güvercini, küçücüğü, her şeyi– Gül, onu görünce ayağa kalkıyor; iki adım yürüyor ama daha birinci adımını atınca sağa doğru en az on santim düşmüş gibi oluyor; ikinci adımında tekrar düzelip normal boyuna geliyor; üçüncü adımında yine sert bir biçimde daha kısa olan bacağının üstüne düşüyor. İki yana rakkase gibi sallanarak, bir inip bir çıkarak yürüyor. Bir bacağı, kalça çıkığından dolayı sakat. İki bacak arasındaki fark çok büyük olunca da böyle iki yana düşe kalka yürümesi kaçınılmaz oluyor. Nihat da ona doğru yürüdüğü için odanın ortasında kavuşup, birbirlerine sarılıyorlar. Gül epey uzun boylu olan Nihat'ı öpmek için uzun bacağının üstünde yükseliyor; dudakları hasretle kenetlenirken, yorulmuş olacak ki öteki bacağının üstüne düşüyor ve başı on santim aşağı kayıyor. Nihat onu kolunun altından desteleyerek tekrar kaldırıp kızın iki ayağını yerden keserek hem öpmeye devam ediyor hem de kendi çevrelerinde dönüyor. Sonra aceleyle yatağa giriyorlar, birbirlerini soyuyorlar, o anda hayattaki en büyük sorunları giysileriymiş de bir an önce onları atınca cennete gireceklermiş gibi hızla hareket ediyorlar; Gül'ün çıplaklığı Nihat'ın başını döndürüyor, göğsünden yükselen ıtır kokusu içini acıtıyor. Sonra ancak yakıcı bir tutkunun sağlayabileceği bir yoğunlukla, birbirlerinin içinde yok olmak amacıyla çırpınarak sevişmeye başlıyorlar. Zevkten öte bir şey bu; sanki iki ayrı gövde olarak yaşamaya dayanamıyorlar da zorla yapışmaya çalışıyorlar.

Gül, otele oda hizmetçisi olarak girmişti; bu tip otellerde o bölüme "housekeeping" diyorlardı ve Gül de bu sözü öğrenmişti, çünkü bir misafirin kapısını çaldığı zaman bunu tekrarlamak zorundaydı. Bacağı sakat olmasına rağmen, herhalde belirli oranda özürlü çalıştırma yasasına uygun olarak, ilk başvurusunda işe alınmıştı. Ona da bu aklı Nihat vermişti. Kendisi Konstantiniyye Oteli'nde güvenlik şefi olarak çalışacağına göre Gül'ü görebilmenin tek çaresi, kızın da orada işe başlamasıydı. Bölümleri ayrıydı, gündüz görüşmeleri çok zordu, akşamları ise Gül'ün işi bitiyor, nöbetçi kaldığı ender geceler dışında her akşamüstü eve gidiyordu. Nihat'a da sabahlara kadar yüreği yanarak onu düşünmek kalıyordu. Birbirlerini görmedikleri her an acı içindelerdi; neredeyse fiziksel acı çekiyorlardı. Bu derece şiddetli bir sevda çekerken yapmaları gereken en akıllıca iş bir an önce evlenmekti. Onların da hayattaki tek istekleri buydu. Ne var ki bu garip hayatta her şey olabilirdi de bu evlilik olamazdı işte. Gül'ün yaşının Nihat'tan büyük olması sorun değildi, daha doğrusu aşılabilecek bir sorundu. Asıl güçlük Nihat'ın Sünni, Gül'ün Alevi olmasıydı. İkisinin ailesi de aynı memleketten göçmüştü İstanbul'a. Gül'ün ailesi Maraş Alevilerinden, Nihat'ın ailesi de aynı şehrin Sünni kesimindendi. Aralarına kan girmişti; yüzyılların hıncı ve nefreti 1978 Aralık ayında patlamış, Sünni dinciler, Alevilerin evlerine, işyerlerine saldırarak yakmışlar, yıkmışlar, yüz elli Alevi'yi öldürmüş, binlercesini de yaralamışlardı. Yedi gün boyunca devam etmişti katliam. Gül beş aylık bir bebekti o tarihte. Evleri ateşe verilince annesi balkona çıkmış, içerideki alevler kendilerini yutmak üzereyken hiçbir çare bulamayınca kucağındaki bebeği aşağı atmıştı belki kurtulur diyerek; sonra da diğer çocuklarını kurtarmak isterken can vermişti. Gül'ün kalçası o zaman çıkmıştı işte, ömrü boyunca sürecek sakatlık böyle başlamıştı. Sol kalçası ve kısa kalan bacağı sürekli ağrır, yaşanan trajediyi bir saniye unutmasına izin vermemek istercesine sızlar dururdu. Beş aylıkken olayları hatırlamasına imkân yoktu; ne var ki o hatırlıyordu; yangının boğucu dumanını, alevlerin yakıcılığını, annesinin çığlıklarını, yollardaki ölüleri, yaralıları, evlerdeki dehşeti... Belki de daha sonra bu konu çok anlatıldığı, basında sürekli okuduğu için bu katliamı yaşar gibi oluyordu. Şehri yakanlar, onca insanı öldürenler ceza görmemişler, af yasalarıyla ellerini kollarını sallayarak gezdikleri yetmiyormuş gibi bir de milletvekili olarak meclise girmişlerdi. Kurbanlar adına davaya müdahil olan üç avukat da sonraki yıllarda öldürülmüştü. Onulmaz bir acıydı bu; hiç kimsenin unutmasına olanak yoktu. Alevi aileler bu katliamın dehşetini atamıyordu üstünden. Adaletin yerini bulmamış olması da ayrı bir yaraydı. Katillerin milletvekili yapılarak ödüllendirilmeleri, dokunulmazlık zırhına kavuşmaları içindi.

Daha sonra Sivas'ta da tekrarlanacaktı aynı olay. Otuz dört aydını Madımak Oteli'nde yakanlar ceza almadan kurtulacak, bunların bir kısmı da aynı Maraş katilleri gibi dinci partiden milletvekili yapılacaklardı. Ülkenin düzeni buydu; Aleviler can verirdi, onları öldürenler ise Meclis'e girerdi. Bütün bunların sonucunda, Gül'ün ailesindeki –babası, nenesi, dedeleri, üvey annesi, kardeşleri– Maraşlı Sünni nefretini anlamak mümkündü elbette. Hele içlerine onlardan bir damat sokmak, olacak iş değildi, düşünülemezdi bile. Galiba kaçmaktan başka çareleri yoktu, çünkü ailelerdeki nefret karşılıklıydı. Nihat'ın ailesi de Alevilerden nefret ediyor, onlara Kızılbaş diyerek olmadık iftiralarla yükleniyordu. Nihat kaç kez babasına, dedesine karşı çıkmış, Alevilerin bu ülkenin en namuslu insanları olduğunu söylemeye çalışmıştı ama dinleyen kimdi; asırların biriktirdiği önyargılar ve kin kolay kolay geçmiyordu öyle. İki aileyi bir araya getirmek, Boğaz'ın iki yakasını birbirine bitiştirmek kadar akla sığmayacak bir işti.

Siyasetçiler masasına dair

> Masal hayvanları arasında seçim güldürüsüyle başlanacaktır işe.
> Odun kafalı ve eşek kafalı seçmenlerin önünde, palyaço kılıklı adaylar, politik özgürlük dansı edecekler, sayısız vaatlerle dolu seçim programlarıyla yüzlerini ve kıçlarını silecekler ve gözlerinde yaşlarla halkın sefaletinden söz edecekler, borazanlarıyla Fransa'nın zaferini ilan edeceklerdir ve seçmenler de koro halinde, güçlü bir şekilde anırıp baş sallayacaklardır: ai, ai, ai!
>
> Paul Lafargue, *Tembellik Hakkı*

Bu masadakilerin, kendilerini Olympos Dağı'ndan o salona rastlantıyla düşmüş tanrılar olarak gördükleri o kadar belli ki; sözleriyle, pek yapay duran gülümseyişleriyle ne kadar alçakgönüllülük göstermeye kalkarlarsa kalksınlar, beden dili denilen o yadsınamaz tavır her şeyi ele veriyor. Başın belli belirsiz dikilişi, en önemsiz sözler karşısında bile kaşların hayret ifadesiyle yukarı kalkışı, konuşmaların söyleve dönüşmesi, cümle başlarının masaya hafifçe vuran bir elle vurgulanması; daha neler neler...

Aralarındaki bir hanımefendi, önemli bir kişi olan saygıdeğer eşi beyefendiye refakat ederek yabancı ülkelere gittiğinde bazen şehrin en lüks otelinin kral dairesinde, bazen devlet konukevlerinde bazen de saraylarda ağırlanırdı. Ortadoğu ülkelerini ziyaret ettiklerinde, o ülkelerin yabancı diller konuşan, görgülü, zarif *lady*'lerinin yanına, laik bir ülkeden gelen ama nedense tepeden tırnağa kadar örtülere bürünme gereği hisseden biri olarak çıkardı. Ne var ki en büyük takıntısı gittiği ülkelerdeki yatak çarşaflarıydı. En bol yıldızlı otellerin, en pahalı dairelerinde kalmadan birkaç gün önce o ülkedeki büyükelçilere, konsoloslara talimat gider, çok ünlü bir yabancı markanın Mısır keteninden dokunmuş çarşaflarından takım takım alınır, hanımefendiyle eşi teşrif etmeden önce, mübarek bedenleriyle uzanarak geceyi geçirecekleri yataklara serilirdi. Hanımefendi, bu konuda çok titiz olduğu için resmi gezilerin can alıcı noktası bu çarşaf meselesiydi. Acaba hanımefendi, sıradan bir Anadolu kızı olduğu halde gülden nazik gövdesinin temas edeceği çarşafların kalitesi konusunda titizlenerek, kendini ancak İtalyan çarşaflarına mı emanet edebiliyordu; yoksa o çarşaflarda daha önce yatmış olan insanların işledikleri binbir ıslak günahın tenine işlemesinden mi korkuyordu bilinmez. Böylece siyasetçilerin omuzlarını geri atıp, ağızlarını doldura doldura söylemeyi sevdikleri gibi, Türkiye Cumhuriyeti Devleti'nin bürokratları bir süre, devlet parasıyla alınan çarşaflarla, otel müdürleriyle yapılan özel görüşmelerle, çarşafların her gün muntazam olarak değiştirilmesi gibi önemli devlet görevleriyle uğraşırlardı. Çarşaf işini iyi becerenler terfi ettirilirdi; savsaklayanlar ise, Allah'ın adının bol bol anıldığı ama Allah'ın unuttuğu ülkelere sürülürdü. Üstelik çarşaf takıntısı sadece otellerde değil, hanımefendi ve eşinin konuk olarak kaldığı saraylarda da devam ederdi. Bir gece yarısı yabancı bir saraydan büyükelçiyi arayan hanımefendi, o sarayın eski püskü koltukları ve yüz yıldır kullanılıyor gibi görünen çarşaflarına tahammül edemediğini söyleyerek, derhal ayrılmak istemişti. Gece yarısı saraydan ayrılmanın büyük bir rezalete yol açacağını söyleyen büyükelçi, canını dişine takarak bunun önüne geçmişti; böylece hanımefendi geceyi havlu serdiği koltuğun üstünde oturarak geçirdiği için ertesi gün mübarek tenleri pek solmuş olarak resmi davetlere katılabilmişlerdi.

Onun yanında oturan başka bir hanım siyasetçi, iyiydi hoştu ama küçük bir kusuru vardı. Günahı söyleyenlerin boynuna, dünya malına pek düşkün olduğu konuşulurdu. O kadar büyük bir dünyalık yapmıştı ki kendine, bu paranın çalışarak kazanılmasının mümkün olmadığını kendisi de idrak ederek, servetinin kaynağını soranlara, annesinin sakladığı torbada altınlar bulduğu gibi karşısındaki insanın zekâsına hakaret sayılabilecek bir gerekçe gösteriyordu. Milyonlarca kişi de peşinden gidiyordu bu kadının. Eşi beyefendi de CERN'deki bilim adamlarının Hadron deneyini ve Einstein'ı çürütecek kitaplar yazmakla meşguldü. Ona göre bilim dünyası toptan bir yanılgı içindeydi, çünkü enerjiden önce enformasyon vardı. (Enformasyon gibi şık ve çağdaş izlenimler yaratan sözle kastettiği şey, Tanrı'ydı elbette.) Bu teori dindarların çok hoşuna gittiği için de, dünya malına pek düşkün karıkocanın ellerinin biraz uzun olmasına ses çıkarılmıyordu. Bir de kadıncağız az konuşsaydı, efsane daha da büyürdü ama nedense her ağzını açtığında, herkesi gülmekten yerlere yatıran potlar kırıyordu. Keşke Anadolu'nun "Çok konuşma, yoksa aklının dibi görünür!" öğüdüne uysaydı, kendisi için daha iyi olurdu. Ama bu durum onun "Devlet için kurşun atan da, kurşun yiyen de şereflidir!" gibi sözlerinin siyasi literatüre geçmesine engel olmamıştı. Ortega y Gasset, "Ben kendimin ve çevremin toplamıyım" dememiş miydi? Âlem buysa, o da kraliçeydi. Bilgi ve düşünce olarak, halkla arayı fazla açmış kişiler ne parti başkanı olabilirdi, ne başbakan, ne belediye başkanı, ne başyazar. Çünkü Türkiye, yıllar önce bir yazarın söylemiş olduğu gibi bir "orta zekâlılar cenneti"ydi. İleri zekâ da, geri zekâ kadar tehlikeliydi bu ülkede. Ama zekâ için geçerliydi bu durum; kurnazlık için değil elbette. Kurnazların yolu sonuna kadar açıktı.

Otelin yapılmasına büyük katkısı olan, bu yüzden de el üstünde tutulan ilçe belediye başkanı, hayatından fazlasıyla memnun olduğunu gizleyemeyen bir sırıtmayla bakıyor çevresine. O çevreci, solcu mimarlarla iyi başa çıkmıştı doğrusu. Altında Bizans sarayının kalıntısı varsa bundan kime neydi? Adı üstünde, kalıntıydı işte. Olduğu olacağı birkaç eski duvardı; kime ne yararı vardı? Bölgeye müthiş bir otel kazandırmış olmaktan memnundu elbette ama onu daha da memnun eden şey, kendisinin de bu işten çok kazançlı çıkması, İsviçre'deki hesabının bu otel sayesinde daha da kabarmasıydı. Bu belediye başkanlığı şahane bir işti. Hem saygı görüyordun, hem para akıyordu, hem de anlı şanlı işadamları karşında ceket ilikliyordu.

Başkanın tek üzüntüsü, yıllarca yeraltı otoparklarında, ayağında lastik çizmelerle, elinde hortumla araba yıkayan rahmetli babasının bugünleri görmemiş olmasıydı. Ömrü boyunca bir gün oh dememiş, rahat yüzü görmemişti adamcağız. Şimdi yaşasa kim bilir nasıl gururlanırdı kendisiyle. Ona da aynı meslekte devam etmesini söyleyip durmuştu; o da babasının sözünden çıkmamıştı ama Allahtan, bir gün parti ilçe teşkilatına gidip kaydını yaptırmıştı. Bölgede çok hemşerisi vardı. Hem çalışkanlığının, hem de hemşerilerinin sayesinde ilçede görevler almış, seçimlerde çalışmış, sonunda kurultay delegeliğine kadar yükselmişti. Ardından da başkanlık gelmişti. Artık son model bir makam arabası, "başkanım,

başkanım" diyerek önünde arkasında koşan telsizli adamları, işadamı, gazeteci, siyasetçi, emniyet müdürü dostları, özel berberi, özel masajcısı ve elbette (olmazsa olmaz) özel metresi vardı. Bu kadar başarının, servetin ve itibarın kendisini ileride daha da önemli makamlara taşıyacağının farkındaydı. Bütün hesaplarını ona göre yapıyordu. Bazen başbakana bakıyor, "Benim ondan neyim eksik?" diye düşünüyordu; "fazlam var eksiğim yok." Allahın izniyle ona da sıra gelecekti. Bu demokrasi –"a" harfini uzatarak demokraasi diyordu– harika bir şeydi. Sabah erkenden kalkar, berberinin saç boyasını ve biçimini ufak dokunuşlarla düzenlemesinden sonra sokaklara, caddelere çıkar, herkesin göreceği biçimde sabah namazı kılınan camilere, dükkânı yeni açan esnafa uğrar, el sıkışır, dert dinlerdi. İki saatlik bu çalışmadan sonra eve gelir yatar, güneş doğmadan kalkmanın yarattığı sersemliği üzerinden atmak için iki saatlik bir uykuya dalarak dinlenirdi. Daha sonraki programında, başkanlık binasındaki işler, toplantılar, görüşmeler; öğlen etkili bir kişi ya da kişilerle yemek; daha sonra (haftada üç gün) oteldeki SPA bölümünde kendisine ayrılmış odada masaj, sauna; sonra üst kata çıkıp sevgiliyle görüşme olurdu. Akşam ise ya hatırlı kişilerin çocuklarının nikâh törenleri için düğünlere katılır ya da siyasetçi dostlarıyla akşam yemeği için büyük bir saygıyla karşılandığı lokantalara giderdi. Giriş çıkışta, özellikle basın görsün diye üç beş kuruş verilerek toplanmış olan halk, "En büyük başkan bizim başkan" sloganları atardı. Sabah kalktığı andan gece yatana kadar her yerde büyük boy, gülümseyen portrelerini görüyordu. Belediye binasının üstündeki dev posterde, dini ve milli bayramlarda, yılbaşı kutlamalarında caddelere asılan afişlerde hep kendi esmer gülüşü ve porselen dişleri vardı. Hiçbir sinema oyuncusunun ya da ses sanatçısının ulaşamayacağı kadar popülerdi. Ustaca rötuşlanmış fotoğraflarındaki gülen yüzünün, bir çocuğu okşayışı ya da yaşlı bir kadının ellerine sarılması gibi duyarlı sahnelerin göründüğü afişleri çok seviyordu. (Bütün bunların vergilerden karşılandığını belirtmeye gerek yok sanırım.) Ah bir de babası görseydi bu zaferini. Yıkadığı zengin arabalarına bile saygıyla yaklaşan zavallı babası, o arabaların, o holdinglerin, o yatların sahibi olan kişilerin birkaç kat imar izni için önünde nasıl kıvrandıklarını izleseydi; kim bilir nasıl göğsü kabarırdı. Demokraasi en güzel şeydi; en güzel şey. Başkan tapıyordu demokraasiye. Başbakan olduğunda halka hep demokraasinin faziletlerini anlatacaktı.

Hem suçlu hem güçlülere dair

İmparator 3. Mikhail'in saraydaki yatak odasına girdiler. Uyuyan imparator neye uğradığını anlamadan, iki bileğinin damarlarını da kesip kanını akıttılar. İmparator bir kan gölünün ortasında öldü.

Bizans tarihi, 24 Eylül 867

Sarayda babamı sırtüstü yere yatırdılar. İki adam sağ koluna, ikisi sol koluna, ikisi sağ ayağına, ikisi sol ayağına oturdular. İçlerinden biri bir usturayla iki elinin atardamarlarını kesti. Çok kan kaybedinceye kadar üzerinden inmediler. Babam bu hal üzere ruhunu teslim etti. Sonra onu pencerelerden birinin perdesine sardılar.

Nazime Sultan
(Osmanlı İmparatoru Abdülaziz'in kızı),
4 Haziran 1876

Dünyanın her yerinde hayat yazılı olmayan kurallarla ilerler ama İstanbul için daha fazla geçerlidir bu.

Bu salonda bulunan herkesin, işadamlarının, yüksek emniyet mensuplarının, gazetecilerin bildiği ama hiçbir zaman, hiçbir yerde, hiçbir şekilde dile getirmeyecekleri bazı gerçekler var. Aile trajedileri bunlar; doğru dürüst bir soruşturma yapılamadığı için gerçek suçluların hiçbir zaman ortaya çıkmadığı, nüfuzlular, güçlüler kulübünün cinayetleri. Yalısının merdivenlerinde öz kızını kurşun yağmuruna tutarak öldüren de var, bir davetten geldikten sonra gece yarısı genç karısını boğan da, ki bu cinayet kayıtlara kalp krizi diye geçer/ geçirilir. Daha çok trafik kazalarına karışan gençler kurtarılıyor bu yöntemle.

Oğlan gece kulüplerinde iyice kafayı çektikten sonra dünyanın en güçlü, en pahalı arabalarından birine atlayıp basıyor gaza. Deliler gibi gidiyor; işinden dönen bir işçiye çarpıyor, parçası bile kalmıyor zavallının ama oraya hemen bir şoför gönderiliyor, adam kazayı kendisinin yaptığını itiraf ediyor, küçük bir cezayla kurtarılması için devreye giriliyor, kaza raporu dikkatlice düzenleniyor; elbette işçi suçlu, başka ne olacak; yüklüce de bir para ödüyorlar şoföre, genç irisi oğlan yeni bir kazaya kadar olayı unutup gidiyor. İşçinin ailesi ise hem "kan parası" olarak ödenen yüklü miktara ihtiyaç duydukları için hem de böyle adamlarla uğraşılamayacağını bildiklerinden şikâyetlerini geri çekiyorlar.

Kan parası, dehşet verici bir deyim ama herkesçe kabul edilmiş. İnsan öldürmenin bazı durumlarda meşru kabul edildiği bir ülkede, öldürürsün, gerekirse kan parası verirsin, kurbanın ailesiyle el sıkışıp yolunuza gidersiniz. Öldürmenin meşru ve haklı sayıldığı haller ise vatan uğruna, namus uğruna, kan davası uğruna, futbol takımı uğruna, parti uğruna öldürmektir, bunun dışındakiler ayıp sayılır. Tabii bir de kaderde insanın alnına yazılmış olan kazalar var. Ehliyeti olmadan araba kullanan, yaya geçidindeki kadını ezip öldüren genç bile belediye başkanı olan babasının gücüyle burnu kanamadan sıyrılıyor bu işten. Eski tarihli bir ehliyet düzenleniyor, yaya geçidindeki kan alelacele temizlenerek kaza raporu yeniden yazılıyor; yaya geçidindeki kaza geçit dışına çekiliyor, kurban sanki arabanın önüne aniden atlamış gibi bir tutanak tutularak, suç bütünüyle ona yükleniyor, oğlan kurtarılıyor. Olan gidene oluyor her zamanki gibi. Burası İstanbul ve Bizans'tan bu yana güçlülerin borusu ötüyor; hem de bu borunun, surlardan mı, minarelerden mi üflendiğinin hiçbir önemi olmadan.

Zehra'nın ikinci rüyası

Cin tâifesinden bir ifrit dün gece namazımı bozdurmak için bana ansızın hücûm etti. Lâkin Allâhu Teâlâ beni gâlip getirip ona istediğimi yapmaya fırsat verdi.

Hazreti Muhammed, *Sahih-i Buhari*

Gecenin bir vakti tuhaf bir panikle uyanıyor; evde tıkırtılar var, biri geziyor sanki; ayak seslerini net olarak duyuyor; kendisine yaklaşan ayak sesleri. Başucundaki ışığı açıyor, kimse yok. Gariptir; kimse olmamasına rağmen ayak sesleri iki adım daha devam ediyor, sonra duruyor. Yüreğinde ökseye yakalanmış bir serçe çırpıntısı. Yatağın ayakucunda biri dikiliyor, göremediği biri, soluklarını bile duyabilir, onu hissediyor, ondan korkuyor, onun kendisine bir kötülük yapacağını anlayabiliyor, onun orada olduğundan, onun o anda kendisini süzdüğünden emin ama yine de hiç kimseyi göremiyor. "Kimsin sen?" diyor, ses yok; yine "Kimsin sen?" diyor yine ses yok. Sonra bacaklarına bir şeyin değdiğini hissederek donup kalıyor, kıpırdayamıyor, o "şey" her tarafına dokunuyor, yokluyor, kurcalıyor. "Irzıma geçiyor bu her neyse, her kimse" diye düşünüyor panikle. "Irzıma geçmeye çalışıyor." Kafesin kapısını açmaya çalışan bir kuş gibi ruhunu bedeninden çıkarmaya uğraşıyor, çırpınıyor; sonunda çıkabiliyor. Bedenden kurtulur kurtulmaz elbise dolabının üstüne çıkıyor; yukarıdan yatağa bakıyor; kendi uyuyan bedeninin üstünde dolaşan, havada akan siyah, dağınık, düzensiz, bulutumsu bir sis görüyor. "Aaa" diyor, "demek ki bunları yapan cinmiş." Ruhu cini görüyor, cin de görüldüğünü anlamış olacak ki, kendiliğinden pencereye doğru süzülüp gidiyor. Siyah sis camları geçip dışarı çıkıyor. Odanın havasına bir ferahlık yayılıyor; Zehra'ya da.

Ertesi sabah kalktığında yaşadığı bu olay bir düş müydü, yoksa gerçekten bir cinin saldırısına mı uğradı, ayırt edemedi. Böyle şeyler tam olarak ayrılmazdı ki birbirinden zaten; o yoğun anlarda kafasındaki, deyim yerindeyse bütün kablolar birbirine karışıyordu. Cinden emin olmamasına rağmen, içindeki o tuhaf tedirginlik, tecavüze uğrarken son anda kurtulmuş olmanın yarattığı sinir bozukluğu hâlâ geçmemişti.

Ercüment'i ailesiyle tanıştırmaya karar verdiği bugünlerde, biraz toparlansa iyi olurdu doğrusu – kendisine hep bu telkini yapıyordu, ancak hiç iyi hissedemiyordu; şaşılacak davranışlar sergiliyordu. Üç gün önce eve gelirken birdenbire kuruyemişçiye girmiş, ay çekirdeği almıştı. Oysa böyle bir şeye karar vermemişti ki; ne o dükkâna girmeye ne de ay çekirdeği almaya niyeti vardı. Hiç yemezdi böyle şeyler; olsa olsa biraz badem, biraz da leblebi-üzüm. Sanki aşeriyordu; hamile değildi oysa. Çocukluğundan beri ağzına ay çekirdeği sürmemişti. Hatırladığı kadarıyla çocukluğunda siyahtı bu çekirdekler, dükkândakiler ise bembeyazdı. Nedenini merak edip çekirdekleri kesekâğıdına dolduran çocuğa sordu. Satıcı çocuk, kendilerinin de bilmediğini söyledi; evet, gerçekten de eskiden çekirdekler siyahtı ama artık beyaz olmuştu. (Artık genç olmadığını anlatan bir işaret daha.) Zehra eve gidince çekirdekleri, neredeyse hırsla denebilecek bir biçimde çıt çıt yemeye başladı. O akşam yemek yemedi; dudakları tuzdan şişene kadar çekirdek yedi, yedi, yedi. Oturduğu koltuk ve kenarları çekirdek kabuklarıyla dolmuştu, onları kaldırmadan yattı. İlk kez oluyordu böyle bir şey. Sanki o titiz, her şeyin temiz ve düzenli olmasına dikkat eden Zehra gitmiş, yerine başka birisi gelmişti. Uyumadan önceki son düşüncesi "Gelme be cin" oldu. "Çok yorgunum, bir de seninle uğraşamayacağım, gelme!" Sonra dipsiz bir uykunun karanlıklarında yitip gitti.

Sabah kalktığında dudaklarının hâlâ şiş, yerlerin de çöp içinde olduğunu görünce, "Bana ne oluyor?" diye sordu; "bana ne oluyor, nedir bu birdenbire ortaya çıkan sigara, çekirdek merakı; şu çöplere bak; topla kendini Zehra, topla kendini; aklını başına al." Kendinden hiç mi hiç memnun değildi. O sabah şirketin arabasıyla işe giderken bir ara şoför, "Bir şey mi var efendim?" diye sordu. "Yoo" dedi Zehra, "niye sordun?" "Affedersiniz, ağlıyorsunuz da" dedi adam.

Aynaya baktı, gözyaşlarının süzülmekte olduğunu gördü Zehra; yüzündeki tuzlu ve sıcak ıslaklığın o anda farkına vardı.

Üstadın suratında kadeh patlamasına dair

Yandaki masada üstat, artık onun bu bilgiç tavırlarından yorulmuş olan insanların bezgin ifadesine rağmen, kimseye aldırmadan yine esip gürlüyor, "Bizde Cumhuriyet döneminde yasaklandı ama İslam'da bir erkeğin dört kadın almaya hakkı var biliyorsunuz" diyor. Bilgi sınavına çekilmeyeceklerini umut etmeye çalışan insancıklar, bu sefer de bir başka soruyla karşılaşmanın bahtsızlığını yaşıyorlar: "Peki, bir erkek dört kadın alabiliyor da, bir kadın niye dört erkekle evlenemiyor? Din böyle emrediyor diye kıvırmadan, mantıklı bir cevap verin bakalım bu soruya." Herkesi bir sessizlik alıyor; üstat kurnaz bakışlarla süzüyor hepsini. Masadakilerden biri, "Peygamber döneminde birçok erkek savaşta öldüğü için kadınlar çoğalmıştı" diyor. "Bu yüzden olabilir, ne bileyim... belki... yani..." Zavallının sözleri, üstadın haşin bakışları altında eriyip, giderek sönükleşiyor. "Hayır" diyor üstat, "yine bilemediniz. Hangi mezheptensiniz, mezhebinizi biliyor musunuz bari?" Bu soruya hepsi "Hanefi" diye cevap veriyor; çünkü kısa bir süre öncesine kadar nüfus cüzdanlarında "Mezhebi: Hanefi" diye bir bölüm vardı. Üstat "Aferin" diyor, "bunu bildiniz; Hanefi mezhebinin kurucusu kimdi?" İki kişi birbirini tamamlayarak, "İmam Ebu Hanife" diyor; öteki "İmam-ı Azam" diye ekliyor. "Ooo" diyor üstat, "aferin yahu, vallahi aferin. Size demin sorduğum soru İmam-ı Azam'a da sorulmuştu biliyor musunuz?" Bilmiyorlardı elbette; hiç duymamışlardı. Üstat, "Fazla üzülmeyin" diyor, "çünkü dokuzuncu yüzyılın erken bir feministi olması gereken kişi bu soruyu sorduğunda İmam-ı Azam da yanıtı bilememişti. Onun yerine kızı cevap vermişti. Ne demişti biliyor musunuz? Bir erkek dört kadınla evlenirse doğacak çocukların anası babası bellidir, demişti, ama bir kadın dört erkekle evlenirse, doğacak çocuğun babası belli olmaz." Bu keskin mantık karşısında herkes hayranlık duyuyor, "Ne akıllı kızı varmış imamın" diyorlar. "Fakaaat" diye devam ediyor üstat, "bu kural o döneme özgüydü, şimdi DNA testleri var; kimin baba olduğu hemen anlaşılabilir." Masadakiler kime hak vereceklerini şaşırarak, neyi onayladıklarını bilmeden, başlarını sallıyorlar. Üstat, "Dolayısıyla artık kadınların da birden fazla erkekle beraber olmalarında bir sakınca yok" diyor. Sonra masada, başından beri pek gözünü alamadığı genç kadına soruyor: "Değil mi hanımefendi? Mesela sizin canınız hiç kocanızdan başkasını çekmedi mi, doğru söyleyin çekmedi mi?" Genç kadın, "Aaaaa" diyerek önündeki kolalı peçeteyi yüzüne kapıyor. Üstat sözüm ona şaka yapmış gibi bir kahkaha atacakken, kadının kocası önündeki şarap kadehini kaptığı gibi üstadın suratına fırlatıyor. Kadeh adamın kaşlarının üstünde patlayıp tel gözlüğünü kırıyor, alnını yaralıyor. Kırmızı şarap gözlerine doğru akınca, yüzü kan içinde kalmış gibi görünüyor. Herkes çığlık atıyor; birkaç kişi üstadın yanına koşuyor; yanındakiler de üstada kadeh fırlatmakla öfkesi dinmeyen, ayağa kalkıp saldırmak isteyen genç adamın koluna girip, "Sarhoş yahu, aldırma sen ona, sarhoş yavesi işte, ciddiye alınmaz" diyerek onu salonun dışına götürmeye çalışıyorlar. Tir tir titreyen koca ise, "Ne diyor bu pezevenk yaa! Bizim oralarda bunun onda birine adam öldürülür" diyerek geri dönmeye çalışıyor ama arkadaşlarının kollarından kurtulamıyor. Karısı da yüzünden çektiği peçeteyi elinden bırakmadan kocasının arkasından gidiyor. Salondaki herkes dönmüş olayı izlemekte; Zehra telsizle sağlıkçıları arayıp, “Acele ambulans çağırın, hocayı hastaneye götürün” diyor. Öyle de yapılıyor; olup bitenlerden şaşkın düşen üstat koluna giren iki kişi ve alnına gazlı bez bastıran bir sağlıkçıyla salonun dışına götürülüyor. Olay yatışıyor.

Masada ayrılık var

Bu olay üç kişi dışında kimsenin fark etmediği başka bir gerilime yol açıyor. 7 numaralı masada oturmakta olan genç bir çift, altı ay on bir gün sonra boşanmalarına yol açacak bir işaret fişeğiyle sarsılıyorlar.

Üstadın alnına kadeh çarptığı sırada attığı çığlıkla boş bulunan Yonca, ani bir refleksle kocasının değil, yanında oturan ortak arkadaşları Metin'in elini tutuyor, kocası da bunu fark ediyor. Bundan daha da vahimi, Yonca'nın da, Metin'in de ellerini, sanki ateşe değmişler gibi birden çekmeleri. Belki el tutma değil ama bu ani el çekme hareketi her şeyin anlaşılmasına yol açıyor; olaya karışan üç kişi de "her şeyin anlaşıldığını" anlamış bulunuyor.

O gece eve döndüklerinde Yonca kocası İsmail'e diller döküp, böyle bir şey olmadığını, Metin'le ilişkisinin bulunmadığını söylemeye çalışsa da, çabası Talleyrand'ın ünlü sözünü doğrulamaktan ileri gidemeyecek: "Sözcükler bize, asıl söylemek istediklerimizi gizlemek için verilmiştir."

Altı ay sonra ikisinin de avukatı, mahkemede, boşanmak için en basmakalıp gerekçe olan "şiddetli geçimsizlik" deyimini kayda geçirecek. (Çünkü adam; karım beni en yakın arkadaşımla aldattı demeye utanıyor, kadın da adının kötüye çıkmasından çekiniyor.) Böylece ikisi de makul bir mal paylaşımında anlaşıp, hiçbir taşkınlık, suçlama, hakaret girişiminde bulunmadıkları duruşmada "şiddetli geçimsizlik" -oysa o geceye kadar çok iyi geçiniyorlardı doğrusu- gerekçesiyle tek oturumda boşanacaklar. Genç kadın daha sonra kendisine sevdalı olan, yaklaşık bir yıldır yatıp kalktığı ortak arkadaşlarıyla evlenecek. Onuru yaralanmış olan eski koca, başka bir sevdiği de olmadığı için bu acıyı epey bir süre çekecek. Yeni evli çiftle karşılaşmamak için gidip Marmaris'te yaşamayı deneyecek ama orada tanıştığı bir mimar hanımla evlendikten sonra tekrar İstanbul'a dönecek. Böyle olaylarda pek sık görüldüğü gibi hayat kendini düzeltecek, ikisine de eski yaşamları bir düş gibi gelmeye başlayacak. İyi ki de öyle; çünkü geleneksel Anadolu ailelerine mensup olsalar, böyle bir hikâyenin kansız bitmesine olanak yoktu.

Hâkim beyin büyük sırrına dair

Ana yemekler kaldırıldıktan sonra, konukların yüzleri alkolle parlar, Emre'nin çaldığı müzik daha da çılgınlaşarak insanları pistte soluksuz bırakırken SG akşamın başından beri yapığı gibi çevreyi gözlemeye devam ediyor ve not defterine şöyle bir not alıyor: Memeliler: Toplumsal, bedensel, ruhsal işlevler... Beslenmeyi bir tören haline getirmiş insan soyu, toplu olarak gıda alıyor; boşaltma ise tek başına, gizli. İnsanlar bedensel işlevlerinin bir bölümünü toplu, bir bölümünü tek başına, bir bölümünü de iki kişi halinde yerine getirdikleri için cinsel hayatlarının bilinemediğini düşünüyor. Zaten insanları hareket ettiren itkiler, cinsellik, para, ego değil mi? Herhangi bir kişinin davranışını anlamak isterseniz bu üç itkiye bakın. Konuşulmuyor ama arka planda hep bu var. Ülkeleri yöneten hırslı politikacıların sorunu da bu. Eğer Adolf Hitler gençliğinde sırılsıklam âşık olduğu bir kızla birlikte yola çıksaydı, işler bu noktaya gelir miydi? Erkeğin cinsel iktidarıyla siyasal iktidarı arasında bazen düz orantılı, bazen de ters orantılı ama çok yakından olduğu kuşku götürmez bir ilişki var.

Not almayı bırakıp, "Buradaki herkesin bir cinsel sırrı vardır" diye düşünüyor. "Belki de şu kır bıyıklı hâkim hariç."

Bu düşünce, kadın-erkek ayrımı yapmadan herkese baktığında kafasında beliriyor ama sadece o yaşlı, beyaz bıyıklarını bir babacanlık simgesi gibi taşıyan emekli hâkimin cinselliği yokmuş gibi görünüyor. Durmadan kahkaha atan karısının bu yönünün güçlü olduğu belli. Belki de hâkim milyonlarca insan gibi cinsel isteklerini içine gömerek, geleneksel yaşamın kendisine çizdiği yoldan hiç ayrılmadan yaşamış, hayatta sadece evlendiği kadını tanıyarak cinselliğini onunla sınırlamıştı. Kant'ın dediği gibi, evlilik akdi, karşı cinsten iki kişinin birbirlerinin cinsel organları üzerinde bir ömür boyu süren sahipliğinden ibaretti. (Ki kendisi de böyle bir evlilik yapmıştı.) Böyle adamlar rahat ederler, hiçbir flört, kaçamak, gizli aşk falan yaşamadıkları için bir süre sonra erkeklikleri de uzun bir kış uykusuna yatar.

SG'nin bütün gözlemleri doğruydu, cinsellik hayatın en önemli motoru olmasına rağmen sosyal yaşamdan büyük ölçüde dışlanmış, sır perdelerinin arkasına saklanmıştı. Yanıldığı nokta ise, o babacan hâkimi bu işin dışında tutuyor olmasıydı. İnsanların karanlık yanından hâkim de nasibini almıştı elbette. Ellili yaşlarında erkekliğinin tamamen bitmese bile kış uykusuna daldığı doğruydu ama başına gelen ve düşündükçe hâlâ yüzünü kızartan olay, ne kadar gelenek asfaltlarından ayrılmayan biri olsa bile onun da karanlık yanının alesta beklediğini ortaya koymuştu.

Cinsel nedenlerden dolayı işlendiğini tahmin ettikleri ve savcının iddianameyi bu şekilde düzenlemiş olduğu bir ceza davasına hazırlanırken, odasında, maktulün evinde ele geçirilen delillere göz gezdirirken birtakım fotoğraflar dikkatini çekmişti. Bu fotoğraflarda maktul ile zanlının genç karısı çıplak görünüyordu. Hâkim beyin başına bir tokmak inmiş gibi oldu; iki genç gövdenin, neredeyse kimin bacağı kimin kolu belli olmayacak şekilde iç içe geçmiş olması, başına kan hücum etmesine yol açmıştı; onu daha da tahrik eden şey, genç kadının yüzündeki zevk ifadesiydi.

Hâkim bey günlerce dalgın dalgın gezdi, o kadının beyaz bedenini, bacaklarını, yüzünü unutamadı, genç kadını mahkemede tanık olarak dinlerken bile yüzünde o yoğun zevk ifadesini arıyordu. Genç kadının üstünde lacivert bir tayyör vardı; boynuna da beyaz ipek bir eşarp takmıştı; çok şık görünüyordu ama hâkim, bu işin çok ayıp ve günah olduğunu, bir hâkime yakışmayacağını kendine ne kadar telkin ederse etsin bu güzel kadını çıplak olarak görüyordu sürekli. O dar eteği geren kalçaların beyazlığı gözünün önünden gitmiyordu. Kadın, maktulle ilişkisi olduğunu, kocasının adamı bu yüzden öldürmüş olduğunu kabul etmiyordu; ne var ki fotoğraflar kendisine gösterilince şaşkına döndü, ağlamaya başlayarak bunlardan haberi olmadığını söyledi, öldürülen adam gizli kamerayla çekmiş olmalıydı. Artık inkâr edecek bir şey kalmamıştı. Dava sonuçlandıktan epey bir süre sonra bile kadının mahrem hallerindeki zevkle kasılmış yüzü, göz alıcı beyaz gövdesi ve bacakları hâkimin düşlerine girmeye devam etti; hatta bir süre bu yabancı kadının yabancı tenine dokunma arzusuyla kıvrandı. Sonra hayat, normal seyrine döndü, taşmış nehir sakinleşerek kendi yatağına çekildi. Hâkim beyin hayatında sır denebilecek tek cinsel macerası da bu oldu.

Morsalkım Oteli ve Tuna'ya dair

12 numaralı masada oturan Tuna S. Alkan (hep böyle isimleri olur bunların, hiç Mustafa, Hüseyin, İsmail falan olmaz nedense; aslında olur da kullanmazlar; eski ailelerin çocuklarına iki ön isim verme geleneğine uyarak aile onlara dedelerinin adıyla birlikte bir de çağdaş ad koyar, eski isim saygı ifadesi olarak kalır ama yeni isim kullanılır; ailesi de ona Sudi Tuna adını koymuştu ama o modaya uymayan Sudi adını, Amerikalıların *middle name* alışkanlığı gibi S. olarak kullanmayı yeğliyordu. Bir de hepsi kısa saçlı olur, Amerikalıların *cool* dediği tavırlara bürünür, gözlerinin önünde olup biten her şeye mesafeli durur; bir trafik kazasında bile soğukkanlı duruşlarını bozmazlar) Sultanahmet'te dededen kalma bir otelin sahibi.

Dedesi Kastamonu eşrafından Selametzade Sudi Bey'in, eski bir paşa konağını satın alarak kırk odalı sempatik bir aile oteline dönüştürdüğü günler çok geride kaldı elbette. Daha çok yabancı konukların, turistlerin ve sık sık gelen İstanbul sevdalılarının zamanından kalan tek şey otelin değişmeyen ismi: Morsalkım Oteli. Çünkü müessese bu isimle tanınmış, yabancı ülkelerden övgüler almış, yazılara, söyleşilere konu olmuş, uluslararası turist sitelerinde tavsiye edilen bir otel. Bu ismi değiştirmenin bir maliyeti olacağı için Tuna S. Alkan, onu koruyor ama internet sitesine morsalkımın İngilizcesi olan Wisteria adını da ekliyor. Geri kalan her şey değişmiş, modernleşmiş, çağın mantığına uyarlanmış durumda.

Tuna S. Alkan'ın çocukluğu dedesinin yönetici olduğu dönemde, lise ve Amerika'daki üniversite devri ise babası Necati Bey'in yöneticiliğinde geçti. Annesi Süheyla Hanım ile babası Necati Bey, otelin en üst katındaki dairelerinde yaşarlar, bu yüzden işe gidip gelmek gibi bir külfete katlanmadan, gerekli hallerde yirmi dört saat müşterileriyle ilgilenebilirlerdi. Zaten "bizim ecnebi ahbaplar" dedikleri konuklarla dost olmuşlardı. Onların yaş günü, evlenme yıldönümü gibi vesilelerle gelip aynı odalarda kalmalarına alışmışlardı. Karıkoca bu yaşlı dostlarına en iyi hizmeti vermeye çalışır, onlar gelmeden önce mevsim çiçekleriyle süsledikleri odalarına zarif bir şekerlik içinde bademezmesi ve köpüklü şarap koymayı hiç unutmazlardı. Otel eski olmasına rağmen odaların ferahlığı, işlemeli yüksek tavanlar, tığ işi zarif yastık kenarları, eski günleri hatırlatan eşyasıyla herkesin çok hoşuna gidiyordu; hatta "ecnebi bir muharrir", kesilip özenle çerçevelenerek lobiye asılmış olan yazısında "Otelden girdiğiniz anda sanki Orient Express'le eski İstanbul'a gelmiş gibi oluyorsunuz" demişti. Otelin kokusu bile kendine özgüydü. Ahşap, hanımeli ve garip gelecek ama, "temizlik" kokardı. Konağın, mevsimine göre ortancalarla, hanımelleriyle, morsalkımlarla bezeli iç avlusu geleneksel Türk kahvaltıları için kullanılır, konuklara ince belli bardaklarla çay, Trakya kaşarı, sucuklu yumurta gibi lezzetler ikram edilirdi. Otelin müdürü babasıydı ama hesap işleri amcası Erkan Bey'in elindeydi. Bu titiz yaşlı adam, sönükken bile ağzından düşürmediği piposu, yuvarlak çerçeveli gözlüğü, eski usul siyah kollukları ve arada bir dişlerini morartmış olan sabit kalemleriyle kontuarın arkasındaki odada, sabahtan akşama kadar hesaplar üzerinde çalışırdı.

Tuna üniversite çağını Amerika'daki ünlü bir "business" okulunda geçirdi, iyi bir öğrenci olduğu için yıl kaybetmeden okulu bitirdiğinde önünde iki yol vardı. Ya İstanbul'a dönüp otelin başına geçecek, böylece iyice yaşlanmış yorgun babasının yükünü hafifletecek ya da orada kalarak yüksek lisans yapacaktı. Ailesi bu kararı ona bıraktı; nasıl içinden geliyorsa öyle yapmasını söylediler. Tuna epey düşünüp taşındıktan sonra İstanbul'a dönmeye karar verdi. Emektar aile oteli, okulda öğrendiği yeni teknikleri uygulayabileceği bulunmaz bir laboratuvar gibiydi. İstanbul'a döndüğü gün sevinçli ailesinin hazırladığı akşam yemeğinde, fesleğen, hanımeli kokuları arasında özlediği lezzetleri tadarken doğru karar verdiğinden emindi. Babası, annesi, amcası, yengesi, o koskoca "ecnebi üniversite"den mezun olmuş Tuna'nın otelin başına hemen geçmesi için sabırsızlanıyordu. Onlara, "Bu işi yaparım ama" dedi, "bildiğim şekilde. Eğer izin verirseniz önce bazı tadilatlar yapmak isterim; bina çok eski olduğu için duvarların içinden internet hatları geçmiyor; tavanlar çok yüksek olduğu için ısıtmak çok pahalı. Zaten gördüğüm kadarıyla para falan da kazandığı yok, sadece kendini idare ediyor, güçlükle ayakta duruyor." Hepsi birden sevinçle "Tamam" dediler, zaman değişiyordu, her şey eski dönemdeki gibi kalacak değildi elbette.

Bir iki gün içinde Tuna Alkan, planlar üstünde çalışmaya başladı; tarihi eser olduğu için otelin dış görünümüne dokunamıyordu ama içini tamamen yıkacak yeniden yapacaktı. Tavanlara havalandırma boşlukları, mazgallar, duvarlara internet, telefon kabloları vesaire yerleştirilecekti. Odalar gereğinden büyüktü; ikiye bölündükleri zaman modern otellerdeki oda boyutuna geliyorlardı. Yataklar, masalar, koltuklar ergonomik ve daha küçük boyutta tasarlanacak, banyolar standart bir görünüme kavuşacak, bide falan gibi gereksiz ayrıntılar kaldırılacak, koca küvetler yerine duş kabinleri konacak, temiz tutması çok zor olan beyaz işlemeli perdeler yerine jaluziler takılacaktı. Hesaplarına göre –yerel yöneticilerin kolayca satın alınacak hoşgörüsüyle– otel 80 odaya çıkacaktı, masraflar da bankadan alacağı krediyle karşılanacaktı. Bu amaçla önce güzel bir iş planı hazırladı, bankaya sundu, yapılacak değişikliklerden sonra kârın kademeli olarak nasıl artacağını gösteren Excel tablolar ekledi. Aynı okuldan daha önce mezun olmuş bir bankacı arkadaşına telefon ederek onu bir iş yemeğine davet etti. Bu işte arkadaşlık falan olmadığını bildiği için, sadece hazırladığı planın gücüne inanarak gittiği yemekte, kredi sözünü kopardı.

Morsalkım Oteli'ndeki tadilat sırasında, o binada oturmak imkânsız hale geldiği için Necati Bey'le Süheyla Hanım, Erenköy'deki aile apartmanına taşındılar; Erkan Bey'le kapı komşusu olarak oturmaya başladılar.

Süheyla Hanım eşe dosta "Bizim oğlan arı gibi maşallah!" diye açıkladı durumu. Neler yapıyordu neler, inşallah yakında pırıl pırıl bir binaya geri gideceklerdi; borular ötmeyecekti, banyolarda bir türlü kesemedikleri kokular olmayacaktı, incecik camlardan içeri giren korna sesleri, trafik gürültüleri de çift camlar sayesinde hiç duyulmayacaktı. Aslında sevgili evladı, haklı olarak onların inşaat sırasında otele gelmemelerini, bittikten sonra görmelerini istiyordu. Karıkoca o günü büyük bir heyecanla beklediler ve güneşli bir ekim gününde nihayet otele davet edildiler.

Bina dıştan değişmemişti ama derlenip toparlanmış, ahşapları yenilenmiş, yüze güler hale gelmişti. Süheyla Hanım'ı ürküterek pısst sesiyle açılan otomatik kapıdan içeri girdiklerinde gözlerine inanamadılar. Sanki o kırk yıllık otel girişi gitmiş, yerine bambaşka bir mekân oturmuştu. Duvarlarda lambriler, onların üstündeki aplikler, kiraz ağacından yapılma antika kontuar, anahtarların konulduğu pano gibi eşyaların hiçbiri kalmamıştı. (Hepsinin Horhor'daki antikacılara satıldığını bilmiyorlardı elbette.) Duvarlar beyaz stucco, yerler gıcır gıcır mermerdi; gizli ışıklar altında, resepsiyon yerine, sadece cam bir masa vardı. Çerçeveler değiştirilip içten siyah alüminyum, dıştan ahşap malzemeler kullanılarak yeniden yapılmıştı. Şeffaf cam bir asansör inip çıkıyordu.

Şaşkın çift, her şeyden önce kendi dairelerini gezmek istediklerinde, bundan sonra görecekleri her değişiklikte artacak olan hayal kırıklıklarının ilk şokunu yaşamış oldular. Öyle bir daire yoktu artık üst katta, otel odasına dönüşmüştü. Odalar küçülmüş, içinde iki insanın birden hareket edemeyeceği hale gelmişti; banyo kapıları açıldığı zaman yataklara çarpacağı için sürmeli kapılar konmuştu; zaten banyolar kilolu bir adamın ona buna çarpmadan dönemeyeceği kadar küçüktü. Her odada minibar ve duvara konmuş küçük bir televizyon vardı ama yataklar da eskisine oranla epey daralmıştı. Necati Bey dehşetle, odalarda valiz koyacak yer bulunmadığını fark etti. Odaya kartla giriliyor, o kart içerideki yerine yerleştirilmediği zaman elektrik yanmıyordu. Hiç seslerini çıkarmadan otelin diğer katlarını da gezdiler, hem hayal kırıklığından hem yorgunluktan perişan hale geldiklerinde Tuna onları bahçeye götürdü. Allahtan çiçeklere, salkımlara bir şey olmamıştı. Çay içmek için –değişmiş, küçülmüş olan– modern metal masaya oturduklarında Süheyla Hanım ağlamaya başladı. Sessizce ama içini çeke çeke ağlıyor, hiçbir şey söylemiyordu. Necati Bey onu teselli etmek ister gibi kahverengi lekelerle dolu elini, karısının yıpranmış elinin üstüne koymuştu, o da susuyordu.

Tuna da sıkıntılı görünüyordu ama bir süre sonra onlara durumu anlatmak için bir girişimde bulundu. Kendisini niye Amerika'daki o pahalı okula göndermişlerdi, iş idaresi öğrenmesi için değil mi? O da işte dersini çalışmış, ne yapması gerektiğini öğrenmişti. Bir işletmenin kutsal yasası kârı en üst düzeye çıkarmaktı. (O, kâr maksimizasyonu diyordu.) Bu da kendiliğinden olmuyordu öyle; hesap-kitap-plan işiydi. Dizüstü bilgisayarını açıp onlara birtakım tablolar gösterdi. Otel seksen odaya çıktığı ve fiyatlar da yükseldiği için, yıllık dönüş –o *turn over* diyordu– dört misline çıkacaktı. Buna bir de ısıtma, çamaşır, personel vesaire giderlerindeki düşüş eklendiği zaman, kâr dört kattan da fazla artacaktı. Her odaya konan sabunların bile üçte bir küçülmesiyle yapacakları tasarrufun haddi hesabı yoktu. Çarşaf, havlu vesaire sürekli yıkanmayacaktı öyle. Her odaya üç dilde "Çevreyi koruyalım, doğaya karışan deterjanı azaltalım, gittikçe azalan su kaynaklarımızı idareli kullanalım" yazılı yeşil kartlar asılmıştı.

Oğlunu dinlerken zor da olsa ağlamasını dindirmiş olan annesi, "Peki bizim ev" diyebildi ve yine ağlamaya başladı. Tuna, annesinin elini tuttu. Onlara, en üst kattaki dairelerinin yerine yapılan odaların yıllık getirisiyle ilgili bir tablo gösterdi. "Bakın" dedi, "toplamı kaç lira? Bu parayla İstanbul'un istediğiniz yerinde oturabilirsiniz, hem artık burada çalışmanız da gerekmiyor, rahat rahat emekliliğinizin tadını çıkarın."

Konuşa konuşa akşamüstünü bulmuşlardı. Necati Bey ve Süheyla Hanım bahçenin Sirkeci tarafındaki köşesine konmuş bardan yükselen müzikle irkildiler. Barda birkaç kişi birikmeye başlamıştı. Necati Bey'e göre hepsi birbirine benzeyen müzik de onlar için çalınıyordu anlaşılan. Oğlu, o barın akşamüstü içki servisi vereceğini, akşam yemeğinden sonra ise ortalığın dans pistine dönüşeceğini ve disko müziği çalınacağını söylüyordu. Bunun da hesabı yapılmıştı; bahçe barı büyük para getirecekti, burada hem kahvaltı verilecek, hem lokanta bar hem de disko olarak kullanılacaktı. Mekân pahalıydı, her metrekareden yararlanmak gerekiyordu.

Necati Bey müşterileri davet etmek için çalınan o müziği,

kendileri için bir sepet havası olarak algılayarak ayağa kalktı. Vedalaşırken tek bir sefer ağzını açarak "Fiyatı ne bu odaların?" dedi. Tuna bilmediğini söyleyerek babasını şaşırttı. Nasıl olur da bir otelci oda fiyatını bilmezdi? Tuna durumu, "Doluluk oranlarına göre değişir babacığım" diye yanıtladı. "Bir pattern var, otel doldukça fiyat yükseliyor. Ama en kötü sezonda en küçük oda 170 euro. Yüksek sezonda 300 euro'ya kadar satabiliriz. Ayrıca internet parası, minibar kârları..." Anne baba "Peki evladım, hayırlı olsun" diyerek ayrıldıklarında Tuna'nın içinde hafif bir burukluk oluştu, ama nasıl olsa onlar da zamanla anlayacaklardı. Yeni dünyada iş çocuk oyuncağı değildi. Kafasındaki planları bilseler iyice dehşete düşerlerdi ama Tuna'nın sokak içindeki küçük eski Osmanlı hamamını alarak bunu bütün dünyaya gay hamamı olarak pazarlamak istediğinden haberleri yoktu elbette. Nasıl olsa Osmanlı döneminde bu hamamlardaki tellaklar, beylere paşalara tarifeyle seks hizmeti vermiyor muydu –bunu *Osmanlı'da Seks* kitabında okumuştu, tarifeler bile veriliyordu– bu geleneği canlandırmanın kime ne zararı olabilirdi ki? Hamamın, dolayısıyla da otelin dünya çapında tanınması için New York'taki çevresine haber uçurması yeterdi. Bir *Village Voice* söyleşisi, bir *New York Times Travel* yazısı, yeterdi de artardı bile.

Gelecekte, Tuna S. bütün hayallerini gerçekleştirecek; Visteria Hotel Bar epey tanınan, –onun deyimine göre *trendy*– iyi para kazanan bir otel olacak. Bahçedeki lokantada "nouvelle cuisine" adı verilen az yemek/bol sunuş tarzı dediği yemekler ve iyi kâr getiren şaraplar satılacak. Hamam da düzenlenip sisteme katılınca kazanç birkaç misli katlanacak, Visteria butik otel ve hamamı daha çok uluslararası ve Türk eşcinsel müşterilere hizmet vererek ününü pekiştirecek. Annesi babası bir daha uğramayacaklar otele, yaşlılık günlerini Erenköy'deki evlerinde geçirecekler. Kendilerine sık sık uğrayan Tuna'ya hiç sitem etmeyecekler. Sadece Excel kullanmayı bilmediği için otel muhasebesinden ayrılmak zorunda kalan amcası biraz burulacak ama bu da aile içinde bir dram oluşturmayacak. Tuna sevgilisi olan Latin bir delikanlıyla beraber yaşamaya başlayacak. Her yaz Güney Fransa'ya gidecekler ama ne yazık ki bu rüya gibi hayat, Pedro'nun bir kıskançlık kavgası sonucunda Tuna S.'yi bıçaklayıp öldürmesiyle son bulacak. Güney Fransa'daki yelkenlisinde olacak bu korkunç iş.

Allahım günah yazma

Yüce Allah, dedesi Hacı Battal Efendi'yi; o cennetmekân zat, babası Hacı İsmail Efendi'yi, o muhterem zat da kendisini yaratmıştı; iki zata da şükran borcu vardı Abdullah Sakar'ın; zaten "baba" sözcüğünün yüreğinde uyandırdığı güzel duygular –rikkat diyordu– anlatılamazdı bile. Saygı –o hürmet diyordu–, güven –o itimat diyordu–, bağlılık –o merbutiyet diyordu– ve tazimle doluydu içi babası konusunda.

Seksen üç yaşına varmış bu ak sakallı ihtiyar, başındaki beyaz takke gibi, gözlerine giydiği öfkeli bakışlarını da hiç değiştirmeden, bütün dünyayı "ah gâvurlar, ah dinsizler" diye yargılayan bir Müslümanlık abidesi olarak dolaşan, dinin özeti olan "Allah'tan kork!" emrinin canlı bir örneği gibiydi.

"Allah'ı sev, onun için iyilik yap, insan kardeşlerine sahip çık, Allah her insanda, her zerrede tezahür eder, Enel Hak" falan gibi tasavvuf palavraları ona göre değildi. İnsan dediğin Allah'tan korktuğu sürece, cehennem azabından ve Yaradan'ın gazabından, onun kahhar isminden ürktüğü kadar insan olabilirdi. Yoksa bu günahkâr insan soyunun iyilikle falan yola gelebileceği yoktu. Kuran'da Allah, eğer bana iman etmezsen boğazından erimiş kurşun akıtırım demiyor muydu? İşte insanoğlunun anlayacağı tek dil buydu. Bir yanağına vurana öbür yanağını uzatmak falan gibi fasafisoların yeri yoktu bu dinde. Biri yanağına vurursa o eli anında kesip atacaktın; biri sana söverse o dili koparacaktın, gerçekçi olan tek din buydu; ötekiler hayal görüyordu.

Abdullah Bey'in babası Hacı İsmail Sakar hiçbir insana güvenmez, herkesin kötülük yapmaya çalıştığına inanır, işin tuhafı şu ki çoğunlukla da haklı çıkardı. Kadınları örtüler altında saklamak gerekirdi, çünkü erkek nefsi her kadına meylederdi, ateşle barutu bir araya koyarsan patlama kaçınılmaz olurdu. Malına sahip çıkacaktın, çünkü insan nefsi her nimeti ister, hiçbir zaman doymazdı. Daha da önemlisi insanlar üzerinde kurduğun otoriteyi koruman gerekirdi, çünkü insanoğlu her an cıvıklaşmaya hazırdı. O yüceler yücesi Peygamber İsa, insanoğluna fazla güvenmenin cezasını çekmiş, en yakınının ihanetine uğramıştı ama Hacı İsmail Bey'in yoluna can kurban edeceği adı güzel, kendi güzel Muhammed, insan nefsini daha iyi tanıdığı ve bu yaratığa güvenilmeyeceğini bildiği için, son nefesini huzur içinde yatağında vermişti. "Göze göz dişe diş"ten başka bir kural olamazdı insanlık için. Çünkü insanoğlu çiğ süt emmişti; kıskançtı, bencildi, zinaya, günaha eğilimliydi, zalimdi, tatminsizdi. Bir yanağına vurduktan sonra ötekini uzatırsan ona da vururdu. Üç yanağın olsa üçüne de vururdu. Peygamber bu yüzden Bedir, Uhud, Hendek gibi savaşları idare etmiş, ordusunun başına geçerek savaştığı için öteki peygamberler gibi kurban edilememişti.

Herkesten ve her şeyden kuşkulanan, kimseye güvenmeyen Hacı İsmail Efendi, bu hayat görüşünün yarattığı kötücül bakışları, öne eğilmiş başı, tepesinde işlemeli beyaz takkesi, elinde tespihi, cebinde kilitlediği dolapların, odaların, kilerlerin, kasaların anahtarlarıyla ilahi gazabın külyutmaz bir temsilcisi gibi dolaşır dururdu. Henüz güldüğünü gören olmamıştı. Sofrasında kimse konuşamazdı, evinde televizyon, radyo gibi gâvur icatları yasaktı ama işe bakın ki en büyük oğlu Abdullah Sakar, Uzakdoğu'dan televizyon ithal ederek zengin olmuştu. Yine de babasının hayır duası üstünden eksik olmuyordu, çünkü ticaret helaldi, peygamber efendimiz de ticaret yapmıştı, kullanmadıktan sonra ne sattığının da önemi yoktu. Televizyon evdeki kadınların, genç kızların ahlakını bozar, onları ifsat ederdi ama satmanın ne mahzuru olabilirdi ki. Onu alıp seyredenler zaten kâfirdi; o kâfirin parasını almak da helaldi.

Açılış gecesi 21 numaralı masada oturan orta halli ithalatçı Abdullah Sakar, elini içki kadehine sürmemesine rağmen, babasının emirlerine karşı geliyor olmaktan dolayı hafifçe vicdan azabı çekmekte. Çünkü babası, ithal televizyon satmasına sesini çıkarmaz, hatta memnun olur ama onun içkili bir mekânda, hele de karısı yanındayken oturmasına kesinlikle göz yummaz. Bu işi cehennemlik bir eylem olarak görür. Hele o papaz, 1 numaralı masada oturan kara cüppeli papaz! Babası görse... Allah korusun!

Abdullah Bey yarın babasının Beykoz'daki konağına gidecek, her hafta yaptığı gibi elini öpüp hayır duasını alacak, yoksa işlerinin rast gitmeyeceğine inanıyor. Ne var ki babası artık eskisi gibi değil; seksen üç yaşına girdiği bugünlerde dizleri çok ağrıdığı için namazı bile divanın üstünde, oturduğu yerde eda ediyor. İçten içe bu işe çok üzülse bile dizlerini kıvıramıyor artık. Bu da Abdullah Bey'in yüreğini eritiyor, doktor doktor dolaşıp babasının derdine bir çare arıyor.

İnsan araya araya Mevlasını da bulur, belasını da demişler. Abdullah Bey de sora sora henüz Mevla'dan mı geldiğini, bela mı olduğunu kavrayamadığı bir çözüm buluyor babasına.

Peygamber, ilim Çin'de de olsa gidip alın buyurmuş; o da çareyi bir doktorun tavsiyesiyle Bangkok'ta bulduğuna inanıyor. Ama bilmediği şey; o akşam Konstantiniyye Oteli'nin açılış davetinde masada oturup bunları düşünürken, Bangkok'ta hayatlarını etkileyecek başka bir şeyin olup bittiği.

İstanbul'da saat gece on biri on geçerken Bangkok'ta sabaha karşı dördü on geçiyor. Memleketinden çok uzaktaki Alman kamyon şoförü Manfred Haas, Bangkok'un sarmısak, balık, köri ve biraz da lağım kokan tatlı-ekşi havasında, barlarıyla ünlü Soi Cowboy bölgesine doğru yürüyor. Üst üste içmiş olduğu beş Singha birasıyla serinledikten sonra, bu sıcak ülkenin sıcakkanlı kızlarına sarılma ihtiyacı içinde. Sokak satıcıları canlı cansız her türlü nesneyi, böceği, karıncayı kızartıp iştah açıcı kokularla gelip geçenlere sunuyorlar. Bangkok'un baş döndürücü enerjisi içinde kısacık etekli fahişeler Buda heykellerinin önünde diz çöküyor, kız görünümlü pembe rujlu oğlanlar göz süzerek müşteri bekliyor, yanlarından çoluk çocuk aileler geçiyor, beş metre ileride Araplar Bin Ladin resimleri satıyor, dünyanın her köşesinden gelen iriyarı yaşlı erkekler, ancak bellerine gelen kırk kiloluk küçük kızlarla sarmaş dolaş bira içiyor, Bangkok gece hayatı olanca hızıyla sürüp gitmekte.

Aynı saatlerde Nuk adlı kız, çalıştığı bara gelmiş, podyumda soyunma ve saydam duş kabininde, erkeklerin üstüne dikilmiş bakışları altında çırılçıplak yıkanma görevlerini yerine getirmeye başlamış bile. Görevi durmadan kendini yıkamak, bazen de bir kız arkadaşıyla duşa girip birbirlerini yıkamak. Loş, ekşi bira kokan barda, saydam plastik, silindir şeklindeki duş kabininde her gece saatlerce yıkanıyor. Çırılçıplak, süngerle, köpüklerle... sonra bir daha, bir daha. Bir sürü kayıp ruh ona bakıyor, bacaklarının arasını sabunladıkça kalabalıkta bir dalgalanma oluyor. Daha iyi görmek için yaşlı, genç, orta yaşlı erkek kafaları birbirinin ardından uzanıyor. Hepsiyle göz göze gelmek çok zor. Onlara "Beni kafese kapatılan çıplak bir hayvan gibi izliyorsunuz ama hiçbiriniz beş para etmezsiniz" diyor içinden. O kirli seks kulübüne düşecek kadar her şeyden yoksun oluşlarını vurgulayarak onları aşağılıyor.

Her gece ağlıyor. Bacaklarının arası, belinin iki yanı, omuzları acımaya başlıyor; sıyrılıyor düpedüz. Sabunlar eriyor, eriyor, eriyor, köpükler duş kabininin altındaki delikten akıp gidiyor küçük bir girdaba dönüşerek. Plastik camları da köpüklemeye başlıyor, süngeri sürdükçe sürüyor, hıncını ondan çıkarır gibi. Kayıp ruhlar onu göremez oldukları için huzursuzca kıpırdanıyorlar. Sonra elindeki duş başlığını saydam plastiğe tutup da köpükleri yok edince alkışlıyorlar. Belli ki yeni bir numara sanıyorlar bunu.

Kız sonra her yeri sabunlamaya başlıyor. İş dışındaki saatlerinde de evi, apartmanın merdivenlerini, gördüğü lavaboları köpük içinde bırakıyor. Gece rüyalarında köpük fışkırtıyor her yere. Duş başlığını tutan sağ eli şişiyor.

En sonunda giyecek bir şey buluyor üstüne. İkinci ayın sonuna doğru bir gülümseme maskesi takıyor yüzüne ve rahat ediyor; artık kim olduğu belli değil, kimse yüzünü, yapay gülümsemenin altındaki gerçek kızı göremez. Annesinin her gece onu yatırdıktan sonra çarşafı iki yanından sıkıştırarak altına soktuğu, alnına yumuşak ve sıcacık iyi uykular öpücüğü kondurduğu kız değil o; pirinç tarlalarında çalışırken onu öpen çelimsiz çocuğun acemi dudaklarının altında titreyen dudakları da o dudaklar değil; on üç yaşında şaşırtıcı bir hızla ortaya çıkan, başlarını yukarı doğru diken memeler de ona ait değil. Onu ıslak düşlerde hapsetmek niyetiyle bakan erkek gözleri gerçek Nuk'u görmüyor, –adı da bu değil zaten–, başka bir bedene bakıyor. O günden sonra da bir Ortaçağ savaşçısı zırhı gibi kendisini zehirli oklardan koruyan gülümsemeyi bir daha sıyırıp almıyor yüzünden. Ama bu arada erkeklere bakmadan bakmayı öğreniyor; hangisi daha aç, hangisi iki biradan sonra çıkıp gidecek, hangisi "mama"yla konuşup Nuk'a dokunmak isteyecek, bir çırpıda görüyor. Başka bir kızın el feneriyle yer göstererek oturttuğu iriyarı, dövmeli, sarışın adamı görür görmez onun ne niyetle geldiğini anlaması da bu yüzden. "Belli ki adam iyi niyetli" diyor kendi kendine. Burada iyi niyet, bir sürü parayı mamaya ödeyerek kendisini yukarıdaki dar odalardan birine götürmesi demek, kötü niyet ise bakıp bakıp gitmesi, başka bir bara yönelmesi anlamına geliyor. Nuk adamın kendisini istediğinden emin, çünkü iyi niyetli müşteriyle kötü niyetli olanı ayırmayı öğrenmiş çoktan. Seviniyor; çünkü beş-on dakika boğuşma sonunda eline geçecek olan para, pirinç tarlalarında çalışan ailesinin altı aylık kazancına denk. Onu tarlalardan alıp bu yüzden büyük şehre gönderdiler zaten. Diğer aileler gibi, bir kızlarını bu işe ayırıp diğer çocuklarının geçimini sağladılar. Nuk, eline geçen paranın çoğunu onlara gönderiyor, ailesine yararlı olmanın huzuruyla. Nuk kuzeyden, İsan tarafından geliyor; o yoksulluk bölgesinden, insanların teninin daha esmer olduğu, hiç ayakkabı tanımadan büyüyen, ayak başparmakları öteki parmaklarından çok ayrık durduğu için hemen tanınan, çekik gözlü, küçük burunlu minik kızlar diyarı...

İsan'lı Nuk'un, pazılarındaki dövmeleri gururla sergileyen Hamburglu kamyon şoförü Manfred'in ve Hacı İsmail Efendi'nin kaderinin nasıl kesiştiğine gelince; izin verin haberi öteki taraftan, İstanbul'dan verelim.

İstanbul'un "sosyete doktoru" olarak adlandırılan tanınmış hekimlerinden biri, Abdullah Bey'e Tayland'daki adresi verip, orada babasının derdine kesin çözüm olacak kök hücre uygulamasını salık verince, bu üç kişinin kaderini birleştirecek adım atılmış oldu. Zavallı Abdullah Bey babasına böyle büyük bir hizmette bulunabilme heyecanıyla elleri titreyerek doktorun ellerine sarıldı; bilmediği şey doktorun Türkiye'den yolladığı hasta başına kazandığı yüklü primdi. Abdullah Bey babasına durumu anlatır anlatmaz yaşlı adam aksi bir suratla, o domuz yenen gâvur memleketlerine gidemeyeceğini söyledi. Ahir ömründe, boynuna kadar günaha girmeye, bunca yıldır üstüne titrediği Müslüman ahlakını kirletmeye niyeti yoktu. Bunun üzerine Abdullah Bey ve kardeşleri, annelerini de alarak bir toplantı yaptılar; babalarına her türlü güvenceyi verip onu Bangkok'a götürmek için çalışmalara başladılar. Bangkok'taki camiye yakın, bir Müslüman'ın sahip olduğu otelde birkaç odayı temizletecek, dezenfekte ettirecek, şartlayıp şurtlayacak, yeniden boyatacak ve eşyaları yenileyeceklerdi. Bangkok'a THY ile gidecekleri için yemeklere domuz karışması tehlikesi yoktu; sadece içki içen yolcular olabilirdi ama buna da mecburen göz yumulacaktı artık. Zaten anneleriyle birlikte beş kişi olacaklardı. Babalarını aralarına alırlardı. Ayrıca yanlarına –ekstra bagaj ödemeyi göze alarak– bavul bavul kavurma, yumurta, beyazpeynir, Türk kahvesi gibi yiyecekler alacaklardı ki, dışarıdan bir şey yemeye ihtiyaçları kalmasın. Otelde ayırttıkları dairenin küçük mutfağında yemekleri kendileri yapacaklar, gider gitmez çarşıdan alacakları gıcır gıcır çatal bıçak takımı, tabaklar, tencereler, bardaklarla kendi mutfaklarını aramayacaklardı. Otelde onlara dini bütün bir Müslüman hizmetçiyle, beş vakit namazında bir aşçı hizmet edecekti. Bütün bu önlemleri anlatıp, epey bir zaman dil döktükten sonra nihayet Hacı İsmail Efendi'nin Bangkok'a gitmeye aklı yatar gibi oldu. İtiraz niyetine birkaç aksi soru sordu ama çocuklar iyi hazırlanmışlardı, hiçbir kuşku bulutuna yer bırakmadılar. Son olarak anneleri Hacı Vedia Hanım, "Hadi İsmail Efendi" dedi, "he de şu işe, dizlerin düzelecek, eskisi gibi namazını ayakta kılabileceksin, hem ben de ağrıdan duramıyorum biliyorsun, gitmişken ben de yaptırırım aynı iğneden."

Aile Bangkok'a varıp otele yerleşmeden iki gün önce Nuk, Bangkok'un dış mahallelerindeki kliniğe uğrayıp, Manfred'le birleşmesinin sonucu olan cenini aldırdı. Hem AIDS hem bebek korkusuyla kondomsuz çalışmıyordu ama zebani adam hiçbir şey dinlememiş, üstüne çullanarak, bu işe yarı yarıya bir tecavüz görünümü kazandırmıştı. Bazı erkekler uysal oluyor, korkarak geliyorlardı yanına ama bazıları da böyle zorbaydı, hiçbir kural dinlemiyorlardı. Böyle belalı tiplerin geride bıraktığı ise genellikle kürtaj zorunluluğu oluyordu. Nuk'un rahminden sökülen cenin, hücrelerin alınması için işleme tabi tutuldu; kliniğin laboratuvarında serum haline getirildi ve ertesi gün kuşkulu bakışlarla kliniğe gelen Sakar kardeşlerin, köhne bir odada yan yana yatırılan anne ve babalarına yavaş yavaş zerk edildi. Bu işlem haftada bir tekrarlanmak üzere üç hafta sürecekti. Kardeşler serum torbalarının, iğnelerin, işlem sırasında kullanılan bütün tıbbi malzemelerin yeni ve temiz olmasına dikkat etti; yataklara yanlarında getirdikleri yeni çarşaflar serildi; otel mutfağında kendi malzemelerinden hazırlanan yemekler dışında hiçbir şeye el sürülmedi; kardeşler cuma namazlarını camide eda ettiler ve üç hafta sonunda boş bavullarla içleri rahat olarak –onlar mutmain diyordu– İstanbul'a dönerken, görevlerini yerine getirmiş olmanın huzuru içindelerdi. Hele bir süre sonra, iki hacı diz ağrısından kurtulunca keyiflerinden, bahçede kuzu çevirmeli bir kutlama bile düzenlediler. Böylece kimsenin haberi olmadan, Manfred ile Nuk'un talihsiz bebeklerinin –dolayısıyla da kendilerinin– Germen ve Tay genleri hacılara geçerek, onların perişan dizlerinde yeni kıkırdaklar oluşturdu. Bu sayede Hacı İsmail Efendi, Allah'a şükrederek namazlarını yine ayakta kılmaya başladı. Hem de çok şükür hiçbir haram yiyeceğe el sürmeden, gâvur ellerinden tertemiz dönerek.

HH ve gölgesine dair

Artık Emre'nin günlük –ve gecelik– işi; HH'yi izlemek, onun her gün okuldan çıkışını, durağa gidişini, cebinden bir kitap çıkarıp okuyuşunu, mahallesine vardığında bakkaldan ufak tefek alışverişler yapışını, sessizliğe gömülmüş dairesine kapanışını, saat dokuz buçukta salondaki ışığın sönüşünü, yatak odası olarak tahmin ettiği odanın penceresinde mavi bir okuma ışığının parlayışını, saat on dolaylarında o ışığın da sönüşünü onunla birlikte yaşamaktı. Proust'un başlangıç cümlesindeki gibi akşamları erken yattığını, –artık emin olduğu bir biçimde– yalnız yaşadığını, elindeki kitapları en fazla iki günde bitirdiğini, pek fazla eşi dostu olmadığını, içine kapalı, sönük, hüzünlü bir adam olduğunu biliyordu. Mimiklerine kadar ezberlemişti. Durakta ya da otobüste adamın okuduğunu gördüğü kitapları alıyordu o da; otobüs bir sürü durakta durup kalkarken, tıklım tıkış kalabalıkta, bazen koltukta bazen ayakta –ama daima adamın göremeyeceği biçimde arkasında– kitap okuyan sadece iki kişi, beki de senkronik olarak aynı sayfaları okuyorlardı. HH'nin elinde, Emre'nin daha önce hiç okumadığı Memduh Şevket Esendal'ın hikâyeleri mi var; hemen ertesi gün ikinci el ucuz dükkândan aynı kitabı alıyor, o gece biraz okuyup adama yetişmeye çalışıyordu. Otobüste adamın arkasından göz attığı kadarıyla "Feminist" adlı hikâyeye gelmiş olduğunu görüyor, o da oradan okumaya başlıyordu. Ertesi gün adamın elinde –yine hiç okumamış olduğu– Refik Halid Karay'ın *Memleket Hikâyeleri* adlı kitabını görüyor, onu da başlangıç bölümü hariç senkronik biçimde okuyorlardı. Adam yatak odasında okurken Emre de elektrik direğine sırtını vererek okuyor, aşağı yukarı yarım saat sonra üçüncü kattaki cılız okuma ışığı sönünce o da evine gidiyordu. İki gün sonra adamın elinde –ne yazık ki yine hiç okumamış olduğu– Abdülhak Şinasi Hisar'ın *Fahim Bey ve Biz* adlı kitabı oluyordu; daha sonra Osman Cemal Kaygılı'dan *Çingeneler*, Sait Faik'ten *Medarı Maişet Motoru*, yine Refik Halid'in *Deli* adlı oyunu, Nermi Uygur'un denemeleri, Peride Celal'in *Kurtlar* romanı, Yusuf Atılgan'dan *Anayurt Oteli*, Yaşar Kemal'den *Çakırcalı Efe* sökün ediyordu; ikisinin de elinde aynı kitaplar, hafta sonu hariç, her akşamüstü otobüste okuyup duruyorlardı. Büyük olasılıkla HH'nin bilmem kaçıncı okuyuşu, kendisinin ise ilkti.

Bir süre sonra Emre, daha önce kulağına çalınmış olan ama okumadığı bu yazarların kitaplarından büyük bir zevk aldığını fark etti. Memduh Şevket'te Çehov, Sait Faik'te Mark Twain tadı vardı. Sonra bu yazarları dünyadaki ünlü meslektaşlarına benzetme merakından da sıyrılıp, sadece kitaplar güzel yazılmış oldukları için okumaya başladı. Refik Halid'in kullandığı kıvrak Türkçenin kendisine yeni olanaklar getirebileceğini fark etti. Hatta onun gibi bir cümle yazdı not defterine: Boğaziçi'nde ay; efsunlu gecenin sırrına varmak için yataktaki maşukun ateşli kollarından sıyrılarak, rüzgârda uçuşan bürümcük geceliğiyle balkona çıkan bir yeni gelin gibi bulutların arasından yüzünü gösterdi. Sonra yazdığı süslü püslü cümleyi beğenmeyerek o sayfayı kopardı; böyle yazamazdı elbette. Karacaoğlan'ın "Ay buluttan çıkar gibi/Ela gözlüm gülümsedi" dizelerini çok daha ustaca buluyordu. Daha yalın, daha etkili, daha vurucu; duru bir Türkçe; hem de okuduğu yazarlardan yıllarca önce yazılmış olmasına rağmen. İstanbul Arapçanın, Farsçanın büyüsüne kapılmış, ama Anadolu ozanları hiç takmamıştı bunu. İlginçti. Nâzım da "Kalküta'nın damları üstünde güneş/Güneş gibi yükseliyordu" diye yazmamış mıydı? Edebiyatın özü süslemelerde değil, yalınlıkta gizliydi belki de.

Yine de bu yazarların diğer kitaplarını da okumak için deyim yerindeyse bir susuzluk duyuyordu. Bir süre sonra, edebiyat öğretmeni HH'nin hiç fark etmeden bir öğrenci daha eğitmiş olduğunun bilincine vardı. "Şu kaderin işine bak" dedi, acı acı gülerek. Böylece edebiyat ve müzik delisi Emre Karaca'nın hayatında, kendisini anadilinin büyük yazarlarına ulaştıracak yeni bir kapı açıldı. Geleceğe ancak gelenek kapılarından geçilerek ulaşılabileceğini sezer gibi oldu. (Yirmi yıl sonra bir kitap tanıtım toplantısında bu durumu; "Minicik bir sezgiydi ama ne de olsa bir başlangıçtı" diyerek minnetle anacaktı.)

Hafta sonları HH evinden çıkmadığı için Emre onun neler okuduğunu bilemiyordu. Sadece bir tek cumartesi akşamüstü –o mesajı görmesinden sonraki ilk cumartesiydi bu– evden çıktı adam. Yürüyerek sahildeki salaş bir balıkçı lokantasına gitti, kalabalık masalar arasından sıyrılarak iki kişilik bir masada kendinden biraz daha genç ve daha iriyarı bir adamla buluştu. Sözleştiği yayınevi editörü olmalıydı karşısındaki; yani kendisine yanlış mesaj gönderen Nejat Bey. Nedense o adama karşı hiçbir öfke yoktu içinde. Kitap basmak ticari bir işti, yatırım gerektiriyordu. Emre'nin de kimseyi, benim kitabıma niye yatırım yapmıyorsunuz diye suçlama hakkı yoktu elbette. Eğer editör, HH'nin o aşağılayıcı cümlelerini kendisine yanlışlıkla göndermeseydi, şimdi Emre burada onları izliyor olmazdı. HH'nin yatacak yeri yoktu; hiç kimse bir yazarın çalışmasını o hakaret sözleriyle yargılayamazdı; "Beğenmedim" der ve gerekçelerini sıralardı.

HH ile Nejat'ın birbirlerine hasretle sarılmalarından iyi dost olduklarını anladı Emre. Deniz kıyısındaki kaldırımda durduğu yerden, lokantanın camla kapatılmış terasında oturanları görebiliyordu. İki adamın buzlu rakı kadehlerini kaldırıp dudaklarına götürürken dostça gülümsemelerini bile izleyebiliyordu buradan. Hatta garsonun masalarına beyazpeynir, kavun, kalamar gibi mezeler sıraladığını da. Fena halde acıktığını hissetti; ılık havada, beyaz vapurların dev martılar gibi süzüldüğü kararan denizin kıyısında, rakı kokusuna karışan balık, kabak kızartması, kalamar gibi İstanbul lezzetlerinin kokusu başını döndürmüştü. Az ötesindeki midyeciden taratorlu midye tava aldı; çok ama çok lezzetliydi. Yerine dönerek çeyrek ekmek içine sıyırdığı midyeleri yerken iki ahbabın sohbeti iyice koyultmuş olduğunu gördü; gülüyorlardı; sürekli konuşup, sürekli kadeh tokuşturup, sürekli gülerek o güzel cumartesi akşamının keyfini çıkarıyorlardı. HH'nin eski bir giysi gibi üstüne yapışmış olan hüzün dalgasından pek bir şey kalmamıştı geriye. Emre onların gülüşmesini, sohbetini izleye izleye daha da öfkelendi. Genç bir yazar adayını konuştuklarından, o acemi yazarla alay ettiklerinden emindi.

O gece acılar içinde eve döndüğünde, herkes derin uykulardayken sessizce internete girdi; kapalı kapılardaki kilitleri açmakla ilgili bulduğu her şeyi okudu.

Anladığı kadarıyla intikam için gerekli olan şeyler çok basitti ve ikisi de büyükannesine aitti: Eski moda bir ısıölçer ve iki saç firketesi.

Kilit nasıl açılır?

(İki firkete alınır; birinin kalın tarafı bir santim kadar içeriye kıvrılır, kilidin alt tarafına sokularak sabitleme sağlanır.) Emre ne okuduysa onu yaparak, daha önceden kıvırdığı firketeyi anahtar deliğine sokup basılı tuttu. (Öteki firketenin iki teli birbirinden ayrılır; düz bir tel elde edilir; öbür tel de bükülerek tutamaç olarak kullanılır; bu da üstteki dilin düşmemesi içindir.) Emre bunu da aynen uyguladı, hazırladığı firketeyi cebinden çıkararak üst tarafa soktu, telin ucunda dili hissetti, onu yukarıda tutmaya çabalayarak alttaki firketeyi anahtar gibi çevirdi ama hiçbir şey olmadı, kapı açılmadı. İnternet sayfasında söylendiği gibi ya fazla ya da az bastırmış olmalıydı; tekrar denedi. Öğleden sonra saat bir civarıydı; ortalık sessizdi; apartmanda pek bir hareket yoktu; çünkü çalışanlar işte, çocuklar okuldaydı; evlere girip çıkan bir iki ev hanımı vardı ama onlar da Emre'yi görmedi. Loş apartman sahanlığında otomatı yakmadan sekiz numaralı dairenin kilidine eğilip, birinci firketeyi tekrar soktu. Bu kez daha dikkatliydi; kilidi hissetmeye çalıştı; sonra sıra ikinci firketeye geldi, onu kilide sokar sokmaz başarısız olacağını anladı, çünkü kaydırmıştı; beceremedi. Doğruldu, bir süre derin derin nefes alıp sakinleşmeye çalıştı. Aklına, Taksim'de TOMA kapağını açan çelimsiz çocuk geldi, o burada olsaydı bir saniyede açardı diye düşündü, değil mi ki koca TOMA'nın kapağı bile dayanamamıştı ona. Üçüncü denemede kilit çıt diye açıldı, Emre kapıyı yavaş yavaş açıp içeri süzüldü, sonra kapıyı arkasından yavaşça kapattı. Girdiği yerde gözüne ilk çarpan bir askılık, yerde iki ayakkabı, bir terlik oldu. Antrenin sağ yanında açık bırakılmış kapıdan oranın tuvalet olduğu anlaşılıyordu. Emre salona girdi, hayret edilecek kadar az eşya vardı burada; formika küçük bir yemek masası, iki sandalye, eski bir televizyon, yüzü yer yer yırtılmış yeşil bir koltuk; hepsi buydu, yoksul bir öğrenci evi gibi. Yatak odasına geçti; yanılmamıştı: Adamın tek kişilik somyasının yanında bir tabure, üstünde küçük bir okuma lambası duruyordu, taburenin yanına, mozaik zemine de birkaç kitap yığılmıştı. Odada bir de plastik, fermuarlı, kirli bej dolaba benzer bir şey duruyordu, içinde elbise askıları vardı. Bir iki eski ceket, buruşuk pantolonlar, birkaç eprimiş kravat gözüne çarptı. Yatağın üstüne oturduğunda yaylar gıcırdadı; orada oturup adamın hayatını düşündü. Karısının, çocuklarının nerede olduğunu merak etti. Yatağa uzanarak en üstte duran kitabı aldı; Erdal Öz'ün *Odalarda* adlı romanı, onun altında da Sait Faik'in *Lüzumsuz Adam* kitabı duruyordu. Evde bir oda daha vardı; basit bir kitaplık ve küçük bir masa ile sandalye dışında boştu. Raflarda yüzlerce kitap vardı; evde yaygı mobilya namına bir şey yoktu, yerler çıplaktı ama kitap çoktu. Tahta masada eski bir bilgisayar duruyordu. Böyle adamların şifresi falan olmazdı elbette. Bilgisayarı açıp adamın yazılarını, e-postalarını okuyarak hayatına ait bir iz bulmaya çalıştı. E-postalar arasında HH'nin Nejat'a yazdığı mesajı görüp bir kez daha sinirlendi; neredeyse yumruğunu vurup bilgisayarı kıracaktı ama kendini tuttu, e-postaları gözden geçirmeye devam etti. Zaten fazla bir yazışma yoktu, biraz okul işleri, birkaç ahbap selamı vesaire derken aradığı ize ulaştı. Nermin adlı birisinden gelen bir mesajdı bu; Nermin Hisarlıgil'den. Kuru, soğuk, kısa bir mesaj; o ayki ödemenin bankaya gelmediğini, oysa okul taksitini yatırması gerektiğini belirtiyordu. "Derhal öde" diyor, sonra ne selam, ne kelam, mesaj bir ünlem işaretiyle bitiyordu. Nermin, adamın karısı olmalıydı ama belli ki ayrı yaşıyorlardı, boşanmamışlardı henüz, çünkü kadın onun soyadını taşıyor hem de nafaka değil ödeme kelimesini kullanıyordu. Okul taksiti dediğine göre çocuk da onunla birlikteydi. Belki de baba evindeydi kadın ama eşyaları da alıp gitmişe benziyordu, öyleyse baba evi olamazdı. HH'nin bilgisayarında fotoğraf var mıdır acaba diye merak edip aradı, dosyalanmış durumda değildi ama birkaç fotoğraf vardı gerçekten. Düğün fotoğrafları, sınıfla çekilmiş bir başkası, birkaç fotoğrafta büyüyen bir oğlan çocuğu... Nermin'i görmüştü sonunda; güzel de denemezdi çirkin de; öyle bir kadındı işte. Gelinlik giymişti, kaygılı bir gülümseyiş vardı yüzünde; galiba adam ondan epey büyüktü, o zaman da saçları yoktu. Niye yürümemişti acaba evlilikleri, adamın edebiyat merakı yüzünden mi?

Eve girerken "Bir kenara sinip HH'nin gelmesini beklerim" diye düşünmüştü, hatta cebine eski moda cıvalı dereceyi bile almıştı; adam uyuduktan sonra derecenin metal kısmını kırıp kulağına cıva boşaltabilirdi; tertemiz bir ölüm olurdu bu, hiç kimse de silik edebiyat öğretmeninin sinsi bir cinayete kurban gittiğinden kuşkulanmazdı. Zaten kim öldürmeye kalkacaktı ki onu; eski karısı mı?

Ama şimdi içinde bir isteksizlik duyuyordu; yoo hayır, adama sempati falan söz konusu değildi, eskisi kadar nefret ediyordu ama onun ev hallerini, fotoğraflarını, yazışmalarını görmek bir parça tedirgin etmişti onu. Mahremiyete saldırı, olmaması gereken bir yerde bulunmak, hırsız ürpertisi, incelmiş buz üzerinde yürüme tedirginliği, yanlışlık duygusu; hepsi bir aradaydı. İşleri oluruna bırakıp adamın yatağına uzandı, *Lüzumsuz Adam*'ı okumaya başladı, birkaç sayfa sonra içi geçer gibi oldu, kitabı elinden düşürdü, karanlık bir kuyuya gömüldüğünü hissetti.

Sokak kapısının açılmasıyla uyandığında hafif bir panik yaşadı, kalbi çarpıyordu. Hemen doğruldu, yattığı yeri ve yastığı düzeltti. Adamdan ses çıkmıyordu, biraz sonra sifonun çekildiğini duydu. Adam oradan çıkıp salonda biraz dolaştı, bir şeye çarptı, sonra mutfağa gitmiş olmalıydı ki salondaki ses kesildi. Yatak odasının kapısında sessizce beklemekte olan Emre ayaklarının ucuna basarak çalışma odasına geçti; oradaki eski kanepenin arkasına sindi. Aradan kısa bir süre geçince HH'nin ayak seslerini salonda duydu yine; masaya konan tabak sesi, bir sandalyenin çekilmesi, bardağa lıkır lıkır dökülen bir sıvı, hepsi o kadardı. Ev o kadar sessizdi ki diğer dairelerden derinden derine televizyon sesi, çoluk çocuk bağırmaları duyulur gibiydi. Salonda televizyon görmediğini düşündü Emre, radyo falan da yoktu, hiçbir şey yoktu, müzik de çalınmıyordu herhalde. Bir süre sonra yine bir sandalye çekilmesi, hafif ayak sesleri, açılan bir musluk, kapanan bir musluk; derken adamın çalışma odasına geldiğini fark etti. Işık açıldı. Kanepenin arkasından kendisini görmesine olanak yoktu ama içgüdüsel olarak daha da bir büzüldü saklandığı yere. Yine bir sandalye çekilip bilgisayar açıldı. Emre'nin burnuna sigara kokusu geldi, sonra tahta masada tıklayan bilgisayar faresi, sessizlik, sessizlik ama sonra başka bir şey: Ağlama sesi; içli içli ağlama. Öyle yüksek sesle değildi, duyulur duyulmaz, iç çekerek. Ekranda Nermin'in mesajını okumuş olmalıydı, o sert tonlu, emir kipiyle yazılmış, düşmanca mesajı. Ama bu çok sürmedi, adam ayağa kalktı, ışığı kapatıp salona geçti. Bir süre de orada oyalandı, sonra ışıkları kapatıp yatak odasına gitti, soyundu ve yaylı somyanın gıcırdamasından onun yattığını anladı Emre. (Kendisi bu yüzden o kadar dikkatli kalkmıştı yataktan.)

Sadece küçük bir ışık kalmıştı evde, okuma ışığı. Emre, günlerdir dışarıdan izlediği ve ezbere bildiği olayları bu kez içeriden izliyordu. Bekledi bekledi; adamın ışığı kapatmasına az kalmıştı ama bu arada neredeyse kendisi de uyuyacaktı. Hareketsizlikten her tarafı uyuşmuştu; ayrıca fena halde sıkışmıştı. HH gelmeden tuvaleti kullanmamış olduğuna çok pişmandı. Adam yattığına göre artık onu göremezdi. Kanepenin arkasından doğruldu, sessizce gerindi, uyuşmuş sol bacağına iğneler batarak kanepeye oturdu ses çıkarmadan. Keşke o da kitap okuyabilseydi adam gibi ama olanak yoktu buna, ışık yakamazdı.

Derken çıt diye bir ses duyuldu ve yatak odası karanlığa gömüldü. HH'nin uykusu başladı, Emre'nin eve gitme vakti geldi. Ne var ki bu kez dışarda elektrik direğinin dibinde değil de, evde olduğu için biraz daha beklemesi gerekiyordu. Çok da beklemesi gerekmedi, birkaç dakika sonra yatak odasının açık bırakılmış kapısına yaklaştığında, HH'nin düzenli soluklarını, hafif ve ritmik mırıltılarını duydu. Kolay uyuyan birisi olmalıydı; biraz önce kendisini ağlatan duygusal gerilime rağmen, her zamanki saatinde uykuya dalmıştı bile. Şimdi içeri girme vakti, odaya girip cıvayı kulağa boşaltma vakti, o abartılı kelimeyi kullanarak ucuz edebiyat yapacaksa, intikam vaktiydi; kısacası vakit gelmişti. Cebindeki dereceyi çıkardı, ucunda cıva bulunan bölüm zaten elle bile hissedebileceği kadar değişikti. O metal bölümü çıt diye kırarsa, içindeki cıvalar hiçbir gücün zapt edemeyeceği bir hareketlilikle –adı üstünde cıva gibi– hoplayıp zıplayacaklar, HH'nin kulağından içeri girip gövdesine dalacaklardı, ondan sonra ne yapacakları kendilerine kalmıştı.

Yine de içine sinmeyen bir şeyler vardı. Adamla oturup konuşmak isterdi, yaptığı alçaklığı yüzüne vurmak isterdi, tarih boyunca onun gibi adamların işlediği edebiyat cinayetlerini tek tek ortaya dökmek isterdi, aslında nasıl birisi olduğunu göstermek isterdi, başucuna yığdığı onca kitap basılmadan önce rapor için kendisine gelse onların da katili olacağını anlatmak isterdi; yoksa boşu boşuna uykuda bir ölüm kime ne yarar sağlardı ki? Aslında Emre'nin istediği kişisel bir intikam değil, edebi bir gösteriydi.

Her gece altında beklediği elektrik direği odayı epey aydınlatıyordu. Bu ışıkta adamın çıplak başını, inip kalkan göğsünü, yorgana sarılmış zayıf kolunu çok iyi görüyordu, hatta fazla iyi görüyor denebilirdi, çünkü yabancı bir adamla bu derece yakınlık, içinde bir panik duygusu kıpırdatıyordu. Tanımadığı bir adamın uyuyuşunu izlemek, karısıyla para kavgalarını bilmek, ağlamasına tanık olmak, hiç istemeden hayatına bu kadar çok karışmak biraz mide bulandırıcıydı.

Emre altı dakika sonra sokağa çıktığında "Boktan herifin birisin" dedi kendi kendine. "Beş para etmez birisin." O evde, o çıplak evde ne yapacağını bilmeden adamın başında dikilip dururken bunun sadece kendisini oyalamaya yarayan, hiçbir zaman gerçekleşmeyecek bir oyun olduğunun farkına varmıştı. Öfkesini boşaltmak için bir hayaldi sadece, boş bir oyalanma. İnsanların çoğunun her gece yaptığı gibi hayali intikam planları. Apartmanı dinleyerek dışarı çıkıp kapıyı arkasından sessizce kapatırken kendi kendine, saçma sapan biri olduğunu tekrarlayıp duruyordu. "Saçma sapan bir adamsın sen Emre Karaca" diyordu, "lüzumsuz bir adamsın." Ayrıldıklarından beri ilk kez Zehra düştü aklına, "Kız haklı" diye düşündü; "bende iş yok, kişiliğim gelişmemiş, kız yerden göğe kadar haklı."

Zehra

Kendimi dışarıdan izleyemediğimden midir nedir, bana ne olduğunu anlayabilecek durumda değilim, son zamanlarda olup bitenlere aklım ermiyor. Sanki bedenim ikiye bölünmüş; yalnız bedenim değil, aklım da iki parça; gündüz ve gece olarak ikiye ayrılmışım.

Gündüzleri holdingdeki işleri tıkır tıkır yapan, her zaman olduğu gibi Ergun Bey'in takdir dolu bakışları altında çalışan akılcı Zehra. İşten çıktıktan sonra kafası bir saman balyası, şiddetli lodostan sersemlemiş bir Boğaz balığı gibi kendini nereye vuracağını bilemeden, çarşılara giden, AVM'lere girip çıkan, hiç gerekmeyen ıvır zıvır şeyler alan, iki günde bir kuaföre gidip saçlarıyla oynayan, röfleler, balyajlar, permalarla oyalanmaya çalışan, bir sürü sigara tüttüren, akşam televizyonun karşısında üstüne bir battaniye çekip, dudaklarını şişiren tuzlu çekirdekleri hırsla yiyen, kabuklarını yere atan, sonra külçe gibi yatağa düşen, tedirgin uykularla dinlenmeye çalışan bir kız.

"Çocukluk, öğrencilik yılları ne kolaymış" diye düşünüyor; "keşke hiç büyümeseydim." Doğum günü pastasındaki mumları üflerken içinden, "Allahım ne olur büyümeyeyim!" diye dilek tutan o melek arkadaşını hatırlıyor. Kuluçkaya yatmış anaç bir tavuğun altındaki yumurta gibi, aile denen o büyülü güce sığınmış olarak yaşamak ne kadar kolaydı. Televizyon karşısında mahmurlaştığı zaman "Hadi kızım kalk da yat!"

diyen annesine gülmesi, onun "ayaklarınla girme" deyişindeki tuhaflığa "ya neyle gireyim anne" diye cevap verdiği, okuldan eve geldiğini duyan annesinin "Geldin mi Zehra?" diye sormasına gülerek "Hayır anne ruhum geldi" demesi, buna rağmen annesinin hiç kızmaması, akşam sofralarında babasının ballandırarak anlattığı ahlaki hikâyeler, cumartesi günleri yenen tatar, yazın geldiğini vurgulayan kabak kızartması kokusu ve böyle birçok mutluluk ayrıntısı. Sobanın üstünde çatlayarak divana fırlayan kestanelerin sıcaklığına benzer bir aile duygusu; huzur, güven ve yakınlık; yani şimdi kendisini terk etmiş olan eski, dost duygular...

Sabahları kalkıp duş yaptıktan sonra her zamanki Zehra olup işe gidiyor; yine öyle çalışkan, yine öyle iş delisi, yine öyle heyheyli. Kızlarla da fazla görüşmüyor artık; niye gelmiyorsun diyorlar, gönül koyuyorlar, oraya buraya çağırıyorlar ama onlardan da sıkılmış durumda. Hep aynı şeyler diyor, hep aynı konular; para, erkekler, evlilik, onun bebeği olmuş, bu hamile kalmış; *öff yeter*! Defne gibi davranma kararına ne olduğunu anlayamıyor. Ercüment'e bakınca –kendisine hiçbir zaman söylemeyecek bunu ama– içi daha da çok sıkılıyor; artık yalnız dişleri değil, yüzü –yüzünün o tuhaf şekli diyor buna–, ürkek, sinik, hep azar işitmeyi bekleyen bir çocuk gibi kibar davranmaya mahkûm ölçülü hali de sinirine dokunmaya başlamıştı. Hele kendini onunla birlikte yatakta düşününce resmen midesi bulanıyor. "Göğsünde kılları da vardır bunun" diye geçiyor aklından; "teni nasıl kokuyor acaba, erkeklerin çoğu iyi kokmaz, her sabah kendilerini sabunlarla yıkasalar bile akşamüstüne doğru o ağır ten kokuları baskın gelir." Çevresindeki erkeklerden biliyor bunu. Testosteron kokusu mudur nedir, dayanılmaz bir şey. Oysa zavallı Ercüment onun gözünün içine bakmakta. Kır çiçeği getirmeler, aygın baygın göz süzmeler, bakışlarını yakalama çabaları, yemek davetleri, hafta sonu Karadeniz kıyısına Garipçe köyündeki salaş balıkçılarda rakı-balığa gitme girişimleri; *öfff* diyor yine. Ne yapacağını şaşırmış durumda. Bu kadar mı zor olur bu kadın-erkek işi: Ruhsal uyum olacak, sosyal düzey uyumu olacak, ideolojik uyum olacak, kültür çok ters düşmeyecek, ten uyumu olacak, yaşlar denk gelecek, kokular tutacak; kızlara bakılacak olursa burç uyumu bile olacak, olacak da olacak... Bu kadar parametre arasında birbirine uygun insanların buluşması ne kadar zor. "Yaşam isteği içimden sökülüp alınmış gibi; fazla ışığa dayanamıyorum, gürültüye, yüksek müziğe hiç gelemiyorum, çevremde gördüğüm her şey solmuş, özü çekilmiş, günler bulaşık suyu gibi akıp gidiyor; bana ne oluyor anlamıyorum" diye düşünüp duruyor Zehra, karışık aklı, perişan ve darmadağınık ruhsal gelgitleriyle. Doktora gitmeyi düşünürken durumun dışarıdan fark edilmediğini sanmasının safça bir şey olduğunu anlatıyor patronunun bir sözü: "Zehra" diyor durup dururken, "Hasta mısın kızım?" Son günlerde halini hiç beğenmiyormuş, hatta endişelenmeye başlamış, hemen bugün hastaneye gidecekmiş; hayır yarın olmazmış; işler bekleyebilirmiş. Zehra yorgun argın ulaştığı kıyıda aniden, hiç beklemediği bir ağa takılmış bıldırcın paniği yaşıyor bir an; bıldırcın örneği aklına gelmeden. Patronu ona, resmi toplantılarında Zehra Hanım diye hitap eder, aile içinde ve yalnızken Zehra der, ender olarak çok samimi durumlarda ise kızım diye seslenir. Babasının kalp krizi geçirdiği günlerde yaptığı gibi.

Ergun Bey'in itiraz kabul etmeyeceğini belli eden kesin emriyle Zehra bir anda kendisini hastanede, daha doğrusu holdingin saygın hastanesinde, başhekimin odasında buluyor. Güleç yüzlü, eli hafif bir hemşire kanını alıyor; çeşitli odalarda muayenelerden geçiyor. İki gün sonra koydukları tanı, belki de hastaneye hiç gitmeden de anlaşılabilecek durumu ortaya koymakta: O meşhur, o çağdaş, o yaygın, o olmazsa olmaz sarsılmış ruh durumu; yani depresyon. Nörolog ona beyindeki serotonini artıracak bir ilaç yazıyor; her gün alacakmış, bir hafta-on gün sonra kendisini çok iyi hissedecekmiş. "Bu önemli değil, geçer" diyor gözlüklü genç nörolog, "ama bir beyin incelemesine girişsek iyi olacak sizinle. Arada bir hayaller görüyor musunuz, baş ağrınız oluyor mu, baygınlık geçiriyor musunuz?" Zehra hepsine başını sallayarak evet dediği için doktor, bu durumu incelemeleri gerektiğini daha da fazla vurgulayarak söylüyor; yüzünde ciddi bir ifade var ama nedense bu ciddi sözler, bu ciddi ifade Zehra'da hiçbir "ciddi" etki yaratmıyor. Bu olayları başka biri yaşıyormuş gibi geliyor ona; kendisi değil. Bir an önce hafta sonu gelse de iki gün evinden, hatta yatağından çıkmasa, yorganına sarılıp yatsa; şu anda sadece bunu istiyor. Ama profesyonel yanı, hastanenin Ergun Bey'e rapor vereceğini, beynindeki aksaklığı hemen bildireceğini hatırlatıyor ona. Varsa tabii böyle bir şey, yanılıyor da olabilir o doktor, hatta kesin yanılıyordur. Beyninde bozukluk olsa Zehra holdingin onca işini nasıl çekip çevirebilir ki; evet adam kesinlikle yanılıyor ama gel de bunu Ergun Bey'e anlat.

Ya bu durumdan rahatsız olur da onu başka bir bölüme kaydırırsa, ya işini başkasına verirse? Bu olasılık onu iliklerine kadar titretiyor; gözlüklü doktorun beyninde bozukluk olmasından kuşkulanması bile bu kadar sarsmıyor onu; çünkü hayatında gurur duyabileceği tek şey işi, elindeki tek sağlam şey, tek somut kazanım. Yitirmeye dayanamayacağı tek şey; ailesinden sonra elbette. Daha doğrusu bunca eğitim, bunca çaba, bunca didinmeden sonra uçurumdan kaymamak için tutunabildiği sadece iki sağlam dal var: ailesi ve işi. Bunlar dışında hiçbir şeye, hiç kimseye dayanamaz, güvenemez.

Holdinge döndüğünde Ergun Bey'e kaçamak cevaplar veriyor ama o nasıl olsa ayrıntılı bir rapor alacak hastaneden ve kendisini beyin tetkiklerine yollayacak. İsterse biraz tatil yapmasını söylüyor Ergun Bey, "Belki de çok yoruldun" diyor, "dinlenmen gerekiyor." İçinden "Eyvah" diye geçiriyor Zehra, "eyvah, hep böyle başlar bu işler, sonunda bir gün tatilden dönersin ki koltuğunda başka birisi oturuyor." Hiç istememesine rağmen kendini tutamıyor, aniden bastıran gözyaşlarına hâkim olamıyor, titrek bir sesle, işinde bir hata mı yaptığını sorabiliyor patronuna; öyle ya yanlış gönderilmiş bir dosya, unutulmuş bir randevu, Allah yazdıysa bozsun her şey olabilir. Ergun Bey gülerek "Yoo" diyor, "işte bir hata yok, her zamanki gibi mükemmel, hatta fazla iyi ama sen kendi halini görmüyor musun kızım, sürekli kilo kaybediyorsun, yüzünde renk kalmadı, her hafta saçının şeklini değiştiriyorsun ama üstüne giydiğin şu şeyi hiç değiştirmiyorsun, hep aynı kazakla geliyorsun işe. Bir düşün bakalım, bu lacivert kazağı kaç gündür giyiyorsun kızım?" Zehra'ya o anda biri üstünde ne var diye sorsa bilemez; patronun bu sözü üzerine, o lacivert incecik V yaka kazağı günlerdir giydiğini fark ediyor; her sabah, koltuğun üstüne bıraktığı lacivert kazağı, ne yaptığının farkına varmadan giyip geldiğini fark ederek dehşete düşüyor. O şık Zehra'ya ne olmuş böyle? Bu kaşmir-ipek karışımı kazak da şık ama iki hafta üst üste her gün giyince dikkat çekiyor elbette. Pek sık giydiği bir kazak da değil üstelik; alındığından beri iki ya da üç kere giydiği, dolapta bekleyen bir şey. Aklı "alındığı zaman"a takılıyor, nereden almıştı onu, hatırlayamıyor. Onun gibi hesabını kitabını bilen biri için olacak şey mi bu?

O gece sabaha karşı birden panikle uyandığında yatakta doğrulan Zehra, ani bir ilhamla aydınlanan esrik biri gibi o kazağı geçen yılki doğum gününde kendisinin Emre'ye hediye ettiğini hatırlayacak. Emre'nin kazağı bu; giderken unuttuğu kazağı –o ince, o ufak tefek çocukla bedenleri aynı sayılır– giyip duruyormuş meğer, hiç bilmeden, hiç fark etmeden.

Diğer erkekler gibi kötü kokmadığını hatırlıyor Emre'nin; kötü kokmaz, teri bile kokmaz, tam tersine onun göğsüne yattığı zaman derinden derine çok hoş bir ıtır gelir, insanı âşık edecek kadar taze, hoş bir ten esintisi, kazağa bile sinmiş hafifçe. "Serseri" diyor Zehra "serseri!" Sonra o serseri için midir, kendi şaşkınlığından mı bilinmez, ağlamaya başlıyor.

Emre

O hafta Emre'nin hayatında birdenbire; biri sahiden önemli, öteki ise şaşırtıcı olarak nitelenebilecek iki olay meydana geldi.

Önemli olan şey büyükannesinin, zaten beklenen, buna rağmen en kanıksanmış durumlarda bile insanları dehşete düşüren, temel varoluş duygularını derinden sarsan ölümü oldu. "Zaten yaşlıydı, her şeyi gördü, torunlarını kucağına almak nasip oldu, zamanı gelmişti" gibi alışılmış sözler bu sefer pek işe yaramadı, çünkü asıl konu ölüm acısı değil, o olağanüstü neşe kaynağı, hatta tuhaf denebilecek kadını bir daha göremeyecek olmalarının içlerinde yarattığı sızıydı. Emre kendini en yakın arkadaşını kaybetmiş gibi hissetti.

Büyükannenin cenaze töreni, ince ince atıştıran kara rağmen –bunu söylemek garip ama– neşeli geçti. Cami avlusunda bulunanlar onun hikâyelerini, tuhaf sözlerini birbirlerine tekrarlayarak utangaç bir tavırla gülümsüyorlardı. Yaşlı kadının garip huyları çocuklarına da geçmiş olmalıydı ki, Emre'nin teyzesi Tomris, cenazeye ötekilerden biraz sonra geldi; nedenini de, yolda gelirken çamaşırlarda epey indirim yapan bir mağaza gördüğünü, durup çeşit çeşit çamaşır aldığını söyleyerek açıkladı. İki elinde, üzerinde mağazanın markası basılı mavi torbalar vardı. Ablası –yani Emre'nin annesi– biraz çıkıştı ona; "Annen ölmüş, sen hâlâ çamaşır derdinde misin?" dedi. Teyzesi de, "Annem öldü diye hayat boyu donsuz mu gezeceğim abla, o ayrı bu ayrı" diye karşılık verdi, bu cevap herkesi güldürdü; annesi bile güldü; kardeşine, donsuz gez demediğini ama hiç olmazsa cenazeye elinde torbalarla gelmemesi gerektiğini söyledi.

Büyükanne donmuş toprağa verildikten sonra bütün akrabalar yemek yedi; gece yarısına kadar onun hikâyelerini anlatıp, rahmetli şöyle derdi, bir keresinde de böyle yapmıştı diyerek gözlerinden yaş gelene kadar güldüler. Yalnız, Emre'nin annesi birden feryat figan bir ağlama tutturuverdi. Hem ağlıyor hem de "Depremi de göremedi anacığım" diye ağıt yakıyordu. Bunun üzerine yine herkes bir kahkaha kopardı. Büyükanne daha önce korkutucu depremler geçirmiş olmalı ki en ufak bir sarsıntıda "bismillahirrahmanirrahim" diyerek hemen ayağa fırlar, "O zismos" diye haykırarak sokak kapısına koşardı. Onun bu deprem korkusuyla bütün aile dalga geçerdi ama şimdi, "Depremi göremeden öldü" diye ağlamanın anlamsızlığı hepsini bir daha kahkahalara boldu. "Hay Allah layığını versin, hiç depremi göremedi" diye ağlanır mı diyerek yerlere yattılar. Böylece büyükannenin ölümü de yaşamı gibi kimsenin üzerinde bir ağırlık yaratmadan, beyaz tüy uçuşmalarıyla geçti gitti.

Cenazenin kaldırıldığı akşam evde merhume için Kuran okuyan iki hoca bile ailedeki gülen yüzlere şaşıp kaldı. Oysa onlar –bildiğimiz gibi– büyükannenin daha önceleri, ölen kocasının ardından eve gelip Kuran okuyan hocalara ne kadar kızdığını bilmiyorlardı. Sağ olsa herhalde yine sirkeleri, bezleri alıp girişirdi rahmetli. Ailenin tuhaf kadınları, ertesi sabah elbirliğiyle evi elma sirkesiyle ovup silmeyi, böylece büyükannenin ruhunu şad etmeyi planladılar. Yaptılar da.

Ertesi gün bütün ev buram buram sirke kokarken Emre Karaca bilgisayarını açtı, postalarına göz gezdirirken, elinde olmadan ağzından "hass.." diye bir küfür fırladı. En üstteki posta Hazakat Hisarlıgil'den geliyordu; konu kısmında ise "Özür" yazılıydı. Olacak iş miydi bu, olacak iş miydi! Aceleyle üstüne tıklayınca mesaj açıldı:

Sayın Emre Karaca,

Yayınevine gönderdiğim kitap değerlendirme yazısının yanlışlıkla elinize geçmiş olmasından dolayı ne kadar üzgün olduğumu anlatamam. Editör, daha dikkatli davranmalı, böyle korkunç bir yanlışlığa yol açmamalıydı. Emin olun ki eğer okuyacağınızı bilseydim o saygısız satırları kesinlikle yazmazdım. Duygularınızı incitmiş olduğumu tahmin ediyor ve sizden defalarca özür diliyorum. Bağışlayın beni ne olur. Açıkçası romanınızı beğenmedim; yapay ve özenti buldum; kitap konusunda yalan söylemem mümkün değil; gerçek düşüncem bu. Ne var ki bu düşünceyi daha edepli bir üslupla yazmalıydım. Romanınızı beğenmediğimi belirttim ama şunu eklemem gerekir ki, haklı bir öfkeyle yazmış olduğunuz cevabınıza, hem üslup hem de fikirler açısından bayıldım. Belli ki edebiyatı, yaşam ve ölüm kadar ciddiye alıyorsunuz. Bir yazar için ne güzel nitelik. Yazınızda öne sürdüğünüz düşünceler çok ilginç. Eğer bana olanak tanırsanız, sizi yemeğe davet ederek düşüncelerinizi daha ayrıntılı olarak dinlemeyi ve aklımda yarattığınız soruları cevaplamanızı çok arzu ederim.

En derin saygılarımla,
Hazakat Hisarlıgil

Doktor

Doktor ilginç mi ilginç bir adam. Amerika'dan yeni dönmüş, orada uzun yıllar genetik bilimi üstüne çalışmış. Altmış altı yaşında, gözlüklü, kafası, sanki fazla düşünmekten saçı dökülmüş gibi pırıl pırıl parlıyor. Tıbbın geleceğinin genler üzerinden yürüyeceğini, ileride yıpranan bir organın yerine yenisinin yapılarak takılacağını anlatıyor. "Kök hücre ve gen; işte iki mucize kavram. Yakında büyük bir Amerikan üniversitesi bu teknolojiyi duyuracak" diyor. Bu bilgiler masadakileri çok heyecanlandırıyor elbette; kafalarında doktora sormak istedikleri binbir soru dönmeye başlıyor. Ama doktor birdenbire konuyu bir parça başka alana kaydırarak, içinde yaşanan çevrenin, yenilenlerin içilenlerin, kültürün, geleneksel ortamın, yaşam biçiminin genleri nasıl mutasyona uğrattığını anlattıktan sonra, "Bakın" diyor, "çevrenize göz gezdirin, sokağa çıktığınızda insanlara dikkatli bakın, bu ülkedeki gen mutasyonunun örneklerini çok iyi göreceksiniz. Bu halkın sadece düşünceleri, ahlakı, bilgisi değişime uğramadı, görünüşü bile değişti. Eski Türk filmlerinde sokaktaki sıradan insanlara bakın, ne demek istediğim daha iyi anlaşılır. Demek ki sadece gıdaların DNA'sıyla oynanmıyor, bir halkın DNA'sı da değiştirilebiliyor, o halkın yalnız bakışları, halleri, davranışları, düşünceleri değil, görünüşü bile değiştirilebiliyor. Yaşım altmış altı, dolayısıyla bu ülkenin eski hallerini de gayet iyi bilirim ben. Türkler eskiden içedönük sessiz insanlardı, yaygara yapmazlardı. Şehirlerimiz, kasabalarımız sessizdi, müziğimiz dertli ve alçak sesliydi. Araplar, Yunanlılar, İtalyanlar çok dışadönüktü ama biz öyle değildik. Bir de şimdi bakın; dünyada bizden daha gürültücü, daha dışadönük bir halk var mı? İtalyan'ı da geçtik, Arap'ı da, Yunan'ı da. Müzik deseniz, kulağımıza tornavida batırılır gibi yüksek ve rahatsız edici; o eski melankoliden eser yok. Neden? Çünkü DNA değişti, halk mutasyona uğradı. Değişimi gözlemek zordur, insana her gün gördüğü dünya hep aynıymış gibi gelir ama bana inanmıyorsanız bu ülke hakkında izlenim yazmış olan yabancıların kitaplarına bakın. Hepsinin şaşırarak vurguladığı ilk şey sessizliktir. Yani dedeniz sessizdi, içedönüktü, siz değilsiniz. Üzerinde düşünmeye değmez mi?"

Bütün gerçek bilim adamları gibi bizim doktor da saf bir insan, gözü açık bir çocuk bile kandırabilir onu; laboratuvarda büyük buluşlara imza atar ama en basit şeyleri fark edemez; örneğin arabasını park etmek için boş yerleri göremez, ayaküstü sohbetlerdeki imalara aklı ermez, para pul hesaplarını ise hiç bilmez. Kendisine yapılan her şakayı ciddiye alır, yanıtlamaya çalışır. Gerçek bir zekâ vardır onda; sokak zekâsı ise eksiktir.

Tanıdık insanlardan ve bildik yerlerden söz etmeyen her genelleme gibi bu soyut konuşma da tahmin edileceği gibi masadakilerin içine fenalıklar getiriyor, aman bir an önce sussun şu moruk ifadesiyle birbirlerine bakıyorlar. Sonra daha fazla dayanamayan bir kadın adamın sözünü ortasından bölüp, öteki kadınlara hangi dizileri izlediklerini soruyor. Bunun üzerine ortalık, tilki girmiş tavuk kümesi sesleriyle doluyor. Kimi başroldeki oğlana bayılıyordu ama "çocuk" o rolde olmamıştı; kimin hakkı vardı o güzel sarışın dünya yakışıklısı çocuğu köylü rolüne sokmaya canım, kimin hakkı vardı; daha önceki rolde ne kadar hoştu, şık giysiler, son model arabalar, güzel insanlar, öf ne vardı bu köylü dizilerini gösterecek; kız da güzeldi doğrusu, ceylan gibiydi. Başka biri buna itiraz ederek ama çok estetik var şekerim diyor, ilki estetik olmadığını iddia ediyor; bir süre bunu tartışıyorlar. Doktor susuyor.

Yandaki masada da aynı kavramlarla konuşuluyor ama bu kez konu televizyon dizileri değil, siyaset. "Ay" diyor geçkince bir gazeteci kadın, "geçen gün o işadamını gördüm; zayıflamış, kilo vermiş, nasıl yakışıklı olmuş, vallahi benim başbakan adayım o, harika bir başbakan olur bu memlekete." Biri çıkıntılık yapmaya çalışıp, "Yahu başrol oyuncusu mu arıyorsunuz, yoksa başbakan mı?" diye sorduysa da arada kaynayıp gidiyor.

Başka bir masada adamın biri kahrolduğunu söylüyor, "Kahroluyorum abi yaa" diyor, "nedir bu takımın hali, maçlara gidemez oldum, bu herif kulüp başkanı olarak kaldığı sürece, işte şuraya yazıyorum, küme bile düşeriz biz, işte şuraya yazıyorum, düşmezsek yüzüme tükürün." Başka takımı tutan bir adam ise, "Tabii" diyor, "beter olun, zaten layığınızı buldunuz; yol yakınken takım değiştir arkadaşım, bu takımdan hayır gelmez." Bu sözler üzerine öteki celalleniyor, "Asla" diyor "asla, kanım bu uğurda aksa da değiştirmem, yensek de yenilsek de klas takımız biz." Sonra diğerlerine dönüp, kendisine cevap veren arkadaşını göstererek "Bu ne yaptı biliyor musunuz" diyor, "geçen akşamki maçtan sonra bir, affedersiniz hanımlar, at şeyi resmi gönderdi WhatsApp'la. Böyle geçirdik demek istiyor, adi herif." Hep beraber gülmekten bayılıyorlar, at şeyi resmi gönderen adamın zekâsını takdir eden pırıltılı bakışlar atıyorlar. Başka biri "İlahi, ömür adamsın!" diye omuzuna pat pat vuruyor. Masadaki sohbet, Türk ve yabancı futbolcuların o yılki performansları, hangi baldırlarında hangi liflerin yırtıldığı, aldıkları bonservisi hak edip etmedikleri gibi ayrıntılı sohbetlerle sürüp gidiyor. Hepsi futbol düşkünü, hepsi iddialı, hepsi konuşkan, hepsi zengin ve hepsi kilolu ve hiçbiri kitap okumaz. Kimi bunu övünerek söyler; kimi de daha terbiyeli sayılabilecek bir tavırla, kitap okuduğunu belirtir ama hemen ekler: "Öyle roman moman değil, ciddi kitaplar okurum ben."

Ters duran terliklere dair

> İstanbul halkı devletlerine, nimetlerine mağrur oldular. Hak yolundan ayrıldılar, nefis havasına düştüler. Biri birini aldatır, biri öbürünün elindekini almaya çalışır. Namusa iftira atarlar, leke sürerler. Esnaf hilekâr. Ulema ilmin faziletini unutmuş, avam ise zina ve livataya düşmüş. İstanbul'un üzerinde bir bela-yı asuman dolaşıyor; böyle devam edemez; ya bir merhametsiz kılıç sahibi kesecek, ya bir salgın gelip kıracak, ya bir ateş düşüp yakacak; varlık içinde aklını ve ahlâkını kaybeden insanları kül üstünde çırılçıplak bırakıp yaptıklarına pişman kılacak.
>
> Mehmed Halife, (17. yüzyıl)

Üstadın patavatsız laflarına daha fazla dayanamayan öfkeli koca bardağı fırlattığı anda, İstanbul denilen insan mahşerinde pek çok akla ziyan olay daha olmuş, bunların birinde, Konstantiniyye Oteli'ne bir saat uzaklıktaki bir yoksul mahallesinde, öfkeli bir koca karısını tabancayla vurmuştu. Hem de mahrem yerinden. Kurşunla iç organları parçalanan genç kadın can çekişirken koca merak edip kapıyı çalan komşulara polisi çağırmalarını, karısını vurduğunu söylemişti. Sonra da ağlamakta olan beş yaşındaki kızını kucağına almış, divana oturarak sigara içmişti. Polis eve gelip onu bulduğunda bu durumdaydı.

Cinayetin sebebi, karısının onu cami imamına, mahalledeki kadınlara ve en sonunda da polise şikâyet etmiş olmasıydı. Adam karısını ters ilişkiye zorlamış, bunun büyük bir günah olduğuna inanan kadın inatla karşı koydukça da dayaktan canını çıkarır olmuştu. Her gece yaşıyorlardı bunu. Sonunda genç kadın tek çareyi kocasını herkese şikâyet etmekte bulmuştu; adamı karakola çağırıp nasihat etmişlerdi, imam da böyle şeyler yapmamasını tembihlemiş, Kuranıkerim'de, fiili livata yüzünden mahvolan kavimlerin ibret alınacak sonlarını anlatmıştı. Bunun üzerine zaten karısından istediğini alamamanın öfkesiyle adam, bir de el âleme rezil olduk diye düşünüp kadını mahrem yerinden vurmuştu.

İstanbul'da böyle vurulan kadın, tek bu zavallı değildi elbette. Başka kadınlar da aynı akıbete uğramıştı; bunların en ünlüsü Mebus Recep Zühtü'nün, sevgilisi olan kadının başka biriyle kırıştırdığını öğrendiği anda tabancasını çekip kadını mahrem yerinden vurması olayıydı. Yeni kurulmuş Cumhuriyet'in tanınmış mebuslarından biri olan Recep Zühtü'nün bu hunhar cinayeti işlemesine, kadının yatıp kalktığı delikanlının gayrimüslim oluşu bir etki yapmış mıdır bilinmez; o zamanın İstanbul'unda bunlar da konuşulmuştu, günahı diyenlerin boynuna. İşin garip yanı şuydu: Recep Zühtü, Atatürk'ün tanıdığı, hatta bazen sofrasına kabul ettiği kalantor biri olduğu için bir süre hiç kimse adamı yargılamaya cesaret edememiş; valilik, emniyet, savcılık ona dokunamamıştı. Sonunda özel kalem müdürü Atatürk'e durumu anlatmış, adamın yaptıklarını bir bir saymıştı. Bunun üzerine Gazi Paşa, "Yahu kadın öldürmek erkekliğe sığar mı!" diye sinirden morarıp adamın derhal yakalanması talimatını vermiş, böylece kadının kanı yerde kalmamıştı.

Neyse, dönelim yine o gece olan hadiseye. Eğer polis kadının şikâyetini gerçekten dinlemiş olsa, kocaya nasihat etmekle yetinmez doğru savcılığa yollardı. Bu yolla belki de cinayet engellenebilirdi. Çünkü bu şehirde yüzyıllardır geçerli olan yasaya göre kocanın yaptığı büyük bir suçtu. Osmanlı devrinde dahi bir kadın, kocasını, kendisini livataya zorlamakla suçladığı zaman kadı hemen ayırırdı bu çifti, adama da ceza verirdi. O zamanın kapalı, mazbut kadınları mahkemede, onca erkek içinde bu işi nasıl anlatırdı derseniz, onun da bu şehirde yerleşmiş kadim bir usulü vardı. Kadın mahkemede terlikleri çıkarır ve ters çevirerek kadı efendinin önüne koyuverirdi. Artık başka bir şey söylemesine gerek yoktu, herkes durumu anlardı. Ters duran terlik, ters cinsel ilişki demekti. Zinanın kanıtlanması ise daha zordu; kılıcı kında ya da kadınla erkeği aradan kılıç geçmeyecek durumda gören dört tanık gerekiyordu. Eğer toplu bir âlem yapılmıyorsa nasıl olup da dört kişi kılıcı kında görebilecekti bilinmez ama Osmanlı'nın cinsel kuralları çok katıydı. Mesela eşcinsel bir genç oğlan yakalanırsa baldırına hîz damgası vurulur, çıplaklar hamamında beline peştamal bağlanır, artık ömür boyu bu işten başka bir şey yapmaması sağlama alınırdı.

Eğer üstadın başına o tatsız iş gelip de sözü yarım kalmasaydı bir sonraki sohbet konusu bu olacaktı. "Divan şiirinde kime canan denir, kime civan" diyerek her zamanki gibi bir soruyla konuya girecek, sonra canan sözcüğünün kız sevgili, civan sözcüğünün ise oğlan sevgili için kullanıldığını anlatacaktı ki, bu şiirlerde civan daha çok geçerdi, padişahlar bile civanlara şiir yazarlardı. İstanbul'un namlı kumpanyalarındaki oğlan rakkaslar ortalığı ateşe verir, onlar uğruna kanlı bıçaklı kavgalar yaşanırdı.

Ama ne yazık ki masadakiler bu önemli bilgilerden yoksun kalıyorlar çünkü talihsiz üstat hastanede, açılan kaşına dikiş attırmakla meşgul. Bir yandan da doktora, Osmanlı devrindeki bir kanun maddesine göre ecnebi cerrahların ve rakkaselerin bu şehirde icra-yı sanat eylemelerinin yasaklanmış olduğunu anlatıp, bunu bilip bilmediğini soruyor. En büyük kaygısı ise dikişlerin ekranda nasıl görüneceği. Çünkü üstat haftanın en az dört akşamı televizyon ekranlarına çıkmazsa yapamaz; bu yüzden her akşam çayını başka bir televizyon kanalında, programcıyı ve izleyicileri tatlı tatlı azarlayarak içer. Kendisine bu kadar televizyon, bunca konsolosluk daveti, bu kadar açılışa koşuşturmaktan vakit bulup da ne zaman kitap okuduğunu, ne zaman yazdığını soranlara ise burun kıvırır; gözlüğünün üstünden küçümseyici bir bakış atarak "Biz zamanında okuduk evladım; sizin gibi eşeklik yapmadık gençliğimizde" cevabını yapıştırır. İlginç bir bilim adamıdır üstat doğrusu.

Bir aile tablosuna dair

Apartmanın girişi yeni boyandığı için kireç kokuyor. İsten, kömürden, gelenin geçenin sürtünmesinden kararan giriş aydınlanmış. Mustafa içeri girerken bu ayrıntı dikkatini çekiyor, "Demek bitmiş boya" diyor, "bir daha buraya doluşmaz o adamlar, çoluk çocuk rahatça inebilir, o adamların pis bakışları altından geçmezler." Haydut herifler dediği boyacılardan nefret ediyor. Her gün karısını kızını gözlemek için işi uzattıklarını biliyor.

Karısı hep güler yüzlü, hep böyle tatlı tatlı güler, başkasına da güler mi acaba? Bu gülüşünü öteki adama da gösterir mi? Canına sokacak kadar sevdiği –kendi sözleri bunlar– çocuklarının yüzüne bakıyor, onlarda kendisinden izler arıyor; bazen görüyor bunu; oğlanın kaşları, dudakları aynı kendisi, kız daha az benziyor, daha çok anne o, ama kara gözler kendisi; bazen de hiçbir iz bulamıyor, "Yok, bu çocuklar benden değil" diyerek beynini oyan burgacın iyice derinlere işlemesine izin veriyor. Bu düşünceler aklına üşüştüğünde hemen ilaçlarına sarılıyor, titreyen elleriyle sarı hapları avucuna döküp susuz musuz içiyor, içindeki panik yatışsın diye bekliyor. Karısının gülüşü melek gibi; sıcak, koruyucu, kadınca, sevecen; yatakta kendisine ılık kollarıyla sarılışı; uyurken gün değmemiş tombul bacağını kendi esmer bacaklarının üstüne koyarak çengel atması geliyor aklına. O anlarda kadının iri memelerinden yükselen bir şefkat buğusuyla sarılıp sarmalandığını duyumsuyor Mustafa. Karısının yüzüne bakıyor, bakıyor, bakıyor, baktıkça daha çok severek; ılık sütümsü rayihasını içine çekiyor onu uyandırmaktan korkarak. "Bir mucize bu" diye düşünüyor, "bir mucize, benim mucizem." Sonra "Acaba başkasına da çengel atıyor mu böyle?" diye düşünerek kıvranıyor. "Acaba kadınlığının gizemli ülkesini tanıyan bir erkek oldu mu; kimse oldu mu, oldu mu? Hayalinde, düşünde bile olsa. Ahh oldu mu? Allah çok zalim, çok zalim; Allahım çok zalimsin." Sonra "Sümme hâşa" diyor korkarak, "şeytan giriyor aklıma." İşlediği günahın dehşetinden titriyor. Şeytanı kovmak için mahmur karısının kollarından dikkatlice sıyrılarak banyoya gidiyor, buz gibi kış suyuyla yıkanıyor, gövdesine iğneler batıyor. Bu hafif cezadan sonra biraz rahatlıyor. Üç kulhuvallah bir elham okuyup yatağa giriyor, karısına sarılıyor, kara adamın o gece düşüne girmemesi için dua ederek uykuya dalıyor; sıcak ve huzurlu yatak onu bir anda derin bir uykuya çekiyor.

Kadın sıcacık gülümsüyor şimdi; "Hoş geldin, yemek hazır" diyor. "Hadi elini yüzünü yıka, doğru sofraya." "Çocuklar?" diye soruyor Mustafa. Kadın, "Çocuklar yedi" diyor, "onlar çoktan yedi, yatırdım bile." "Kaldır" diyor Mustafa, "bir şey yapacağız." Şaşırıyor kadın; "Niye kalksınlar?" diyor, "istersen sen git odalarına görmek istiyorsan." Adam çocukların odasına gidiyor; oğlan uyumuş, kız "Baba" diyerek kalkıp ona sarılıyor, beline sarılan kızın yakınlığı Mustafa'yı ağlatacak neredeyse; ailesine duyduğu sevgi o kadar yoğun ki; bunu nereye sığdıracağını bilemiyor, eğilip öpüyor kızını. "Hadi meleğim, kardeşini de uyandıralım, hep beraber abdest alacağız" diyor. Karısı "Ne" diyor, " abdest mi? Bu saatte, hem de çocuklarla?" Mustafa yumuşak yumuşak gülerek işaretparmağını dudaklarına götürüyor, "Susss" diye fısıldıyor, "dediğimi yap, çok güzel olacak, her şey çok güzel olacak." Oğlanı kucaklayarak uyandırıyor, çocuk uyku sersemi babasına sarılıyor, Mustafa onu da öpüyor yanağından, kokusunu içine çekiyor. Oğlanı kucağından bırakmadan, kızın elinden tutuyor, banyoya götürüyor, kadın da arkalarından gidiyor. "Abdest almasını biliyor musunuz?" diye soruyor baba. Kız "Evet" diyor, oğlan "Iıh" diyerek başını yukarı kaldırıyor. Babası, "Küçüksün tabii daha" diyor, "yavrum benim, bak gösterdiğim gibi yap." Kollarını ve paçalarını sıvıyor, duş kabininde abdest alıyor, oğlu da aynı hareketleri yapıyor. Bu oyun hoşuna gidiyor, gülüyor. "Gülme" diyor babası, "gülme, günah olur. Allah'ın huzurundayız şimdi, Allah'ın huzurunda gülünmez." Çocuk ciddileşiyor. Baba-oğul işlerini bitiriyor. Mustafa "Hadi" diyor "sıra sizde." Kadın hiçbir şey anlamadan bakıyor kocasının yüzüne, bir kez daha soru sormaya yelteniyor; adam "Susss" diye fısıldıyor yine, "sorma." Anne kız abdest alıyorlar. Eller, dirseklere kadar kollar, yüz, ağız, baş, ayaklar. Sonra ikisi de kurulanıyor. Mustafa "Sizinle iftihar ediyorum" diyor. "Gelin şimdi içeri." Kadın salona gideceklerini sanıyor ama Mustafa hepsini yatak odasına götürüyor. Şimdi tekrarlayın diyor: "Eşhedü en lâ ilâhe illallah ve eşhedü enne Muhammeden abdûhü ve resûlü." Kadın hemen söylüyor ama çocuklar karıştırıyor; üç tekrardan sonra kızı söylemeyi başarıyor, babasından aferin alarak seviniyor. "Aferin kızım" diyor Mustafa, "şimdi bizim annenle bir işimiz var; siz burada tekrar edin, ben gelene kadar hiç durmadan tekrar edin, sen de ablanı iyi dinle öğren olur mu?" İki çocuk "eşhedü en lâ" diye üst üste tekrar ederken Mustafa karısını kolundan hafifçe tutarak onu dışarı çıkarıyor, balkon kapısını açıyor, gece serinliği içeri doluyor, kadının çıplak kolları ürperiyor, tavuk derisi gibi oluyor. Mustafa onu balkona çekiyor, sonra belinden sarılarak kaldırıyor, kadın bağırmaya başlıyor, "Yapma Mustafa, ne yapıyorsun, yapmaaa" çığlıkları birbirini kovalıyor. Hem kendi apartmanlarından hem de komşulardan camlara balkonlara çıkanlar oluyor. Mustafa kadını iyice yukarı kaldırdıktan sonra balkondan aşağı atıyor. Kadının çığlığının yere çarpana kadar sürdüğünü fark ediyor. Çevredekiler ona sesleniyorlar, durmadan adını söylüyorlar, bağırıyorlar. O içeri gidip kızını alıyor, "Baba ne oldu?" diyor kız, korkmuş, şaşkın, titriyor. Mustafa onu da balkona getiriyor; kızı direnmeye çalışıyor, "Baba, baba ne yapıyorsun!" diye haykırıyor. Kız annesinden çok daha hafif, o sevgili varlığı tüy gibi havaya kaldırıyor, aşağı atıyor. Kız dört kat aşağıdaki betona annesinin yanına düşüyor ama bu kez onun sesi çevredekilerin çığlıkları tarafından perdeleniyor. Sokak kapısından gürültüler geldiğinin farkına varıyor; kapıyı yıkmak istiyorlar sanki. O sırada gözüne oğlu ilişiyor, salona gelmiş, koltuğun arkasına saklanmaya çalışıyor. Mustafa çocuğu şefkatle kucaklıyor, balkona çıkarıyor; çocuk "Baba beni öldürme" diyor, "çok korkuyorum baba, beni öldürme." Onu öpüp balkondan aşağı atıyor Mustafa, bu kez sanki bütün mahalle bağırmış gibi oluyor. Birçok ağızdan çıkan "Mustafa" feryatları gökyüzünü tutuyor. Mustafa aşağı bakıyor, üç ceset karmakarışık durumda, kırık bebekler gibi yatmakta; kolları bacakları ters dönmüş; başlarının çevresinde kan gölleniyor. Kebapçıdan çıkan birkaç kişi cesetlere bakıyor. Komşular, akrabalar Mustafa'nın güldüğünü –evet güldüğünü–, sonra balkondan aşağı atladığını görüyorlar. Kebapçı vitrininin çiğ ışığı altında, betona yayılan koyu kan gölünün ortasında sessiz bir aile resmi oluşuyor. Kan bağı ya da kan çeker denen olguları doğrulamak istercesine giderek koyulaşan kanları birbirine karışıyor ağır ağır.

Cemal

Abime çok yalvardım, verme Zeliha'yı bu adama diye, gözüm hiç tutmadı, unutma ben komandoyum, neler gördüm, tuhaf biri, hiç konuşmuyor, hep önüne bakıyor, soyu sopu da belirsiz dedim. Zeliha'ya kısmet mi yok! Allahım bağışlasın, çok güzel kız oldu yeğenim dedim; daha ne talipleri çıkar. Bu adam çulsuzun biri; içgüveysi giriyor; adam olsa neyse ama... bir daha düşün abi dedim, dedim dinletemedim. Bu adam hemşerimiz dedi, bizim memleketten olsun yabancıya gitmesin, hem içgüveysiyse ne olmuş; daha iyi kızımız gözümüzün önünde olur, yarın öbür gün torunlarımız da bizimle büyür. Meslek sahibi adam, çalışıyor; hem de temiz bir Müslüman; namazında orucunda, bu devirde böylesi nerde bulunur dedi. Anladım ki abimden hayır yok; Zeliha'ya, istiyor musun sen bu adamı dedim. Zavallı terbiyeli kız, babam doğrusunu bilir dedi, benim bir şey söylememe gerek yok. İşte böyle oldu; gül gibi kızımızı kendi elimizle yaktık; o gül gibi çocukları da.

Meryem'le İstanbul'a geldiğimizde Zeliha, küçük kızının yaşındaydı. Nasıl da neşeli bir çocuktu. Televizyonun karşısına geçer, oraya çıkanların taklidini yapardı. Tavana asılı somyanın, tellerden çekilen kaçak elektrikle kor gibi kızarıp içeriyi ısıttığı yoksulluk dönemiydi o zamanlar; ama her şey bundan daha iyiydi. Yakup Abim onca yıl, çocuklarımı büyük şehirde yetiştireceğim diye tutturdu ama sonunda ne oldu; şehir canavarı yedi çoluğunu çocuğunu. Bundan sonra iflah olur mu artık bu aile? Manyak herif, nasıl kıydı, nasıl kıyabildi de balkondan attı hepsini, aklım almıyor; düşünüyorum, düşünüyorum, beynim çatlıyor, anlayamıyorum. İçeride müzik çalıyordu; çığlıkların farkında olamadım ama sanki camın önünden bir gölge geçmiş gibi oldu; Allah Allah dedim, ceket falan düştü sandım. Sonra baktım, bir daha düştü; o zaman dışarı fırladım; oğlanın düştüğünü gördüm, arkasından da o herif düştü; ne yapacağımı şaşırdım, donup kaldım. Meryem de çok severdi Zeliha'yı. Zeliha da ona sokulur, beline sarılır, başını göğsüne yaslardı. Sabahları Meryem, Zeliha'nın saçlarını tarardı. Şimdi ikisi de yok. Meryem'i ölümden kurtardık ama kim bilir nerede, ne yapıyor, nasıl, hiç haber alamıyorum. Şeytan diyor atla git oralara, kızı gör, ne yaptığını öğren; belki de ayrılmıştır oğlandan, belli mi olur? Zeliha ise sonsuza kadar yok artık. Meryem duysa kim bilir nasıl yüreği yanar. Olmaz olsun bu zalim dünya, olmaz olsun! Şimdi iflah olur muyuz biz? Yengem sinir haplarıyla duruyor, yarı baygın, abim hasta, iflah olmaz, gece sabaha kadar hem kusuyor, hem ağlıyor. Allah kahretsin bu acıları yaşatan o Mustafa denen herifi! Cehennemi boylamasaydı keşke de jiletle doğrasaydım mendeburu.

Meryem ne yapıyor acaba, gitsem mi, gidip de Zeliha'nın başına ne geldiğini anlatsam mı? Onun da çocukları var mı acep?

HH ile Emre'ye dair

"'Hayat ne garip!' sözü kadar, değişik ağızlarda çok çiğnenmiş bir sakız zor bulunur herhalde diye düşünüyordu Emre Karaca, "ama ne yapalım ki doğru; zaten klişeler yanlış oldukları için değil, çok tekrarlandıkları için gözden düşüyorlar. Evet, hayat çok garip doğrusu. Geçen cumartesi akşamı, deniz kıyısındaki şu kaldırımdan içeri bakıyor, HH ile editörün rakı içişini izliyordum; bu cumartesi ise editörün sandalyesinde ben oturuyorum; önümde aynı rakı kadehi, aynı deniz, aynı hava, aynı alto saksofon ötüşlü vapurlar, deniz yüzeyinde dalgalanan çöplerden yiyecek aranan martılar, aynı yosun/balık/rakı kokusu, aynı mezeler, aynı garsonlar; karşımda da rakısına buz atmakla meşgul olan HH. Garip değil mi bu şimdi? Adamın çok iyi tanıdığım çıplak başı, şakaklarındaki mor, belirgin damarlar, ona üzgün bir tiyatro maskesi görünümü kazandıran ağzının iki kıyısındaki derin çizgiler; işte her şeyiyle karşımda."

Onca yakından bildiği, uyumasını, ağlamasını izlediği adamın, ilk kez karşılaştıklarını sanması ne tuhaftı. Emre'nin içinde küçük bir suçluluk duygusunun belirmesi ise bundan da tuhaftı. Mesleği, edebiyat öğretmek gibi çok göz alıcı, hatta söz sanatlarının önemini bilen kişiler tarafından sarsıcı olarak nitelendirilebilecek biri için aşırı yalın, aşırı ürkek, aşırı renksiz sayılabilecek bir adamdı.

HH bir şey söyledi ama o sırada her şeyi bastıran bir vapur düdüğü yüzünden ne dediğini duyamayan Emre, "Efendim, ne dediniz?" diye sordu; ne var ki kendi sesi de vapurun ikinci düdüğünün görkemi arasında eriyip gitti. Bunun üzerine ister istemez –ve belli belirsiz– gülümseyerek, hiçbir şey söylemeden kadeh kaldırıp rakılarından birer yudum içtiler. Zaten adamın ne demek istediği belliydi. Ya "Sağlığınıza" diyecekti, ya da davet sahibi olduğunu belirterek "Hoş geldiniz" –ki bu söz, hesabı kimin ödeyeceğini baştan belirlemesi açısından çok yararlıydı– gibi basmakalıp bir şeyler. Birden güldü Emre, çünkü Ankara'dan İstanbul'a gelen yolcu otobüsündeki gülünç durumu anımsamıştı: Hemen hemen bütün otobüslerin mola verdiği yere geldikleri zaman sürücü mikrofonu eline alıp konuşmaya çalışmış ama mikrofondan bir türlü ses çıkmamıştı. Sürücünün söyleyeceği şey belliydi; "Mola veriyoruz" diyecekti ama mikrofon çalışmadığı için bir türlü diyemiyor, aygıtın metal kafasına tak tak vurup duruyordu. Bu arada sıkışmış, acıkmış, bunalmıştı yolcular; "Anladık, anladık, ne olur kapıları aç" diye yalvarıyorlar ama ilkelerine bağlı sürücü inat edip mikrofonu çalıştırıncaya kadar kapıları açmıyordu. Sonra nihayet "Mola" diyebilmişti, onu alkışlayan yolcular da adamın suratına ters ters bakarak inmişlerdi otobüsten.

"Niye gülüyorsunuz?" diye sordu HH. "Durumumuzun garipliğine mi?"

"Hayır" diye karşılık verdi Emre, "aklıma başka bir şey geldi."

İki saat yedi dakika sonra içkinin mahmurluğundan ötürü belli belirsiz sallanmakta olan iki gölge, sokak lambalarının ışığı altında, rıhtıma, kaldırıma, sonra caddedeki beyaz çizgilerle belirtilmiş olan yaya geçidine vurdular. Karşıya geçtikten sonra el sıkıştılar; biri sokağa doğru yürüdü, öteki otobüs beklemeye başladı.

Emre'nin yüreği ezik, çırpıntılıydı; soluk alamıyordu sanki ama bunun nedeni, HH ile konuştukları şeyler değildi. Yemeğin sonunda kalkarken gördüğü, geniş lokantanın çıkışına doğru küçük bir masada oturmuş yemek yiyen iki kişiydi. Bir kadın ile bir erkek. Erkeği tanımıyordu, sıradan biriydi ama karşısında oturan kadın Zehra'ydı. Bunu gördüğü anda yüreğine, ateşte kızdırılıp kor halini almış bir kılıç saplanmıştı. Benzi mi soldu, gözleri mi büyüdü, bir an durakladı mı ne olduğunun farkında değildi; HH gibi kendisini yakından tanımayan biri bile, "Ne oldu Emre Bey? İyi misiniz?" diye sormak zorunda kaldığına göre.

Hiç beklemediği bir şeydi bu, söyleseler inanmazdı. Zehra'nın başka bir erkekle baş başa yemek yiyebileceği, ona sarılabileceği, dudaklarından öpebileceği, kendisine yaptığı gibi bir tanem diye mesajlar gönderebileceği, hatta o adamla yatağa girebileceği hiç aklına gelmemiş miydi? Nasıl olup da gözlerini bu gerçeğe kapatmıştı, Zehra'nın kendisinden sonra da bir hayatı olabileceğini nasıl düşünmemişti? Zehra adamla konuşmaya dalmıştı, gülerek bir şeyler anlatıyordu. Lokantaya küs gelmiş ya da birden alevlenen bir kavgaya tutuşmamış olan bütün çiftler gibi dışarıdan bakanlara mutlu bir görünüm sunuyorlardı. Emre'yi, gözlerinde apansız patlayan bir flaş gibi hazırlıksız yakalayan bu görüntü, içine ılık zehirler akıttı; eskilerin "ciğer pare pare" dedikleri gibi oldu; soluğu sıkıştı, sanki o yolcu vapuru göğsünün üstüne oturdu; lokantadan sersem gibi çıktı; HH ile yolun karşı tarafına geçtiler; farkına bile varmadan adamla vedalaştı; nereye gittiğine bakmadan gelen ilk otobüse bindi; nereye oturduğuna dikkat etmeden, gecenin ilerlemiş saatinde ancak birkaç kişinin bulunduğu otobüsün en arka sırasına oturdu; insanların yüzüne mor gölgeler düşüren hayalet ışıklar altında iki durak gitti; ikinci durakta mide bulantısını bastırmaya çalışarak otobüsten dışarıya attı kendini; yol kıyısındaki çamurlu arsaya, karanlık bir boşluğa kustu, kustu, içi dışına çıkana kadar kustu; sonra soğuk terle birlikte bir titreme aldı Emre'yi.

Gecenin tenha karanlığında, yılgın ve kimsesiz sokak köpekleri gibi, büyük binaların arasındaki o karanlık arsada dört ayak üstünde bulantı kasılmalarının geçmesini bekledi. Dizleri ve elleri çamura batmıştı. Kendi alanlarında bulunan bu tuhaf köpeğimsi yaratık, mahalle kabadayısı gece köpeklerinin ilgisini çekmiş olmalı ki üç iri çomar başına toplandı. Emre'ye dikkatle bakıyor, ne yapacaklarına karar vermeye çalışır gibi onun her davranışını izliyorlardı. Emre korktu; hem de çok korktu, soluğu kesildi. İstanbul'un namlı sokak köpekleri arada bir insanları, bebekleri paralar, bunlar da gazetelerde kısa haberler halinde yayınlanırdı. Köpek dişleriyle didiklenerek parçalanmanın dehşetini hiç kimseye hissettiremeyen soğuk haberlerdi bunlar; bir göz atılır geçilirdi. Emre kendisinin de böyle bir haber olacağını düşündü; bir yandan da korkusunu belli etmemesi gerektiğini biliyordu; köpeklerin korkunun kokusunu aldıkları gibi bir şeyler okuduğunu anımsıyordu. Hayvanlar çok iriydi; dört ayak üstünde duran Emre'nin yüzüne o kadar yakınlardı ki ıslak tüylerinin keçeleşmiş ekşiliğini, kemik kıran korkunç dişli ağızlarından gelen ağır kokuları bile duyabiliyordu. İçinden, ayağa kalkıp koşmak geliyordu ama bunu yapamazdı; yapmadı. Kendini zorlayarak, dörtayak üstünde, kaderine razı olan tuhaf bir köpek gibi durmaya devam etti. Köpekler onu kokladılar, çevresinde dolaştılar. Çok istemesine rağmen, arkasına geçen köpeklere bakmadı; ensesindeki tüyler diken diken oldu; yoldan birilerinin geçmesi için dua etti; gecenin o saatinde hiçbir yaya yoktu otoyol kıyısında. Karanlıkta yıldırım gibi geçen arabalar da onu göremez, görse bile durmazlardı.

"Durumum umutsuz" diye düşündü; büyükannesiyle kendi

ölümünün arasında bir hafta olacağı gibi tuhaf bir düşünce belirdi kafasında. (Yazıya geçtiğinde, insanların aklına gelen düşünceler tek tek gelmiş gibi bir hava olur, oysa herkesin bildiği gibi düşünceler tren kompartımanları gibi gelmez, birden, karmakarışık, bölük pörçük hücum ederler.) Emre'nin üç korkunç köpek arasında ecel terleri dökerken aklına, bu köpeklerin aslında atalarının öcünü almakta oldukları geldi. Çünkü 1910 yılında Enver, Talat, Cemal Paşalar, daha sonra çeşitli yurttaş toplulukları üzerinde uygulayacakları toplu kıyımın provasını İstanbul köpekleri üstünde yapmışlardı. Sıcağın dayanılmaz hale geldiği ağustos ayında İstanbul'dan 80 bin sokak köpeği toplanmış, mavnalara atılarak Hayırsız Ada denen kayalığa götürülüp bırakılmıştı. Adada ot yok, su yok, ağaç yok, gölge yok; kısacası hiçbir şey yoktu. Köpekler orada çıldırmıştı. O sırada vapurla o bölgeden geçen bir Fransız gazeteci şunları anlatmıştı:

> Dayanılmaz derece sıcak vardı. Etkisinden kurtulmak için kabinime çekildim. Vapur durmuştu. Biraz kestirmiştim. Hemen kalktım. Acele merdivenleri çıkarak güverteye kendimi attım: Küme küme köpek cesetleri ve etrafa yayılan çok fena bir koku...
>
> Bir mil uzakta ağaçtan, bitkiden oluşmuş yalçın bir kayadan ibaret olan ada gözüküyordu... Yalçın kayanın üstünde köpekler karınca gibi kaynıyor... Köpeklerin en büyük kısmı sahili takip eden kayalık üzerinde toplanmıştı. Pek çokları güneş hararetinden kavrulmuş, serinlemek için var güçleriyle suda yüzüyorlar, son takatlarına kadar suda kalmak istiyorlar. Ötede beride görülen cesetlerin etrafında dolaşarak, çabalayarak bir parça et koparmaya çalışıyorlar... Karadaki diğer kısmı ufak bir gölge bulabilmek için taş kovuklarına sığınmak üzere delik, deşik arıyorlar... Diğer bir kısmı ise adeta delirmiş gibi oraya buraya koşuyorlar, sürekli kendi etraflarında dönüyorlar...

Seslerini şimdi tam olarak duyuyorduk. İşittiğimiz bu feryatlar köpek havlaması değil adeta insan feryadı idi. Kaptan geminin düdüğünü çaldırdı. Zavallı hayvanlar bir yardım sesi duymuş gibi heyecanlandılar. Bu sese hayvanların nasıl yalvarırcasına cevap verdiklerini size anlatamam. Bilmem göz önüne getirebiliyor musunuz? Feryat ve inilti saçan bir yalçın kaya. Bir yanardağ ki ateş yerine feryat, duman yerine cesetler saçıyor. Bu kızgın zemin üzerinde su, yiyecek için ağızları açık köpekler... Etrafında martıların uçuştuğu cesetler kısım kısım denizde lekeler oluşturuyor. Vapur hareket etti. Zavallı köpekler yine bizleri son bir ümit ile takibe çalışarak çırpınıyorlar. Hiçbir şeyden habersiz geminin dalgaları onları büsbütün batırıyor, boğuyor, öldürüyordu. Ne karada ne denizde ölümden başka onlara el uzatan yoktu. Uzaktan bir römorkörün adaya doğru geldiğini gördük. Arkasında iki mavna köpek dolu kafeslerle aynı adaya gidiyor. Hayırsız Ada'nın aç sakinlerine İstanbul'dan taze köpek getiriyorlardı. Biz uzaklaştık. Marmara'nın yüzü üzerinde siyah bir nokta halinde kalan bu müthiş manzaralı adadan bakışlarımızı ayıramıyorduk...

Bu köpekler, o deliren köpeklerin torunları olmalıydı; şimdi de bu yüzyıllık öcü Emre'den çıkarmalarını engelleyecek hiçbir şey yoktu.

Emre daha sonra bu anı çok düşündü. (Bu cümleyle Emre Karaca'nın başına gelen köpek badiresinden kurtulduğunu anlatmış oldum sanırım. Köpekler kendisine donmuş bir zaman gibi gelen, o çok uzun birkaç dakikanın sonunda fırlayıp gittiler. Daha sonra konuştuğu bir arkadaşı, köpeklerin büyük olasılıkla dişi olduğunu, kendisine bu yüzden dokunmadıklarını söyleyecekti. Erkek olsalarmış, egemenlik bölgelerine giren başka bir erkeği gözünün yaşına bakmadan paramparça ederlermiş. Böylece Emre, hayatını, canlıların temel erkek-dişi ayrımı sayesinde kurtarmış olduğunun bilincine vardı.) Evet, Emre daha sonra bu anı çok düşündü. O gece birbirinden apayrı üç ruh durumuna savrulmuştu; birbirini izleyen, hatta baskılayan duygulardı bunlar ve belki de insanın hayattaki konumlanışı açısından açıklayıcı işlevleri vardı. Gece, HH'ye duyduğu nefretle, zedelenmiş entelektüel onurunu tamir etme kaygısıyla başlamıştı. Ona iki saati aşkın bir süre egemen olan ruh durumu buydu. Ne var ki, lokantadan çıkarken Zehra'yı başka bir erkekle görmesi, saniyeden bile kısa bir sürede yüreğine dalıp çıkan kılıç gibi onu altüst etmiş, HH'yi önemsizleştirmişti; daha doğrusu silip atmıştı. Demek ki sevda acısı, entelektüel onurdan daha önemliydi; onu anında silebiliyordu. Bir yazarın, "Aşk egoyu yener" sözünün doğru olduğunu düşündü. Üçüncü aşamada ise, hiçbir şekilde geçmez sandığı sevda acısı, üç köpeğin tehdit edici bakışları altında yerini hayatta kalma güdüsüne bırakmıştı. Kendini aşırı bir korkuyla ele veren bir yaşama güdüsüydü bu, temeldi, belki de en temel duyguydu ve söylemesi zor olsa bile –belki de anlık olarak– aşktan daha güçlüydü. Ne var ki korku geçici, sevda acısı ise kalıcıydı. Gövdesinin parçalanması tehlikesini atlatan Emre'nin, yüreğinin parçalanmasına odaklanması bu yüzden olmuştu işte.

Köpeklerden kurtulup, korkuyla çarpan yüreği sakinleştikten sonra Zehra düşüncesiyle kalbi tekrar oyulmaya başlamıştı. Büyükannesinin dolma yaparken kabakların, patlıcanların içini oymakta kullandığı o kıvrık, sivri alet kalbinde burgaç çeviriyordu sanki.

"Sevda nasıl bir şey?" diye düşünüyordu Emre. "Belki de

bir insanın başka bir insanın yüz ifadesine meftun olmasıdır. Herhangi bir ifade ama kişiliğinin her türlü halini özetleyen, usta ressamların elinden çıkan bir portre gibi onu yansıtan bir ifade. Bazen safiyet, bazen hasret, bazen ciddiyet, bazen şaka, bazen zekâ, bazen şehvet... Her insanın binbir türlü hali var, sevdalanmış birinin gözünde bu değişik haller, bütün kişiliği özetleyen tek bir ifadeye dönüşür. Uzaktayken, ayrıyken onu düşündüğünde gözünün önüne gelen tek ifade budur."

"Özlem nasıl bir şey" diye düşünüyordu Emre. "İnsan neyi özlüyor, başka bir insanı mı, yoksa onunla birlikte yaptığı şeyleri mi? O insan yerli yerinde duruyorsa, kendi hayatını sürdürüyorsa; özlemek onunla birlikte paylaşılan şeyleri özlemek mi?" Bir yeri özlemek, bir kişiyi özlemek, hayatın belli bir dönemini, mesela gençliği özlemek, bir yemeği özlemek, akrabaları özlemek, eski dünyayı özlemek, bir şarkıyı özlemek, açık havayı özlemek, bir kokuyu özlemek gibi sonsuz sayıda çeşitlendirilebilecek olan özlem kıvranışları beynin hangi kıvrımına yerleşerek insanın yüreğini böylesine buruyor olabilirdi? Eğer birlikte yaşanan şeyler özlenmiyorsa, yavuklunun sadece yüzünü görmek hasreti dindirebilir miydi? Elbette dindiremezdi. Başkasıyla birlikte gördüğün zaman, hasret dindirilmiş olmazdı ki. Tam tersine; kendisine olduğu gibi derine giren bıçak daha da kanırtılmış olurdu. Ne tuhaftı! Görmediği zaman özlememek ama gördüğü zaman özlemek... Gökten aniden inen ve kaçmaya imkân tanımayan bir asit yağmuru gibi yakıcı bir özlemle tutuşmak...

Emre'nin, kendisini "normal" sandığı zamanlarda yerli yerine koyamadığı düşünceleri ancak karmakarışık olmuş zihninde berraklaşıyordu. Organize bir kaos! HH'nin mesajını niye bu kadar abartmış olduğunu, o çocukça öldürme planlarını, izlemeleri, nöbet tutmaları utançla, içi ezilerek hatırlıyor, bütün bunların bir maske olduğunu, gerçeği yansıtmadığını kavrıyordu. Zehra'yı aklından kovmak için giriştiği bir roman macerasının sakilliğini derinden duyumsuyordu; bu sadece o olayın değil, kendi benliğinin sakaletini de vurgulayan bir dönüm noktasıydı. Zehra'yı görmek, kısacık bir an bile olsa görmüş olmak; yıllarca savunulan bir kalenin surlarını darmadağın eden bir top güllesi etkisi yaratmıştı. Belki de mesele Zehra'nın tek başına varlığı değil, yaşamı kendiyle paylaşmasıydı; önemli olan buydu. Emre'nin Zehra tarafından "seçilmiş" olması; başka erkeklere yeğlenmiş, onlardan daha fazla değer verilmiş; mahremiyetini, kadınlığını, yatağını, gülüşünü, dertlerini, yakınmalarını, kuşkularını, korkularını, onunla paylaşıyor olması. Asit yağmurunun en çok yaktığı nokta ise, şimdi bu tercihini başka bir erkekten yana kullanmasıydı. Dayanılır şey olmadığını düşünüyordu Emre; farkında olmadan, bilinçdışı bir dürtüyle dayanılır şey olmadığını yineleyip duruyordu üst üste, yaralı bir hayvanın kendi inlemesinde deva araması gibi. Bir yandan da sevdanın bu baş döndürücü derinliği, kendisini çok değersiz hissetmesiyle bütünleşerek daha da beter bir hal alıyordu. Hayatının her alanındaki başarısızlık duygusunu, daha önce yaptığı gibi isyan ederek değil, bu kez kendisine acıma biçiminde su yüzüne çıkarıyordu (ki insan soyunun en büyük yıkımı budur. Değersiz insan, –böyle bir şey var mıdır bilmem ama, hadi daha az değerli diyelim, altına karşı bozuk para gibi– kendisinin değersiz olduğunu hiçbir zaman düşünmez, çünkü değerler dünyasının, değerler hiyerarşisinin farkında bile olmadığı için huzurludur ama değerli bir insan kendisinin değersiz olduğu düşüncesine kapılırsa, iflah olmaz).

Bir süre sonra Zehra'yı bir insan olarak düşünemediğini fark etti. İnsan değil de sanki bir kavram, bir hayal, olağandışı bir varlık olarak algılıyor, kutsallaştırıyordu onu. Anılarının sıkışmış çekmecelerini açarak çıkardığı her gülüşü, her sıradan sözü, her şakası, her düşüncesi; peygamberini yitirmiş bir mümin gibi sürekli yinelediği, yücelttiği, bütün varlığını yönelttiği bir mucize gibi geliyordu. Şu anda ne gurur vardı içinde, ne aşağılanma duygusunun yaratması beklenen direnç, ne öfke, ne kavga isteği. Zehra'nın ayağının dibine yatan, onun arada bir tekmelediği bir fino olmak istiyordu; yeter ki onu görsün, kokusunu alsın, sesini duysun. Bu isteğin temelinde de hiç kuşkusuz, kendisinin sevda yüzünden ne kadar perişan olduğunu Zehra'ya kanıtlama, bu yüzden değersiz varlığını sıfırlamanın artık bir anlam taşımadığını belirtme isteği vardı. Ne yatak yorgan paralayan çılgın sevişmeler arzuluyordu artık, ne saygı görmek, ne Zehra tarafından önemsenmek, ne aykırı fikirleriyle onu şaşırtmak, ne zekâsını göstermek, ne de hayran olmasını beklemek... Zamanında yürek atışları kadar güçlü bir biçimde duyduğu bu arzuların hiçbiri yoktu artık. Ya ne vardı? Zehra'nın havasını solumak, yanında olmak, arada bir onun sevecen bakışlarına, o da olmazsa en azından anlayışına sığınmak. Hatta bunu sürekli hakaret görme pahasına da yapabilirdi.

Emre'nin aşırılıklarını ve duygularının başını alıp gitmesini bilen okurlar için hiç de şaşırtıcı olmayacaktır bu durum.

O kadar acı çekiyordu ki, zaman zaman –doğru olmadığını bile bile– korkunun acıyı geriye ittiği o dehşet anlarını arar hale geliyordu. Eve döndükten sonra yatağın karanlık koruyuculuğuna sığınıp, kendisine işkence yapmaya devam ederek o yemekten sonra Zehra'nın ne yaptığını düşlemeye koyulmuştu. Sanki her ayrıntıyı düşünüp, iyice gözünün önüne getirirse acısı artacak ama hayat düşlere uymayacağına göre, bu görüler gerçekleşmeyecekti. Şu anda acı çekerek her türlü ayrıntıyı canlandırmasının ödülü belki de buydu, daha da çok şey gözünün önüne gelmeliydi; hiçbir eksik gedik bırakmadan her türlü korkunç olasılığı canlandırmalıydı ki, bunlar olmasın ve hayat, hayali tekrarlamasın. Lokantadan çıktıktan sonra taksiye mi binmişlerdi, yoksa o kılkuyruğun arabası mı vardı? Zehra'yı bindirmek için yapmacık bir kibarlıkla arabanın kapısını açmış mıydı? Daha da önemlisi nereye gitmişlerdi; kılkuyruğun evine mi? Daha önce o işi yapmadılarsa; yatağa girmeleri için gerekli olan o belli belirsiz karar anını nasıl aşmışlardı? Hiçbir şey konuşmadan mı, konuşarak mı? Kimdi o?

Emre yatağın içinde, doğmayı becerememiş bir cenin misali kıvrılmış yatarken, Zehra aynı şeyleri yaşıyor olabilir miydi? Kadınca mahremiyetini o kılkuyrukla paylaşabilir miydi? Emre Karaca, bıçağı kanırttıkça kanırttı, içini dışını deşti; farkında olmadan inledi, ağladı; sabaha karşı yerinden fırlayıp telefonunu kaptı; Zehra'ya "Sensiz yaşayamıyorum" diye bir mesaj yazdı, daha doğrusu "Sensiz yaşayamıyorum" yazmak istedi ama sarsılmış ruh durumu ve telaşın titrettiği ellerinin, gözyaşıyla buğulanmış gözlerinin ihanetiyle "Senssz yassayamıyum" yazdı, gönderdi. Bir an sonra "Felaketm oldum; nefs alamıyorum" yazdı, bir an sonra dikkatini yaptığı işe vererek "Ben senin kölenim" yazdı, bir an sonra "Çıldışmak üzereyim, benara" yazdı, sonra işi kızın aramasına bırakmayarak "Ne olur yarın goreyim sni" diye yazdı. Böylece bir saat kadar, ardı ardına (o duygu depreminde bile kendisine banal gelen ama çaresizlikten yazmak zorunda olduğu) iletiler gönderdi. Sanki o kerte bayağılaşarak kendini aşağılaması da, çektiği cezanın bir parçası olmuştu. Bu dünyada her şey her zaman kötü gidemeyeceğine göre, yarım yamalak batacağına tam batmanın bir anlamı olabilirdi. Çünkü belki de evrensel dengeler, tam batmayı kabul etmiyor, ufak tefek düzeltmeler yapıyordu. Bu yüzden Emre'nin, şu anda içine düştüğü durum, yani battıysak tam batalım diyerek kendini aşağılaması, çaresizlikten kaynaklanan bir savunma güdüsü olarak da anlaşılabilir. Eğer Zehra kılkuyrukla birlikteyse telefonunun arka arkaya çın çın diye sinyal yollaması iyi olacaktı, hiç olmazsa rahatsız ederdi; eğer sesi kapalıysa en azından ışığın yanıp söndüğünü düşünerek kendini rahatlatmaya çalıştı.

Sonra bilgisayara "İsteklerim" başlığı altında şunları yazdı:

Grizu patlamasıyla çökmüş bir maden ocağında ancak yedi nefesi kalmış bir madenci olarak duvara "Zehra" yazmak.

Okyanuslarda dolaşan gemilerden düşmüş on bin serseri konteynerin birinin üzerine çıkıp "Zehra" diye haykırmak.

Platon'un şiirindeki gibi gök kubbe kadar büyük bir göz olup her an Zehra'yı görebilmek.

Sonunda dayanamadı, Zehra'nın telefonunu tuşladı. Sabah altıya on vardı. Telefon birkaç kez çaldıktan sonra, Zehra'nın uykulu sesinin "Alo" dediğini duydu.

Lokantada ne olmuştu?

Bu iki saat yedi dakika içinde, balıkçıda meze yemek ve buzlu rakı içmek dışında neler olduğuna gelince, şöyle özetlenebilir sanıyorum:

"Önce sizden tekrar özür dilemek istiyorum" dedi HH.

"Gerekmez, zaten yazmıştınız" diye karşılık verdi Emre Karaca. "Bunu geçelim, size kızdığım doğru, hem de çok kızdım ama yazıyla özür dilediniz zaten. Burada bulunma amacım bunu tekrarlatmak değil, hiç değil; sadece edebiyat konusundaki düşüncelerime katılıp katılmadığınızı öğrenmek istiyorum."

"Ama beni bir birey olarak ele almıyorsunuz; yazarlara yapılmış bütün yanlışları kendisinde toplamış bir simge olarak görüyorsunuz. Bu durumda size nasıl cevap verebilirim bilmiyorum ki. Tarih boyunca, sadece sizin belirttiğiniz gibi yapıtı basılmamış yazarlar değil, yakılmış, işkence edilmiş, yasaklanmış binlerce yazar var. Onlara bu zulmü yapanların tümü adına size nasıl yanıt verebilirim; kaldı ki, söylemeye gerek bile yok ama ben de yazarların yanındayım."

"Bunu duyduğum iyi oldu. O zaman daha somutlaştıralım durumu; iki kişi olarak konuşalım. Hemen şunu söyleyeyim: Ben sizin mesleğinizin, yani edebiyat öğretmeni olmanızın size edebiyat hakkında konuşma yetkisi verdiğine inanmıyorum. Çünkü insanlığın en büyük buluşunun kitap, en kötü buluşunun da okul olduğunu düşünen bir adamım."

HH gülümsedi; birçok gençte gördüğü "ben şöyle bir adamım" kalıbını Emre'de görmesi, onun zayıf, olgunlaşmamış yanını ele verdiği içindi bu gülümseme ama onu daha fazla kırmamak için, "Haklı olabilirsiniz" dedi.

"Bu konularda romanımda sizi bu kadar rahatsız eden, bu kadar şiddetle ve aşağılayarak tepki göstermenize yol açacak ne vardı?" diye sordu Emre.

"Açıksözlü olmama izin verir misiniz, sizi yeniden kırmaktan çekiniyorum ama edebiyat sizin için olduğu kadar benim için de çok önemli. İkimiz için de bir ölüm kalım sorunu. Dünyayı iyi edebiyatın kurtaracağına inanıyorum; bu konuda hiç kuşkum yok. Bu yüzden..."

"Demek ki ilk kez bir noktada buluştuk" diyerek araya girdi Emre Karaca. "Dünyayı iyi edebiyatın kurtaracağında anlaştık, çünkü edebiyatın, çıldıran insanlığın yüzüne tutulabilecek tek ayna olduğuna inanıyoruz."

"Ben olsam insanlık gibi büyük sözleri kullanırken biraz daha dikkatli davranırdım. Zaten romanınıza karşı çıkmamdaki temel nokta da bu; iyi yazarlar insanlığı değil insanları, daha çok da kendilerini anlatır; yazdıklarının insanlığı temsil edip etmediğine ise başkaları karar verir; daha çok da okurları."

"Amma da yaptınız! Balzac gelmiyor mu aklınıza, yapıtının adı bile *İnsanlık Komedisi* değil mi?" dedi Emre Karaca gülerek.

"İyi bir örnek verdiniz" diye yanıtladı onu HH. "Yapıtının adı öyle ama yazdığı kişilerin hepsi Fransız. Uzak diyarları, yabancı insanları anlatmak diye bir derdi yok. Çevresinde yaşayan insanları anlatarak, insanlık olgusuna ulaşmaya çabalıyor. Siz ise, kusura bakmayın genç dostum, ne olur bağışlayın beni, insanlık diye çok büyük sözlerle, bilmediğiniz dünyaları, tanımadığınız insanları yazmaya çalışıyorsunuz. İşte söyledim, rahatladım. Kendi çevreniz, gözlediğiniz hayat dururken başka insanların dünyalarını anlatamazsınız ki. Romanınızda işlek bir dil, iyi bir kurgu var ama bu iddialı tavrınız, nasıl demeli..."

"İğrendiriyor sizi değil mi?"

"Hayır, hayır! Siz bu kadar güçlü sözcükleri nasıl da kolayca kullanıyorsunuz böyle. İğrendirmesi mümkün değil ama değerini eksiltiyor diyelim."

"Size yazmıştım bu konuyu. Kendi ülkesinin dışındaki insanları anlatan birçok yazar örneği verebilirim; hele İngilizler. Paul Bowles'dan Malcolm Lowry'ye; Afrika'yı, Hindistan'ı, Paris'i anlatan yazarlar... Hemingway'e ne diyorsunuz? İspanya İç Savaşı, boğalar, matadorlar, Paris, Küba?"

HH, "Bir şeyi kaçırıyorsunuz sanıyorum genç dostum..." derken Emre yine sözünü kesti adamın ve "Rica etsem bana 'genç dostum' demeyi keser misiniz?" dedi. "Belki gencim ama bunun sürekli vurgulanmasında bir yarar görmüyorum; ayrıca dost da değiliz."

"Peki, sizi genç bir dost olarak görmeme izin vermiyorsunuz; yine de beni yaşlı bir düşman olarak anabilirsiniz, itirazım olmaz. Bakın, çok önemli bir noktayı gözden kaçırıyorsunuz dedim. Bu yazarlar dünyayı gezerken yine kendilerini, kendi gözlemlerini, izlenimlerini, yaşadıklarının onlardaki izdüşümünü anlatıyorlar. Siz hiç yurtdışına gittiniz mi?"

"Hayır."

"Mesela Kudüs'e?"

"Hayır."

"Peki, Evliya Çelebi'yi okudunuz mu; o da binbir diyarı anlatır; hatta Viyana'daki bir beyin ameliyatını betimler ama o bir gezgindir; yazdığı her şey doğru olmasa bile has edebiyattır; abartma da bir sanattır bence."

"Evliya Çelebi'nin gerçekçi olduğunu mu öne sürüyorsunuz?" diye sordu Emre. "Buna ancak gülünür. Geniş bir ovada altınlarını gömmek zorunda kalmış, tekrar aynı yeri bulabilmek için bulunduğu yerin tepesindeki küçük bulutu işaret noktası almış bir adam o. Aylar sonra oraya döndüğünde altını gömdüğü yeri bulabilmiş mi dersiniz? Belki de aynı bulut, rastlantıyla o gün aynı yere gelmiştir ha? Ne dersiniz? Bu mu gözlem, bu mu izlenim?"

HH, "Demek Çelebi'yi okudunuz" deyince, Emre, Evliya'yı daha geçen hafta okuduğunu itiraf etmekten kaçındı. Çünkü bu itiraf, Türk yazarlarını okumaya HH'den sonra başladığı yolundaki ikinci bir itirafta bulunmasını gerektirecekti.

HH, "Evliya Çelebi'nin mizahıdır bu" dedi. "Gezdiği yerleri, gördüğü insanları edebiyat tadıyla anlatır; hani şu büyülü gerçekçilik dediğiniz ve hayran olduğunuz türün en büyük ustasıdır. Daha on yedinci yüzyılda göğsüne iğde dalı saplanarak öldürülebilen vampirleri, başlarına kül sürerek kendilerini tavuğa dönüştürebilen kadınları, üflemesiyle nehirleri dondurabilen adamları anlatır. Müthiştir, müthiş."

Emre Karaca bir şey söylemese bile içinden adama hak vermek zorunda kaldı. Gerçekten de Evliya Çelebi, büyülü gerçekçiliğin üstatlarından biriydi; iyi ama herkes Güney Amerika edebiyatını didik didik edip büyük bir hayranlıkla okurken niçin kimse on yedinci yüzyılın Evliya Çelebisini böyle anlatmamıştı? Onun gerçeküstü kitaplarından neden genç okurların haberi yoktu? Bugünlerde gençliği kasıp kavuran romantik yakışıklı vampirlerin, üç yüz yıl önceki bir metinde yer alması şaşırtıcı değil miydi? Kalbine iğde dalı sokularak öldürülebilen vampirler. Sonra vampir efsanesinin nasıl doğduğunu hatırladı; olayları yerli yerine oturttu. Kaynak Vlad Tepeş'ti. Osmanlılara karşı savaşırken her türlü insaf sınırının ötesine geçerek on binlerce insanı canlı canlı kazığa oturtmasıyla ünlü Kazıklı Voyvoda. Bu adamın kan tutkusu İrlandalı Bram Stoker'ın *Dracula* adlı romanında kan içici olarak betimlenmesine neden olmuştu. Adam gerçekten de Karpatlar'daki ürkünç görünümlü bir şatoda otururdu ve resmi sanı Kont Dracula'ydı. Erkek kardeşi de Fatih'in kapatmasıydı. Evliya Çelebi'nin bunca atasını kazığa geçirmiş olan Drakul'u bilmemesi mümkün değildi elbette. Dolayısıyla Dracula hikâyesini Bram Stoker'dan yüzlerce yıl önce yazmıştı. Biz o adamı okuldaki tarih kitaplarında Kazıklı Voyvoda olarak tanıyorduk. Belki de dünyanın en korkunç işkencesiyle yavaş yavaş öldürme metodu olan kazığın yaratıcısıydı. Kazık sanıldığı gibi, insanların makatından girmiyordu; çünkü o zaman bağırsaklar, mide gibi yaşamsal iç organlar parçalanır, göreli olarak kısa sürede ölünürdü. Bu yüzden ucu sivriltilmiş kazık zavallı kurbanın kuyruk sokumundan sokuluyor, bir hayli sonra ensesinden çıkıyordu. Adamcağız bir kurtarıcı olarak beklediği ölüm gelene kadar günlerce o kazıkta yaşıyordu.

Emre bunları düşünürken HH, "Bakın" dedi, "size bir önerim var. Gelin, bu kuramsal tartışmaları bırakalım, nasıl olsa bir yere varamayız ama gerçekten merak ediyorum, çevrenizde hiç ilginç insan yaşamıyor mu, hiçbirinin hikâyesi yok mu, yoksa onları görmüyor musunuz?"

Bu sözleri duyar duymaz Emre Karaca'nın aklına, zaten Evliya Çelebi'yi okurken de sık sık düşünmüş olduğu büyükanne düştü. Onu yitirmiş olmanın acısına rağmen yüzüne bir gülümseme yayıldı. Bu, HH'nin gözünden kaçmadı. "Bir şey geldi aklınıza" dedi. "Birini anımsadınız; hadi lütfen anlatın; kim bu?"

Evliya Çelebi'deki tavuk olan kadın hikâyesi Bulgaristan'da geçiyordu; büyükannesi de oradan geldiği için bu hikâyeyi onunla, daha doğrusu onun anlattığı olağanüstü masallarla bağdaştırmıştı.

"Büyükannem" dedi Emre Karaca; birine, yeni ölmüş kadından söz etmek için bu kadar yakıcı bir istek duymasına şaşarak. O anda büyükannenin neşeli ruhu sanki gelip masaya üçüncü kişi olarak oturdu ve Emre Karaca sonsuz bir zevkle bu olağanüstü kadını anlatarak, HH de yine sonsuz bir zevk ve merakla bu hikâyeleri dinleyerek, gecenin geri zamanında sadece onu konuştular. Masadaki ağır ve gergin hava hafifledi.

Emre, büyükannenin şeytanın çükünü bağlamasını anlattığında, HH gülerek, "Harika biriymiş büyükanneniz" dedi. "Demek şeytanın aletini bağlıyor ha!" Ne de olsa öğretmen, kibar adamdı; "şeytanın aleti" demeyi uygun görmüştü.

"O kadarla kalsa iyi; daha neler neler... Eve bir kötülük geldiğini sezdiği anda hemen leylek pisliği bulur, yakarak bütün evi tütsülerdi. Ona göre kötülükler leylek gibi uçup giderdi evden. Belki de giderdi, ne bileyim. Bizi güldürmek gibi bir niyeti yoktu ama her sözüne gülünüyordu büyükannemin. Bazen beni oturturdu yanına, gazeteyi elime verip, 'Oku bakayim, kim kimi saplamiş?' diyordu. *Kim kimi saplamiş!* Medyanın özeti değil mi bu? Bir gün 'Büyükanne' dedim, 'bizim mahalleye yakın bir yerde bir kadını kocası vurmuş.' 'Neresinden vurmişlar?' diye sordu; 'İki kaşının arasından' dedim; 'uyy Allah korumiş kadinin gozuni' demez mi? Gel de gülme, elindeyse gülme."

Yaşlı kadının dünyayı kavrayışında uçuk sayılabilecek bir yalınlık vardı. Ona göre "tenceren kaynarken, maymunun oynarken" hayatın tadını çıkaracaktın; başına bir dert gelirse de, eh diyecektin, ne yapalım, dünya böyle. Kafanı ona buna takıp da, o ne dedi bu ne dedi diye vıdı vıdı etmeyecektin. Tuna Nehri gibi akıp giderdi hayat; Tuna boyu türküleri de bu hüzünlü pervasızlığı, acıların üstünü kaplayan dayanma gücünü anlatırdı.

Büyükannenin maceralarını art arda sıralayan Emre sonunda kendini susturmayı başardı; "Fazla mı konuştum?" diye sordu.

HH'nin yanıtında ise gizleyemediği bir coşku vardı: "İşte

roman konunuz azizim" dedi. "Büyükanneniz. Böyle gerçek bir hazine varken niçin Kudüs'le, Prag'la uğraşıyorsunuz? Allah rahmet eylesin büyükanneniz büyük bir roman kahramanıymış. Yerinizde olsam her şeyi bırakır bu hanımefendiyi anlatırdım ben. Boş inançları vardı diye küçümsemeyin onu sakın; bunlar yazının tuzu biberidir, lezzet katar; edebiyat da masal değil mi zaten?"

Taksideki kız

İstanbul ülkesi soluk soluğa gecenin geç saatlerine hazırlanıyor; gündüz insanları akşam vakti televizyon karşısında mahmurlaşıp, içtikleri çaylarla sersemleyip, saatlerce çalışmanın verdiği yorgunlukla yatağa giderken, gece insanları, ne getireceği belirsiz ama pek tekin olmayan olaylara da hazırlıklı olmaları gereken bir geceye çıktılar. Meydanlarda, gece boyunca ucu bucağı belli olmayan sarı-kırmızı bir yılan gibi uzanan trafikte, köprülerin, caddelerin ışıkları altında görünen bazı evlerde, Belgrad Ormanları'nda, Theodosius surlarının dibinde, cami, kilise, sinagog avlularının kuytularında, parklarda, sessizlik çökmüş üniversite bahçelerinde, Beyoğlu'nun arnavutkaldırımlı dar sokaklarına dizilmiş eski evlerde; kumar, fuhuş, cinayet, soygun erbapları mesleklerini uygulayacak, uzun topuklarıyla boyları iki metreye yaklaşan travestiler çakma çantalarını sallaya sallaya dolaşacaklar, polis arka arkaya yağan ihbarların hangi birine koşacağını şaşıracağı bir geceye başlayacak.

Belediyenin çöp kamyonları şehrin caddelerine, sokaklarına daldılar; sabaha kadar açık olan işkembeciler sarhoşları kabul etmeye başladı, Boğaz kıyısındaki lüks gece kulüplerinde ithal şampanyalardan küçük nehirler oluşturuldu, dayak yiyen kadınların bazıları kadın sığınma evlerini aradılar, çocuklar köprü altlarında tiner çektiler sırayla, gece çalışan taksi sürücüleri ise "Haydi Allaha emanet" diyerek, her türlü tehlikeye açık metropol gecesine daldılar.

Bunlardan biri de Tokatlı bir taksi şoförüydü. İstanbul'a göç edeli on yedi yıl oluyordu; dile kolay direksiyon sallayarak geçen on yedi yıl. Üç çocuğunu okutmak, adam etmek için yapıyordu bu işi ve şimdi –çok şükür demeden anmadığı bir biçimde– ikisi üniversiteyi bitirmişti, üçüncüsü de son sınıftaydı. Geceleri İstanbul tehlikeliydi, öldürülen taksi sürücülerini duyuyorlardı; taksici cinayetleri deniyordu bunlara ve sayıları az değildi; fakat geceleri daha iyi para olduğundan mı, yoksa gündüzleri insanı çıldırtacak hale gelen trafik cenderesinden kurtulmak istediğinden mi nedendir bilinmez, geceyi yeğliyordu. Telsizi hep açıktı; bir şey olursa, tehlikeyi belirtmek için arkadaşlarıyla kararlaştırdıkları parolayı söyleyeceklerdi. Arabaya kimin bineceği belli olmazdı ki; hırlı da binerdi, hırsız da; efendi insanlar da binerdi, cebindeki üç kuruş paraya tamah edip onu ıssız bir kenar mahallede boğup bir tarlaya atmak isteyen de. Böyle olaylar eksik değildi İstanbul'da.

Aile babası Tokatlı sürücü o gece ilginç bir yolcu aldı. Siyah paltolu ince bir kız, radyoevinin önünden binmiş, Avcılar'a gitmek istediğini söylemişti. Dalgın, uykulu bir hali vardı. Sonra da başını arkaya dayamış, uyumaya başlamıştı. Sürücü, kızın sarhoş olduğunu düşündü; inşallah geçen günkü sarhoş gibi kusup da döşemeyi rezil etmezdi. Gidecekleri yere kadar sesini çıkarmadı ama oraya gelince, "Hanımefendi geldik, uyanın" diye seslendi. Kız kıpırdamadı, sürücü geriye doğru dönüp, "Hanımefendi" diye seslendi tekrar, "geldik, Avcılar'dayız." Kız yine kıpırdamadı. Bunun üzerine sürücü hiç istemese de kıza hafifçe dokunmak zorunda kaldı, işaretparmağıyla omzunu dürttüyse de kız oralı olmadı; biraz daha güçlü bastırınca yanlamasına arka koltuğa düştü. Belli ki kendinde değildi. Sürücü kara kara ne yapacağını düşündü. Çalışması gerekiyordu; geçen her dakika kazancını azaltıyordu. Arabadan indi, arka kapıyı açtı, kızı birkaç kez daha sertçe dürttükten sonra uyanmasından umudu keserek, onu iki kolunun altından tuttu; kaldırıma doğru çekti. O saatte ıssız olan, kimselerin geçmediği bir bölgede kaldırıma oturttu, arabasına geri döndü; gaza bastı, bir süre gitti. Sonra içi bir türlü rahat etmedi, geri döndü. Gecenin o saatinde yolda uyuyan bir kızın başına her şey gelebilirdi ve bunların hiçbiri de hoş şeyler sayılmazdı. İki kız babası sürücü, olabilecekleri gözünün önüne getirmek bile istemiyordu. Bu ülkede kızlara tecavüz etmekle yetinmiyor, bir de başlarını levyeyle eziyor, kör kuyulara atıyor, benzin döküp yakıyorlardı. Yeni şiddet dalgası buydu. Çünkü katiller ekranda gördükleri, filmlerden öğrendikleri, DNA dahil hiçbir iz bırakmama ilkesine uyuyorlardı. Buna rağmen yakalanınca da, ormanda avlanmış ürkek vaşak gözleriyle kameralara bakıyorlardı. Bu gözlerin hiçbirinde o kızın ya da ailesinin yaşadıklarını anlama, sezme emaresi yoktu. Sonra bu katilleri destekleyen *tweet*'ler sökün ediyordu, protesto edenlerle birlikte.

Sürücü geri döndüğünde kız yere uzanmıştı; belki de devrilmişti demek daha doğruydu; kendinde değildi. Soğuktan elleri ve yüzü buz kesmişti. Sürücü çaresizlikle çevresine bakındı, kızı emanet edebileceği birilerini aradı, kimse yoktu, dükkânlar kapalıydı, kaldırımlar boştu. Belli merkezlerde yoğunlaşan trafik ve insan seli yoktu bu dış mahallelerde. Kızı uyandırmaya çalıştı, hatta yüzüne küçük fiskeler de attı. Kız hiçbir tepki vermiyordu; en doğrusu onu orada bırakıp gitmekti. "Gideyim de, ne hali varsa görsün" diye düşündü. "Ben mi zıkkımlandım onca içkiyi?" Sonra acıdı, küçük kızının yaşında gösteriyordu, kim bilir ne derdi vardı garibin. "Gel başımın belası" diyerek onu koltukaltlarından tutup arabaya sürükledi, arka koltuğa yatırdı; kaloriferi çalıştırdı. Uzunca bir süre ne yapacağını düşündü; kızı bir hastaneye götürse binbir soru soracaklardı. Eve getirse, durumu karısına açıklaması pek kolay olmazdı; arabayı anlamsızca sürmeye başladı; nereye gittiğine bakmadan. Bir yandan da hem iş kaybına uğradığı hem de boşuna yakıt tükettiği için tedirginliği artıyordu. Yolda onu durdurmak isteyen üç yolcuyu geçti; sonra aklına bir şey geldi. Ya yoldaki trafik denetimlerinden birine takılırsa, arka koltukta yatan kızı nasıl açıklayabilirdi onlara? Adını bile bilmiyordu. Böyle avare avare dolaşmanın da sonu yoktu. Kararlı bir tavırla arabayı tenha bir yerde durdurdu; inip kızın uyanıp uyanmadığına baktı. Ölüde ses vardı da, kızda yoktu yine. Kızın ceplerini karıştırmaya başladı; en azından bir kimlik, bir telefon numarası falan bulur, bu beladan kurtulurdu. Ne var ki aradıklarının hiçbirini bulamadı; kızın ceplerinden onu dehşete düşüren şırınga, lastik gibi bir şeyler çıktı. Bu taraklarda hiç bezi olmayan sürücü ilk kez o zaman kuşkulandı. Yüreği çarparak kızın boynuna elini koydu, şahdamarını bulmaya çalıştı, atmıyordu. Kız buz gibiydi; hem de cayır cayır yanan kalorifere rağmen. Kızın ince yüzü de morarmıştı. Acaba hastaneye götürse kurtarabilirler miydi zavallıyı? Kendisi de pek inanmadı bu düşünceye. Kızın durumu belliydi işte; belki de onu kaldırıma indirdiği zaman ölmüştü; buz gibiydi; kendisi de saatlerdir bir ölüyle dolaşıp duruyordu. Şimdi kızı hastaneye, karakola götürse başına binbir iş gelirdi. Ölüm saati belli olunca bunca vakittir kızı niye getirmediğini sorarlar, kendisinden kuşkulanırlardı. Kızı nereden tanıdığını, uyuşturucuyu kimden aldığını sora sora canını çıkarırlardı. Hayır, hiçbir yere götüremezdi o zavallı kızı. Onu yine koltukaltlarından tutup incitmemeye çalışarak arabadan indirdi; duvar dibine uzattı. Açılmış olan bacaklarını siyah ince paltosuyla kapattı. Sonra ellerini açıp ona bir Fatiha okudu; arabasına bindi; yürek burukluğuyla geceye daldı.

Hazreti Muhammed'e ve Konstantiniyye'ye dair

İman sahipleri bilirler ki, Hazreti Muhammed (bu ismi anınca s.a.v. eklemek de şarttır çünkü "sallallahü aleyhi ve sellem"in kısaltılmışıdır. Allah'ın selamı onun üstüne olsun demektir) Konstantiniyye'nin alınmasını, İslam topraklarına katılmasını çok istiyordu. Bu konuda sahih olduğundan kuşku duyulmayan bir hadisi şerifi bile vardı.

Peygamber, 632 yılında bir Haziran günü yorgun argın mescide gitti; orada "Ey Müslümanlar, benden bir kötülük gördünüzse işte sırtım; bana vurun. Eğer malınızı aldıysam işte malım; alın!" dedi. Bunun üzerine herkes peygamberin ölümlü dünyadan, ölümsüz dünyaya göçeceğini anlayıp derin bir hüzne gömüldü. Peygamber üç gün sonra, başı, Ayşe anamızın kucağındayken işaretparmağıyla gökyüzünü gösterdi. Çünkü Azrail meleği (ondan izin alarak) içeri girmişti. Böylece altmış üç yaşında, Konstantiniyye'yi alamadan ve alındığını göremeden ruhunu teslim etti. Cenazesi sadece aile üyeleri tarafından kaldırıldı, oracığa gömüldü; çünkü Müslümanlar kimin halife olacağı kavgasına tutuşmuştu. Bazı iman sahipleri bunun sebebini, Hazreti Muhammed'in bir devlet ve servet bırakmış olmasıyla açıklarlar. Yakınındakiler, çarmıhta can veren Hazreti İsa'nınkiler gibi aranacak arkadaşlar değillerdi. Ortada paylaşılacak bir iktidar vardı. Kavgaya tutuşanlar geçici bir isim üzerinde uzlaşıp Ebubekir'i seçtiler; o da yaşlıydı zaten ve iki yıl üç ay sonra sevgili peygamberine kavuştu. Sonra Hattab oğlu Ömer halife oldu; öldürüldü. Osman geldi, öldürüldü. Ebu Talib oğlu Ali geldi; öldürüldü. Bu halifeler diğer Müslümanlar tarafından katledildikleri için peygamberin Konstantiniyye kalesi üstüne sefer edilmesi emrini yerine getiremediler.

Bu iş 670 yılında Muaviye oğlu Yezid'e kaldı. Büyük bir orduyla Konstantinopolis önlerine geldi; şehri kuşattı; zorlu bir savaş oldu; sonra Yezid, peygamberin emrini yerine getirmeyi başaramayarak çekildi. Hadi bu neyse; savaştır, yengi de olur yenilgi de diyelim, ama Yezid'in halife olduktan sonra yaptığı bağışlanır bir şey değildi. Peygamberin "cennet çocuğu" olarak müjdelediği sevgili torunu Hüseyin'i, yanındaki yetmiş kişiyle birlikte Kerbela çölünde önce susuzluktan kırarak, sonra da okla, mızrakla öldürttü. Böylece Hıristiyan tarihindeki Yahuda İskariyot'un, altında uyuduğu ağacın çiçeklerini bile utançtan kızartan ihaneti, İslam'da Yezid tarafından tekrarlanmış oldu. Bu yüzden İslam halifesi, yani peygamber vekili olmasına rağmen, hiç kimse çocuğuna Yezid adını koymaya cesaret edemez. Çünkü peygamberin istediğini yapmamış, istemediğini ise yapmıştı.

İman sahipleri yine ikrar ederler ki; Ayasofya denen muazzam bina, asırlardır ayakta durmasını, yapılırken âlemlere rahmet olarak gönderilmiş peygamberimizin mübarek ağız sularından birkaç damlanın, harcına karıştırılmış olmasına borçluymuş. Eğer harcında iki cihan serverinin katkısı olmasa, binlerce yıl içinde öteki binalar gibi, hâk ile yeksan olması kaçınılmazmış. Bunu söyleyen iman sahiplerine bazı münafık kendini bilmezler, "İyi ama" derler, "Ayasofya, kutlu efendimizin dünyayı şereflendirmesinden yüz yıl önce yapılmıştı. Nasıl olur da doğmamış insanın ağız suyu alınıp, binanın harcına karıştırılmış olabilir?" Bu kafa karıştırıcı sözlere ilim sahibi olan bir mümin şöyle cevap verir: "Yapılırken değil, büyük depremlerle kubbesi yıkıldığı zamanı kastediyoruz. Bu yıkılış efendimizin doğduğu gün olmuştu ve şahadet ederiz ki her şey aynen anlattığımız gibidir vesselam." Üstelik bununla ilgili bir de elyazması kitap gösterirler: Yusuf b. Abdullâh'ın *Tevârih-i Âl-i Osman*'ında şöyle yazılıdır:

> Muhammed Mustafa (s.a.v.) dünyaya geldiğinde Medâyin'de Nuşirevan-ı Âdil'in köşkünün kubbesi zelzeleden aşağıya göçtü. Acem vilayetinde ateşperestlerin ateşi söndü. Ayasofya'nın kubbesi çatladı. İmparator o kubbeyi tekrar yaptırdı ve her yaptırışında yıkıldı. Neticede âciz kaldılar ve râhipler ittifak edip imparatora gelerek durumu anlattılar: "Arap diyârında bir Peygamber zuhur etmiştir, adı Muhammed'dir, onun dünyaya gelmesiyle bu kubbe yıkılmıştır, derman ancak ondan gelir" dediler. İmparator Herakliyus hemen itibarlı bir elçiyi hediyelerle Peygamberimiz Hz. Muhammed'e (s.a.v.) gönderdi. Elçi mektupla varıp durumu bildirdi. Muhammed Mustafa (s.a.v.) ağız suyunu alıp güzel bir taşa sürdü ve elçiye verdi: "Bu taşı kubbeye koyunuz" buyurdu. Elçi de taşı Herakliyus'a götürdü. Herakliyus taşı bina ustalarına verdi, onlar da kubbeyi yeni baştan inşa ederken bu taşı kubbeye yerleştirdiler. Kubbe bir daha yıkılmadı.

Bu sağlam belge karşısında, itiraz sahiplerine susmaktan başka bir çare kalmaz.

Herkesin bildiği gibi, peygamberin Konstantiniyye'nin alınması emrini II. Mehmed Han yerine getirdi. 1453 yılında Türklerden, Sırplardan, Kıpçaklardan, Almanlardan ve daha adı duyulmamış nice kavimden topladığı ordusuyla Konstantiniyye'yi aldı. İşin tuhaf yanı şu ki, askerinin içinde Rumlar da vardı; Bizans'a karşı dövüşüyorlardı. Mehmed'in anası Mara Hatun'un babası Sırp Kralı Brankoviç de üvey torununa yardım ediyordu. Buna karşılık –Allah'ın hikmetinden sual olunmaz– Konstantiniyye surlarındaki burçlardan birinin savunmasında da Osmanlı Şehzadesi Orhan bulunuyordu. Bizans'a sığınmış olan bu şehzade, altı yüz yeniçerisiyle İmparator Konstantinos'un emrinde Osmanlı ordusuna karşı kahramanca savaşırken, şehrin düşmesi üzerine papaz kılığına bürünüp kaçmak istediyse de yakalandı ve oracıkta infaz edildi. Altı yüz askerinin başına da aynı şey geldi. Hem de imparator Konstantinos'un elde kılıç dövüşürken öldüğü yere pek de uzak olmayan bir köşede. (Ben görmedim ama bilenler; Konstantinos'un o tarihten beri başsız gövdesiyle kır atının üstünde dolaşıp durduğunu anlatırlar. Ayasofya'nın kapısını arar, ama başı, dolayısıyla da gözleri olmadığı için bir türlü bulamazmış.)

Fatih unvanı verilen Mehmed şehri alınca adını değiştirmedi; peygamberinin hadisindeki isme sadık kaldı, paraların üstüne Konstantiniyye yazdırdı. Ayasofya, Aya İrini gibi kiliselerin adlarını da değiştirmedi. Ne şehre ne de binalara; mesela Mehmediye demedi. Eğer isteseydi, kim engel olabilirdi ki zaten, ama değiştirmedi. Kendi unvanını da Kayser-i Rum yani Roma Sezar'ı olarak tescil etti. Sürekli gökyüzüne bakan ve oradan gelecek işaretlere göre hareket eden muazzam imparator, Helene'in oğlu ilk Konstantinos, nasıl ki güneşin üstünde yükselen bir haç görerek İsa dinini seçmişse, kurduğu şehrin ileride Müslümanların eline geçeceğini de görmüştü. Ama sonu tatlıya bağlanmış bir kehanetti bu: İmparator ve adamları bir kartalın yerden bir yılan kaptığını ve yükseklere uçtuğunu görmüşlerdi. Ne var ki bir süre sonra yılanla kartal, ikisi birlikte, yerdeki aynı noktaya düşmüşlerdi. Yani yılan kartalı yenmişti. Bunun üzerine Konstantinos'un adamları oraya gidip, yılanı öldürmüş, kartalı da kurtarmışlardı. Bili ve görü sahipleri bu olayı imparatora; "Kartal Bizans'tır, yılan ise Müslümanlar. Bizans Müslümanlara darbe vuracak ama ne yazık ki onlar Bizans'ı yenerek bu yedi tepeli şehri alacaklar" diye yorumlayarak tacidarı üzüntüye gark etmişlerdi. Bunun üzerine daha akıllı bir adam ortaya çıkıp, ama sonunda biz yılanı öldürüp kartalı kurtardığımıza göre, bu şehir tekrar iman sahiplerinin eline geçecek diyerek imparatoru ferahlatmıştı. Ne var ki büyük imparatorun bilmediği şey, yüzyıllar sonra bile olsa, atının sırtında Asya'dan gelen ve bıyıkları çok uzun olduğu için bunları ancak başının arkasına bağlayarak dövüşebilen büyük bir göçebe savaşçının, Roma ordusunu perişan edeceği; bu yenilgiden sonra da Yeni Roma'nın bir türlü dikiş tutturamayacağıydı. Bizans'a savaş açmış olan Muhammed'in ümmetinin alacağı ilk zafer, komutan Muhammed Alparslan'a nasip olacaktı.

Konstantiniyye, sadece İslam peygamberinin mübarek ağız suyuna değil, başka emanetlerine de kavuştu. Her yıl ziyarete açılan hırka-i saadet ve sakal-ı şerif gibi emanetleri de İslam toprağı yapılmasını çok arzuladığı bu şehre getirildi. 1453'te ezan-ı Muhammediye'ye kavuşan mübarek şehir yalnız onun değil, başka peygamberlerin de emanetlerine sahiplik yaptı. Konstantinos'un anası Helene'in Kudüs'ten getirdiği emanetler; Hazreti İsa'nın üzerinde can teslim ettiği haçın parçaları, onu çarmıha çivileyen mıhlar, peygamberi bağlayan ipler, ayağına giydiği sandallar, çoğalan ekmeğin kırıntıları ve Hazreti Yahya'nın saçı da buraya getirildi.

1204'te şehri yağmalayan Haçlı ordusundan korumak için Forum Tauri yakınlarında bir kuyunun içine gömüldü bunlar. Hazreti Nuh Aleyhisselam'ın gemisinin kutsal tahtalarından da Ayasofya'ya kapı yapıldı. Hz. Yahya'nın kemikleri buraya taşındı.

Bunları da romancıya, yedi akbaba ömrü sürmüş olan bir bilge anlattı. Yaşını yıllar yerine, sayfa sayısıyla söylemeyi yeğleyen bir bilge. Arada bir hayalindeki olayları gerçek gibi aktarsa da; bunları belagatle dile getiren bir anlatıcı.

27 Nisan 2026 gününe ve "Başına Sevda Gelecek" şiirine dair

Konstantiniyye Oteli'nin 2014 yılı Aralık ayındaki açılış gecesine dönmeden önce; o zor davetin her ayrıntısıyla ilgilenen ama arada bir içini kaplayan baygınlık ve baş ağrısıyla yüreği hoplayan Zehra ile kabinde bira içip, çaldığı albümlerle ortalığı yangın yerine çeviren Emre Karaca bu noktaya nasıl geldiler, onu anlatalım. Çünkü bu iki aşırı duyarlı insan; artık neredeyse duyarsız sayabileceğimiz sert ve acımasız bir toplumda, üzerlerine zımpara sürtülen kabuksuz deniz canlıları gibi yaralana berelene hem birbirlerini, hem de kendilerini yok etme noktasına gelmişlerdi.

Onlara ne olduğunu (ve ne olacağını) anlatmak için bu tarihten (Aralık 2014) epey sonraya Nisan 2026'ya gitmemiz gerekiyor. Ancak o zaman hikâyeyi yerli yerine oturtabileceğiz sanıyorum.

İstanbul'un; soylu imparatorluk rengindeki sihirli erguvanlarla süslendiği bahar mevsiminin en güzel günlerinden birinde, akşamüstü, Zehra Karaca –burada bir dalgınlık yok sevgili okur– ve Emre Karaca, on birinci evlilik yıldönümlerini kutlamak için, nefes kesici bir Haliç manzarası sunan bir lokantaya gittiler. Terastaki bara oturup buzlu rakıları yudumlarken, bir süre, sessizce İstanbul'un o saatlerde insanı başka âlemlere sürükleyen, Lord Byron'dan Yahya Kemal üstada kadar yüzlerce şairi büyüleyen efsunlu görünümünün tadını çıkardılar.

Süleymaniye'nin, Yeni Cami'nin, Ayasofya'nın, Sultanahmet'in minareleri, kadim hat üstatlarının ellerindeki divitler gibi, kararan gökyüzüne kûfi usulde bir şeyler yazmaya çalışıyor. Haliç'in menevişlenen sularında motorlar, kayıklar gezerken; köprü altı, balık tutan yüzlerce kişinin sarkıttığı olta yağmuruyla kaplanmış. Fakir fukaranın akşam yemeği olacak kıraçalar, gümüş pırıltılarıyla çırpınarak çıkıyor denizden. Karşı kıyıda imparatorların güngörmüş Blakhernai Sarayı'nın üstünde küçük dükkânlar, derme çatma evler ve balıkçı meyhaneleri dizilmiş. Anemas Zindanları'nın kalıntıları, kasvetli görünüşüyle; gözleri oyulan, elleri ayakları kesilen onca kişinin çektiği acıyı yansıtıyor hâlâ. Pera'dan İstanbul'a bakmak, bu şehrin tarihini bilmeyenler için anlaşılmaz bir şey ama gerçek bu. Ceneviz binaları arasından, yani başka bir şehirden Konstantiniyye'ye bakıyorlar; Fatih'in gemilerini üstünden aşırdığı tepeler bunlar.

Aradan geçen yıllar Zehra'nın yüzünü biraz daha olgunlaştırmış ama genç görünümünü henüz alamamış elinden. Boya sürmediği koyu bal rengi saçları, uzun zarif boynuyla hâlâ çok güzel bir genç kadın; eski günlerini anımsatan tek şey gözlerinde arada bir görünüp kaybolan hüzün ışıltıları ama mutlu görünüyor. Emre ise hep aynı; yine dağınık kıvırcık saçlar, yine V yaka ince bir kazak, yine ütüsüz bir pantolon. Galiba ölene kadar bu biçimi koruyacak. Ayrıldıktan sonra tekrar bir araya gelmeleri, o tuhaf lokantada rastlaşmalarının sonunda olmuştu. O akşam Zehra Emre'yi görmemişti; delikanlının nasıl acı çektiğini, köpeklerin arasında yaşadığı dehşeti sonradan, Emre anlatınca öğrenecekti; onun o kadar perişan olmasına da gülecekti; ona kızarak niye güldüğünü soran Emre'ye de, o akşam Ercüment'e, "Bu iş olmayacak, iyisi mi başlamadan bitirelim" demek için lokantaya gittiğini anlatacaktı. Aslında Ercüment'e bu sözleri işyerinde söylemeyi yeğlerdi; zaten doğru dürüst başlamamış olan bir ilişkiyi bitirmek için yemeğe çıkmaya gerek yoktu ama holdingde üzerlerine dikilen bakışlar altında kişisel bir şey konuşmaları pek mümkün görünmüyordu. Ayrıca, kendisi çocuğa ısınamamıştı, kabul, ama bunda Ercüment'in bir günahı yoktu. Başından sonuna kadar düzgün ve efendi davranmıştı; ideal bir koca adayıydı; gel gör ki Zehra'ya göre değildi. Aynı holdingde çalışmaya devam edecekler, yüz yüze bakacaklardı; bu nedenle bir akşam yemeğinde her şeyi enine boyuna konuşarak, genç adamın onurunu kırmadan, hak etmediği terk edilmişlik duygularını yaşatmadan ona veda etmek en doğrusuydu. Zehra'nın bilmediği şey ise, o yemeğin daha da büyük bir işe yarayacağı, Emre'nin kalbine ucu kıvrık hançerler saplayarak onu derin uykusundan uyandıracağıydı. Lokantadaki o kısacık görüntü Emre'ye, hayatında neyin önemli, neyin önemsiz olduğunu kesin bir biçimde göstermişti. Zehra'sız bir hayatı, çeşitli avuntularla doldurabilirdi ama gün gelir yüreğinin sevdayla oyulmasının önüne geçemezdi. Sabaha karşı attığı o mesajları Zehra görmemişti; ertesi gün, başında bütün dünyayı taşıyormuşçasına bir ağırlıkla kalkmış, kendini işe atarken gece gelen bir sürü mesajı açmamıştı. Ne var ki ertesi gece uykusunda yine beden dışı bir deneyim yaşamış, bu kez kentin çatıları üzerinden uçarak Merter'deki bir evin küçük bir odasına girmiş, tedirgin bir biçimde uyumakta olan Emre'yi izlemişti. (Zehra'nın bilmediği şey, o sırada Emre'nin de onu rüyasında görüyor olmasıydı. Emre bir otel odasındaydı; hiç beklemediği anda içeriye, nedense dudaklarını aşırı kırmızı rujla abartılı biçimde, taşırarak boyamış olan Zehra giriyor, "Sende kalmaya geldim" diyordu. İyi sanat eserleri gibi rüyalarda da olup biten değil de, atmosfer önemli olduğu için Emre, anlatamayacağı bir yoğunlukla yaşamıştı Zehra'nın gelişini; onun kuğulara benzeyen ak gövdesinin sıcaklığını, sanki bir gövde değil de odaya dağılan, her şeye egemen olan bir yağmur bulutu gibi hissetmişti.)

Zehra ertesi gün masasında oturur, hiçbir yeri aramayacağı halde, farkında olmadan telefonu elinde evirip çevirirken bir yandan da bu tuhaf olayı düşünüyordu. Bir sürü mesaj görünüyordu ekranda kırmızı sayılarla. Açacaktı, vazgeçti; kim bilir ne ilgisiz iletiler yağmıştı. Emre'nin, insanlarda merhamet ve şefkat uyandıran zayıf, kırılgan hali, uykusunda daha da belirgin hale gelmişti ya da zihni yine ona böyle bir oyun oynuyordu. Değişken ruh durumunun yarattığı gelgitlerden, kararsızlıklardan, neredeyse iki kişilikli yaşamaktan bıkmıştı artık. Başı ağrıyordu, ağzının içinde kinin acılığı vardı, Ercüment'le zorunlu olarak çıktığı akşam yemeği dışında kimseyi gördüğü yoktu, arkadaşlarını boşlamıştı, telefonlarına bile çıkmıyordu, işyerinde olur olmaz kişilere sinirleniyor, ancak sağanak halinde boşanan ağlama krizleri sonucunda yatışabiliyordu. Dışarıdan bakanların, işini son derece iyi yapan, güçlü, iradeli, kararlı, konuşurken insanların gözünün içine bakan bu etkili genç kadının, bir an sonra içine düşebileceği perişan halleri görmelerine olanak yoktu. Herkese göre "mükemmel"di ama içi cam kırıklarıyla doluydu. Aslında her zaman da öyle değildi durum. Kimi zaman gerçekten kendini işine kaptırıyor, o güçlü kadın geri geliyordu ama bu kadının ziyaretleri çok kısa sürüyor, yerini yine o perişan, üzgün, kararsız kadına bırakarak çekip gidiyordu. Kendisine de ay çekirdekleri, battaniye, sigara ve temizlenmemiş, ihmal edilmiş evin ürkütücü sessizliği kalıyordu. (Baba evinden kalan bir alışkanlıkla evin bütün işini Zehra yapardı.) Ne zamandır çarşaflarını değiştirmemişti; bir hafta önce makinede yıkayıp da kurutmak için plastik çamaşır askısına astığı çamaşırlar hâlâ orada duruyordu. Bulaşık makinesine yerleştirdiği tabaklar, bardaklar yıkanmamıştı. Dışarıdan getirttiği basit akşam yemeklerini, tabağa koymadan ambalajlarının içinden yiyordu; o da bir iki lokma, gerisi çöpe gidiyor ya da mutfak tezgâhının üstünde bırakılıyordu. Erkenden yatağa girip, sabah saat çalana kadar derin ama tedirgin uykulardan uyanamıyordu. Sadece bir sabah erken saatte telefonun çaldığını duymuş, alo demişti ama karşıdaki kapatmıştı, yanlış numaraydı herhalde. Annesi merak içindeydi; gelmek istiyordu. O titiz annenin, evi de, kendisini de bu durumda görmesine katlanamayacağı için, işinin çok olduğu bahanesine sığınarak bu ziyareti erteleyip duruyordu.

O akşam şirketin arabası onu eve bırakınca, sessiz apartman asansöründe üçüncü kat düğmesine bastı; loş koridora çıktı; çantasından anahtarı aldı, kapıyı açmak için ışığa gereksinimi yoktu; bu yüzden otomat düğmesine basmadı. Tam kapıyı açmıştı ki orada yalnız olmadığını, apartman sahanlığında başka birinin bulunduğunu fark etti. Döndü; evet yanılmamıştı, biri vardı orada. O "biri" bir adım atıp öne çıkınca ortalık loş bile olsa Emre'yi seçti gözleri. Bir süre ikisi de karşılıklı, konuşmadan durdular. Yarı açık kapının önünde, iki hayalet gibi kıpırdamaktan korkarak dikildiler. Sonra bir an geldi ki Zehra sendeledi, bacakları bezden bebekler gibi büküldü, ne yaptığının farkında olmadan tek koluyla Emre'nin boynuna tutunmaya çalıştı, yere doğru düşerken sesi de kendisiyle birlikte düşüyormuşçasına giderek zayıfladı; "Ben çok yoruldum Emre" diye mırıldandı ve olanca nefesini vererek yumuşakça bayıldı. Emre onu kucaklayarak içeri götürür, boynuna belli belirsiz, kelebek kadar hafif bir öpücük kondururken kızın duymayacağını bile bile bir dize okudu: "Biz aşktan sessizce ölen kelebekleriz sevdiğim."

Bundan sonrasını ve o gece Emre ile Zehra'nın yaşadıklarını anlatmaya gerek yok. Eski Fransız romancılarının "itiraflar, gözyaşları ve yeminler art arda geldi; güneşin ilk ışıkları, iki sevgiliyi birbirinin kollarında buldu" diye betimleyeceği; bizim geleneksel halk hikâyecilerinin gerçekçi üsluplarıyla "Seher vaktine kadar dil alıp dil verdiler" diye ballandıracağı; romantik Osmanlı şairlerinin ise "ah mine'l aşk" diye inleyeceği bir gece yaşandı ama bunlar arasında; olup biteni anlatmanın en iyi yolunun –anlatım eskise bile, yaşam eskimediği, sürekli yinelendiği için– itiraflar, gözyaşları ve yeminler formülü olduğunu sanıyorum. *Galiba*!

Lokantanın terasında evlilik yıldönümleri için kadeh kaldırırken Emre, "Şuraya bak" dedi, "insan bu kentte ürpermeden durabilir mi? Başka tarihi kentlerde tek baskın kültür var; burada ise dünya tarihi üst üste yığılmış; pagan, Yahudi, Ortodoks, Katolik, İslam. Bir zamanlar bu kentin sokaklarında otuz dokuz dil birden konuşulurmuş biliyor muydun? İnsanın büyülenmemesi mümkün mü? Aslında yıllardır bu şehri anlatan bir roman konusu dönüp duruyor zihnimde ama öyle bir biçim bulmalıyım ki şehrin hem bugününü kapsamalı, hem de geriye giderek Osmanlı'yı, Roma'yı, Bizans'ı içine almalı. Tarihsel değil ama tarihi de içeren bir roman. Şuraya baksana; bir masal uygarlığı değil mi burası? Zaten binlerce yıl, hep masalla ayakta durmuş. Bizans da bir masal imparatorluğuydu; şehrin hiç değişmeyen dinamikleri var. Her çağda, servet, iktidar, entrika, isyan, şiddet ve şehvet. Bunlar her kuşakta yeni görünümler altında tekrarlanıyor."

Kimse karışmasa Emre böyle saatlerce konuşmaya devam edebilirdi; neyse ki Zehra; "Emre, Emre" diyerek onu kendine getirdi. On ikinci yılına giren evliliğin verdiği yakınlık, anlaşma ve teklifsizlikle "Yine çenene vurdu" dedi. "Biz buraya niye geldik, roman konuşmaya mı? Konuyu kapatmak için şu kadarını söyleyeyim; ölüleri konuşturmazsan şehrin geçmişini romana katamazsın."

Emre'nin şaşkınlığı ve bunu nereden bildiğini sorması üzerine "Çünkü ben o romanı okudum" dedi kendisine çok yakışan dalgın bir tavırla. "Şimdi yıldönümümüze geri dönebilir miyiz?"

Emre, içinde belli belirsiz bir tedirginlik ve merak yaratan "romanı okudum" sözüyle, ne demek istediğini anlamasa bile gülümsedi, onu dudaklarından hafifçe öptü. "Kusura bakma" dedi, "can çıkmayınca huy çıkmıyor. Bu dil yüzünden seni neredeyse kaybetmiştim ama bir mucize oldu."

"O günleri iyice hatırlıyor musun?" diye sordu Zehra.

"Evet, en ufak ayrıntısına kadar. Aslına bakılırsa kadınlar daha ayrıntılı düşünür, iki yaşından itibaren konuşma merkezleri daha çok gelişir, erkekler susar, oyuna yönelir derler ama biz rolleri değişmişiz seninle. İdeal evlilik için erkek sen olmalıymışsın, kadın ben."

Zehra onu doğrular gibi başını sallayarak güldü. "Haklısın" dedi. "Futbol maçlarına bile ben senden daha meraklıyım; maça gitmiyorum ama hiç olmazsa uzaktan da olsa tuttuğum bir takım var. Sende hiçbiri yok bunların. Ne maç, ne tavla, ne araba merakı, ne avcılık, ne kâğıt oyunu."

"Bu dediklerinin hepsi beni çok sıkıyor" dedi Emre. "Hele hafta sonları naklen maç yayınları var ya; babam mutlaka izlerdi, ben de gün ışığındaki o soluk yeşil sahadan, anlatıcının o monoton sesinden, durmadan futbolcu isimleri saymasından nefret ederdim. 'Onlar oynuyor, size ne oluyor?' derdim. Babam 'Sen anlamazsın, kafayı kitaplarla bozmuşsun' diyerek sustururdu beni. Bir tek büyükannem hak verirdi bana, birçok olayda olduğu gibi. O da, Kerbela'da Yezid'in askerlerinin, Hazreti Hüseyin'in kesik kellesiyle top gibi oynadıklarını anlatır, bu yüzden futbol ('ayaktopu' derdi o, annemse, 'annecim ayaktopu değil fitbol, fitbol' diyerek onu düzeltirdi) oynamanın da, izlemenin de günah olduğunu söylerdi."

On yaşındaki Atilla ile altı yaşındaki Can'ı, Zehra'nın annesine bırakmışlardı. Zehra'nın bilge babası, üç buçuk yıl önce geçirdiği ikinci kalp kriziyle dünyasını değiştirmişti ama ölmeden önce çok istediği bir şey gerçekleşmiş, iki kızının da iyi evlilikler yaptıklarını görebilmişti. Zehra, holdingde insan kaynakları direktörü olmuştu; iki yıl önce emekliye ayrılıp yılın çoğunu Londra'da geçirmeye başlayan Ergun Bey, holdingdeki veda konuşmasında, teşekkür ettiği "çalışma arkadaşları" arasında Zehra'yı da sayarak onurlandırmıştı. Zehra, direktör olmasını da ona borçluydu elbette. Umudunu kesen Ercüment ona bağlı bir yardımcı olarak çalışıyordu, başka bir kızla evlenmişti; Zehra da nikâh şahidi olmuştu. Emre sonunda *Manastırlı Kadın* adını verdiği romanını, HH'nin desteğiyle bastırabilmiş, kitap fırtınalar yaratmasa bile küçük bir okur kitlesine kavuşmuştu. Edebiyat dergilerinde birkaç eleştirmen onu, daha çok "edebiyatımızda yeni bir soluk" diye özetlenebilecek temkinli yazılarla övmüşlerdi. *Manastırlı Kadın*, tahmin edileceği gibi büyükannenin o aykırı mantığıyla dünyanın mantığının çelişmesinden doğan tuhaflıklara yer veriyordu; bir aile hikâyesiydi. Aslında anlatılan; Balkan savaşında düşmandan kaçarak, Manastır'dan İstanbul'a kadar yürümek zorunda kalan bir ailenin trajedisiydi. Yolda başlarına gelmeyen zulüm kalmamıştı. Açlık, yorgunluk, ölüm, çeteciler, yola terk edilen bebekler, kaybolan kardeşler gibi yüzlerce acı ayrıntı vardı hikâyede, üstelik hepsi de gerçekti; romana yayılan gülmece havası da gerçekti; çünkü diğer Rumeli aileleri gibi, kendi ailesi de bu trajedileri gömmeyi, hayatı eğlenceli tarafından alarak şakalaşmayı yeğlemişti. Emre'ye göre bu tutum, trajedinin derinliğini artırıyordu.

Zehra'nın kişiliği Emre'ye göre daha derin, daha karmaşıktı; yakınacak hiçbir şey olmamasına, hayatını yoluna koymuş olmasına rağmen, gözlerinden arada bir geçen hüzün bulutları, bu derinliğin olmazsa olmazıydı.

Emre'yle barıştıkları dönemde ona sağlık sorunlarını, bayılmalarını –ki Emre de tanıktı bunların bir kısmına–, hayallerini, tutarsız davranışlarını anlatmıştı. Hem onun hem de Ergun Bey'in ısrarıyla, ertesi hafta o gözlüklü nörologa gidip, epeyce zahmet veren bir beyin tomografisi çektirmişti. İncelemeler bununla bitmemişti elbette. Saçlarından çok zor çıkan bir zamkla yapıştırdıkları elektrotlarla çeşitli ölçümler yapmışlardı. Doktor ona "Şimdi güzel bir şey düşünün" diyordu, o da ya Emre'yi ya ailesini düşünüyordu. Bu arada doktor onu, "Uykunuz geldi, uyumayın" diye uyarıyordu. Demek ki beyninde olup biten her şeyi görüyordu adam, ne tuhaf bir duyguydu bu böyle. Düşüncelerinin görünür olması çok garipti doğrusu. Sonra bir psikolog hanım ona çeşitli şekiller göstererek bir şeylere benzetmesini istedi. Bu çizimlerin kimi kelebeğe benziyordu, kimi haritaya, kimi de bir canavara ama bir tanesi geldi ki Zehra bu soruya, hiç ikirciklenmeden, beklemeden, düşünmeden aniden cevap verdi: "Cin" dedi. İşte buydu; bazı geceler gelen, Zehra'yı rahatsız eden, hatta ırzına geçmeye çalışan cin buraya çizilmişti. Şaşırdı, titredi, rengi soldu; sarışın psikolog, bunların hepsini dikkatle not etti. Sonra ona yarım daktilo sayfası kadar bir metin verdi. Metinde bir hikâye anlatılıyordu. Bir adam bilmem ne şehrinden şu marka kamyonla çıkıyor, yolda şuralara uğruyor, sonra otostop yapan şu kişileri alıyor, buraya bırakıyor, kamyonun şu kadar liralık borcunun taksitini yatırıyor –kaç taksit ve kaç lira olduğu da belirtilmişti– ve sonra bir yerlere varıyordu. Doktor bunu okuttuktan sonra kâğıdı kaldırdı ve ona bu bilgileri sormaya başladı; şoförün adı neydi, nereden yola çıkmıştı, kamyonun markası, uğradığı yerler, kişiler, isimler, sayılar... Zehra hepsine duraksamadan cevap verdi; doktor her cevabı işaretliyordu. Bu test bitince "Çok iyisiniz" diye bir görüş belirtmeden de yapamadı. Son test, birçok soru ve şıktan oluşuyordu; bunları kurşunkalemle kendisi işaretledi. Kişinin paranoyaya eğilimli olup olmadığı gibi konuları anlamaya yönelik sorular da vardı aralarında, ama herhalde bu sorular Amerika'da hazırlanmış, İngilizceden Türkçeye aktarılmıştı. Bu yüzden –bilimsel dense de– ülkenin gerçeklerine uymuyordu. Mesela, "Hiç telefonunuzun dinlendiği duygusuna kapıldınız mı?" diye sorulmuştu. Türkiye'de yüz binlerce telefonun dinlendiğini bilmeyen mi vardı? Ergun Bey gibi önemli bir patronun, dolayısıyla da kendisinin telefonunun dinlenmemesine olanak yoktu ki. Bu sorunun hayır şıkkını işaretlemesi olmazdı, evet dese, bu kez de onu paranoyak diye damgalayacaklardı. En iyisi durumu doktora açıklamaktı; ne var ki doktor soğuk bir tavırla, yorum yapmamasını, sadece cevap vermesini istedi. O da gerçeği işaretledi. "Karabasan görür müsünüz?" sorusunda da doğruyu işaretledi. "Zaman zaman hayatınızın tehlikede olduğunu düşünür müsünüz?" sorusuna da doğru cevap verdi. Yanında patronuna silah çekilmiş, o silahın namlusu kendisine de doğrultulmuştu; daha ne olsun? Bu kadar kadın cinayeti işlenen bir şehirde, yalnız yaşayan bir kadının korkmasından daha doğal ne olabilirdi. Paris'ten aldığı biber gazı spreyini hiç çantasından ayırmadığını anlatsa, doktor kim bilir neler düşünecekti?

Uzun incelemelerden sonra nörolog onunla yine "çok ciddi" bir görüşme yaptı, beyin filmlerini aydınlık bir panonun üstüne asmıştı. Burada bazı noktalar gölgeli, bazı bölgeler beyaz, bazıları siyah görünüyordu; doktor bunları yorumladıktan sonra ona trafik kazası, başını çarpma gibi bir travma geçirip geçirmediğini sordu. Bir bölgeyi gösteriyor, orada bir travma olduğunu söylüyordu. Tehlikeli bir şey değildi ama o bölgede bazı noktalar travmanın etkisiyle zedelendiği için fonksiyon bozuklukları –böyle diyordu– olabilirmiş. Zehra'nın aklı önce kazaya takıldı, "Hayır" dedi, "böyle bir şey olmadı, başımı çarpmadım hiç." Doktor, "Çarpmanız şart değil" dedi. "Beyin, kafatasının içinde bir sıvıda, boşluktadır. Mesela arabada ani bir fren ya da çarpma, siz başınızı vurmasanız bile beyninizin kafatasınıza çarparak zedelenmesi sonucunu doğurur." Zehra bunun üzerine Taksim'deki gaz kapsülünü hatırladı. Kafasını bir şeye çarpmamıştı ama ona çarpmışlardı. Öteki doktor bir de, "Hayatınızın tehlikede olduğunu düşünür müsünüz?" diye sormuştu. O soruyu İngilizceden olduğu gibi çevirmek kadar saçma bir şey olamazdı. Yeni okuduğu bir rapora göre, 2013 yılında polis 224 gün gaz kullanmıştı; hem de milyonlarca ton. Sadece o yıl içinde gazdan sekiz kişi ölmüş, birçok kişi kör olmuş, dört yüz elli kişi de yaralanmıştı. Bu durumda kendisi ucuz kurtulmuş sayılırdı. Taksim direnişine karışmadığı, sadece hafta sonu bir saat gittiği halde başına bunlar gelmişti; orada haftalarca polis şiddetiyle karşı karşıya kalanları, çadırları yakılanları, günlerce gecelerce gaz soluyanları hayal etmek bile zordu. Bu ülkede insanın hayatı tehlikede olmaz olur muydu hiç? Nörologa bunu anlatıp, o soruları değiştirmelerinin iyi olacağını söyleyen Zehra'ya doktor, "Hanımefendi" dedi, "siz bunları bırakın, daha ciddi sorunlarınız var." Zehra ister istemez, "Amma da ciddiyet takıntısı var bu adamın" diye düşündüyse de bu "ciddi durum"un ne olduğu merakı baskın geldi. Kaygılanarak (büyük bir ciddiyetle), "Neyim var?" diye sordu. Nörologa göre iki durum saptanmıştı. Biri daha önce söylediği gibi travmaya bağlı çöküntü ki, bu durum halüsinasyonlara, baş ağrılarına, bayılmalara yol açabilirdi. Ne var ki zamanla bunların azalması ve beyindeki hasarın kendini onarması beklenebilirdi. Çünkü insan beyni aşağı yukarı yetmiş sekiz yaşına kadar yeni hücreler üretme gücüne sahipti. İkinci ve ona göre daha ciddi olan durum ise –onun *disorder* dediği– bipolar bozukluktu. Bunun mutlaka tedavi edilmesi gerekiyordu; testlerde de kendini gösteren ama asıl beyin incelemelerinde ortaya çıkan bu "*disorder*", manik-depresif ruh hallerinin, değişkenliğinin, nerede ne tepki vereceğini bilemediği durumların ve sanki içinde iki ayrı kişi yaşıyor gibi hissetmesinin gerçek nedeniydi. Neyse ki bunun tedavisi vardı; yalnız ilaçlarını düzenli olarak kullanması gerekiyordu.

Zehra'nın yine hüzünlendiğini fark eden Emre o gün ilacını alıp almadığını sordu; Zehra "Evet" dedi, yıllardır her gün kullandığı lityumunu almıştı. Ne var ki o dikkatsiz, dağınık Emre, sanki yaşamları, evlilikleri, sevdaları buna bağlıymış gibi, hiç unutmadan her gün sorardı ilacını alıp almadığını; haksız da sayılmazdı belki. Çünkü lityumun baskısı ortadan kalkarsa, Zehra yine o kötü günlerine, düşlerine, hüzünlerine, ağlama krizlerine geri dönebilirdi.

"Sen beni merak etme sayın yazarım" dedi gülerek. "İyiyim, hadi yemeğe geçelim. Sen de evlilik yıldönümümüz dışında hangi konuyu bulursan anlat dur; hatta istediğin kadar saçmalayabilirsin, sana izin."

Emre "Bana nasıl katlanabiliyorsun sen?" diye sordu.

"Çünkü Kont Masoch'un torunuyum" dedi Zehra yine gülerek.

Akşamın geri kalanında Emre gerçekten de, Justinianos idaresinin bizim hükümetlere ne kadar benzediğinden, iki iktidarın da zengin muhalifleri vergiyle, diğer muhalifleri hapisle korkutarak diktatörlüğü pekiştirdiğinden; milli içki sayılan anasonlu rakının aslında Türk içkisi olmadığından, Akdeniz'e özgü olduğundan, –"Orta Asya'da hiç rakı yok" diyordu–; Auerbach'ın, Walter Benjamin'e yazdığı mektuplardaki Atatürk bahsinden; Montaigne'de yeni rastladığı Fatih'in Papa Pius'a yazdığı mektuptan; Ayasofya'daki İmparatoriçe Zoe mozaiğinde, kadın üç kez evlenmiş olduğu için eski kocaların silinerek yeni kocaların resminin yapıldığından, bu işlemler sırasında imparatoriçenin yüzüne gençleştirme işlemleri uygulandığından, yani onuncu yüzyılın *photoshop* tekniklerinden; daha nelerden nelerden söz etti; daldan dala atlayarak, sözlerini yarım bırakarak, kafasında art arda patlayan düşüncelere diliyle yetişemediği için bazen anlamsız kelimeler söyleyerek konuştu durdu. Sonunda "Bak Zehra, bak; şu gök kubbe bir rahim gibi değil mi?" dedi. "Hepimiz gece gökyüzünün dev bir rahim olduğunu hissedebiliriz, onun koruyuculuğuna sığınabiliriz; daha doğrusu evren bir rahim. 'Rahim ve rahman'ın anlamını biliyor musun Zehra?" Konuşması giderek hızlanıyordu; rampadan aşağı inen ve denetimden çıkmış bir tren gibi. Sık sık yakalandığı konuşma krizlerinden biri gelir gibiydi.

Zehra ise bütün bunlara, "Senin sorunun ne hayatım biliyor musun?" diye cevap verdi. "Belki daha çok yazıp daha az konuşmalısın. Bu gidişle sana yazar değil, konuşur diyecekler. Yarından itibaren sana da lityum vereceğim, çünkü benden daha hastasın sen Emre Karaca."

Biraz sakinleşen Emre gülerek "Baş üstüne Zehra Karaca" dedi. "Evde leylek pisliği de yakalım istersen. Kötülüklerle birlikte, gereksiz konuşmaları da uçurup götürsün."

Sonra Zehra'ya haklı olduğunu söyledi ama kendisinin de haklı olduğu yanlar vardı. Zehra'dan başka konuşabileceği kimse yoktu ki; her gün okuyordu, her gün öğreniyordu, bazen öğrendiği bilgilerin ilginçliğinden başı dönüyordu ve bunları içinde tutamayarak paylaşmak istiyordu ama her denemesinde çevresindeki insanlar onu çayırda geviş getiren büyükbaş hayvanların kayıtsız gözleriyle izliyorlardı. Onları hiçbir şey heyecanlandırmıyordu. "Hayatları at sırtında seferde geçer" diye anlattıkları Osmanlı padişahlarından III. Murad'ın 130 çocuğu olduğunu (bu durumda çocukları da at üstünde yapıyor olması gerekirdi), "Bütün yollar Roma'ya çıkar" sözünün Doğu Roma, yani bu şehir için söylendiğini, Sultanahmet'teki Milion Taşı'nın dünyanın başlangıç noktası olduğunu anlattığı zaman hiç ilgi göstermeyen insanlar, konuşma arasında bir tanıdıklarının ya da gittikleri bir lokantanın adı geçince birdenbire bülbül kesiliyorlardı: Haa Ahmet mi; yaa geçenlerde gördüm, kilo almış epey ama iyi, işleri de tıkırında. Gençlikte Ahmet, Tanju, Onur, Semra ben hiç ayrılmazdık; her cumartesi yelken kulübünde toplanırdık, Ahmet'in kız kardeşini tanıyor musun; hani bizim okuldan, boşanmış, falan filan... Susturabilene aşk olsun. Ya da biri, yeni açılan bir lokanta adı söylemeyegörsün; hemen en az yarım saatlik bir sohbetin kapısını aralamış oluyordu. Emre "almanaklar" diyordu bunlara; hem akıllarında bunca çok ahbap, futbolcu, antrenör, lokanta, bar ismi tuttukları için, hem de kelimenin fonetiği aşkına.

"Kusura bakma Zehra" dedi tekrar, "çok konuştuğumun farkındayım ama..."

Zehra "Yoooo!" dedi alaycı bir tavırla.

"Şu anda aklıma bir şey geldi. Haliç'e bakarken, Leonardo da Vinci'nin bir Haliç köprüsü tasarımı çizip padişaha gönderdiğini nasıl konuşmazsın? Geçen gün bundan söz açacak oldum, ne dediler biliyor musun? 'Ben kamyonu kaldırdım, Leonardo da vinci.' Sonra gelsin kahkahalar. Hepsi güldü, ben sustum; çünkü anlamadım. Anladığımda da geç olmuştu. Normal bir insanın aklına, Leonardo da Vinci dendiğinde o kadar çok imge, o kadar çok fikir üşüşür ki; son kelimenin 'vinç' olduğunu fark etmez bile. Çünkü onun aklı başka türlü çalışır, Leonardo'nun tarihsel, estetik birikimine vurgu yapar. Ya bu insanlar başka gezegenden ya da ben. Anlaşmamıza olanak yok."

Zehra, Emre bu kadar heyecanlandığı zaman hep yaptığı gibi elini yumuşakça kocasının elinin üstüne koydu, güvercin tüyü gezdirirmiş gibi belli belirsiz hareketlerle okşadı, bu terapi yöntemine gözlerindeki sevecen bakışı da ekleyerek, onun kaynayan kalbini yatıştırdı.

Başka masalarda konuşacak şey bulamadan oturan, sıkıntıdan çevreyi gözleyen çiftler, Emre ile Zehra'nın bitmek bilmeyen konuşmalarına, heyecanlarına ve sık sık gülmelerine bakarak, yeni evli olduklarına hükmettiler. "Sizi de görürüz; hele birkaç yıl geçsin aradan; ne pırıltınız kalır ne neşeniz" diye geçirdiler içlerinden.

Sanırım; kimse bunun işe yarayan bir rahatlama yöntemi olduğunu yadsıyamaz. Oysa o sırada Emre, karısının gözlerinin içine bakarak, çok sevdiği eski bir sevda şiirini bilip bilmediğini soruyor; Adıyamanlı Çeraği Baba'dan "Başına sevda gelecek" şiirini; on iki yıl önce Zehra'yı yitirdiğini sandığı o berbat günlerde, kendisine en çok yardımcı olan şeyin, gönlü kırık bir âşığın umudunu tazeleyen bu olağanüstü şiiri tekrarlamak olduğunu söylüyor; sonra yumuşak bir sesle fısıldar gibi okumaya başlıyor: "Yolda kaldı gözlerim, sümbül saçlım, şarap dudaklım gelecek/Vay onun ceylan gözlerinin derdine düşene/Hayran olacak, mest olacak; başına sevda gelecek." Ardından "İşte bu son dize için seviyorum bu şiiri" diyor. "Başına sevda gelecek; insanın başına dert gelir, tasa gelir, bela gelir, kaza gelir ama sevda? Ne müthiş bir anlatım. Sevda, beklemediğin anda başına gelen bir hışım, bir kasırga, bir yıldırım. Her an başına gelebilir, ölümcül bir kaza gibi."

Zehra bal renkli gözlerine yerleşen sevecen bakışla, şiirin gerçekten çok güzel olduğunu belirtince büyülü bir suskunluk oluyor aralarında; dolu bir suskunluk, konuşmaktan daha değerli bir suskunluk. Ne var ki Emre, her zaman olduğu gibi bu anın da büyüsünü bozmakta aceleci. "Gérard de Nerval'in, Valois halk şarkılarını göklere çıkardığı bir kitabı var" diyor. Örnekler de veriyor ama hiçbiri bizim halk şairlerinin eline su dökemezmiş. Gérard de Nerval'in kendini elektrik direğine asmadan önce bir hastanede tedavi gördüğünü biliyor muymuş? Guy de Maupassant da orada ölmüş. Peki, bu bina şimdi neymiş, biliyor muymuş? Türkiye Büyükelçilik rezidansı imiş. Eskiden Marie Antoinette'in nedimesi

Madame de Lamballe'in konağı imiş; kadının başını giyotinle kesmişler, kraliçesiyle aynı kaderi paylaşmış. Birçok insan bu konağa bunları bilmeden girip çıkıyormuş; ne komikmiş değil mi? Hem acıklı, hem komikmiş. Ha ha ha!!!

Emre'nin yıldönümü hediyesine dair

Onlara efsunlu gibi gelen erguvani akşamdan sonra eve döndüklerinde Emre karısına, "müziği delice bir tutkuyla en çok seven insanın kim olduğu" gibi, neredeyse yanıtlanması olanaksız bir soru sordu.

On iki yıl önce Emre, Zehra'nın kapısında özlenen bir hayalet gibi belirdiği akşamın gecesi –hani gözyaşları ve itiraflarla geçen o gece– ikisinin de yaşamını değiştirecek bir şey daha olmuştu; Emre kıza, dövme yaptırdığını söylemişti. Aslında ne zamandır dövme yaptırmayı isteyen Zehra'ydı, iyi dönemlerinde kim bilir kaç kez söylemişti Emre'ye "Hadi gidip ikimiz de yaptıralım" diye. "Öyle büyük, renkli, resimli bir şeyler değil; küçük bir kelebek ya da bir yazı." Ama Emre her seferinde alay etmiş, dövme yaptıranlarla ilgili çok aşağılayıcı şeyler söylemişti. "Nabokov'a rağmen kelebek bile yaptırmam" diyordu. Bu yüzden Zehra da susmak zorunda kalmıştı. Şimdi de gelmiş dövme yaptırdığını söylüyordu. "Ne zaman yaptırdın?" diye sordu Zehra, "Dün" cevabını aldı. Dövmeyi görmek istediğinde Emre sırtını döndü; uzun saçlarını kaldırıp ensesindeki dövmeyi gösterdi. Zehra, Emre'nin nefret etmesine rağmen özveride bulunarak böyle bir şey yaptırmasına şaşırdı ve onun kendisini gerçekten sevdiğine inandı. Emre'nin, uzun saçlarının altında güneş görmediği için yüzüne göre çok beyaz kalmış olan ensesinde, küçücük harflerle "Evlenelim mi?" yazılıydı. Emre usulü bu evlilik önerisi Zehra'nın çok hoşuna gitti ama onca olaydan sonra kendini ağırdan satmaya kararlı olduğu için hiçbir şey söylemedi, cevap vermedi. Emre, iki gün merak ettikten sonra cevabını ilginç bir biçimde aldı. Yatakta iç içe geçmiş iki kaşık misali yatarken, Zehra zarif bir el hareketiyle ve hiç önem vermeden, kumral saçlarını kaldırdı; gün değmemiş ensesinde küçücük harflerle cevabı yazılıydı. Berberler hariç, ikisinden başka hiç kimsenin görmeyeceği; ömür boyu taşıyacakları birer mühür edinmişlerdi. Emre sıcak dudaklarıyla kızın ensesini öptü.

On iki yıl sonra Emre'nin sorusunu "Bilmem" diye yanıtladı Zehra. "Herkes müzik sever."

"Ben müzisyen olmadığı halde hayatını müziğe adayan insanlardan söz ediyordum." dedi Emre. "Mesela bir asker; böyle bir subay gözünün önüne geliyor mu?"

"Wagner dinleyen Nazi generallerini kastetmiyorsun herhalde" dedi Zehra.

"Hayır, onlar gibi değil, müziği aşkla birleştiren aşırı bir örnekten söz ediyorum ben. Daha fazla uzatmadan söyleyeyim: Yirminci yüzyılın başlarında yaşamış İstanbul Merkez Komutanı Sadettin Paşa'yı duydun mu hiç?"

"Hayır" dedi Zehra.

"Sadettin Paşa müziği –musiki deniyordu o dönemde– o kadar seviyordu ki otuz sekiz cariyesinin her birine ayrı bir musiki makamının adını vermişti. Mahur, Saba, Şehnaz, Bestenigâr, Rast, Hüzzam, Segâh, Suzinak, Muhayyer, Nihavent, Neva, Nigâr... Böyle devam edip gidiyor; ne kadar güzel isimler değil mi? Gözünün önüne getirsene, paşa, 'Nihavent' diye sesleniyor, 'hadi mangalda köpüklü bir kahve yap bana.' Mahur, lokum koşturuyor, Hicaz peşkir tutuyor, Hüzzam o gece yatağına süzülüyor. Kızların hepsi bu kadar talihli değil tabii. Bir de Büzürk gibi, Bayati gibi makamlar var; herhalde kimse kendisine Büzürk Hanım, Bayati Hanım denmesini istemez. Paşa Çemberlitaş'taki konağında bu kızlardan bir sazende ve hanende takımı kurmuştu. Bu arada Çemberlitaş, Bizans devrinde idam aracı olan demir boğanın olduğu yerin yanı, İsa'nın haçının bir kuyuda saklandığı yer. Oradaki ellerin hikâyesini anlatmış mıydım sana? Porno kelimesinin de buradan çıktığını biliyor muydun? Pornai sokağında fahişeler, topuklarına 'beni izle" yazısı kakılmış ayakkabılarla dolaşırlarmış; çamurda, toprakta kumda bu iz kalırmış: Beni izle. Ha ha haa."

Zehra gülümseyerek, çocuk avutur gibi, daldan dala atlayan Emre'yi saçlarını okşayarak yatıştırmaya çalıştı. "Heyecanlanma sevgilim" dedi, "sakin ol. Şşşşşt sakin ol. Paşanın kızlar orkestrasında kalmıştık, hatırlıyor musun?"

Emre bir an duraklayıp, konuya geri döndü: "Haklısın, neredeyse buradan da Fatih'in orada kurduğu Eski Saray'ın trajedisine geçecektim. Neyse; belki de her kız, adını taşıdığı makamda şarkı söylüyordu. Düşünsene, ne hoş bir şey. Çerkez, Rum, Türk, Arap, Sırp, İtalyan, Bulgar, Rumen kökenli genç kızlar ve başlangıcı ta Antik Yunan'a giden, Pisagor'un teorisini yaptığı Osmanlı musiki makamlarıyla bütünleşen bir orkestra. Hani, birisi için müzikle yatıyor müzikle kalkıyor derler ya, rahmetli Sadettin Paşa deyimin her anlamıyla bunu yapıyormuş. Otuz sekiz makamla yatağa giren bir paşa düşünsene; hep bir arada değil tabii. O zaman curcuna usulü denmesi gerekirdi buna; yani on vuruşlu bir usul. Ama daha ilginci şu: Paşanın çok sevdiği, Bestenigâr adındaki Çerkez cariye ölünce Ahmed Rasim'e sözlerini yazdırdığı,

Hafız Hüsnü'ye bestelettiği bir şarkı yaptırmış. Bestenin de bestenigâr makamında olduğunu söylemeye gerek yok herhalde. Paşa, her gece ölen kızın otuz yedi arkadaşının söylediği bu şarkıyı dinler, giden sevgilinin ardından gözyaşı dökermiş. İşte şimdi bu eski şarkıyı çalacağım sana. Hikâyesini bilince daha çok seveceksin."

Gramofona bir taş plak koydu, yampiri yampiri dönmeye başlayan plağa iğneyi yerleştirdi; yıpranmış plaktan önce çıtırtılar geldi; sonra bir erkek sesi tiz perdeden bir şarkı söylemeye başladı.

Bu arada Emre, "İnsanların kısacık ömrü, hikâyeler olmazsa neye yarar?" dedi. "Bizi onlar koruyor, her şeye derinliğini ve anlamını hikâye veriyor. Hikâyesiz kalmış insanlara çok acıyorum."

Zehra işaretparmağını onun dudaklarına koyarak "Şşşş" dedi, "dinliyorum."

Şarkıda geçen sözlerin hepsini anlamıyordu ama ait olduğu geçmişin içini titreten vuruşlarını derinden hissediyordu. Belki de ana rahminden itibaren duyduğumuz, kromozomlarımıza işleyen seslerdi bunlar. Zehra'yı şaşırtan bu "musiki" şöleni, o gece eve döndüklerinde, (HH'nin etkisiyle kendi kültürüne dönmüş olan) Emre usulü bir evlilik yıldönümü kutlamasının başlangıcını oluşturdu. Hediye ise o zor bulunan 78'lik taş plaktı. His Master's Voice yazıyordu göbek etiketinde; Middlesex England'da üretildiği belirtilmişti; Munir Nouréddine Bey söylüyordu; şarkı adı da şöyle yazılmıştı: "Tchok surmedi guetchdi." Açıklama bölümünde de İngilizce "*male, song, violon, piano çello*" diye not düşülmüştü. Bir tek bu albüm bile Osmanlı kozmopolit kültürü üstüne düşünmeye itiyordu insanı.

Emre, yakın zamana ait olmasına rağmen kendi kuşaklarının anlayamayacağı şarkının sözlerini sözlük yardımıyla çevirmiş, plağın içine koymuştu.

Çok sürmedi geçti, mutlu coşkusu baharımın
Soldu emelim, goncalarım; rengi yanağımın
Neşeyle raks eden bir bülbüldüm amma
Bilmem ki neden terk etti o bülbül avazın
Yürek dağlayan bu nağmeyle düştü uzağa
Ben böyle gönüller yakıcı bir Bestenigâr'ım

Zehra'ya bu melankolik şarkıyı dinledikçe, anlamını bilirse, izlemenin daha zevkli olacağını söylüyordu. Ama ne de olsa çeviri sadece anlamı verirdi, ahengi değil. "Tarab-ı şevk-i bahar"la "mutluluk veren bahar coşkusu" bir miydi? İkisi de güzeldi ama yerleri ayrıydı. Hem her şey çevrilemiyordu. Örneğin, Ahmed Rasim'in yazdığı güftede geçen "ırak'a düşmek", hem uzaklaşmak anlamına geliyordu hem de musikideki kalın fa diyezi işaret ediyordu. Bu anlam, sözcükleri çevirerek değil, ancak kültürü çevirerek anlatılabilirdi ki bu da olanaksızdı.

"Hem niye günlerce eski bir yorum aradım biliyor musun?" diyordu. "Çünkü yeni kayıtlarda, *rock* davulu koyarak her şeyi berbat ediyorlar. İyi bir şey sanıyorlar bunu. Oysa parçanın aslı curcuna usulünde. 10/8'lik, rock ritmiyle böldüğün zaman parça akmıyor, iğrenç bir şey çıkıyor ortaya. Bak dinle; düm teka düm tek'le cıs tak cıs tak aynı mı? İki uygarlığı bir araya getirmek o kadar kolay mı sanki?"

Zehra elleri ve ağzının yardımıyla davul taklidi yapmakta olan kocasını susturmak için dudaklarından öperken içinden, "Acaba bu çocuk şizofren mi?" diye geçiriyordu. Aslında o da biliyordu böyle olmadığını, sadece heyecanını dizginleyemeyen biriydi; ama yine de bazen böyle düşünmek hoşuna gidiyordu. Ailenin tek hastası olmaktan iyiydi ne de olsa.

642 numaralı odaya dair

"Kapı" diyor Gül yüreği hoplayarak; "kapı, kapıda biri var." O anda kapı açılıyor, tıknaz, elli yaşlarında, saçı dökük, lacivert takım elbiseli, bordo kravat takmış, göbekli bir adam görünüyor; elindeki anahtar kartla girişte kalakalıyor. Yatakta, telaşla çarşafları çekiştirerek örtünmeye çalışan çıplak çifte bakıyor, bir anlam veremiyor. Dönüp kapı numarasına, sonra elindeki karta bakıyor; yataktaki çifte kim olduklarını soruyor. Nihat, "Bir yanlışlık olmalı" diyor; "burası bizim odamız; sizinki kaç numara?"

"642" diyor adam. "İşte burası; kart da kapıyı açtığına göre... Hem bakın, valizim duruyor, bu benim valizim."

Bu sözler üzerine söyleyecek bir şey bulamayan Nihat susuyor.

Bu arada adamın gözü yere saçılmış olan giysilere takılıyor; göğsünde Konstantiniyye Oteli yazan lacivert güvenlikçi ceketi açık seçik ortada; "housekeeping" kepi ve giysileri de. Adam bir şeyler anlar gibi oluyor, "İsterseniz resepsiyonu arayıp haber verelim, gelip yanlışlığı düzeltsinler" diyor. Yavaş yavaş içine bir güven yayılıyor gibi.

"Gerek yok" diyor Nihat. "Özür dileriz, herhalde yanlış bir odaya girdik, hemen gideriz."

"Yok yok" diye ısrar ediyor adam, "durumu anlayalım bakalım." Gözünü, çarşafa sarınmış, kendisine dehşetle bakan, yanakları kıpkırmızı olmuş güzel kızdan alamayarak yatağın başucundaki telefona doğru yürüyor, almacı eline alıyor.

Nihat, "Yapmayın beyefendi" diyor, "dinleyin lütfen."

Adam elindeki almaçla durup düşünceli bir tavırla otelin davetlilerinden biri olduğunu söylüyor. Masasından kalkıp, –alışkanlıkla "affedersiniz" diyordu ve böyle bir durumda çok garip kaçıyordu bu özür– tuvalete gitmek için odasına çıkmış; şimdi geri dönmezse yokluğu fark edilirmiş; bu yüzden onu oyalamasınlarmış, acelesi varmış. Adam almacı yerine bırakıp tuvalete giriyor; kapıyı kilitlediği duyuluyor. Nihat, "Hay aksi" diyor alçak sesle, "hadi giyinelim."

Bu sırada Gül telaşla giyinmeye başlamış bile. Eli ayağına dolaşarak, arada bir kısa ayağının üzerine düşerek bir an önce örtünmeye çalışıyor ama o kadar çok şey var ki üstünde. Bu sırada kel adam tuvaletten çıkıyor; şimdi daha kararlı. Herhalde içeride düşünmüş, yataktaki çiftin içinde bulunduğu çaresiz durumu daha iyi anlamış, kararlar vermiş. Gül, üstünü başını düzeltmeye çalışarak kapıya doğru topallayarak koşuyor. Adam "Aaa" diyor, "topalmış bir de. Dur, gitme, beni dinleyin."

Gül kapıya yakın bir yerde duruyor; Nihat yatağın yanında ceketini giymekle meşgul. Adama ne istediğini soruyor. Adam, "Bakın" diyor, "ben itibarlı biriyim, otel sahiplerinin davetlisiyim."

"Tamam" diyor Nihat, "onu anladık; başka?"

Adam, "Asıl siz anlatın bakalım" diyor. "Burada ne yapıyorsunuz, ne hakla benim odama, yatağıma girdiniz?"

Nihat, "Özür diledik ya" diye karşılık veriyor. "Yanlışlık olmuş."

Adam yılışıkça gülüyor. "Yanlışlık falan değil bu" diyor. "Aptal mı kandırıyorsun; bu otelde çalışıyorsunuz değil mi?"

Nihat ve Gül cevap vermiyorlar; güvenlikçi ve kat hizmetçisi kılıkları içinde sessizce adama bakıyorlar. Bir süre sessizlik oluyor; adam bir şey söylemeye niyetleniyor, sözlerini hazırlıyor, son anda cayıyor gibi. Sonra, "Durumu Ergun

Bey'e anlatırsam sizce ne olur?" diyor.

Gül, "Lütfen böyle bir şey yapmayın beyefendi" diyor, "biz nişanlıyız."

"Madem nişanlısınız bu işi yapacak başka yer bulamadınız mı?" diye soruyor adam.

Nihat'la Gül yine sessiz kalıyorlar. Adam onları kıstırdığını düşünüyor olmalı ki; tehditlerinin dozunu gittikçe artırıyor. "Sadece Ergun Bey'e söylesem sizi işten atar ama emniyet müdürü benim masamda oturuyor, bir sözümle kendinizi nerelerde bulursunuz düşünün; hele bir de param kayıp falan dersem..."

Nihat, "Hiçbir şeyinize dokunmadık ki" diyor. "Size ne zararımız oldu? Lütfen bunları yapmayın, sessizce çekip gideriz; biraz anlayış gösterin beyefendi."

Adam, "Bu çarşaflar ne olacak?" diyerek yatağı gösteriyor. "Bunlar ne olacak? Sizin günaha bulanmış kirli çarşafınızda mı yatacağım bu akşam?"

Gül, "Ben hemen değiştiririm beyefendi" diyor. "Yenilerini sererim; merak etmeyin efendim."

Adam bir süre düşünüyor gibi yapıyor; alnını buruşturuyor. Ne karar vereceğini bilemiyormuş gibi, "Peki" diyor, "hadi bu hatayı gençliğinize vereyim ama..."

"Allah razı olsun" diyor Nihat.

"Ama" diye kaldığı yerden devam ediyor adam, "ama..." Sonra kıza dönüyor, "Hadi" diyor "hemen getir şu çarşafları, gözümün önünde değiştir. Bir de şu ceketimi ütüle, ama burada yapacaksın ütüyü."

Gül "Peki efendim" diyor. Nihat, elini kapıya doğru uzatarak "Buyurun beyefendi" diye adamı dışarı davet ediyor.

Adam, "Ben gitmiyorum, burada bekleyeceğim, bakalım hanım kızımız nasıl yapacak bu işleri?" diyor.

Nihat şaşkınlıkla, "Yani aşağı inmeyecek misiniz?" diye soruyor.

"Onu keyfim bilir. Şimdilik odamdayım, bir itirazın mı var?"

Nihat huzursuzlanarak, "O zaman kız da çıkar, siz yokken gelir değiştirir" diyor.

"Olmaz" diye sözünü kesiyor adam. "Eğer bu iş sessizce halledilecekse, sen git işinin başına, topal kız burada kalacak."

"Ne demek burada kalacak?"

"Burada kalacak demek, burada kalacak demektir. Ona gördürecek işlerim olduğunu söyledim sana. Hadi kızım, getir şu çarşafları. Sen de işinin başına dön delikanlı."

Gül ne yapacağını bilmez gibi Nihat'ın yüzüne bakıyor. Nihat "Peki" diyerek, kapıya doğru yürüyünce, Gül şaşırıyor, adam ise gülümsüyor.

Nihat çıkınca, adam Gül'e yaklaşıyor, yüzünü okşamak isteyerek "Ne güzelsin sen böyle" diyor. Kız geri çekiliyor. "Topallaman çok hoş" diye devam ediyor adam. "Hiç topal kız becermedim daha önce. Para da veririm sana."

Gül adamın yüzüne tokat atıyor. Bunun üzerine adam "Vay orospu!" diyerek kıza vuruyor.

Nihat tam kapatmadığı kapıdan odaya girerek, sol koluyla adamın boynunu sıkıştırıyor, sağ yumruğuyla yüzüne vuruyor, vuruyor, vuruyor; adamın yüzünden kan boşanıyor. Nihat üst üste vuruyor; Gül "Dur!" diye bağırıyor, Nihat yine vuruyor, Gül yine "Dur!" diye bağırıyor.

Sonunda adamın burnu kırılıyor. Şişko gövdesiyle çırpınsa da, başını Nihat'ın kolundan kurtaramıyor. Nihat hiçbir şey söylemeden vurmaya devam ederken, Gül elleriyle yüzünü kapatıyor.

Nihat'ın sağ yumruğu kıpkızıl kan olmuş. Adamın suratı ise, kasabın dövdüğü bonfile gibi ezilmiş. Nihat adamın gövdesinin boş bir çuval gibi kendini bıraktığını, aynı zamanda ağırlaştığını hissediyor.

Gül kolunu tutarak "Dur" diyor ona, "dur! Nihat dur!"

Nihat durmuyor. Gül, "Adam öldü" diyor.

"Kimse yumruktan ölmez" diye karşılık veriyor Nihat.

Gül, "Ama bu Allahın cezası öldü" deyince, Nihat adamı bırakıyor. Şişman gövde yere yığılıp, öylece kalıyor. Nihat eğilip adamın şahdamarına dokunuyor, atmadığını görüyor.

Adamın kanlı yüzü morarmış, damarları şişmiş, gözleri yukarı doğru devrilmiş. Nihat adamın yumruktan değil boğularak öldüğünü düşünüyor; spor salonlarında irileşen sol kolu boğmuş olmalı onu. "Hak etti pezevenk" diyor, sonra banyoda ellerini yıkıyor. Lavaboda dönerek girdaplaşan su kıpkırmızı oluyor.

Gül'e sarılarak, "Merak etme" diyor. Kız tir tir titreyerek, onun kollarının arasından sıyrılıyor. Nihat yine "Merak etme" diyor; "hadi yatağı düzelt."

Kız titreyen elleriyle yatağı düzeltiyor.

"Şimdi git" diyor Nihat. "Hiçbir şey görmedin, hiçbir şey duymadın. Eşyanı topla, bu gece kaçacağız, bu işi örtemeyiz, daha doğrusu ancak kısa bir süre örtebiliriz; sonra bizi bulurlar; bu gece kaçıyoruz, hadi."

Kız çıkınca, Nihat ortalığı dağıtıyor. Lambayı devirip, çekmeceleri açıyor, adamın cüzdanını, altın saatini alarak, bavulunu yatağın üstüne boşaltıyor. Çevreye göz gezdirerek, odadan çıkıyor. Asansörle aşağı indikten sonra telsizle yardımcısına, "642 numaralı odadan gürültüler geldiği bildiriliyor" diyor. "Bir bak bakalım, ben de geliyorum."

Sonra soğuk havaya çıkıp bir sigara yakıyor; yardımcısı telsizden odada bir ölü olduğunu bildiriyor.

Nihat odaya gittiğinde otel doktorunu adamın üstüne eğilmiş, stetoskopla kalbini dinlerken buluyor. Doktor doğrularak hemen cankurtaran çağırmalarını istiyor, adamın ölmediğini ama çok kötü durumda olduğunu söylüyor.

Nihat, "Hırsızlık olayına benziyor, polis çağıralım" diyor.

Yardımcısı zaten çağırdıklarını söylüyor.

Nihat odadan çıkıp, aşağı iniyor ve Gül'e telefon edip "Çık hemen" diyor. "Otogarda buluşalım."

Kendisi de karanlığa karışıp gidiyor.

Nihat'la Gül'ün bundan sonraki hayatlarını izlemeyeceğiz. Zaten birlikte bir hayatları da olmadı, çünkü Gül, o gece otelden çıkınca, doğru evinin yolunu tuttu; otogardaki buluşmaya gitmedi. Bunun yerine Nihat'ın telefonuna, neden gelmeyeceğini anlatan bir ileti gönderdi. Orada, ikisini ilgilendiren pek çok söz vardı ama bunların en önemlisi şuydu: "Sana söylemiştim: Şiddet midemi bulandırıyor Nihat. Kimden, ne zaman gelirse gelsin; kime karşı olursa olsun, midemi bulandırıyor. Ne yazık ki sende, annemi öldüren katillerden bir parça gördüm. Adamı cezalandırmanı anlayabilirdim ama ölçüsüz bir şiddetle onu öldürdün. Çocukluğumdaki olayları tekrar yaşadım, ailemin neden sizden uzak durduğunu anladım. O adamın kanlı yüzünde kendi yüzümü gördüm. Ben yokum artık Nihat. Kararım kesindir. Beni arama!"

NEKROPOLİS

Zamanın ölümü

Müminin ruhu teslim alındığı zaman, Allah'ın rahmet ehli kullarından bir grup, sanki dünyadan bir müjdeci gelmiş gibi onu karşılayarak, "Kardeşimizi rahat bırakalım, istirahat etsin; zira pek çetin bir sıkıntı içindeydi" derler. Sonra ona, "Falanca adam ne yaptı? Falanca kadın ne yaptı? Falanca kadın evlendi mi?" diye sorular sorarlar.

Hazreti Muhammed (Eyyub el-Ensari'den)

26 numaralı masada oturan yedek parça ithalatçısı Abdülkadir Bey can çekişerek hastaneye götürülürken olay Zehra'ya bildiriliyor.

Zehra, içinde gitgide büyüyen bir panik duygusuyla "Eyvah!" diye mırıldanıyor, rengi soluyor. Bu kadar üzerine titrenen bir davette cinayet, soygun ne demek? Her şeyi bire bin katarak abartan basın kim bilir neler yazacaktı şimdi? Hoş, abartmasına bile gerek yok, durum tek kelimeyle "feci."

Zehra'nın kafasında "feci" sözü, anlamını yitirene kadar dönüp duruyor. Acaba ne yapmalı şimdi? Durumu gizlice Ergun Bey'e mi bildirmeli, yoksa önce ne olduğunu daha iyi anlamaya çalışması, polislerle, hastaneyle uğraşması, basını yatıştırması mı daha doğru?

İyice hızını almış olan davette ortadaki boşluk, "Sex Bomb"dan misket havasına, birbirine benzemeyen ritimlerle kendilerinden geçmiş dans edenlerle dolu. Zehra saatine bakıyor; 23.18. Saatin siyah kadranı büyüyor, büyüyor, gelip yüzüne çarpıyor. Zehra sendeliyor, dayanma gücünün ötesinde bir baş ağrısıyla midesinin gövdesinden dışarı çıktığını sanmasına yol açan çok şiddetli bir bulantı aynı anda vuruyor onu. Salon kapısından koşarak çıkıyor; iki büklüm, eliyle ağzını tutarak giriş katındaki odasına doğru koşuyor. Koridorda odayı nasıl buluyor, kartı çıkarıp kapıyı nasıl açıyor, kendini banyoya nasıl atıyor; o da bilmiyor biz de. Bildiğimiz şey; Zehra'nın başında patlayan cephanelikle ve içini dışarı çıkarmaya çalışan o güçlü elle başa çıkamayacağını anlayıp kusmak üzere eğildiği lavaboya, sonra da küvetin kenarına tutunmaya çalışırken yere yığıldığı ve banyonun mermer zemininin sıcaklığını sağ yanağında duyarak kendinden geçtiği.

Nedense toprak kokusu geliyor burnuma. Belki de toprağın altındayım, belki de gömüldüm, karanlık geliyor, gömülmüşlük duygusu içimde hiçbir korku yaratmıyor, banyodan aşağılara, toprağa doğru çekildikçe, içime yayılan huzur ve sükûnet daha da artıyor; ölmek böyle bir şeymiş demek ki, diye düşünüyorum, hiç fena değilmiş. Üstelik artık acı ve bulantı da terk etti beni. Dünya gitgide uzaklaşıyor, tam yok olmaya yüz tutmuşken bir ses duyuyorum; yanağımı ısıtan mermer zeminin altından gelen; yumuşak, tekdüze, inlemeyle yakınma arası ama ne dediği anlaşılmayan, boğuk bir ses bu. Elbette boğuk olacak, çünkü çok derinlerden geliyor; biliyorum, toprağın çok derinlerinden geliyor. Bir süre sonra bu sesin sandığım gibi konuşmadığını, mırıldanmadığını, inlemediğini; ancak daha önce hiç duymadığım garip, esrarlı, tuhaf bir ezgiyle şarkı söylediğini fark ediyorum. Uzun seslerle söylenen, mistik, yakınmayla dolu, neşeden uzak, içinde ilahi bir şeyler barındırdığını duyumsatan ama bir yandan da tüylerimi diken diken eden tuhaf bir ezgi bu, bir erkek söylüyor.

Şarkının hangi dilde söylendiğini anlayamıyorum, Türkçe değil; bildiğim hiçbir dile benzemiyor. Yerin altına, toprağa doğru kaydığımı hissediyorum, içim çekiliyor, sanki o ses beni derinlere götürüyor. O sırada şarkının kesildiğini ve bana seslenildiğini duyuyorum, duymasına duyuyorum ama, "Beni duyuyor musun?" sorusunu yanıtlayamıyorum, fakat o ses susmuyor; sürekli olarak onu duyup duymadığımı soruyor. Nasıl olduğunu anlamadan duyduğumu söylüyorum ona; söylüyor muyum, düşünüyor muyum, bilemiyorum. Ağzımdan hiçbir ses çıkmadan bunu nasıl dile getirebildim? Kafamın içinde olup bitiyor her şey. Ses "Başın ağrıyor mu?" diye soruyor, "Galiba" diyorum, çünkü şimdi ağrı yok, oysa bir saniye önce vardı. Gülüyor adam. "Anladım" diyor, "çünkü bu ağrıyı bilirim."

"Nereden bilirsin?" diye soruyorum ona.

Ses "Çünkü benim de başım ağrımıştı" diyor.

"Ne zaman ağrımıştı?" diye soruyorum.

"Darbe aldığım zaman?" diyor.

"Ne darbesi?"

"İsyan sırasında başıma aldığım darbe?"

"Cop mu, gaz kapsülü mü, TOMA mı?"

"Hayır, Tomas orada değildi, Belisarios vardı."

"Kim?"

"Belisarios!"

"O da kim?"

"Saldırıyı o yönetiyordu!"

"Polislerin şefi mi?"

"Hayır, Muhafız Birliği Komutanı, zalim Belisarios."

Aklım karışıyor; yoksa bu ses 532 yılındaki Nika isyanından mı söz ediyor? O isyanı bastıran Belisarios'u mu anlatmaya çalışıyor bana? İyi ama nasıl olabilir? Bunları soruyorum ona, evet cevabını veriyor, Nika'dan söz ediyormuş.

Telepatik bir sohbet mi bu acaba?

"Telepatik bir sohbet mi bu acaba?" diye soruyorum. "Hangi dilden konuşuyoruz? Ben bu dili hiç bilmiyorum ki, daha önce hiç duymadım."

Derindeki adam "Daha önce duyamazdın zaten" diyor bana. "Çünkü ölülerin dilini konuşuyorsun."

"Böyle ayrı bir dil mi var?"

"Evet, insanlar hangi dili konuşursa konuşsun, öldüğü anda hepsini unutur ve ölmüş olan herkesin bildiği dili konuşmaya başlar. Ölüler diyarında tek bir dil vardır."

"Bu dili anladığıma göre ben de öldüm mü?"

"Henüz değil ama bize hızla yaklaşıyorsun, sesimin sana bazen gelip bazen kaybolması bu yüzden işte. Dünya seni çekiyor, biz de aşağıdan çekiyoruz. Hep böyle olur."

Nerede acaba bu adam? Nerede olduğunu soruyorum, sese benzemeyen sesi yerin altından geliyor gibi. Daha doğrusu ben öyle algılıyorum, nasıl algıladığımı da bilmiyorum. Bunun üzerine ölü adam, tam altımda olduğunu söylüyor. "Tam altındayım!" diyor. "Gerçi çok derindeyim ama yine de yattığın yerin tam altında ben varım, yani bir anlamda benim üstüme düştün, çünkü buraya gömdüler bizi, o gün otuz bin kişiyi öldürüp hemen oracığa gömdüler."

Ölüye ne zaman öldüğünü, ne zaman gömüldüğünü, kaç zamandır orada yattığını soruyorum. Ölü biraz duraklıyor; hesaplamaya çalıştığını söylüyor; sonra hangi yılda olduğumuzu soruyor. 2014 yanıtını alınca "Hangi takvimle?" diye soruyor. "İsa'dan sonra 2014" diyorum. Kısa bir hesap yapıyor; ölümünün üstünden tam 1.482 yıl geçmiş olduğunu söylüyor. İsa Mesih'in dünyayı şereflendirmesinden 504 yıl sonra doğmuş, 532 yıl sonra da ölmüş. Öyle diyor. Buna hiç şaşırmıyorum; zaten şaşırma, korkma, sevme gibi birçok duygu yitip gitmiş artık bende.

Ölüye, nasıl öldüğünü soruyorum, ölü bana doğal yolla ölmediğini, başına inen bir kılıç darbesiyle öldürüldüğünü anlatıyor, "Biraz önce başıma darbe aldım dedim ya" diyor. Demek ölülerin de bir mantığı var, bunun sarsılmasına izin vermiyorlar.

"Adın ne?" diye soruyorum. Marcus olduğunu öğreniyorum. Yeraltındaki ilk ölü arkadaşım Konstantiniyyeli Marcus. Şu anda bana, "Ölüm çok iyi bir şeydir!" diyen Marcus. Nedenini sorunca da, "Çünkü korkudan kurtuluyorsun" diyen Marcus. "Çünkü ölü, ölümden korkmaz."

"Ya aşktan?"

"İşte onu bilemiyorum; hiçbir duygu yok ama bazen babamın hâlâ imparatoriçeye âşık olduğunu düşünmeden edemiyorum. Çünkü ona hiç söz söyletmiyor."

O sırada konuşmaya başka biri karışıyor. "Hâlâ uğraşmaktan vazgeçmediniz mi?" diye soruyor yeni ses (ses olmayan ses). Marcus'tan daha değişik, daha gıcırtılı. "Aradan bin beş yüz yıl geçti diyorsunuz; aklınız hâlâ benim bacaklarımın arasında mı?"

"Ama ne yapalım imparatoriçem?" diyor Marcus. "Sizin hikâyeleriniz unutulmaz ki."

"Bu kim?" diye soruyorum Marcus'a, yani nekropoliste tanıdığım ilk kişiye; artık o bir çeşit rehberim benim (arkadaş olduk ya artık). "Theodora" diyor. "Kendisi hakkında konuşulmasını istemez ama herkes konuşur."

Şaşırma duygum kalmadığı için hiç şaşırmıyorum; Theodora da bu akşamki davete katılanlar gibi şıkırtılı bir şeydi herhalde diye düşünüyorum.

İçimde bir huzur, her şeyle barışma hali, dinginlik... Marcus diyor ki, "Başlangıçta böyle olur ama aradan yıllar, yüzyıllar, binyıllar geçtikçe, herkes kendi hayatını düşünmekten halsiz düşer; yapacak başka bir şey yoktur çünkü; en iyi bildiğin şeyi düşünür durursun, çünkü öteki dünya bilinmezdir."

Bu bilgece sözler üzerine "Orada bile öteki dünya mı diyorsunuz, orada bile öteki dünyayı bilemeyeceğinizi mi öne sürüyorsunuz?" diye sormaktan alamıyorum kendimi.

"Tabii ki" diyor Marcus. "Hiçbir şey bilmiyoruz henüz; örnek olarak beni al; neredeyse bin beş yüz yıl olmuş, şimdi anladım, sayende. Bin beş yüz yıldır, burada yatarak öldüğüm günü, babamı, annemi, yani hayatımı düşünüp duruyorum."

"Peki Tanrı'nın sesini duydunuz mu hiç?"

"Dünyada olduğu gibi, kimileri duyduğunu öne sürüyor, kimileri de yok böyle bir şey diyor. Ben henüz duymadım ama umudum var, bir gün bana da seslenecek, bekliyorum. Unutma, bizim diyarın tek özelliği beklemektir, beklemek. On binlerce yıl toprakta beklemek; hem de ne zamana kadar beklenmesi gerektiğini bilmeyerek."

"Cennet, cehennem, araf" diye mırıldanıyorum, "hani onlar nerede?"

Marcus, "Bilmiyoruz" diyor, "henüz görmedik. Biliyorsun kıyamet günü gelecek, sûr borusu çalınacak, bütün ölüler ayağa kalkacağız, ancak ondan sonra cennete cehenneme gönderileceğiz."

Hiç böyle düşünmemiştim, on binlerce yıl beklemek, tuhaf doğrusu, diye düşünüyorum.

Düşüncelerimi duyan başka biri söze karışıyor, "Ben de düşünmemiştim" diyor. "Öldüğüm gün cennete gideceğimi sanıyordum. Çünkü, cennette beni, memeleri kuru üzüm kadar olan yetmiş iki bakirenin bekleyeceği rivayet ediliyordu. Bekliyorlardır mutlaka ama oraya ne zaman gidebileceğim, bilmiyorum ki."

Bu ölüye de kim olduğunu soruyorum. İstanbul'daki İngiliz Konsolosluğu'nu havaya uçuran canlı bombalardan biriymiş.

Hayattaki bir mümine, yok olmakla öteki dünyada hayat arasında bir seçim sunsanız, elbette ki ölümden sonra başka bir hayatı ister, ama milyonlarca yıl beklemeyi önerirseniz, belki de –en azından bazıları– yok olmayı yeğleyecektir.

Yerin altından gelen uğultu büyüyordu. "Sesler birbirine karışıyor" diye düşündü Zehra. (Her seferinde tekrarlamamak için ses deyip geçtiğimiz benzersiz sesin, dünyada bildiğimiz sesle bir ilgisi olmadığını son kez belirtelim.)

"Bakın bakın, ne yazdım" diyen bir ses ötekileri bastırarak öne çıktı. "Yazdın mı?" diye sordu Zehra ve gözünün önüne mezarda kalem tutan bir el iskeleti geldi. "Yazdım dediysem sözgelimi" dedi adam, "dünyadaki alışkanlıkla söylemişim, burada yazdım dediğimiz zaman düşündüğümüz anlaşılır."

Zehra'nın ne yazdığını sorması üzerine Bizanslı bir yazar olduğu anlaşılan adam tumturaklı bir edayla söze başladı ve şöyle buyurdu:

"Ben yaşarken, yerin üstünde geçen o mutsuz günlerimde; insan ilişkilerinde 'kaşıkla verip sapıyla gözünü çıkartmak' konusunu sürekli kafamıza balyoz gibi indiren ve böylece anamıza babamıza bile kuşkuyla yaklaşmamızı öğütleyen sözü aklıma getirince, bu şehre 'Körler Diyarının Karşısı' denmesi anlamsız geliyordu. Öyle ya bu kadar çok göz oyulan, bu işlem için özel yöntemler geliştiren, göz oymayı adeta bir sanat haline getiren şehir, niçin Körler Diyarı olmasın da karşısı olsun? Ben –çok şükür hiç oyulmamış olan– gözlerime güvenirim; daha doğrusu güvenirdim. Nekropoliste değil, Konstantinopolis'te bulunduğum yıllarda. Çünkü şimdi her mantık sahibinin anlayacağı gibi, kara gözlerimden eser kalmadı. Bence bu 'karşı' meselesi, Haliç'teki yarımadaya ilk yerleşen Byzas kolonicilerinin Khalkedon'a karşı üstünlük iddiasından başka bir şey değil. Sözüm ona Byzas, Delfi kâhinine gitmiş de, nereye yerleşmesi gerektiğini sormuş da, o da koca denize doğru asasını sallayarak, 'Körler diyarının karşısına' demiş de, Byzas ve kolonicileri arayıp tarayıp Khalkedon'u bulmuş da, denizin karşı kıyısındaki güzelliği görmeyip oraya yerleşmiş oldukları için kör olduklarına hükmedilmiş de... Ne kadar zorlama, ne kadar uydurma böbürlenmeler bunlar. Bir kere Khalkedon da Byzas kadar güzel, ayrıca Delfi kâhini zaten kördü; körlerin karşısına yerleş derken belki de şöyle karşıma otur, yaşlılığımda bana hizmet et demek istemişti. Ama tarih, onu yazanın kıskançlık derecesine göre göz açtırılmayan bir yosmadan, efendisine bağlı olarak yaşayan mahzun bir kapatmadan başka nedir ki? Böyle basit sözleri allayıp pullar, olmadık, akla ziyan anlamlar yükledikten sonra tekrarlayıp dururlar. Ben Prokopios'tan başka, gerçeği yazan tarihçi görmedim desem yeridir. O zavallı da zaten asıl tarihini gizledi, uydurduklarını resmen yayınladı. Eğer gizlediği o kitap birinin eline geçseydi, elbette önce gözleri, bu işi yapmak için eli kaşınan adamlar tarafından oyulur, dili koparılır, sonra her gün bir organı kesilmek suretiyle zindanda can verirdi. Bizans'ta o kadar çok göz oyuldu ki, Körler Diyarı buraya çok yakışan bir isim. Hem her devirde, gözünün önünde dönen dolapları göremeyecek kadar saf bir ahaliye sahip olduğu için hem de bu kadar çok göz oyulduğu için."

Bu arada Zehra dayanamayarak söze girdi. "Burada da birçok kişi gözlerini kaybetti."

"Hangi yöntemle?" diye sordu Bizanslı yazar. "Çünkü Poli bu işi sanat haline getirmiştir. Kızgın şiş en merhametli yöntemdir; gözleri akıtılan kişinin mikrop kapmasının önüne geçilmiş olur. En yufka yürekli muktedirler böyle yapardı. Sizinkileri neyle kör ettiler?"

"Gazla, belki de gaz kapsülüyle."

"Bunu hiç duymadım ama yöntem ne olursa olsun, aynı âdet devam ediyor demek. Bizde başka yöntemler de vardı;

insanları bazen kızartır, bazen de haşlama yaparlardı, Kraliçe Fausta'ya yaptıkları gibi. Hamamda haşlayarak öldürdüler kadını."

"Ne tuhaf bir şey bu; kızartma ya da haşlama; bizim hayvanlara yaptığımız gibi. Niçin öldürdüler kraliçeyi."

"Çok hazin bir hikâyedir bu" dedi yazar. "Tarihimizin en acıklı sayfalarından biridir. Bu şehri Doğu Roma yapan imparatorumuz Konstantinos'un, ilk karısı Minerva'dan bir oğlu olmuştu; adı Crispus'tu. İmparator daha sonra Fausta adlı bir kadına âşık olarak onunla evlendi. Fausta, Crispus'un yerine kendi çocuklarının başa geçmesini istediği için babayı oğluna karşı yalanlarla, iftiralarla kışkırttı, imparator da günahsız oğlunu öldürttü."

Zehra, "Sözünüzü kesiyorum ama" dedi, "bu hikâye bizim. Kanuni Sultan Süleyman da Mahidevran'dan olan oğlu Mustafa'yı, ikinci karısı Hürrem'in oyunlarıyla öldürttü."

Bizanslı yazar, "Kim bunlar?" diye sordu.

"Süleyman imparatordu" dedi Zehra. "Aynen Konstantinos gibi, bu şehirde. Mahidevran ile Minerva'nın kaderi aynıymış."

"Garip" dedi adam, "hiç duymadım. İsimleri de Romalı gibi değil. Gerçekten de benziyormuş olay, peki daha sonra ikinci karısına ne oldu?"

"Hiçbir şey; vakti gelince öldü, bir oğlu da başa geçti."

"O daha şanslıymış, çünkü oğlunu öldürttüğü için vicdan azabına kapılan imparator Konstantinos, kendisini aldatan karısı Fausta'yı aşırı ısıtılmış, kapıları kilitlenmiş hamamda haşlayarak öldürttü."

"Yani, buharda pişirme yöntemi" dedi Zehra. "En sağlıklısı."

Başka biri söze girdi. Yazara, "Sen bunları bilmezsin tabii" dedi. "İsimleri de yabancı gelir; oysa şehriniz Müslümanların oldu, burçlarınıza İslam bayrağı dikildi."

Yazar "Gerçekten anlamıyorum" dedi. "İslam nedir?"

"İsa'dan yaklaşık altı yüz yıl sonra Arabistan'da doğan bir din!" dedi.

"Ben öldükten yüz yıl kadar sonra demek ki" dedi yazar. "Peki Konstanopolis onların mı oldu?"

"Evet."

"İsa'ya inanıyorlar mı?"

"Evet inanıyoruz" dedi öteki, "ama bizim peygamberimiz Muhammed Mustafa."

"Hiç duymamıştım" dedi yazar. "Biz İsa'yı biliriz."

Başka bir ses, "İsa kim?" diye söze karıştı. "Hep duyuyorum İsa kim?"

Birçok kişi hep bir ağızdan anlattılar İsa'nın kim olduğunu. "Benim zamanımda yoktu" dedi adam. "Bizim tanrılarımız vardı."

Zehra sonuncu ölünün, tanrımız değil de, tanrılarımız var demesinden, inanç ayrılıklarının öldükten sonra da devam ettiğini anladı. Tanrılar dediğine göre bu adam pagan olmalıydı. Kim bilir hangi çağdan beri bekliyordu, ama binlerce yıldır tanrılarından vazgeçmediğine göre, bir pagan olarak dini bütün bir adamdı; onlar bu zavallı kulu terk etmiş (ya da burada unutmuş) olmalarına rağmen.

"Bıktık bu tartışmalarınızdan" diyen biri hepsini bastırdı. "Dünyada yeteri kadar konuştunuz. Şimdi izin verin de orada konuşamamış olan bizler konuşalım. Şimdi dert anlatma sırası bizde."

Zehra, bu ilginç kişiye kim olduğunu sordu. Eğer dünyada yaşıyor olsaydı, aldığı cevaba çok şaşırırdı, çünkü son sesin sahibi "Ben bir maymunum, maymun asker" demişti; fakat şaşırma duygusu yok olduğu için "Demek öteki dünyada hayvanlar da ölüler dilini konuşmaya başlıyor" diye düşündü.

> Eski yelken ve kürek devri gemiciliğinde, her gemide birkaç tane talimli maymun bulunurdu. Bunlar, açık denizde gemilerin direklerinin ta tepesine tırmanarak korsan gözcülüğü yaparlardı.
>
> Reşat Ekrem Koçu

Maymun asker, "Bizim başımıza gelen tuhaf işleri, herhalde bu deli şehirde kimse yaşamamıştır" diye başladı söze. "Adımızı kimse anmaz. Biz Bizans'ın da, Osmanlı'nın da en değerli deniz savaşçılarıydık. Uzun eğitimlerden geçirilmiştik. Düzenli, bahriyeli bir birlik olarak Ahırkapı taraflarında koğuşumuz vardı. Yemimiz suyumuz oraya getirilirdi; istihkakımız iyiydi, bir şikâyetimiz yoktu.

Sefer zamanı denize açılan gemilere biner, karadan fersah fersah açıldıktan sonra geminin ulu direklerine çevik hareketlerle tırmanır, ta en tepeye çıkıp oturur ve keskin gözlerimizle ufku taramaya başlardık. Dalgaları, suyun hemen altında yüzen balıkları, deniz canavarlarını, kayalıkları gözlerdik ama gözümüz sürekli ufukta belirecek olan düşman donanmasında olurdu. Düşmanlarda maymun askerler olmadığı için bizim kadar yüksekten ve uzaktan göremezlerdi; daha onlar bizi görmeden biz kaç kadırga geliyor, yelkenleri, süratleri, duruş şekilleri nasıl, kaç topları var; bunların hepsini görmüş olurduk. Önce direğin başından ciyaklayıp kapudan paşanın dikkatini çektikten sonra, direkten direğe atlayarak, halatlara tutunup cevelan ederek bir nefeste güverteye iniverir, bütün bilgileri verirdik. Ellerimiz, parmaklarımız, taklit yeteneğimiz, zekâmız ve eğitimimiz bu iş için yeterliydi. Kapudan paşamız bilgileri aldıktan sora hiç vakit kaybetmez, gemileri hemen harp nizamına sokar, rüzgârı hesap ederek düşmana en öldürücü darbeyi nasıl indireceğimize anında karar verir, emirlerini yağdırmaya başlardı. Biz birkaç maymun asker yine direklerin başına zıplardık. Düşman gemileri, üzerlerine yıldırım gibi gelen gemileri gördüğünde manevra için geç kalmış olurdu; çünkü kapudan paşa onları en uygun burnun arkasında ansızın yakalar, arkasına aldığı en elverişli rüzgârlarla yelkenlerini doldurup, boğa aletinden yapılmış can yakan kırbacı altında iki misli gayrete gelen forsaların desteğiyle düşman gemilerine yıldırım gibi dalardı. Atalarımızın anlattığı Bizans gemilerinde de toplar bulunurdu; üstelik onların deryayı tutuşturan, suyla söndürülemeyip üstelik daha da harlanan Rum ateşi teknikleri vardı. Karşılarına kimse çıkamazdı ama şanlı maymun birlikleri sayesinde donanmamız onları perişan ederdi hep.

İşte maymun askerler yıllarca iki imparatorluğa böyle hizmet ettikten sonra sonumuz ne oldu dersiniz? Madalya mı, rahat bir emeklilik mi, MAB yani Maymun Askerler Birliği şeref madalyası mı? Heyhat, hiçbiri, hiçbiri!

Bazı çekemeyenler bizim koğuşta olup biten uygunsuz işleri hanım sultana bildirmek gafletinde bulunmuşlar. Uygunsuz işler deyişim insanlara göre; yoksa bize göre uygun. Her canlının yaptığı iş, yani çiftleşmek. Ama insanlar nedense taam etmek, içmek, harice çıkmak, uyumak gibi canlılara ait ihtiyaçları kabul eder ama bu işe çok sinirlenir. Biz maymunlar elbette kendi aramızda gönül işlerine girişir, aşna fişne olur, kimseden saklanmaya gerek duymadan da erkeklik ve dişilik görevlerimizi yerine getirirdik. Hele sefer dönüşlerinde koğuşun altı üstüne gelir, benim gibi dişiler tavanlara fırlayıp, o köşeden bu köşeye kaçarken, erkekler de düz duvara tırmanarak dişiyi bir köşede kıstırır, daha o dakikada işini tamam ediverirdi. Seferden dönen erkek askerler, bir sürü cariyeyle yapmıyorlar mıydı bu işi? İşte bizimki de aynı hesaptı; sadece gözler önündeydi. Ama iş bununla kalmadı. Ahırkapı'nın abazanlıktan demir kazık kesilmiş bazı külhanları da bizim koğuşa dadandılar. Ellerine geçirdikleri maymunun tepesine bir yumruk indirip sersemlettikten sonra, güzide asker, gazi falan demeden giriştiler. Hem de dişi, erkek farkı gözetmeden. Din-i mübinde yasak kılınmış olan fiili livatadan tutun da yavru maymunlarla cimaya kadar her türlü melaneti işlediler. Koğuşun içi mecruh, acı çeken, ağlayan maymunlarla doldu. Üstelik bize göre çok ama çok çirkin olan insan nesline mensuptular. Onların erkeklerini görünce midemiz bulanıyordu. Bölük ağası durumu kendi üstüne bildirince de bu tuhaf iş kulaktan kulağa valide sultanın kulağına kadar gitmiş. O da 'Bu rezalete derhal bir son verilsin' buyurarak, hepimizin katline karar vermiş. Koğuşun önüne üç darağacı kuruldu. Hepsi de maymun boyuna göreydi; üç ayağı da kısaydı. Sanki çocuklar adam asmaca oynasın diye yapılmıştı. Sonra bizi çıkarıp o darağaçlarında sallandırdılar. Çoluk çocuk, yaşlı demeden hepimizi astılar. Böylece imparatorluğun en kahraman birliklerinden biri, uçkur düşkünü abazanların çirkin hasletleriyle son bulmuş oldu. Dersaadet'te bir maymun mezarlığı olmadığı için hepimiz, oracıkta kazılan bir çukura defnedildik. Şimdi koyun koyuna yatıyoruz. Ama bize yapılan bu kötülük cezasız kalmadı elbette. Bizim katılamadığımız bir sonraki seferde, Haçlılar Osmanlı donanmasını gafil avlayıp çatır çatır yaktılar. Bütün kalyonlar, sefineler, kadırgalar, içindeki leventlerle birlikte deryanın dibini boyladı. Eminim ki bunların içinde bize bu kötülükleri edenler de vardı. Maymunların bir tanrısı yok ama belki insanların tanrısı bu kötülükleri yukarıdan görüp, bir kıyıya not etmiştir."

Bu tuhaf hikâyeyi sonuna kadar dinleyen Zehra maymuna ne diyeceğini bilemediği için insan ölülerine, dünyayı izleyip izlemediklerini sordu, merak etmiyorlar mıydı, yeni gelenleri sorguya çekmiyorlar mıydı?

Bir ölü, "Hayır, çok sıkıcı" dedi. "Biz zamanlar nekropoliste böyle bir moda vardı, her değişimi anlamak isterdik ama aradan birkaç yüzyıl geçince sıkıldık artık bu işten; çünkü hep aynı olaylar dönüp duruyor. Sanki zaman hiç geçmiyor bu şehirde. Hep aynı hikâyeler. İktidar kavgası, servet tutkusu, zulüm, isyan, şehvet... Bunları duyunca gülüyoruz, çünkü her kuşak kendini ölümsüz sanıyor, servet biriktiriyor, başa geçmeye çalışıyor. Diyelim ki başardı, imparator oldu; zengin oldu; en fazla beş on yılcık. Sonra milyonlarca sene burada."

Konuşmanın burasında birbirine değen kemiklerin çıkardığını sandığı bir ses duydu Zehra. Kih kih kih gibi bir sesti bu. Kalp gözüyle bunun ölülerin gülme biçimi olduğunu anladı. Kih kih'ler arasında adam, "İşte bunu bilmek teselli ediyor" dedi. "Yaşayanları kıskanmıyoruz, hadi gel gel diyoruz onlara. Bir göz kırpımı zamanın kaldı. Hani 'Tanrı öldü' diyen bir adam vardı, ona ne oldu biliyor musun? Kendisi öldü gitti posbıyığın!"

Yine kih kih kih sesleri duyuldu, sonra bir an sessizlik oldu, ardından Theodora'nın cılız sesi duyuldu: "Beni hiç konuşturmuyorsunuz ama" dedi. "İftiralarınıza cevap vermek istiyorum, hep susturuyorsunuz."

"Evet öyle imparatoriçe" dedi birisi. "Yaşarken hep siz konuştunuz, kimseyi dinlemediniz ama ölümün adaleti var burada, susup bizleri dinleyeceksiniz."

"O zaman" dedi bir başka ses, "siz insanların tümü susup bizi dinleyeceksiniz. Çünkü siz ömür boyu konuştunuz ama maymun kardeşimin söylediği gibi biz ömür boyu sustuk."

Zehra ona da kim olduğunu sordu; bir ayı olduğunu öğrendi; hem de Theodora'nın babasının, burnuna halka takarak, orasını burasını ateşle dağlayarak, tabanlarının altını yakarak, döverek, boynundaki zinciri boğacakmış gibi sıkarak eziyet ettiği ayıydı. "Herkes benim bu kadının babasını öldürdüğümü söylüyor ama kimse bunu neden yaptığımı sormuyor" diye yakındı ayı.

Ayıdan sonra seslerini duyurmak isteyen çeşit çeşit hayvan konuşma sırasına girdi. Hepsinin anlatmak istediği bir derdi vardı. Theodora'nın babasının ayısından sonra, "Mademki konu buraya geldi, sıra bizde" diyen kazlar başladı konuşmaya. "Ayı hiç olmazsa işkencecisini öldürmüş ama biz bunu da yapamadık" dediler hep bir ağızdan.

Zehra onlara nasıl eziyet edildiğini sorunca, Hipodrom civarındaki meyhanede çocuk yaştaki Theodora'nın, mum ışıkları altında çıplak yatarak cinsel organlarına darı döktürdüğünü, sonra kendilerinin salıverilerek bu darıyı yemeleri sonucunda kızın çırılçıplak kaldığını anlattılar. "Peki, işkence nerede?" diye sordu Zehra. "Darı yiyormuşsunuz işte." (Bir yandan da bu şehirde striptiz ne kadar eskiymiş diye düşünüyor.) "Evet ama" dedi kazlar, "gösteri iyi olsun diye bizi temsilden önceki üç gün boyunca aç bırakıyorlardı. Açlığın nasıl bir işkence olduğunu bilen bilir."

"Benimki daha tuhaf" dedi bir ses. Zehra yine çok ilginç bir hikâye duyacağını anlayarak kim olduğunu sorunca onun bir at olduğunu öğrendi. Osmanlı padişahının atı olduğunu söyleyen hayvan, "Benim başıma gelenin hiçbir örneği yoktur" dedi. " Padişah efendim üstüme binip cuma selamlığı ya da herhangi bir tören için saraydan çıkmadan önceki gece, beni ahırda kayışlarla sıkıca bağlarlar, tavana doğru kaldırırlardı. Bütün gece yerden yukarıda, uyluklarımı kesen kayışlara bağlı olarak, bacaklarım boşta sallanarak kalırdım. Her yanım uyuşurdu; Tanrınız böyle bir işkenceyi hiçbir hayvana vermesin."

Bu işi niye yaptıklarını sordu birisi.

At tane tane anlatarak devam etti: "Ertesi gün beni indirirlerdi, ayaklarımın üstünde durmakta zorluk çekerdim; yeni doğmuş tay gibi titrerdi bu bacaklar. Sonra eyer vururlar, süslerler, padişaha götürürlerdi, şişman sultan üstüme binince iki yana birikmiş halkın arasına çıkardık. Padişah hiç kimseye bakmazdı. Bağırmak çağırmak, ses çıkarmak yasaktı. Sessizlik herkesi kalın bir yorgan gibi sarmış olurdu. Ben de bu sessizlikte, bacaklarım kırılmış gibi, topallaya topallaya müthiş acılar içinde yürümeye çalışırdım."

Bunun nedenini hâlâ anlamayan Zehra, "Peki ama niye böyle yapıyorlardı?" diye üsteleyince, at yine dile gelip "Törende padişahın ağırlığına, görkemine, saltanatına yaraşır biçimde ağır ağır, sallana sallana yürümem için" dedi. "Genç bir atın çevik hareketleri, yerinde duramaması, başını sallaması, kişnemesi, sağa sola dönmesi, şaha kalkması gibi hareketler, sultanın haşmetine, yüceliğine, ilahiliğine yakışmazmış. Onun atı ağır ağır, bulutların arasında kayar gibi, başka dünyadan gelmiş bir hayvan gibi salınmalıymış. Suyun içinde yüzüyor mu, yürüyor mu belirsiz bir hayal atı olmalıymışım. İşte bu yüzden işkence ettiler bana; dördüncü ya da beşinci kez tavana asıldığımda acı o kadar dayanılmaz hale geldi ki kemiklerimin kırılmaya başladığını hissettim, kayışlar bacaklarımın altından gövdemi kesiyordu; kıvranmaya başladım; dayanamamamış olacağım ki havada asılı durumda öldüm; kurtuluşum böyle oldu."

"Ah" dedi, sese benzemeyen bir ses, "ah kardeşim, senin başına da çok kötü şeyler gelmiş ama bir de beni dinle. Bak bakalım hangimize daha çok kötülük etmiş insanoğlu?"

At, onun da at olup olmadığını sorunca bütün nekropolis ahalisi ve Zehra onun çok dertli bir geyik olduğunu anladı. Bir şeyi daha anladı; çok şair tabiatlı bir geyikti bu. Çünkü doğup iki yaşına kadar kaldığı Resne dağlarının "hür hava"sını, kekliklerin başından ayrılmadığı pınarları, rüzgârda dağılan kekik kokularını, bahar dallarını çok güzel dizelerle anlattı önce; sonra ne yazık ki siyasete girdiğini, bunun da, tanrı kimselerin başına vermesin, o feci sonunu getirdiğini söyledi. "Siyasete mi girdin?" diye sordu Zehra inanmayarak. "Evet" dedi geyik. "Kimseye tavsiye etmem. Hey diriler; insan olun, hayvan olun siyasetten uzak durun. Siyaset insanı perişan eder, ki ne eder! İki yaşındaydım; dağdan geçen bir bölük askerin peşine takıldım, onların karargâhına gittim. Komutanları Kolağası Niyazi Bey beni çok sevdi, yanından ayırmadı; hatta İstanbul'daki isyanı bastırmak üzere Hareket Ordusu'yla büyük şehre giderken beni de götürdü. Niyazi Bey bir hürriyet kahramanıydı. Onunla birlikte ben de çok ünlü oldum; artık o mu beni ünlü kıldı, yoksa hiç yanından ayırmadığı ben mi ona yardım ettim bilinmez ama galiba benim bu işteki payım daha fazlaydı. Çünkü Osmanlı gazetelerinde yayınlanan resimlerimin altında 'Gazel-i hürriyet', Avrupa gazetelerinde, Paris'te, Londra'da ise 'Hürriyet Geyiği' yazıyordu. Yalnız imparatorluğun değil, dünyanın da en meşhur geyiği olmuştum. Niyazi'yle asker kıtalarını birlikte teftiş ediyorduk. Resmi protokolde yerim, konforumu sağlayan emir erlerim vardı."

"İnanılır gibi değil bu hikâye" dedi Zehra. "Maymuna, ata bile inanırım belki ama..." O sırada birkaç ölü, "Doğru söylüyor" dediler. "Bu geyik çok ünlüydü, açın arşivleri bakın. Niyazi Bey'in geyiği için neler yazılmadı, neler!"

"Peki" dedi Zehra, "hadi inanalım, sonra ne oldu?"

"Sonra dedi devir değişti; siyasette devir değişmesinin ne demek olduğunu bilenler bilir, beni İstanbul'da bir binanın karanlık bodrumuna bağladılar. Gün ışığı yoktu, yiyecek içecek yoktu, pislik içinde yatıyordum; beni bir kuruş karşılığında halka gösteriyorlardı. Paraların Hilal-i Ahmer Cemiyeti'ne gittiği söyleniyordu ama ne kadar doğru ne kadar yalan bilmem. O mahzende günlerce, gecelerce gözyaşı döktüm; Resne dağlarının hür havasını solumak dururken, siyasete girdiğim güne lanet ettim. En tepeye yükselenin, en aşağı düşmesi zordur; hayvan olsun, insan olsun zordur. Meğer daha da kötüsü varmış; bir gün beni 'siyaset ettiler.' Bu deyimi bilir misiniz?"

"Siyaset işte" dedi Zehra, "söyledin ya siyasete girmişsin."

"Hayır" dedi geyik, "Osmanlı'da siyaset etme idam anlamına gelirdi ki siyasete giren herkesin başına gelen kaçınılmaz son buydu. Beni bir gün hatır hutur kestiler, parçalayıp Beyoğlu lokantalarına av eti diye sattılar, kemiklerimi de bir köşeye attılar. İstanbullu müşteriler, istibdat dönemini sona erdiren, Padişah Abdülhamid'i deviren hürriyet geyiğini yediklerini bilmeden..."

Zehra onun sözünü keserek, "Yani şimdi kemiklerin mi konuşuyor?" diye sordu.

Bunun üzerine nekropolis ahalisi yine kih kih kih diye kemik tıkırdattı. Birisi, "Başka ne olabilir ki, yeraltında sadece kemik kaldığını bilmiyor musun ey fani?" dedi. "Doğru ya" diye düşündü Zehra. "Ne safım."

Bundan sonraki konuşmacı ise, neredeyse ölüler diyarının kıyamet gününe kadar değişmeyecek kurallarını altüst ederek, yalnız Zehra'yı değil, nekropolisin şaşırmak bilmeyen saygın ahalisinin tamamını susturacaktı; çünkü "Beni dinleyin" diye birçok kez bağırdıktan sonra Zehra onun kim olduğunu sorunca, hani konferansların soru cevap bölümünde konuşmacıya soru sormak isteyenler önce kendini tanıtırlar ya, aynı ciddi tavırla Aya Triada Kilisesi papazının tenasül uzvu olduğunu belirtti ses. Böylece Zehra, nekropoliste hayvanlardan sonra organların da söz hakları olduğunu anladı. Nekropolis dünyadan daha adil bir yerdi. Organlar imparatorları, sultanları susturabiliyordu; erkeklik organının hikâyesini hep birlikte dinlediler:

O lanetli günü kıyamete kadar düşünüp duracağını, unutmasının mümkün olmadığını vurgulayarak başladı söze organ. Bu kutsal şehrin merkezinde, Taksim Meydanı'ndaki Aya Triada Kilisesi'nde, bağlı bulunduğu papaz sahibiyle mutlu bir yaşam sürerken, o lanetli gün her şeyin bozulduğunu anlattı. 6 Eylül 1955 tarihinde, birtakım eli sopalı, silahlı çeteler, bu şehrin eski sahipleri olan Rumlar başta olmak üzere, Müslüman olmayan herkese karşı saldırıya geçmişlerdi. Hıristiyanların dükkânlarını yağmalıyor, mallarını caddeye atarak parçalıyor, evleri basıyor, genç kızların ırzına geçiyor, kiliseleri yakıp yıkıyorlardı. O dehşet gününde azılı bir güruh da Aya Triada'nın asude bahçesine gelmiş, papazı tartaklayarak dışarı çıkarmışlardı; kilisenin önünde papaza hakaretler yağdırarak onu sünnet etmek istemişlerdi. İşte kendisi olaya böyle dahil olmuştu; çünkü zorbalar papazın pantolonunu indirdiklerinde zavallı küçük –kendisi oluyordu bu– açığa çıkmıştı. Biri onu yakalamış, bıçakla ucunu kesmek isterken, azılılardan biri bağırmıştı; "Kökünden kes gitsin birader, ne uğraşıyorsun elin kabuklusuyla!" Bunun üzerine adam elindeki keskin bıçağı çalarak, onu sahibinden ayırıp yere atmıştı. Acıyla bağıran papaz içeri kaçmış, daha sonra da zorbaların gitmesi üzerine, kiliseye komşu olan tanıdığı Rum doktoru çağırmıştı, kanı dindirmesi, yarayı sarması için. Kendisi de tehdit altında olan doktor titreyen elleriyle kanlı deliği kapatmış, papazın hayatını kurtarmıştı. İşte organın isyan ettiği nokta da burasıydı. "Sahibim beni hiç düşünmedi, kesip attıkları yerde aramadı; oysa ben ona ne hizmetlerde bulunmuştum; nasıl yaptı bunu bana?" diye düşünüp duruyordu. "Sahibim olan papaz efendi de vefat etmiş olmalı şimdiye kadar" diyordu. "Eğer bu şehirde gömülüyse beni duyacaktır, lütfen bir cevap versin." Bunu birkaç kez tekrarladıysa da hiçbir yanıt gelmedi.

Bir başka ses, diğerlerinin şanslı sayılması gerektiğini söyleyerek söze girdi. Şanslılarmış, çünkü siyahi bir hadım olarak, onlara da korkunç kesme işlemi uygulanmış ama yine de kesilmiş olan parça kendilerine verilmiş. Onlar da bedeni tamamlayan bu parçayı bir kavanoz içinde boyunlarına asmış; hiç yanlarından ayırmamışlar. Çünkü ne zaman emrihak vaki olacağı bilinmezmiş; vücudu tamam olmayan insan da cennete giremezmiş.

Başka bir ölü alaycı bir sesle, bu önlemleri alan akıllı hadımın cennete girip girmediğini sordu. Bunun üzerine hadım, konuşanın kendisiyle alay etmemesini, herkesin aynı durumda beklediğini söyledi; ölüm bir bekleme salonuydu; henüz cenneti cehennemi gören yoktu ki. Dantel mi ne bir İtalyan'ın görmüş olduğuna dair söylentiler dolaşıyordu ama kimileri de "O adam uydurukçunun biridir" diyorlardı; "kim görmüş ki o görsün?" Ama siyahi hadım yine de ölmüş olmaktan memnundu. Zehra bunun nedenini sorunca hadım, "Ölüm eşitliktir" dedi. "Mezar, imparatorla mahkûmu, zenginle yoksulu, güzelle çirkini, bilgeyle deliyi eşit kılar. Bizi de beyazlarla eşit kıldı. Çünkü hiçbir siyahinin kemikleri siyah değil; bizim kemiklerimiz de sizinkilerin renginde. Bu yüzden aramızda bir fark kalmadı. Mahşer gününde dirildiğimizde kimse bize ayrı bir ırk gözüyle bakmayacak, çünkü fark göremeyecek. Ya kemiklerimiz de siyah olsaydı; düşünebiliyor musunuz?"

Başka bir ölü, "Biri Dante mi dedi?" diye karıştı söze. "Nekropoliste Dante adına konuşmaya en çok benim hakkım var, çünkü ölü olarak kaldığım yüzlerce yılın en az yarısını, onun terza rima tekniğiyle şiir yazmak için harcadım, hâlâ da devam ediyorum. Dante'nin cenneti, cehennemi, arafı görmemiş olması, hayalinden anlatması önemli değil. O şiir tekniği çok zor. Nasıl olup da bu teknikle binlerce dize yazabilmiş anlamıyorum."

Bu konuşma kıyamet gününe kadar sürebilirdi, ne var ki bu kez de başka biri, "Ben İslam âlimiyim" dedi. "Kıyamet ve mahşer günü hakkında böyle saçma sapan konuşmayın. Diriyken bir şey bilemeyen kul, ölünce mi hidayete erecek? Hayır, yine bilgisiz kalacak. İşte siz de bu karanlık içinden konuşuyorsunuz. Gayb âlemini siz ne bilirsiniz!"

Âlim böyle konuşunca ölü halktan birileri de, "O zaman anlat hocam, başımıza ne geleceğini sen anlat!" diye yakardılar.

Âlim bunun üzerine, "Bunları size ben anlatamam, gayb

âlemini sahip olduğumuz üç boyutla kavramak imkânsızdır, Allah kitabında ne deniyor onları aktaracağım" deyince, cümle Müslimin "Buyur hocam" dediler.

Hoca, Kuran'dan ayetler okumaya başladı. Her bölümün sonunda sure isimlerini ve ayet numaralarını veriyordu ki en ufak bir şüphe kalmasın kimsenin kalbinde.

"Birinci defa sûr'a üflenince, Allah'ın diledikleri müstesna olmak üzere, göklerde olanlarla yerde bulunan kimselerin hepsi düşüp ölecektir. Sonra ona bir daha üfürülecek. O anda görürsün ki ölüler diriltilip ayakta bakınıp duruyorlar." (Zümer, 39/68.)

"O gün yer başka bir yere, gökler de başka göklere döndürülecektir. İnsanlar kabirlerinden kalkıp bir ve kahhâr olan Allah'ın huzurunda toplanacaklardır." (İbrahim 14/48.)

Doğrusu bu hocalar dünyada olduğu gibi, kabirde de çok ve uzun konuşuyordu; üstelik söylediklerinin bir kısmını herkes anlamıyordu. Sonunda nekropolis ahalisinin, âlimin uzun ve tumturaklı konuşmasından çıkarabildikleri şunlar oldu:

Cehennem henüz tutuşturulmamış, cennetin ırmakları da akıtılmamış henüz; kıyamet gününden sonra hazır olacak bunlar.

Ölüler, kuyruk sokumlarında bulunan ve hiç çürümeyen bir zerreden dolayı dirilecekler, beyaz yufka ekmeğe benzeyen düz, sıcak bir yerde toplanacaklar, o sırada güneş onlara çok yaklaşmış olacak, kavrulacaklar, terleyecekler; mahşer gününde herkes çıplak ve sünnetsiz olacak; orada bin ile elli bin yıl arasında (bir gün olarak algılanacak bu süre) bekleyecekler ama Hazreti Muhammed'in içi buz gibi sularla dolu, üstü gölgeli büyük bir havuzu olacak. Ümmeti orada serinleyebilecek.

Sonra mahkeme başlayacak, herkes sorguya çekilecek ama cevap verirken ağzı mühürlenecek; onların günahlarını ya da sevaplarını, gözleri, kulakları, elleri ve ayakları anlatacak.

Cinler de orada bekleyecekler.

Sorgu dönemi bitince herkese bir kitap verilecek. Kitabı sağ taraftan verilenler, yani sağcılar cennete giderken, kitabı sol taraftan verilenler, yani solcular cehennemi boylayacak.

Bir ses, "Hocam" dedi, "bu da mı Kuran'da yazıyor, yoksa kabirde bile siyaset mi yapıyorsun?"

Âlim bu soruyu yanıtlamaya değer bulmamış olacaktı ki, duymamış gibi devam etti ve o sırada 70.000 meleğin çektiği 70.000 halatla cehennemin getirileceğini anlattı. Cehennemden gözleri, kulakları olan; ateşten, alevden dev bir boyun fırlayacak, günahkârları –aynen serçenin önündeki darıları yemesi gibi– kapıp cehenneme atacaktı. Ama konuşmasını bitirirken Kuranıkerim'den, birçok kişinin kalbine dehşet düşüren bir ayet daha okudu:

"Altın ve gümüşü yığıp da onları Allah yolunda harcamayanlar yok mu, işte onlara elem verici bir azabı müjdele! Bu paralar cehennem ateşinde kızdırılıp bunlarla onların alınları, yanları ve sırtları dağlanacağı gün onlara denilir ki: 'İşte bu kendiniz için biriktirdiğiniz servettir. Artık yığmakta olduğunuz şeylerin azabını tadın!'" (Tevbe, 9/34–35.)

Zehra, "Eyvah bizim davette olanlardan bir kişi bile kurtulamaz bu durumda" diye düşündü. Emre bunu duysa çok sevinirdi.

Ne var ki bu konuşmalara büyük bir uğultu cevap verdi. Sanki milyonlarca kişi bir ağızdan konuşuyor, hepsinin sözleri birbirine karışıyordu. Zehra'nın yakalayabildiği bazı sözcüklerden anlayabildiği kadarıyla, bunlar nekropolisin pagan, Ortodoks, Katolik, Yahudi, Mecusi, Monofizit, ikonoklast, heretik ve daha nice inanca ait halkıydı ve ahiretin Müslüman yorumuna şiddetle itiraz ediyorlardı. Bir süre böyle gittikten sonra ne olduysa herkes birden sustu. Ortalık– hani derler ya– ölüm sessizliğine gömüldü.

Neden sonra bir göz konuştu; oyulmuş gözlerden biri. Sonra sıra burunlara geldi; meğer ne çok oyulmuş göz –hadi bu biliniyordu diyelim– ne çok kesilmiş burun varmış. Daha çok Bizans'ta kesilmiş burunlar, özellikle de tahttan düşen imparatorlarınki. Herhalde öldürmedikleri imparatorların burunlarını kesiyorlardı ki bir daha tahta geçmeye heveslenmesin. Çünkü ne olursa olsun yüzünün ortasında burun yerine kocaman bir boşluk olan adamı kimse ciddiye alıp da "Majesteleri" demezdi. Buna rağmen bir kez yanılmışlar; tahttan indirildiği zaman burnu kesilerek sürgüne yollanan imparator, kendisine gümüş bir burun taktırarak tekrar tahta çıkmış. Bir ses, "Hah işte, ben de o dediğiniz burunum" diye imparatora sitem etmek istediğini söyledi. "Beni büyük acılarla kesip attıklarında niye hakkımı aramadın? Yerime gümüşten bir burun taktırdın ama oldu mu majesteleri? Mesela koku alabildin mi? Bukoleon Sarayı'nın nefis leylaklarını koklayabildin mi? Gümüş burnun bunları sağlayabildi mi sana?" Buna cevap olarak bir ses, "Bunu bize yapanların hepsini öldürüp intikamını aldım, sevgili burnum" dedi ve sustu.

Abdülhamid devrinin bir şairi, "Abdülhamid 'burun' diyeni yakalatır hapse attırırdı, ya da menfaya gönderirdi" dedi. "Acaba çok iri, haşmetli bir burnu olduğu için miydi, yoksa aynı şehirde hüküm sürmüş Bizans imparatorlarının burunlarının kesilmesi miydi bilinçaltına sinen korku. Burun deyip geçmeyelim beyler, imparatorluk alametidir."

"Bunları geçin ey ölü kardeşlerim" dedi bir ses. "Nasıl ki hayatta önemli olan tek şey, yaşamın ölümle sonuçlanacağı ise, burada da tek önemli şey var: Ne zaman dirileceğiz, sûr borusu ne zaman üflenecek, biz, dünyanın milyarlarca ölüsü ne zaman ayağa kalkacağız? Ahirette bir tek felsefi sorun vardır; o da tekrar dirilmek. Sadece buna odaklanın, dünyada yaşadıklarınızı bırakın. Çünkü o kısacık yaşamınız, bu sürekli ölüm durumunda küçük bir parantezdi sadece. Bana kalırsa ancak Tanrı öldüğünde dirilebileceğiz bizler; çünkü yeni tanrının seçimi için bize ihtiyaç duyacaklar."

Bu görüşe itiraz sesleri yükseldi. Onun zaten tanrıtanımaz bir sapkın olduğunu, bu yüzden böyle imansız imansız konuşmalar yaptığını söylediler. Biri de ellerini çabuk tutmalarını diledi; "Ne olacaksa olsun artık" dedi, çünkü zavallıda klostrofobi varmış.

Tanrıtanımaz ve sapkın suçlamalarıyla karşılaşan adam, bunun üzerine bir tanrıtanımaz değil, sadece gayb âlemini kavramaya çalışan bir anti-filozof (ve Borges çevirmeni) olduğunu belirterek "Belki size göre ateistim" dedi, "ama ben kendim olarak, kendime göre kimim bilmiyorum ki. Bunu arayıp duruyorum. Varlığımın bir anlamı var mıydı ki, yokluğumun olsun? Her şey rastlantısal mı, yoksa bir ilahi plana göre mi işliyor? Tasarladım mı, tasarlandım mı; bir düş mü görüyorum yoksa başka birinin düşü müyüm; daha doğrusu düşümde, başka birini düşleyen birinin gördüğü düşteki –sonsuza kadar uzatılabilecek sayıda– bir ayna oyunu muyum? (Borges çevirmeni olduğunu belirtmiştik değil mi?) Tür mü önemli, tek mi? Himalaya'daki kayanın üstüne tırmanan bir karıncanın varoluşunu sorgulaması, benimkine mi benzemektedir, aynı değerde midir? Sonsuzluğu algılayacak bir organa sahip olmadığım için o kavram sadece uzun belki çok uzun bir zaman demektir bana göre. Niçin geçmiş, gelecekten daha kısa, söyleyin, niye daha kısa? Ölüm, doğum, hayat... Kolayca söylediğimiz kelimelerin iç anlamlarını bilsek dehşetten donar kalırdık. Dirilerden daha fazla bir şey bilmememiz garip değil mi? Öldük, boşluktaki büyü bozulmadı, üstelik ölümden umduklarımızı da bulamadık. Burada zaman yok; daha doğrusu hem var hem yok. Yeryüzündeki zamana göre düşünüyoruz, ama burada zaman algısı yok olduğu için bir dakika mı geçti, bir asır mı, bir milenyum mu anlayamıyoruz. Hazreti Muhammed ağaç altında otururken eli yanındaki su testisine değmiş, testi devrilmiş, peygamber kendinden geçerek on sekiz bin âlemi gezmiş, çeşitli hayatlar yaşamış, aradan asırlar geçmiş; ağacın altına geri döndüğünde bakmış ki devrilen testiden dökülen su daha toprağa değmemiş bile. Tek bir ana sığan sonsuzluk, sonsuzluğu anlatan tek bir an. İşte halimiz bu. Zaten fark etmiyor. Bildiğim tek şey ölümün, uzun bir bekleyiş olduğu. Ama inancımız var; biliyoruz ki her ölü bir gün dirilişi tadacaktır."

Yine kih kih kih gibi ses çıkaran kemik tıngırtıları sardı ortalığı.

Bu sırada nekropolisin garip ortamında huzursuz çocuk sesleri duyuldu. "Mademki bütün yaratıkların sesi bir, bunların çocuk sesi olmasına imkân yok" diye düşündü Zehra. Bunlar olsa olsa çocuk taklidi yapan ölülerdi. Kim olduklarını sordu, boğdurulmuş prensler olduklarını öğrendi. Hem Bizans'tan, hem Osmanlı'dan yüzlerce prens. Bir ses, "Bize yapılanları ruzu mahşerde anlatırız dedik ama ortada böyle bir makam yok henüz" dedi. "Biz de başımıza gelen felaketleri sürekli birbirimize anlatıp duruyoruz. En küçükleri benim. Ağabeyimiz III. Mehmed, sultan olunca cellatlarını yolladı, on sekiz abimle birlikte beni boğdurdu. O sırada süt emiyordum, cellat emmeyi bitirmeme bile izin vermedi." Söze karışan kardeşi "Evet" dedi, "bu yüzden boğulduğu zaman dudaklarında süt duruyordu daha. Osmanlıcayı öğrenmesine fırsat kalmadan ölüler diyarının dilini öğrendi zavallı."

"Hepinizi birden mi boğdurdu?" diye sordu Zehra şaşkınlıkla.

"Evet, on dokuz erkek kardeştik" dediler.

"Abiniz hepinizi boğdurdu ha?"

"Evet, hem de padişah olduğu ilk gün. Tabutlarımız saraydan çıkarılıp Ayasofya'nın bahçesine defnedilinceye kadar bütün İstanbul ahalisi kaderimize gözyaşı döktü. Şimdi bekliyoruz ki o mahşer günü gelsin, biz de o zalim ağabeyimizin yakasından tutup, 'Ey güzel Allahım, işte biz masumların kanına giren mendebur budur' diye şikâyetçi olalım. Cehennemin en dibini boylasın."

Padişahı savunmak isteyen biri, "Ama" dedi, "taht kavgası başlayabilirdi aranızda, düzen bozulurdu. İktidar hırsını ölümden başka hiçbir şeyle engellemek mümkün değildir, yoksa abiniz size kıyar mıydı?"

"Kıyardı elbette" dediler. En küçük yine söze karıştı, "Çocuktuk biz" dedi. "Çocuğun ne taht kavgası olacak?"

"Öyle demeyin" dedi bir ses, "ben yedi yaşında tahta oturdum, daha sünnet bile olmamıştım; cülus töreninden korktum da ağlamaya başladım, zor yatıştırdılar. Sünneti de daha sonra oldum."

Bizanslı bir prens atıldı, "Yedi çok geç" dedi. "Demek ki rekor bende. Ben 2 yaşında Doğu Roma imparatoru oldum; hatırlamıyorum ama oldum."

Osmanlılar, yedi yaşından daha küçük bir imparator bulamadıkları için, bu rekoru kırmak yine Bizanslılara düştü: "Hey" dedi biri, "beni unutuyorsunuz: Imparator in utero; yani rahimdeki imparator. İmparatoriçe doğum yaparken saray memurları iki yana dizildiler, saygılı bir sessizlikle beklediler. Çünkü annemin rahminden bir imparator geliyordu. Annemin bacaklarının arasından başım görünür görünmez herkes yere kapandı, 'Çok yaşa imparator!' diye üç kez haykırdılar. Bu rekoru kıracak hiç kimse yoktur herhalde."

Zehra, "Eğer ölüm böyleyse çok eğlenceli bir şey olmalı" diye düşündü. "Ne kadar ilginç hikâyeler dinliyoruz."

Tam o sırada keyfine keyif katan bir şiir duydu. Yine o sese benzemeyen seslerden biri, belki de hal diliyle diyordu ki:

Kabrimi kimse ziyaret etmesin Allah için
Gelmesin reddeylerim billah öz kardaşımı
Gözlerim insanoğlundan öyle yıldı kim
İstemem ben fatiha, tek çalmasınlar taşımı.

Zehra'yla birlikte diğer kabir ehli de bu şiiri çok beğenmiş olacak ki, bolca kemik tıkırdatarak "Adını bağışla ey şair!" dediler, "Eşref" yanıtını aldılar. Bu ada yabancı olan Bizanslılar bile şiiri çok beğenerek epey bir tıkırdaştılar, "Aynı böyle işte, bizim zamanımızda da böyleydi, mezar taşımız falan da kalmadı artık" dediler. Anlattıklarına göre Roma ordularının sefere giderken yemeklerini taşıdıkları üst üste geçmiş kaplar gibi, üstlerinde ve altlarında çok ölü vardı. Biri "Ölüler Apartmanı" dedi, "kat mülkiyeti; yerin altına doğru bir yerlerden."

"Bu dediklerin nedir?" diye sordular ama Zehra cevabın çok uzun süreceğini düşünerek sözlerini kesti. Onlara mezarda zamanın nasıl geçtiğini sordu. İçlerinden biri, "Burada zaman yoktur" dedi. "Zaman öldü artık. O kavram size göre var. Zaman da öldü, kendilerine *zamanın oğlu* unvanını verenler de öldü. Burada ne yaptığımıza gelince; herkes dünya yüzündeki göz açıp yumana kadar bir sürede geçen kısacık ömrünü düşünür ve bunu bir cümleyle özetlemeye çalışır. Hayatını en çok neye adamıştır; nasıl bir amaçla yaşamıştır? Kimi der ki, 'Kazandım, hayattaki en önemli işim buydu.' Kimi, 'savaştım' der; kimi 'seviştim' der; kimi 'yönettim' der; kimi 'yazdım' der; kimi 'şarkı söyledim' der; kimi 'hırsızlık yaptım' der; kimi 'katlettim' der; bir de kendilerine mezarlık bulamayanlar var tabii. Onlar cellatlardır; 'Toprak bile bizi kabul etmiyor' derler, yakınmalarını hep duyarız, hangi devirde olursa olsun ölülerin en aşağıdaki mertebesi budur. Çünkü Bizans devrinde de, daha sonra da masum bebekleri..."

Zehra son sözleri duyamıyor, çünkü yeraltından gelen konuşmalar giderek uzaklaşıyor. Gözlerini açtığında kendini banyonun zemininde yatarken bulmak pek de şaşırtıcı olmuyor onun için. Sanki bin yıldan uzun bir uykudan uyanır gibi, mahmurluğun ağırlaştırdığı hareketlerle ayağa kalkıyor. Aynada saçlarına çekidüzen verirken birden daveti hatırlayarak panikliyor. "Eyvah!" diye mırıldanıyor. "Eyvah!" Korktuğu başına geldi işte, acaba kaç saat baygın kalmıştı?

Milion Taşı

Zehra salona döndüğü zaman içinde sadece iki değil birçok kişi var gibi; bu kişiler gördüğü her şeye onunla birlikte yadırgayarak bakıyor: gecenin sonuna doğru papyonları da gözleri gibi yana kaymış erkekler, yüzünü al basmış kadınlar, pistte dans eden üç beş yorgun gövde, buğulu ışıklar, eksik dişli ağızlar gibi görünen bir kısmı boşalmış masalar, oradan oraya koşturan gençler, giysilerine yapışmış soğuk havayla birlikte üzerlerindeki sigara kokusunu salona taşıyanlar, kibarlığı elden bırakmayan ama ellerini kavuşturup arada bir tavana bakmasından fena halde sıkıldığı belli olan patronu Ergun Bey ve meraklı gözlerle Zehra'yı aranan, görünce de heyecanlanarak sevecen bir tavırla "Neredesin be kızım?" diye telaşla koluna yapışan Elmas Hanım... Nekropolise ne kadar yabancı hepsi. Sanki kendisi de o yeraltına aitmiş de, salonda olup bitenlere daha uzak gözlerle bakıyormuş gibi tuhaf geliyor her şey Zehra'ya.

Saatine bakıyor; salondan ayrılalı ancak üç dakika olmuş ama demek ki üç dakikalığına ayrılmasına bile katlanamıyorlar. Bu iyi bir şey mi, kötü bir şey mi? Zehra o karışık anda, o karışık zihniyle, o karışık durumla ilgili karar veremese bile hafiften gururunun okşanmış olduğunu hissediyor, ama çok hafiften; çünkü hâlâ dünyayı nekropolisten izlemekte.

Aradan üç dakika geçtiğine göre; bir dakikası odaya gitme; diyelim ki bir dakikası da, başındaki ağrı bir vakumla çekilmiş gibi uyanıp, sonra da aynada kendine çekidüzen vermesi ve salona dönmesi; demek ki yaklaşık bir dakika baygın kalmış. İçinde çiçeklenen bir ferahlıkla, su testisi yere devrilen peygamber gibi bir anda on sekiz bin âlem gezmiş olduğunu düşünüyor. Neydi o öyle, neydi? Ölü dostları, nekropolis... Kısa sürede ne kadar çok dost edinmişti. İnsanın, gelecekte taşınacağı şehirde önceden arkadaş edinmesiydi bu. Bir çeşit Facebook arkadaşlığı, ölüm sayfasını "beğenmek." Biri ne kadar gerçekse, diğeri de o kadar gerçek, biri ne kadar sanalsa diğeri de o kadar sanal. Marcus, ölümün en iyi yanının, artık ölümden korkmamak olduğunu söylemişti. Zehra'nın da ölümden korkusu yok artık.

Elmas Hanım vaktin geldiğini söylüyor, gece yarısına on bir dakika var. Bütün hazırlıkların tamam olduğunu, aksamadan yürüyeceğini bilmek istiyor, elindeki ipek mendili kıvırıp duruyor. Bu telaş garip görünebilir ama yavaş yavaş bu dünyanın işlerine dönmekte olan Zehra kadına hak veriyor; yaz sonu davetinde yaşamış oldukları facia ve biraz önceki "*love maker*" komedisi, ancak her şeyin tıkır tıkır işlemesiyle giderilebilir. (Belki!)

Dört ay önceki yalı davetini aklına getirmemeye çalışıyor, çünkü her seferinde olduğu gibi gülüverecek. Ama kendine engel olamıyor; o görüntü birden çıkıveriyor karşısına: Davetin verildiği yalının yan bahçesindeki küçük havuzun içinde yüzen kırmızı ıstakozlar ve bunları alıp çöpe atan o garip köylü çocuğu. Arkasından gelenleri fark etmeden, "Burayı böcük basmış ulan, görürlerse öldürürler" diye konuşan o saf çocuk. Oysa bir dakika önce Elmas Hanım büyük bahçedeki şıkırtılı sahneye çıkmış, tiz seslerle yeri göğü inleten, yaka bağır açık bir arabesk kralından mikrofonu alıp herkesi yan bahçeye "*lombster*"ları görmeye davet etmişti. Kocasının kim bilir kaçıncı kez yüzünü buruşturmasına neden olan bir telaffuzla "*lombster*"ların Kanada'dan özel jetle getirildiğini, konuklarına bu nefis –bu sefer Allahtan ıstakoz diyor– ıstakozları sunmadan önce "canlı canlı" göstermek istediğini söyleyerek herkesi yan bahçeye davet etmişti. (Istakozların canlı olduğunu görmek önemlidir, çünkü öldürülmeden atılırlar kaynayan suyun içine.) Konuklar, daha çok da kadınlar ve konuşmalardan sıkılmış birkaç erkek, çocukların tren oyunu gibi birbirlerinin belinden tutarak tek sıra olmuş, meşhur Kanada ıstakozlarının, içine buzlar dökülmüş havuzdaki salınışını görmek için yan bahçeye girmişlerdi ki, felaket de o sırada oldu. İkram şirketinde ayak işleri yapmak için alınmış olan ve çöpleri dökmek için o tarafa gönderilen, bu işlere hiç mi hiç alışık olmayan köylü çocuğu o kıskaçlı böcekleri görünce, kendisine kızacaklar sanıp, havuzu temizlemek için kullanılan ağla hayvanları çöpe atmaya koyulmuştu. Öylesine dalmıştı ki bu işe, Elmas Hanım kolundan tutup, "Ne yapıyorsun hayvan!" diye bağırmasa ve ta Kanadalardan gelip de bahçede telef olmuş, bahçe duvarının köşesinde bir çöp yığını oluşturmuş ıstakozlara bakıp iyice hırslanarak çocuğa bir de tokat aşk etmese, oğlanın kendine geleceği yoktu. "Böcekler..." diye konuşmaya çalışmıştı oğlan. Elmas Hanım konukları unutmuş, "Hayvan!" diye bağırıyordu çocuğa. "Böcek dediğin şeyler senden daha değerli hayvan!" Neyse ki sonunda Ergun Bey yetişerek duruma el koymuş, olayı bir şaka perdesi altında gizlemeye çalışarak herkesi, –zaten pek bol olan– diğer yiyeceklerden tatmaya davet etmişti. Bu duruma en çok sevinenler de konuklar –daha çok da kadın konuklar– olmuştu. Çünkü hepsi birbirine benzeyen o sıkıcı davetlerden birinde, hiç olmazsa anlatacak bir şey bulmuşlardı. Kıkır kıkır gülüyorlardı. Hatta ikisi, kimseye belli etmeden çöpteki ıstakoz yığınının resmini çekmiş, masaya döner dönmez Instagram'dan paylaşmaya başlamışlardı bile.

Elmas Hanım başka bir rezaleti kaldırabilecek durumda değil artık. Konuklarının gözlerini kamaştırma hırsı; uğradığı başarısızlıklarla daha da bilenmiş, onu daha gözü kara hale getirmiş. Her şeyin yolunda gideceğinin tek güvencesi de –kim olabilir– Zehra elbette; eli kolu, dayanağı, sırdaşı Zehra. Ona bunca güvenmesine rağmen, "Her şey tamam mı kızım, ışıklar müzik, o makine, şampanyalar, tamam değil mi?" diye sık sık sorması, Zehra'dan onay alarak heyecanını yatıştırma isteğinden kaynaklanıyor.

Elmas Hanım on ikiye beş kala sahneye çıkıyor; akşamın başındaki bozgunu hiçbir biçimde ele vermeyen ışıltılı bir gülümsemeyle, "Evet sevgili dostlarımız!" diye söze başlıyor. "Öyle kıymetli, öyle güzide, öyle elit misafirleri" varmış ki, bu tarihi açılış gecesinde onlara çok çok ama çok anlamlı bir yeni yıl kutlaması sunmak istiyorlarmış. Elbette o da biliyormuş daha yılbaşına bir hafta olduğunu, ama erken bir yılbaşı kutlamasının ne "mahzuru" olabilirmiş ki? Şimdi herkesi dışarı davet ediyormuş; otelin kapısında bütün konuklara erguvan rengi birer Bizans pelerini ya da sarı Osmanlı kaftanı hediye edilecekmiş; bunları giyerek iki dakika yürüme mesafesindeki Milion Taşı'na gideceklermiş. Milion Taşı'nı o cemiyetteki herkesin bildiğinden hiç kuşkusu yokmuş ama yine de kısaca anlatacakmış: Milion Taşı, dünyanın sıfır noktasıymış, dördüncü yüzyılda İmparator Konstantinos tarafından dikilmiş. Doğu Roma'da bütün mesafeler buradan başlayarak hesap edilirmiş, yani evrenin sıfır noktasıymış. (Evren? Zehra bunun biraz abartılı olduğunu düşünse de sesini çıkarmıyor.) Her yol Roma'ya çıkar sözü burası için söylenmiş; kendi otellerine bunca yakın bir tarihi eserin yanında, yani dünyanın sıfır noktasında gireceklermiş yeni yıla ve orada kendilerini "ne sürprizler bekliyormuş, ne sürprizler..."

Elmas Hanım, yeni yıl, yeni başlangıç, sıfır noktasında hayata yeni gözlerle bakmak, şans, uğur vesaire gibi bir sürü basmakalıp laflar ettikten sonra "Haydi bakalım!" diyerek konukları dışarı çağırıyor. Konukların bir bölümü o soğukta otelde kalmayı tercih ediyor ama bir kısmı da ya istediklerinden, ya içtikleri nadide içkiler, hayatı kolaylaştırarak her istediklerini yapabilecekleri duygusu verdiğinden, ya da ayıp olmasın diye, kapıda verilen imparatorluk pelerinlerini, sırmalı Osmanlı kaftanlarını omuzlarına alarak neşe içinde otelden çıkıyorlar.

Milion Taşı'nda onları gerçekten şaşırtıcı bir hazırlık bekliyor: elleri donmasına rağmen dev ısıtıcılara sığınıp Yaradan'a kuvvet *Tuna Dalgaları* çalan bir oda orkestrası; o havada soğutulmasına gerek olmadığı halde soğutuculardan çıkarılan şampanyalar; beyaz eldivenli, soğuktan tir tir titreyen Garip, Bekir ve eli sarılı Ali; 1.600 yıllık Milion Taşı'na sarılmış bir bezde, sarı yaldızlarla süslenmiş rüküş mü rüküş bir 2015 yazısı ve gecenin en büyük sürprizi olan yapay kar makinesi.

Makine bir vızıltıyla çalışmaya başlayınca havadan konukların üstüne yapay kar yağmaya başlıyor; ölçüsüz bir sevince kapılıyor konuklar, püskürtülen kar tanelerini havada kapmak için zıplıyorlar. Elmas Hanım'ın hazırladığı can alıcı nokta bu: İstanbul'a o gece kar yağmasa bile, konuklarına karlı, şampanyalı, hatta Strauss'lu bir gece ikram edebilmek. Yerebatan Sarnıcı'nın dibinde, iyice aydınlatılmış olan Milion Taşı'nın çevresine toplanmış, erguvan pelerinli, sarı kaftanlı insanların omuzlarında polietilen kar birikmeye başlıyor, meraklı martılar kayıp denizcilerin hayaletleri gibi bu ışık kümesinin üstünden uçuyor, Ayasofya'nın ve Sultanahmet'in minareleri arasından geçerek topluluğun üstüne pike yapıyorlar. Zehra Ayasofya'nın köşesindeki on dokuz şehzade mezarına bakıyor ürpererek. "Süt emerken boğdurulan bebek de orada" diye düşünüyor; "hemen şurada." Soğukta teller gerildiği için akortlar bozulmuş, parmaklar da donmuş; bu yüzden Strauss pek zavallı, pek hüzünlü bir biçimde bitiyor. Konuklar alkışlıyor. Sonra sessizlik oluyor; başlarına püskürtülen polietilen karlar altında ne yapacaklarını bilemiyorlar. Soğuk içlerine işlemeye başladığından otele dönmeye hazırlanıyorlar. O sırada kar başlıyor; gerçek kar. Karanlık gökyüzünden yumuşakça inen iri kar taneleri, hâlâ çalışmakta olan makinenin yapay karına karışıyor. Konuklar, garip kuşlar gibi yüzlerini yukarı kaldırıyorlar; biri, kar yağarken kar makinesi çalıştırmanın saçmalığını fark etmiş olmalı ki o mekanik gürültü susuyor; gece kadar yoğun bir sessizlikle sarılıp sarmalanan konukların, sanki gerçek kar yağması garip bir şeymiş gibi şaşkınlıkla yukarı bakan yüzlerine, gökyüzüne doğru açılmış ellerine, avuçlarına yağıyor kar; yüzler ıslanmaya, kristal noktalarla parlamaya başlıyor. Lapa lapa kar öyle bir yumuşaklıkla, öyle ağırlıksız yağıyor ki sanki o soğuğu ısıtıyor biraz. Böyle kar yağışları görmüştü Zehra; kıyıya çekilmiş mavi kırmızı bir sandala üçüncü bir renk katan karı da; çam ağaçlarında, arada bir ağırlığı taşıyamayan iğne yaprakların eğilerek yere doğru toz gibi akmasına izin verdiği karı da görmüştü. Belki de en sevdiği şeydi kar. İşte şimdi de gökten yere inen bir nur gibi artarak, çoğalarak, sessizce, kutsal bir ayin gibi iniyor. Konstantiniyye'nin mabetlerinin, dirilerinin-ölülerinin, o meydana gömülmüş otuz bin isyancının, on dokuz masum kardeşin üstünü kuştüyü bir yorgan gibi şefkatle kaplıyor.

Garip, karı ilk kez hapishane penceresinden gördüğünü, "Aaaa bakın, gökten pamuk yağıyor" diye bağırarak teyzelerini –on yedi teyzesi vardı koğuşta– güldürdüğünü anımsıyor.

Elmas Hanım, çocukluğundaki gibi üşüyor; Ankara'da bir yamaca yaslanmış gecekondularındaki korkunç soğuğu duyuyor içinde. Sabah gün doğarken, hep birlikte yattıkları sobalı odadan çıkıp bahçedeki helaya gitmenin ürpertici buzu yapışıyor üstüne. Okula gitmek için sabah inip akşam çıktığı dik yokuş, ellerinin donması, su çeken pabuçlarının içinde buz kesen ayakları, eve gelip soba başına yaklaştığı zaman ellerinin ayaklarının kesilir gibi olması, iğne iğne batması, buna rağmen dışarı çıkıp kardan adam yapmak için can atması. Soğuk kötü ama kar güzel, çok güzel.

Ali, kardeşi Erhan'la kar helvası yapıp yediklerini anımsarken, Emre, Yahya Kemal'in "Kar Musikileri"nden dizeler mırıldanıyor: Bin yıldan uzun bir gecenin bestesidir bu/Bin yıl sürecek zannedilen kar sesidir bu.

Zehra, boş alanda kır bir atı dörtnala koşturarak Ayasofya'ya girmeye çalışan ama kapıyı bulamayarak duvarlara çarpan, buna rağmen çabasından vazgeçmeyen, başsız bir süvari görüyor. Bir yandan da garip bir tümce dolaşıp duruyor kafasında. Bir yerde mi okudu, ölüler diyarında mı duydu nedir: Eğer ipek böceği sadece bir gün yaşayacağını bilse, o değerli giysiye bürünmek için böylesine uğraşır mıydı?

Gözyaşları, yüzündeki eriyen kar pırıltısına karışan Elmas Hanım, "Ah İsmailim!" diye fısıldıyor. "Ah Selinim, ah talihsiz yavrularım benim. İnşallah gelecek yılbaşından önce sizlere kavuşurum veya bu zebani gider de beni matemimle baş başa bırakır. Yavrularım, kadersizlerim benim."

Meydan karla kaplanırken, ayak izlerini bırakarak yavaş yavaş yürümeye koyuluyorlar. Kar, ayaklarının altında gıcırdıyor; düşmemeye çalışarak dikkatle ilerliyorlar. Biraz sonra yumuşak ama biteviye yağışına karşı konulamayan büyük beyazlık, ayak izlerini, suç delilleri gibi yok edecek; ne gelmiş ne gitmiş gibi olacaklar.

Otelin görkemli kapısına vardıklarında görevliler, konukların sırtlarından, karla kaplanmış Bizans pelerinlerini, Osmanlı kaftanlarını alırken tuhaf bir bezginlik kaplıyor içlerini. Sanki bu dünyaya ait bütün işleri görmüş, bütün görevleri yerine getirmiş, her şeyi tamamladıkları için artık yapacakları hiçbir şey kalmamış gibi büyük bir iç ezikliğiyle; sanki o meydan, o sütun, o camiler, o mucize kar bütün yaşam coşkularını emmişçesine; sanki kendi dünyalarından daha gizemli, daha büyük ve daha anlaşılmaz bir evrenle karşılaşmışlarcasına sessizce dağılıyorlar.

Zehra Emre'nin elini tutuyor, kulağına, onun hiç anlam veremediği bir şey söylüyor:

"Gelecek yılbaşı hangileri nekropoliste olacak acaba? Ya da hangimiz?"

2012-2015

DK'da yayımlanmış kitapları

Arafat'ta Bir Çocuk

Zülfü Livaneli'nin yıllara yayılan, yıllarla beslenen, zenginleşen deneyim ve gözlemlerinden, Almanya'da, İsveç'te, Türkiye'de, sınırlar, sınır aşanlar, sürgünler, gurbetçiler üzerine, değerleri yıllarla sınanmış öyküler...

Engereğin Gözü

Kitabı merakla ve son sayfasına kadar eksilmeyen bir zevkle okudum. İnsanın, düşsel, zalim ve bazen de umutsuz bir dünyayı keşfetmesini sağlıyor. Filmlerde romantik bir biçimde gösterilen harem evrenini ve genç kadınların yaşadığı hapis hayatını hiçbir kuşkuya yer bırakmayan bir gerçeklikle betimliyor.

Costa Gavras

Bir Kedi, Bir Adam, Bir Ölüm

Gerçek bir şaheser! Teknik ve psikolojik olarak mükemmel! Öldürmek mi bağışlamak mı ikilemini en iyi veren roman.

Yaşar Kemal

Mutluluk

Mutluluk, yalnızca harika kurgusuyla heyecanlı ve sürükleyici bir macera romanı değil; bunların ötesinde, gelenek ile modernlik, tarih ile bellek yitimi, din ile laiklik arasında bölünmüş Türk toplumu üzerine son derece güçlü bir analiz. Livaneli çok güçlü bir anlatıcı. *Mutluluk* ile okuru kavrıyor ve onu anlaması, tahammül etmesi zor gerçekliklerle yüz yüze getiriyor.

Martine Laval

Leyla'nın Evi

Bu kitapta anlatılan, biri yaşlı diğeri genç iki kadının birbirlerini keşfetme hikâyesi değil sadece... Zülfü Livaneli yeni romanında, insanoğlunun barınma ihtiyacını ele alıyor. Bunu da İstanbul gibi sürekli göçlerle sarsılan bir şehir üzerinden anlatıyor.

Buket Aşçı, *Vatan Kitap*, 15 Mayıs 2006

Sevdalım Hayat

Zülfü Livaneli'nin zengin ömrünün kısa özeti. "Sürekli sanat üstüne düşünen, yaratı sancıları çeken ama dönemin ve ülkenin koşulları gereği zaman zaman politikadan kaçamayan birinin anıları." Bir insanın, bir kuşağın, bir ülkenin yakın tarihi. Kitabın genişletilmiş yeni basımında fotoğraf albümü de yenilendi, kimisi ilk kez yayımlanan fotoğraflarla zenginleştirildi. Tıpkı yazarının hayatı gibi.

Son Ada

Livaneli'nin bu benzersiz yaratıcı romanında, insan yapısı otoriteyle karşı karşıya... Yazar bizi dünyamız üzerinde yeniden düşünmeye çağırıyor. Mutlaka okunmalı.

Prof. Lenore Martin, Harvard Üniversitesi

Serenad

Serenad yaşam musikisinin gür eseri. Bir sevgi çağrısıyla başlıyor, bir dokunaklı sonat gibi gelişiyor, bir çağın güçlü senfonisi olarak okurlarını büyülüyor. Bir Livaneli klasiği...

Talât Halman

Edebiyat Mutluluktur

Zülfü Livaneli'nin *Vatan* gazetesindeki köşesinde çok zevk aldığı, hayatını adadığı edebiyat konusunda görüşlerini paylaşmak ve özellikle de "yüreğini kanatlandıran sözlere sevdalanmış" yazar adaylarına karınca kararınca faydalı olmak için yazdığı "Edebiyat Notları"ndan seçmeler ve iki konuşma: "Benim Gözümden Yaşar Kemal", "Edebiyat Üzerine".

Kardeşimin Hikâyesi

Sakin bir balıkçı köyünde genç bir kadının cinayete kurban gitmesiyle başlar her şey. Dünyadan elini eteğini çekmiş emekli inşaat mühendisiyle genç, güzel ve meraklı gazeteci kızın tanışmasına da bu cinayet vesile olur. Kurguyla gerçeğin karıştığı, duyguların en kuytu bölgelerine girildiği hikâye, daha doğrusu hikâye içinde hikâye de böylece başlar. Modern bir Binbir Gece Masalı'nın kapıları aralanır.

Konstantiniyye Oteli

Konstantiniyye Oteli, aslında binlerce yıllık koskoca bir şehir olarak çıkıyor karşımıza. Değişen, dönüşen, ama barındırdığı şiddet nedense aynı kalan bir şehir...
Zülfü Livaneli kaleme aldığı bu şehrengizde zengin bir insan panoramasıyla İstanbul'un derinliklerine inerken şehrin büyülü, ama bir o kadar da acımasız atmosferiyle buluşturduğu okuru sıra dışı bir yolculuğa çıkarıyor.

Orta Zekâlılar Cenneti

Üzerlerinde bir sevgisizlik kabuğu taşıyan orta zekâlılar, toplumdaki saygın yerlerini koruyabilir, insanların yaşamları hakkında kararlar verebilir, hepimizi yönetebilir ve pijamalarını giyip balkonlarına kışlık odunlarını istiflerken, ne bizler ne de vicdanları tarafından rahatsız edilirler.
Bu arada, ozanlar ölür. Hem filmlerde, hem yaşamda.

Gözüyle Kartal Avlayan Yazar

"Yaşar Kemal'in çevresinde esen, sanki kişiliğinin ve bedeninin ayrılmaz parçası olan, gittiği her yere, girdiği her mekâna, sanki onunla doğmuş gibi farkında olmadan taşıdığı bir rüzgâr vardı. Unutulmaz roman kahramanlarından Yel Veli gibi sürekli koşarak ölümden kaçmak istediği için oluşmuyordu bu rüzgâr. Koca gövdesiyle onu da, yanındakileri de bazen lodos gibi sersemletiyor, bazen garbi yeli gibi ferahlatıyor, bazen şiddetlenip çevresinde ne varsa önüne katıp sürüklüyordu."

Huzursuzluk

İstanbul'un hayhuyu içinde sıradan bir yaşam süren İbrahim, çocukluk arkadaşı Hüseyin'in ölüm haberi üzerine doğduğu kadim kent Mardin'e gider. Onun, önce sevdaya sonra ölüme yazılmış, Mardin'de başlayıp Amerika'da sona ermiş hayatını araştırmaya koyulur. Böylece âdeta bir girdabın içine çekilir, tutkuyla ve hırsla gizemli bir kadının peşine düşer. Bu romanda Livaneli, insanın içindeki ve dışındaki huzursuzluğu, sevda ile acının iç içe geçtiği bir Ortadoğu gerçeğiyle harmanlayarak okura sunuyor.

Gölgeler

Yüzleri geçmişin hüznüyle gölgeleniyor. Gölgeler ebedi değil mi yoksa? Silinip gidecekler mi onlar da, İstanbul gibi?

Livaneli'nin Penceresinden

Zafer Köse'nin Zülfü Livaneli ile yaptığı söyleşi, evrensel bir entelektüelin portresini sunuyor. Livaneli'nin onlarca yıldır sınanmış tavırları, iktidarlara direnmiş sözleri, eğilip bükülmeyen bir aydının düşünce dünyası... Toplumun kalbinden hayata açılan bir pencere.